마산 근대문학의 탄생

박태일 지음

경진출판

동양자 김광제 지사가 엮은 『마산문예구락부』[제일회 시집](1913)

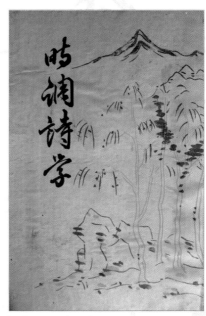

안확의 『조선문학사』(1922)와 『시조시학』(1940)

이윤재의 1931년 초판 『문예독본』〔권2〕과 1948년 10판 『문예독본』〔하〕

이극로의 『고투 40년』(1947)과 『실험 도해 조선어 음성학』(1947)

치욕스런 이른바 마산신사 모습

마산공립상업학교 교우회지 『회지』 제4호(1929)

권환 시집 『자화상』(1943)과 『윤리』(1944) 『윤리』의 표지 그림은 이주홍이 그렸다

시집 『동결』(1946)

권환의 절명시 「선창 뒷골목」이 실린
『경남공론』 28호(1955)

구월 이석봉의
유일한 작품집 『새봄』(1947)

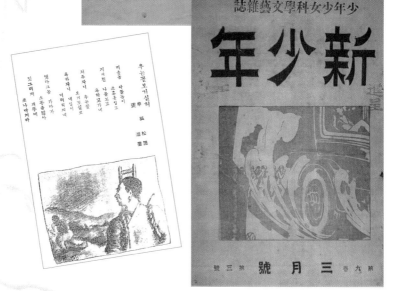

프롤레타리아 동요집 『불별』(1931)에 실린 강호의 속그림과 그가 그린 1931년 『신소년』 3월호 표지

이원수의 부왜 작품이 실린 『반도의 빛(半島の光)』〔선문판〕을 비롯해,
그가 일했던 조선금융조합의 여러 기관지(1939~1944)

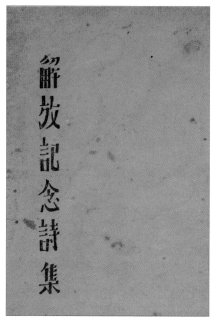

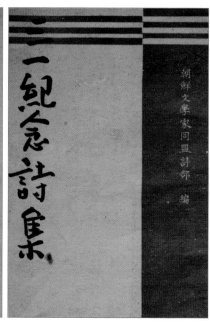

『해방기념시집』(1945) 이극로가 작품을 실었다

『3·1기념시집』(1946) 권환과 김용호가 작품을 실었다

『햇불』[해방기념시집](1946) 권환과 김용호가 작품을 실었고, 이주홍이 표지를 꾸몄다

『1946년판 연간 조선시집』(1947) 권환과 김용호가 작품을 실었고, 이주홍이 표지를 그렸다

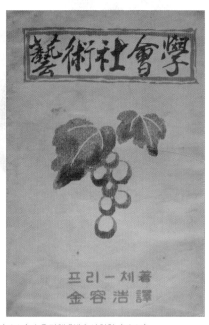

김용호가 엮은책 『1947년판 예술연감』(1947)과 옮긴책 『예술사회학』(1947)

서사시집 『남해찬가』 1952년 초판과 1960년 재판   시집 『푸른별』 1952년 초판과 1958년 3판

정진업 시집 『풍장』(1948) 표지 그림은 김만두가 그렸다   시집 『김해평야』(1953) 표지 그림은 김경의 것이다

『정진업 전집①시』와 『정진업 전집②창작·산문』(2006)

『정진업작품집①』(1971)

동인지 『낭만파』 4집(1948)

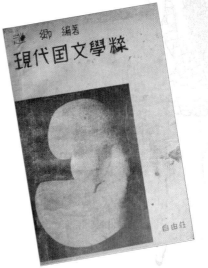

조향이 엮은 『현대국문학수』(1952)

김수돈 시집 『우수의 황제』(1953)

김상옥 시조집 『초적』(1947)

김춘수 시집 『인인』(1953)

서정률 시집 『빛 잃은 태양』(1950)

김세익 시집 『석류』(1951)

조종만 시집 『흑토』(1955)

이원섭 시집 『향미사』(1953)

김형윤 유고집 『마산야화』(1973)

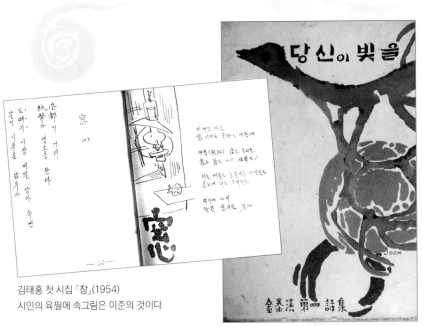

김태홍 첫 시집 『창』(1954)
시인의 육필에 속그림은 이준의 것이다

4시집 『당신이 빛을』(1965)

변재령 유고 시집 『도정』(1955)

이석의 3시집 『향관의 달』(1973)

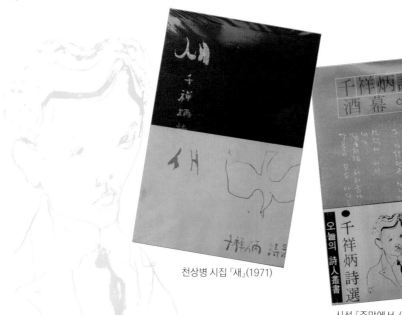

천상병 시집 『새』(1971)

시선 『주막에서』(1979)

마산문화협의회에서 엮은 『1956 마산문화연감』(1956)과 『1957 문화연감』(1957)

「소유로 시화전」(1956)과 「정진업 이수홍 시화전」(1957) 초대장, 안윤봉이 썼다

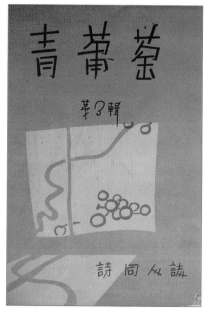

『제2처녀지』(1952) 『청포도』3집(1953) 『흑상아』(1954) 1집 『출범』(1958) 1집

『힘의 선언』[4월혁명기념시집](1960)　　　　시집 『추억의 혁명』[1960. 4·19 일주년 기념판](1961)

1960년 4월 18일과 19일 『마산일보』 호외

사진으로 보는 마산 지역문학

최절로 시집 『고발』(1960)

김근숙 시집 『밤과 사랑의 의미』(1960)

이상개 첫 시집 『영원한 평행』(1970)

오하룡 첫 시집 『모향』(1975)

김윤식의 『한국근대문예비평사연구』(1976년 개정신판)　국립마산결핵요양소의 동인지 『무화과』 3집(1960)

이중 시집 『땅에서 비가 솟는다』(1967)　곽현숙 2시집 『남해의 시초』(1977)

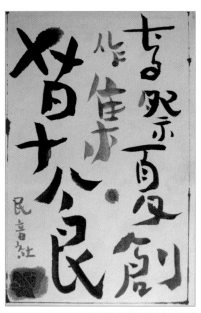
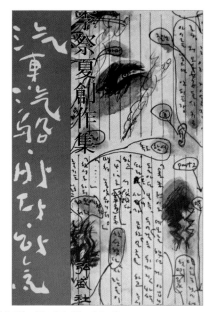

이제하 소설집 『초식』(1973)과 『기차·기선·바다·하늘』(1978)

송상옥 창작집 『흑색 그리스도』(1975)와 『우리 어머니를 아시나요』(1978)

이선관 시집 『기형의 노래』(1969)와 『인간선언』(1973)

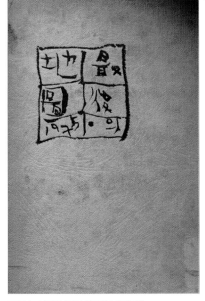

서인숙 수필집 『최후의 지도』(1975)

권도현 유고 비평집 『권도현 평론집』(1978)

사진으로 보는 마산 지역문학

마산대학(현 경남대학교) 동창회 회지
『산해』 창간호(1967)

한국문인협회 마산시지부 기관지 『문협』 2집(1971)

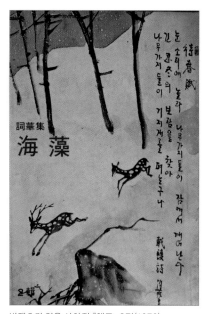

박재호가 엮은 사화집 『해조』 2집(1979)

마산수필동인회의 『동인수필』 11집(1982)

오미리 시집 『시민사』(1983)

조병무 시집 『꿈·사설』(1978)

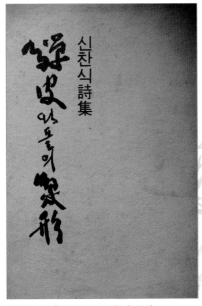

신찬식 시집 『탄피와 돌의 상형』(1975)

추창영 시집 『빗소리 바람소리』(1981)

감태준 시집 『몸 바뀐 사람들』(1979)

정두리 시집 『유리안나의 성장』(1979)

김병총 장편소설 『화요일의 사내들』(1981)

마산역 이은상 가고파 시비 옆에 세워진
마산수호비 그의 반민주 친독재 언행을
간결하게 새겨 두었다

머
리
글

∨

　기회가 닿으면 마산문학지를 쓸 수도 있으리라. 어렴풋이 지녔
던 생각이다. 1988년 경남대학교로 일터를 옮겨와 맨 처음 쓴 논
문이 마산 시인 김용호론이었다. 이 책 4부에 실은 「김용호 시의
세계 체험과 그 틀」이 그것이다. 마산과 마산 지역문학을 향한
관심을 그런 방식으로 시작한 셈이다. 뜻을 같이한 사람들과 경
남·부산지역문학회를 만들어 1997년부터 본격적으로 경남·부산
지역문학 연구를 시작했다. 그해 여름『지역문학연구』창간호를
낼 때부터 마산문학을 챙기고자 애썼다. 그럼에도 마산문학만을
따져 들 기회는 얻지 못했다. 근대 지역문학을 향한 내 눈길은
어느새 북한 지역문학에다 한국 지역문학의 큰 지형을 더듬는
데까지 나아간 이즈음이다. 그럼에도 정작 발붙이고 있는 마산문
학지는 엄두조차 내지 못한 세월이었다.

　2010년 마산시가 어쩌다 통합 창원시로 녹아들었다. 그 일을
빌미로 마산문화원에서 마지막『마산시사』를 꾸렸다. 「예술문화
개관」과 「문학」을 내게 맡겼다. 마산 지역문학을 따져 들 기회가
바깥에서 주어진 셈이다. 그 결과가 이 책 2부에 실린 두 편「마
산 근대 예술문화 백 년」과 「마산 근대문학의 흐름」이다. 이 둘을
쓰기 위해 두어 차례 전시용으로 내어 놓았다 다시 종이 상자에
담아 두었던 마산문학 관련 문헌을 풀었다. 2부 끝에 붙인 「마산

근대문학 백 년을 읽는 다섯 가지 잘못」은 짧은 글이다. 2005년 마산문학관 개관을 앞두고, 전시공간 배치를 거들기 위해 한 해 앞서 마산시립박물관에서 열었던 마산문학 문헌전의 개막 강연을 위해 썼다. 2부에 올린 이들 세 편을 빌려 마산문학지를 향한 내 생각의 큰 줄거리는 잡힌 셈이다.

2011년에는 마산 근대문학 매체 전통의 효시인 『마산문예구락부』를 공개할 기회를 가졌다. 손에 일찌감치 들어와 있었으나, 펼쳐 볼 기회를 갖지 못한 책이었다. 맨 앞에 올린 「마산 근대문학의 탄생과 『마산문예구락부』」가 그때 마련한 글이다. 『마산문예구락부』를 엮은 동양자 김광제는 조선 왕조 마지막 구국의열 활동인 1907년 정미국채보상의거를 대구에서부터 발의하고 온 나라에서 이끌었던 열혈 지사다. 경술국치 뒤 마냥 잊혀 있었던 지사가 만년 10년 가까운 세월을 마산과 함께했다는 사실을 처음 밝혔다. 마산 근대문학의 첫자리에 다름 아닌 의기에 찬 그가 있었다는 사실이 일깨우는 바는 컸다.

3부에서는 권환에 관련한 두 편의 글을 올렸다. 「권환의 절명작 연구」는 지난겨울에 끝냈다. 권환이 1954년 여름 마산 우거에서 임종을 앞두고 썼던 세 작품을 소개하는 글이다. 길지 않은 쉰둘의 삶을 가난과 참담을 가로지르며 피웠던 그의 마지막 환한 불꽃이었다. 동양자 김광제 지사에서 시작하여 권환의 절명작에 이르는 마디 안에 마산 근대문학의 비통과 좌절, 영광과 모멸이 오롯했다. 무지와 왜곡으로 비틀린 마산 지역문학의 참된 뿌리와 든든한 몸통을 얻은 마당 아닌가. 「권환민족문학관의 건립과 운영」은 권환문학축전 초기 그의 고향 마산 오서리에 문학관을 세우고, 그것을 중심으로 지역 예술문화 지구가 만들어지기를 바라는 뜻을 담아 쓴 글이다. 권환문학축전의 발전적인 앞날을 겨냥해 썼으나 이제는 도리 없이 떠내려간 생각이다.

4부에서는 김용호와 정진업 그리고 경자마산의거 시를 다룬 글을 올렸다. 「민족시의 한 지평, 정진업의 공론시」는 2005년에 썼다. 2006년 2월 연구년을 떠나기에 앞서 한정호 교수와 함께 『정진업 전집』 2권을 서둘러 묶었다. 병중인 시인의 아들 정홍근에게 그것을 안긴 다음 나는 홀가분하게 몽골로 떠났다. 그때 시전집 풀이를 위해 썼던 글이다. 2007년 1월 내가 마산으로 돌아왔을 때 그는 이미 영면한 모습이었다. 오랜 당뇨로 보이지 않는 눈을 뜬 채 선친이 누워 있는 인곡공원묘지를 찾아가 울음으로 전집을 살라 바쳤다고 했다. 그리고 몽골에서 잠시 들어와 발표했던 글이 「1960년 경자마산의거가 당대시에 들앉은 모습」이다. 흔히 3·15의거라 일컫는 경자마산의거를 다룬 작품을 따진 글이다. 그를 위해 의거 당시 현장의 의거시를 묶은 시집 『힘의 선언』을 처음으로 공개했다. 엮은이 정천이 시인 정진업이거나 정영태가 분명하건만, 아직까지 확인하지 못한 아쉬움을 지닌 글이다.

이렇게 보니 이 책에 실린 아홉 편의 글은 스무 해를 훌쩍 넘는 세월 동안 띄엄띄엄 쓰였다. 내 마산살이의 속살이 오롯하게 배인 징검돌들인 셈이다. 마산문학지에는 턱없이 모자란다. 하지만 이제까지 묻혀 있었거나 비틀려 있었던 마산문학의 줄거리와 몇몇 부름켜는 되살린 바다. 그런 점에서 책 제목으로 내세운 『마산 근대문학의 탄생』이란 두 가지 뜻을 지닌다. 마산 근대문학지를 향한 바탕을 비로소 마련했다는 개인적인 안도감이다. 마산과 마산문학을 향해 내가 지녔던 빚진 느낌을 조금이나마 덜고자 한다. 다른 하나는 제대로 된 마산문학지가 머지않아 탄생하기를 바라는 즐거운 바람이다. 마산 지역문학에 대한 고정관념이나 무지에서 벗어날 뿐 아니라, 문단지·조직지가 아닌 온전한 문학지를 내는 길목에 이 책은 한 동력이 될 수 있으리라.

이 책을 '경남·부산 지역문학 연구 2'로 삼는다. 『경남·부산 지역문학 연구 1』을 낸 때가 2004년이었다. 『한국 지역문학의 논리』와 함께했던 일이다. 십 년이 흐른 세월이다. 그동안 마산 문인 이원수에 걸리는 글도 『경남·부산 지역문학 연구 1』에 올렸던 「이원수의 부왜문학 연구」에 이어 두 편을 더 썼다. 그들은 이 책에 싣지 않았다. 이어서 나올 『유치환과 이원수의 부왜문학』으로 돌려, '경남·부산 지역문학 연구 3'의 됨됨이를 보다 뚜렷이 했다.

앞으로 마산문학과 관련하여 마음에 둔 일이 몇 남아 있다. 하지만 천천히 시절 인연에 따르고자 한다. 이 책에 실린 글을 쓴 적지 않은 세월 동안 뜻을 같이해 준 동학 한정호 교수와 김봉희 교수의 고마움을 적는다. 두 사람이 곁에 없었더라면 꾸준한 지역문학 연구는 생각으로만 남았을지 모른다. 교열을 맡아 준 유경아 씨에게도 고마움을 따로 적는다. 이미 옛 이름을 잃어버린 마산과 마산문학이지만 앞으로 창원문학이라는 틀 안에서 더욱 둥두렷하기를 빈다.

2014년 여름
박태일

차
례

∨

제1부

제2부

제3부

제1부

마산 근대문학의 탄생과 『마산문예구락부』

마산 근대문학의 탄생과 『마산문예구락부』

1. 들머리

마산이 법적·행정적으로 이웃 창원에 수렴되어 통합 창원시 가운데 한 곳인 마산합포구라는 이름으로 남게 된 지도 한 해를 넘어섰다. 통합 논의가 순조로웠는데, 그 뒤 흐름 또한 엇박자가 난다는 풍문을 들을 수 없다. 마산과 창원 사이에 풍토적으로나 사회적으로 차별성이 크지 않았다는 뜻이다. 게다가 통합 뒤 맞닥뜨린 시민사회의 이해관계에서 만족할 만한 결과를 내다볼 환경인 모양이다. 당장 이루어진 마산 지역 땅값 상승만 하더라도 시민의 긍정적 전망을 끌어올리는 데 이바지했다. 그러나 역사와 전통의 차이는 두 지역 사이에 엄연하다. 특히 마산은 20세기 들어 피식민지 근대 도시로 자라나면서 이웃 창원과는 적지 않게 다른 걸음을 거듭해 왔다.

피식민지 조선의 개항장 가운데 하나가 마산이었다. 새로운 문물을 둘레 어느 지역보다 먼저 받아들였고 그것이 발 빠르게 뿌리내린 곳이다. 비록 제국주의 책략과 수탈 자본 진출에 따른 것이었지만 근대 육해 교통망 설치, 근대 제도와 시설 정착에서부터 마산은 상대적으로 많은 수혜를 입었다. 그것을 바탕으로 나라잃은시대 35년 동안 부산·목포·군산·인천과 함께 대표적인 신식 도시로 이름을 날렸다. 게다가 왜로(倭虜) 해군의 최대 거점 진해 배후지로서 제국주의 유흥·산업 도시라는 됨됨이를 더욱 키웠다. 광복 뒤에는 이웃 부산과 함께 귀환동포 정주지로서 몸집을 불렸다. 1960년대와 1970년대로 넘어서면서 마산은 수출자유지역을 중심으로 근대 산업화와 민주화의 상징 도시로 자랐다. 그리고 21세기 탈근대의 요란한 움직임 속에서 마산은 근대 이전 시기처럼 다시 창원에 수렴된 것이다.

이런 점에서 마산은 여느 도시와 다른 역동을 보여 주었다. 따라서 마산의 근대와 근대문학을 문제 삼는 일은 우리 근대의 중심 경험 가운데 하나를 되짚는 뜻을 지닌다. 게다가 이 일은 통합 창원시의 역사·문화 구명과 이해를 위한 주요 디딤돌이 될 전망이다. 그럼에도 이제까지 마산 지역문학의 근대사를 제대로 더듬을 기회는 없었다. 문단 인물기나 문인단체 흐름을 늘어놓는 수준에 머물렀을 따름이다. 통시적 흐름에 대한 안목이 섰을 리가 없다.1) 앞으로 뜻있는 이들이 이름에 걸맞은 마산문학지 기술에 나설 일이다. 이 글은 그러한 필요성 아래 먼저 마산 근대 지역문

---

1) 문인단체 차원의 문단지는 경남문학지의 하위 영역에서 몇 차례 다루어졌다. 대표적인 것이 『경남문학사』다. 제대로 된 문학지 기술이라 하기 어렵다. 마산 근대문학 100년의 흐름을 기술방법을 갖추어 뭉뚱그려 보고자 한 시도마저 이즈음에 이르러 짧게나마 이루어졌다. 경남문인협회 엮음, 『경남문학사』, 경남문인협회, 1995. 박태일, 「문학」, 『마산시사』(5권), 마산시사편찬위원회, 2011.

학의 초기 모습을 짚어 보고자 하는 뜻으로 쓴다.

그런데 이 시기 사료는 상대적으로 매우 박약하다. 『마산문예구락부(馬山文藝俱樂部)』가 마산 근대문학의 효시로 알려져 왔을 따름이다. 실체가 드러난 적은 없었다.[2] 그것을 엮은 동양자 김광제와 마산 사이 관계에 대해서도 마찬가지다. 동양자는 1907년 대구를 중심으로 조선왕조 마지막 구국의열 활동 가운데 하나로 불붙었던 정미국채보상의거를 이끈 이다. 이 글로 말미암아 『마산문예구락부』의 속살은 물론 1910년 경술국치의 그늘 아래 이루어졌던 근대 초기 마산 지역문학과 동양자 사이 관계도 처음으로 알려지게 될 것이다. 글 진행은 마산 근대 초기문학의 환경과 엮은이 동양자의 자리를 먼저 살펴보고, 이어서 그가 펴낸 『마산문예구락부』의 속살을 소개하는 순서에 따른다.

2. 근대 초기 마산 지역문학의 환경

1910년을 앞뒤로 한 시기 마산 지역이 겪은 중요 환경 변화는 새로운 토건과 시설 확충이다. '군항'으로서 면모를 갖추기 위해 이루어졌던 그 일은 바쁘게 돌아가던 마산포의 근대화 과정을 암시한다.[3] 그렇지 않아도 마산을 포함한 김해·동래는 다른 경남

---

2) 안윤봉이 "향토 마산의 해방전의 문학계(文學界)를 회고컨대 일찍이 1913년에 마산문예구락부(馬山文藝俱樂部)가 기관지(機關紙) 『문예구락부(文藝俱樂部)』(김광제 편집, 김정묵 발행)를 순한문지(純漢文紙)로 발행한 바 있고"라 한 것이 처음이다. 안윤봉, 「문학계」, 『1956 마산문화연감』, 마산문화협의회, 1956, 36쪽. 그 뒤 이름만 알려져 오다 박태일이 출판 의의를 간략하게 짚었다. 박태일, 「예술문화 개관」, 『마산시사』(5권), 마산시사편찬위원회, 2011, 204쪽. 박태일, 「문학」, 앞에서 든 책, 238쪽.

내륙에 견주어 신문물 유입과 사회 풍속 변화가 발 빠르게 거듭했던 곳이다.[4] 거기다 철도 부설, 도로망 확충은 마산 겉모습을 크게 키웠다. 1910년 5월 20일 원마산 정거장 낙성식은 그런 마산 분위기를 대변하듯 도시 차원에서 큰 행사로 축하하기도 했다.[5] 두 달 뒤 있을 국망의 치욕과는 관계없이 하루하루 눈귀가 닫힌 채 떠밀려 가던 시정의 모습을 고스란히 되비춘 형국이다.

경술국치 뒤 석 달째인 10월, 부왜배와 매국 지식층은 이른바 조선귀족이라는 이름으로 왜로 왕실로부터 작위를 받고 그 일을 축하하기 위한 수작식까지 벌였다. 그에 발맞추어 지역 토호나 유교 식자층에게도 이른바 은사금을 내려 환심을 샀다. 경남에서도 임시 은사금 160만 원을 받아 다시 지역별로 나누었다. 그리고 12월에는 그들 "양반 유생"을 모아 은사금 사령서 교부식을 가졌다. 마산도 예외가 아니었다.[6] 그런 왜풍 확산과 함께 마산은 제

---

3) "「군항(軍港)시설(施設)과 관사(官舍) 차용(借用)」 마산(馬山) 통신(通信)을 거(據)흔즉 내(來) 사월(四月)부터 해군항(海軍港) 시설(施設)에 착수(着手)흘 터인데, 동(同) 공사(工事)에 착수(着手)ᄒ기 위(爲)ᄒ야 출장(出張)흔 기술관(技術官) 관사(官舍)ᄂ 당지(當地) 철도(鐵道) 관사(官舍)를 차용(借用)할 것이라 한다."(1910. 1. 25) 영남대학교 민족문화연구소 엮음, 『경남일보』(상), 영남대학교출판부, 1995, 115쪽. 아래부터 『경남일보』 기사 인용은 이 책에 따른다.

4) "창원(昌原) 김해(金海) 등지(等地)는 해륙(海陸) 교통(交通)의 편(便)이 유(有)ᄒ야 외국문화(外國文化)의 수입(輸入)이 빈번(頻繁)흠으로써 신풍조(新風潮)의 접촉(接觸)에 인민(人民)의 사상(思想)이 능(能)히 차(此)에 도달(到達)ᄒ얏고 산청(山淸)은 협군(峽郡) 악읍(嶽邑)이라 고폐보수(錮閉保守)의 상(想)이 미벽(未闢)흠으로 (…줄임…) 개진(開進)을 도구(圖求)치 아니ᄒ면 하일(何日)에 능(能)히 자개(自開)ᄒ겟ᄂ가"(1910. 1. 19) 『경남일보』(상), 102쪽.

5) "구마산(舊馬山) 전시(全市)가 휴업(休業)ᄒ고 각호(各戶)에 국기(國旗), 구등(球燈)을 게(揭)흘 사(事)", "각(各) 요리(料理)집에 교섭(交涉)ᄒ야 예기(藝妓)를 총출(總出)ᄒ야 구마산(舊馬山) 시중(市中)으로 연보(練步)흘 사(事)", "야간(夜間)에 제등(提燈) 행렬(行列)을 행(行)흘 사(事)", "여흥(餘興)으로 각력(角力) 착검(鑿劍)을 행(行)흘 사(事)"(1910. 5. 20) 『경남일보』(상), 331쪽.

6) 부산이 69,800원, 진주가 83,500원을 받았다. 이때 마산은 94,600원을 받아 두

국주의 왜로 침략의 상징 장소로 커 나가고 있었다. 피식민지 조
선에 왜왕이 머물 이른바 '이궁지(離宮地)' 논의를 시작하였는데,
처음에는 동래와 마산을 두고 저울질하다 마산으로 좁혀진 것이
한 본보기다.[7] 나라 각지에서는 '적도(賊徒)'로 일컬음을 받았던
의병이 마지막 사투를 벌이고 있을 때다.[8]

이런 속에서 지역문학의 주요 조건인 출판과 유통 환경은 어떠
했을까. 실증 터무니를 얻기 힘들지만 이웃 진주 경우에 견주어
본다면 짐작이 가능하다. 진주 성안동에 왜인에 의한 첫 활동사
진장이 열린 때는 1911년 3월이었다. 왜식 곡마단 공연도 새 흥
행으로 퍼져 나갔다. 이들은 관의 비호를 받으면서 젊은이나 부
왜 인사를 중심으로 마산에 왜풍을 퍼뜨리는 주요 이음매가 되었
을 것이다. 이런 속에서 1911년 5월 처음으로 이루어진 전기 점
정[9]은 비록 소수이긴 했으나 마산 안쪽에서 독서 시간을 쉽고도
길게 이끌어 줌으로써 문학 향유 환경을 개선하는 데 이바지했음
직하다. 진주『경남일보』 또한 마산 지역문학 유통에 적지 않은

지역보다 많았다. 이른바 은사금을 받은 이들끼리 그 일을 기리기 위해 '기념식
림(記念植林)', '기념보호면계(紀念保護面契)', '은사기념저축회(恩賜記念貯蓄會)'
를 두기도 했다. 함안과 진주에서는 '은사기념림(恩賜記念林)'을 심었다.(1910.
10. 13; 1910. 11. 23)『경남일보』(하), 39·546쪽.

7) "장차(將次) 이궁(離宮)을 동래온천(東萊溫川) 부근(附近)이ᄂ 마산(馬山)이나
양처(兩處) 중(中)에서 ᄒ기로 계획(計劃) 중(中)이라더라."(1910. 10. 3)『경남일
보』(하), 18쪽. "「마산(馬山) 이궁설(離宮說) 장래(將來) 일본(日本) 전함대(全艦
隊)의 관병식(觀兵式)을 거행(擧行)홀 군항(軍港)은 진해만(鎭海灣)이오 우(又)
금일(今日)의 형세(形勢)로 조선(朝鮮) 내지(內地)에 일개(一個) 이궁(離宮)을 건
설(建設)홀 터이면 필경(畢竟) 마산(馬山) 외(外)에ᄂ 무(無)홀 터이라 ᄒ다더
라."(1912. 2. 5)『경남일보』(하), 687쪽.

8) 1910. 3. 12.『경남일보』(하), 194쪽.

9) 이른바 일한와사전기회사(日韓瓦斯電氣會社) 마산지점에서는 5월 2일에 점정
(点灯)을 하고 28일에 개업식을 했다.(1911. 5. 27; 6. 2)『경남일보』(하), 447·
458쪽.

역할을 맡았을 것으로 보인다.10)

『경남일보』는 신문 보급뿐 아니라, 서울서 나온 책을 주문 받아 우편 판매를 하였다. 각종 근대 인쇄물을 찍어 내기도 했다.11) 그러나 『경남일보』를 활용한 도서 구입은 제한적이었다. 전문적인 문학물이나 교과용 도서의 역내 유통은 서점이 맡았다. 당대 진주의 서점 분포는 『경남일보』 광고로 확인할 수 있다. 그에 따르면 1910년에서 1913년 사이 다섯 곳이 보인다.12) 광고하지 않은 곳까지 넣는다면 더 있었음이 틀림없다. 그리고 그들은 서책만 전문으로 파는 단일 가게에서부터 학용품을 비롯한 기타 상품을 끼워 파는 잡화 가게까지 걸쳤다. 마산의 문학물 유통 환경도 비슷했을 것이다. 그런데 『경남일보』 광고로 살필 때 오직 한 곳만 보인다. '공태서관(共泰書館)'이 그것이다. 1911년 11월 네 차례에 걸쳐 『사십오년도(四十五年度) 조선민력(朝鮮民曆)』 판매 광고를 냈다.13) 새해 책력에 대한 욕구가 드높을 무렵이다. "구마산(舊馬山) 서성(西城) 철도하(鐵道下)"에 있었던 공태서관은 오늘날

---

10) 1905년 을사늑약 뒤부터 국내외 한글 신문에 대한 압수와 그 횟수가 잦았다. 경술국치 뒤에는 모든 한글 신문 발간이 중지되었다. 그런 가운데서 『경남일보』는 유일한 한글 신문으로서 이른바 조선총독부의 관보나 경상남도 도지 역할을 떠맡으며 나왔다.

11) 1910. 3. 22. 『경남일보』(상), 215쪽.

12) 1910년 현재 북문 안에서 "경성(京城)으로부터 직접(直接) 수입(輸入)ᄒ야" 서책을 판매한 진양서관(晉陽書館)(점주 이영숙, 1910. 1. 19)과 성 바깥 대안동에서 "모자(帽子) 양화(洋靴) 급(及) 기타(其他) 학도용품(學徒用品)을 구비(具備) 방매(放賣)"한 강선호의 서관이 보인다.(1910. 6. 5) 1911년에는 서울 회동서관 주인 고경상이 『경남일보』를 빌린 우편 판매에서 나아가 진주 북문 바깥 대안동에서 회문서관을 내어, 자사 책뿐 아니라 다른 데서 낸 책까지 팔았다.(1911. 12. 27) 1912년에는 북문 안에 진양서관이 있었고(점주 박한숙, 1912. 1. 6), 1913년에는 "각종(各種) 서적(書籍) 대발매(大發賣)"를 한 진주성 안 보신옥이 보인다.(1913. 8. 9) 『경남일보』(상), 104·360쪽. 『경남일보』(하), 611·627·708쪽.

13) 5월 21일부터 27일 사이에 네 차례 실렸다. 『경남일보』(하), 543~555쪽.

기록으로 확인 가능한, 마산의 첫 근대 서점인 셈이다. 그리고 비슷한 서점이 몇 곳 더 있었을 것이다.

마산에는 이 무렵 '공립마산보통학교'(313명), '사립완월보통학교'(50명), '사립창신학교'(88명)와 창신학교 고등과까지 있었다.14) 그들 학도를 상대로 삼은 교과용 도서와 학용품이 서점의 주요 판매 품목이었다. 그 안에는 학부 간행 『고등소학독본(高等小學讀本)』·『국문독본(國文讀本)』을 비롯해 운동가(運動歌)·애국가(愛國歌)·동포경성가(同胞警醒歌) 들을 실었을 창가집15)과 애국계몽가사류가 포함되었다. 거기에 역사전기물과 번안물이 더했을 법하다. 『애국정신담(愛國精神談)』·『몽견제갈량(夢見諸葛亮)』·『을지문덕(乙支文德)』·『이태리건국삼걸전(伊太利建國三傑傳)』·『파란말년전사(波蘭末年戰史)』·『미국독립사(米國獨立史)』·『남녀평권론(男女平權論)』에 이르는 이들 목록은 당대 우리나라 근대문학 향유 목록이면서 마산 지역민의 독서물 목록이기도 한 셈이다.16)

그렇다면 마산 지역민의 문학의식은 어떠했을까. 그것을 짐작해 볼 수 있는 자료가 드물게 『경남일보』에 두 차례 보인다. 주필 장지연이 쓴 글로 보이는 「부정(不正)의 소설(小說)을 금지(禁止)홈」과 「고담언문책(古談諺文冊)의 폐해(弊害)」가 그것이다. 둘 다 국권회복기 계몽 지식층이 지녔던 소설효용론을 잘 보여 준다. 소설은 "인민(人民)으로 ᄒ야곰 감발(感發)의 효(效)"를 가진 것이니, "기(其) 영향(影響)의 신속(迅速)"함은 다른 것에 견줄 바가 없

---

14) 『경남일보』(하), 63쪽.

15) 학부에서 낸 『보통교육창가(普通敎育唱歌)』 경우는 1910년 6월부터 『경남일보』에 몇 차례 나누어 싣기도 했다. 『경남일보』(상), 357~381쪽.

16) 이들 목록은 경술국치 뒤 왜로에 의해 압수, 판매 중지된 목록과 거의 일치한다.(1910. 10. 21) 『경남일보』(하), 98·154·158쪽.

다. 그럼에도 세상은 "정의(正義)에 인도(引導)"하는 좋은 소설을 읽지 않고, "황탄기궤(荒誕奇詭)흔 설(說)"로 "풍속(風俗)을 패괴(敗壞)"하고, "인민(人民)을 함닉(陷溺)"하는 소설만 즐기려 든다.17) 인민 감발의 나침반이 되어야 할 좋은 소설을 읽지 않는 세상을 꾸짖고자 한 글이 「부정의 소설을 금지홈」이다.

「고담언문책의 폐해」에서는 나아가 소설의 폐해를 다섯 가지나 늘어놓았다. 첫째 소설 속 황탄귀궤한 일을 실제로 믿어 미신(迷信)에 빠지게 하는 잘못, 둘째 그로 말미암은 망상에 갇혀 죄악을 저지르게 만드는 잘못, 셋째 남녀를 정욕과 음란에 빠지게 해 풍속을 어지럽히는 잘못, 넷째 출세 욕구를 분외로 좇게 하여 실업(實業)에서 멀어지게 만드는 잘못, 다섯째 소설에 탐닉해 마땅히 해야 할 일을 소홀하게 만드는 잘못18)이 그것이다. 그리하여

---

17) "소설(小說)이라 운(云)ᄒᆞᆫ 자(者)는 누항(陋巷) 인민(人民)의 풍속(風俗) 습관(習慣)에 의(依)ᄒᆞ야 천근(淺近)흔 언사(言辭)로 절요(切要)흔 의의(意義)를 포함(包含)ᄒᆞ야 인민(人民)으로 ᄒᆞ야곰 감발(感發)의 효(効)를 진(奏)케 홈이니 기(基) 영향(影響)의 신속(迅速)홈이 부고(桴鼓)의 첩(捷)과 순탁(巡鐸)의 경(警)보다 상차(尙且) 우절(尤切)흔지라 (…줄임…) 아국(我國)에서는 기왕(旣往) 소설(小說)을 저술(著述)ᄒᆞᆫ 자(者)-김춘택(金春澤)과 여(如)히 『창선감의록(彰善感義錄)』『사씨남정기(謝氏南征記)』, 등류(等類)ᄂᆞᆫ 개(皆) 의지(意志)를 포함(包含)ᄒᆞ고 정의(正義)에 인도(引導)ᄒᆞᆫ 자(者)라 ᄒᆞ려니와 기타(其他) 소위(所謂) 『소대성전(蘇大成傳)』, 『진대방전(陳大方傳)』, 『심청전(沈靑傳)』 등의 류(類)ᄂᆞᆫ 개(皆) 승도잡배(僧道雜輩)의 수(手)에 출(出)ᄒᆞ야 일시(一時) 구식(求食)의 계(計)에 불과(不過)홈으로 기(其) 황탄기궤(荒誕奇詭)흔 설(說)이 풍속(風俗)을 패괴(敗壞)ᄒᆞ며 인민(人民)을 함닉(陷溺)홈이 홍수(洪水)보다 우심(尤甚)흔즉." (1909. 11. 26) 『경남일보』(상), 50쪽.

18) "대개(大槪) 고담언문책(古談諺文冊)의 폐해(弊害)됨을 약거(略擧)ᄒᆞ야 일반(一般) 국민(國民)에게 기(其) 경성(警惺)홈을 요(要)ᄒᆞ노니 고담언책(古談諺冊)이라 ᄒᆞ는 것은 태반(太半) 황탄귀궤(荒誕鬼詭)의 설(說)을 위주(爲主)ᄒᆞ야 혹(或) 천선(天仙)이 하강(下降)ᄒᆞ얏다 혹(或) 신장(神將)이 용출(湧出)ᄒᆞ얏다 혹(或) 호풍환우(呼風喚雨) 둔갑장신(遁甲藏身)의 술(術)이 유(有)ᄒᆞ다 혹(或) 초신(招神) 선사(仙使) 귀강(鬼降) 천인지(天人地)의 용(勇)이 유(有)ᄒᆞ다 여차(如此) 무리

소설을 쓰고자 하는 이에게 "국민의 사상을 발전"시키는 완전한 저술을 장려하고 있다. 소설의 효용은 극력 인정하면서도 국권 회복이나 신문명을 감발시키는 데 이바지하지 않는 소설을 내쳐야 한다는 이중적인 태도를 드러낸다. 이러한 지식층의 발언은 거꾸로 민간이 널리 향유하고 있었던 옛소설의 열기를 알려 줌과 아울러 마산 지역문학의 밑자리까지 되새겨 보게 만든다.

사정이 그러했던 까닭에 소설폐해론을 실었던 『경남일보』조차 1911년부터는 한글로만 된 "우슈운 일"과 같은 자리를 만들어 세상 이야기를 담기 시작했다. 그들을 모집하는 광고까지 냈다.[19]

(無理) 불경(不經)의 설(說)로 조석(朝夕) 송독(誦讀) ᄒ며 주야(晝夜) 청람(淸覽) ᄒ 즉 피(彼) 유치(幼稚) ᄒ 아동(兒童) 부녀(婦女)ᄂ 천지간(天地間)에 실유(實有) 시사(是事) ᄒ 줄노 미혹(迷惑) ᄒ야 수기(遂其) 실지(實地)의 공부(工夫)ᄂ 불모(不謀) ᄒ고 차(此) 부허(浮虛) 황탄(荒誕)에 함(陷) ᄒ야 귀설(鬼說)에 미신(迷信)케 홈이 차(此) 기(其) 해(害)ㅣ일(一)이오 차등(此等) 귀궤황탄(鬼詭荒誕)에 미신(迷信) ᄒᄂ 경향(傾向)이 유(有) ᄒ 즉 유익괴귀(愈益怪鬼)를 숭배(崇拜) ᄒ야 진실(眞實)의 도리(道理)를 불식(不識) 홈으로써 신문명(新文明)의 법칙(法則)을 거절(拒絶) ᄒ고 요행(僥倖)의 망상(妄想)을 공회(空懷) ᄒ야 왕왕(往往)히 비상(非想) 불사의(不思議)의 사(事)를 희망(希望) ᄒ다가 죄악(罪惡)에 촉범(觸犯) ᄒᄂ 자(者)도 다(多) ᄒ니 차(此) 기(其) 해(害)ㅣ이(二)오 차(且) 기설(其說)이 개(皆) 남녀(男女) 정욕(情慾)의 음미요치(淫靡妖冶)의 사(事)가 다(多) 홈으로 부인(婦人) 유자(孺子)로 ᄒ야곰 기(其) 정지(情志)를 일탕(佚蕩) ᄒ야 음사(淫奢)의 심(心)을 고발(鼓發) ᄒ며 풍화(風化)를 괴란(壞亂)케 홈이 차(此) 기(其) 해(害)ㅣ삼(三)이오 우(又) 기(其) 취지(趣旨)ᄂ 개(皆) 명리(名利)를 위주(爲主) ᄒ야 조궁모달(朝窮暮達)과 출장입상(出將入相)으로 공명부귀(功名富貴)를 분외(分外) 획취(獲取) ᄒᄂ 등(等)이 다(多) 홈즉 인민(人民)으로 ᄒ야곰 실업(實業)에 태타(怠惰) ᄒ고 방술(方術)을 무구(務求) ᄒ야 신분(身分)은 불원(不願) ᄒ고 공명부귀(功名富貴)를 타수(唾手) 가득(可得) 홀 줄노 행망(倖望)의 염(念)을 공고(鞏固)케 ᄒ야 자우(自愚)에 함(陷)이 차(此) 기(其) 해(害)ㅣ사(四)오 차차(且此)를 애독(愛讀) 홀 시(時)ᄂ 주야(晝夜)를 불분(不分) ᄒ며 사무(事務)를 불계(不計) ᄒ고 촌시(村市) 점막(店幕)에 남녀노소(男女老少)가 영방(盈房) 전호(塡戶) ᄒ야 주효(酒肴)를 쟁공(爭功) ᄒ며 초성(楚聲)의 낭독자(朗讀者)를 환영(歡迎) ᄒ야 수기(遂其) 가사(家事) 농무(農務)를 광폐(曠廢) ᄒ야도 불휼(不恤) ᄒ니 차(此) 기(其) 해(害)ㅣ오(五)이라."(1910. 3. 18) 『경남일보』(상), 206쪽.

그리고 한 해 뒤인 1912년부터는 소설 앞 단계였던 "우슈운 일"
은 두고, 널리 '소설' 원고를 청하는 광고를 내면서 한글소설을
연재하기 시작했다. 본격적으로 독자의 기호에 따르려는 노력을
시작한 것이다. 초기 소설 비판과는 사뭇 딴판이다. 그리고 1월
22일부터는 소설이 1면 아랫단으로 나서기 시작했다. 두 편까지
도 실렸다.[20] 독자 취향을 고스란히 담아낸 변화였다. 『경남일보』
독자로 대표되는 문학 향유층은 옛소설뿐 아니라, 이른바 신소설
에도 매료되었던 셈이다.

이러한 분위기는 나라가 망한 1910년 뒤에도 곳곳에서 벌어졌
던 유사과거 시험인 백일장에서 고스란히 거듭했다. 각별히 왜로
가 경제 수탈을 꾀해 벌였던 이른바 '공진회(共進會)'에서는 단골
로 이루어졌던 행사였다. 과거가 폐지되어 유교 한문 지식층이
관로로 나아갈 수 있는 길이 막힌 상황에서 그들 "구지식인들을
위로하고 과거의 미몽 속에 젖어" 피식민지 "현실을 망각하게 하

---

19) "본사(本社)에셔 각종(各種) 소설(小說)거리 이야기될 만ᄒ고 자미(滋味) 잇ᄂ
사적(事蹟)을 만히 모집(募集)홀 차(次)로 포고(布告)ᄒ오니 만약(萬若) 일개월
(一個月) 15회(回) 게재(揭載)홀 만ᄒ 소설(小說)을 보ᄂ 주시면 일개월(一個月)
본보(本報)를 무대금(無代金)으로 발송(發送)ᄒ깃사오니 강호(江湖) 첨군(僉君)
은 조량(照亮)ᄒ심을 경요(敬要) 경남일보사(慶南日報社) 특고(特告)."(1911. 12.
13) 『경남일보』(하), 582쪽.

20) 1912년 1월 6일자부터 2쪽에 실었던 「교기원(巧奇寃)」이 그것이다. 「교기원」이
끝나자, 금선생(琴仙生)이라는 이가 쓴 「무정화(無情花)」를 실었다. 1912년 2월
11일부터는 박영운이 쓴 '애락소설(愛樂小說)' 「옥련당(玉蓮堂)」까지 연재하기
시작했다. 한 신문에 소설 두 편이 1면에 실리기도 했던 셈이다. 박영운은 "간
도(間島) 교육(敎育)의 다년(多年) 노력(勞力)을 ᄒ든 신사(紳士)"로 여러 편의
신소설을 쓴 이다.(1912. 1. 16) 『경남일보』(하), 646쪽. 짧은 3년 남짓한 기간
동안 경술국치를 경계로 그 앞의 소설 비판에서 소설 게재로, 다시 2면 게재에
서 1면 게재로 상승해 나가는 변화가 눈길을 끈다. 당대 국망의 치욕 아래서
거의 유일한 한글 매체였던 『경남일보』가 대중 상업언론으로 깊이 들어서는
과정을 보여 주는 까닭이다.

는 역할을" 떠맡은 퇴행적인 "문자 유희의 장"이 백일장이었다. 이웃 김해에서 벌어졌던 백일장에서는 온 나라에서 모여든 유생 (儒生)이 수천에 이르렀다.[21] 남녀노소 구별 없었던 그들 가운데 마산 지역 사람 또한 적지 않았을 것이다.

1910년을 앞뒤로 한 시기 마산은 다른 곳과 달리 폭발적으로 신문물을 받아들이면서, 옛것과 새것이 나뉘기 힘들 정도로 뒤섞여 들었다. 문예 영역에서도 전통 한문 식자층에 의한, 전래적인 방식의 읽기와 쓰기가 한결같이 거듭되었고 거기다 옛소설·신소설과 같은 한글 소설에 즐겨 눈길을 두었던 대중 독자들이 폭넓게 자리 잡고 있었다. 관립, 사립학교 학생과 개신 유학자층을 중심으로 삼은 새로운 문예의 세례 또한 빠르게 이루어졌다. 당대 마산 지역문학은 옛것과 새것, 한문학과 한글문학 사이에 이루어진 복잡한 교체와 중복 양상을 거듭하며 근대문학의 부름켜를 키워 나왔던 셈이다.

3. 동양자 김광제 지사와 『마산문예구락부』

동양자 김광제(1866~1920)는 충남 보령시 웅천면 평리에서 태어났다. 어릴 때부터 한학을 하며 문과 과거를 준비했다. 그러다 1888년 스물세 살 때 무관으로 관직에 나갔다. 1895년에서 1896년 사이에는 홍주의병으로 싸웠다.[22] 여러 관직을 거쳐 1902년

---

21) 강명관, 「일제초 구지식인의 문예활동과 그 친일적 성격」, 『창작과비평』 통권 62호, 창작과비평사, 1988, 159쪽.

22) 오늘날까지 김광제에 대한 조사, 연구는 꼼꼼하게 이루어지지 않았다. 그런 가운데서 최종고·이동언·박연실이 디딤돌을 놓았다. 최종고는 우리 근대 법률

에는 정삼품 호남 시찰사, 동래 경무관까지 올랐다. 이때부터 경상도와 인연을 맺었다. 1905년 을사늑약으로 나라가 외교권을 빼앗기고 경찰권을 억압 당하자 분연히 치안질서를 맡고 있었던 경무관 직을 버리고, 부왜배로 전락한 관리들과 부패를 탄핵하는 애국충정 가득한 상소를 올렸다. 그것으로 미움을 받아 고군산열도로 유배를 당했다. 두 달 만에 특별사면되어 법부참사직을 받았으나 다시는 관직에 나가지 않았다. 그리고 어느 때인가, 청나라와 왜국 대판으로 여행을 나서 견문을 넓혔다.

1906년부터 동양자는 대구에 새 둥지를 틀었다. 지역 유지 서상돈과 광문사를 세워 사장을, 대구광문회를 조직해 부회장을 맡았다. 거기서 학교설립취지서를 올려 고종 특별하사금을 받았고 그것으로 사립보통학교를 세운 뒤 교장으로 일했다. 1907년 정미년 서상돈의 도움을 받아 국채 보상을 발의하였다. 그런 다음 대구를 시작으로 온 나라에 번졌던 정미국채보상의거 실무처 국채보상연합회의소의 총무와 부의장을 맡아 활발하게 의거를 이끌었다. 기관지 월간 『대동보』까지 창간, 사장과 발행인으로서 7집까지 냈다. 그러나 1908년 왜로와 부왜배의 방해 획책으로 국채

사상가라는 데 초점을 두어 지사의 삶과 사상을 처음으로 다루었다. 뒤이어 이동언이 지사에 대해 포괄 논의를 처음으로 펼쳤다. 이를 이어 받아 박연실이 더욱 기웠다. 오늘날 향리 충남 보령에서는 '독립지사김광제기념사업회'를 중심으로 현양 사업이 이루어지고 있다. 지사에 대한 1차 기초 사료는 '석람김광제선생유고집발간위원회'에서 한 차례 갈무리했다. 최종고, 「석람 김광제」[한국의 법률가상(58)・(59)], 『사법행정』 통권 28권 2호・3호, 한국사법행정학회, 1978. 이동언, 「김광제의 생애와 국권회복운동」, 『한국독립운동사연구』 제12집, 독립기념관 한국독립운동사연구소, 1998. 박연실, 『김광제의 생애와 활동』, 충남대학교 석사논문, 1998. 석람김광제선생유고집발간위원회(石藍金光濟先生遺稿集發刊委員會) 엮음, 『민족해방을 꿈꾸던 선각자』(독립지사 김광제선생 유고집), 석람김광제선생유고집발간위원회, 1997.

보상의거를 그칠 수밖에 없었다. 동양자를 비롯한 간부들은 횡령 죄를 뒤집어쓰고 수감되어 갖은 고문을 겪다 마침내 무죄로 풀려 났다.

그 뒤부터 동양자는 학회 활동에 전념했다. 1908년 대한자강회 후신으로 만들어졌던 유일한 구국정치조직 대한협회 회원이 되 었다. 거기서 전라도 직산지부 간사를 거쳐, 호남지역 시찰원(視 察員)을 맡아 삼남 일대를 떠돌며 의기 드높은 대중 강연을 펼쳤 다. 아울러 기관지 『대한협회회보(大韓協會會報)』를 빌려 문필 활 동도 멈추지 않았는데, 거기에서는 지사의 활발했던 활동상을 소 개하기도 했다. 이어서 동양자는 경상도 인사를 중심으로 세운 교남교육회 창립 회원으로서 여러 곳을 오가며 국권회복과 애국 계몽 활동에 힘껏 나섰다.

경술국치를 겪자 동양자는 모습이 드러나지 않는다. 그러다 1920년 2월 서울 중앙청년회관에서 노동계의 생활·교육·질서, 세 요항(要項)을 지도·향상시킬 것을 내세운 '조선노동대회' 발회 식(發會式)을 가졌다. 인민의 다수를 차지하고 있는 노동자의 보 호 구제 없이는 광복이 어렵다고 본 결과였다. 동양자는 거기서 대회장에 추대되면서 다시 역사 속으로 이름을 들냈다. 그런데 전국 7천 명에 이르는 회원을 가진 조선노동대회는 기미만세의 거 1주년을 맞아 나라 안밖에서 제2만세의거를 결행하려 한 계획 과 맞물려 있었다. 그 일이 발각이 나 3월, 동양자는 주모자 가운 데 한 사람으로 체포되었다.[23] 그리고 거기서 풀려난 동양자는 7월 24일 마산에서 식사 초대를 마치고 나온 뒤 몇 시간 동안

---

23) 「독립시위운동계획자검거」, 김정명 엮음, 『명치 백 년사』(3권). 석람김광제선 생유고집발간위원회 엮음, 앞서 든 책, 361~363쪽.

복통으로 신음하다 절명했다. 왜로에 의한 독살이라 짐작되었지만 당시로써는 확인할 길이 없었다. 향년 쉰다섯 나이에 맞은 원통한 죽음이었다. 유해는 마산단주회를 중심으로 한 유지들의 도움으로 공동묘지에 임시로 모셨다. 여덟 해 뒤인 1927년 고향 유지의 발의와 모금에 힘입어 평리로 돌아와 안장되었다.[24]

짧게 살핀 바와 같이 동양자는 말 그대로 문무겸전한 풍모였다. 기울어져 가는 19세기 말과 20세기 초를 겪으며 몸과 마음으로 구국, 애민을 실천하다 원사(寃死)한 분이다. 그럼에도 아직까지 지사의 삶과 이룬 바에 대해 알려진 것은 미미하다. 각별히 1910년 경술국치부터 1920년 조선노동대회 앞까지 시기는 더하다.[25] 알려진 대로 동양자는 조선노동대회를 이끌다 마산에서 절명했다. 노동대회를 조직, 실천하기 위해서는 그때까지 모습을 드러내지 않고 있었던 1910년부터 1920년까지 시기에도 1910년 경술국치 이전과 마찬가지로 적극적으로 활동했음이 틀림없다. 그런 점에서 이제까지 풍문으로만 알려져 온, 지사가 『마산문예구락부』를 엮어 냈다는 정보가 갖는 뜻은 크다. 지사의 숨겨진 시기 활동과 그 중심지가 마산이라는 사실을 일깨워 주는 까닭이다.

그런데 동양자가 마산에서 냈던 서책은 『마산문예구락부』 하

---

24) 지사의 영결식을 갖기 위해 노동조합원 7만 명이 모이자, 왜경이 겁을 먹고 운구를 방해하여 장례를 하루 늦추었을 정도였다. 최종고, 앞서 든 글(상), 103쪽. 광복 뒤인 1947년에 오세창·김구·정인보와 같은 이가 앞장서 경모비를 세웠다. 1982년에 이르러서야 광복유공자로 추서되었다.

25) 최종고는 이 시기에 대해 "석남은 일체의 사무를 던져 버리고 남하하여 마산에서 은거하였다. 일제의 감시를 피하면서 독립운동의 지하활동에 관계하면서 일시 일본으로 망명하였다는 얘기도 있으나 확인할 수 없다. 1910년부터 10년 간 그의 활동에 대하여는 이렇다 할 자료나 단서가 보이지 않는다. 아마도 한편으로는 실의에 차 있으면서도 다른 한편으로는 또 다른 방식의 독립운동을 준비하고 있었던 시기라고 볼 수 있다"고 썼다. 최종고, 앞서 든 글(상), 103쪽.

나에 그치지 않는다. 지사가 냈던 책은 오늘날 여섯 권을 확인할 수 있다.26) 그 가운데서 세 권을 1913년과 1919년 사이 마산에서 냈다. 1913년에 낸『영업지남(營業指南)』·『마산문예구락부』와 1919년에 낸『양대기서(兩大奇書)』가 그것이다. 실용서『영업지남』과 문예지『마산문예구락부』는 신활자본이다. 한문학서인『양대기서』는『황석공소서(黃石公素書)』와『제갈량심서(諸葛亮心書)』를 하나로 묶은 목판본이다. 이렇게 보면 마산에서 동양자는 서로 다른 세 발행소에서 다른 두 유형의 책을 냈다. 근대 출판과 전근대 출판 방식으로, 한문 지식층과 노동층을 모두 대상으로 삼은, 정통 한문서에서 근대 산업 경제 계몽서에 이르기까지 너비가 큰 활동이었다.

---

26) 노린서(김광제 옮김),『만국공법요략(萬國公法要略)』, 대구: 광문사, 1906(부산: 민족문화, 1987). 김광제,『연설대해(演說大海)』(이호진 엮음), 광동서관, 1909.『영업지남(營業指南)』, 마산서적종람관, 1913. 김광제 엮음,『마산문예구락부(馬山文藝俱樂部)』[제1회 시집(試集)], 마산: 마산문예구락부, 1913. 김광제·조창규 엮음,『동국풍아(東國風雅)』, 대구: 삼청당, 1917. 김광제 엮음,『양대기서(兩大奇書)』, 마산: 삼청당, 1919.『만국공법요략』은 로렌스(Laurence)가 쓴 *Handbook of Internation Law*를 선교사 알렌 영(Allen Young, 林樂知)이 한역한 책에 동양자가 긴 서문을 붙여 낸 것이다. 그리고『연설대해』는 2부로 나누어 앞에는 연설에 대한 개론 지식을 옮기고, 뒤에는 동양자의 대중 강연 내용을 올렸다. 국권회복기 대표적인 논객이자 웅변가로서 지녔던 풍모를 볼 수 있는 자료다.『영업지남』은 신활자본으로 왜국 대판에서 찍어 낸 책이다. 상·중·하 세 편으로 나누어 상편에서는 영업의 순서와 원칙을 논하고, 중편에서는 영업의 종류와 개요를 서술했다. 그리고 하편에서는 영업자의 성품을 다루었다. 그리하여 "각종 소매 공상(小賣工商) 상점이나 농작가(農作家)에 부녀와 노동자라도 쉽게 볼 수 잇도록 국한문법(國漢文法)을 혼용"하여 만든 책이다. 근대 산업화 과정 아래서 영업을 위한 기본 지침서를 마련한 셈이다. 대구 삼청당에서 김광제와 조창규가 함께 엮은『동국풍아』상·하 두 권에는 고대부터 근세까지 대표 한시 2000수를 가려 뽑았다. 근세 인물 가운데서는 유길준을 넣어 동양자의 사상 지표를 알 수 있다. 손쉽게 할 수 없을 이 일을 동양자가 감당한 것으로 보아, 한문학에 대한 높은 식견을 알 수 있다.『양대기서』는 동양자의 한글 현토본으로 "저작 겸 발행자"를 김광제로 올렸다.

따라서 세 책을 낸 발행소 셋은 동양자가 마산에서 벌인 활동의 목표나 대상에 따라 다르게 일을 떠맡았다는 짐작에 이르게 한다. 이미 대구에서 광문사를 만들었던 동양자다. 마산에서도 그와 나란한 활동을 벌인 셈이다.『동국풍아』를 냈던 대구 삼청당과 마찬가지로『양대기서』를 마산 삼청당에서 내고 있는 것이 본보기다. 다른 한 곳인 마산서적종람관(馬山書籍縱覽館)은 단순히 서적을 출판, 판매하는 곳이라기보다 신구 도서의 수집·열람·판매까지 맡았던 곳이다.27) 마산문예구락부는 거기에 '부설'하여『마산문예구락부』를 연속적으로 내기 위해 마련한 곳이었다.

그렇다면 동양자는 언제 마산으로 내려왔을까? 이에 대해서 확정할 수 있는 터무니는 하나도 없다. 그러나 경술국치 직후였다고 봄이 옳겠다. 국치 이후 관계하고 있었던 모든 학회 활동이나 대중 조직이 막히고, 한글신문도 배포되지 않아 나라 사람의 귀와 눈이 다 닫혀 버린 상황에서 지사는 새로운 길을 고심하지 않을 수 없었다. 그리하여 이미 경무관으로 터를 닦았던 동래에다 정미국채보상의거와 교육, 대중 강연 활동으로 조직망이 굳건했던 대구를 낀 마산을 새 텃밭으로 삼았다. 그 무렵 마산의 산업과 노동 현장은 신마산과 원마산을 오가며 부왜자본과 민족자본

---

27) 마산서적종람관의 됨됨이에 대하여 김광제는 "고금도서(古今圖書) 각종(各種) 서적(書籍)을 널리 구(求)ᄒ야 신사(紳士)들의 관람(觀覽)을 공(共)ᄒ며 저술(著述) 인쇄(印刷)에 종사(從事)ᄒ며 문예구락부(文藝俱樂部)를 부설(附設)ᄒ야 문풍(文風)을 대진(大震)케 ᄒ고 서포(書鋪)를 우설(又設)ᄒ야 서적(書籍) 급(及) 학계용품(學界用品)을 판매(販賣)ᄒ오니"라 적고 있다.『영업지남』, 79쪽. 이미 1910년부터 서울과 부산에서 근대 도서관 시설에 대한 준비가 이루어졌던 만큼 그와 같은 기능을 아울러 맡고자 한 곳을 마산에 마련하였던 셈이다. 부산에서는 도서관 신축 건립을 위해 보조금을 모으기 시작했고(1910. 10. 3), 1911년 4월에는 서울에 마련되었던 이른바 '경성문고'에 대한 장서 수를 소개하기도 했다.(1911. 4. 3)『경남일보』(하), 19·338쪽.

사이 갈등과 알력이 컸을 것이다. 동양자가 터 잡기 좋은 환경이었다. 그리고 그 일에 마산서적종람관 관장을 맡았던 김병선과 같은 지역 유지들 도움이 컸음 직하다.[28]

동양자는 1910년 7월 경술국치 뒤 어느 때부터 『마산문예구락부』가 나온 1913년 12월에 훨씬 앞선 어느 시기[29] 사이에 마산으로 내려왔다. 그리고 원마산인 오늘날 창동[30]에서 지역 유력자[31]의 도움을 받아 '마산서적종람관'을 세우고 김병선을 관장으로 내세운 뒤 출판, 유통을 통한 지역 활동에 나섰다. 다시 그 안에

---

28) 큰 자산을 지니지 못했던 동양자가 대구에서 포목상으로 거상이 된 대구 유지 서상돈의 후원으로 정미국채보상의거나 대구광문사를 열어 뜻을 폈던 본보기가 이미 있다. 흔히 정미국채보상의거나 『대한매일신보』에서부터 맺어진 장지연과 동양자 사이를 눈여겨보아, 동양자가 마산으로 내려오게 된 데는 진주에 먼저 와 있었던 장지연의 영향이 컸을 것이라는 짐작이 있다. 그러나 동양자는 장지연보다 더 실질에서 영남과 연고를 맺고 있었던 이며, 대중 동원과 조직 활동까지 거쳤다. 따라서 1910년 국망이라는 커다란 정세 변화로 말미암아 근거지를 먼저 마산으로 옮긴 김광제에 뒤이어 장지연 또한 1913년 『경남일보』 주필 자리를 그만둔 뒤 마산으로 옮겼다. 이때 장지연은 이미 낙백한 모습으로 지사 풍모를 접었을 때다. 게다가 1913년에 『마산문예구락부』를 내기 위해서는 적어도 1913년 이전, 곧 위암의 마산행에 앞서 동양자가 마산에 머물고 있어야 가능한 일이다. 두 사람 사이에 마산행을 둘러싼 연고나, 마산에서 교유는 거의 없었다고 봄이 옳다.

29) 『마산문예구락부』는 전국에서 현상공모를 받아 엮어 낸 책이다. 따라서 그것을 준비하는 데는 적지 않은 시일이 걸렸을 것임을 알 수 있다. 『마산문예구락부』가 1913년 11월 15일에, 『영업지남』이 8월 14일에 나왔다. 그렇게 본다면 적어도 1913년 8월 이전에 내려왔을 것이다.

30) 삼청당은 '마산부 석정(石町)'에 있었고 마산서적종람관은 이른바 '통정'에 있었다. 통정은 원마산과 신마산 사이에 있는 오늘날 장군동이다. 그리고 그가 제2차 기미만세의거 거사로 말미암아 체포되었을 때 주소가 '석정 133번지'였다. 오늘날 창동 지역이다. 이로 볼 때 동양자는 오늘날 원마산 중심지에 뿌리를 두고 활동했음을 알 수 있다.

31) 초기에 뜻을 모았던 이들은 아래와 같다. 김병제·김병선·허건·이상소·손덕우·이규철·김정묵·노병국·이수학·김지관·감기현·홍윤대가 그들이다. 대부분 당대 지역 지도자들이었다. 『영업지남』, 앞서 든 책, 78쪽.

마산문예구락부를 만들어 전국 규모의 한문문예지 발간을 기획
하면서 활동 범위를 넓혔다. 그리고 1919년 이전 어느 시점부터
는 삼청당이라는 이름으로 출판, 판매와 약종상[32]을 포괄하는 점
포를 운영하면서, 물밑으로는 조선노동대회를 준비했던 셈이다.
당대 지역 식자층, 노동층을 위아래로 오가며 이루어진 동양자의
마산 체류와 활동이 장기간에 걸쳐 매우 활발했음[33]을 짐작하게
한다. 이런 가운데서 그가 엮어 낸『마산문예구락부』제1회 시집
(試集) 한 권은 동양자의 넋일 뿐 아니라 마산 근대문학 초기 모습
을 생생하게 알려 주고 있는 첫 문예지라는 점에서 뜻이 크다.

『마산문예구락부』는 신식 연활자로 찍은 본문 94쪽짜리 책이
다. 1집 이후 더 내지 못했던 것으로 보인다. 발행인을 김정묵(金
禎黙)으로 적고, 동양자는 부장과 편집에 이름을 올렸다. 인쇄인
은 촌목관치(村木寬治)라는 왜인이다. 마산남선인쇄소(馬山南鮮印

---

32) 제2차 기미만세의거를 준비하다 검거되었을 때, 동양자의 직업은 '약종상'으로
적혀 있다. 삼청당이나 마산서적종람관이 약종상 업무와 연계되었을 가능성을
알려 준다. 석람김광제선생유고집발간위원회 엮음, 앞서 든 책, 393쪽.
33) 1920년 그가 조선노동대회를 서울에서 열었을 때, 전국 조직은 서울·개성·평
양·신의주·청주·충북·함남·황해·충남 지부와 함께, 경상도에서는 마산 지부가
유일했다. 회원 숫자도 80명에 이르렀다. 1920년 동양자가 원사하자 그 추도식
을 마산단주회(馬山斷酒會)에서 마련했다. 마산에 머무는 십 년 남짓했을 기간
동안 동양자가 같은 지역에 있었던 장지연이나 안확과 달리 적극적이고도 범
대중적인 조직 활동에 앞장섰음을 알려 주는 지표다. 위암은 낙백한 부왜 지식
인으로 풍류에 잦아들었을 때다. 안확은 동양자보다 스무 살이나 넘게 아래
연배다. 게다가 섬나라 대학에서 공부를 마치고 돌아와 창신학교 고등과 교사
(1911~1916)로 일하고 있었다. 활동 방법이나 노선이 개량 지식층이었던 안확
과 달리 동양자는 조선 왕조 관리를 거친 전통 유교 한문 지식층이었다. 게다가
평생토록 동양자는 거리에서 인민을 향한 강연과 조직 활동 역량을 키워 왔던
실천가다. 동양자가 관여했던 출판물의 범위가 동양 고전에서 근대 실용서와
문학물에까지 두루 걸칠 수 있었던 까닭도 거기에 있다. 전통 한문 지식층과
신지식층, 지역 유림과 인민 사이에서 폭넓게 존경 받으며 영향을 끼쳤다.

刷所)에서 냈다. 이로 미루어 마산문예구락부의 재정은 김정묵이 맡았고, 원고 모집과 발간에 관한 모든 책임은 동양자가 진 것으로 보인다. 책 안에는 동양자가 쓴 「문예구락부취지서」와 함께 『마산문예구락부』에 대해 명망 인사들이 준 '축문(祝文)', 문예구락부 발간을 축하하는 마산남선인쇄소의 '축문'이 앞에 실렸고 이어서 본문이 올랐다. 그런데 『마산문예구락부』는 어떤 연고로 나온 것일까? 그것을 위해서는 그 무렵 한문학 쪽 움직임을 살펴볼 필요가 있다.

『마산문예구락부』가 나온 1913년은 이미 국망을 겪어, 왜로 제국주의의 이른바 조선총독부 수탈이 기정사실로 굳어진 시기였다. 1910년 국치에 앞선 시기 국권회복 활동을 벌였던 애국계몽학회들은 이른바 통감부의 압제를 받아 모두 해산 당하였다. 그리고 1910년 경술국치 뒤부터 새로 나타난 것이 이름부터 왜식 영어를 끌어다 붙인 '구락부' 모임이었다. 대표적인 것이 '노인구락부'다.[34] 한문예계에 처음 나타난 것은 서울의 '문예구락부'였다. 새삼스럽게 한문·한문학에 대한 관심을 드높이기 위해 만든 단체였다. 한문강습소를 운영했는데 성황을 이루었다.[35] 1916년에는 작품집 『문예휘고(文藝彙稿)』를 냈다. 거기 제사(題詞)를 붙

---

34) 왜식 종교 천리교를 등에 업은 노인 모임이었다. 이른바 총재와 본부장을 왜인으로 삼고, 전승지·이순법 들이 앞장서 발회식을 가졌다.(1911. 10. 31) 『경남일보』(하), 502쪽. 거기다 부왜 매국노와 왜로가 어울러 만든 이른바 '서화미술시회(書畵美術詩會)'나 '독서회(讀書會)'와 같은 것도 그런 분위기를 탄 조직이었다.(1911. 3. 24; 5. 31) 『경남일보』(하), 454·502쪽.

35) 1911. 10. 29. 『경남일보』(하), 498쪽. 말글에서도 어느덧 '국문'은 언문으로 떨어지고, 식민자 왜어가 '국어'로 올라섰던 때다. 곳곳에서 부녀자나 기녀를 대상으로 이른바 '국어강습회'라 일컬었던 왜어 학습회를 갖고, 왜로 경찰에게는 '조선어' 교육을 우리 관리에게는 왜어 작문법을 실습했다.(1912. 1. 1) 『경남일보』(하), 618쪽.

인 이들, 곧 홍희·정봉시·윤희구·정만조와 같은 이는 하나같이 부왜기관 경학원(經學院)의 강사(講士)였다. 당대 중앙 부왜 관료나 부왜 유림을 중심으로 이루어진 여기 한문예 활동이 '문예구락부'였던 셈이다.[36]

그리고 이들 둘레 모임으로, 전국 규모 한문학 활동과 열기를 겨냥해 만들어진 곳이 '신해금사'다. 1911년 11월부터 매국노 이기용이 돈을 대고, 이재극·안택중·이해조·선우일·이철주와 같은 이가 발기인으로 이름을 걸었다. 이들 가운데 이재극은 왜로 남작 작위를 받은 대표적인 매국노다. 왕거 안택중은 『경남일보』 1면 '사조(詞藻)' 난에 고정 글쓴이로[37] 신해금사의 편집을 도맡았다.[38] 동양자가 지역 마산에서 '마산문예구락부'를 만든 것은 이러한 신해금사와 비판적 거리를 지녔던 데 따른 일로 보인다. 그것은 신해금사와 같은 한문학 작품집에다, 한 해 서너 차례 낼 것을 겨냥한 공통점 말고는 여러 가지 점에서 다른 까닭이다.

첫째, 설립 취지에서부터 차이가 있다. 신해금사 설립과 시문집 발간은 한문과 한문학이 잊혀질 지경에 이른 세상 흐름 앞에서 그들을 한곳에 펴놓고자 한 데 있었다.[39] 근대 출판 유통 기술에

---

36) 경술국치를 앞뒤로 한 시기 '문예구락부'와 '신해금사'를 비롯한 구지식인의 한문학 활동과 그들이 지니고 있었던 부왜적 됨됨이에 대해서는 강명관이 일찌감치 갈무리한 바 있다. 신상필은 강명관과 달리 보다 유연한 생각을 폈다. 강명관, 앞서 든 글, 141~172쪽. 신상필, 「근대한문학의 성격과 신해금사(辛亥唫社)」, 『한문학보(漢文學報)』 22집, 우리한문학회, 2010, 107~129쪽.

37) 그 밖에 고정 필진은 주필 장지연과 뒤이어 주필을 맡았던 추범 권도용이었다.

38) 신해금사에서는 1912년 3월부터 1916년까지 해마다 서너 권씩 24권에 이르는 시집을 냈다. 초기 회원 수는 700명에 이를 정도로 관심을 끌었다. 강명관, 앞서 든 글, 156쪽.

39) "그 사람이 비록 간행하여 후세 사람에게 남겨 주고자 한들, 간행할 힘이 온전하지 않아 좀벌레와 늘 함께한다. 혹 간행할 힘이 온전한 사람은 자신이 쓰고 자신이 간행하면 다른 사람의 비난을 초래할까 걱정하여 후세의 자식이나 손

힘입어 유흥으로서 한문학의 전통과 지속 가능성에 초점이 놓였다. 이에 견주어 『마산문예구락부』 설립취지서에서 동양자는 신구 합일론을 폈다. 지난날 한문예나 오늘날의 새 문예가 그 바탕에서 결코 다르지 않아[40] 오늘 것도 내일에 보면 다시 옛것이 되고

자를 기다린다. 그러나 저 자식이나 손자는 장독을 덮는 종이로만 간주하여 끝내 사람과 시가 모두 없어지게 되니, 이 또한 부득불 우주에 한번 물어봐야 한다.//물어보았으나 무익하였으니, 어찌 직접 좋은 계책을 구하지 않겠는가? 우리들은 이 때문에 발분하여 한 모임(詩社)을 만들었다. 간행 비용도 대략 갖추고 당세 여러 군자들이 현재 창작하는 아름다운 문장을 널리 모아서 매달 간행하여 배포하여 널리 전해지길 길이 도모한다(其人乎, 雖欲刊之鐫之, 留贈後人, 梓力未濟, 與囍終始. 或有梓力之可濟者, 自以爲自作自鐫, 恐招人議, 以待後世兒孫. 彼兒孫看作覆瓿之靑氈, 竟使人詩俱亡, 此又不得不一質於宇宙也.//旣質之無益, 盍自求善策? 僕等用是發奮刱起一社. 略備鋟貲, 博收當世諸君子現佳章, 按月刊布, 永圖流傳)."(『辛亥唫社趣旨書』, 1912. 1. 6)『경남일보』(하), 625쪽. 본문에 옮긴 한문 원문 번역에는 부산대학교 한문학과 이현호 교수의 도움을 받았다.

40) "근일에는 옛것이니 새것이니 하며 각각 구분된 지경에 의거하며, 옳니 그르니 하며 다만 배척하는 것만을 일삼으니, 쌍방의 편견과 잘못된 논의가 어찌 그리도 심한가?//옛것과 새것의 이름과 실상은 특별한 종류가 아니다. 요임금의 정치는 순임금에게 있어선 옛것이고, 맹자의 말은 공자에게 있어선 새것이다. 대개 옛 학문이라는 것은, 사서삼경과 의의(義疑)·표책(表策)·사조(詞藻)·시부(詩賦)를 말하는 것이고, 신학문이라는 것은 역사(歷史)·지지(地誌)·산술(算術)·물리(物理)·화학(化學)을 말하는 것이다. 곧 옛사람이 그 대강을 발명하였는데, 지금 사람이 그 실제 이치를 연구하여 넓힌 것이다.// (…줄임…) //신구의 학문에는 하나라도 버릴 것이 없다는 논의가 정히 내 뜻에 부합한다. 이것이 이른바 오늘 문예구락부를 발기하는 까닭이다.//성현의 책을 강론하고 연구하여 본성을 회복하고, 고금의 득실을 열람하여 그 이름을 바르게 하며, 바람 꽃 달 이슬을 따다 써서 정감을 펼치고, 유명한 산과 큰 내를 그려서 정신을 함양하며, 위인의 자취를 모아서 그들의 의리를 사모하고, 기계와 기변(氣變)의 학문을 연구하여 지혜를 넓힌다면, 규정의 범위는 진실로 클 것이다.//이 문예구락부는 천하의 중간에서 멀리까지 기치를 세워, 동쪽으로 부르고 서쪽에서 초빙하여, 옛것을 강론하고 지금 것을 전술하여 품고 있던 시문을 투고한다면, 모두가 멀리서 찾아오는 내 친구이리니, 또한 즐겁지 아니하겠는가? 이것이 내 취지다(近日之曰舊曰新, 各據界限, 稱是稱非, 徒事抵斥, 雙方之偏見謬論, 何其甚也?//新舊之名實, 非別種. 堯之政於舜卽舊也, 孟之言於孔卽新也. 盖舊學云者, 四子書三代經, 及義疑表策詞藻詩賦之謂也. 新學云者, 歷史地誌算術物理化學之謂也. 卽古之

옛것이라 하더라도 그 본체에서는 오늘날 것과 다를 바 없다. 국치 뒤 시기임에도 마산문예구락부가 신구 합일을 빌린 한문학의 계몽적 기능을 한결같이 내세우고 있음을 눈여겨볼 일이다.

둘째, 작품 응모 '조례(條例)'(마산문예구락부는 '규정')에서도 차이가 난다. 모두 다섯 가지로 나누어 볼 수 있다. 첫 번째, 응모 부문에서 신해금사는 한시 갈래로만 묶었다. "5언과 7언 절구, 5언과 7언 율시, 고시, 잡조(雜調) 등을 자유롭게 지어 기고한다."41) 그러나 마산문예구락부는 신구 문예 영역을 다 묶는다. "학술(學術)의 참고(參考)로 경의(經義) 이화학(理化學) 등(等) 작문(作文) 시부(詩賦) 사조(詞藻) 등(等) 문제(問題)"42)가 그것이다. 두 번째, 응모 자격이다. 신해금사는 "기고하는 인원은 어느 곳 어느 국적인지를 논하지 않으며, 부녀자와 아동 또한 제한하지 않는다".43) 거기에 견주어 마산문예구락부는 다른 규정이 없다. 다만 "사방에서 다사(多士)의 시권을 모집한다"44)고 했다. 신해금사에서 말했던 남녀연령에 관계없다는 규정보다 폭이 좁은 셈이다.

세 번째, 신해금사는 단순 응모다. 작품을 낸 사람은 다 싣는 원칙을 지녔다. 그러면서 명사의 평이 붙기도 했다. 그러나 마산문예

人發明其大槪, 而今之人硏究其實理而擴然者也.// (…줄임…) 新舊學間, 無一可廢之論, 正合吾意. 此所謂今日文藝俱樂部之發起也.//講究聖賢之書, 以復其性; 閱覽古今得失, 以正其名; 尋摘風花月露, 以暢其情; 圖畵名山大川, 以養其精; 纂集偉傑之蹟, 以慕其義; 硏究機械氣變之學, 以廣其智, 則規程範圍, 誠大矣哉!//是部也, 逈欲立幟於天下之中途, 東喚西招, 講古逃今, 懷章投劵, 莫非我遠方來友, 不亦樂乎? 此其我趣旨也夫!)." 「文藝俱樂部趣旨書」, 『마산문예구락부』, 1쪽.

41) 「신해금사취지서」, 『경남일보』(하), 625쪽.
42) 『마산문예구락부』, 92쪽.
43) "寄稿人圓, 毋論何地何國, 而婦人童子, 亦勿限." 「신해금사취지서」, 『경남일보』(하), 625쪽.
44) 『마산문예구락부』, 92쪽.

구락부는 현상응모 방식이다. 작품 높낮이를 평가하여 갑·을·병으로 매겨 입상자에게는 부상을 주었다. 미리 시제가 주어진 지상백일장 방법이었다.[45] 마산문예구락부도 합격 여부를 막론하고 선외 작품까지 실었지만, "잘못된 취지로 실격되어 후세 사람의 이목에 비웃음을 끼칠 경우"[46]의 작품은 내놓지 않도록 했다.

네 번째, 제한 사항이다.

시조(詩調)는 평담한 것을 높이 친다. 만약 정치 등등의 의미를 담고 있다면 채택하지 않는다.[47]

신해금사의 것이다. "정치 등등의 의미를" 처음부터 배제한 것이다. 서울 신해금사가 놓여 있는 태생적 반민족성을 볼 수 있는 규정이다. 이에 견주어 마산문예구락부에서는 제한 사항을 두지 않았다. 다섯 번째 운영 방법이다. 둘 다 수록 회원의 회비로 내는 점은 같다. 그런데 마산문예구락부에서는 "조상을 칭송하는 글"이나 "효자 열부 및 어버이의 은혜 들의 글을 간행 배포하고자 할 때에는" 작품마다 "간행비와 책값" 비용을 더하도록 조건을 붙였다.[48] 말하자면 유교적 정통 덕목의 사회적 보존과 확산에

---

45) 신해금사도 1916년부터 부정기로 이러한 지상백일장 형식을 빌려 작품을 받기도 했다. 『마산문예구락부』보다 한참 늦었던 셈이다. 그러나 이것이 신해금사 시집 간행의 중심 방법은 아니었다.

46) "다사(多士)의 응시(應試)흔 각문(各文)은 시방(試榜)에 참부(參否)를 물론(勿論)흐고 일시속간(一是編刊)흐되 실지실격(失旨失格)되여 후인이목(後人耳目)에 이조(貽嘲)될 자(者)는 본부(本部)에셔 존발(存拔) 흠." 『마산문예구락부』, 92쪽.

47) "詩調貴在平澹. 若含有政治等意味, 不爲採取" 「신해금사취지서」, 『경남일보』(하), 625쪽.

48) "단(但) 위선문자(爲先文字) 급(及) 효열자혜(孝烈慈惠) 등(等) 서류(書類) 간포(刊布)코져 흘 시(時)는 매수(每首)에 간비병책가(刊費幷冊價) 합일원(合一圓)을

아울러 관심을 두었다. 그만큼 한문학의 도덕적 효용에 대한 믿음이 깊었던 셈이다.

신해금사와 마산문예구락부는 적지 않은 차이를 지니고 있다. 바탕에서부터 신해금사는 국치라는 참담한 외적 상황과 관계없이 탈정치적인 유흥으로 한시문을 즐기고 그것을 묶어 출판해 내는 여기 현시 취향을 겨냥했다. 그러나 마산문예구락부는 한결같은 유교 덕목의 현창과 계몽 의지를 놓치지 않았다. 국권회복기 대표적인 실천 지식인이었던 동양자가 경술국치 뒤에도 수그러들지 않은 애국애족 의식을 드러낸 모습이다.[49] 같은 구시대 관료 출신이면서도 매국으로 치달았던 서울의 부패한 한문 부왜 지식층과 선을 긋고[50] 동양자는 경남 마산에서 어렵사리 새 돌파구를 모색했다.

그런 점에서 마산문예구락부 설립과 『마산문예구락부』 출판은 자신이 오래도록 다져 왔던 대중적 연결망을 새로 세우고 다듬기 위한 전략적 선택이라는 적극적인 뜻까지 지닌다. 이렇게 볼 때라

송교(送交)ᄒᆞ면 간후(刊後) 일책(一冊)을 우편(郵便) 송달(送達)함." 『마산문예구락부』, 93쪽.

49) 이런 점은 『마산문예구락부』의 '축문' 가운데 하나인 이현규의 글에서도 보인다. "동양자가 한 관사를 설치하니 문예구락부의 서적종람관이다. 세상을 탄식하며 근심하고 걱정함은 충심에서 우러난 것으로, 벗의 글을 모으니 각기 간수하던 문예라네. 새것이기도 하고 옛것이기도 하니 기쁘기도 하고 즐겁기도 하네(有東洋子, 載設一舘, 文藝俱樂部, 書籍縱覽. 嘆世憂憫, 衷情所使, 會友之文, 各守之藝. 惟新惟舊, 載欣載樂關)." 『마산문예구락부』, 2쪽.

50) 따라서 『마산문예구락부』의 축문 필자에 서울의 부왜 인사나 그들과 긴밀히 연결되어 있었던 장지연이 들어 있지 않는 점이 암시하는 바가 크다. 『마산문예구락부』에 축문(祝文)을 실었던 사람은 동양자 본인과 마산서적종람관장으로 이름을 얻고 있는 김병선, 그리고 이현규와 충남 홍성군 김병년이다. 지금으로썬 사람됨을 실증하기 힘든 이다. 다만 서울 신해금사나 문예구락부 쪽의 부왜 매국 인사와는 거리가 있는, 동양자와 가까운 이들이었음을 알겠다.

야만 1910년 경술국치 뒤에서부터 1920년까지 모습을 보이지 않다가 전국 규모의, 노동자층을 대상으로 삼은 조선노동대회 대회장으로서 동양자가 서울에 갑작스레 나타나는 의외성을 풀이할 수 있다. 그것은 전혀 갑작스러운 일이 아니었던 셈이다. 새 전략과 한결같은 의지로 지사는 고투해 왔으며 그 터전이 마산이었다는 사실을 『마산문예구락부』가 고스란히 보여 준다. 동양자에 대한 지역 안밖의 존경심과 믿음 없이는 이루어질 수 없었을 일이다.

내 비록 영민하진 않으나, 많은 사람을 만나 보았다. 각각의 사회에서 사람들은 모두 내가 의무감도 있으며 열성이라고 하지만, 지난날을 되새겨 보고 실천한 것은 생각해 보면 과연 의무감과 열성으로 한 것은 실로 많지 않다. 혹은 말을 먼저 하고 일을 실행하지 않으며, 혹은 시작은 있으나 마침은 없으며, 험한 일을 만나면 회피하고 어려운 일을 당하면 물러나 특별히 이룩한 일은 없다. 그런데 동양자 김광제 같은 경우는 내 일찍이 한 번도 본 적은 없으나 매번 신문과 서적에서 그의 이력을 보았다. 또한 지인이 목도하고 들은 것을 전해 주는 것으로 그의 경력을 논한다면, 과연 의무감과 열성은 남보다 백 배 뛰어나다. 험한 일을 만나면 더욱 천착하고 어려운 일을 당하면 더욱 힘써서 목숨이 걸린 일에도 두려워하지 않고 의리를 보면 실행하는 것은 경향에서 모두 알고 있다. 문학 사회에서 실지에 종사한 것으로 말하더라도 경성과 삼남 각지에 현재 드러난 업적이 종종 있다. 그리고 또한 현재 맨손으로 홀로 경남 지방에 정착하여 동지를 모아 우선 서적종람관(書籍縱覽舘)을 설치하고, 이어 남선인쇄소를 세웠고, 다음에는 문예구락부로 신구(新舊)의 많은 선비를 흥기시키니, 내 실로 축하하기를 마지않는 것은 이 때문이다.

—충남 홍주군 김병년[51]

동양자와 동향인이 쓴 '축문' 전문이다. 국권회복기 애국계몽 지식인으로서는 드물게 문무겸전했던 인품과 오래도록 고초 많았을 투쟁 활동상, 게다가 마산에서 권토중래를 노리며 "맨손으로 홀로" 투쟁하는 역정까지 오롯이 일깨워 주고 있는 문장이다. 손수 만난 적은 없어 풍문으로밖에 알지 못한다는 전제를 앞세운 글쓰기다. 그러나 그 점은 오히려 동양자가 나라 안 지식층 안밖으로 지녔던 명망과 존경심을 제대로 담아내는 전략이 되고 있다. 동양자에 대한 글쓴이의 격려와 존경의 뜻이 곡진하게 담겼다.

동양자 김광제 지사는 1910년 경술국치 뒤 어느 때부터 1913년 8월 이전 어느 때 마산으로 내려와 원마산 석전동 들머리에서 새 터를 닦았다. 마산서적종람관과 마산문예구락부 그리고 삼청당과 같은 도서 수집·출판·열람·유통 장소를 갖추었고, 거기서 자신의 책을 펴내기도 했다. 그러면서 『마산문예구락부』라는 한문문예지 1집을 냈다. 당대 매국 지식층이 전통 한문학 교양과 유교 덕목을 나라 안위와 관계없이 퇴행적인 근대 유흥으로 농단하고, 제국주의 물살은 신식 문명이라는 이름을 앞세우며 마구잡이로 들어와 빠르게 터를 굳히고 있었던 무렵이다. 동양자는 마산에서 투쟁 열정을 불태우며 동분서주했다. 문학인으로서, 출판

---

51) "僕雖不敏이나, 閱人則多矣라. 各社會界에 人皆曰我有義務我有熱心이라 ㅎ되, 溯其歷史ㅎ고 試其踐履ㅎ면 果有義務與熱心者 實不多矣. 或言先而事不行ㅎ며 或 有始而無其終ㅎ며, 遇嶮則避ㅎ고 値艱則退ㅎ야 別無成業이로딕, 至若東洋子金光 濟ㅎ야는 余曾無一席之面이나 每從新報及書籍上ㅎ야 觀其履歷ㅎ고, 且憑知舊之 目睹耳聞而傳之者ㅎ야 論其所經 則果其義務與熱誠이 出人百等矣라. 遇險尤穿ㅎ 고 遭難尤進ㅎ야, 臨死無懼ㅎ고 見義即行홈은 京鄕之所共知也며, 以其文學社會 에 實地從事로 言之라도 京城及三南各地에 現効成蹟이 種種有之, 而又於現下에 赤手隻身으로 寄着於慶南地方ㅎ야 糾合同志에 先以設書籍縱覽舘ㅎ고, 繼而起南 鮮印刷所ㅎ고 次以附文藝俱樂部ㅎ야 興起新舊多士 則余實祝賀不已者ㅣ 此耳로 라. 忠南 洪州郡 金炳年." 『마산문예구락부』, 3쪽.

인으로서, 노동활동가로서, 구국지사로서 다채롭고 활발했다. 그 결과물 가운데 하나가 『마산문예구락부』다. 표기는 한문이라는 전근대 방식에 머물고 있으나, 속살에는 신구 지식체계를 나름대로 포괄하고자 했다. "문화, 경제, 노동의 삼방면에다"[52] 문학까지 나아갔던 동양자의 의지와 뜻이 오롯이 담긴, 마산 지역에서 나온 첫 근대 문예지다. 전형적인 애국계몽 지식인으로서 삶의 마지막까지 올곧게 투쟁하다 원사한 이가 동양자다. 그리고 마산은 지사가 구국 의열의 꿈과 열정을 마지막까지 불태운 뜻깊은 곳이다.

4. 신구 문예 합일의 뜻

『마산문예구락부』 본문은 모두 다섯 갈래로 이루어졌다. 첫째 '경의(經義)', 둘째 '화학(化學)'·'물리(物理) 문제(問題)', 셋째 '부(賦)', 넷째 '시(詩)', 다섯째 '사조(詞藻)'가 그것이다. 뜻한 대로 신구 문장이 다 들었다. 이들 다섯 갈래에 걸쳐 글을 실은 사람은 온 나라 안에서 400명에 이른다. 그리고 그들이 보내온 414편의 작품이 실렸다. 경의(經義)에 63편, 작문(作文)에 40편,[53] 부에 45편, 시에 123편, 사조에 183편이 그것이다. 시와 시문에 306편이 실려, 『마산문예구락부』는 한시문이 중심이 된 책임을 알 수 있다. 발행소가 있는 경상도 지역 사람의 참가가 두드러지며, 그 가운데서도 마산 사람이 월등한 것은 자연스런 일이다. 글쓴이는

---

52) 최종고, 앞서 든 글(하), 106쪽.
53) 다만 이것은 답안 본문을 싣지 않았다. 집계에서 뺀다. 뒤에 풀이가 따를 것이다.

도시와 농촌에 다 걸리고, 보통학교 학생에서부터 현직 관리에까지 걸친다. 여자도 보인다. 그러고 보면 글쓴이의 범위가 매우 넓음을 알 수 있다.[54]

처음 올린 것은 '경의'다. 『중용』13장에 있는 '충서(忠恕)'를 시제로 다루었다. "忠恕違道不遠", 곧 충(忠)과 서(恕)가 도(道)에서 어긋남이 멀지 아니하니라 하였는데, 그 둘을 어떻게 나눌 수 있는가를 묻는 물음이었다. 이것은 선대 많은 이들이 오래도록 풀이에 골몰해 왔던 유교의 핵심 의제 가운데 하나다. 『논어』에 따르면 충서 그것이 곧 도라 공자가 말했다. 그런데 『중용』에서는 도에서 멀지 않다 하여 충서가 곧 도 자체는 아님을 말하고 있다. 그래서 주희는 충을 "나를 다하는 마음(盡己之心)"이라 하고, 서를 "나를 미루어 남에게 미침(推己及人)"이라 하였다. 이러한 '진기'와 '추기'는 별개가 아니라 불가분 한 덩어리다. 충의 발현이 서요, 서의 바탕이 충이니 체와 용의 관계다.[55] 경의에 글을 보내온 60명을 넘은 사람들은 하나같이 이러한 논의 아래서 답을 썼다. 문제는 이러한 '충서' 구분론이 당대 국망의 어려운 정황 아래서 어떠한 실천 이론으로써 작동할 수 있는가 하는 점이다. 현실 정합성을 갖는 실천적 답이어야 할 터인데, 올린 글들은 그런 것과 관계없이 고식적인 고전 주해만 거듭한 데 머물렀다.

---

54) 글쓴이 가운데서 적지 않은 이가 동양자와 개인적인 연고를 지닌 이들이었을 성싶다. 국권회복기의 국채보상의열 활동과 그 뒤를 이은 단주회나 합법/비합법적 조직 활동으로 만난 이도 빠지지 않았을 것이다. 따라서 『마산문예구락부』의 출판 의도에는 이들을 묶어 항쟁 조직과 역량을 온존시키며 연결망을 관리하는 차원의 뜻이 있었음에 틀림없다. 그래야만 1920년 서울에서 있었던 규모 큰 조선노동대회 개최·참가를 설명할 수 있다. 『마산문예구락부』 글쓴이의 지역별·계층별·성향별 됨됨이를 해명하면 어느 정도 실마리가 풀릴 일이다.

55) 이동환 역해, 『대학·중용』, 현암사, 1975, 186~187쪽.

두 번째 갈래, '부(賦)'에서 내세운 시제(試題)는 '반우이비(飯牛
而肥)', 곧 '소를 살지게 먹이는 법'이었다. 그에 대해 1등 갑선(甲
選)에 오른 작품은 부산 서면에 사는 박진용의 작품이다.

목민의 길은 소를 치는 일과 같으니, 점괘에 살지게 물러나면 허물
이 없다는 것이다. (…줄임…) 때맞춰 음식 주고 부리는 일 마음 아파
하면, 소가 살지는 것은 정말 마땅하다. 정말로 마음에만 오로지 힘
쓴다면, 뿔이 조금씩 자라는 것을 알 수 있으리라 말하노니, 백 리
땅을 다스리는 처음 뜻은 한 마리 소처럼 천하를 살지우는 일. (…줄
임…) 궁핍하게 거처하며 가난을 근심하지 않노라. 녹촌(鹿村)에 돌
아가 소를 먹이면서도, 뜻은 급히 살지우는 데 있지 않았네. (…줄
임…) 뜬구름을 부귀처럼 바라보며, 때때로 네 집짐승을 생각하여라.
돌아보건대, 소를 먹이는 데 도가 있으나, 어찌 심지(心志)에 전력하
지 않겠는가?

—박진용, 「소를 살지게 먹이는 법」 가운데서56)

겉으로는 실사구시 하는, 집짐승 기르는 영농 방법을 말하라는
제목으로 보인다. 그러나 갑선에 오른 작품 속내는 "목민의 길"이
다. 배워 기량을 얻은 선비가 세상 환로에 나가 백성을 돌보고
다스리는 일이 집에서 소를 기르는 일과 다르지 않다. 그리고 비
록 가난하게 녹촌에 물러나 앉아 있으나 성정을 바로잡아 그 뜻
을 굽히지 않아야 함을 『주역(周易)』까지 끌어오며 말했다. 소를

---

56) "牧民道如牧牛, 筮肥遯而无咎. (…줄임…) 時其食而恤其力, 牛則肥也固宜. 亮專一
於心也, 認茁長於角者. 曰百里之初志, 肥天下如一牛. (…줄임…) 不憂貧於窮居. 歸
鹿村而飯牛, 志不在於輕肥. (…줄임…) 浮雲視如富貴, 時爾牧之來思. 顧飼牛之有
道, 苟不專其心志. 釜山府 西面 華村里 朴鎭溶." 『마산문예구락부』, 25쪽.

백성의 알레고리로 놓고 목민하는 관리가 지녀야 할 마음가짐을 일깨우는, 전형적인 발상을 거듭했다. 시제를 낸 뜻이나, 작품을 투고한 이의 글이나 잘 맞아떨어진 셈이다. 그럼에도 이 글이 주는 뜻은 공허하다. 나라를 잃고 바깥 오랑캐에서 짓밟히고 있는 '인민'을 "살지게 먹이는 법"은 최소한 이 글에서 보는 바와 같이 심지를 가꾸는 덕목으로는 어려운 까닭이다.

　① 나른하고 따뜻한 봄날
　　졸음에 느낌 따라가니 더욱 서로 친근하도다.

　　희미하게 들리는 웃음소리 지난날처럼 아득하여
　　억지로 정신 차리고자 하나 새롭지 않구나.

　　고요한 산에서 오늘 늦잠 잘 것을 생각하고
　　높은 집에서 지난날 티끌을 전부 벗어 버리네.

　　무단히 찾아오는 객도 없으니
　　개 짖는 소리와 새 울음 사방에서 시끄럽네.

　　　　　　　　　　　　　　　　　　　―무명씨, 「봄잠(春睡)」[57]

　② 한가로운 서실에서 굼뜨게 봄을 찾으니
　　봄잠 무단히 나하고 친하구나.

---

[57] "題 春睡. 韻 春親新塵隣. 惰氣緣生暖氣春, 睡同情契轉相親. 迷聞笑語侎如古, 强挽精神仍不新. 山靜穩圖今日晏, 堂高渾脫往年塵. 無端一罷客來處, 犬吠鳥啼喧四隣." 『마산문예구락부』, 67쪽.

가녀린 풀 이슬과 함께 집에서 어둑해지고
푸른 버들 비 머금어 주렴 너머에서 새롭네.

손에선 명산의 역사책 절로 떨어지고
흉중에선 세속의 먼지 전부 사라지네.

꾀꼬리 한 소리에 겨우 깨어나니
더디게 지는 해는 서쪽에 있구나.

—김재연, 「봄잠(春睡)」58)

'사조(詞藻)' 갈래는 율시나 배율과 같이 긴 작품을 중심으로 묶었다. 시제를 봄잠(春睡)으로 삼았는데, 거기서 갑선(甲選)으로 오른 두 작품, 무명씨 작품과 마산 내서 김재연의 작품을 위에 옮겼다. 둘 다 칠언율시다. ①은 봄날 오가는 손 없이 개와 새 울음소리만 적적하게 거듭하는 산속 "높은 집"에서 겪는 봄 낮잠을 그렸다. 나른한 졸음을 이기지 못하여 낮잠에 드는 이의 한가한 마음을 담은 작품이다. ② 또한 ①과 다르지 않다. "명산의 역사책"이니 '흉중'에 남아 마음을 번거롭게 하는 "세속의 먼지"를 떨어낸 채 드는 늦은 봄잠이 주는 즐거움을 읊었다. 당대 상황이나 자신이 놓인 실경험에 초점을 두기보다 오랜 세월 한시문 교양에서 거듭한 유유자적하는 은일풍(隱逸風)을 되풀이했다. 옛 형식에 담긴 새 감각을 느끼게 하는 데는 모자람이 크다.

---

58) "閑來書室悁尋春, 春睡無端與我親. 細草和烟當戶暗, 綠楊含雨隔簾新. 手中自墮名山史, 胸裡全消苦海塵. 黃鳥一聲纔覺夢, 遲遲斜日在西隣. 馬山府 內西面 上谷里 金載涓." 『마산문예구락부』, 67쪽.

온 천지가 긴 밤 꿈속에 있건만
관련 없는 선생[59]은 누워도 잠들지 못하는구나.

속객이 와도 산객은 있으니
먼저 잠 깬 이 누구던가? 더디 잠 깬 이 지혜롭구나.

더딘 창밖 해는 벌써 높이 떠올랐고
엄숙한 산문엔 아무 일 없도다.

풍진 밖 초당 깊어가니
뉘 알리오? 햇살에 천하가 잠든 것을

풍운은 적이 태을부에 모이고
주책은 때맞춰 형주와 익주 지리지를 담았노라.

동작대에서 어린놈이 참새 꿈을 말하노니
산하가 여우 같은 아첨에 꼬드겨짐을 탄식하노라.

문에 기대 졸던 동자 깜짝 놀라니
대사로 오늘 조정에 황숙께서 이르셨네.

당시 동탁 여포 부자의 환락을 겪으셨고

---

59) "대개 시라는 것은 펼쳐 놓는 머리와 첫 항과 둘째 항의 순서를 어기지 않은
연후에야 제대로 된 형식을 지닐 수 있다. 지금 시 제목 첫 항에 '유현덕이 군주
가 되었다' 하지 않은 경우는 모두 뜻을 잃은 데 가깝다"고 품평을 올리고 있다.
따라서 '선생'은 유현덕을 뜻한다.

의리에는 관우 장비 형제처럼 보필했지.

정성스런 마음으로 가는 곳마다 누군들 감동하지 않겠는가
몰래 충정 허락하여 짐짓 시험하고자 하였네.

이불 뒤집어쓰고 실컷 잠자 게으른 듯하나
짚신 거꾸로 신고 환영함은 너무 가벼운 듯하네.

진짜인 듯 가까인 듯 한 번 몸을 뒤집으며
입으론 아련히 봄잠을 읊조리네.

　　　　　　　―「초당의 봄잠 족하여라(草堂春睡足)」 가운데서60)

　시(詩) 갈래 갑선 작품이다. 앞선 사조의 유한한 경물시적 풍모
와는 다르다. 이 작품은 중국 삼국지 이야기와 등장인물에 대한
짜깁기를 빌려, 세상 돌아가는 물정을 다루고자 했다. "풍운은 적
이 태을부에 모인다 했으니", 글쓴이는 어느 정도 동학이나 그
계열의 지식 교양층에 드는 사람으로 보인다. 열한 토막으로 엮
인 이 시는 다시 큰 세 매듭을 짓는 짜임새를 가졌다. 첫 매듭은
앞선 세 토막이다. 초당에서 한가로이 잠든 글쓴이 자신을 노래
했다. 두 번째 매듭은 다섯째 토막부터 아홉 번째 토막까지 걸친
다. 중국 옛 삼국지 이야기와 인물을 빌려 와 짜깁기를 한 자리다.

----

60) "詩題 草堂春睡足 押睡. 擧天地在長夜夢, 局外先生臥不寐. 俗客來歟山客在, 先覺
誰也後覺智. 遲遲窓日已三丈, 儼若山門無一事. 風塵以外草堂深, 誰識南陽天下睡.
風雲暗會太乙符, 籌策時籠荊益誌. 銅臺堅子說夢雀, 可歎山河誘狐媚. 依門童子睡
忽驚, 大事今朝皇叔至. 時經童呂父子亂, 義有關張兄弟侍. 誠心所至孰不感, 暗許衷
情故欲試. 渾衾濃宿似怠慢, 倒屣歡迎太輕易. 如眞如假一飜身, 口吟朦朧春睡子. 無
名氏."『마산문예구락부』, 37쪽.

그리고 그것을 몽중 화소로 처리하고 있다. 이어서 세 번째 매듭은 나머지 두 토막이 맡았다. 꿈에서 깬 뒤, 느끼게 된 글쓴이의 심정을 담은 자리다. 말하자면 흔히 볼 수 있는 몽중시인 셈이다.

그런데 초점은 몽중 꿈을 빌려 글쓴이가 겪는 일이다. 삼국지 유비 왕이 여러 환란 가운데서도 둘레 장비·관우 형제의 의리와 충정으로 보필 받았던 것처럼 자신도 한결같은 충을 실천하고자 한다. 게으른 잠에서 깨어 "짚신 거꾸로 신고" 급히 배알하는 모습조자 오히려 불충에 가깝다 말한 데서 엿볼 수 있는 일이다. 말하자면 삼국지의 인물 짜깁기를 빌려, 조선 왕조에 대한 애국 충정을 다하고자 하는 마음을 새삼스럽게 다지는 작품인 셈이다. 당대 앞뒤 사정으로 볼 때, 속내를 들키면 불편함과 고초를 각오해야 할 정도의 속살을 은근히 내보였다. 글쓴이가 무명씨로 자처한 까닭도 그에 있겠다. 그리고 그러한 작품을 으뜸 자리에 올린 일이 이미 뽑고 엮는 일을 했던 동양자의 심정을 대신한다. 서울에서 나온 '신해금사' 시집에 투고했더라면 '정치적'인 의도 때문에 실리지 못했을 작품이다.

『마산문예구락부』는 위와 같은 전통 한문학 양식과 마찬가지로 근대 지식을 묻는 시제도 주어졌다. 동양자가 주장했던 '신구합일'을 위한 노력을 드러낸 자리다. 곧 '화학 문제(化學 問題)'와 '물리 문제(物理 問題)'가 그것이다.

> 화학 문제: 분자량(分子量) 측정법(測定法)과 원자량(原子量) 정(定)
>   흔 법(法)을 설명(說明)ᄒ라.
> 물리 문제: 풍기(風起)의 리(理)를 설명(說明)ᄒ라.[61]

---

61) 『마산문예구락부』, 23쪽.

『마산문예구락부』에서는 이 둘에 대한 답변은 다 옮겨 적지 않고, 응모한 사람의 주소와 이름만을 늘어놓는 길을 골랐다. 왜냐하면 분자량 측정법과 원자량 정하는 법에 대한 풀이는 '고등과' 정도에서 여러 해 동안 연구한 사람이 "부득불 세미한 구분과 종횡한 도식으로 장황히 설명"해야 할 일인 까닭이다.62) 그러니 그 "응시한 사람"의 "장황한 설명"을 책 안에 다 담아 보이기는 어렵다. 다만 『마산문예구락부』가 한문 표기라는 전근대 방식을 가졌음에도 근대 지식을 채워 나가고 있었던 적지 않은 이들의 관심은 담아내려 했음을 드러낸 데는 성공한 셈이다.

이러한 신지식에 대한 배려는 『마산문예구락부』 2집을 예고한 시제로 거듭 확인할 수 있다. 2집 응모를 위한 '광고란'에 따르면 '물리 문제'는 "사진(寫眞)의 촬영법(撮法)을 설명(說明)ᄒ라"63)는 것이었다. 그리고 1집에 '물리 문제'와 아울러 두었던 '화학 문제'는 그치고, 2집에서는 '작문류(作文題)'를 따로 두어 시제를 "문화(文化)의 도선(導線)", 곧 문화의 계승에 대한 생각을 묻고 있다. 이때 작문류는 다른 풀이가 덧붙지 않았지만, 이미 '광고란'과 응

---

62) "대개 이 문제를 대답하는 방법은 부득불 자세한 구분과 다양한 도식으로 장황하게 설명하여 남김없이 해석해야 한다. 만약 고등과에서 여러 해 동안 연구한 사람이 아니라면 절대로 옳게 설명할 수 없을 것이다. 그런데 이 문제에 응시한 사람이 셀 수 없이 많은 데다, 지금 본부의 이 문제에 답변한 긴 글에서 과연 고생하여 공부한 사람이 이룬 성과를 볼 수 있으니 매우 감사하고 축하하는 바이다. 그러나 글이 양이 많아 인쇄하기에 편리하지 않은 까닭에 응시한 각 사람의 성명과 선발된 여러 사람을 다음과 같이 기록한다(盖此問題에 答法은 不得不 細微한 區分과 縱橫한 圖式으로 張皇히 說明ᄒ여 備盡히 解釋홀 바이며 若非高等科에 累年研究之士 則切不可以得宜者也라 所以此等問題에 應試之士가 無幾 而今般本部此題에 答辯ᄒ 長文에 果見其苦學之成效ᄒ니 感賀万万 而但其浩繁ᄒ야 有關於印刷之難便處 故로 應試各人의 住所氏名과 被選諸氏를 左開仰傊홈)." 『마산문예구락부』, 23쪽.

63) 『마산문예구락부』, 93쪽.

모 규정에서 썼던, 한문한글섞어쓰기로 이루어진 줄글을 요구하고 있음을 볼 수 있다. 더 신지식에 가까이 다가서고자 한 노력을 내보이고 있다.

앞에서 살핀 바와 같이 『마산문예구락부』의 됨됨이는 한문학 학습을 중심으로 근대 신식 학습 방식을 결합하고자 한 데 있다. 옛것과 새것이 둘이 아니라 하나며, 하나면서 다시 둘이라는 생각을 실천해 보고자 했다. 문예에 대한 개념도 전통에 따라 폭넓은 뜻으로 쓰고 있다. 물리·화학과 경의기 시기의 한 문예로 묶일 수 있었던 것은 동양자의 신구 합일에 대한 의도가 드러난 바다. 동양자는 마산문예구락부를 빌려 한문학 전통을 근대 출판 형식에다 얹어 재구성하고, 새로운 신문물 의제를 끌어들였다. 작품 속살에서는 정통 한문학에서 거듭해 왔던 탈역사적 성향의 것뿐 아니라 당대 현실에 대한 감각을 비유적으로 담고자 한 작품까지 걸쳤다.

그러나 주조는 한결같이 의고 한문예에 머물렀다. 그런 점에서 신구 합일을 노렸던 동양자의 뜻과는 달리, 실제 『마산문예구락부』가 보여 주고 있는 작품은 왕조 한문예에서 멀지 않다는 지적을 벗어나기 힘들다. 표면적으로는 당대 일반 한문 지식 교양층의 전반적인 수준과 인식 범위를 보여 준 셈이다. 신구 문예의 합일과 조화를 겨냥하였지만 동양자 스스로 그런 상황을 온몸으로 받아들이기는 어려웠을 구지식인이었다. 그럼에도 서울 부왜 관리나 부왜 유림 지식층을 중심으로 이루어졌던 반시대적, 반민족적 유흥의 한문학 기운과 경계를 분명히 하고자 애썼다. 마냥 쏟아져 들어서는 근대 물길 속에서 국권회복과 구국계몽 정신을 잃지 않고 시대 속에서 되살려 보고자 했던 동양자의 노력이 속속들이 담긴 책이 『마산문예구락부』였던 셈이다.

5. 마무리

경상남도의 통합 창원시가 출범한 지 한 해를 넘긴 시점이다. 그사이 지역 안쪽의 역사·문화·사회·심리 통합에 대한 논의는 거의 이루어지지 않았다. 문학 영역이 앞서 그 일을 이끌 수 있을 것이다. 그런 점에서 마산 근대문학의 전통에 대한 관심은 필수적이다. 이 글은 『마산문예구락부』(1913)를 문제 삼았다. 동양자 김광제 지사가 신활자본으로 엮은 근대 마산의 첫 문예지다. 그럼에도 이에 대한 실증은 한 차례도 이루어지지 못했다. 게다가 엮은이 동양자의 마산 거주 사실조차 알려지지 않은 일이다. 이 글을 빌려 『마산문예구락부』를 둘러싼 근대 초기 마산 지역문학의 환경과 동양자 사이 관계, 그리고 책의 속살을 처음으로 학계 안밖에 소개하고자 했다.

마산은 어느 지역보다 먼저 근대 신문물 세례를 받았던 피식민지 조선의 개항장 가운데 하나였다. 1910년 경술국치를 앞뒤로 한 근대 초기 마산문학은 그런 분위기에 힘입어 한문 교양의 구지식층에 의한 전통 한문예와 아울러 옛소설·신소설과 같은 한글 소설에 탐닉했던 대중 독자의 취향이 폭넓게 자리 잡아 나가고 있었다. 관립·사립학교 학생을 바탕으로 삼은 새로운 국문 문예의 세례 또한 빠르게 이루어졌다. 당대 마산 지역문학은 옛것과 새것, 한문문학과 한글문학 사이에 복잡한 교체·혼합을 거듭하며 근대문학으로서 부름켜를 키웠던 셈이다. 그런 속에서 1866년 충남 보령에서 나, 대표적인 국권회복기 실천적 지식인으로 살다 간 동양자 김광제 지사는 마산에 머물며 초기문학의 가장 큰 디딤돌을 놓았다.

동양자는 1905년 을사늑약을 겪으며 벼슬을 버리고 국권회복 활동을 시작했다. 1907년에는 대구에서 정미국채보상의거를 이끌며 구국 의열의 깃발을 높이 쳐들었다. 그 뒤로 활발하게 전국 규모로 기울였던 학회 활동이 1910년 경술국치로 금지되고 난 뒤부터 활동 지역을 마산으로 바꾸었다. 마산서적종람관과 삼청당, 마산문예구락부를 중심으로 출판과 문필 활동, 그리고 노동자 조직, 경제·산업 계몽 활동을 거듭했다. 위아래 앞뒤 지식인과 노동층을 묶으며 권토중래를 노렸다. 그런 가운데서 엮어 낸『마산문예구락부』1집은 서울 부왜 유교 지식층의 유흥 헌문학과 거리를 두면서 전통 왕조 한문예의 근대적 발흥을 위해 노력한 결과였다. 표기는 전근대 방식인 한문에 머물렀으나 속살은 신구 지식을 묶고자 애썼다. 마산은 동양자에게 삶의 마지막까지 구국 의열의 꿈과 열정을 올곧게 불태운 곳이었다.

본문 94쪽으로 된『마산문예구락부』1집은 모두 다섯 갈래의 글을 실었다. 경의(經義), 부(賦), 시, 사조(詞藻), 화학·물리 문제가 그것이다. 신구 문예 갈래를 다 아우르겠다는 동양자의 뜻이 담긴 나눔이었다. 그럼에도 이들 속에 든 작품은 유교 경전 해석에서부터 전통 한문예에서 굳어져 있었던 은일풍의 시정(詩情)을 벗어나기 힘들었다. 그런 가운데 드물게 근왕적인 충의를 되새기고자 하는 작품을 실어 한문예를 빌린 구국 계몽 의지를 포기하지 않았던 동양자의 속내를 드러내기도 했다. 신문물이나 신문예에 대한 배려는 소극적일 수밖에 없었다. 동양자 스스로 한문 교양의 구지식인 자리를 중심으로 움직였던 까닭이다. 동양자의 식지 않았던 포부는 1920년 서울에서 깃발을 올린 조선노동대회 대회장으로 다시 솟구쳤다 쉰다섯 살에 맞은 돌연한 원사(寃死)로 마침내 꺾이고 말았다.

마산의 근대 초기 사료는 남아 있는 게 드물다. 그런 속에서라도 남은 것을 얼마나 뜻깊게, 두텁게 읽어 내느냐는 문제는 연구자 개인의 역량뿐 아니라 지역사회의 의지에 달린 바다. 왜냐하면 지속적이고도 집중적인 학적 구명은 제도의 몫이 큰 때문이다. 그런 점에서 마산 근대 초기 문학의 첫 디딤돌을 열렬한 구국지사 동양자가 놓았다는 사실이 뜻하는 울림은 크다. 그 뒤 마산 지역문학이 어떠한 길을 따르고 있었던가를 날카롭게 따져 묻는 지렛대로 모자람이 없는 까닭이다. 『마산문예구락부』는 통합 창원의 바람직한 전통 계발과 새 전망을 얻는 데 좋은 나침반이 될 참이다. 동양자의 삶과 사상에 대한 적극적인 구명 말고도 『마산문예구락부』를 둘러싸고 있다 그 뒤로 이어진 마산 지역문학의 동향에 대한 해명이 바쁘다.

제2부

마산 근대 예술문화 백 년

마산 근대문학의 흐름

마산 근대문학 백 년을 읽는 다섯 가지 잘못

마산 근대 예술문화 백 년

예술문화는 나날살이 가운데서도 드높이 값어치 있는 것이라 받아들여지는 삶의 양식·행위를 뜻한다. 됨됨이가 다채롭고 공통점이 쉬 드러나지 않는다. 그럼에도 이르기 어렵고 누리기 힘든 삶의 자리로 타자화된 것이라는 점에서 한결같다. 나날살이를 예술문화로 올려 세우는 첫 조건은 그것을 바라보는 구성원의 태도에 있는 셈이다. 그렇다고 예술문화가 지닌 뜻이 다 드러난 것은 아니다. 게다가 이 자리에서 예술문화 범위 안에서 다룰 속살은 시간 단위로 근대, 공간 단위로 마산이다. 예술문화의 지역 근대성을 뜻매김하기란 더욱 어려울 수밖에 없다.

마산 지역 근대 예술문화의 흐름을 한줄기로 꿰고자 하는 목표를 지닌 이 자리에서도 예술문화 영역을 어떻게 잡을 것인가 하는 점이 첫 문제로 떠오른다. 마산 근대 예술문화의 기점과 종점, 그리고 안쪽 시기 구분이 둘째 문제다. 무엇을 중심으로 다룰 것인가라는 기술 방법이 셋째 문제로 남아 있다. 이 글에서는 이에 대하여 아래와 같은 잠정 규정에 따른다. 첫째, 근대 예술문화 영역은 『마산시사』 기획 단계에서부터 미리 주어진 문학·연극·음악·사진·영화·미술·무용·국악·연예에 걸친다. 둘째, 기술 방법 문제다. 이에는 두 가지에 초점을 둔다. 먼저 예술문화가 놓여 있는 시대 상황을 살핀 다음, 개별 영역을 짚는 길을 따르고자 한다. 마산 지역 예술문화의 안쪽 시기는 아래와 같이 여덟 단계로 나눈다.[1]

첫째 시기는 흔히 개화기로 일컫는 국권회복기다. 멀게는 1860년대를 기점으로 1910년 경술국치에 걸친다. 오랜 전통 예능 위에 근대 예술문화의 싹이 알려지고 뒤섞이기 시작했다. 두 번째는 1910년 경술국치부터 1919년 기미만세의거에 이르는 시기다. 근대 전환의 움직임이 지역 안밖으로 세차게 일었던 때다. 세 번째는 기미만세의거부터 1935년에 이르는 시기다. 제국주의 왜로의 이른바 문화책략이라는 허울 아래에서 나름의 다양하고도 다채로운 근대 예술문화 양상이 뿌리를 내렸다. 네 번째는 1935년부터 1945년 을유광복에 이르는 시기다. 제국주의 왜로의 식민 수탈과 예술문화에 대한 왜곡이 극에 닿았던 때다. 다섯 번째는

---

1) 이제까지 예술문화 영역을 양에서 가장 많이 다루고 있는 『마산시사』는 1997년에 나왔다. 여기에서는 10년 단위를 원칙으로 갈랐다. 곧 1910년대, 1920년대와 같다. 그러나 이러한 나눔은 편리한 점은 있으나 멀리 보아 근대 마산 지역 예술문화 흐름의 실상과 맞물려 들지는 않는다. 여기서는 근대 시대상과 근대 예술문화의 흐름을 함께 염두에 두어 모두 여덟 시기로 나누었다. 그렇다면 마산 지역 예술문화의 근대성이란 무엇인가. 이것은 근대 일반의 성격이 마산 지역 안쪽에 발현해 온 것을 뜻한다. 크게 세 가지 특성으로 묶을 수 있다. 첫째, 유통 쪽에서 주문 생산이 아니라 시장 생산에 의한 것의 우세다. 예술문화가 시장에서 상품으로 거래되는 특성을 지닌다. 둘째, 생산 쪽에서는 예술문화 생산 주체 단위의 분업이다. 셋째, 이념 쪽에서 개인주의의 우세다. 근대 자본주의 시장경제 질서 안에서 예술문화는 자유방임과 자유경쟁을 틀로 세우고, 주체의 자유로운 예술문화 활동을 보장한다.

1945년 을유광복에서 1960년 경자마산의거에 이르는 시기다. 마산 근대 예술문화가 새롭게 분화, 발전해 나간 정착기였다. 여섯 번째 시기는 1960년 경자마산의거에서부터 1980년 제6공화국 수립까지에 이른다. 이른바 군부 출신 정치인을 중심으로 이루어진 권위주의 정치와 유신체제 수립, 그리고 그 붕괴로 이어진 격변 시기였다. 일곱 번째는 1980년부터 2000년대에 이르는 때다. 근대 예술문화의 도약기라 할 수 있다. 여덟 번째는 근대 성찰과 탈근대 기운이 드높아지기 시작하는 2000년부터 현재까지다.[2]

1. 여명기(1860~1910)의 역사 실조

근대 여명기는 멀게 1860년대부터 1876년 병자겁약(丙子劫約)을 거쳐 1910년 경술국치에 이른다. 이 시기는 새로 들어서는 바깥 제국의 막강한 힘 앞에서 안간힘을 쓰면서 나라 힘을 되살리고자 몸부림쳤던 때다. 막바지에는 나라 이름까지 조선에서 대한 제국으로 바꾸는 고육지책을 썼다. 그럼에도 서구 제국을 본뜬 왜로(倭虜)가 우리 안에서 저지른 식민 야욕에서 벗어나지 못했다. 1894년 갑오년농민전쟁과 그 일을 기회 삼아 벌였던 갑오년 억압 변혁, 차마 못해 일어섰던 의병전쟁을 거쳐 마침내 경술국치 국망으로 이어진 흐름은 고스란히 우리 근대 들머리가 겪었던

---

2) 다만 낱낱 시기마다 문학·연극·음악·사진·영화·미술·무용·국악·연예가 고루 기술되지는 않을 것이다. 영역별로 편차가 클 수밖에 없다. 글쓴이의 능력이나 기존 정보의 모자람 탓이다. 아직까지 관련 1차 자료 갈무리도, 예술문화의 내재 흐름과 논리를 살펴본 2차 담론도 거의 없다. 한정된 자료와 정보로 이루어지는 기술이다. 기존 지역지에서 흔히 쓰는 바 개인 활동 세목이나 조직 소개와 같은 차원의 기술은 될 수 있는 대로 줄인다.

고난과 고통을 웅변한다.

이런 가운데 대표 외세인 제국 왜로의 기착지 부산항과 가까웠던 마산 지역, 지역민 또한 그러한 역사의 아픔을 고스란히 겪었다. 1899년 5월 1일 이른바 마산포 개항이야말로 그 점을 나라 안밖으로 널리 알리는 출발이 된 사건이었다. 그 무렵 마산은 러시아와 왜국 두 곳 모두에게 주요 군사 요충이었다. 러시아 남진과 왜로의 대한해협 확보라는 맞선 이해관계 안에서 마산포는 대륙과 해양 두 제국이 힘 겨루는 터가 되어 버렸다. 1904년 러시아와 전쟁에서 이긴 왜로는 우리에 대한 지배권을 더욱 굳혀 마산을 저희들 군사, 행정 도시로 강점해 갔다. 이른바 개항할 때 열일곱 집 307명에 지나지 않았던 왜인 거주민이 1906년에는 육백예순 집 2,433명으로 늘었다. 아울러 그들을 위한 교육기관이 세워지고, 왜어 신문 『마산신보』까지 펴냈다.[3] 따라서 마산 지역은 갑오농민전쟁이나 의병전쟁과 같은 민족사의 항쟁, 고난 경험과 다소 떨어져 있었다. 그런 까닭에 갑오농민전쟁이나 의병전쟁에서 쫓긴 농민군, 의병 잔류 가족이 몸을 숨기기에는 오히려 더 좋은 조건일 수도 있었다. 마산은 새로운 삶을 받아들여야 하는 혼란과 고심이 어느 곳보다 크고 복잡하게 뒤엉킨 지역이었던 셈이다.

그런 어려움 속에서 지역 예술문화의 근대적 자각을 이끌어낸 중요 주체는 새로운 서양식 종교나 신식 학교 제도와 구성원이었다. 그들을 중심으로 지역 안쪽의 근대 세례는 점점 속도를 더했다. 마산에 처음 기독교 교회가 들어선 때는 1901년이다. 1911년에는 마산포교회에서 제비산 아래 예배당을 지었다. 거기서 호주

---

3) 마산개항백년사편찬위원회, 『마산개항백년사』, 마산시, 1999, 204~205쪽.

선교사 손안로를 중심으로 목회를 하면서 '독서숙'을 마련한 때가 1906년이었다. 이 '독서숙'은 1909년 창신학교 인가로 이어졌다. 처음에는 초등 4년 과정을 마련했다. 지역의 오랜 전통과 다른 새 예술문화가 자랄 터가 마련된 셈이다. 근대 여명기 긴 세월 동안 마산을 중심으로 이루어진 예술문화의 실재를 찾기란 힘들다. 다만 느닷없이 들이닥친 왜인과 서양인에 경계와 걱정, 노여움과 당혹을 품었을 여러 정서와 그 노출을 떠올리기란 어렵지 않다. 전통 예능 속에 신기한 것에 대한 호기심과 놀라움이 조금씩 뒤섞였을 것이다. 그럼에도 소수 새 예능과 묵은 전통 예능 사이 경계는 뚜렷했을 시기다.

이 시기 문학에 나타난 중요 변화는 지나간 목판이나 필사에 의한 연고 유통에서 방각본이나 구활자본 기술에 의해, 손쉽고도 다량인 인쇄 출판과 그 유통 가능성 쪽으로 출판 중심이 바뀌었다는 점일 것이다. 이러한 변화는 다수 독자층 증가를 반영한다. 아울러 한글이나 한문, 또는 한글한문섞어쓰기와 같은 여러 표기 체계를 지닌 독서물의 유포를 뜻한다. 마산 안에서도 그러한 유통 환경은 낱낱에 맞는 새 지식인 독자층을 키워 냈다. 그런 가운데서 근대 정치·경제·사회에 대한 관심을 담은 책이 지역 안쪽으로 밀려들어 왔다. 문학 쪽에서는 방각본 소설류나 구활자본 작품 유통이 늘어났다. 소박한 서민의 문학 취향을 만족시켜 주는 주요 읽을거리였던 그들은 한문보다 한글에 대한 학습과 유통 조건을 더욱 키웠다.

이 시기 마산을 중심으로 유별난 문필 활동을 한 작가를 찾기란 어렵다. 그럼에도 서울 지역 유력층과 지연·혈연·학연으로 얽힌 연고주의 창작이나 친교 활동을 즐겼을 계층은 짐작할 수 있다. 비록 한문 교양에 묶인 것이긴 했지만 지역 안밖을 돌며 한시 창작이나 시회를 벌이고 즐겼을 이들이다. 근대 출판사나 유통기구에 대한 실증을 마산 안쪽에서 찾는 일 또한 힘들다. 지역 토호나 그들 연고를 중심으로 문집과 족보, 읍지와 같은 것이 근대 인쇄 방식에 힘입어 이루어졌을 것이다. 아직까지 향촌 사회의 연고 유통이나 주문 생산, 주문 판매 방식에 묶인 경우다. 완연히 익명의 독자 다수를 향한 자유로운 시장경제 독서물 출판은 아니었다. 전근대 양식의 근대적 분화 양상이다.

연극은 아직까지 근대극이라 할 만한 양상이 드러나지 않았다. 연극·음악·무용이 뒤섞인 종합적인 전통 연희가 중심이었던 시기다. 거기다 우리나라에 들어온 청나라 왜나라 사람이 저희들 방식으로 내놓은 연희나 병영극이 새로운 볼거리로 알려졌다. 마산은 일찌감치 창원·고성·김해 지역 농산물을 갈무리하고 내보내는 창(倉)이 있었던 항구다. 농산물·어산물 집산지로 근대 시장경제의 활발함과 자유로움을 빠르게 맛본 곳이다. 따라서 도시 탈놀이인 오광대 연희나 떠돌이 유랑패 드나듦이 잦았을 것이 뻔하다. 그런 속에서 마산 특유의 바다 문화를 담은 해신제의가 활발한 도시 형성과 맞물려 번성했을 것이다.

1839년에 발명된 사진은 가장 근대적인 기술이라 할 만하다. 사진이 나온 뒤부터 세계 곳곳은 개인도 제 시간을 갈무리할 수 있는 놀라운 사건을 겪는다. 사진을 빌려 공공적, 상층 거대 역사 틈에 사적 시공간이 끼어들 수 있게 되었고 개인주의 사생활 감각을 익힐 수 있었다. 참된 근대가 시작된 셈이다. 사진은 서양사람 드나듦이 잦아지고 천주교·기독교가 들어오면서 19세기 중반부터 우리에게 알려지기 시작했다. 1880년대가 되면 서울에 외국 공사관이 서고, 그에 따라 사진 찍기와 사진 보기는 드물지 않은 풍경이 되었다. 왜로 공사관이 들어선 뒤에는 사진 기자재 운반이 더욱 손쉬워졌다. 이미 왜인이 꾸리는 사진관에서 민간 사진 촬영을 하였다.4) 한국인으로서는 처음으로 김규진이 서울에 '천연당사진관(天然堂寫眞館)'을 연 때가 1903년이다. 1889년 『한성순보』가 나오면서 그 창간호에 사진이 실려, 신문 사진을 널리 알리는 데 이바지했다. 마산에서도 1909년 왜인 공사관이 세워진 뒤 『마산신보』가 나왔다. 거기에 신문 사진이 실려 지역에 사진을 널리 알렸을 것이다. 왜로 군관의 보도 사진이나 언론 사진을 중심으로 사진은 지역민의 관심 대상으로 올라서기 시작했다.

전통 시대 전근대 미술품은 세 가지 유통 방식을 지녔다. 첫째, 문인 사대부에 의해 누린 문인화 방식이다. 시서화(詩書畫) 일체 교양과 취향이 그것이다. 둘째, 화원 화가와 관요 가마에서 만든 도자기나 주문에 의한 장사꾼의 공예품 생산, 유통이다. 셋째, 서민이나 무명작가에 의한 민화, 시골 가마에서 만든 도자류, 장인의 공예품이 그것이다. 벽사나 길흉화복을 주제로 하는 경우와 생활필수품, 장식품이 뒤섞였다. 마산 또한 이러한 전통 미술 유통 방식을 바탕으로 삼았다. 그림과 글씨 경우, 마산 지식인 중심의 문인화가 이루어졌을 것이지만 그것은 일반 소비자를 향한 근대적인 창작 활동은 아니었다. 무엇보다 사람됨을 닦는 여기(餘技)로 이루어진 문인화 전통 안에 머무는 것이다. 서민이 소비한 민화가 숱했을 터인데, 그 창작 환경을 알 수 있는 터무니가 지금으로써는 없다. 마산이 지니고 있었을 사회경제적인 중요성이 그러한 민속 미술과 예능 향유를 다른 지역보다 상대적으로 두드러지게 했을 것이라는 짐작만 가능할 따름이다.

---

4) 촌상신차랑이 '생영관(生影館)'과 '봉선관(鳳仙館)'을 운영했다. 강상규, 『한국 사진사』, 일심사, 1978, 119쪽.

국권회복기 예술문화 환경과 실상에 대한 정보는 나라 안 어느데라 할 것 없이 희귀하다. 거두고 갈무리하지 않은 채 오랜 세월 내버려 둠으로써 역사 바깥에 묻히고 말았다. 마산 지역 근대 예술문화의 여명도 그런 어둠 속에 묻혀 있다. 전근대와 근대가 만나고 부딪치고 고뇌했을 다채로운 움직임과 결과물, 그리고 그 흐름과 함께했을 지역 예술문화인들에 대한 정보를 지금이라도 찾고 보살피기 위한 노력을 꾸준히 이어야 할 것이다.

2. 전환기(1910~1919)의 고뇌

1910년 경술국치 뒤 왜로의 이른바 조선총독부는 창원과 진해를 묶어 마산부로 만들었다. 1914년에는 다시 그들을 떼어 내어 마산부로 굳혔다. 그러면서 1910년 12월 말 국제무역항으로서 이른바 개항을 폐쇄해, 왜로 세관장 허가를 받은 배만 드나들 수 있게 했다. 진해 군항을 낀 군사 요충으로서 마산항이 지니고 있었던 구실이 더욱 커진 까닭이다. 그리하여 어시장과 창동을 중심으로 한 구마산 지역과 더불어 신마산 지역이 크게 웃자라기 시작했다. 마산항이 왜인과 왜색 짙은 도시로 자라기 시작한 일은 당연한 흐름이었다. 그런 도시 조건은 새로운 문물 이입과 적응에도 다른 지역과 달리 발 빠른 환경을 마련했다.

마산 근대 출판물인 구활자본 『마산문예구락부』 1집(1913)이야말로 그런 점을 잘 보여 주는 본보기다. 마산남선인쇄소에서5)

---

5) 김광제 엮음, 『마산문예구락부(馬山文藝俱樂部)』, 마산문예구락부, 1913. 이것이 나왔다는 사실은 안윤봉에서 처음으로 다루어졌다. 안윤봉, 「문학계」, 『1956 마산문화연감』, 마산문화협의회, 1956, 36쪽.

한 해 네 차례 작품을 모아 내겠다는 규정에 따랐다. 그런데 이것이 지닌 뜻은 가볍지 않다. 목판본과 달리 대량 유통 조건을 갖춘 모습인 까닭이다. 재미있는 점은 '문학'에 대한 개념 규정이다. 글쓰기 전반에 걸친 결과물을 모두 문학으로 잡고 있다. 경전 해석, 물리, 화학을 포함했다. 전근대와 근대 사이 과도기 모습이다. 또 다른 재미 요소는 제2회 시제로 내놓은 것 가운데서 물리학 시제다. '사진의 촬영을 설명하라'는 것이었다. 이미 신문물로서 사진 기술이 지역에 널리 알려졌음을 일깨워 주는 터무니다.

이 시기 학교 제도의 발전은 예술문화 텃밭을 더욱 키웠다. 대한제국 학부 인가를 받았던 기독교계 창신학교는 초등과 졸업생을 중심으로 1911년부터 고등과를 마련했다. 그리고 1917년 3월에는 고등과 수업 연한을 4년제로 키웠다. 남녀공학이라는 혁신적인 모습을 지녔던 초기 학제를 바꾸어, 1913년에는 의신여학교를 세우며 창신학교 여자반을 나누었다.[6] 보다 자유로웠던 이들 학교 교사와 학생, 그리고 학습 분위기를 중심으로 근대 예능에 대한 이해와 힘은 더욱 커졌다. 그것이 고스란히 마산 지역사회의 신식 예능에 대한 이해로 넓혀졌음은 말할 필요가 없다. 서당 학습과 다른 신식 학교 제도는 마산 예술문화의 새로운 앞날을 일찌감치 일깨워 주었던 셈이다.

문학 경우 『마산문예구락부』는 출판·유통 방식은 근대적인 것이었으나 그 속살은 한문 교양으로 한결같았던 전근대 모습을 간직했다. 널리 한문학 유한층을 대상으로 작품을 받아 내는 방식은 서울에서부터 해마다 왕성한 본보기를 마련했던 바다. 특히

---

6) 마산문창교회85년사 편찬위원회 엮음, 『마산 문창교회 85년사』, 마산문창교회, 1986, 22~26쪽.

이웃 김해 출신 왕안거가 그 일을 두드러지게 이끌었다. 그런데 이들 한문학 향유 계층 가운데서 개신 유학자가 나왔음을 눈여겨 볼 필요가 있다. 국망에 대한 걱정과 민족 계몽을 향한 바람을 한글이나 한문한글섞어쓰기로 담아낸 문필 활동이 그들로부터 잦았다. 창신학교에 교사로 내려왔던 환산 이윤재나, 자산 안확, 그리고 1913년 진주에서 마산으로 자리를 옮긴 장지연과 같은 이가 그들을 대표한다. 그들은 서 있는 생각 중심이 달랐으나 전근대 교양으로 무장한 채 새로운 신지식을 받아들이고 널리 펴기 위한 자기 혁신을 온전히 감내했다. 그런 이를 중심으로 역사전기 소설이나 애국계몽기 가사, 문자 시조와 같은 전통 갈래뿐 아니라 창가, 신소설과 같은 새 갈래 유통이 잦아졌다. 따라서 근대 전환기 마산 문학은 전근대 갈래와 근대 갈래, 미학적인 요구와 반미학적 계몽 의도가 뒤섞인 풍토를 마련하면서 지역 지식인의 다채로운 관심을 담은 문학 독서물을 퍼뜨렸다.

1910년 경술국치 뒤부터 우리 전통 예능은 사회경제적인 쪽에서 억압 당하고 해체될 수밖에 없었다. 마당극에다 긴 시간 이루어지는 연속물 꼴이었던 전통 연희는 극장이라는 근대 옥내극으로 바뀌기 시작했다. 이들은 나날살이 시간 안에서 돈벌이를 전제로 이루어질 뿐 아니라, 왜로에 의한 엄격한 검열과 조세 제도를 거쳤다. 따라서 마산 지역 연희도 극장에서 즐겼을 왜풍 신파극이나 창극으로 바뀌어 갔다. 그러한 왜색 취향에 발맞추어 유한 계층 또한 그에 빠져듦으로써 근대극 첫 디딤돌이 지역 안에 놓였다. 신파극이 이루어졌을 극장에서는 새로 들여온 무성 영화가 많은 사람의 호기심 아래서 연쇄극 방식으로 이루어졌다. 그들과 나란히 또는 맞서면서 구마산 지역을 중심으로 중요한 절후마다 전통 연희가 소극적이나마 명맥을 이었을 것이다.

마산 근대 음악의 싹은 지역에 들어온 서양 종교 전례, 왜인 군민의 유입과 관련을 맺는다. 대표하는 것이 문창교회 목회 활동이다. 문창교회 선교사 손안로는 피아노를 우리나라에 들여온 선구자로 알려진 이다.[7] 찬송가로 이루어진 예배부터 이색 풍경을 마련했을 것이다. 성가대 활동, 부활절·성탄절과 같은 행사의 합창 활동은 지역에 새 음악을 알리는 주요 역할을 했다. 그리하여 1913년에는 당시 동경 유학생 손병은을 중심으로 칠인조 브라스밴드가 만들어져 획기적인 음악을 선보일 수 있었다. 마산 역내 젊은 왜나라 유학생에 의해 서양 악기 연주와 성악 독창도 이루어졌다. 일반인을 대상으로 삼은 공개연주회는 아니었지만 학부모를 모은 자리에서 이루어진 음악회나 공연회는 지역민에게 근대 음악을 일깨우는 중요한 몫을 맡았다. 아울러 교육 제도를 빌려 팔음계로 이루어진 양악에 대한 일방 학습은 그것이 국악을 밀어내고, 근대 음악의 중심으로 자리 잡는 데 핵심 역할을 맡았다. 그와 함께 민가에서는 잡가류나 왜로 유행가가 마구 번져, 우리 민요 감각과는 다른 신식 유행노래, 왜색 음악을 퍼뜨렸다.

우리나라에서 처음으로 미술품이 근대 유통을 시작한 때는 1880년 무렵이었다. 1909년에는 오세창·안중식과 같은 화가가 '한묵사' 모임을 만들어, 종이가게의 부업이 아닌 전문적인 눈길로 첫 근대 미술품 유통 가게를 열었다. 1910년 무렵부터 미술 재료상에 의하여 '명동' 가까이서 왜인에 의한 작품 사팔기의 근대 형태가 시작하였다. 그러다 본격적인 작품 전시와 판매를 위한 첫 화랑은 김규진이 천연당사진관에 곁들여 마련한 '고금서화관'(1913)이었다. 마산에서는 1910년대에 들어 왜인의 취향을 만

7) 경남음악사편찬위원회 엮음, 『경남음악사』, 경남음악협회, 1996, 18쪽.

족시키기 위해 신마산 지역에 고미술품상이 들어섰을 것이다. 그를 중심으로 가야 옛 지역뿐 아니라, 전남이나 영남 안쪽 우리 전통 유물이 고미술이라는 이름으로 빠져나왔다. 그들 기호와 이익에 발맞추고자 하는 한국인 도굴꾼이나 중간 수집책이 적지 않았을 때다. 판화도 신식활자본에 의한 것이 일반화하여 사진과 함께 새로운 출판물 곳곳에 얼굴을 내보였다. 그리고 이미 고미술 영역으로 들어선 전통 민화는 시장 한구석에서 생활용품이 아니라 전통 문화물로서 취급받기 시작했다. 1910년대에는 아직까지 전람회나 미술관 꼴이 마련되지 않았다. 다만 학교 제도를 빌려 교실 안밖으로 작품을 전시, 누리는 모습이 학생 활동으로서 바람직스럽게 자리 잡아 앞으로 이루어질 근대 지역 미술의 변화를 내다보게 했다.

마산은 진해를 비롯해 왜로 제국의 승리와 성장을 널리 들낼수 있는 핵심 장소였다. 그런 까닭에 나라 안뿐 아니라, 왜로 섬나라까지 마산·진해의 발전상을 담은 사진과 군대 시설, 신식 건물이 관광 판매용 사진, 이른바 '회엽서(繪葉書)' 꼴로 담기기 시작했다. 마산의 도시 이미지가 왜로 제국의 중요 군사 거점이자 휴양처로 급격히 타자화되기 시작한 때도 1910년대였다. 그 일에 무엇보다 새로운 상업 사진 엽서의 역할이 컸다.

우리 전통 예능이나 연희가 점점 옛것으로 잦아들었던 시기가 1910년대였다. 새 학교와 교회, 성당과 같은 신식 제도를 빌려 신식 무용과 신극 형태가 일반화하는 한쪽에서 규모 크게 벌일 수 없었던 전통 연희나 국악은 막을 내렸다. 대신 이저리 가볍게 떠돌 수 있을 판소리나 창극, 소규모 연희패 공연만이 지역 연고를 이용해 쉬었다 이어졌다 거듭하였다.

마산은 1910년대 내내 외래 문물 유통을 떠맡은 왜로 상업자본과 우리 근대 도시자본이 날카롭게 맞서고 다툰 중심지였다. 부산 지역에서 보이는 동래와 부산포 사이 대립과 마찬가지로 구마산과 신마산 사이 대립과 긴장이 컸을 것이다. 그리고 그것이야말로 1910년대 마산 지역 예술문화의 긴장과 대립상을 고스란히 온축한다. 신식 예술과 전통 예능, 신식 문화와 전통 제도 사이에 나타났을 경계는 마산 예능 문화 감각에 충격과 의욕을 끌어냈으며, 그것은 고스란히 지역 예술문화의 활성화로 나타났다. 그리고 시일이 지나면서 마산 예술문화는 활발했을 경제, 군사적 분위기 아래서 다른 곳과 달리 새 예술문화 수요자 계층을 키웠다. 왜인 취향에 발맞추어 특별한 부와 신분을 거머쥔 계층의 왜색 문화에 대한 취향이 그것이다.

소득과 교육 수준이 높은 엘리트층이었던 그들은 나라잃은시대 초기 신흥 부유층이나 관료층, 곧 바탕에서부터 이른바 조선총독부 체제 안쪽에 놓였던 부왜 유한계층이었다. 그리고 그들이 누린 것 가운데 많은 부분은 자신의 사회적 지위와 과시소비 욕구가 얽힌 사치 재화였다. 따라서 근대 예술문화의 적지 않은 자리는 민심과 떨어져 있었다. 신파조류의 연희나 극장 문화가 정착 초기부터 부정적인 것으로 각인되게 된 배경이 거기에 있었다. 그런 가운데서 신마산 지역 왜인 소비층의 기호에 발맞추기 위해, 전통 예능가 집단 가운데 그들을 위해 일하는 이들도 자리를 굳혔다. 사라져 가는 전통 예능의 기운을 새로 지배자 집단으로 들어선 왜인의 발밑에서 호구를 잇는 데 쓸 수밖에 없었을 그들이다.

3. 학습기(1919~1935)와 청년 예술문화

1919년 기미만세의거는 근대사에서 중요한 역사 기점을 이룬다. 공화주의에 뿌리내린 민주와 민족 이념이 위아래 어느 계층이라 할 것 없이 널리 자리 잡게 되는 결정적인 마당이었다. 거의 한 해에 걸친 의거 기간 동안 나라 안밖에서 이루어졌던 불길은 열 해를 넘게 왜로 폭거와 만행을 눈으로, 몸으로 겪었던 겨레 구성원의 실감에서 터져 나온 것이었던 만큼 격렬했다. 마산 또한 장날을 빌려 의거의 불길은 4월까지 이어졌다. 4월 3일 불붙었던 기미삼진의거는 절정이었다. 마산공립보통학교 학생까지 학교에서 일어서 애국가를 부르고 태극기를 흔들었던 일은 지역민의 일체감을 잘 보여 준다. 그로 말미암아 많은 지식인·시민·학생이 고초를 겪었다. 그러나 기미만세의거의 성공과 의분은 그 뒤 1920년대와 1930년대까지 예술문화·사상·교양 모든 영역에 걸쳐 활발한 소년·청년 활동을 예비하는 진앙이기도 했다.

그런 속에서 마산의 산업 경제 구조는 뜻과 달랐다. 1920년부터 1930년 사이 짧은 기간 거의 모든 중요 경제 이권이 왜인 자본가 손으로 넘어갔다. 그들은 주류와 장유, 양조업에 손을 대어 1924년에는 양조업 제조장이 스무 개에 이르렀다.[8] 진해 군항 배후 휴양지로서 소비문화물 생산지로서 자리를 굳힌 것이다. 이것이 뒷날 물 좋은 마산이라는 일컬음을 얻게 하는 한 빌미를 마련했다. 그 밖에 조선·철공·방직에 이르는 거의 모든 근대 제

---

8) 마산개항백년사편찬위원회 엮음, 앞서 든 책, 212쪽. '청주' 공장을 중심으로 살피면 1943년 현재 온 나라 안에서 이백여섯 곳 가운데서 마산에 마흔다섯 곳이 있었다. 서울에는 서른두 곳이었다. 『주지조선(酒之朝鮮)』 7월호, 조선주조조합중앙회, 1943, 30~46쪽.

조업도 왜인이 오로지해 나갔다. 예사 마산 사람이 이 속에서 너나없이 지녔을 배외 의식과 패배감을 짐작하기란 어렵지 않다. 1930년 5월 10일 창신학교 학생이 벌였던, 민족 차별교육 책략에 대한 분노의 표출이자 부왜교사 축출을 위해 나섰던 시위 행진은 지역 사회의 반왜·항왜 의식이 속속들이 드러난 본보기다.

기미만세의거 뒤 지도층 가운데 일부는 사회주의를 힘껏 받아들여 민족 광복 항쟁을 펼쳐 나갔다. 팽삼진은 1923년 공산주의를 연구하고 선전하는 사각동맹을 이끌고, 1924년 마산공산청년회와 마산공산당을 결성했다. 이어서 1927년 2월에 만들어진 신간회에 간부로 나섰다. 신간회에는 마산에서 팽삼진을 비롯 명도석·이형재·김용환 들이 간부로 있었다.9) 1931년에는 인천에서 노동쟁의에 앞섰던 이승엽이 경남으로 몸을 숨겼다. 그는 마산에서 김상주·김형윤 들과 뜻을 같이해 '볼세비키사'란 비밀결사를 조직하고 조직·선전·편집과 출판 부서를 두어 기관지『볼세비키』를 냈다. 이러한 선전, 선동 활동은 마산·부산 지역 사회주의 노선에 커다란 전환을 가져왔다. 사회주의 사상의 마산 역내 유입과 발전은 봉암리·산호리 야학을 중심으로 조직한 적색교원동맹을 빌려서도 엿볼 수 있다. 이들은 잡지『소년 전기』발간과 프롤레타리아 동화, 동요로 무산 아동에게 의식화 교양을 실시했다는 이유로 검거 당했다.10) 피검 대상자 가운데 한 사람이 김형윤이었다. 1925년 현재 마산에서 나온 신문은 1909년에 창간한 『남선일보』가 유일했다. 왜인 비율은 27퍼센트에 이르렀다.11) 이

---

9) 신종대, 「해방 직후 부산·경남지방의 변혁운동」, 『한국 근현대 지역운동사』, (역사문제연구소 엮음), 여강출판사, 1993, 196쪽.
10) 오미일, 「1920년대 말~1930년대 부산·경남지역 당재건 및 혁명적 노동운동의 전개와 파업투쟁」. 역사문제연구소 엮음, 앞서 든 책, 122쪽.

러한 인구 비율이야말로 마산이 안고 있었던 사회경제 문제의 어려움과 특성을 고스란히 일깨워 준다.

기미만세의거 뒤 겉으로 드러난 유화 국면 속에서 활발한 문필 활동이 이루어졌다. 문학은 대표 자리를 차지했다. 그로 말미암 아 문학 창작자와 문학 수요자도 늘어났다. 1920년대를 꿰뚫는 예술문화열은 문학 수요를 크게 키웠던 셈이다. 신식 학교 제도 의 세례를 받은 독서 대중 확대가 그 일에 큰 몫을 했다. 게다가 신식 활자본 출판 방식이 퍼지면서 출판량이 늘었다. 근대 갈래 로서 새로운 소설과 시에 대한 욕구가 늘어난 것은 자연스러운 일이다. 전문 문필가의 수가 늘면서 작품 활동으로 경제 이익을 얻는 이가 많아졌다. 아울러 문학인에 대한 사회 지위와 평가도 높아졌다.[12] 1920년대부터 문학은 여러 갈래로 나뉘면서 지위 상승을 작품으로 웅변했다. 마산 지역문학으로만 좁혀 보더라도 이윤재에 이어서 그 제자였던 이은상과 권환 문학이 1920년대를 걸쳐 나가면서 지역문학의 중요 성과를 이루었다. 게다가 소년회 활동에 앞장섰던 소년 문사가 자라서 1930년대 초반까지 지역 어린이문학을 이끌었다. 김형윤을 비롯해 이름을 들내지 못한 더

---

11) 학교는 공립소학교 1개교 712명, 공립보통학교 1개교 1,245명, 공립고등여학교 1개교 308명, 공립상업학교 1개교 129명이었다. 1925년 현재 마산 인구 17,885 명 가운데서 한국인이 13,056명, 왜인이 4,838명이었다. 1910년대에 견주어 무 게가 훨씬 높아진 것이다. 『도세개관(道勢槪觀)』, 경상남도, 1925, 7쪽.

12) 나라잃은시대 숭문주의 전통은 해외의 무장 항쟁과는 다른 자리에서 문학인에 대한 사회적 기대를 크게 키웠다. 개별 작가 의식도 그런 속에서 더욱 커졌다. 작가는 사회적 속박과 시대 환경에서 벗어날 수 있을 안식처나 도피처로 문학 을 이용하기도 했다. 문학 출판 시장도 넓어졌다. 근대 출판업이 중요한 사회 직능으로 자리를 잡았다. 언론 매체 또한 나라 안에서 다채롭게 늘어났다. 그런 일을 빌려 새로운 갈래의 작품이나 작풍이 알려졌고, 그것은 지역문학에까지 영향을 미쳤다.

많은 젊은이나 청년동맹 지도자가 그들이다.

1919년부터 1930년대 초반까지 마산 미술은 아직 근대 제도의 혜택을 받지 못했다. 우리나라에서 본격 서화 협회가 왜국 유학 작가의 귀국으로 초기 시장을 마련한 때는 1921년이다.[13] 그러니 그 영향이 마산 역내까지 미치기는 어려웠다. 대신 신마산 왜인 지역은 그들의 유락·휴양 자본으로 이루어진 독특한 경관 안에서 우리 문화재나 고미술품을 모으고 내보내는 고미술상이 번성했을 것임을 짐작하기 어렵지 않다. 1927년에 마산 왜인에 의해 『경남사적명승담총(慶南史蹟名勝談叢)』[14]이 버젓이 나올 만큼 그들의 지역 문화재에 대한 관심과 탐욕은 깊었다. 그런 가운데서 1922년부터 이른바 조선총독부에서 마련한 조선미술전람회는 비록 예속 환경일망정 한국인에게 근대미술 영역을 넓히고, 감각을 내면화하는 중요한 기회를 마련했다. 동양화, 서양화와 조각, 서예의 셋으로 나누어 전람회를 열었다. 이러한 나눔은 그 뒤로 우리 근대미술의 본보기가 되었다. 마산 역내 미술 또한 그러한 흐름을 받아들이면서도 새로운 예술문화 역량을 키워 나가고자 하는 시도가 뒤따랐다. 강호의 계급미술은 그 가장 중요한 흐름이다. 강호[15]는 1927년부터 조선프롤레타리아예술동맹에

---

13) 고희동·김관호·나혜석·이종우·김복진과 같은 이가 모여 만든 미술단체 '서화협회'가 그것이다.

14) 취방무골, 『경남사적명승담총(慶南史蹟名勝談叢)』, 취방무골유고간행회, 1927. 마산을 중심으로 이웃 가야 지역 김해나 함안·창녕·고령·합천으로 나아갔을 그들의 도굴과 문화재 약탈에 대한 관심은 바로 우리 고문화의 파괴와 황폐로 이어졌다.

15) 강호는 진전면 봉곡리에서 1908년에 태어나 1984년에 숨을 거뒀다. 마산 경행 학교를 거쳐 서울의 사립중동학교에 들어갔으나 경제 형편으로 졸업하지 못했다. 열세 살에 왜나라로 건너가 고학을 하면서 경도회화전문학교를 졸업했다. 귀국 뒤 서울에서 영화예술협회의 연구생으로 들어가 영화 연출을 배웠다.

가입하여 김복진의 뒤를 이어 미술부를 책임지며 영화·연극에도 관여했다. 왜로가 기획한 미술전람회나 서화협회 쪽 그림과는 달리 노동자나 노동 현실을 그리고 그들의 단결과 투쟁을 부추기는 판화·만화·유화를 그렸다. 1930년 수원에서 열린 프롤레타리아 미술전람회에서는 정하보와 함께 그 중심에 서서 일했다. 1932년 『우리동무』 편집 일로 왜로 경찰에 체포되어 앞뒤 일곱 해에 이르는 옥살이 가운데 세 해의 고난을 시작하였다.

연극은 1920년대 초반부터 교회나 절, 또는 천도교 교당의 소년회 활동을 중심으로 한 동극·동화 구연회 활동을 빌려 활발하게 이루어졌다. 게다가 지역 학교의 연극 학습 또한 지역민에게 근대극 무대를 널리 선뵈는 기회가 되었다. 이러한 연극 활동은 그 중심인물이 1930년대로 넘어가 청년으로 자란 뒤에까지 이어졌다. 앞으로 마산 지역극을 이끌 이광래·정진업과 같은 이의 성장기는 그런 흐름과 맞물려 있다. 이들과 다른 자리에서 계급연극에 뿌리를 둔 이동식 소극단 모임이 왜로의 감시와 탄압을 견디며 활동을 시작했다. 1932년 7월에 걸음을 뗀 마산 극예사(劇藝社)가 그것이다. 김영찬의 주도로 리훈산·천전막·윤종환·박성옥·김무산과 같은 열 사람 남짓이 뜻을 모았다.

기미만세의거를 지나 1930년대로 올라서면서 음악 자리는 뚜렷하게 양악이 자리를 굳혔다. 정규 학교에서 이루어진 모든 공식 음악 활동은 서양식 근대 음악으로 바뀌었다. 신식 창가가 우리 전통 음악을 확연히 밀어낸 것이다. 국악은 구마산 지역 상가

1927년에 프로레타리아예술동맹에 들어 김복진에 이어 미술부를 책임졌다. 1946년 월북하여 평양미술대학 교수로 일하면서 그 뒤 북한의 무대와 영화 미술, 미술 교육에 혁혁한 공을 세웠다. 리재현, 『조선력대미술가편람』, 문학예술종합출판사, 1999, 260~263쪽.

를 중심으로 가끔 이루어졌을 것이나, 마산의 개량적인 분위기는 서양식 음악의 물결을 물리치지 못했다. 게다가 왜나라 유학생과 지역 소자본가를 중심으로 이루어졌을 왜풍 대중가요에 대한 기호 또한 크게 높아졌다. 그에 따른 음반 상점도 늘어났다. 다만 민간 저층에는 한결같이 잡가나 신민요 취미를 엿볼 수 있다. 1920~1930년대에 줄지 않고 팔렸던 잡가나 민요 음반이 그 사실을 일깨워 준다. 왜로 제국 자본 안에서 우리 음악은 새로운 지형도를 마련했다. 마산이라고 그 점이 예외는 아니었다. 1928년 서울 배재고보를 나온 뒤 오동동에서 OK축음기상회를 꾸리며 이광래가 그런 일을 거들었다. 그리고 대구 작곡가 박태준은 창신학교에 교사로 내려와 있으면서 대표작 가운데 하나인 「동무생각」을 지었다. 마산의 지역성을 곱게 다듬은 셈이다.

기미만세의거 뒤 마산에서도 무성 영화를 중심으로 한 상연이 꾸준하게 이루어졌다. 주로 신파에다, 가정 비극 중심의 왜풍 영화였다. 우리 영화인 손으로 만들어진 것도 있었다. 1920년대만 하더라도 마구잡이로 들어선 프로덕션에 의해 칠십 편이 넘게 만들어졌으니 그들 가운데 많은 수가 마산 극장을 거쳤다. 이러한 무성 영화는 새로운 왜풍 생활 방식이나 감정 처리 방식을 우리 서민 깊숙이 들어앉히는 영향을 끼쳤다. 윤백남이 주연을 맡은 『운영전』과 같이 전통 이야기를 영화로 끄는 방식은 손쉽게 정치 이념에서 비켜서서 즐길 수 있었던 대표 가정 비극, 연애담이었다. 이미 가까운 부산에서 부산조선키네마사가 영화를 만들고 있었던 시기였다. 이웃 통영·진주에서 영화 제작이 이루어졌던 사실로 미루어 보아 소규모 무성영화 제작이 마산에서도 시도되었을 것이다. 게다가 1920년대 후반부터 1930년대 초반까지는 카프계 영화 전성기였다. 마산 연극인이자 영화인인 강호에 의해 진주에서 영화가 만들어졌다. 계급주의 영화와 마산 사이 연고가 분명해진 셈이다. 강호와 그 둘레 사람이 진주남향키네마에서 1929년에 만든 영화가 「암로」였다. 1931년에는 이어서 「지하촌」을 만들었다. 「암로」는 작품 속살을 알기 힘들다. 「지하촌」은 최초의 계급영화로 일컬어지는 작품이었으나, 일반 상연이 중지되었다. 1930년대 중반까지 토키 영화로 옮아가기 전까지 무성 영화는 전성 시기를 누리면서 마산 사람의 관람 욕구를 만족시켰다. 관람의 재미가 보다 널리 퍼지면서 영화가 대중 여가의 즐거운 자리로 떠오른 셈이다.

1919년 기미만세의거의 승리로 말미암아 너나없이 일었던 젊은 예술문화의 기운은 어느 곳보다 근대 학습에 빨랐던 마산에서 드높았다. 1920년대 중반 계급주의 사조가 터를 넓히면서 예술문화의 조직 활동이 더욱 잦아졌다. 소년회나 소년동맹, 청년동맹으로 넓혀 나갔던 다채로운 활동은 지역 예술문화의 학습과 훈련 자리 역할을 도맡았다. 마산 예술문화는 젊은 그들을 빌려 비로소 새로움을 오롯하게 즐길 바닥을 다지기 시작했다.

4. 우회기(1935~1945)의 훼절과 잠행

1929년 세계 경제공황으로 말미암아 타격을 입은 제국 여러 나라는 군국주의 걸음마를 더욱 다그쳤다. 왜로도 1930년대부터 산업 체제를 군수물자 생산으로 바꾸고 대륙 침략을 위한 준비를 하나하나 더했다. 1931년 만주침략은 1937년 중국 대륙침략으로 나아가기 위한 디딤돌이었다. 이어서 1941년 태평양침략으로 이어졌다. 그런 가운데 마산은 여느 지역과 달리 후방 병참기지로서 저희들 침략 전쟁을 위한 물품 보급과 인력 착취의 위세가 더했다. 마산의 제조업체도 침략 수행을 위한 군수업체로 몸을 바꾸었다. 이른바 공출이라는 이름으로 빼앗은 쌀가마니가 마산 항에 가득 쌓였던 일은 이 시기 '국가총동원'의 모습을 잘라서 보여 준다. 그런 가운데 신마산 쪽 왜인 거리와 구마산 쪽 한국인 거리 사이 문화·사회·경제 갈등과 긴장 또한 더했다. 1937년 현재 마산 인구는 한국인이 25,529명, 왜인은 5,427명이었다.16) 왜인 비율이 18%로, 1925년에 견주어 낮아졌다. 그만큼 전쟁기 인력 수탈과 농촌 붕괴로 말미암은 한국인 도시 이입이 늘어났다는 뜻이다.

문학 경우 카프 해체 뒤 전향 분위기는 마산 안에서도 그대로 영향을 미쳤다. 계급문학 학습이나 조직은 퇴조하거나 지하화하였고, 사상 탄압은 온몸으로 느낄 정도였다. 그런 가운데 젊은 세대 문학인은 성장을 위한 고심과 고뇌를 한꺼번에 껴안았다. 권환과 그를 따라 마산을 오내렸던 임화와 같은 이가 김용호를 비롯한 신진 세대와 친분을 나누며 지역문단을 이루었다. 그러나 1930년대 후반기로 나아가면서 왜로 대륙 침략전쟁 후방으로 우리 땅이 완연히 굳혀지면서 마산 또한 군국주의 엄혹한 발길 아래 문학이 설 길마저 닫혀 버렸다. 그런 속에서 이은상은 서울 조선일보사 『조광』 주간으로 일하면서 한결같은 양달 생활을 했다. 1940년대 들어서면서 마산 지역문인의 훼절과 전향이 거듭 이루어졌던 것은 단순히 시대 탓만은 아니었던 셈이다. 함안에 머물렀던 이원수의 부왜는 한 전형이다. 그 뒤로 광복기까지 이원수는 김영일·김상덕·송창일과 더불어 나라 안 어린이문학인 가운데서 대표

---

16) 『경상남도도세개람(慶尙南道道勢槪覽)』, 경상남도, 1937, 12쪽.

적인 부왜배로 이름을 내걸었다. 권환은 지병 폐결핵을 안고 김해로, 서울로 옮겨 다니며 잠행을 거듭했다. 이른바 조선총독부의 공개 지원과 협조가 없으면 이루어질 수 없었을 전시 출판업에 몸을 담고 있었던, 벗이자 훼절 문인 임화의 청으로 그 또한 비틀거리지 않을 수 없었다. 이른바 경성제국대학 사서로 겨우 몸을 얹어 약을 구하고 호구를 잇는 일이 그 귀결이었다.

1935년 세 해에 걸친 옥살이를 마치고 나온 강호는 부산에서 간판집 화공으로, 신문사 광고부원으로 그림을 그리며 어렵사리 지냈다. 1938년에 공산주의자 검거로 왜로에 다시 체포되었다. 1942년까지 긴 옥살이를 새로 시작한 것이다. 마산의 계급주의 미술·연극·영화는 그로부터 시작해 그에게서 그쳤다. 그런 가운데서 이광래는 통영 출신 대표 부왜 연극인 유치진의 뒤를 따르며 연극 단체를 이끌고 시대의 파고를 타 넘었다. 정진업과 김수돈이 '기독청년 면려회' 회원으로서 이일래의 지도 아래 문창교회에서 연극을 빌린 소박한 종교 계몽 활동을 할 때였다.

음악 경우에는 이일래가 1938년에 낸 『조선동요작곡집』[17]이 각별하다. 그 무렵 호주선교원 어학교수로 일하고 있었던 그다. 안(Ann)의 영어 번역과 에스먼드(Esmond)의 속그림을 더했다. 이화여자전문학교장 아펜젤러도 일을 거들었다. 책 속에는 이일래 자작 동요를 중심으로 그가 작곡한 스물한 편을 실었다. 널리 알려진 이일래의 「산토끼」와 최순애의 「오빠 생각」이 든 것은 당연한 일이다. 양악 활동은 레코드 보급에 따라 감상 음악으로서 지식인, 학생을 중심으로 퍼졌다. 학교제도 안쪽의 양악과 달리 지

---

17) 이일래, 『조선동요작곡집』, 한국기독교서회, 1938. 이 책은 김원룡이 이끈 남향 문화사에서 1975년에 다시 찍어 내기도 했다.

역 안쪽 일반에는 왜풍 노래로 가득 찼다. 제국의 음반 산업에 의해 만들어진 아리랑과 신민요에서부터 왜말을 그대로 따른 왜로 노래에 이르기까지 음악 취향은 피식민지 허망한 유흥을 한껏 즐기는 분위기였다. 1940년대로 넘어서면서 군국주의 전시 가요 통제로 말미암은 음악인의 훼절이 잦았다. 반야월(본디 이름 박창오) 같은 이가 진방남이라는 이름의 가수로, 작사가로 그런 분위기를 거쳤다. 뒷날 마산에 뿌리를 내릴 조두남이 왜로 제국 관동군이 세운 괴뢰 만주국 협화회 간부로서 부왜 활동 앞자리에서 나돌고 있을 때다. 왜색 짙은 신마산을 중심으로 왜풍 음악과 유흥의 득세는 불 보듯 빤한 시기였다.

광복하기 앞서 마산에는 사진관이 다섯 개가 있었다고 한다. 박을수가 경영한 신마산 'OK사진관', 왜인이 경영한 '석정사진관'과 최광수가 구마산에서 이끈 '광수사진관', 김찬영의 '가넷도 사진관', 염 씨라는 이의 '여왕사진관'이 그것이다. 석정사진관은 광복 뒤에 강신률이 받아 조광사진관으로 이름을 고쳐 운영했다. 영업사진이 중심이었던 때다.[18] 서울에서 지역에서 적지 않게 나와 퍼졌을 신문, 잡지의 보도 사진이나 사진첩이 사진 향유에 오래도록 큰 몫을 했다.

1934년을 고비로 한국 영화도 무성 영화 제작을 그치고, 바야흐로 토키 영화로 바뀐다. 게다가 촬영을 위한 조명 시설이 좋아지고 개인 프로덕션 남발로 이어졌던 제작 환경이 가라앉아 재정이 튼튼하고 규모 큰 영화제작사로 바뀌기 시작했다. 이 점은 근대 상업 영화의 제작 환경이 나아졌음을 보여 주는 일임과 아울

---

18) 편찬위원회 엮음, 『마산사진예술사』, 사단법인 한국사진작가협회 마산지부, 1992, 14쪽.

러 한국 영화 자본이 왜로 식민자의 거대자본과 통제 아래 흡수
된 사실을 뜻한다. 중국 대륙을 향한 왜로 군국주의 야욕은 1940
년대로 나아가면서 더욱 구체화되었다. 그러한 시대 상황을 홍보
하고 내면화시키기 위한 왜로 군사 전쟁 영화 갈래가 널리 나돌
았다. 한국 영화 제작은 더욱 어려워질 수밖에 없었다. 이른바
'조선영화령'을 내놓고 영화 제작, 공급에 대한 철저한 검열제도
와 제국의 동원구조 안에 소모품으로 한국 영화인을 등록시켰던
탓이다. 부왜영화가 아니면 제작과 유통이 불가능했다. 그런 속
에서 마산 영화계 또한 군사, 정치 홍보물이나 지나간 시기 퇴영
적인 역사물에 빠져듦으로써 지역 왜로 자본의 독점과 이념을
더욱 강화시켜 주었다. 뒷날 시민극장으로 이름을 바꾼 공락관
(共樂館)을 중심으로 끊이지 않고 왜색 치정물과 군사물이 올려졌
던 것이다.

　그림의 경우 서울에서는 1930년이 되어서야 화랑이 터를 잡았
다. 왜인 상권이었던 충무로와 명동, 백화점을 중심으로 이루어진
일이다. 그곳을 빌려 이른바 조선총독부 선전 출품 작가의 작품이
선을 뵀다. 이 무렵 마산에서는 임호·이림·문신·이수홍과 같은
이가 왜나라로 건너가 미술을 배웠다. 이들이 이른바 선전과 어떠
한 관계를 맺었는가는 밝혀지지 않았지만, 그것이 마산 지역 화단
에 새로운 작풍을 선뵈는 계기가 되었을 것임은 틀림없다. 문신은
1938년부터 1945년까지 동경에 머물며 일본미술학교 양화과를
마쳤다. 이수홍은 1939년 동경제국미술학교를 수료하고 돌아와
교육계에 몸담아 앞으로 지역미술 성장을 위해 애쓸 재목임을
일찌감치 알렸다. 마산에서 처음 이루어진 그림 개인전이 1941년
에 있었다고 하나 풍문으로만 남았을 따름이다.[19] 1942년에 만들
어진 부왜 미술가 단체 조선미술가협회에는 몇몇 경상도 화가가

이름을 얻었다. 그들과 함께한 마산 화가의 이름은 알 수 없다. 왜왕에게 충성을 바치며 이른바 '내선일체'와 '성전 승리', '황민화'를 위한 '미술보국'에 나섰던 이다. '반도총후미술전'이니 '결전미술전'이니 일컬으면서 부왜미술 작품이 나돌았다. 마산 안에서도 마찬가지였다.

1935년부터 1945년 을유광복에 이르는 시기는 겨레의 피식민 경험 가운데서도 가장 암울했다. 군국주의 제국의 노예로서 '국민' 훈련을 깊숙이 전방위로 받았던 때다. 마산의 예술문화 또한 근대 진행의 걸음마가 크게 휘청거리지 않을 수 없었다. 전향과 훼절, 굴욕과 비굴을 나날살이로 받아들이면서도 그것을 자신의 입신양명을 위한 발판으로 삼은 예술문화인이 많았다. 어느 지역이라 할 것 없이 겨레의 슬픔이 깊을 수밖에 없었던 까닭이다.

5. 정착기(1945~1960)와 예술문화의 정치

을유광복에서 경인전쟁, 그리고 1950년대를 꿰는 시기는 근대사에서 큰 격동과 시련기였다. 광복을 맞아 우리 사회는 새로운 국가 건설과 국민 형성이라는 두 가지 과제를 떠안았다. 그리고 그 해결 과정에서 시민사회도 자람을 거듭했다. 새 국가 건설이라는 과제는 민족 분단으로 나아가면서 산업화와 맞닥뜨렸고, 국민 형성의 과제는 민주화로 나아갔다. 이 두 길과 방향을 싸고 여러 갈등과 쟁투가 이어졌다. 1948년 남북 단독 행정부 수립 뒤

---

19) 김영진, 「마산 미술 50년 개관」, 『마산 미술 50년사』, 한국미술협회 마산지부, 1988, 40쪽. 이는 『마산문화연감』에서 안윤봉이 적은 뒤 거듭 재생산되고 있는 정보다.

부터 민족상잔의 전쟁을 거치면서 반공주의는 근대 과정의 중요 이념 노선이었다. 국가 체제는 서구식 자유민주주의 모형을 기본 전제로 반공자유주의를 선택했으나, 현실 정치는 우파 독재로 나아갔던 셈이다. 근대의 속살로서 민주화 또한 반공주의와 맞물려들면서 근대로 나아가는 길을 복잡하게 이끌었다.

예술문화 상황도 이에서 멀지 않았다. 1948년 대한민국 수립부터 1950년대까지는 광복의 혼란과 경인전쟁의 피해 복구 탓에 국가 투자를 제대로 할 수 없었다. 새로운 자유민주주의 체제로 바뀌는 과정에서 맞닥뜨린 행정과 정책 과제 또한 많았다. 왜로 제국주의 찌꺼기를 지우고 공산주의 문화 유입 차단, 문화재 보호를 위한 최소 행정이 이루어졌던 때다. 이런 가운데서 반공주의 예술문화가 뿌리를 내리고 그 과정에 국가 중앙을 중심으로 반공 문화인과 그들 예술문화사회 세력장의 득세, 사회적 명성 재생산 체제가 뚜렷하게 자리를 굳혔다.[20]

마산은 시대의 격동을 어느 지역보다 뚜렷하게 겪었던 곳이다.[21] 광복 초기 마산은 왜국으로 더 남쪽으로 징용·징병을 떠났던 이를 받아들이기 시작했다. 대한해협을 건너 돌아오는 그들 주요 귀항지가 부산·마산이었다. 왜인이 떠난 광복 무렵 약 6만이었던 마산 사람은 이듬해 오월 말에는 82,000으로 늘었다. 갑작스런 인구 유입으로 도시 겉모습이 커지면서 도시 문제 또한 많

---

20) 광복기 좌파 시인 정진업이 경인년 전쟁기에 애꿎게 간첩 혐의로 고초를 겪고 언론계에서 물러나게 된 일은 그런 분위기 아래서 겪은 희생 가운데 한 본보기다.
21) 1945년 광복이 되자 마산에서는 건준마산시지부를 만들고 그것을 마산시인민위원회로 개편했다. 시내 치안과 계몽 활동 그리고 귀환동포 구호 사업에 역점을 두었다. 그러나 인민위원회가 좌파 빛깔을 강하게 띠게 되자, 일부가 탈회하여 한민회를 조직했다. 이때 문화부장에 이일래가 뽑혀 우익 세력의 결집을 꾀했다. 신종대, 앞서 든 글, 230쪽.

아졌다. 유입인과 토착인 사이 이해관계까지 광복 뒤 마산 지역 현황을 어렵게 만들었다. 좌우 분열과 쟁론은 1946년 4월 좌익 정당과 단체 간부에 대한 일제 검거가 이루어지면서 풀이 꺾였다. 그 뒤 광복기 내내 마산은 우파 득세로 이어졌다. 전쟁기 세 해는 마산항을 다시 국군과 연합군 병참기지로 바꿀 수밖에 없게 만들었다. 게다가 피란민이 들어오기 시작했다. 그들 가운데서는 적지 않은 예술문화인이 끼어 있어 마산 지역 예술문화의 줄기를 키웠다. 연극인 박승희·김동원, 화가 박생광, 작곡가 조두남, 시인 이원섭과 같은 이다.

1945년에서 1960년에 이르는 시기는 마산 예술문화가 뿌리를 깊게 내리면서 정착을 마친 때다. 집단 활동으로는 조선청년문학가협회에서 전국문화단체총연합회(문총)로 다시 마산문화협의회 체제로 나아가면서 예술문화계 인사의 드나듦이 잦았다. 마산문화협의회는 1955년 창립하여 기관지 『마산문화』를 내면서 조직 활동을 뒷심으로 삼아 여러 개인 예능인의 자기확산과 창작을 부추겼다. 게다가 진주에 있었던 해인대학이 1956년 마산으로 옮겨와 지역 예술문화사회 형성과 인재 양성에 새 기틀을 마련했다. 나라잃은시기 경험과 오욕을 벗어나면서 새로운 예술문화에 대한 욕구를 학습하고 펼쳐 낼 수 있게 할 굳건한 동력이 자리잡은 셈이다. 그런 가운데 낱낱 예술문화인의 자기 형성 노력과 창조적 고심은 국가 수립, 국민 수립의 거시 흐름 아래서 쉼 없는 모색을 되풀이했다. 마산 예술문화의 외연이 뚜렷하게 드러나는 성과가 이어진 것은 당연한 결과였다.

광복기부터 1960년에 이르는 시기 마산 문학은 근대문학의 여러 노선과 성장을 아울러 내보였다. 광복 초기의 좌우 대립을 거쳐 조향의 『로만파』로 대표되는 반공자유주의 문학이 주도하기 시작한 뒤부터 그것은 문총 마산지부와 문총 구국대 활동, 뒤이어 마산문화협의회의 문학 활동으로 이어지면서 거듭 굳어졌다. 학생에서부터 청장년층에 이르는 소집단 활동은 마산문학의 기틀을 다채롭게 키워 냈다. 국립마산결핵병원 환우의 독특한 결핵 문학을 폈던 『청포도』에서부터 『처녀지』·『흑상아』·『출범』과 같은 동인지가 그들이다. 그런 가운데 권환·강호·이구월에서 비롯하였던 현실주의 문학 흐름은 정진업이 『부산일보』를 쫓겨나 거제로 몸을 눕히면서 기세를 잃어버렸다.

1945년 광복 뒤 지역마다 연극을 올리기 위한 신극 단체가 곳곳에서 나타났다. 광복을 맞아 새로 모인 마산 '극좌대' 제1회 공연은 정진업이 지은 「강씨일가」와 「부사와 초부」를 올렸다.22) 그 뒤인 1952년 마산 문총 연극부에서는 서항석 작품 「군상」을 연기자가 모자라는 어려움을 딛고서 객석을 채웠다.23) 우리 신극계 태두 가운데 한 사람인 박승희가 피란으로 마산에 내려와 거의 십 년 동안 머물렀음에도 흔적을 마산 역내에서는 찾아 볼 수가 없다. 배우로서는 마산 출신 복혜숙이 꾸준히 명성을 이었다.

을유광복 뒤 마산 음악도 새로운 모습을 가다듬었다. 1946년 제갈삼이 마산에 내려와 육 년제 마산중학교에서 1953년까지 음악 교사로 일했다. 최인찬 또한 제일여고 교사로 일하면서 작곡에 골똘했다. 1949년 윤이상이 작곡한 창작음악극 「마의태자」·「백합공주」가 공연되었다고 하나 대본은 알 수 없다. 광복기에는 레코드음악으로 이루어진 서양 음악 맛보기가 중요 취미 활동으로 더욱 발전하였다. 이상근은 1949년에 이어 1952년에도 개인 작곡

---

22) 「부사와 초부」는 한정호에 대본이 남아 있다. 한정호, 『정진업 전집② 창작·산문』, 세종출판사, 2006, 384~497쪽.
23) 경남연감편찬회 엮음, 『경남연감』(1954년판) 창간호, 의원구락부사, 1954, 129쪽.

발표회를 열었다. 배도순·김광수와 같은 이가 마련한 바이올린 연주회나 여러 차례 현악단 공연은 이웃 부산에 뒤지지 않는 활발한 활동이었다.24) 전쟁기는 부산·마산·대구를 중심으로 피란 음악인이 넘쳐났던 시기다. 바이올린에 홍지유, 작곡과 피아노에 조두남, 피아노에 홍난수 들이 마산에 머물렀다. 그들은 지역 음악인과 어울리면서 여러 꼴의 공연이나 발표회를 개최, 성황을 이루었다.25) 마산으로서는 질 높은 음악을 누릴 수 있는 좋은 기회였다. 전쟁기 동안 문총 마산지부를 중심으로 이루어진 종합예술축전에서도 음악은 빠지지 않았다. 1953년에는 김천애가 이끄는 정훈음악대가 국제극장에서 연주회를 열었다. 정훈음악은 피란 음악인뿐 아니라 지역 음악인의 숨통을 틔웠다. 제일여고에서 부산 동래여고를 거쳐 남성여고로 자리를 옮긴 최인찬은 1956년 4월 '최인찬·이상근 작품발표회'를 동광초등학교 강당에서 열었다. 김수돈의 「소연가」를 비롯한 여러 편의 시에 곡을 얹어 묶은 친분을 담았고, 제갈삼이 피아노 반주를 맡았다.26) 1957년에는 손동욱이 가곡집 『옛산성』(고전음악연구회)을 내서 그 뒤로 마산 지역 음악 출판의 전통을 이끌었다. 「무궁화의 노래」·「안중근선생추념가」를 비롯해 애국 정서를 한껏 드높일 수 있을 일곱 편을 실었다. 1950년을 거쳐 가면서 지역에서는 여러 꼴의 음악 활동이 크작게 이루어졌다.27) 그러면서 근대 음악에 대한 이해도 깊

---

24) 경남연감편찬회 엮음, 앞서 든 책, 129쪽.

25) 경남음악사편찬위원회 엮음, 앞서 든 책, 20쪽.

26) 그 뒤 1970년 서독으로 건너가 윤이상이 작곡교수로 머물고 있었던 하노바음악대학에서 작곡 수련을 거듭했다. 윤이상과는 사제로 얽혔으나 그의 좌경 태도에 대해서는 선을 분명히 그었다. 돌아와 안동대학교 음악 교수로 일하면서 후진을 길렀다.

27) 외부 유명 연주회나 개인 발표회에서부터 지역 출신 학생의 귀향 음악회, 마산

어 갔다. 모든 크작은 공공 행사에 음악 공연은 빠지지 않았고 지역민에게 음악의 우월한 값어치를 마음 깊숙한 데까지 들어앉혔다. 그러다 1954년 환도를 기점으로 피란 음악인의 귀향이 이어지자, 마산 음악은 그냥 눌러앉게 된 조두남과 둘레 제자를 중심으로 내실을 되다지는 시기로 나아가기 시작했다.

광복 뒤 1948년도 우리 사진계 처음으로 사진잡지 『사진문화』가 나왔다. 그 지사가 마산에 만들어졌다.28) 1950년대로 들어서면서 전국사진가연합회 마산지부가 출범했다. 회원을 중심으로 지역 사진예술은 활발하게 찻집 사진전을 거듭했다. 그러한 열띤 분위기 아래 지역 사진인이 나라 규모 여러 예술사진 공모전에 나아가 박을수·김찬영 들이 입상하여 역량을 뽐냈다. 당선률로는 마산이 가장 높았다는 말을 듣기도 했을 정도다.29) 1950년부터 남기섭이 전시회를 열었다. 1955년에는 전국사진가연합회 마산지부 주최로 전시회를 가졌다. 강신률·김건백·김종석·박효주와 같은 이를 비롯해 열아홉 사람이 작품을 냈다. 그 뒤로도 지역 찻집을 이용한 사진 전시회는 1950년대 내내 해마다 그치지 않아 지역민의 사진에 대한 관심을 끌어올렸다.

전쟁기 동안 마산에는 서울 청구영화사가 피란을 와 있었다. 그를 계기로 지역 문화인과 힘을 모았다. 정진업이 각본을 쓴 「삼

역내 각급 학교 음악반을 중심으로 이루어진 여러 음악 향유 활동은 마산을 수준 높은 음악 도시로 이끌었다.

28) 광복 뒤부터 마산 사진계 흐름에 대한 대강은 아래에서 갈무리하고 있다. 편찬위원회 엮음, 『마산사진예술사』, 사단법인 한국사진작가협회 마산지부, 1992. 마산사진사 편찬위원회 엮음, 『마산사진사』, 사단법인 한국사진작가협회 마산지부, 1999.

29) 개별 작가의 활동에 대해서는 아래 책에서 간추렸다. 편찬위원회 엮음, 『마산사진예술사』, 앞서 든 책, 14~15쪽.

천만의 꽃다발」을 신경균 연출에 복혜숙·황려희 출연으로 1951
년에 만들었던[30] 사실은 이채를 띤다. 16밀리 영화였던 이 작품은
마산을 그림으로 삼아 기획과 감독은 제2육군병원 쪽에 맡기고
국립마산결핵병원 후원으로 마련한 것이다. 제작 기간은 여덟 달
이 걸렸다고 한다. 1951년 창원 상남면에 미국공보원에서 상남영
화촬영소를 마련해 운영했다. 전시에 필요한 뉴스를 비롯해 여러
영화 제작을 도왔다. 이를 빌려 1955년에는 대한소년문화원에서
문화영화 「거리의 등불」을 만들었고, 국제마산청년회의소가 제공
하고 안윤봉이 기획·제작한 「고 심상용 장례편」이 시민의 밤에
상영되었다.[31] 1954년 현재 마산에는 창동 시민극장과 부민동 국
제극장 둘이 있어 지역민의 영화에 대한 기호를 만족시켰다.

　광복 뒤인 1947년 대원화랑·대양화랑과 같은 상업 화랑이 서
울에서 활동하기 시작했다. 주둔 미군을 중심으로 불화·도자기·
민화·그림에 대한 나라 밖 반출이 이루어졌다. 마산에서는 상업
거래를 목표로 삼았던 화랑이 자리 잡지는 않았다. 대신 찻집을
빌린 미술 전람회는 꾸준히 이어졌다.[32] 전쟁기 세 해와 전후

---

30) 경남연감편찬회 엮음, 앞서 든 책, 130쪽.

31) 마산시사편찬위원회 엮음, 『마산시사』, 앞서 든 책, 1179쪽.

32) 광복 뒤 마산에서 처음으로 미술전람회가 열린 때는 1947년 6월이었다. 서양
　화·동양화·조각·자수를 포함한 서른아홉 사람에 이르는 작가에 의한 대규모
　전시회였다. 마산의 임호·이림·문신·이준·이수홍·최운·김종석 들이 작품을 냈
　다. 이어 1948년 문신전이 마산을 비롯해 서울, 부산에서 열렸다. 1949년에는
　합천 출신 허민과 변관식의 순회 동양화전이 열려 마산 사람의 눈길을 끌었다.
　1950년 이웃 부산에서 열린 혁토사전에 마산의 이림과 이준·전혁림·임호가 작
　품을 내 마산 미술의 왕성함을 널리 알렸다. 전쟁기인 1951년 이응조가 이응조
　종군기록미술전이라는 이름으로 마산찻집에서 정훈미술작품 25점을 선뵈어
　미술과 전쟁 문제를 새삼스럽게 일깨웠다. 그리고 1953년 마산 출신 이준이
　부산 르네상스에서 개인전을 가졌음을 기록해 둘 만하다. 김영진, 「마산미술
　50년 개관」, 앞서 든 책, 96~104쪽.

1950년대는 피란 온 역외 화가와 역내 화가가 서로 경쟁하면서 활발한 활동을 벌이며 마산 지역 그림을 부쩍 키웠던 시기다. 문학인과 미술인 사이 넘나듦도 두터워 시화전이나 출판미술도 잦았다. 1955년 10월에 창립한 흑마회는 그러한 마산의 왕성한 활동을 온축하는 중요 모임이었다. 지역문화 대중화를 내걸고 가두 전시를 마련하는 획기적인 활동을 선보였다. 이수홍·이림·임호·최영림·이응조·김재규와 같은 역내 화가 모임이었다. 그런 가운데서 갓 대학을 졸업한 하린두가 마산 동중학교에서 한 해 머물렀던 때는 1954년이었다. 이어 그는 부산으로 서울로 옮겨갔다. 피란지 문학 출판은 마산 출신 김원룡이 운영한 부산의 해동문화사를 중심으로 활발하게 이루어졌다. 지역 출판미술이 왕성하게 재능을 드러내는 계기가 된 셈이다.

전쟁기와 그 뒤로 예술문화인의 조직 활동은 문총 마산지부가 떠맡았다. 1951년 예술제를 마련해 시낭독회·음악회·연극·시화전·개인전을 벌였다. 시낭독에는 이경순·김수돈·이원섭이 나섰고 음악에는 이상근·이상춘과 진해에 뿌리를 둔 정훈음악대가 찬조 출연했다. 연극은 서항석 작 「군상」을 김수돈·정진업 연출로 내놓았다. 기관지로 『낙타』를 냈다. 그러나 일국주의 문총의 중앙 체제는 분열을 일으켜 길을 달리했고, 마산 지역은 새 지역 조직을 만들었다. 그것이 1955년 안윤봉과 김창식을 중심으로 이루어진 마산문화협의회였다. 마산문화협의회는 마산 예술문화사회 형성과 착근을 위한 중요한 실천 활동이었다. 1956년과 1957년 두 차례 낸 『마산문화연감』이야말로 그들이 지녔던 의욕과 보람을 고스란히 웅변한다. 1950년대를 거치면서 일간지에는 김형윤이 낸 『마산일보』가, 월간지에는 손성수가 낸 『민생』이 있어 예술문화 영역에 대한 관심을 보탰다. 성숙하는 예술문화 분위기 아래서도 반공자유주의 이념 장벽은 굳건했다. 거기서 배제되고 은폐된 소수 예술문화 또한 적지 않았다. 1954년 여름, 부산에서 완월동 빈소까지 한달음에 달려온 향파 이주홍이 명정처럼 울음으로 덮어 주었던 순수 사회주의자 권환의 안타까운 주검은 그 점을 상징적으로 일깨워 준다.

6. 성숙기(1960~1980)의 다채로움

1960년대 중엽 뒤부터 제3공화국에 이르기까지 우리 사회는 국가 체제 건설의 바탕을 마련하는 문제가 중심 쟁점이었다. 그 결과 체제의 물질 바탕을 세우기 위한 산업화 정책이 뿌리로 자리 잡고, 추진 방법이 쟁점으로 떠올랐다. 조국 근대화와 민족민주주의 이념이 그것이다. 산업화 성과가 어느 정도 눈에 보이기 시작한 1970년대부터는 산업화 정책에 의해 이루어진 사회경제 측면의 체제 성격이 논쟁의 중심으로 떠오르기 시작했다. 이른바 유신체제가 거기에 불을 당겼다. 유신은 1960년대 이래 누적된 사회정치 변화와 남북 대화가 다시 열린 뒤 새로운 안밖 정세 변화에 대한 대응방식이었다. 집권 행정부의 대응은, 한편으로 이념 쪽에서 국가 안보를 논리로 자유민주주의 쪽 주장에 대한 직접 대결로, 다른 한편으로 국가주도 산업화 과정에서 이익을 본 대기업과 신흥 도시 중산층의 지지를 바탕으로 사회정치적 통제 강화로 나타났다. 유신체제가 나아감에 따라 체제 논쟁은 단순 가설이나 이상 차원을 벗어나 사회적 실체를 이음매로 격화될 수밖에 없었다. 1970년대 후반부터 체제 논쟁이 단순 논의나 갈등 차원을 벗어나 변혁 활동으로 맞물려 든 것이다.[33]

1960년 경자마산의거(이른바 3·15의거)는 제4대 대통령과 제5대 부통령을 뽑는 선거에서 저질러진 부정행위에 대한 항거였다. 사전투표, 기권, 유령 유권자 조작, 개표함 바꿔치기와 같은 부정에 대한 민심 표출이 그것이다. 이를 폭도로 몬 군경의 발포로 말미암아 더욱 불붙은 분노는 경자시민혁명으로 커 나가면서 나라 안 민주화 열망을 담아내는 상징 제의로 키워 냈다. 이로부터 탄생한 제2공화국은 얼마 가지 않아 군부 쿠데타로 말미암아 계엄령 안에 움츠러들고 말았다. 거의 모든 사회단체와 노동조합이 문을 닫았다. 1950년대를 꾸준히 지탱해 왔던 마산문화협의회도 마찬가지였다. 이로부터 1962년 무늬뿐인 민정 이양으로 시작한 제3공화국과 제4공화국으로 나아가면서 마산 지역 또한 커다란 근대 물결에 휩싸였다. 군사행정부는 정통성을 근대화와 민족주의에서 찾고 그것으로 나아가는 과정에 마산의 지형을 빠르게 바꾸었다. 국가 주도 산업화는 경제개발5개년계획으로 이어졌다. 이에 따라 1966년 한일합섬 마산공장이 들어섰다. 마산 지역 공업화에 중요 터전이 닦인 셈이다. 1967년 한국철강 건설, 1969년 우리나라 처음인 임해수출자유지역 결정이 잇따랐다. 마산수출자유지역은 마산의 산업화를 크게 드높인 변화였다. 도로 건설과 같은 사회간접자본 확충도 눈에 띄게 달라졌다. 마산을 거쳐 가는 남해안 고속도로와 구마고속도로 또한 1970년대에 만들어졌다. 마산이 공업도시로 바뀌자 멀고 가까운 지역 사람 유입도 아울러 늘어났다. 그들에 의한 사회 문제는 고스란히 마산 문제로 넘어오게 되었다.

---

33) 강광식, 「이념문제의 한국적 지형과 주요 준거이념의 갈등적 변용양상」, 『현대한국이념논쟁사연구』(김광식과 여럿 지음), 한국정신문화연구원, 1999, 19쪽.

지역 예술문화는 경자마산의거로 말미암아 한껏 기세를 드높이려 했으나, 1961년 군부 쿠데타의 직격탄을 맞았다. 이어 한국예술문화단체총연합회(예총)라는 일국주의 국가 중앙의 하부 조직으로서 마산지부를 마련하였다. 문학·미술·음악·무용·사진 다섯 개 영역이 그것이다. 그리고 1963년에 다시 국악·연극·연예·건축·영화로 협회 지부를 더 늘렸다. 이들은 이러한 조직 아래서 때로는 같이 또 때로는 개별로 넘나듦으로써 지역 예술문화의 조직력을 키워 나갔다. 기관지『예총마산』을 냈고, 지역 행정부에서 마련한 종합예술축전이나 시민의 날 때 예술문화 행사를 떠맡음으로써 관변단체로서 빛깔을 뚜렷이 했다.

1960년대에서 1970년대를 꿰뚫는 이 시기 마산 지역문학은 본격 정착과 분화를 아울러 보여 주었다. 본격 정착이라는 쪽에서 볼 때는 예총 아래 문학 영역 지부 활동이 주류를 이루고, 그들 조직 활동을 중심으로 지역문학이 재구성을 마치는 단계가 그것이다. 그런 가운데서 마산수출자유지역 노동자의 문화 욕구의 확산과 수렴이라는 쪽에서 노동자 문학 활동이 활발하게 이루어졌다. 마산 지역문학이 성숙을 거듭하면서 부름켜가 크게 두터워졌던 셈이다.

이러한 현상은 연극 경우에도 그대로 이어졌다. 경남대학교 극회 출신 연극인이 지역에 나서기 시작한 때도 1960년대를 넘어서면서부터다. 지역 연극의 구조적 바탕이 굳건해졌다. 마산 지역사회의 역동적인 움직임을 마산 연극도 함께했다. 이미 앞 시대 지역 연극을 주도했던 이광래·정진업이나 김수돈이 일선에서 물러나고 그 뒤를 한기환·한하균과 같은 뒤 세대가 1970년대까지 이어 자연스레 세대교체가 이루어졌다. 1970년대와 1980년대로 나아가면서 마산 연극은 전성기 면모를 보였다. 경남대학교를 위주로 하는 학생연극 단체와 서울 학도에 의해서 대학가 연극은 활성화하였다. 이 점은 작품의 양과 질뿐 아니다. 마산연극의 무대 기능이 보다 세련된 꼴을 다지게 되었다. 특히 조명·분장·음향 자리가 일취월장했다. 학생극 활동으로 다져진 마산 연극인이 지역 연극에 뿌리를 굳게 내리게 되어 전성기에 걸맞은 활동을 펼치고자 했다. 서울 드라마센터에서 기본기를 다진 조강래와 이상용이 힘을 쏟았다. 1970년대 중반 김종석이 맷돌소극장을 중심으로 저항적인 극활동을 펼쳐 나가면서 부조리극을 마산 극계에서 시작한 것은 그러한 전성기의 한 뼈대를 그가 떠맡았음을 뜻한다.

음악 영역에서 독립 공연기획자가 나타나게 된 때는 우리나라에서 1970년대 말부터다. 해외 유명 연주자나 저명 단체를 불러들인 공연이 주류였다. 1960년대와 1970년대로 나아가면서 마산에서도 그들의 지역 공연 꼴로 가끔 음악회가 열렸다. 1960년대 마산 음악은 보다 내실을 다지는 쪽으로 한 차례 자라기 시작했다. 1962년 음악협회 마산지부가 만들어져 조두남이 초대 지부장으로 앉았던 일이 그 전조다. 조두남은 1962년에 가곡집 『분수』, 1963년에 작곡집 『환상곡』을 내어 마산 음악에 구체적인 성과를 보탰다. 그리고 1962년 안윤봉을 단장으로 한 마산합창단이 세워져 몇 차례 음악회를 펼쳤다. 1970년대로 넘어가면서 지역사회의 경제자본 축적은 학교와 전문 음악인에 갇혀 있었던 음악 향유 기회를 바깥으로 널리 끌어내는 환경을 마련했다.[34] 마산 음악의

---

34) 언론이나 단체에서 이끄는 중요 지역 예술축전이나 음악 행사마다 열렸던 합창대회가 그런 일에 기름을 부었다. 어머니합창대가 각급 학교 학생 음악과 아울러 활동하게 된 것이다. 게다가 역내 출향 음악인의 귀향 발표회도 잦았다. 1972년의 재경향우회가 마련한 학우회 음악회는 비록 크기는 작았지만, 앞으

역량을 바깥으로 한껏 떠올리게 함으로써 지역민의 자부심을 키웠다. 1970년에 들어 김봉천 작곡발표회가 있었다. 조두남에 이어 창작곡에 목말랐던 지역에 중요한 활동을 내다보게 하는 행사였다. 1974년 김봉천과 정금숙의 작곡집 『뫼노래』 출판도 마산 창작 음악의 특이성과 성숙을 보여 주는 일이다. 역외 마산 음악인의 활동은 역내에 견주어 더욱 빛났다. 1954년 경남대학 문학부를 졸업한 함양 출신 정원상은 부산에 터를 두고 활발한 작곡활동을 펼쳐 마산 음악을 두텁게 했다. 시조를 쓰기도 했던 하오주 또한 경남대학 문학부를 나온 뒤, 부산에서 작곡가로서 열정을 쏟았다. 동요곡 「앞으로」로 널리 알려진 이수인은 의령에서 태어나 마산 두척산 아래서 자랐다. 마산고 다닐 무렵부터 작곡에 뜻을 둔 뒤 서울 KBS어린이 합창단장으로 일하면서 어린이음악 발전을 위해 꾸준히 애쓴 공이 크다. 1973년에 첫 신입생을 받은 경남대학교 음악교육과 재학생과 졸업생 활동은 마산 지역에서 근대 음악을 뿌리내리게 하는 또 다른 틀로서 그 뒤 마산 음악을 위한 든든한 자양분을 제공했다.

1960년대 음악에서 두드러진 변화는 대중가요라 불리는 노래 영역이 조직화하여 안쪽 경계를 분명히 그었다는 점이다. 흔히 유행가라 일컬어지는 '대중노래'는 그 뿌리가 1910년대로 내려간다. 그것이 일본의 '연가'에서 온 것이니, 오히려 일본 '연가'에 영향을 준 것이니 해서 한결같이 논란이 이어지고 있다. 그럼에도 우리의 전통 민요나 서양식 가곡과 경쟁하면서 대중을 상대로 넓고 두터운 자리를 마련해 왔다. 그 음악인이 협회를 만들어 전국 규모 조직 활동을 시작한 것이다. 마산에서는 1963년 예순에

로 마산 음악을 이끌 젊은 학생의 의욕을 내보이기에 충분하였다.

이르는 사람이 모여 연예협회 마산지부를 세운 일이 그 디딤돌이었다. 그러다 본격 협회 활동을 시작한 때는 1970년대에 들어서다. 회원이 아닌 사람은 무대에 오를 수 없도록 하는 법 규정에 따라 연예협회가 가수 진출입의 핵심 문이자 장벽으로 자리 잡은 것이다. 이들은 협회원을 중심으로 여러 사회 정서 순화 활동이나 신인가수 배출과 같은 행사를 빌려 연예인의 사회 위상을 세우는 일에 나섰다.

1960년대는 마산 사진계가 성숙기에 들어섰다. 1962년 전국 단위로 바뀐 한국사진협회가 마산에 지부를 두었다. 강신률·남기섭·박을수 들이 그 안에 몸을 담았다. 이들은 역내 작품전뿐 아니라, 이웃 부산으로 나가 개인전을 열었다. 마산 사진계에 색조 누드 전시는 1960년대 초반부터 이루어졌다. 그리고 해마다 이어진 마산종합예술축전에서 회원전을 벌이고, 사진촬영대회를 열어 지역민의 사진 취향을 드높였다. 정진업과 같은 지역 시인과 어울려 시와 사진 초대전까지 열어 예술문화계 친교를 더했다. 개인전이나 초대전 경우, 이웃 지역과 이동 전시회를 열어 향유 기회를 넓혔다. 1965년부터는 사진협회 마산지부에서 사진공모전을 열어 일반인의 사진에 대한 관심을 드높였다. 1978년 마산 시민의 날 기록사진공모전을 색조와 흑백 부문 사진으로 갈라 사진 영역을 다채롭게 만들었다. 1970년대 후반에 들어서면서 백자화랑이 활발하게 작가전을 이끌었다. 찻집을 중심으로 이루어지던 사진 맛보기 기회를 드넓히고 사진의 상업적 유통 가능성을 점치게 했던 사실을 짚어 둘 필요가 있다.

1960년대부터 지역 대표 대중 예술로 자리 잡은 것은 영화였다. 1962년 현재 마산의 극장은 부림동 강남극장, 창동 시민극장, 오동동 동보극장, 완월동 제일극장, 중앙동 마산극장, 회산동 중앙극장이었다. 모두 여섯 개로, 이웃 진주의 네 개에 견주어 많았다.[35] 마산 지역 사회경제적 위상의 향상에 맞추어 문화 소비 역량도 그만큼 드높았다는 터무니로 삼을 만한 통계다. 1960년대 마산 영화는 제작, 촬영 환경을 마련할 수가 없었다. 다만 마산의 발전상을 담은 영화 「내 고향」이 1967년에 만들어져 온 나라에 상영되었다. 마산 출신 김혜정이 고향을 새삼스럽게 찾는다는 속살을 지닌 작품으로 공보부에서 만들었다.[36]

우리나라에서 서구식 경영체제를 끌어들인 화랑은, 1965년 서울에서 문을 연 반도화랑이 처음이다. 그런 서울 쪽 분위기와 달리 아직까지 마산에서는 찻집에서 이루어진 이른바 보따리 장사의 소규모 전시회가 대종이었다. 1960년 경자마산의거와 경자시민혁명의 뜨거운 공간 속에서 마산 젊은이에 의해 이루어진 기념 미술전이 거성찻집에서 열렸다. 박만수의 「학살」을 비롯한 서른 점 남짓 선을 뵈었다. 1950년대 전쟁기 정훈미술과 또 달리 역사 앞에 서 있는 미술인의 자세를 묻는 기회가 된 셈이다. 학생 미술 또한 1950년대의 열기를 이어받아 1960년대에도 마산고·마산상고·마산공고·마산여고를 중심으로 발전을 거듭했다. 고교생 공동전을 시민사회를 향해 열기도 했다. 1960년대를 들어서면서 중요 미술인이 다른 곳으로, 나라 밖으로 나간 뒤에 이수홍·최운을 비롯한 중견 미술인이 지역미술을 이끌었다. 문신은 1961년부터 프랑스로 나갔다. 1980년 귀국까지 오랜 세월 또 다른 예술의 고향이 된 곳이다. 아울러 어린이 미술의 사회 학습이 중요 영역으로 자리 잡았다. 이제하·박홍석이 소년미술연구소를 빌려 미술

35) 『한국연예대감』, 성영문화사, 1962, 498쪽.
36) 「예술」, 『마산시사』, 앞서 든 책, 1180쪽.

취향을 일찌감치 가꾸는 활동에 나섰다. 1960년대 후반에서 1970년대 초기로 넘어서면서 마산 미술은 다시 한 번 겉모습을 바꾸었다. 수출자유지역과 함께 드높아진 지역의 기대감이 미술 영역에 그대로 되비쳤다. 설창수·정진업·김교한과 같은 문인과 미술인의 합작 시화전이 이루어져 오래 이어 온, 그림과 문학의 상호 예술성을 확인시켰다. 아울러 문신의 해외 활동 또한 마산 미술의 자긍심을 드높이기에 모자람이 없었다. 그리고 1970년대 초 마산교육대학 교수 김해성을 중심으로 지역 미술비평이 본격화하기 시작한 점도 적어 둘 필요가 있다.[37] 1970년대 마산 미술은 어린이 미술에서부터 지역 단체, 동호회 동호회전, 학생미술에다 역외 전문 미술인 초대전에 이르기까지 다채로운 미술 취향을 맛볼 바탕이 굳건해졌다.[38] 고미술품 시장 또한 1960년대부터 수출자유지역의 설치, 활성화로 말미암아 크게 늘었다. 고서화·민화·도자기·목기·민속품과 같은 것을 다루는 곳이 여럿 생겨 1980년대 후반까지 이어졌다. 나라 주요 도시를 중심으로 1970년대부터 고미술품 유통 시장의 본격화하는 흐름보다 이른 모습이었다.

마산에서 무용이 독립적인 제도의 틀을 마련한 때는 1962년이었다. 일국주의 전국 예술문화 기구 마련과 아울러 무용지부가

---

37) 앞선 시기까지 언론인에 의한 살롱비평, 화가 스스로에 의한 가벼운 예술가비평이 주류였다. 그의 등장으로 미술 비평다운 비평이 자리를 틀기 시작했다.
38) 1973년과 1974년 두 해 사이에 49회나 되는 크작은 미전이 마산 안에서 이루어진 사실은 마산이 지녔던 그림에 대한 꾸준한 열기를 보여 준다. 그것을 이어받기라도 하듯 1976년부터 경남대학교 미술교육과 1회 졸업생을 중심으로 한 가야동인전을 1주일 동안 마련했다. 마산 미술의 바닥이 드넓어졌음을 지역 안밖으로 알린 셈이다. 1978년에는 74회에 걸치는 미술전이 이루어져 마산 미술이 완연히 형태를 갖추었음을 드러냈다.

생긴 것이다. 김해랑·이경의를 비롯한 여러 사람이 처음부터 힘을 모았다. 초대 지부장은 김해랑이 맡았다. 그는 마산보통학교를 졸업한 뒤 동래고보를 마치고 섬나라로 건너가 거기서 근대 무용을 배운 드문 인재였다. 1946년 마산에 돌아와 1957년 무용연구소를 세우고 마산 무용을 널리 가꾸고 알렸다. 1969년 이승을 떠나기까지 마산 무용의 대명사로 살았던 그다. 그 뒤를 맡은 이가 이열이었다. 무용협회 마산지부는 무용발표회와 무용대회를 열면서 지역에서 근대 무용의 여러 모습을 각인시키기 위해 애썼다. 조인자·정양자·박성희·정윤정과 같은 이가 개인 무용 발표회를 마련하여 재능을 널리 알리고자 했다. 마산 안쪽 무용학원을 중심으로 이루어진 무용의 제도화 노력은 젊은 신인을 거듭 내놓을 수 있을 바탕을 마련한 것이다.[39]

1960년대부터 유신체제 붕괴로 이어진 1980년대까지 마산 예술문화는 근대의 제도적 틀을 마련하고, 그 바탕 위에서 지역성을 갖추기 위한 다채로운 노력으로 성큼 걸어 나갔다. 이 점은 특정 영역에만 걸리는 일이 아니었다. 우리 사회가 압축적 근대화를 산업주의 방향으로 한껏 발전시켜 나온 역량과 보람이 예술문화 분야에도 긍정적 영향을 끼친 것이다. 그런 만큼 예술문화 영역 안쪽의 자기 정립과 분화의 노력 또한 급하게 이루어졌다. 마산 지역은 어느 곳보다 그러한 산업화 물결의 영향을 가장 많이 받은 도시 가운데 하나로 커 나가면서 예술문화의 고심과 자미까지 한껏 맛볼 수 있었다.

---

39) 무용에 대한 기술은 「예술」을 참조 바란다. 마산시사편찬위원회 엮음, 『마산시사』, 앞서 든 책, 1172~1173쪽.

7. 분화기(1980~2000)의 역동

권위주의 행정부의 재등장과 더불어 시작한 1980년대는 이를 계기로 체제논쟁이 체제 변혁으로 나아가는 실천 활동이라는 됨됨이를 띠었다. 이념 지형도 크게 넓혀졌다. 이에 따라 행정 권력은 국가 위기관리의 필요성을 내세우며 사회·정치 소요를 막고자 했다. 강경과 유화 국면을 거듭했다. 1983년부터는 대학 연합 활동이 가능해졌으며 사상 급진화도 나타났다. 변혁 활동이 엘리트 중심이 아니라, 기층 민중 부문으로 옮겨가기 시작했다. 학생층이나 노동 영역에서 급진주의 경향도 띠었다. 반제·반독재·반미 구호가 드높았다.40)

이런 가운데서 1980년대 제5공화국의 예술문화 정책은 앞 시대 근대 산업화를 떠맡았던 훈련된 관료사회에 의한, 한결같은 집행과 관심 강화로 이어졌다. 1981년 4대 목표를 내걸고 나타난 '새문화정책'이 그것이다. 나아가 전통문화 유산을 개발하고 문화 주체성을 마련해 가치관 혼란에 맞서겠다는 뜻은 1986년과 1988년 세계 스포츠 축전을 빌려 더욱 가시화하였다. 마산 지역 또한 이러한 국가 변모 과정에서 그 빛과 그늘을 가장 많이 품은 도시로 자랐다. 다시 등장한 군부 세력과 민간 세력 사이 유화 국면을 틈타 마산 지역 산업화는 섬유업과 금속, 기계업을 중심으로 발전을 거듭하였다. 마산 역내 도시 인구 유입, 도시 겉모습이 더욱 커질 수밖에 없었다. 1988년 현재 마산 인구는 484,000명에 이르게 되었다. 1925년 현재 17,885명이었던 데 견주면 하늘

---

40) 속살에 대한 꼼꼼한 갈무리는 다음을 참조 바란다. 강정인, 「민주화의 관점에서 본 이념논쟁」, 『현대한국이념논쟁사연구』, 앞서 든 책, 126~135쪽.

과 땅이 바뀐 듯한 변화인 셈이다.

마산 지역 예술문화 또한 새로운 성숙과 분화를 거듭했다. 성숙했다는 점에서는 지역 대학을 중심으로 삼은 새로운 예술문화인이 기존 예총 아래 조직 활동과 길항하면서 다채로운 소집단 활동을 벌이기 시작해 그 열기를 지역사회의 속살로 채웠다는 뜻이다. 분화하였다는 점에서는 여러 부문 활동이 가능해졌다는 뜻이다. 수출자유지역을 중심으로 드높아진 예술문화에 대한 자각과 취향은 기존 지역 예술문화의 부름켜를 크게 키워 내는 중요한 진원으로 작용하였다. 예술문화가 나아갈 길에 대한 고심도 정치·계급 현실에 대한 방위에 따라 깊어졌다. 기존 관변 예술문화 조직인 예총 마산지부도 그런 가운데서 예총축전이니 예술인의 밤과 같은 활동을 거듭하면서 중요 기구로서 자리를 굳히기에 애썼다. 기관지 『마산예총』을 1993년 『마산예술』로 바꾼 것도 그런 뜻과 나란한 변화였다.

문학은 1980년대를 넘어서면서 켜가 두터워지기 시작했다. 문인협회 지부 조직 활동은 앞선 시기를 이어 더욱 강화되는 모양새였다. 오롯한 창작보다는 문단 활동에 기울어져, 지역문학을 수직 서열화하는 인습을 키웠다. 이미 1960년대부터 지역에서 자리를 굳힌 언론 출신 문인이나 지역 학교 교사와 같은 지도층 문인 중심이었다. 그 옆으로 지역 대학의 활동, 그리고 수출자유지역을 중심으로 이루어진 공단문학이 새로운 물꼬를 틔웠다. 대학 문학은 소집단 습작 활동을 거쳐 여느 때 없이 활발한 청년문학의 분위기를 끌었다. 특히 경남대학교를 중심으로 한 문학은 노령화한 지역 관변 문단과 떨어져 2000년대 지역문학의 성공을 내다보게 했다. 공단을 중심으로 이루어진 노동문학은 안쪽 노선 차이가 있었을망정 마산을 우리 근대 산업화 과정에 핵심 문학열을 선보인 장소로 키웠다. 거기다 출향 문인의 활발한 활동이 겹쳐 1980년부터 2000년 사이 마산 지역문학은 켜와 겹으로 다채로운 발전을 거듭할 수 있었다. 그런 가운데서 경남대학교 국어국문학과 출신 이영도가 『드래곤 라자』를 내놓아 21세기 한국소설의 첫자리에서 힘찬 출발을 시작했다.

1980년대에 들어서면서 마산 연극은 경남대학교에서 학생극 활동으로 다져진 연출력과 연기력을 들내며 나라 안의 주요 대회에 나가 이름을 떨쳤다. 그러면서 학내 연극단체와 학생극 출신의 기성극단 사이 차별화를 시작했다. 1980년대 후반 들어 그런 점은 더 두드러졌다. 지역 연극계가 바깥 정세 변화 속에서 제자리를 잡아 나가기 위한 진통을 겪게 된 셈이다. 아울러 1980년대 들어 서울의 유수 극단이나 화제작이 지역 공연을 나서는 경우가 잦아졌다. 그 중심 이음매가 서울의 드라마센터였다. 추송웅 「빨간 피터의 고백」과 송승환의 「아일랜드」와 같은 작품이 마련되어 지역 사람의 연극 보는 즐거움을 더했다. 거의 모든 공연 무대를 지금은 사라진 경남대학교 완월 대강당(자산동 경남맨션)에서 떠맡아 대학이 지역 음악을 비롯한 공연의 후원을 떠맡은 훌륭한 본보기를 보였다. 이러한 초청 공연을 토대로 1990년대는 서울 극단의 공연 섭외 기획이 잦아졌다. 지역 연극이 경영 차원의 문제로 나아가면서 연극사회의 세력장 다툼이 일어나기도 했다. 1992년 이용웅에 의해 극단 '불씨촌'이 출범했으나 불씨를 오래 피우지 못했다. 1987년에 마산국제연극축전을 개최해 지난 시절 학생극 활동을 빌려 꾸준히 자라 온 지역 연극과 다른 차원의 연극 환경을 마련했다. 이런 가운데 경남대학교 교내 극회 활동은 물론, 비록 소규모지만 십 년을 넘게 해마다 창작극만을 꾸준히 공연해 온 국어국문학과의 극 활동 또한 동력을 잃어가기 시작했다. 그 대본의 많은 자리는 신예 극작가 김봉희가 맡았다.

　1980년대 마산 음악계는 전기를 맞이했다. 무엇보다 인적 자원이 풍요로워졌다. 경남대학교 음악교육과 졸업자와 그들에 의한 뒤 세대 음악 학습이 지역에 튼튼히 뿌리내린 것이다. 그 밖에 1975년 이래 1980년대까지 이어진 마산실내악단의 정기 연주 활동이나, 1984년 마산시립교향악단의 창단 활동은 마산 음악의 눈부신 발돋움이었다. 경남대학교 오케스트라를 모태로 자란 마산시립교향악단은 양과 질에서 이름에 걸맞은 연주회를 시민사회에 선보였다.[41] 1984년 조두남의 죽음은 마산 음악이 가진 정체성을 묻는 새 계기를 마련했다. 1990년대에 들어 마산시립교향악단은 운영이 어려운 처지에 놓였다. 마산 음악계가 이웃 창원시의 확대, 발전에 거꾸로 빨려드는 모습과 나란한 현상이었다. 그런 속에서도 마산 지역을 텃밭으로 삼은 뜻있는 여러 공연이 이루어졌다. 기악과 성악에다 독주(독창)회, 실내악, 합창단, 교향악단 공연과 종합 공연물 오페라 공연에 이르기까지 여러 꼴로 마산 지역음악에 다채로움을 더했다. 이런 속에서 고승하가 무학여고 음악교사 생활을 접고 어린이예술단 '아름나라'를 만들어 작곡가로서, 노래꾼으로서, 민중 음악가로서 지역 예술문화 실천 활동에 몸담기 시작한 때가 1989년이었다. '아름나라'는 경상도 지역 아이들이 쓴 글에 노래를 얹어 지역성을 되살린 노래를 짓고 퍼트리는 총체 활동을 목표로 삼은 단체였다. 이어서 그는 1997년부터 동요 부르는 어른모임 '철부지'(전정명·고승하·남기용)를 마련해 지금껏 천 회를 넘은 공연 활동을 벌였다. 제도권 음악과 떨어진 자리에서 이루어진 마산 지역 음악의 건강하고 역동적

---

41) 경남음악사편찬위원회 엮음, 앞서 든 책, 37쪽.

인 본보기로 남을 일이었다.

1980년대를 들어서면서 연예 영역은 연예협회를 중심으로 삼은 조직 활동이 느슨해지기 시작했다. 연예협회증을 지니지 않은 이도 무대공연이 가능해지게 된 데 따른 일이었다. 게다가 연예협회가 여러 갈등에 휩싸이기도 했다. 그 결과 예능인노조라는 단체가 만들어졌다가 다시 통합했다. 1990년대 들어 마산 연예계는 나름의 활로를 찾기 위해 새로운 발돋움을 시작했다. 창작가요축전이 그것이다. 1992년에 1회 경상남도 창작가요축전을 마련한 것이 좋은 본보기다.42) 1994년부터는 마산 출신 반야월을 기리기 위한 반야월가요축전을 마련하기도 했다. 공적 활동이 줄어드는 대신 개별 활동은 무거워지는 형국이었다.

1970년대 후반부터 탄력을 받은 마산 사진작가의 활동은 1980년대로 올라서면서도 더욱 활발해졌다. 남기섭은 1980년에 이루어진 제17회 한국사진작가협회 회원전에서 십결상을 받으며 꾸준한 작업에 대한 성과를 보상 받음과 함께 지역 사진계의 역량을 들냈다. 역내 전시회 또한 마산의 사회경제적 발전과 맞물려들며 잦았다. 1980년대부터 두드러지게 많아진 사진 동호회 회원전도 그 영향 가운데 하나였다. 사진계 저층이 크게 넓혀져, 주요 기관 단체의 동호회·연구회가 활발한 생활사진의 면모를 갖추어 나갔다. 사진계가 지역사회 예술문화 취향으로 사랑을 받을 충분한 조건과 역량을 갖춘 결과였다. 아울러 작가층의 세대교체가 이루어지기 시작했다. 마산 사진계는 여러 부대 행사와 전시회, 그리고 생활사진의 활발한 역량에 힘입어 2000년대 새로운 디지

---

42) 연예협회의 흐름에 대해서는 다음을 참조 바란다. 마산시사편찬위원회 엮음, 『마산시사』, 앞서 든 책, 1176~1178쪽.

털 사진으로 몸집을 불릴 준비를 마친 셈이다.

1980년대 이후 영화에서 마산이 보여 주고 있는 특성을 찾아보기란 어렵다. 1989년 윤치원·왕일규와 같은 이가 영화모임을 마련하였으나 기재 구입과 인원 부족, 경제 여건 불비로 부진을 벗어나지 못했다. 그런 가운데서 1991년 영상기획 '춘향'을 세워 지역행사를 취재하면서 몇 편의 기록영상물을 만들었다. 1980년대부터 나타난 독립영화에 대한 욕구가 지역으로 넓혀진 본보기라 하겠다. 1994년에는 영화 제작에 뜻을 둔 열 사람 남짓이 모여 영화동인 '현실'이라는 이름을 내걸었으나 유별난 활동을 벌이기는 힘들었다.[43] 1990년 하반기 마산 지역 극장은 강남·시민·3.15·중앙·연흥·동아·피카디리·경동·동보·명보·동곡·대명·아카데미·은하·한일·스카라·제네바·남마산에 이르는 열여덟 개로 늘었다. 전쟁 뒤인 1950년대 마산 극장가가 제일·마산·국제 그리고 시민 극장 네 곳이었으니[44] 큰 환경 변화와 발전을 확인할 수 있다. 마산 지역 배우로는 일찌감치 정계로 몸을 던진 이대엽을 비롯해 이수련·김혜정·이성섭[45] 들이 있었다.

지역사회에 아파트 주거공간이 거듭 들어서기 시작한 때가 1980년대부터다. 미술품 수요도 늘어났다. 1990년대 초반부터 지역 화랑도 활성화가 이루어졌다. 1990년대 후반 경기 침체를 겪기는 했으나 지역 그림 시장은 자리를 잡았다 할 수 있다. 1984년 제도적인 미술시장 법안으로서 건축물 미술 장식 법안이 통과한 것은 미술품 유통에 대한 바람을 키웠다. 그러나 그 혜택을 지역 작가가 받지 못하거나, 소수의 독점에 머물러 역내 그림 예술의

---

43) 마산시사편찬위원회 엮음, 『마산시사』, 앞서 든 책, 1180쪽.

44) 이승기, 『스크린야화』, 동양문화사, 1995, 147쪽.

45) 이들에 대한 개인사는 이승기에 다루어졌다. 이승기, 앞서 든 책, 149~153쪽.

역량 증가와 맞물리기는 어려웠다. 1980년 새해 벽두를 장식한 문신귀국전은 오랜 해외 생활을 마치고 마산 고향에서 예술을 마무리하겠다는 뜻을 드러낸 행사였다. 그는 귀국과 함께 꾸준히 애쓴 결과 1994년에 문신미술관을 세워 자신의 향토 사랑을 몸소 실천했다. 지역 제도 미술 학습의 정점에 있었던 경남대학교 교수미술전은 권영호·변상봉·황원철·임태윤을 중심으로 해마다 거르지 않고 이루어져 마산 미술의 높이와 길을 내보이는 다채로운 작품을 선뵀다. 그 밖에 2000년대로 향해 나아가면서 여러 지역 작가들의 활동이 이어졌다. 동양화에서 1980년대부터 김상문의 독특한 담채 세계가 지역 미술의 특이성을 더했다. 서양화에서는 교육과 창작을 함께 고심했던 윤복희의 화려한 세계 구성력이 돋보였다.46) 마산에서 드물게 조각 예술의 선편을 잡고 있는 임형준은 일상 대상이 지닌 내적 가락을 읽어 내는 능숙한 표현력으로 정평을 얻었고, 도예의 정봉수 또한 혁신적인 기법을 펼치며 상상력을 활달하게 선보였다. 마산고를 나온 뒤 1970년대 초반부터 마산을 떠났던 연고작가 강선학은 부산에서 몇 차례 개인전을 열어 은일과 광활을 함께 껴안은 독특한 묵향을 펼쳤다. 아

---

46) 그 밖에 최연현이 보여 준 구상과 추상 사이 공감각적 영역은 다채로운 빛깔을 더했다. 동화적인 환상 공간 속에서 미적 자율성을 좇았던 김서분, 켜와 겹으로 짜인 두터운 현실을 그리고자 한 정은성, 화려한 대상 묘사에 유미적 즐거움을 덧씌운 수채화를 선보인 조현계, 자연에 대한 해체와 새 조합을 즐긴 황봉암은 지역 미술의 밑자리를 든든하게 받친 이들이다. 보다 젊은 작가층으로는 김인화·김진숙·박종대·서점덕·정외영과 같은 이들이 관심을 끌었다. 김인화는 냉온을 골고루 뒤섞는 능숙한 추상 화폭을, 김진숙은 현실 위로 환상을 솟구쳐 올리는 즐거운 놀이 역량을, 박종대는 잘 간추린 구상의 아름다움을 보여 주었다. 서점덕이 애쓴 바 일상공간의 흔적들에 대한 **빠른** 묘사력과 정외영이 덧칠 기법을 빌려 마음의 무게를 추상 화폭에 내려 앉힌 솜씨는 젊은 지역 작가의 가능성을 잘 보여 준 본보기다.

울러 날카로운 평필을 들어 지역 미술 비평의 수준을 한껏 끌어
올렸다. 고성 출신으로 같은 마산고를 나온 이태호가 첫 개인전
을 연 때가 1981년이었다. 그는 부산 지역에 터를 두고 수려하고
도 맑은 깔을 지키면서 폭넓고 다채로운 변신을 거듭했다.

그림에서 서예가 따로 나뉘어져 제도적 티내기를 분명히 한
때는 1980년대 후반이었다. 그리고 1980년대부터 꾸준히 자라면
서 한때 열 곳을 넘었던 마산 고미술품 상점은 2000년대로 나아
가면서 빠른 퇴조 분위기를 탔다.

1980년대 마산 무용은 태양극장에서 이루어진 설수식·박성희
의 제7회 무용발표회로 시작한다. 그 뒤 정양자와 차성희 무용회
가 이루어져 마산 지역 무용인의 역량을 가다듬었다. 박성희는
1972년 학원을 마련한 뒤부터 해마다 무용발표회를 가졌다. 김해
랑 뒤를 잇고자 한 셈이다. 유현숙 무용학원이 어린 마산 무용계
자원을 이끌었다. 1985년 박성희 창악무용공연에 이어서 1986년
유현숙이 마산무용협회 공식행사에 참가했다. 그리고 김정숙·장
순향의 공연이 마산 무용의 잰 발걸음을 널리 확인시켰다.[47] 1990
년에 이르러 지역 무용 공연은 학생 무용에다 전문인 무용을 포함해
여러 차례 이루어졌다. 춤꾼의 역량 발휘가 한껏 드높았던 셈이다.

1980년대에서 2000년에 이르는 시기는 근대 일국주의 예술문
화가 성숙을 한껏 즐긴 시기면서 그에 대한 반발 또한 곳곳에서
날카롭게 이루어진 시기였다. 비록 부문 안쪽에 편차가 있긴 했
지만, 마산 지역 예술문화사회는 그런 혜택을 받음과 아울러 새
로운 모색의 계기와 힘껏 맞닥뜨린 곳 가운데 하나였다. 그런 열
기를 마산 지역사회가 고루 누린 것은 아니다. 마산 예술문화는

---

47) 마산시사편찬위원회 엮음, 『마산시사』, 앞서 든 책, 1173쪽.

지역사회를 중심으로 안쪽 구심력과 원심력을 아울러 겨냥하면서 세대별로 영역별로 또는 조직별로 21세기를 향한 새로운 구상에 내몰리지 않을 수 없었다.

8. 성찰기(2000~현재)와 취향 예술문화

2000년대는 디지털 영상 시대다. 시대 주체가 아날로그 문자에서 크게 바뀌었다. 그 결과 지난 시기 이념과 현실의 경계가 무너지고 중심이 허물어지는 현상이 잦았다. 지역 또한 발 빠르게 재지역화를 이루었다. 세계역화(glocalism)는 핵심 가치로 보인다. 지역 예술문화의 개별 발전과 진화를 강조하는 현상이 그것이다. 그러나 사정은 다행스럽게 흐르는 것 같지 않다. 지역 토착 세력의 한결같은 이익 증대나 재생산 구조는 지역자치제를 틈타 날개를 단 형국이다. 서울·경기 지역에 의한 중앙중심주의는 그나마 남아 있었던 지역의 가능성을 빠르게 빨아들인다. 지역은 사람과 돈 그리고 정보를 모조리 빼앗기면서도 더 나은 앞날을 궁리해야 하는 넘기 어려울 과제 앞에 나앉은 셈이다.

예술문화 또한 어느 데보다 디지털 혁명의 세례를 많이 받은 영역이다. 어찌 보면 21세기 디지털 혁명으로 말미암은 으뜸 수혜자가 예술문화 영역이 될 법하다. 하지만 지역으로 눈을 돌려보자면 사정은 그렇지 않다. 그동안 키워 왔던 역량을 말리고 그나마 남아 있는 가능성은 앞뒤로 억누른 꼴이다. 지역과 지역, 국가와 국가 사이 시공간 경계 바깥으로 열린 무한 쟁투로 내몰린 지역 예술문화계가 어떠한 모습을 꾸려 나갈지 궁금하지 않을 수 없다. 진지한 창조적 열정이나 성과를 올곧게 세상을 향해 물을 수 있을 작가나 예술가가 자리를 지키기 힘든 상황인가? 지역 예술문화는 떠돌고 있는가? 모름지기 이런 물음과 답을 진지하게 나눌 수 있을 바탕이라도 마련될 수 있기를 바란다.

그런 점에서 1962년 군부 쿠데타의 사회 억압과 재구성 전략 가운데 하나로 마련한, 일국주의 중앙조직의 지부임과 아울러 지역 예술문화 행정을 위임 받고 있는 주도 기구로서 마산 예총과 같은 곳이 오래 지녀 온 전통과 인습을 깊숙이 물을 때가 되었다. 그 역기능과 순기능은 무엇이었던가. 지역사회의 예술문화 욕구와 잠재력을 앞서 이끌지 못하고 예술이라는 경계 안쪽에 웅크린 타자로서만 남아 있었던 것은 아닌가. 어느덧 마산은 지역자치제에 힘입어 공간 시설만도 문신미술관을 비롯 마산문학관·마산박물관·마산음악관·마산조각공원에 예술회관까지 갖추었다. 복지예술·복지문화 개념이 될성부른 장소로 바뀌고 있다. 예술문화 조직은 조직대로, 시민사회는 시민사회대로, 개인은 개인대로 이들을 이음매로 삼아 지역 형성에 어떤 구실을 할 것인가를 새삼스럽게 고심할 때다.

마산 지역문학은 2000년대를 넘어오면서 새로운 발전 계기를 얻지 못했다. 노령화하고 굳어진 조직 문단과 그 아래 점적 개인군 사이 경계는 한결같이 두텁다. 게다가 역량 있는 젊은 문인은 서울·경기 지역으로 빨려들어 버렸고, 그들이 지역 안에서 경험과 상상력을 가꿀 단단한 텃밭도 없다. 이 둘이 얽혀 들면서 지역문학 역량이 창조적 성과로 이어지는 길을 가로막은 지 여러 해가 흘렀다. 그런 가운데 나도는 것은 바람직한 문학 성취가 아니라 문단 친교나 즐기거나, 이저곳을 흘러 다니며 개인의 이익을 찾아 불리는 메뚜기 문인, 젓가락 문인이다. 마산의 지역 개별성을 바탕에서부터 허물어뜨리는 행태다. 이러한 환경 속에서도 뜻

있는 이들은 마산 지역문학이 마산을 넘어서 2000년대 한국문학의 성과로 오래 남을 만한 기억을 창조할 수 있을 방법을 고심하고 있다.

오랜 세월 마산 사진계는 구상 풍경과 경관 사물에 대한 탐색에 머물렀다. 거기다 소수 누드 사진이 받쳐 주는 모습이었다. 이런 가운데 2000년대 들어 더욱 속도를 붙인 사진 기술의 디지털화는 생활사진과 예술사진 사이 경계를 완연히 허물어 버렸다. 디지털 영상 처리 기술은 지난 시기 사진과는 크게 다른 섬세함과 다채로운 변화를 사진계 안쪽에 끌어왔다. 사진인의 활발한 증가도 이어졌다. 사진이야말로 대중 취향의 가장 큰 몫으로 자라고 있는 형국이다. 아날로그 사진과 디지털 사진 사이에서, 창조 충동과 산업 생산 사이에서 여러 고심이 가로놓여 있다. 어느 쪽으로든 한 길로 나아가고 있는 디지털 영상문화와 예술공학이 마산 사진의 역량 강화와 창조로 고스란히 이어질 수 있어야 할 것이다.

2000년대부터 본격화한 미술품 유통 방식은 가상공간을 이용한 시장 구축과 국제 규모 거래가 가능한 대형 전시 화랑의 출범이다. 그림·공예·조각·디자인·서예·도예에 걸치는 모든 전시 예술에 다 걸리는 이러한 상황 변화는 마산 지역 미술가에게 기회이자 더욱 위축되는 계기이기도 했다. 그럼에도 달라짐이 없는 참은, 좋은 작품은 언제든지 누구로부터도 사랑 받을 수 있다는 사실이다. 이즈음 들어 대안공간에 대한 고심이 깊어 가는 것도 좋은 작품에 대한 지역사회의 격려와 바람으로 말미암은 바다. 지역 고미술품 애호가의 시장 접근도 온 나라에 걸친 누리집을 빌려 매우 쉬워졌다. 역내 고미술 전문 수집가의 유통사회에 대한 통계가 없어 확인하기는 힘드나 그들을 엮고, 그들의 수집·향유 활동을 나눌 수 있을 자리나 기회는 그만큼 잦아진 셈이다. 그럼에도 아직까지 마산 전시예술 시장은 공급자인 작가의 신분에서부터 어려울 따름이다.[48] 잘 훈련된 창작 주체가 지역 안밖에서 오롯이 창작·교육 활동에 몸담으면서 사회적 위상을 끌어올릴 환경 마련이 바쁘다.

연극이나 연예·무용·국악과 같은 공연 예술문화 쪽 환경 또한 전시 예술문화와 다르지 않다. 공연 행위자 양성과 그들을 뒷받침해 줄 고객층이 지역에서는 충분하지 않다. 거기다 창원 지역으로 몰려든 산업·경제 구조는 예술문화 소비에도 커다란 영향을 끼쳤다. 수준 높은 작품을 생산·공급할 수 있을 장소도, 소비자도, 돈도, 사람도 없는 상황에서 역내 공연예술의 발전과 드넓은 향유는 어려울 수밖에 없다. 게다가 다채롭게 겹과 켜를 나눈 예능 갈래와 취향문화는 문학·음악·무용·사진·국악·연극·미술·연예와 같이 분업화한 근대 예술과는 다른 취향문화를 키워 내고 있다. 빠르게 이들 경계가 허물어지고 새로운 양식이 자리 잡고 있다.

이제 근대 마산 지역 예술문화의 흐름을 짚어 온 자리를 마무리할 때에 이르렀다. 크게 보아 예술문화 행정은 두 가지 길로 나뉜다. 그 하나가 문화 민주화다. 이것은 모든 사람을 위한 예술문화로 나아가고자 하는 쪽이다. 말하자면 모든 이가 양질의 예술문화를 누릴 민주적 권리가 있다는 전제를 따르는 생각이다.

---

48) 그림 분야에만 국한하더라도 전국 예총 회원 가운데 거의 60퍼센트에 이르는 이가 정규직이 없는 형편이다. 마산 안쪽은 더 나쁘면 나빴지 낫지 않을 것이다. 제도 차원에서는 경남대학교 사범대학 미술교육과를 중심으로 해마다 미술 전문인이 나오고 있다. 그러나 창작 현장으로도 교육 현장으로도 제대로 나아가지 못한다.

따라서 예술문화 시설이나 예술문화 상품에 일반 국민이 다가서는 일을 쉽게 하기 위해 애쓴다. 이른바 고급 예술문화의 중앙 집중을 막고 그것을 널리 넓혀 나가기 위한 기관 설치와 개방 활동이 목표다. 그러나 이러한 예술문화 행정은 모든 사람을 위한다는 명분 아래 전문가 중심 활동으로 그칠 위험이 있다.

다른 쪽은 문화 민주주의다. 모든 사람에 의한 예술문화로 나아가고자 하는 길이다. 어느 곳에도 모든 사람이 함께 누릴 유일한 문화란 없다는 전제에 따른다. 어느 국가, 어느 지역에서나 여러 문화와 하위문화가 안쪽 체계로 존재한다는 다원주의에 뿌리내린 생각이다. 이를 실천하기 위해 기반 시설을 마련하고 노조나 동호회, 공공 기구에 재정 지원을 하면서 여러 배경을 지닌 사람이 폭넓게 참여하고 즐길 수 있도록 배려한다. 그러나 모든 사람에 의한 예술문화를 강조하다 보면 동호인 중심의 속살이 앞자리에 놓일 위험이 있다.

마산 예술문화의 지난 시기와 현재를 살필 때, 이러한 두 가지 길로 보자면 예술문화의 민주화라는 쪽에 더 초점이 맞춰져 왔던 셈이다. 그런 점에서 오랜 세월 특정 예술문화 제도권 안쪽의 분업 경계가 뚜렷했고, 그 안쪽 이른바 전문가의 한결같은 개별 이익에 민감하게 움직여 왔다. 21세기 첫 10년을 넘기는 이 시점부터라도 예술문화 민주주의 전략에 더 눈을 뜰 필요가 있다. 예술문화 민주주의라는 다원적 개념에 바탕을 두고, 지역사회 구성원들이 나날살이 속에서 예술문화 능력과 수행력을 아울러 키우고 즐길 수 있는 제도와 환경 마련이 급선무라는 뜻이다. 지역 안쪽에서 취약 계층에 대한 배려를 아끼지 말고, 예술문화 동호인을 힘껏 격려하며 그들을 위한 학습, 자문, 정보 서비스를 극대화하여야 한다. 관변 조직에 위임한 채 시민의 세금만 축내는 외형주의 예술문화 행정에서 벗어나 공공 지원의 효율성과 정합성을 생각할 때다.

이런 바탕을 다진 뒤에야 비로소 예술문화 민주화와 예술문화 민주주의라는 두 가지의 통합적·상승적 방향을 고심할 수 있을 것이다. "예술문화는 진보된 사회의 사치품도 아니며 교양인의 미학적 쾌감 대상도 아니다. 사람의 생각과 행위에 깊이 관여하는 사회 형성물이며 그 무엇으로도 대신할 수 없는 소통 방식으로 세계를 변혁시키는 길"이라 목소리 높였던 서양사람 카스텔의 말이 새삼스럽다. 2000년대 마산 지역 예술문화 행정가나 전문인이 거듭 새길 말이다.

마산 근대문학의 흐름

마산 근대문학의 흐름을 한자리에 엮는 일은 쉽지 않다. 무엇보다 마산을 범위로 삼은 지역문학 연구가 제대로 이루어지지 않은 까닭이다. 일찌감치 마산문학을 짚은 2차 담론이 없었던 것은 아니다. 그러나 거의 문단 회고기에 들 만한 것이 중심이었다. 이즈음 마산문학관이 서서 여러 뜻있는 일을 마련하고 있다. 그 가운데 지역문학 흐름을 갈무리하는 일도 눈에 뜨인다. 그럼에도 연구라 할 만한 속살을 갖추지는 못했다. 이렇듯 마산 지역문학에 대해 제대로 된 2차 담론이 이루어지지 않은 데 따른 피해는 오롯이 문학에 공력을 쏟은 작가와 작품이 입는다. 나아가 문학과 더불어 삶을 가꾸어 왔던 지역사회나 뒤 세대가 볼 수밖에 없다. 이렇듯 마땅한 정보가 쌓이지 않은 상태에서 근대 마산문학을 겨냥하는 일이 쉬울 리 없다. 이 글은 글쓴이가 눈으로 확인한 1차 문헌과 2차 정보에 기대 이루어진다.

마산문학의 근대와 근대성이란 어떤 것인가. 그것을 따지는 과정이야말로 고스란히 마산 근대문학지를 짚는 과정과 나란한 길이다. 그리고 일을 제대로 이루기 위해서는 문학 소비자·문학인·문학제도·작품 네 영역에 걸치는 기술[1]이 필요하다. 그럼에도 이들에 고루 걸린 기술은 엄두를 내기 힘들다. 게다가 문학인에 대해서는 태생주의 관점에서 가벼운 소개 차원에, 문학제도는 문단 조직 활동의 세목 나열에 초점이 두어져 왔다. 작품에 대한 제대로 된 비평이나 연구는 이끌 의욕도 주체도 드물었다. 마산 지역문학 전통을 살려 내고 인습을 따지는 일이 이어지지 못했다. 글쓴이의 글 또한 지난 시기 본보기를 벗어나지 못하고 모자람이 많다. 근대 백 년을 넘는 문학의 흐름 가운데서 작가 이름만

---

1) 첫째, 문학 소비자 문제다. 마산 근대문학 소비자는 민족어로서 한글을 읽을 수 있고, 독서 시간도 가질 수 있는 대중이다. 그리고 이들이 자라 나온 길은 근대 출판과 언론 유통, 교육의 자람과 함께한다. 이런 점에서 마산 안밖으로 나왔다 사라졌던 문예지와 신문·잡지 그리고 독자층에 대한 관심은 필수적이다. 그런데 이에 대한 자료 갈무리와 연구를 거친 경험이 엷다. 둘째, 문학인 문제다. 근대 문학인은 익명의 다수 대중 독자시장을 겨냥해 작품을 내놓는 개인 문필가다. 이들이 자라고 머무는 과정을 살피는 일이야말로 지역문학지의 큰 줄기를 짚는 일이다. 그러나 이들 또한 독립한 직업인으로 자리 잡기 어려웠다. 작품 창작이 부업이 되는 인습이 오래도록 이어졌다. 지역 문학인의 주류가 상대적으로 지식인이나 언론인, 교사와 같이 안정된 직업군에 드는 이일 수밖에 없는 까닭이다. 또한 마산 문학인이라는 범위 문제가 있다. 태생주의에 따라 마산 태생으로 마산 거주자나 역외 거주자가 먼저 범위에 든다. 또한 연고주의에 따라, 마산 태생은 아니지만 마산에서 중요한 문학 시기를 보냈거나 보내고 있는 지역 안밖 작가가 다음 범위에 든다. 마지막으로 마산 태생이나 거주와 관계없으나 마산을 글감으로 삼아 중요한 작품을 내놓은 작가다. 이들에 대한 포괄적인 기술이 이루어져야만 제대로 된 마산문학을 일컬을 수 있다. 셋째, 문학사회의 제도 장치다. 출판사·신문·잡지·동인지·공공도서관·학교 문학학습·문단 조직·문학상과 같은 것이다. 이들은 마산문학을 누리게 해 준 주요 이음매다. 따라서 마산문학을 이해하려면 이들에 대한 점검이 필수적이다. 넷째, 작품 자체다. 문학이 문학다운 처음과 끝은 마침내 작품이다. 그런 점에서 마산문학지 기술에서 가장 중요한 자리를 차지해야 할 데가 작품에 대한 풀이나 됨됨이 구명이다. 여기서부터 제대로 된 지역성 문제를 따질 수 있을 것이다.

들먹이는 데에도 힘이 부친다. 그럼에도 조금이나마 깁는 데가 있어 제대로 된 뒷날을 향한 한 디딤돌이 되기 바란다.

1. 국망과 국치, 그리고 근대문학의 여명

1860년대부터 1910년에 걸치는 근대 맹아기 마산문학의 자취를 엿보기란 어렵다. 짐작한다고 하더라도 1910년에 가까운 몇 해에 걸친 사정에 머물밖에 없다. 마산 근대문학 첫 출발 자리는 지나간 서당식 교육과 다른 근대 학교가 올라선다. 창신학교나 경행학교 같은 곳이다. 여기서 이루어졌을 문학 학습과 독서야말로 중요한 나침반이었다. 세목을 알기는 힘드나 학교 안밖에서 썼던 활자본 교과용 도서는 근대문학의 존재 방식이나 됨됨이를 일깨워 주고 내면화시키는 핵심 도구였다. 신문·잡지나 학회지 또한 마찬가지 구실을 했다.2)

그런 속에서 마산에서 나온 『마산문예구락부』가 눈길을 끈다. 현재 확인한 바로는 1집에 머문다. 1907년 대구에서 크게 깃발을 올려 국채보상의거를 이끈 동양자 김광제 지사가 엮었다. 충남 보령 출신인 그가 경술국치를 겪은 뒤 마산으로 내려와 지역 지식인·노동자들과 함께 마련한 것이다. 근대와 전근대 문학이 뒤섞인 과도기 형식을 잘 보여 주는 문예지다. 전근대성이라 한 것

---

2) 근대 지식을 담은 책, 곧 『국문간독』·『국문보감』·『대한문전』·『언문』과 같은
   것은 근대 민족어로서 한글에 대한 새로운 자각을 불러일으켰다. 문학류로서
   『경부철도가』·『한양가』와 같은 애국계몽기 창가나 가사, 『몽견제갈량』·『애국
   부인전』·『세계삼괴물』·『귀의성』·『치악산』과 같은 역사전기류나 신소설류, 나
   아가 『대동기년』·『대동역사』·『국조인물지』·『서사건국지』·『월남망국사』와 같
   은 역사류도 잦은 읽을거리였다.

은 한문으로 기록되었다는 점, 문학을 일반 글쓰기로 넓게 이해하고 있다는 점으로 말미암는다. 이와 달리 근대성이라 한 것은 구식활자본 출판에다, 익명의 읽는 이를 상대로 내놓은 시장 판매용이었다는 점이다. 게다가 글 속에 담긴 근대의식이라 할 만한 자리도 짚을 수 있다. 온 나라에서 보내 온『마산문예구락부』글쓴이 가운데서 마산 연고자 경우, 지역문학 활동이 있었을 것이다.3)

이 시기 다른 마산 문학인은 안확과 이윤재, 그리고 장지연이다. 안확은 서울에서 나서 1911년부터 마산창신학교 교사로 일했다. 그가 왔을 때『경남일보』에서까지 다루어 지역의 바람이 컸음을 알려 준다. 자산 안확은 그에 걸맞게 문학뿐 아니라 지식인으로 뚜렷한 활동을 벌였다. 기미만세의거 뒤 조선국권회복단 마산지부장으로서 왜로 헌병주재소로 쳐들어가 진동의거를 이끌었던 일은 잘 알려지지 않은 사실이다. 그의 집필 활동은 전형적인 애국계몽 지식인답게 여러 자리에 걸친다. 창신학교 재임 시기를 앞뒤로 1914년『자각론』, 1917년『조선문법』, 1919년『조선무사영웅전』과 같은 책을 냈다. 그는 이윤재와 더불어 김원봉·이극로·안호상으로 이어지는 여러 제자를 길러 마산문학의 터를 굳게 다지는 일뿐 아니라, 통영과 마산을 중심으로 이루어졌던 시조 부흥의 한 자락을 맡기도 했다.

1888년 김해에서 난 이윤재는 1908년 김해공립보통학교를 졸업하고, 1910년부터 김해합성학교 교원을 지냈다. 1911년 대구 계성학교를 마친 뒤 1913년까지 마산 창신학교에서, 1917년까지

---

3) 보기를 들어 계몽 가사와 같은 것이다. 이웃인 부산 경우는 이미 박필채에 의해 1909년 열세 편에 이르는 애국계몽 가사가 나온 본보기가 있다. 강소영,「부산지방 개화가사 연구」, 부산대학교 석사논문, 1998.

마산 의신여학교에서 교원으로 일했다. 그 뒤 평북 영변학교로 가 교원으로 일하다 기미만세의거로 옥고를 치렀다. 출옥 뒤 서울서 활동하면서 마산 지역 지인을 오래도록 이끌고 도와주었다. 선친의 묘를 마산에 썼지만, 당신의 옥사로 지금은 실묘 상태다.

위암 장지연 또한 근대와 전근대의 접점에 놓이는 마산 문학인이다. 장지연은 1909년 진주 『경남일보』 주필로 내려왔다. 경술국치를 맞아 매천 황현의 절명시를 실었다가 정간 당했다. 그 뒤 쉰 살 때인 1913년 5월부터 마산 월영동에 머물렀다. 거의 낙백한 상태로 유흥을 즐기는 이의 모습이었다. 1921년 쉰여덟 살로 병을 얻어 세상을 뜬 뒤 마산 구산면 현동에 묻힐 때까지 그가 지역에서 이룬 일에 대한 엄밀한 조사는 이루어지지 않았다.

1910년을 앞뒤로 한 시기부터 1919년 기미만세의거에 이르는 근대 여명기 문학의 경우, 마산을 단위로 삼은 연구가 이제부터라도 제대로 이루어져야 할 일이다. 그 가운데서 가장 바쁜 일거리는 애국계몽 매체에 실린 마산 지역인의 작품 활동이나 됨됨이에 대한 갈무리다. 그들을 빌려 국권회복과 국치로 나아간 마산 지역사회와 문학인이 보여 준 민족 일반성과 지역 개별성이 아울러 밝혀질 참이다.

2. 기미만세의거의 승리와 근대 학습

기미만세의거는 왜로의 제국주의 박해와 핍박을 십 년 이상 온몸으로 겪어 온 민족 구성원이 위아래 너나없이 자연스럽고도 자발적으로 일어선 일이다. 비록 숱한 사람이 고초와 아픔을 겪었지만 기미만세의거로 일어선 힘과 생각은 그 뒤 피식민지 시기 내내 겨레 앞길에 중요하고 힘찬 지침으로 작용했다. 기미만세의 거 뒤부터 어린이에서 어른에 이르기까지 생각과 뜻을 힘껏 펴고자 하는 활동이 사회 곳곳에서 일어났다. 문학 소집단이나 소년회 활동, 거기다 청년 계몽 활동은 한 해 내내 우리 땅 안밖 곳곳에서 넘쳐 났다. 마산문학도 유학생회 순회 극단이나 낭송회·강연회가 거듭하여 문학을 널리 나누고자 했다. 게다가 사회주의 조직이나 동맹에서 내놓은 기관지, 회보, 신문뿐 아니라 만들기가 손쉬운 벽신문(산신문)도 고스란히 마산문학 자산으로 자랐다. 1926년에 마산노동회에서 낸 『첫소리』와 1931년 비밀결사 '볼세비키사'에서 낸 『볼세비키』, 그리고 봉암리·산호리 야학을 중심으로 적색 교원동맹에서 낸 『소년 전기』가 대표적이다. 특히 『소년 전기』는 프롤레타리아 동화, 동요를 무산 어린이에게 교양시키기 위한 것이었다.

그런 가운데 서울로 자리를 옮긴 안확은 1921년 『개조론』으로 민족 개조에 대한 생각을 더했다. 이윤재는 활발하게 한글과 어린이문학에 관련한 글을 발표하였다. 창신학교에서 안확으로부터 시조를 배운 이은상은 서울 연희전문학교를 거치고 1923년부터 시조 창작에 열을 올리며 언론인으로 출판편집자로 힘을 닦아 나갔다. 1932년에 낸 『노산시조집』은 노래 부르는 시조가 아니라 읽는 시조의 즐거움을 드높인 미문 시조로 채워 그 무렵 시조 부흥 활동을 거들었다.

그 뒤를 이어 권환이 계급주의 빛깔이 넘쳤던 『신소년』·『별나라』들에 청소년 몸으로 어린이문학 작품을 내놓고, 소설까지 발표하기 시작했다. 1927년 경도제대를 졸업하고부터 계급주의자로서 면모를 뚜렷이 했다. 귀국 뒤 카프 소장파 핵심 이론가이며 작가로서 권환의 활동은 이름대로 불붙듯 타올랐다. 카프가 거듭했던 거의 모든 매체 투쟁, 곧 『카프시인집』과 『농민소설집』, 카프 동화집 『소년소설육인집』과 동요집 『불별』에 그의 서문과 작품을 실어 누구보다 뚜렷하고도 무거웠던 자리를 확인했다. 그러나 왜 로가 사상 탄압을 위해 꾀한 신건설사 검거 폭거로 전주 감옥에 갇힌 뒤 긴 잠행을 예비하지 않을 수 없었다. 권환 가까이서 소설 가 이상조나 그 누이 지하련(본디 이름 이현욱)이 함께했다. 이들과 나란히 1904년 마산 출신 이구월(본디 이름 석봉)은 김해와 통영, 거제에서 교사로 있으면서 1930년대 계급주의 동요의 창작과 조 직 활동 맨 앞자리에서 일했다.4) 그들 아래를 고성 출신으로 마산 에서 자랐던 소년 문사 김형두가 이었다. 이원수는 소년 시절부터 온건했던 어린이지 『어린이』를 중심으로 활동했다. 일찌감치 초 등학교 시절 1925년에 발표한 「고향의 봄」 한 편으로 오래도록 문명을 잇는 남다른 다복을 얻었다. 그의 아내 최순애 또한 1925 년 『어린이』에 「오빠 생각」을 내놓으면서 이름을 알렸다.

1919년부터 1935년에 이르는 시기는 마산 지역문학이 근대학 습으로 골몰했던 때다. 어린 소년회 활동에서부터 청소년, 청년 조직에까지 사상 단체가 잇따랐다. 그에 바탕을 둔 시민 학습 행 사가 잇따랐다. 현재로써는 개별 활동 죽보기가 만들어지지 않은 형편이다. 이러한 젊고 열띤 문학열은 1935년을 매듭으로 왜로의 사상 탄압, 사회 탄압이 극에 이를 때까지 이어졌다. 그리하여 1945년 광복 뒤 새롭고도 활발한 문학의 진화를 내다볼 수 있게 한 밑자리는 이 무렵 활발한 문학열이 이미 마련한 결과였다.

---

4) 함안의 양우정, 마산의 권환·이석봉, 울산의 신고송, 진주의 김병호·엄흥섭, 합천의 이주홍·손풍산·이일권, 경기도 양주의 박세영과 같은 이가 그와 뜻을 함께했다. 그들이 냈던 중심 매체는 『음악과시』·『불별』이었다.

3. 우회기의 열정과 훼절

1931년 만주침략과 1932년 만주국 출범, 그리고 1937년 중국 대륙침략에 이어, 다시 1941년 태평양침략전쟁으로 이어진 제국주의 왜로의 야욕은 거꾸로 후방 병참 기지로서 우리에 대한 억압과 수탈을 극대화한 위에서 이루어졌다. 세계에 유래가 없을 민족 말살, 문화 말살로 이어졌던 저들 엄혹한 탄압은 1934년 카프 맹원에 대한 2차 검거와 1935년 카프 해체를 신호탄으로 삼았다. 1945년 을유광복까지 열다섯 해에 걸쳤던 이 시기 내내 문학사회 또한 집단으로나 개인으로나 왜로의 검열을 벗어나기 어려웠다. 그런 속에서 문학인이 선택할 길은 넓지 않았다. 수탈 체제 동원기구 아래서 전향 의지를 분명히 하거나 훼절 목소리를 떠들어 대며 제 한 몸 이익을 겨누었다. 숨죽여 역사 뒤쪽에 머물렀던 이 또한 어렵기는 마찬가지였다.

이 시기 이윤재는 1931년에 첫 판을 내었던 『문예독본』 두 권을 거듭 찍어 세상에 뜻을 물었다. 당대 문학을 위한 본보기 글로 채웠던 이 책은 1939년까지 네 차례나 찍었으니, 독자의 반응이 매우 뜨거웠다. 게다가 이 책은 광복 뒤에까지 우리 문학 독본 가운데 한 본보기로서 학교 제도 안밖에서 사랑을 받으며 근대문학의 내면화에 이바지가 컸다. 아울러 이윤재는 기독교계 잡지를 중심으로 꾸준히 한글 사랑, 겨레 사랑을 펴고자 했다.

권환은 카프 해체 뒤부터 1945년 을유광복까지 숨죽인 세월을 보냈다. 전주 감옥에서 나온 뒤 대표적인 감시 대상으로 살 수밖에 없었다. 그러다 1943년 첫 시집 『자화상』을 냈다. 낸곳은 임화가 관여했던 조선출판사였다. 이어서 1944년 『윤리』도 냈다. 이것 또한 임화가 발행인으로 있었던 성문당서점에서 냈다. 카프 해체 뒤 지병과 사상 탄압으로 몸을 사리고 있었던 권환으로서 시국에 몸담고 있음을 드러내는 최소 공개 활동이었던 셈이다. 이른바 조선총독부의 비호가 없으면 내기 힘들었을 문학 출판계에 몸담고 있었던 임화의 배려와 획책이 작용했던 결과였다.5)

이들 아래서 보다 젊은 마산 시인이 문학에 대한 열정을 틔우고 있었다. 1912년 중성동에서 태어났던 김용호가 마산공립보통학교와 마산상업학교를 거쳐 왜나라로 건너간 때가 1935년이었다. 그리고 그 해 『신인문학』에 시를 발표하였다. 1937년 장시 「낙동강」을 『사해공론』에 실어 당대 농민시, 낙동강 문학에 좋은 본보기를 만들었다. 1941년 동경에서 낸 첫 시집 『향연』은 왜나라에서 근대시집을 내는 몇 되지 않은 경우였다. 피식민지 젊은이가 겪는 울분과 고뇌를 군더더기 없는 말씨 속에 옹근 작품을 선뵀다.

1917년 마산에서 태어나 일본 유학을 거친 김수돈은 1936년 마산으로 돌아와 창신학교 교사로 일했다. 1939년에는 교직을 그만두고 문학 창작에 열중해 『문장』 5월호에 「소연가」와 「고향」이 정지용 추천으로 당선하였다. 1942년 잠시 학업을 계속했던 일본에서 다시 돌아온 그는 이일래가 책임을 맡고 있었던 의신유치원

---

5) 그런 점에서 흥미로운 사실이 있다. 시집 『윤리』가 두 차례 찍혀 나온 것이다. 10일을 사이에 둔 12월 15일 발행본과 12월 25일 발행본이다. 15일본은 저작 겸 발행자를 임화로 내세웠고, 저자인 권환에 대한 이력에는 아무런 표시가 없다. 그러나 25일본에는 권환 약력이 맨 뒤에 본문 정정 사항과 함께 실려 있다. 현재 경성제대부속도서관 사서로 일하고 있음도 밝혔다. 그리고 저자에 권전환(權田煥)이라 이른바 왜로성이름으로 갈아 치운 이름을 내세웠다. 이러한 변화야말로 권환의 확실한 전향을 확인하고 싶었을 이른바 조선총독부의 눈길을 겉으로나마 벗어나기 위한 나름의 교육지책이었을 것이다. 완전 전향했던 것으로 짐작되는 벗 임화와 달리 올곧은 권환에 대한 임화 나름의 연막책이었던 셈이다.

에 몸담고 있으면서 방일한 나날살이를 거듭했다. 벗 정진업은 마산상고를 나온 뒤 1930년대 초반 무렵 동향 이광래 아래서 연극을 배웠다. 1939년『문장』에 소설「카츄사에게」추천으로 이름을 들내기 시작했다.『문장』폐간으로 더 작품 활동을 하지 못한 채, 이광래의 극단 황금좌에 몸을 얹어 나라를 떠돌았다. 조향 또한 마산과 일본을 오가며 김수돈·정진업과 어울렸다.

활발했던 시와 달리 1930년대 중반부터 1945년 을유광복까지 걸치는 시기, 마산 지역 소설은 자취를 얻기가 쉽지 않다. 권환이나 지하련과 그 오라버니 이상조가 면모를 보인다. 그러나 이상조는 작품을 얻기 힘들다. 계급주의 항왜 지하 활동의 명분으로 소설 창작을 내세웠을 가능성이 크다. 1912년 거창에서 나서 마산에서 자란 지하련은 임화의 두 번째 아내였다. 카프 해체 뒤 전향한 임화와 만나 1936년에 혼인했다. 그녀와 임화를 이어 준 고리는 권환이었을 것이다. 1940년부터 작품 활동을 시작한 그녀는 광복 뒤에 재능이 더욱 빛났다.

안자산은 1940년에『시조시학』을 내 오랜 시조 사랑을 이론적으로 마무리했다. 아울러 백 편을 넘는 창작 시조를 거기 담았다. 같은 해 1919년에 이미 냈던『조선무사영웅전』을 다시 펴냈다. 이러한 되새김이 왜로 대륙침략이 저질러졌던 시대와 어떻게 맞물리면서 어떠한 뜻을 지니는 것인가는 아직 밝혀진 바가 없다.

어린이문학에서는 이원수와 최순애, 벗이었던 김원룡이 보인다. 이원수와 내외가 된 1936년 뒤부터 최순애의 어린이문학 활동은 뜸해졌다.6) 이원수는 나라잃은시대 말기인 1940년대 초반

---

6) 그러면서도 1937년 조선일보사에서 낸『조선아동문학집』에는 남편 이원수와 함께 나란히 작품을 올렸다.

까지 활발하게 작품 발표를 거듭한 몇 되지 않은 어린이문학인이 었다. 1930년대 후반부터 부왜 작품을 내놓아 우리 어린이문학계에서는 대표적인 훼절 문인으로 이름을 올렸다.[7] 김용호가 원동무역에서, 김원룡이 식산은행에 들어가 일하면서 시대의 파고 아래 웅크리고 있을 때다.

이런 속에서 조선어학회 박해폭거로 말미암아 이윤재가 옥사하는 슬픔이 있었다. 기독신문사에서 일하다 1942년 함남 홍원경찰서에 피검되어 1943년 함흥형무소에 갇혔던 그다. 마침내 왜로의 고문에 못 이겨 독방에서 별세한 것이다. 이미 기미만세의거로 세 해 동안 옥살이를 거친 환산이었다. 이은상은 어린이문학에 몸담고 수필도 쓰면서 틈틈이 야담에도 관심을 기울여 이름을 키웠다.[8] 이러한 이은상의 활동과 떨어져 언어민족주의자 이극로는 흩어져 가는 조선어학회를 이끌고 만주로 국내로 떠돌았다. 단군을 모시는 대종교 교단 인사로 한글로 오롯하게 지은 대종교 찬송노래를 퍼뜨렸다.

1935년부터 1945년에 이르는 열 해 동안 마산 지역문학은 억압과 훼절의 드라마 속에 갇혀 있었다. 1920년대 활발했던 문학열은 사그라지고 몇몇 주요 사람 중심의 활동만 남았다. 그 가운데 대표되는 사람이 이은상과 이원수다. 이름을 거의 닫고 살았던

---

7) 서울에서 김영일과 김상덕이, 북녘에서 송창일이 이름을 내세울 때 남녘에서는 그가 있었다. 박태일, 「이원수의 부왜문학 연구」, 『경남·부산 지역문학 연구 1』, 청동거울, 2004, 165~201쪽.

8) 왜로 괴뢰 만주국 창설 10주년 기념문집 『만주사화와 낙토만주』에 글을 올리기도 하고, 조선일보사에서 냈던 『조광』 주간을 맡아 줄타기를 거듭했다. 한글로 된 말하기와 글쓰기가 금지되었던 시기인 1944에도 한성도서주식회사에서 『조선사화집』 삼국시대 편을 냈다. 부왜 문인이 아니면 한글 작품집을 낼 수 없었던 시기에 그들과 나란히 한글 작품집을 내고 있는 이은상의 동향은 주의를 끈다.

여느 문인과 달리 이 둘이 시대가 겪었던 어둠과 맞선 자리에서 글재주를 거듭 내세울 수 있었던 마음바탕은 무엇이었을까. 그러한 물음에 대한 답과는 관계없이 우리 문학은, 마산문학은 을유광복으로 어렵사리 치닫고 있었다.

4. 광복과 일국주의 문학의 전개

광복기부터 1960년 경자마산의거에 이르는 시기는 마산 근대문학이 새롭게 자리를 굳히고 그 위에서 여러 문학인이 낱낱의 갈 길을 고심하면서 성장과 발전을 꾀한 때다. 광복한 기쁨도 잠시 좌우 대립과 바깥 유입 인구 증가, 그리고 경인전쟁 세 해와 피란, 이어서 전후 복구와 사회 통합의 혼란을 거친 시대 상황과는 달랐다. 분단으로 말미암아 남북 두 쪽에서 일국주의를 뿌리내리기 위해 혼란과 갈등을 거듭할 때, 문학인은 오히려 그런 시대의 아픔과 질곡을 새 출발하는 디딤돌로 삼은 셈이다.

광복기 마산문학에서 가장 먼저 눈여겨볼 일은 임시로 묻었던 환산 이윤재의 유골을 1946년 4월 조선어학회 발의로 경기도 광주에 모신 일이다. 온 나라 곳곳 단체와 개인이 조문을 이어 크게 장례를 마쳤다.9) 광복기 마산 지역에서 이루어진 집단 문학 활동은 실체가 뚜렷하지 않다. 지역 안에서 솟구쳤던 계급주의 문학이나 중도 인민민주주의 문학에 대한 회고나 터무니를 지역사회

---

9) 이때 마산에서는 구연팔·구인욱·김성범·김종신·김종순·김철두·김한영·김형철·명도섭·명도홍·문덕찬·구홍균·서좌곤·손형업·신기동·옥종수·옥치연·이광엽·이귀련·이은석·이정찬·이필근·이학손·하삼정·황의섭이 손수 참가하거나 부의를 보내 환산에 대한 지역의 예를 다했다.

가 갈무리하지 못한 탓이다. 이웃 진주나 부산과 같이 시민 교양·계몽이라는 틀 안에서 발 빠르게 그들 활동이 이루어졌을 것임은 짐작하기 어렵지 않다.10) 그 흔적이 『무궁』의 발간이었다. 1946년 후반부터는 지역 안에 우파문단의 일방적인 승리와 재정비로 이어졌다. 마산 교육계에 몸담고 있었던 조향이 앞서고 김춘수가 거들며 바깥 부산·경남·경북 문인을 묶어 만든 『로만파』 동인이 출범한 것이다.

　　이른바 '진보적'을 들고 나옵신 시인 작가들의 작품에선 새로울 것도 아름다울 것도 괴이할 것도 진보적인 것도 아무러한 것도 없는 부패한 상식성만이 5·6월 생선 썩는 냄새처럼 악취를 뿜으면서 나날이 포에지를 좀먹고 있다.11)

『로만파』에 실린 한 구절이다. 좌파와 우파, 현실주의와 미학주의 사이 대립상을 잘 보여 준다. 그리고 이러한 모습은 조선청년문학가협회라는 전국 우파조직을 중심으로, 이웃 부산과 경북 『죽순』 동인을 끌어들여 전국 우파문단 하부 활동과 같았던 『로만파』의 모습을 일깨워 준다.12) 이것을 바탕 삼아 전쟁 소용돌이

10) 이미 광복에 앞서 권환·강호·김형윤·김용호와 같이 투옥 경험을 가진 이들을 지닌 입장이었다. 그들 둘레와 위아래 지식계 동향은 마산의 중요 가지를 차지했다.

11) 한정호 엮음, 『마산의 문학동인지·1』, 마산문학관, 2007, 9쪽.

12) 『로만파』는 4집까지 나왔다. 만주국 관리나 부왜 단체에서 일하다 광복을 앞뒤로 서둘러 돌아왔던 부산의 유치환·탁소성, 그리고 대구 박목월과 같은 이가 마산의 조향에게 기꺼이 작품을 넘겼다. 이 일을 빌려 광복에 앞서 왜나라에 유학하면서 왜어시를 썼던 조향과 김춘수는 마산 지역을 대표하는 젊은 문인으로서 1950년대로 벋어 나갈 수 있을 바탕을 마련했다. 1948년에 나온 4집에서는 조선청년문학가협회 조연현·김동리·서정주까지 작품을 냈다. 그리고 '청

속에서 마산 지역 문단은 문총 구국대 활동과 그 이음매로 동인지 『낙타』를 내는 집단 활동으로 이어졌다.

동인지 『처녀지』는 전쟁기 후방 마산에서 이루어진 경남 젊은 문학청년의 동인지였다. 1집은 1951년에, 2집은 1952년에 냈다. 천상병·송영택·최계락·이동준·남진희 들이 모였다. 『청포도』는 국립마산결핵요양소 환우를 중심으로 이루어진 특이한 시동인지다. 드나듦이 있었으나 남윤철·박철석·이동준·김연수·민웅식·김대규가 주요 동인이었다.[13] 세 해에 걸쳐 문향 마산 분위기를 한껏 끌어올리는 데 앞섰던 모임이다. 『흑상아』는 휴전 뒤 1953년 12월에 마산 역내 문인 중심으로 이루어진 시동인지다. 김봉돈·문덕수 들이 작품을 선뵀으나 1집에 머물렀다. 마산 청년문학이 한껏 솟았던 결과다. 이러한 기운은 스물한 살로 서울에서 요절한 변재령 유고시집 『도정』이 1954년에 나오면서 절정으로 치달았다.

1950년대 초기 전쟁 세대 문학청년 모임이었던 『처녀지』·『청포도』·『흑상아』의 기운은 1950년대 내내 그다음 세대에게 이어졌다. 1956년 1월에 범마산 고교생 동인으로 출발한 '백치'도 한 본보기다. 이들은 지역 고교의 교사 문단에 영향을 받으며 활발한 활동을 꿈꾸었다. 문학의 밤이나 시화전은 벌였으나 한 번도 동인지를 내놓지 못했다.[14] 그럼에도 이들은 1950년대 후반부터

규'에다 『로만파』 글쓴이는 조선청년문학가협회 시부 위원을 기본으로 한다는 원칙을 밝혔다.

13) 1952년 9월에 1집, 1954년 1월에 4집을 냈다. 육군군의학교 인쇄부에서 500권을 냈다. 동인 가운데 뒷날까지 작품 활동을 한 사람은 민웅식과 박철석이다. 한정호가 『청포도』만을 따로 떼내 다루었다. 한정호, 「『청포도』, 각혈로써 꽃피운 새너토리엄 동인지」, 『지역문학의 이랑과 고랑』, 도서출판 경진, 2011, 186~192쪽.
14) 백치의 발자취나 회고기에 대해서는 뒤늦게 낸 『백치』 창간호에 나와 있다.

속속 문단에 나아가 1960년대 마산 지역문학의 가능성을 키웠다. 1958년에 나온 시동인지『출범』또한 백치와 줄기를 같이한다. 최원두·임철규·이병석·강홍조가 동인으로 이름을 얹었다.

전쟁기 피란문단을 거치면서 마산문학은 시대의 어려움 속에서도 더욱 열정을 끓였다. 그런 분위기를『경남공론』·『경남공보』·『부산시론』과 같은 바깥 공공 매체가 도왔고『마산일보』또한 꾸준히 문학면을 가꾸어 주었다. 경남대학교(그 무렵 이름 해인대학)는 1956년 진주에서 마산으로 옮겨 뒷날까지 마산 지역문학 발전과 성장의 중심 제도로 자리를 잡았다. 문학과에는 어린이문학가 진장섭을 부장으로 소설가 이병주가 교수로 일했다.

광복기 개인 활동 첫머리에는 권환이 놓인다. 조선문학가동맹 서기장으로서 서울과 마산 사이를 오내렸다. 그러나 이미 몸에 깊었던 폐결핵으로 움직임이 자유롭지 못했다. 벗과 동료가 월북하는 과정에서도 1948년부터 마산에 머물러 긴 은둔과 궁벽한 나날을 보냈다. 1946년 시집『동결』을 냈고, 전쟁기에는 처가인 함안으로 몸을 숨겼다 마산에 돌아와 1954년 유명을 달리할 때까지 한결같은 유물론자로서 삶을 오롯이 했다.[15] 이극로가 1947년에 낸『고투사십년』은 자신의 성장과 투쟁 행적을 낱낱이 밝힌 책이다. 1948년 북한으로 올라가 머물면서 뒷날 평양 애국열사능에 묻히기까지 오래도록 북한 국어학계 태두로서 그 발전에 결정적인 이바지를 했다. 광복기 소설 공간에서 활동한 거의 유일한 마산 작가 지하련 또한 남편 임화를 따라 1947년에 월북했다. 경인전쟁을 겪으며 임화가 간첩 혐의로 숙청을 당하자 미

『백치』창간호, 마산백치문학동인회, 2009.
15) 한정호에서 권환의 광복기와 임종까지 삶에 대한 개괄이 이루어졌다. 한정호,「권환의 문학행보와 마산살이」, 앞서 든 책, 194~229쪽.

쳐 병사했다.16)

이은상은 광주 호남신문사 사장을 맡으며 이충무공현양사업에 앞장섰다. 그 일은 뒷날 이승만 행정부와 박정희 행정부를 거치면서 광복 뒤에도 오래도록 기녀처럼 중앙 권력 가까이서 역사의 양달을 걸을 수 있도록 이끈 핵심 고리를 마련했다. 김용호는 광복기부터 서울에서 문필가며 출판 편집자로서 발 빠르게 활동했다. 예술신문사를 꾸리면서 문학 출판에 힘을 쏟았다. 그가 낸 『1947년판 문예연감』은 광복기 문학 현실을 짚을 수 있는 귀한 자료다. 1948년 두 번째 시집 『해마다 피는 꽃』을 자신이 맡았던 시문학사에서 냈고, 1949년에는 우리나라 처음인 시창작론 『시문학입문』을 폈다. 광복기 좌우 대립 속에서 좌파 중도 쪽에 서서 폭넓은 문단 활동을 이었던 그는 전쟁기에는 남광문화사를 이끌며 여러 출판물을 냈다.

정진업은 광복이 되자 새로 연극 활동을 시작해 '공락관'에서 귀환동포의 애환을 그린 「강남으로 가자」와 사극 「부사와 초부」를 올렸다. 그런 뒤 부산으로 내려가 윤인구가 맡고 있었던 주간지 『경남교육』 편집을 하면서 언론계에 발을 디밀었다. 그러면서 누구보다 뚜렷하고도 열정적인 인민시를 썼다.17) 『부산일보』 문화부로 옮겼으나 국민보도연맹원으로서 전향한 뒤 마침내 전쟁기 사상 탄압으로 언론계를 떠났다. 그런 가운데서 1949년 시집 『풍장』과 1953년 『김해평야』를 잇달아 냈다. 권환을 이어 마산

---

16) 그녀가 1948년에 낸 유일한 소설집 『도정』의 표제가 되기도 한 소설 『도정』은 조선문학가동맹이 만든 1946년 해방문학상 소설 부문에서 이태준 「해방전후」와 함께 최종 후보작으로 오르기도 했다.

17) 그의 인민시에 대해서는 아래 글을 참조 바란다. 박태일, 「민족시의 한 지평, 정진업의 공론시」, 『정진업 전집[1] 시』, 세종출판사, 2006.

지역시의 의기를 한껏 품는 작품을 선뵌 셈이다. 김수돈은 부산에서 교육계를 오가며 연극과 시작 활동을 하면서 1947년 시집 『소연가』, 1953년 시집 『우수의 황제』를 빌려 깔끔한 언어 구사력을 즐겼다.

1950년에 나온 서정률 시집 『빛 잃은 태양』과 김태홍 시집 『땀과 장미와 시』도 기억할 만하다.[18] 1951년에는 미술교사 박양이 시집 『별과 나무 밑에서』를 냈다. 김춘수는 자신의 긴 습작기를 처가였던 마산에서 가꾸었다.[19] 김세익은 함남 홍원 사람이다. 1948년 진주농림고등학교 교사로 경남과 연고를 맺은 뒤, 1949년부터 마산여고에서 영어 교사로 1960년까지 일했다.[20] 1950년 경인년 전쟁으로 마산공고 교사로 내려왔던 이원섭은 1953년 첫 시집 『향미사』를 냈다.[21] 김남조 또한 첫 시집 『목숨』을 1953년 마산에서 냈고, 조종만은 1952년 시집 『흑토』로 이채를 더했다.

거제 출신 박철석은 첫 시집 『목련』에 이어 1956년 『까마귀』를 내고 평론 쪽으로 더 힘을 쏟았다. 이석(호적 이름 이순섭)은 1948년부터 마산고에서 교사로 일했다. 1962년 마산상고로 옮겨가기 앞서 열네 해 동안 마산고에 몸담아 문예반을 이끌면서 마산 지역문학 발전에 공을 세웠다. 천상병은 1930년 일본에서 나서 1945년부터 마산에 머물며 마산중학교에 편입했던 이다. 전쟁기

---

18) 김태홍은 1950년대 마산과 부산을 오가며 교직 생활 틈틈이 꾸준한 시작 활동을 예고했다. 합천 손동인, 부산 장호와 함께 동인지 『시문』을 낸 일도 남다른 의욕이 드러난 바다. 1954년에는 시집 『창』을 냈다.

19) 첫 시집 『늪』·『기』·『인인』, 김수돈과 함께 옮긴 『릴케시초: 동경』을 모두 마산에서 냈다.

20) 1951년 첫 시집 『석류』를 내고, 1953년에는 『문예』에 시 추천으로 시단에 나섰다.

21) 이웃 마산상고에서는 1956년 시집 『황홀』을 낸 젊은 문덕수가, 마산고에는 김춘수와 이석이, 제일여고에는 김상옥이 교사로 있었던 무렵이다.

와 1950년대 초반에 걸치는 성장기를 마산과 함께했다. 이미 마산중학교 때인 1949년 대구 동인지 『죽순』에 시를 발표할 정도로 조숙했다.

어린이문학에서는 1911년 마산 출신 김원룡이 서울에서 이원수를 끌어 주고 당겨 주며 광복기부터 활발한 활동을 펼쳤다. 광복기 좌파 아동문예지를 대표했던 『새동무』가 그의 각고로 서울서 나왔다. 1947년에는 첫 동시집 『내 고향』을 내기도 한 그는 전쟁기 부산에서 남향문화사를 꾸리며 피란문단의 적지 않은 문학 출판을 책임졌다. 광복이 되자 서울로 올라가 뒤늦게 좌파 어린이문학 조직에 몸을 얹었던 이원수는 지나간 시기 부왜의 과오를 덮기 위해 작품 재발표와 기억 훼조라는 독특한 걸음걸이를 거듭했다.[22] 전쟁기를 거치며 인민군 부역 혐의로 고초를 겪었다. 그 뒤 1950년대부터는 천천히 그러나 확실하게 국가주의 중앙 어린이문학계로 발걸음을 내디뎠다. 그런 곁에서 1930년대 대표적인 계급주의 어린이문학가 가운데 한 사람이었던 이구월은 부산의 띠집에서 오랜 가난과 지병을 껴안은 채, 1949년 제자들의 도움으로 동시집 『새봄』 한 권을 유언처럼 남기고 우리 문학사 뒤로 잊혀져 갔다.

1945년 을유광복에서 1960년에 이르는 시기는 마산 지역문학의 바탕을 굳게 마련한 때다. 역사 경험의 암울과 고통을 딛고 문학은 나름으로 사회 정합성을 증명하기 위해 애썼다. 마산 문학은 그 과정에서 우익 반공주의 문학인의 자기 증식과 명성 확

---

22) 이에 대해서는 아래 두 글을 참조 바란다. 박태일, 「나라잃은시대 후기 경남·부산 지역 아동문학: 이원수와 남대우를 중심으로」, 『한국문학논총』 40호, 한국문학회, 2005. 박태일, 「나라잃은시대 후기 이원수의 아동문학」, 『어문론총』 47호, 한국문학언어학회, 2007.

대를 거듭하면서 국가주의 중앙의 통제와 조절 기능 안에 갇히고 말았다. 문학은 자유와 억압의 역설적인 자리 안에 놓인 셈이다. 그사이 다툼이 엷었다는 점에서 마산문학 전통 가운데 큰 줄기가 묽어졌고, 창조 역량을 극대화하고자 한 노력이 꾸준했다는 점에서 마산문학의 앞날은 새로 밝았다.

5. 경자마산의거와 마산 문학사회의 자람

1960년 3월 경자마산의거와 함께 막을 올린 1960년대 문학은 짧은 변혁의 기운을 즐기자마자 이어서 이루어진 군부 쿠데타와 군사행정부 수립으로 긴 체제 성형의 길을 걷기 시작했다. 그것은 1980년까지 이어지면서 우리 근대사 가장 역동적인 한 시기를 엮었다. 마산 또한 그와 함께 근대 도시로서 겉모습을 갖추어 나갔다. 1970년 마산수출자유지구 선포는 거기에 큰 대들보였다. 문학 환경도 같은 궤적을 따랐다. 1961년 교명을 해인대학에서 마산대학으로 바꾼 경남대학교와 마산교육대학이 지역문학 산실로 완연히 자리를 틀었다.

1960년대 마산문학의 첫 출발은 경자마산의거와 경자시민혁명을 다룬 실기문학, 증언문학이다. 이것이 우리 근대문학 가운데 한 자리를 새롭게 열어 가기 시작했다. 1961년 지헌모가 쓴 『마산의 혼』, 1960년 강효순이 낸 『이계단여사의 수기』와 같은 것이다. 이들에 대한 관심은 경자마산의거 현장에 있었던 시인 변승기가 뒷날 경자마산의거의 기억 재구성이라는 쪽에서 관련 시집23) 간행과 문화 사업을 거듭해 마산문학의 지역성으로 꾸준히 개발하고 있다.

집단 활동으로는 1960년 1월에 국립마산결핵요양소 환우들이 첫 호를 낸 시동인지 『무화과』가 있다. 『청포도』의 전통을 이어 받아 1961년까지 6집을 내는 동안 마산 안쪽에서 시화전을 벌이 며 활발한 활동을 했다. 마산이 근대 도시로 자라는 과정에서 휴양·요양 도시로 지녔던 면모가 다시 한 번 새롭게 드러난 활동이 었다. 1969년부터 경남대학교 국어교육과 재학생과 동문을 중심 으로 '갯물' 동인이 출범했다. 동인지 『갯물』은 몇 집 이어지지 않았으나, 시화전과 같은 행사를 빌려 1980년까지 대학문단의 모 습을 지역사회에 각인시켰다. 경남대학교는 동문 문인으로 시인 성환덕·황선하, 연극 영화에 장갑상과 같은 이를 내놓았다.[24]

김용호는 인생파라 할 시풍에 걸맞게 역사 현실에 대한 남다른 관심을 꾸준히 드러냈다. 경자시민의거 공간에서 누구보다 먼저 의거시집 『항쟁의 광장』을 낸 것도 그 한 가지다.[25] 정진업은 부 산에서 쫓겨나 잠시 거제에 머물렀던 짧은 한 시기를 빼고는 마 산에서 만년까지 머물며 시·소설·수필·희곡에 걸치는 거의 모든 문학 영역에 작품을 선보였다.[26] 김태홍은 부산에서 교사 시인으 로서 활동을 거듭했다. 이석은 서울에서 1966년 시집 『남대문』에

---

23) 3·15의거기념사업회 엮음, 『너는 보았는가 뿌린 핏방울을』, 불휘, 2001. 박태 일, 「1960년 경자마산의거가 당대시에 들앉은 모습」, 『현대문학이론연구』 31 집, 현대문학이론학회, 2007.

24) 고교 문사를 키워 낸 산실 가운데 하나였던 마산고는 시인 최절로, 문학평론가 윤재근, 한학자 손팔주, 시인 이상개에다 평론가 이부영이나 임철규와 같은 영 문학자를 배출해 문기를 드높였다.

25) 1958년부터 단국대에 몸담은 뒤 비평 활동과 문단 활동을 이끌며 후학을 키웠 다. 그의 작품은 사후 십 주기인 1983년에 『김용호시전집』으로 한 차례 묶였다. 아직까지 저작물 전모에 대한 조사와 갈무리가 이루어지지 못했다.

26) 작품은 사후에도 오래도록 엮이지 못하고 있다 2006년에야 그 대강이 『정진업 전집』 두 권으로 갈무리되었다. 박태일 엮음, 앞서 든 책. 한정호 엮음, 『정진업 전집② 창작·산문』, 세종출판사, 2006.

이어 1973년『향관의 달』을 내면서 서울 문단 생활을 이었다. 문덕수는 1950년대 제주를 거쳐 서울로 올라가 머물렀다. 1966년 두 번째 시집『선·공간』을 펴내고, 1970년대부터는 시전문지『시문학』을 꾸준히 내었다. 1927년 밀양에서 난 박재호는 부산을 거쳐 1976년부터 마산에 정착했다. 한때 방송국이나 신문사 일을 거들다 해조문화사를 만들어 마산 지역문학 출판에 새 디딤돌을 놓았다. 정재관과 함께 사화집『해조』를 내고 마산문학 결집에 이바지했다. 1981년 늦게 첫 시집『간이역』을 냈으나, 1985년에 뇌출혈로 세상을 떴다.27)

이광석은 1960년부터『마산일보』에 기자로 들어가 지역 언론에 몸담고 일했다. 언론 시인으로서 지역 혜택을 많이 본 이로 꼽힌다.28) 이중은 서울과 마산을 오가며 언론계와 정치 현장에 몸담으면서 시작 활동을 멈추지 않았다.29) 오미리는 1966년 김대규가 이끈『시와시론』으로 문단에 나선 뒤 1983년에『시민사』, 1987년에『시민사·II』를 냈다. 독특한 시 행로를 보여 주었던 최절로는 1967년에 벌써 여섯 번째 시집『간』을 냈다. 1990년『춤추는 허사비』를 낼 때까지 시집 열 권을 넘는 활달한 활동이었다. 1965년부터 김수돈에 이어 마산문인협회 회장을 맡았던 임영창은 광복기

---

27) 1927년 밀양에서 난 박재호는 1955년『문학예술』에서「작은 고동」으로 추천을 받고, 1959년에는『사상계』신인상을 받았다. 1959년부터 예종숙 들과 함께 밀양 시동인지『석화』를 창간해 활동하면서 밀양문학의 기운을 드날렸다. 사후인 1987년에 뒤를 이어 지역문학 출판에 몸담은 오하룡의 도서출판 경남에서 유고시집『낙도산조』를 냈다. 박명영,「박재호 시 연구」, 경남대학교 석사논문, 2003.

28) 1958년『현대문학』추천으로 문단에 나섰다. 1974년 첫 시집『겨울나무들』을 낸 뒤 몇 권 시집과 산문집을 냈다.

29) 1959년부터『현대문학』에서 시 추천을 받았다. 시집으로『땅에서 비가 솟는다』·『우리는 다음날』, 산문집『민족발전의 정치논리』들을 냈다.

부터 활동했던 시인으로 마산에 자신의 그림자를 눕혔다.

박현령은 마산여고를 나온 뒤 서울에서 공부를 마치고 1958년 『여원』 신인상과 『문학춘추』에 시 추천을 거쳤다. 1960년대부터 1980년대까지 다작 문인으로 활동했다. 여원문학상으로 문단에 나선 김근숙 또한 『밤과 사랑의 의미』와 『그 겨울비』를 비롯한 시집을 이어서 냈다. 추창영은 1960년 『현대문학』 추천을 받았다. 지역 방송 언론인으로, 시조시인으로 활발했다. 첫 시집 『오월 한낮에』를 1968년에 냈다. 1963년 『한국일보』 신춘문예에 당선하고 1974년에는 『현대문학』 추천을 거친 곽현숙 또한 1975년 첫 시집 『곽현숙 제일시집』을 낸 뒤 1970년대에만 『남해의 시초』·『백자 꽃무늬는 내게 와서』와 같이 시집을 거듭 선보였다.

1969년 시집 『기형의 노래』로 문단에 얼굴을 내민 이선관은 마산 근대 산업화 과정에서 짓눌린 인심과 현장을 드러내는 작품을 꾸준하게 썼다. 그런 점에서 지역의 근대 반성을 묻는 자리에 자리가 오롯하다.[30] 오하룡은 1964년부터 『잉여촌』 동인으로 활동하면서 경남·부산 지역과 연고를 두텁게 했다. 마산에 머문 뒤 1975년 첫 시집 『모향』을 냈다.[31] 같은 『잉여촌』 동인 이상개는 마산에서 수학했다. 1965년부터 『시문학』을 빌려 작품을 내놓기 시작했다. 첫 시집 『영원한 평행』은 1970년에 나왔다. 부산에서 문학 출판에 앞장서 지역문학 발전에 끼친 공이 크다. 의령 출신

---

30) 시인의 어려웠던 삶과는 달리 마산이 압축적 근대화를 거듭한 1970년대와 1980년대는 이선관에게 세상의 통념과 맞서면서 단련을 거듭하게 한 모멸의 시대였다. 1973년 『인간선언』, 1977년 『독수대』로 이어지는 시집 이름이 그 점을 웅변해 준다.

31) 1940년 경북 칠곡에서 났다. 1981년에는 시집 『잡초의 생각으로도』, 1985년에는 시집 『별향』을 냈다. 반연간지 『작은 문학』을 마산 지역에서 십 년을 넘게 꾸준히 내고 있다. 2010년 가을로 39호에 이르렀다.

으로 마산에서 청소년기를 닦은 제해만 또한 1967년『대구매일신문』신춘문예에 입선하여 문단에 나선 다음 시와 어린이문학에서 꾸준한 활동을 했다.

감태준은 1972년『월간문학』으로 문단에 나섰다. 첫 시집『몸바뀐 사람들』을 1978년에 냈고, 이어서『마음이 불어 가는 쪽』을 1987년에 냈다. 함안에서 난 조병무는 동국대학교를 나와서 시인이자 비평가로 활동했다.[32] 문학의 역사성과 형식성을 두루 살펴가면서 중도 시선을 유지한 평문을 선뵀다. 1973년『월간문학』신인상을 받은 김옥영은 김해에서 나서 마산교육대학을 나온 준재였다. 1979년 첫 시집『어둠에 갇힌 불빛은 뜨겁다』를 내서 마산 지역시의 높낮이를 널리 알렸다.[33] 본명이 전인숙인 전연욱은 마산여고를 나왔다. 1973년『현대시학』시 추천으로 시단에 나서 시와 시조를 함께 썼다. 1984년『비를 몰고 온 바람』, 1987년『지옥도』시집 두 권을 냈다. 김종석은 1978년『시와 의식』신인상으로 시단에 얼굴을 내밀었다.

김교한은 오랜 세월 교육자로 지역을 지켰다. 울산 출신인 그는 1966년『시조문학』추천을 거쳐 문단에 나섰다. 그동안 경남 곳곳에서 활동을 하면서 경남과 마산 시조의 중핵으로 애썼다.[34] 이금갑도 관계에 있으면서 마산에 몸담았던 시조시인이다. 서벌과 함께『율』동인으로 활동했다. 이우걸은 창녕 출신으로 경남 여러 곳에서 교사로 일했다. 1972년『현대시학』을 통해 문단에

---

32) 『현대문학』지에 1969년 문학평론을 추천 받았다.『신년대』동인으로 활동했으며, 문단 활동도 적극적으로 한 쪽이다. 시집으로『꿈·사설』·『떠나가는 시간』과 같은 것이 있고, 평론집으로『가설의 옹호』·『새로운 명제』, 산문집『니그로오다 황금사슴 이야기』를 비롯한 여러 책을 냈다.
33) 뒷날 일반 문학 현장과 거리를 두면서 방송·영상 콘텐츠 제작에 재능을 펼쳤다.
34) 시조집으로 1978년에 낸『분수』를 비롯,『도요를 찾아서』와『대』를 냈다.

나섰다. 시조평론집『현대시조의 쟁점』을 1984년에 냈다.35) 1977
년『동아일보』신춘문예로 나온 뒤『풍란을 곁에 두고』와『호롱
불』을 낸 정시운과 같은 이가 문재를 번뜩이면서 마산 시조를
알렸다.

　1960년에서 1980년에 이르는 동안 소설에서는 중요한 작가의
활동이 지역 안밖에서 꾸준히 이어졌다. 그들 가운데서 김만옥·
송상옥·김병총·이제하가 두드러진다. 김만옥은 1977년『조선일
보』신춘문예에 소설이 당선한 뒤, 소설집『내 사촌 별정 우체국
장』·『그 말 한마디』들을 냈다. 송상옥은 1959년『동아일보』신
춘문예 소설에 입선했다. 같은 해『사상계』추천을 마쳤다. 1981
년 도미해서『한국일보』지사에서 일하면서 쓴『소리』는 재외 교
민의 삶을 다룬 특유의 작품으로 눈길을 끌었다. 장단편집 15권
을 내며 왕성한 필력을 보여 준 작가다.36) 이제하는 1958년『현
대문학』에 시로,『신태양』에 소설로 나선 뒤 시·소설·그림·노래
와 같이 여러 자리에 파묻혀 소설가라기보다 총체예술가로서 이
름을 얻었다.37) 김병총은 일찌감치 1957년『동아일보』신춘문예
에 동화로 문단에 나섰다, 1974년『문학사상』제1회 신인상 소설

---

35) 대표 시조집으로『저녁 이미지』·『사전을 뒤적이며』가 있다.

36) 1938년 일본 부산현에서 나서 마산에서 자랐다. 마산고와 서라벌예술대학 문
　창과를 나왔다. 낸 소설집으로 장편『환상살인』·『어둠의 강』·『겨울 무지개』가
　있고, 소설집『흑색 그리스도』·『바다와 술집』·『성바오로의 신부』·『작아지는
　사람』·『마의 계절』·『떠도는 심장』, 꽁트집『토요일, 아무 일도 없었다』를 냈다.
　언론에 몸담으면서 창작 활동이 활발했다. 1969년 제14회 현대문학상과 1975
　년 한국소설가협회에서 주는 제2회 소설문학상을 받았다.

37) 1938년 경남 밀양에서 나서 마산고교를 거쳐, 홍익대학에서 미술을 공부했다.
　소설집『초식』·『기차·기선·바다·하늘』·『용』, 시집『저 어둠 속 등빛들을 느끼
　듯이』, 일러스트집『사라의 눈물』이 있고, 문학선집으로『밤의 수첩』을 냈다.
　제9회 이상문학상을 받았다.

부문에 당선하여 이름을 되살렸다. 작품집으로『샤론여자고등학교』·『내일은 비』와 같은 장편소설집을 스무 권 남짓 내서 오래도록 남다른 뚝심을 보여 주었다.[38]

1960년에서 1980년까지 이르는 시기 수필문학도 꾸준한 발전을 거듭했다. 작가보다 문화후원자로서 애썼던 배대균은 지역에서 적지 않은 수필집을 낸 이다.『생각나는 사람들』·『배가 산으로 간다』와 같은 수필집 말고도『한국인의 문신』이라는 특별한 논고를 내 이채를 띠었다. 시인으로 더 알려진 서인숙은『현대문학』에 수필 추천을 받은 뒤 수필집『타오르는 촛불』·『최후의 지도』·『태고의 공간』·『영원한 불꽃』·『마지막 빛으로 남고 싶다』들을 내면서 여성 작가로서 이름을 꾸준히 가다듬었다. 장의구·김근숙 들이 모여 1978년에 낸 9인 수필집『교단』은 교육계와 언론계 사람의 술회를 담았다. 부산에 머물고 있었던 박철석은『행복의 꽃씨를 뿌릴 때』를, 김태홍은『고독은 강물처럼』를 내서 1960년대 지역 수필을 두텁게 했다. 정목일은 1975년『월간문학』에 수필이 추천되어 문필 활동을 시작한 뒤 지역 교육계와 언론계를 오가면서 작품을 썼다. 1980년 첫 수필집『남강 부근의 겨울나무』를 낸 뒷날 서른 권을 넘는 수필집 밑거름으로 삼았다.

1960년대를 넘어서면서 마산 평론이라고 할 만한 업적을 이룬이는 많지 않다. 정재관이『현대문학』시 추천으로 문단에 선 뒤다시 1975년에『동아일보』신춘문예에 평론이 당선하였다. 이어서『중앙일보』신춘문예에까지 평론을 입선했으니 문기가 드높았다. 1979년 칼럼집『그래도 우리는』을 냈는데, 날카로운 평필

---

38) 대표 소설집에『칼과 이슬』·『화려한 비가』·『달빛 자르기』가 있고, 산문집『추억만들기』를 1989년에 냈다.

을 잇지 못하고 1986년에 영면했다. 김해 진영 출신으로 1962년 『현대문학』 평론 추천을 시작으로 현장 비평에 몸담은 김윤식은 마산상고를 나와 줄곧 서울에 머물렀다. 그동안 한국 근대문학을 향한 비평가로, 이론가로 숱한 업적을 쌓았다.[39] 오롯이 문학 현장에서 문학과 더불어 사는 드문 본보기를 보인 셈이다. 그 뒤로 동양 시학과 미학으로 무장한 윤재근의 전통 비평 작업이 이채를 띤다. 권도현은 1970년 마산교육대학 전임강사로 와서 마산 지역 비평의 환경 구축에 이바지했던 신예다. 1950년대 피란문단 속에서 활발하게 꽃피었던 마산 지역비평이 역내에서 새롭게 불붙는 중요 매듭 역할을 맡은 재사였다. 실천 비평과 이론 비평을 뒤섞어 가며 비평의 품격을 높이기 위해 애썼으나, 1976년 1월 마흔세 살로 이승을 떴다.[40]

1960년대 마산 어린이문학은 김현우가 깃발을 높이 들었다. 1964년 학생잡지 『학원』에 장편소설 「하늘에 기를 올려라」가 당선되어 사람들을 놀라게 했다. 그 뒤 꾸준히 소설과 어린이문학에 공을 들여 적지 않은 작품집을 냈다.[41] 임신행은 1940년 일본 대판에서 태어났다. 1965년 『국제신문』에 장편동화 「성게와 가자미」를 연재하면서 어린이문학인으로 걸음을 내디뎠다. 자신의 참전 경험을 바탕 삼아 어린이문학으로는 드물게 베트남 전쟁을

---

39) 1973년에 낸 대표 연구서 『한국근대문예비평사연구』부터 뒤로 백 권을 넘는 저술 활동을 했다.

40) 1934년 합천에서 났다. 경북대학교 국어교육과를 졸업한 뒤 합천농고·진주고를 거쳐 1970년 마산교대로 자리를 옮겼다. 1971년 『시문학』 11월호에 평론 『현대시의 방향 모색』을, 이어 『조지훈시고』를 1972년 3월호에 추천 받았다. 사후 유족 손으로 1978년에 나온 『권도현평론집』 한 권이 남았다.

41) 1978년 첫 동화집 『산 메아리』에 이어 『꼬리 달린 아이』·『겨울에 크는 나무』·『할아버지를 위하여』·『도깨비동물원』과 같은 책이 그들이다.

글감으로 삼은 동화집 『베트남 아이들』을 내 시와 소설로 채워진 베트남 전쟁문학에서 이채를 더했다. 시·동화·동시에 걸쳐 쉰 권을 넘는 작품집을 내놓아 열정을 가다듬었다.42) 임신행과 함께 1978년 『꽃무지개』를 낸 장의구와 동시를 쓴 조무근도 기억해 둘 이름이다.

1960년대 이후 마산 희곡은 어느 때 없이 작품이 드물었다. 이용우가 1977년 「염불합시다」로 『조선일보』 신춘문예에 당선하여 싹이 사그라지지 않았음을 알렸다. 김종석은 맷돌소극장을 꾸려나가는 한편 꾸준히 문재를 닦아 1980년 『예술세계』 희곡 신인상을 받는 데까지 이르렀다. 그의 희곡은 고전을 패러디하여 사회 비판에 눈길을 둔 표현주의, 부조리극 형태를 띠었다.

1960년대부터 1980년대까지 마산은 근대 산업화로 향하는 경제주의 일방적 도정으로 말미암은 빛과 그늘을 우리나라 여느 도시보다 많이 겪었다. 그런 속에서 문학을 다듬고 문학에 뜻을 둔 많은 사람이 문학으로 서고 문학으로 위로 받기 위해 애썼다. 지역 안쪽뿐 아니라 지역 바깥까지 벋쳤던 마산문학은 개인으로나 집단으로나 성숙과 분화를 거듭했다. 다른 어느 예술 영역보다 영광과 사회 위상이 드높았던 시기였다. 마산문학은 다른 예술 영역과 경계를 뚜렷이 하면서도, 안쪽 갈래 경계까지 다시 두텁게 이끌어 근대 분업을 한껏 누렸다.

---

42) 이어 1968년 문공부 신인예술상을 받았고, 1970년 『서울신문』 신춘문예에 동화 『하얀 물결이』가 당선하였다.

6. 1980년대 사회 개방과 문학 역동

　1980년부터 2000년에 이르는 시기는 마산 지역문학이 역동적
으로 움직였던 때다. 지역 바깥으로 세계 개방 물결이 급속히 밀
려들기 시작했고, 문학 환경도 누리집으로 옮아가기 시작했다.
아울러 지역문학 안쪽 관변 단체 또한 활동 경계를 낮추어서 생
활문학까지 끌어들이면서 다층적으로 몸집을 불렸다. 이러한 문
학 역동이나 사회 개방 분위기와 달리 지역 사회경제 위상은 점
점 이웃 창원 쪽으로 빨려 드는 역발전 상황을 오래 겪게 되었다.
마산과 마산문학이 안게 된 다른 시련이었다.

　이런 가운데 마산문학이 집단으로 보여 준 활동은 크게 세 줄
기다. 첫째, 수출자유지역을 중심으로 이루어졌던 공단문학·노
동자문학이다. 둘째, 지역 대학을 중심으로 이루어졌던 대학문학
이다. 셋째, 지역 기존 관변 문단 조직과 둘레를 빠르게 채우기
시작한 생활문학 활동이다. 먼저 공단문학·노동자문학은 마산수
출자유지역 일꾼을 중심으로 1987년까지 동인지 『갯벌』 8집을
낸 갯벌문학동인회가 꾸준했다. 시를 중심으로 수필과 소설까지
넣은 종합 동인지였다. 기업에서도 공단문학을 거들었다. 그리하
여 1990년 『공단문예』 1집이 나왔다. 사원 중심 종합문예지였다.

　1989년 현재 수출자유지역에 공장은 73개, 노동자 수는 15,000
명, 그리고 노동조합은 40개 남짓이었다. 그 밖에 마산 역내 공장
과 일꾼 수를 합치면 수는 많이 늘어난다. 이들이 이룬 조합 가운
데 60~70%는 조합지를 가지고 있었다. 이들을 중심으로 문학이
이루어졌고, 그것을 지원하는 조직이 생겼다. 1980년 3월 공단
출신으로 '불씨' 동인이 앞섰다. 마창노련, 마산가톨릭여성회관,
마산 YMCA와 같은 기구에서 이끌어 나가던 문학 관련 행사와

간행물도 뒷받침을 했다. 특히 마창노련에서는 노동 종합 소식지를 냈고, 마산가톨릭여성회관에서는 '노동자 문학교실'을 열었다. '노동자 문학교실'은 초기에 노동자 문화 활동 일반으로 나아갔으나, 시일이 지나면서 문학 중심 집약 학습을 하기 시작했다.[43]

이러한 활동 말고도 공단 안에 문학 동인이나 소모임 활동이 이루어져 지역의 노동자문학·공단문학을 다듬어 나갔다. 『고주박』은 1986년 만든 뒤 해마다 1권씩 동인지를 냈다. 그러나 이들은 순수 노동자문학으로 짜이지는 않았다. 이들 말고 개별 업체에서 나온 것으로는 신한공업(주)에서 1988년에 결성된 『터』 동인이 있다. 팸플릿 형식 동인지를 냈다. 그리고 다시 업체 바깥의 동인과 뒤섞이기도 했다. 낱낱의 기업체와 노동조합에서 발행하

---

43) 마산가톨릭여성회관에서 이끈 노동자 문학교실을 본보기로 살펴보자. 이것은 1988년 10월부터 1989년 11월까지 모두 네 차례에 걸쳐 120명 남짓 학습자를 배출시켰다. 제1기는 1988년 10월에 4주에 걸쳐 이루어졌는데 15명이 모였다. 이들은 강의뿐 아니라 시화 제작, 평가회, 토론회까지 곁들여 다양하게 학습을 꾸미고자 했다. 그리고 그 일을 위해 지역 교육계에서 지원했다. 이인식·박태일·임영일·박영주 들이 강사로 나섰다. 제2기는 1989년 2월부터 39명의 노동자를 중심으로 이루어졌다. 교과서 시나 소설 풀이, 노동자 문학의 환경, 작가와 만남, 바른 글쓰기, 노보 편집과 홍보와 같은 다채로운 주제로 이루어져 1기에 견주어 더 나아갔다. 제3기는 1989년 6월에 이루어졌다. 올바른 문학, 참된 글, 창작 방법론, 합평회와 같은 속살로 진행했다. 40명 남짓 참가했다. 제4기는 18명을 대상으로 이루어졌다. 4기에 이르는 이러한 활동을 빌려 마산을 중심으로 노동과 노동자 문화에 대한 자기 인식뿐 아니라, 문학인으로 나아갈 수 있을 가능성을 닦기도 했다. 따라서 이 수료생을 중심으로 '참글 동아리'라는 창작 소모임을 이끌 수 있었던 것은 그러한 학습 역량을 발휘한 일이다. 1989년 처음 마련한 참글은 문학의 밤을 열면서 지역 노동자문학의 바탕을 키우고자 애썼다. 그런 노력으로 제2회 전태일문학상 투쟁기 부문에서 김경한이 우수상을 받기도 했다. 20~30대 젊은 층에서 시작하여 정기 모임을 하면서 습작 활동을 이었다. 이들은 여자 경우 혼인으로 말미암아 관심 퇴조, 남자 경우 고용불안으로 말미암아 골똘하기 어려운 환경 가운데서도 1990년대 중반까지 작품집 『참글』을 열 차례 냈다.

는 소식지도 지역문학 하위 부분을 이루면서 마산수출자유지역 안쪽의 문학 움직임에 불씨를 키워 냈다.44) 1980년대 마산 지역 공단문학·노동자문학은 1990년대로 옮겨 가면서 회원의 신분 상승이나 계층의식 변화에 따라 여러 길로 나뉘어 뚜렷한 성과로 묶이지는 못했다. 그러나 소집단 활동 전통은 1990년대까지 이어졌다. 이들이 지역 관변 조직인 문협 마산지부와 달리 지역문학 동호인이 연대별로, 직능별로 모여 문학적 긴장을 꾸준히 놓지 않으려 한 점을 눈여겨볼 일이다.45)

둘째, 대학문학이다. 그 가운데서 1981년 종합대학으로 올라서 지역문학 발전의 새 텃밭을 이룬 경남대학교가 큰 몫을 떠맡았다. 꾸준한 문필가 배출의 전통을 이은 국어교육과와 더불어 국어국문학과 재학생과 졸업생으로 이루어진 활동도 활기를 띠었다. 『시율』 동인회는 1988년 2월 첫 동인지 『잔디가 뿌리내릴 때까지』에서부터 1992년까지 동인지 다섯 권을 냈다.46) 1989년 김원준·송인범을 비롯해 국문과와 둘레 전공 재학생으로 이루어진 『합류』 동인도 동인지 『뜨거운 날 가로막는 부자유의 호흡으로』를 내 대학문학이 지역사회에 작품 우열을 묻는 기백을 토했다. 1992년에 첫 동인지 『저 저문 관목숲』을 시작으로 1997년까지 4집 『잠시 쉬는 등을 바람은 너무 흔들고』를 낸 『문학청년』은 경남대학교를 졸업하거나 재학 중인 사람을 중심으로 지역 청년

---

44) 『공단문화』·『노동자 문학신문』·『민들레』와 같이 크작은 소규모 매체나 팸플릿이 그것이다.

45) 부정기 간행물로 나온 『마산문화』는 1982년 첫 권이 나왔다. 종합 문화 교양지였으나 문학이 주요 자리를 차지했다. 마산수출자유지역 문화의 뒤쪽을 제삼세계적 시각에 다룬 기획이 눈길을 끌었다.

46) 1990년대 중반까지 활동했다. 남찬우·황경숙·우점복·이종호·한정호·성윤석·최갑수·김순호 들이 동인이었다.

문사를 묶은 동인이다.47) 1998년 국문과 재학생을 중심으로 한 '202' 동인은 동인지 『거기서 내가 본 것은』을 냈다. 손택수·최갑수와 같이 2000년대 중요 시인으로 자랄 싹을 미리 보였던 젊은이 모임이었다.48) 이러한 경남대학교 안쪽 동인 활동 말고도 1970년대 말에 시작했던 경남공전대의 『바랄』이 있어 시화전을 열었다. 마산고·마산여고 출신은 『돋섬』으로 모여 문학의 밤을 열기도 했다.

셋째, 마산문인협회 조직과 그 둘레 생활문학인 모임이다. 1987년부터 해마다 한 차례씩 지부에 맡겨, 이른바 '3·15기념사업회'에서는 '3·15기념백일장'을 마련했다. 오래도록 마산 지역 학생들에게 문학 취향을 키워 주는 몫을 떠맡았다. 1991년 낭송문학선집 『만남』 출간도 눈여겨볼 일이다. 1982년부터 여덟 해 동안 달마다 빠트리지 않고 이어진 조촐한 시낭송 모임의 결과였다. 1990년대 마산 역내에서 활동한 대표 동인, 문인 모임에는 '화전'·'가향'·'경남여류문학회'가 있었다. 동인지 『화전』은 마산을 중심으로 경남 안쪽 시인을 묶었다. 1985년에 1집을 내고 1999년에 12집을 냈으니 햇수가 오래다. 중간에 나오지 않은 해가 여덟 해였다. 그러다 1994년에 복간했다. 마산 쪽 동인에 강윤수·황선하·추창영·최원두 들이 들었다. 이들은 지역문학 발전과 후진 양성을 목표로 삼았으나 활발한 활동에는 이르지 못했다. 열 사람 남짓 동인의 작품을 모은 반연간지 『화전』이 꾸준했던 성과로

---

47) 이름 그대로 청년 습작생과 등단 문인으로 짰다. 동인 사이 드나듦이 있었으나, 성기각·성윤석·윤봉한·송창우와 같은 이가 중심이 되어 부정기로 동인지를 냈다.

48) 경남대학교 국문과 출신 시인들 경우는 한 차례 시선집으로 묶이기도 했다. 거기에 시를 얹은 이는 고두현·성기각·성윤석·류경일·손택수·최갑수·송창우·한정호였다. 한정호 엮음, 『꽃보다 아름다운 시』, 불휘, 2005.

남았다.

문학동인 가향은 1987년 창원시 주관 '고향의 축전'이라는 제1회 백일장 입상자 18명이 모여 시작했다. 1988년 동인지 『작업』 1집을 냈다. 이후 동인지 『가향』을 연간, 또는 반연간으로 꾸준히 종합문예지 꼴로 묶어 냈다.49) 처음에는 동호회 모임이었으나, 이후 20명 남짓한 동인이 차례차례 지역에서 힘을 닦아 문인으로 이름을 내걸었다.50) 이들은 동인에 큰 드나듦 없이 2000년대까지 내실을 채웠다. 생활문학 지망생에서 시작하여 전문 문인으로 자라, 변화해 나가면서 마산 지역문학의 중요 자원으로 자리 잡는 전통을 마련했다. 경남여류문학회도 가향과 비슷한 됨됨이를 지녔다. 1988년 마산여성문우회로 시작하여 1998년 경남여류문학회로 이름을 바꾸었다. 이들은 해마다 작품집을 내면서 자신의 문학적 성과를 매체 『경남여류문학』을 빌려 지역 안밖으로 내놓고 있다. 스물세 사람에 이르는 회원 거의 모두 문학 습작기에서 전문 문인으로 자라 나가는 모습은 가향과 다르지 않다.51) 가향·경남여류문학회는 여자 문인 모임이라는 됨됨이를 오히려 장점으로 끌어 올려 생활문학의 좋은 본보기52)를 보여 준 셈이다.

---

49) 2010년 12월까지 회지는 239호, 동인지 『작업』은 23집까지 내는 꾸준한 자기 갱신을 거듭하고 있다.

50) 대표 동인으로 김재순·문옥영·원은희·이석례·이효정·최영숙·황광지 들이 있다.

51) 주요 회원으로 김미숙·김미정·박은주·박태남·한후남·조연향·하순희 들이 있다.

52) 1980년대부터 마산문학 흐름에서 눈여겨볼 만한 변화가 여자 문인의 무게나 몫이 매우 커졌다는 점이다. 마산문협과 같은 관변 조직에서는 여자 수가 20% 정도에 지나지 않으나, 가향·경남여류문학회의 경우는 모두 여자로 이루어져 있다. 이들은 처음 동호인 친목 조직으로 시작하여 이후 전문 문학 동인으로 나아가는 길을 잡았다. 그러면서 역내 문학사회 활동에서는 마산문인협회와 같은 관변 조직과 알맞게 긴장 관계를 지키면서 여자 특유의 역동성을 키워 냈다. 조직의 수직 위계나 자리, 또는 바깥 명성이 중요하게 작용하는 남자 조직의 변화함과 다른 섬세함과 부드러움을 갖춘 까닭일 것이다. 앞으로 이들이

그 밖에 집단 매체로는 문협 마산지부의 『마산문학』이 거듭했고, 오하룡의 고심으로 나오고 있는 반연간지 『작은 문학』 또한 지나침이 없이 꾸준했다. 가톨릭에 뿌리를 내리고 있는 마산교구 가톨릭문인협회 활동도 짚어 둘 만하다. 1993년에 창립한 뒤 1995년에 첫 작품집 『영혼은 죽어서도 썩지 않는다』를 낸 이래 종교문학이라는 됨됨이를 가꾸었다. 종단 차원 도움을 받지 않으면서도 마산문학의 특이 풍경을 이루었다.53) 경남지역문학회(경남시사랑문화인협의회)에서는 반년간 종합문예지 『시와비평』을 냈다.54) 이러한 마산의 소집단 문학 활동은 공업도시로 자리를 굳힌 마산의 모습을 반영하면서 지역 시민 사회의 사회적 진출, 문학적 취향 학습이라는 주요 디딤돌을 놓는 한 쪽으로 지역 젊은 문학인의 자기 발전을 이끌었다. 이들을 빌려 1980년대와 1990년대 마산 지역문학은 활기차고 풍요로웠을 뿐 아니라, 2000년대를 힘껏 바라보게 했다. 이런 조직 활동과 맞물려 개인 활동 또한 활발했다.

1982년 김태홍이 『살매서정시선』을 낸 것은 노익장을 자랑한 일이었다. 이석은 시집 『화혼집』을 내고 1982년부터 부산으로 내려가 일했다. 시집 『오늘, 오늘은』과 『눈물의 자유』를 모두 부산에서 냈다. 1987년에는 『이석선생 화갑기념문집』을 마산고 재직 시절 제자를 중심으로 펴내, 지역 연고를 즐겼다. 진주에서 나서 마산서 자란 강윤수는 1974년 『현대문학』에 시가 추천되어 문단에 나선 뒤 꾸준한 작품 활동을 벌였다. 고교 스승이었던 이원섭

생활문학의 구체성과 전문문학의 수월성을 아울러 갖출 수 있다면 지역문학의 새 전통을 마련하는 일이 될 것이다.
53) 2010년 현재까지 12집을 냈다. 주요 회원으로는 민창홍·박성임·문옥영·변승기·서인숙·신찬식·제옥례·황광지·하길남 들이 있다.
54) 2004년 하반기에 9호까지 냈다. 한정호가 편집장을, 유재천·최영호·송창우 들이 편집위원을 맡았다.

의 서문을 얹어 1980년에 내놓은 시집 『가위소리』는 첫 성과였다. 그 뒤로 시집 『외줄타기』와 『그 곁에선 쓸쓸한 그림자이고 싶어라』로 이어졌다. 1982년 『어둔 밤 하늘에 하늘에서』를 비롯해 독특한 그림시까지 남기기도 했던 가나인은 일찌감치 역내 활동을 그쳤다.

이효정은 1913년 경북 봉화군에서 태어난 여자 광복투사였다. 1930년대 서울에서 노동쟁의와 파업을 이끌다 옥고를 치렀다. 광복 뒤 울산에서 건준 위원으로 활동했고, 남편의 월북으로 다시 오래도록 고초를 거듭하였다. 노령을 이끌고 『가향』 동인으로 들어 문학 수업을 새로 시작했다. 시집으로 『회상』과 『여든을 살면서』를 남겼다.[55] 다작의 박현령은 1990년 벽두에 시집 『지신님, 지신님』을 냈다. 정두리는 마산여고를 나온 준재였다. 1982년 『한국문학』 신인상 시 부문으로 문단에 나선 뒤, 1984년에는 『동아일보』 신춘문예에 동시가 당선되기도 했다. 그 뒤 꾸준히 시와 어린이문학에 걸쳐 활동했다.[56] 1989년 계간 『문학과 의식』 신인상을 받은 하영은 어린이문학과 시 사이를 오가는 모습이 꾸준했다.[57] 충남 태안 출신 문옥영은 1994년 『심상』 신인상으로 시단에 나섰다. 첫 시집 『그리운 베이커리』를 2001년에 냈다. 이들보다 뒤에 선 조은길은 1998년 『중앙일보』 신춘문예로 시단에 나섰다.[58] 원은희는 마산 성지여고 출신이다. 소녀기 문학열을 바탕

---

55) 2006년 뒤늦은 아흔세 살 나이에 광복유공자로 건국 포장을 받았다. 2010년 타계했다.
56) 1979년 첫 시집 『유리안나의 성장』을 시작으로 『겨울일기』·『낯선 곳에서 다시 하는 약속』과 같은 시집과 동시집 『꽃다발』·『어머니의 눈물』·『엄마 없는 날』을 내 마산 어린이문학을 이끌었다.
57) 1990년대에만 시집 세 권을 냈다. 『너 있는 별』과 『빙벽 혹은 화엄』 그리고 『자귀꽃 세상』이다.

으로 1995년『동아일보』신춘문예에 당선하여 지역 시조를 한껏 부풀게 했다. 2003년 첫 시집『마스가제호에서의 하루』를 냈고, 시와 시조에 공을 들이고 있다. 사천 출신 김미숙 또한 1998년『시와시학』으로 나섰다.[59]

1971년『풀과별』추천으로 문단에 나선 공정식은 시화전을 비롯해 활발한 사회 문필 활동을 벌여 눈길을 끌었다. 변승기는 1984년『현대문학』을 거쳐 뒤늦게 문단에 나섰다. 1980년『중앙일보』신춘문예로 문단에 나선 박태일은 1988년부터 경남대학교 국어국문학과 교수로 몸담으면서 마산문학과 걸음을 나란히 했다. 시집『가을 악견산』·『약쑥 개쑥』·『풀나라』를 마산 체류 때에 마련했다. 정규화는 마산상고 출신으로 1981년부터 노동자 시인으로 문학 활동을 시작했다.[60] 지역과 서울을 오가다 2007년에 영면했다. 유동렬은 마산에서 나서 부산대학교 국어과를 나왔다. 1984년『마산문화』4집을 빌려 작품 활동을 시작했다. 해직교사로 어려운 속에서도 시작을 이어갔다.[61] 1985년에는 강신형·김광옥 내외가 2인 시집『빛 그리고 둘은』을 내 드문 본보기를 보였다.

1987년『소설문학』신인상에 당선한 성기각은 그 뒤『통일벼』·『일반벼』와 같은 시집을 냈다. 고성 출신 이상옥은 1989년『시문학』으로 문단에 얼굴을 내밀었다.[62] 그 뒤를 경남대학교 국어

---

58) 2007년에 시집『노을이 흐르는 강』을 냈다.
59) 그 뒤 시집『피는 꽃 지는 잎이 서로 보지 못하고』·『눈물 녹슬다』·『탁발승과 야바위꾼』·『저승 톨게이트』을 꾸준히 냈다. 교육 에세이집『첫아이 유치원 보내기』를 보탰다.
60)『농민의 아들』·『스스로 떠나는 길』·『지리산 수첩』과 같은 시집을 남겼다.
61) 1980년 긴급조치 9호 위반으로 옥고를 치렀다. 첫 시집『벗이여 영원한 불꽃이여』를 1988년에 낸 뒤『끝나지 않는 노래』·『그대의 자리는 여기』·『꽃편지』와 시선집『우리들 목메는 그리움은』을 냈다.
62) 시집『유리그릇』을 비롯『고성가도』·『환승역에서』를 내며 시작을 하는 한쪽으

국문학과 대학 문단 출신 시인이 이었다. 그들 가운데서 한정호는 1966년 남해 출신이다. 1990년『한국문학』신인상에 당선하고 지역문학 연구와 비평에 남다른 공력을 쏟았다. 창녕 출신 성윤석은 1990년『한국문학』신인상으로 등단했다. 시집『극장이 많은 우리 동네』·『공중묘지』를 비롯, 동화집『연탄 도둑』을 냈다. 이종호는 1990년『우리문학』신인상으로 문단에 얼굴을 내밀었다. 류경일도 1991년『우리문학』을 거쳤다.63) 고두현은 1993년『중앙일보』신춘문예에 당선한 뒤, 2000년 첫 시집『늦게 온 소포』를 냈다.

뒤를 이은 송창우는 1994년『현대문학』신인상으로 얼굴을 선뵀다. 2010년에 이르러 첫 시집『꽃 피는 게』를 내는 느린 걸음마를 거듭했다. 손택수는 1970년 전남 담양에서 나서 부산에서 자랐다. 1998년『한국일보』시,『국제신문』동시,『불교신문』동시에 걸쳐 한 해 세 개 신춘문예에 당선함으로써 유래 없는 문기를 뽐냈다. 2000년대를 대표하는 젊은 시인으로 자라는 가운데 시집으로『호랑이 발자국』·『목련 전차』·『나무의 수사학』을 냈다. 최갑수는 경남대학교 국어국문학과를 졸업하고 1997년『문학동네』신인상에 당선하여 시집『단 한 번의 사랑』을 냈다. 언론사를 거쳐 문학성과 상업성을 한꺼번에 끌어올린 대표적인 여행 작가로 자리 잡았다.64)

1980년대에서 2000년대까지 마산 시조는 교사 문단이라는 독

로 시론집『현대시와 투명한 언어』·『시창작강의』를 냈다.
63) 2004년『대구매일신문』신춘문예 동시에 당선해 어린이문학으로 걸음을 넓혔다. 시집으로『빗방울 듣고 나는 말한다』·『흙비』, 동시집으로『바퀴 달린 집』이 있다.
64)『당분간은 나를 위하여서만』·『구름 그림자와 함께 시속 3km』·『목요일의 루앙 프라방』·『이 길 끝에 네가 서 있다면 좋을 텐데』와 같은 기행문집을 냈다.

특한 작풍을 거듭하면서 김교한을 중심으로 꾸준히 자기 점검을 이었다. 1940년 영동에서 자란 전의홍은 『현대문학』과 『시조문학』을 거쳐 문단에 나섰다. 마산에서 언론인으로 일하면서 2005년에 『꽃그늘 이야기』를 냈다. 김연동은 1948년 하동 출신이다. 『경인일보』 신춘문예로 나선 뒤, 시조집으로 1993년 『저문 날의 구도』에 이어 『바다와 신발』·『시간의 흔적』을 냈다. 이들 뒤를 이달균65)이 이었다.

　희곡 영역에서 작가층이 엷은 특성은 오래도록 이어져 왔던 일이다. 1980년대를 넘어서면서도 나아질 기미가 보이지 않았다. 신찬식이 그 짐을 지고자 했다. 1981년 『서울신문』 신춘문예 시 부문 당선으로 문단에 얼굴을 선뵌 그였다. 그 뒤 몇 권의 시집을 내면서66) 이산(디아스포라)을 주도 동기로 하는 선 굵은 시를 선보였다. 그러면서 희곡과 연극 현장에서 공력을 들였다. 희곡 「봉황새 날개 펴고」는 중간 결실이었다. 경남대학교에서 극작과 연출을 몸으로 익힌 김봉희가 뒤를 이어 지역 희곡의 터를 닦기 시작했다. 1995년 『예술세계』 희곡 부문 당선으로 문단에 나선 뒤 대산재단 문학창작 희곡 부문 지원을 받기도 했다.67) 오페라까지 영역을 넓히면서 이론과 창작에 고루 재능을 펼쳤다. 그리고 1996년 아동문예 동극 『뿌린 대로 거두리라』를 낸 이한영이 동극집 『꼬마 마녀 단불이』를 내면서 드문 동극의 전통에 가까이 섰다.

---

65) 1987년 『지평』으로 문단에 나선 뒤 시조집 『남해행』, 사설시조집 『말뚝이 가라 사대』를 냈다.
66) 『탄피와 돌의 상형』·『목공예수』·『일상의 찬미』가 그것이다.
67) 희곡집 『저녁 전 계단 오르기』·『너울너울 나비야』를 냈다. 이어서 이론서 『계급문학, 그 중심에 서서』와 『신고송 문학전집』을 2008년에 냈다.

수필 영역에서는 몇 사람의 특이 활동이 보인다. 신상철은 경남 대학교 국어교육과에서 몸담고 수필을 썼다. 작가로서보다 문단 행정에 능했던 그는 1960년대부터 지역 매체에 작품을 올렸다. 1970년대 경남대학 학장으로 내려와 있었던 윤태림은 무거운 작품을 선보여, 지역 수필의 다채로움과 격을 한 단계 끌어 올렸다.[68] 특이한 수필가로 이승기가 있다. 통영 출신인 그는 영화에 심취해 영화 포스터를 모으면서 영화 맛보기를 취향으로 즐겼다. 1995년 그 경험과 속살을 한 권으로 묶었다.『스크린야화』가 그것이다. 개인 취향이 뜻있는 문화 담론으로 올라선 드문 본보기를 보였다. 하길남은 늦깎이 작가로서『수필문학』을 빌려 문단에 얼굴을 선뵀다.[69] 그 뒤를 이어 1990년대 후반 들어 얼굴을 선뵌 한후남을 비롯한 여러 여성 작가가 수필 마당을 가꾸었다.

평론에서는 정진업이 오래도록 묵혔던 옮긴책, 허버트 리드의 『시와 아나키즘』을 1983년에 냈다. 이경순과 더불어 경남 지역문학에서 해방을 갈구했던 이의 문학적 속내가 속속들이 드러난 경우다. 경남대학교 국어교육과를 나온 서석준이 지역 비평 활동에 뛰어들기도 했다. 1992년『현대소설의 아비상실』을 내고, 지역 매체에 틈틈이 비평을 선보였으나 일을 오래 잇지는 않았다. 1994년『부산일보』신춘문예에 평론이 당선하여 기세를 올렸던 경남대학교 국어국문학과 출신 김해연의 경우와 다르지 않았다. 그 밖에 김윤식의 꾸준한 현장 비평과 문덕수의 나이를 돌보지 않는 노력이 이어졌다. 이러한 개인 활동과 달리 2000년대로 나

---

68) 대표 작품집으로『한 번, 오직 한 번만의 사랑』·『소리 없이 바람 없이』·『한국의 멋』·『하얀 얼굴의 두 여인』들이 있다.
69) 수필집『닮고 싶은 유산』·『그리운 이름으로』에다 시집『인당수에 부는 바람』·『생각 안에 너는 있고』를 내 시와 평론으로까지 걸음걸이를 키웠다.

아가면서 역내에 연구·비평 소집단이 이루어져 여느 지역과 다른 마산 지역의 개별성을 돋보이게 했다. 1998년부터 2006년까지 14집을 낸 경남지역문학회의 『지역문학연구』가 그것이다.[70) 경남·부산·울산을 중심으로 제대로 된 지역문학 연구·비평지를 겨냥했으나 오래 잇지 못했다. 국가 중앙으로 빨아들이는 일국주의 학술진흥 정책으로 말미암아 지역을 이음매로 삼은 매체 발간 조건이 더욱 어려웠던 탓이다.

1980년대 마산 어린이문학은 꾸준한 발전을 거듭했다. 그러나 양적 확대에 머물렀다는 인상을 준다. 이 점은 전국적으로 어린이 문예물의 상업적 성공과 범람 현상에 맞물린 일로 보인다. 임신행이 자기 자리를 지키고자 했다. 그런 가운데서 1977년 『교육자료』를 통해 작품 활동을 시작한 김재순이 교직 활동을 하는 틈틈이 1995년 동시집 『바람 한 점 앞세우고』를 내고 이어서 1999년 『씨앗 한 알 뿌려 놓고』를 내놓아 어린이문학에 활기를 더했다.

1980년대와 1990년대로 나아가면서 마산 소설은 몇몇 눈여겨볼 작가와 작품집이 나왔다. 1989년 장편 「귀향선」으로 삼성문학상을 받아 문기를 드높였던 김홍섭은 작품집 『귀향선』을 비롯해 『천상의 여인』·『종이배』들을 거듭 내면서 역내 작가 활동이 드

---

70) 창간호부터 14집까지 『지역문학연구』에는 마산 지역문학과 관련한 글을 중요하게 다루었다. 창간호의 김춘수·김수돈이 옮긴 『릴케시초: 동경』 발굴과 논문 「두척산이 지역시 속에 들앉은 모습」을 비롯해, 송상옥·전경린 작품론이 처음이었다. 2호에서는 고루 이극로와 약산 김원봉 장군의 삶을 다루었다. 3호에서는 경남·부산 어린이문학 특집 가운데서 이일래의 동요에 대한 첫 연구물을 올렸다. 이어서 4호에서는 동인지 『청포도』의 발굴, 5호에서는 지하련의 가계와 동인지 『로만파』 발굴이 이어졌다. 10호에서는 정진업 시집 『김해평야』와 이윤재의 출생지 구명이 뒤따랐다. 12호에는 근대 초기 마산 지역의 근대교육과 피란기 동인지 『처녀지』를 밝혀 관심을 기울였다. 초기 주요 회원은 김창식·최재남·최영호·한정호·이순욱·송창우·김봉희·김지은 들이었다.

문 지역 소설계를 홀로 짊어지고자 했다. 함안 출신 전경린은 경남대 독문과를 나왔다. 1995년『동아일보』신춘문예로 문단에 나선 뒤, 첫 소설집『염소를 모는 여자』를 1996년에 냈다.71) 의령 출신 구경미는 경남대학교 국어국문학과를 나와 1999년『경향신문』신춘문예 소설 부문에 당선하여 기세를 떨쳤다.72)

새로운 21세기 문학을 내다보는 1900년대 막바지 마산문학의 가장 커다란 전환은 이영도로부터 비롯한다. 1972년 마산에서 태어나 경남대학교 국어국문학과를 졸업한 그는 1997년 PC통신 하이텔에「드래곤 라자」를 연재하면서 세상에 이름을 알렸다. 그의 소설은 한국 근대문학사의 아날로그 근대성에서 디지털 후기근대성으로 넘어가는 첫 출발을 알린 탄성이었다. 그런 점에서 그는 21세기 마산문학지뿐 아니라 한국문학사의 새 출발에 섰다. 그의 소설은 지나간 문자문학의 인쇄책과 달리 다양한 문화콘텐츠로 개발되어, 나라 밖으로까지 수출해 향유 방식도 바꿨다. 이영도 소설로부터 우리 문학은 비로소 21세기 문화의 시대를 몸으로 즐기기 시작한 셈이다.73)

---

71) 그 뒤로『열정의 습관』·『그리고 삶은 나의 것이 되었다』·『물의 정거장』·『언젠가 내가 돌아오면』을 냈다.
72) 소설집『노는 인간』·『게으름을 죽여라』와 장편소설집『미안해, 벤자민』·『라오라오가 좋아』를 냈다.
73) 전업작가로서 작품에 열중해 1998년 작품집『드래곤 라자』를 처음으로『퓨처워커』·『폴라리스 랩소디』·『눈물을 마시는 새』·『오버 더 호라이즌』·『피를 마시는 새』와 같은 역작을 거듭 냈다.

7. 21세기 마산문학을 향해, 마산문학을 넘어

21세기 문학도 벌써 십 년을 넘어섰다. 해를 거듭하며 빠른 사회 변동이 이어지고 있다. 그런 가운데 지역에 뿌리내리고, 지역을 문제틀로 삼은 지역문학 자리와 앞날은 한결같이 어렵다. 디지털 정보화에 따라 문학사회 형성과 전개 방식이 크게 바뀌었다. 마산이 문학을 이음매로 근대 백 년을 넘게 짚어 온 길은 고스란히 오늘과 내일의 마산을 짚어 보는 길이기도 했다. 어느덧 마무리에 이르렀다.

이 자리에서 편집자로서, 출판인으로서 마산 지역문학을 위해 공을 세운 이윤재·권환에서 김원룡·김용호·박재호·오하룡과 같은 이를 기억할 필요가 있다. 이들 이바지에 의해 적지 않은 지역 문인의 주요 작품집 출간이 가능했고, 지역 문인의 진출과 창작 의욕이 보다 적극적일 수 있었다. 마산 문학문화재 또한 눈여겨 둘 자리다. 김수돈·정진업·박재호의 무덤에다 시의 거리, 마산문학관이 오롯하다. 더욱 다듬을 문학 문화재화인 셈이다. 마무리 자리는 마산문학의 앞날을 위한 몇 가지 제언으로 감당하고자 한다.

첫째, 교사 문단·친교 문단·서열 문단 중심의 문학사회가 바뀌어야 한다. 이 점은 문학사회의 활동과 평가, 모두에 걸리는 말이다. 문학의 요체는 문단이 아니라 작품이라는 원칙 아래 올곧게 애쓰는 좋은 작가가 지역 곳곳에서 자라고 들나며 숨 쉴 수 있을 환경을 마련해야 한다. 연고 정치나 외형을 부풀리는 겉치레 문학이 문학의 본디 바탕일 수는 없다. 근대 제도와 분업 아래 경계나 울타리를 힘껏 쳐올리려 했던 조직은 취향 환경 변화에 따라 어느덧 그늘을 길게 드리운 채 지나간 시기 퇴영물로 몰리고 있다. 지역문학 뒤 세대에게 두고두고 드높이 본을 보일 수 있을 작가와 작품이 많아져야겠다.

둘째, 마산문학 비평가와 연구자 집단이 자랄 일이다. 지나간 십 년 사이 크게 바뀐 문학 연구 환경은 나라 곳곳에 지역문학 연구 기풍을 뿌리내리게 했다. 그 중요 진앙 가운데 한 곳이 마산이었다. 그럼에도 성과를 제대로 보기도 앞서 연구의 존속 자체를 걱정하는 상황으로 몰렸다. 틈만 나면 입에 익은 대로 지역을 매끄럽게 입에 올리는 이들이야말로 어떻게 보면 가장 반지역적 면면일 경우도 적지 않았다. 지역 형성에 가장 중요한 일은 마땅한 지역 담론 창발이다. 그런 점에서 마산 근대문학을 연구하고 비평할 주체 형성이 가로막혔다는 사실은 멀리 보아 지역 뒷날을 제 지역 사람이 나서서 곡괭이로 허무는 일이어서 더욱 심각하다.

셋째, 건실한 문학 향유층 형성을 위해 시민사회와 공공 기구, 언론이 각고할 일이다. 문학 활동은 취향 활동이다. 일찍부터 가꾸고 다듬고 누려야만 제대로 즐길 수 있을 역량이 쌓인다. 이 일을 위해 지역민의 생활문학, 교양문학 취향 향상을 위해 지원과 관심이 더욱 높아져야 한다. 문학 취향을 앞뒤 모르는 시민들의 현시욕을 자극하거나, 허황하게 부풀린 대중의 명성을 쫓아다니는 수준에 놓지 않도록 주의할 일이다. 나날살이 깊이 제 삶의 보람과 뜻을 찾아 나가는 중요 삶의 길 가운데 하나로 자리 잡도록 도와야 한다. 문학 행정을 말하기 어려울 정도로 절차주의로 관료화한 공공기관, 지식 정보의 절대 양질에서부터 지역 선도 역할을 포기한 지역 언론은 어제오늘 일이 아니다. 수동적인 문학 소비자가 아니라, 힘껏 문학 역량을 가꾸는 건전한 시민의 교양문학·생활문학이야말로 지역문학의 보람 있는 자리라는 새삼스러운 자각이 필요하다.

넷째, 문학 행정의 적극적인 문학사회 재구성 노력이다. 오늘날 문학 행정은 지역자치제를 앞세우며 단체나 조직에 업무를 떠맡기는 소극적 업적주의에 빠져 있다. 작품집 발간 지원이나 문학 행사에 대한 재정 배분에나 눈길을 주는 단기 행정에 머물지 않을 수 없다. 그런 점에서 백 년을 넘은 마산 근대문학의 전통과 인습을 발굴, 홍보하고 더 나아가 미래 문학 세대를 겨냥한 문학재화 수집, 연구, 공간 투자와 같은 장기 행정에 힘을 기울일 때다. 문학 행정이 한결같이 지역자치 행정부 장이 지닌 정치 감각에나 휘둘리는 데서 벗어나지 못한다면 제대로 된 마산 지역 형성은 어렵다. 예술문화 가운데서도 지역 재구성과 도시 이미지 창발의 가장 중요한 도구가 문학 담론이라는 사실을 잊지 말 일이다.

마산 근대문학은 19세기 중엽부터 시작하여 격랑 드높았던 20세기를 거치고 이제 새로운 21세기 디지털 문학 환경으로 진화하고 있다. 그사이 숱한 문학인과 문학 조직, 매체, 그리고 사건이 이어졌다. 그들 가운데서는 이룬 바에 합당한 이름을 얻은 데보다 그렇지 못하고 왜곡되거나 거짓으로 덮인 경우도 많다. 어찌 가소롭다 하지 않을 수 있는가. 구체적인 지역과 생활세계에 뿌리내려 온 지역문학이 그러한 문제를 벗어나고자 하지 않는다면 문학이 뒷날 삶의 중요 취향으로 살아남기 힘들다. 21세기 새로운 마산문학을 향해, 그리고 마산문학을 넘어서기 위해 지역사회와 뜻있는 문학인이 분발할 일이다.

마산 근대문학 백 년을 읽는 다섯 가지 잘못

1. 들머리

이즈음 소지역 문학에 대한 관심이 부쩍 높아졌다. 곳곳에서 이름이 드날려진 작가의 생가가 세워지고, 기념 문학관이 들어선다. 주요한 작품의 배경장소도 새로운 문화공간으로 거듭나고 있다. 몇 해 사이에 이루어지고 있는 부산 지역의 향파 이주홍문학관, 요산 김정한 생가 복원과 같은 일도 이와 흐름을 같이하는 일이다. 바람직한 변화다. 마산 소지역도 그런 일에서 예외는 아니다. 2005년쯤에는 비로소 마산에서도 문학관 개관을 볼 수 있을 듯싶다.

마산은 먼 역사 경험으로 볼 때, 가까이 다른 지역에 견주어 강렬하고도 뚜렷한 지역적 정체성을 드러내고 있지는 않다. 가야 고토 김해·함안이나 의열의 도시 진주와는 분위기가 사뭇 다르다. 그런 까닭에 근대 시기로 들어서서 마산 지역이 맞닥뜨린 변화는 매우 급격하면서도, 역동적인 것이었다. 문학 또한 그러한 변화에 걸맞게 다채로운 전통과 빛나는 경험을 보여 준다. 그런 점에서 마산 근대문학 100여 년의 흐름을 짚어 볼 수 있는 전시 공간을 마련하여 지역 시민사회에 한 즐거움으로 되돌리고자 하는 일은 매우 벅차고도 감회 깊은 일이다. 마산시립박물관과 경남·부산지역문학회가 고심한 결과다.

무엇보다 이저리 단편적이고 산발적이었던 마산 근대문학의 전통과 실체를 한자리에 갈무리해 낸 첫 경험과 안목 자체가 지역사회의 값진 문화역량으로 기록될 만하다. 장차 이루어질 마산 지역 시민사회의 문화교양과 문화행정에 한 디딤돌이 될 일이다. 이 글에서는 하루바삐 벗어나야 할 바, 마산 근대 지역문학의 전통을 바라보는 몇 가지 바람직하지 못한 고정관념을 짚고자 한다. 그들에 대한 새로운 이해를 지역사회 안에 요청하는 일로 이번 마산문학 사료 기획 전시에 거는 남다른 기대와 아낌없는 축하의 뜻을 아울러 보내고자 한다.

2. 마산 근대문학의 기원과 장지연

먼저 마산 근대문학의 기원에 관한 문제다. 마산 지역문학을 이야기할 경우 흔히 사람들이 입을 맞춘 듯 맨 앞자리에 올리는 이가 위암 장지연(1864~1921)이다. 1905년 을사늑약을 당하자 내놓았던 「시일야방성대곡(是日也放聲大哭)」이라는 드날려진 논설과 계몽언론인으로서 보여 주었던 여러 저술 활동, 2년 남짓 주필로서 진주에서 『경남일보』를 펴낸 일, 그리고 만년에 8년 남짓 머물렀을 뿐 아니라, 그 연고로 무덤이 마산에 남게 됨으로 말미

앞아 그 점은 힘을 얻고 있는 형국이다. 물론 장지연은 국권회복기 대표적인 언론인이며 문장가 가운데 한 사람이다. 그리고 한 시기 경남 지역의 명망가 문인으로서 이룬 바와 끼친 바가 있다는 점에 대해 이의를 달 사람은 많지 않을 것이다.

그런데 그가 이룬 명성의 거의 모두는 일찌감치 서울을 중심으로 이루어진 것이다. 1909년 『경남일보』 주필로부터 시작하여 경남 지역사회와 맺었던 연고는 의의를 충분히 인정한다 하더라도, 엘리트 문인의 낙백문학적 성격이 짙다. 1910년 경술국치 뒤 이른바 조선총독부에서 한글 신문으로 유일하게 존속시켰고, 그들의 관보 역할을 했던 『경남일보』의 위상을 사람들은 잘 모른다. 지역사회 안밖의 적지 않은 문인이나 지인과 거듭한 친교·통교 활동이 지역 문화계에 끼친 영향은 가볍지 않을 것이다. 그럼에도 마산 근대문학을 말하는 첫자리에서 장지연을 우뚝 세우고, 그를 강조하는 일로써 왜로 제국주의의 침탈과 그 충격 아래 이루어졌을 지역문학의 고심 어린 모습을 서둘러 덮어 버릴 일은 아니다.

장지연의 문장과 같은 근대 초기 상층 지식인 중심의 한문문학은 마산 지역문학의 첫자리를 만드는 한 주요 풍경이다. 분명한 사실이다. 그러나 마산 근대문학의 기원을 말하는 자리에서 늘 전가보도로 쓰일 수는 없다. 근대의 충격이 컸던 진주나 통영, 또는 부산 동래의 경험을 본보기로 1900년을 앞뒤로 한 시기부터 폭넓게 지역사회 전반을 흘렀던 정신 자세와 그 동향을 엿볼 수 있는 1차 문헌과 조직, 기구의 활동을 뒤늦게나마 면밀히 찾아낼 일이다. 그런 과정에서 이미 너무 넘쳐나 버린 장지연 담론도 나름의 균형을 잡을 수 있을 것이다.

3. 주류작가와 이은상의 자리

마산 근대문학의 성과를 말할 때, 사람들은 이은상(1903~1982)을 빼놓지 않는다. 그리고 많은 경우 그것은 이은상에 대한 일방적 관심과 웃자란 애정 표현이라는 점에서 한결같다. 이은상에 앞서서 마산 근대문학이 미미했고, 이은상을 거치고부터 마산문학은 큰 봉우리 아래 작은 능선에 지나지 않는 것으로 이해하기 십상이다. 마산 지역 이저곳에서 빠지지 않고 서 있는 「가고파」 노래비나 지역 문화예술계 전반에 걸쳐 꾸준히 재생산되고 있는 '가고파 담론', 그리고 시조시단에서 막무가내 올려다 놓은 상징적 위상은 이은상 문학에 대한 지역사회의 정전적 지위를 확실하게 보여 준다.

게다가 지역 바깥에서도 한때 '가고파 담론'은 널리 함께할 만한 문화 경험으로서 거듭 작용했다. 그 점은 영화『가고파』, 대중소설『가고파』에서 보는 바와 같은 일면적 차용이나 서사화 과정을 빌려서도 잘 드러난다. 나아가 광복 뒤부터 대한민국 행정부의 정치적·사회적 애국 담론이자 통치 이데올로기 가운데 하나로 꾸준히 중심 자리를 지켜 왔던 이통제사순신 장군의 현양사업과 담론 창출·관리의 중핵 인물로서, 이은상의 위상은 예술문화계에만 그친 것이 아니었다.

그러나 널리 알려져 오래도록 사랑받고 있는 「가고파」의 음악적 상상력이나 추억과 나란하게 이은상 문학이 지닌 명성의 증폭은 한국 근대 주류사회의 정치·교육 제도의 비호가 절대적이었다. 누구보다 굵직굵직한 관변 문화단체의 장을 거쳤을 뿐 아니라, 각급 학교 교과 학습에서 오래도록 정전으로 그의 작품이 오내린 덕을 톡톡히 본 셈이다. 게다가 1950년대 이후 나라 안 곳곳에서 이루어졌던 국가적·씨족적 유적이나 문화재의 가치 재구성에 필요한 한문 번안자·번역자·감수자로서, 또는 영남 문화권력의 주류로서 누린 바 과장된 작품 외적 요인에 힘입은 바 크다. 이미 이은상은 너무 많은 이은상이거나, 굳어진 이은상이다.

따라서 이은상의 시조문학과 학문의 뿌리뿐 아니라, 그의 사회적 입신에 결정적인 스승이며 조력자였던 안자산(1986~1921)·이윤재(1888~1943), 그리고 안호상(1902~1999)·이극로(1897~1982)와 같은 창신학교의 인맥에서부터 지역 기독교계 연고를 비롯한 삶자리의 꼼꼼한 부분까지 본격적인 관심과 연구가 필요한 시점이다. 그런 과정에서 마산의 주류작가로서 의심 없이 받아들여지고 있는 이은상이나 이은상 계열의 미문주의 문학, 아세 기녀문학에 대한 균형 잡힌 시각이 분명하게 드러나리라 본다. 근대 마산 지역의 지적 풍토, 문학적 풍토에 대해 구체적인 터무니를 앞세운 새로운 접근이나 혁신적인 작가 발굴은 그 과정에서 비로소 가능할 일이다.

4. 마산정신과 권환 문학

흔히 마산의 지역성을 일컬을 때, '3·15정신' 곧 1960년 경자마산의거를 들이대는 일이 한 버릇처럼 되었다. 그리고 그 앞뒤 모든 마산의 정신적·사회심리적 뼈대는 그것으로 죄 수렴하는 특성을 보인다. 어느덧 '마산정신'은 절대적이고 신성불가침한 지역가치로 자리 잡혀 버렸다. 따라서 지역사회에 이저런 현안이 있을 때마다 마산정신/비마산정신이니 하면서 이제 '마산정신'이란 말이 의심 없이 받아들여진다. 그러나 그런 한쪽에서는 '마산정신'이 지역사회의 다양한 움직임과 활동을 누르는 새로운 억압기제로 자리 잡고 있다는 사실에 대해서는 눈을 감기 일쑤다.

특정 지역의 지역가치나 지역성이란 숱한 이해관계와 사회심리적 연줄망이 얽힌 복합적이고 중층적인 것이다. 그런 까닭에 기지의 지역성과 미지의 지향가치 사이에서 거듭하는 반성과 검증 작업이야말로 지역을 지역답게 만드는 것이다. 따라서 지역성이란 바로 그 과정에서 드러나는 형성 개념이며, 복합적 연관성이라는 자각이 필요하다. 널리 받아들여지고 있다고 믿고 있는 지역가치에 대한 자각과 반성은 필수불가결한 일인 셈이다. 특정 역사적 시기의 사건과 경과, 그리고 영향의 문제는 편의적이고 단선적인 이해 방식으로 단정 지을 수 없다는 뜻이다. 적어도 인과율을 그대로 따르지 않는다 하더라도 모든 역사적 사건에는 앞뒤가 있게 마련이다.

이러한 시각에서 볼 때, 가장 먼저 이루어져야 할 일은 마산의 근대 시기 지성지·문화지에 대한 섬세한 접근이다. 그리고 그 앞머리에 창신학교나 호신학교로 대표되는 이른 시기 기독교 선교사문화의 영향과 그것의 지역적 이바지에 대한 해명이 놓일 것이다. 중요한 점은 이른 시기 마산 지역의 정신지에서 기독교적 외래 정신은 토착 유교나 대종교의 민족정신과 서로 호혜적으로 결합하면서 매우 생산적이고 뜻있는 지역문화를 꽃피웠다는 점이다. 마산의 대표 인물 거의 모두가 대종교와 기독교계 양쪽의 토대와 의식에 아울러 빚지고 있는 이들이다.

따라서 창신학교 출신인 김원봉(1898~1958)·이극로(1893~1978)·권환(1903~1954)의 대종교적 전통에서부터 이상조(1905~?)·지하련(1912~1960)·강호(1908~1984)·김형윤(1903~1973)·김용호(1912~1973)·정진업(1916~1983)·김태홍(1925~1985)으로 이어진 현

실주의자의 모습은 바로 근대 식민지적 억압에 대한 유형무형의 저항과 극복을 위해 고심했던 마산문화의 빛나는 모습이다. 그리고 그 꼭대기에 아연 계급문학의 열정적인 이론가며, 어린이문학에서부터 희곡에까지 두루 걸친 진취적인 작가 권환의 문학이 지닌 빛나는 뜻이 있다. 1920년대 중반부터 1950년 초기까지 서울과 섬나라, 그리고 마산을 오가면서 한국 계급문학의 성장과 발전, 그리고 피폐의 역사를 온몸에 아로새기다 잊혀 간 이가 권환이다.

그를 빌려서 이른바 '3·15정신' 또는 마산정신은 지나간 근대 시기에 대한 반성적 고심의 첫 장막을 훌쩍 벗어 던져 줄 것이다. 나아가 장차 미래 마산 지역사회 문화의 올곧은 정향을 위한 중요한 지남철로 작동할 것이다. 이제껏 너무 묻히고 너무 모자랐던 권환이다. 그를 둘러싸고 얽혀 들었던 마산 지역사회의 잊힌 역사와 집단적 희생에 대한 복원은 마산 근대 지역문화지를 새롭게 밝히는 중요한 계기가 됨 직한 까닭이다. 어느덧 제 행색을 돌보지 않은 채 지역사회를 농단해 대고 있는 낯 두터운 문화권력이나 토호 집단, 그로부터 이득을 구걸하며 나도는 허명 문학인의 폐부를 깊숙이 찌르는 양심의 칼날로 권환 문학은 날카롭게 빛날 것이다.

5. 문학인에 대한 순혈주의 신화

마산 근대문학은 다양한 계층, 다양한 직업, 다양한 연고를 중심으로 얽혀 왔다. 1920년대 마산 어린이문학 발흥에 주요한 기폭제였던 '신화소년회'의 조직 또한 마산 가까운 여러 지역 소년과 청년지도자들을 중심으로 이룩한 활동이다. 광복기『로만파』동인이나 1950년대『낙타』·『흑상아』·『청포도』들은 이른바 마산 갯가 사람이 아닌 이입 문인 중심의 매체였다.

그들은 왜로 제국주의 해군 거점으로 자랐던 진해의 배후도시로서, 또는 통영·부산을 잇는 뱃길 중심지며 왜로 군벌의 휴양도시로서 지녔던 마산의 변화와 무관하지 않다. 또는 광복기 패전국 섬나라에서 돌아온 동포들의 경험과 맞닿아 있다. 1950년 전쟁부터는 남해안에 길게 머물렀던 피란민의 상시 거점으로서 마산에 몸을 기댔던 이들 가운데 그들의 가족이 있다. 근대 시기 마산은 조선후기 행정 중심지였다 급격히 쇠락의 길을 걷게 된 진주와는 달리 다종다양한 계층과 이입인구로 이루어진 급변과 활력이 가득 찬 도시였다. 따라서 마산 근대문학의 중요한 특성은 지역 태생의, 지역 활동에 머문 순혈주의 문학인의 전통이 아니다. 근본적으로 타지 이입 문인의 다양한 창작·촉매 활동에 터를 둔 혼혈주의적 속성을 보인다.

이렇게 볼 때 국립마산결핵요양소를 중심으로 이루어졌던 문인 환우들의 드나듦이나 피란 경험, 그리고 경상도의 행정·교육 중심지였던 부산의 변두리 지역으로서 마산이 지녔던 문화적 연고는 마산문학의 특징을 이루는 데에 주요한 역할을 떠맡았다. 게다가 통영·고성·창원 지역과 오래도록 이어진 문화적·경제적 연대는 마산문학의 속살을 키우고 방위를 결정짓는 핵심적인 고리로 작용했다. 안자산·이윤재·이극로가 그러하고 김상옥·이영도·임영창·이원섭·박철석·천상병·김남조·조향·이석·김세익·박양·김대규·남윤철·김윤식이 그러하다.

오늘날 마산문단에 이른바 원로로 이름을 얹고 있는 이들이나 출향 문인의 거의 모두는 1950년을 앞뒤로 한 시기의 이입문단·

피란문단과 그들의 활동에 크게 빚지고 그들로부터 알게 모르게 문학적 자양을 받아들인 세대다. 전후 1950년대의 활발했던 마산의 학생문단과 1960년대 이후 마산문학의 흐름은 그들에 대한 혼혈관계, 영향관계를 고려하지 않고서는 설명하기 힘들다. 마산을 대표하는 문학인인 정진업이나 김수돈 시인 또한 부산 지역과 맺은 문학적 연원을 고려하지 않고서는 실체를 잡을 수 없다.

오늘날 마산 지역은 가까운 창원, 진해와 다른 경제적·문화적·심리적 소외와 지역 공동화를 겪고 있다. 이 속에서 마산의 정체성에 대한 새삼스러운 강조와 순혈주의적 유혹에 가득 찬 목소리를 쉬 찾을 수 있다. 그런데 그런 목소리의 주인공일수록 1980년대 이후 마산 문화계에 대물림되고 있는 고질적인 토착 문화권력에 기대 일희일비하고 있는 무기력한 인사이기 십상이다. 오늘날 지역 시민사회의 외면과 문학이라는 드높은 경계 안에서 더욱 고질로 자리 잡아 가고 있는 문학사회의 문제점도 마산이 지닌 오랜 개방적이고 역동적인 지역 경험과는 거리가 멀다. 마산 근대 경험의 주류는 한국의 어느 주요 항구보다 다종다양한 이입인구, 외래문화와 얽힌 혼혈 경험에서 비롯한 바다. 마산 근대문학을 바라보는 눈길 또한 바람직한 자리에 들어서기 위해 지역 사회 안팎으로 발전적 해체를 서둘러야 할 일이다.

6. 문학 향유에 대한 개방 인식과 마산문학관

이제껏 우리 사회의 문학에 대한 이해는 작품이나 작가 중심이었다. 그러다 보니 문학에 대한 관심은 중요 작가에 대한 과도한 신화화, 작품에 대한 막연한 학습·독서 경험에 뿌리를 내린 '강요

된 문학', 억압적인 문학 활동이기 쉬웠다. 문학이 나날살이와 사뭇 떨어지고, 학교 학습 평가에 얽매인 재미없는 취향문화로 나앉아 버리고 말았다. 게다가 문학창작 또한 즐겁고 뜻있는 경험이기보다는 어렵고 귀찮은, 또는 어찌할 수 없이 해치워야 할 일거리로 종종 눈총을 받는다.

그러다 보니 나날살이의 여러 취향문화 가운데서 보람된 언어관습으로서 문학의 실상에 대한 적확한 이해의 길은 가로막혔다. 문학의 구체적인 실천으로서 지역문학은 아예 지역사회 안에 존재하지 않았다. 몇몇 유명 작가나 관변 문인단체의 행사 보도 기사, 내실 없는 작품집 발간이 지역문학의 실체는 결코 아니다. 그러다 보니 문학은 문단에 이름을 얹은 몇몇 조직·단체 구성원의 내부 활동이나 문학 경계 건너의 오리무중인 활동이기 쉬웠다. 지역민의 나날살이 속에 살아 있는 창조적 경험으로서 지역문학의 자리는 아예 없었고, 닫혀 있었다 해서 지나친 말이 아닐 것이다.

이러한 문제점은 뿌리에서부터 지역문학에 대한 이해의 잘못에 있다. 문학 향유는 작가나 작품을 향한 이해 활동이나 성과에 대한 하향적 학습 경험이 아니다. 문학사회를 구성하는 여러 요인들, 다시 말해 당대적이건 미래적이건 문학 생산과 소비의 주체인 작가층이나 학생, 시민사회 구성원에서부터 시작하여 문학 유통을 관리·조절하는 서점·출판 매체나 유통기구, 거기서 나아가 그것을 엮어 주는 주요 이음매로서 지역의 문학 기간시설이나 자치행정부의 문화행정, 각급 제도 교육 현장이 바로 문학 향유의 너르고도 굳건한 바탕이다. 따라서 마산 문학의 전통에 대한 관심도 이들에 대한 이해와 조사·연구 없이는 공염불에 그칠 따름이다.

이즈음 주요한 지역문학 기간시설로서 마산문학관 건립을 진행하고 있다. 그 일 처리가 매우 관심을 끈다. 비로소 마산 지역사회에 근대문학의 전통을 향한 본격적인 1차 문헌의 수집과 조사·연구의 계기가 마련된 까닭이다. 근대 시기 백 년을 넘는 동안 마산 지역 문학사회의 다종다양한 활동은 사실 거의 잊혀졌다. 지역사회는 그저 이은상이니 이원수만 들먹거리면서 그 그늘 아래 숨어 버리는 손쉽고도 얼빠진 길을 택해 왔다. 그렇지 않으면 그들 아래 빌붙어 이익을 꾀하거나, 지역 안밖의 동의와는 무관한 자격 미달의 문화거간꾼·문학호사가들이 벌이는 비문화적 작태나 모리에 놀아나는 길을 따랐다.

이제 지역 사회 안쪽에 비로소 제대로 된 문학 연구와 성찰의 제도적·행정적 기반을 마련하게 된 셈이다. 장차 마련할 마산문학관으로 말미암아 오랜 마산문학의 전통에 대한 깊이 있는 이해와 문학행정에 대한 전문적인 구성력은 마침내 마산 지역 시민사회의 문화역량으로서 고스란히 뒤 세대에게 되돌려질 것이다. 지역사회에 나도는 문학 인습의 고리를 끊고 실질 있는 지역문학의 민주화, 시민사회의 문화능력 향상과 문화권 보장을 위한 주요한 매듭이 마산문학관이다. 마산음악관·마산시립박물관·문신미술관과 더불어 마산문화의 중핵 요소며 시설로서 품격 높게 출발할 수 있기를 바란다.

7. 마무리

어린이와 가정의 값어치가 새롭게 드높아지는 4월과 5월이다. 이 푸른 나날 속에서 마산시립박물관과 경남·부산지역문학회가 지역사회를 위해 마련한 뜻있는 행사를 앞두고 짧고 거치나마 기대감을 표시했다. 마산 근대문학의 바람직한 이해를 위해 짚어 두어야 할 다섯 가지 잘못을 내세우고, 그에 대한 성찰을 이끌어 내고자 한 방식이었다. 더 깊은 논의가 필요할 일거리다. 그러면서 많은 문제점을 숨겨 두고 있는 자리이기도 하다. 근대 시기 마산문학의 전통과 활동상을 죄 갈무리하기에는 모자람이 있음에도 이번 전시공간이 그런 점에 대한 자각까지 불러 일으킬 수 있다면 다행이다. 맨 뒤에서 새로 세워질 마산문학관에 대한 기대를 글쓴이가 강조하지 않을 수 없었던 까닭이다.

마산은 근대 시기 100년을 넘는 동안 다른 어느 지역보다 드높은 격랑과 변화의 중심에 놓여 있었던 항구도시다. 그 속에서 겪고 일구어 냈던 우리 겨레 구성원과 마산 지역민의 고통, 환희의 경험, 진실은 무엇으로 밝힐 것인가? 문학은 그러한 마산 지역사회의 좌절과 꿈의 집단적 기억을 가장 잘 갈무리하고 있는 문화 관습이다. 그리고 앞으로 무엇을 거듭 기억하고 재창조해 나갈 것인가를 제시하는 나침반이다 이번 기획 행사로 말미암아 마산 지역 시민사회 안쪽에 우리가 선 자리와 나아갈 자리에 대한 새삼스러운 헤아림과, 문학을 빌린 각별한 문화 향유의 즐거움이 가득하기를 바란다.

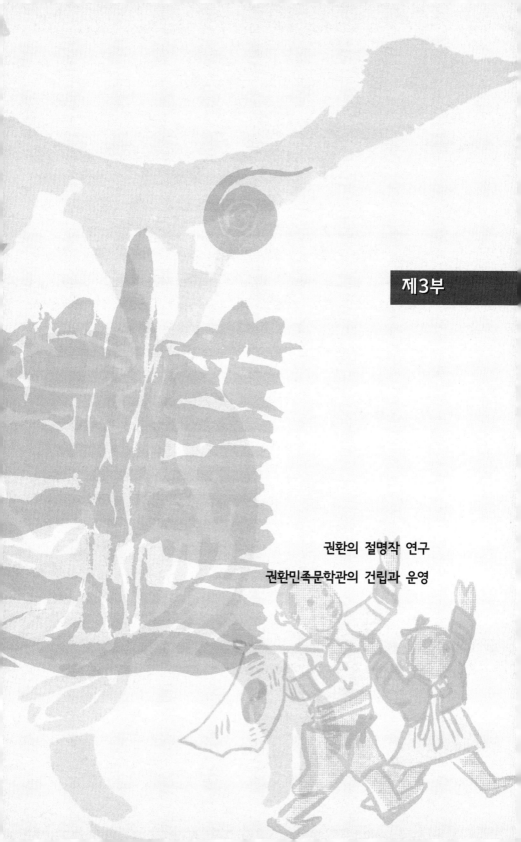

제3부

권환의 절명작 연구

권환민족문학관의 건립과 운영

권환의 절명작 연구

1. 들머리

　권환(1903~1954)의 만년에 대해 알려진 사실은 많지 않다. 을유 광복 뒤 조선문학가동맹 서기장으로 이름을 올리고 문학사회 앞자리에 잠시 나섰던 그다. 그러다 벗들이 월북하거나 전향하는 1948년 무렵 고향 오서리 넘어가는 고개 아래인 마산 월영동 4가 15번지 비탈로 내려왔다. 거기서 전쟁기 세 해를 보낸 뒤 비 오는 7월 29일 이승을 떴다. 그사이 행적에 대해서는 마산국립결핵요 양소 입원과 병원 요양, 그리고 마산중학교(마산고교) 독어강사 생활 정도만 알려져 왔다. 경도제대 졸업 무렵인 1929년부터 발 병한 뒤 1930년대 초기 카프 중앙의 투쟁 활동과 옥고를 거치며 더욱 깊어졌던 결핵을 껴안고 산 그였다. 전쟁을 거치는 엄혹한 환경에다 약을 제대로 쓸 수 없는 가난 속에서 극렬 계급주의자 문인의 삶이 모습을 드러내기란 어려웠을 것이다. 가까운 시기의 일임에도 그의 만년에 대한 기록이 별반 남아 있지 않을 까닭은 충분했던 셈이다.

그렇다고 마산 귀향 이후 권환이 겪었던 삶과 문학 동향에 대한 조사·연구를 밀쳐 둘 수는 없다. 이 글은 그런 문제인식 아래 이제껏 알려지지 않았던 권환 만년의 절명작 세 편을 새로 발굴해 널리 소개함으로써 그 일을 거들고자 한다. 병상에서 쓴 평론 「병중독서잡감」·「병상독서수상록」 그리고 시 「선창 뒷골목」이 그것이다. 이들은 1946년 『신문학』 11월호에 실었던, 시 「병상독음－일하고 있는 여러 동무들께」를 끝으로 발표를 볼 수 없다고 알려진 그의 마지막 작품이다. 이제 이들을 알리면서 이제까지 비어 있었던 광복기 이후 권환의 삶과 문학에 대한 줄거리뿐 아니라, 그를 둘러쌌던 지역 문학사회 동향까지 엿볼 수 있는 기회를 얻었다. 논의는 먼저 절명작이 나오게 된 배경과 그를 빌려 유추할 수 있는 만년의 삶을 따라가 보기로 한다. 이어서 병상 평론 두 편과 절명시 「선창 뒷골목」에 대한 두루풀이에 이르는 순서를 따를 것이다.

2. 권환의 만년과 절명작 둘레

이 글에서 발굴·보고할 권환의 절명작 세 편에 대한 문헌 사항은 아래와 같다.

① 권암(權岩), 「병중독서잡감(病中讀書雜感): 우리 고전문학(古典文學)을 중심으로」(1)·(2), 『경남공보』 8호·9호, 경상남도, 1952. 9, 26~31쪽; 1952. 10, 12~13쪽.

② 권하석(權河石), 「병상독서수상록(病床讀書隨想錄): 고전을 주로」(1)
·(2)·(3), 『경남공론』 통권 25호(송년호)·26호(신춘호)·통권 27호,
경상남도, 1954. 12, 66~74쪽; 1955. 2, 31~40쪽; 1955. 4, 34~39쪽.[1]

③ 고(故) 하석(河石), 「선창 뒷골목」, 『경남공론』 통권 28호, 경상남
도, 1955. 6, 75쪽.

세 편 모두 본명 '경완'이나 세상에 알려진 필명 '환'을 쓰지
않고 필명 '암(岩)'이나 호 '하석(河石)'을 썼다. 「잡감」은 그의 생
시 2회 연재, 「수상록」[2]은 사후 3회 연재하였다. 그리고 「수상록」
에 이어 시 「선창 뒷골목」이 실렸다. 이렇듯 경상남도 기관지 『경
남공보』·『경남공론』[3]에 작품을 실을 수 있었던 기회는 벗이자
당시 편집에 중요 조력자였던 이주홍[4]의 주선이었다. 이주홍은
1947년 부산으로 내려온 뒤 동래중학교를 거쳐 부산수산대학교
교수로 자리 잡고 있었다. 마산에서 어렵게 살고 있었던 권환에
게 변변찮은 원고료라도 챙겨 도움을 주고 싶었을 그다. 1952년

---

1) 『경남공론』은 연도를 단기로 적었다. 1954년 치는 1월부터 3월까지 잘못 적어
앞선 해와 같이 단기 4287년으로 적혔다. 그러다 4월부터 4288년, 곧 1955년으
로 바로잡혔다.

2) 앞으로 본문에서는 「잡감」과 「수상록」으로 줄여 쓴다.

3) 『경남공보』·『경남공론』은 경상남도 기관지다. 1946년부터 도정 선전, 홍보지
로 나오다 전쟁기인 1951년 11월부터 월간지로 바꾸면서 속살을 교양문화지로
넓혔다. 그때부터 문학의 비중이 높아졌다. 호수도 1호부터 새로 매겼다. 달마
다 10일에 내다 1952년 7월 5·6호 합호부터 1일로 바꾸었다. 1953년 2월부터
이름을 『경남공론』으로 고쳤다. 1962년까지 80권 가까이 냈다. 월간을 지키지
못해 합병호나 결호가 적지 않았음을 알 수 있다. 찍은곳은 부산의 태화인쇄소
(대표 추성구)였다. 1963년 1월 부산시가 부산직할시로 경상남도와 완전히 나
뉘자, 『경남공론』은 『새경남』으로 바뀌었다. 도나 시의 기관지라는 쪽에서 『경
남공보』·『경남공론』은 부산시의 『부산시보』(주간)·『부산시론』(월간), 대구시
의 『시정월보』, 경상북도의 『도정월보』와 맞물리는 출판물이었다.

4) 『경남공보』가 11호를 내는 동안 이주홍은 5회에 걸쳐 수필과 소설을 실었다.

먼저 「잡감」을 생시에 발표할 수 있도록 했다. 그리고 권환이 죽음 앞에 무너졌다는 소식을 듣고 누구보다 먼저 달려갔다. 벗의 책상머리에 남아 있었던 원고를 챙기고, 아내 조승희 여사를 위로했다. 「수상록」과 「선창 뒷골목」이 그렇게 부산에서 발표된 것이다.

지난여름 작고한 외우(畏友) 하석 형은 일직이 독문학을 전공하는 분이면서 해방 후 요양소에 입소하고 난 다음부터는 일방 투병을 하면서 일방 국문학 연구에 여념이 없이 수차로 귀중한 연구를 발표한 바 있었다. 여기에 연재하는 논고는 임종 즉전(卽前)까지 써 나가던 것으로서 광저(筐底)에 있는 것을 발견하여 여기에 발표한다. 고전문학의 이해와 천착에 있어서 일직이 아무도 손대어 보지 않았던 깊이가 있는 것으로서 이 방면에 유의하는 전문가들에게는 적지 않은 도움이 있으리라고 믿는다. 이날 발표된 것을 못 보고 명목한 형이 또 한 번 애석해짐을 금하기 어렵다.

― 향파

이주홍은 「수상록」을 권환이 "임종 즉전까지 써 나가던 것"으로 "광저에 있는 것을 발견하여" 발표한다고 했다. 권환의 영면 직후 그의 손에 유고가 갈무리되었음을 잘 알려 준다. 게다가 "국문학연구에 여념이 없이 수차로 귀중한 연구를 발표한 바 있었다"는 말은 되짚어 봐야 한다. 글쓴이가 확인한 「잡감」・「수상록」말고도 평론 발표가 더 있었다는 뜻인 까닭이다.5) 오늘날 『경남

---

5) 「수상록」에 앞서 「잡감」은 한 차례 두 번에 걸쳐 실렸다. 그 일을 두고 이주홍이 '수차로'라 적었을 리는 없다. 현재 권환 임종 직전후의 『경남공론』조차 모두 갈무리하고 있지 못하다. 따라서 두어 편 정도 더 있을 가능성은 열어 두어

공보』와 『경남공론』을 다 볼 수 없는 현실이니 확인하기는 어렵다. 그럼에도 향파의 붙임말은 권환의 만년에 대해 다음과 같은 세 가지 사실을 확인시켜 준다. 첫째, 광복 뒤 영면하기까지 겪었던 "요양소 입소" 사실이다. 둘째, 국문학 관련 평론을 더 발견할 수 있을 가능성이다. 셋째, 이 글에서 밝힐 세 편은 "임종 즉전까지" 쓴 글, 곧 절명작이다. 따라서 작품의 외적 문맥은 분명하다. 곧 광복기와 전쟁기, 그리고 전후 임종에 걸친 시기가 그것이다. 그렇다면 권환은 어떤 까닭으로 '국문학 연구' 집필로 옮아갔는가? 그 동인을 짚어 볼 필요가 있다. 「잡감」의 1장 '단서(斷書)의 고통'과 「수상록」의 1장 '독서벽(讀書癖)'에서 손수 밝힌 자리가 큰 터무니를 이룬다.

① 글을 읽고 씀으로써 일생을 보내던 자가 한동안 글을 끊는다는 것은 정말 밥 먹고 살던 자가 단식하는 이상의 고통이었다. 글의 갈증과 허기가 견디기 어려웠다.

(…줄임…)

장구한 동안 글과 절연하고 있다가 약 일 년 반 후 병세가 조금 호전함을 따라 처음 몇 달은 신문만을 그다음 몇 달은 잡지까지만 읽다가 약 일 년 후에야 비로소 일반 단행본의 서적까지 읽었다. 그것도 처음엔 부드러운 소설 수필류부터 차차 점진적인 학술 논문까지 읽게 되었다.

그러는 과정에서 나는 우리 고전문학에의 향수를 느꼈다. 우리 고전이라면 우리는 어떠한 문학을 하고 있드래도 응당 상식적이나마 알아야 할 그것을 나는 건강할 때엔 대단치도 않은 이유로 한 권도

야 하겠다.

읽지 못하여 그 윤곽마저 모르고 있다.

—「잡감」 가운데서6)

② 나는 요양 생활에 들어간 후부터 근 십 년간 인생의 낙이란 전연 모르고 지내왔다. 부귀, 공명, 강령(康寧) 등등 모든 낙이 나에겐 하나도 없을 뿐 아니라 그와 반대인 병, 빈(貧), 고독, 우배(憂盃), 고통이 있을 뿐이다. 청춘시절에만 가질 수 있는 행복과 쾌락은 더구나 있을 수 없다. 한 잔 술 한 목음 담배의 일시적 낙은 원래부터 나에게 없다. 그래서 근 십 년간 찰나 동안이라도 낙과 기쁨은 느껴 본 적이 없으며 단 한 번이라도 간담(肝膽) 속에 울어나온 유쾌한 웃음을 웃어 본 일이 없다.

(…줄임…)

그러나 나에게도 담담한 특수적 낙이 있을 때가 있다. 그것은 읽고 싶은 책을 읽을 때이다. 낮이나 밤이나 읽고 싶은 책을 읽을 그 동안에는 모든 우수와 고통을 잊어버린다. 읽고 싶은 책을 여기저기 구하다가 필경 손에 들어올 그때엔 참으로 나로서는 가장 큰 낙과 기쁨을 느낀다. 그러나 나는 먹고 입는 것도 못하는 형편이니 돈으로 책 사보는 건 생각할 수도 없다. 또 건강관계로 책 가진 친구들을 찾아다니거나 고책점(古冊店)을 돌아다닐 수도 없다.

그러나 또 이렇게 모처럼 얻은 책은 대개 단기일 내 반환할 책이니 충분히 열독(熱讀) 완미(玩味)할 수도 없고

(…줄임…)

원래 어떠한 연구나 저술의 참고자료로 읽는 것이 아니니 체계나

---

6) 권환의 원문은 매우 잦은 한글한자섞어쓰기 맵시를 지녔다. 이 글에서는 이해가 더 필요한 한자말 말고는 모두 한글로 고쳐 올린다. 그리고 인용문에 대한 출전은 따로 밝히지 않았다.

질서가 있을 리 없다. 그러나 나는 또 닥치는 대로 덮어놓고 읽지는 아니한다. 그것은 '에네르기'와 시간의 낭비인 때문이다. 내 딴은 어떠한 필요와 흥미로 유익하다고 생각되는 것만 읽는다. 그중에서 얻은 몇 가지를 차례 없이 적은 것이 이 수상록이다.

—「수상록」 가운데서

옮긴글에서 세 가지 사실을 짐작할 수 있다. 요양의 경과와 병상 평론을 쓰게 된 근인·원인이 그것이다. 첫째, 요양의 구체적인 경과다. 앞에서 짚은 이주홍의 「수상록」 붙임말에서 "해방 후 요양소에 입소하고 난 다음부터"라 하여 권환의 요양 생활을 말한 바 있다. 그런데 위에 올린 ①과 ②에서는 그 점에 대해 보다 구체적인 정황을 밝혔다. ①에서 "장구한 동안 글과 절연하고 있다가 약 일 년 반 후 병세가 조곰 호전함을 따라 처음 몇 달은 신문만을 그다음 몇 달은 잡지까지만 읽다가 약 일 년 후에야 비로소 일반 단행본의 서적까지 읽었다"는 진술이 그것이다.[7] ②에서 권환은 "요양 생활에 들어간 후부터 근 십 년간"이라고 적고 있다.

---

7) 「잡감」이 발표된 1952년 9월에 한 달 정도 앞선 최대 8월을 잣대로 볼 때, "일 년 후에야 비로소 일반 단행본"을 읽었다 한다면 1951년 8월 어름부터 읽었다는 뜻이다. 그리고 "처음 몇 달은 신문만을" 그리고 "그다음 몇 달은 잡지까지만" 읽었다는 말을 따른다면 그 기간은 잠정적으로 최대 6개월을 넘지 않을 것이다. 왜냐하면 권환은 1년과 반(6개월)을 단위로 쓰고 있는 까닭이다. 따라서 "처음 몇 달"과 "그다음 몇 달"은 최소 4개월에서 최대 10개월 정도일 것이다. 그렇다면 1950년 10월부터 1951년 4월 사이다. 다음으로 "약 일 년 반 후 조금 병세가 호전"된 시기가 있다. 1948년 4월부터 1950년 6월까지 사이다. 그리고 그 이전 "장구한 동안 글과 절연"한 요양 시기가 그에게 있었다. 이때 '장구한'이라는 글을 읽지 못한 감정적 과장이 섞인 표현이라 하더라도 권환이 구체적으로 적고 있는 "일 년 반"보다는 긴 기간이었을 것이다. 그렇다면 적어도 2년 이상을 뜻한다고 본다면 1946년 4월부터거나 1948년 6월 사이다. 그 이전부터 글을 읽을 수 없을 정도의 요양 생활을 했다는 뜻이다.

임종 직전 해인 1954년 7월을 잣대로 볼 때, "근 십 년간"이란 최대 1944년 7월에 앞선 어느 때다. "근 십 년간"을 십 년에 가깝다는 뜻으로 본다면, 권환이 적어도 그때부터 '요양'을 시작했다는 뜻이다. 이와 관련해 눈길을 끄는 점은 그가 경성제국대학부속도서관 직원으로 일하고 있을 당시인 1943년 8월과 1944년 12월에 이어서 시집을 내고 있는 자리다.

벗 임화가 꾸렸던 일성당서점에서 1944년에 낸 『윤리』는 두 종류가 있다. 12월 15일 발행본과 12월 25일 발행본이 그것이다. 10일 간격을 두고 나온 두 권 가운데 25일본에서는 권환의 전향에 대한 표지를 분명히 드러냈다.[8] 이미 깊숙이 체제 내화되어 있었던 임화에 의해 사전·사후 검열을 맡았던 출판물에서 전향의 표지를 뚜렷이 한 것은 권환의 요구라기보다 바깥의 강요나 조정에 따른 결과로 보인다. 그리고 그 점을 분명히 해야 했을 자리는 구체적인 요양 생활의 보장을 위해 이른바 조선총독부의 협조가 필요했을 상황이다.[9] 1943년 8월 『자화상』을 내고 나서

---

8) 15일 발행본에는 저작권지에 "저작 겸 발행자"를 임화로 적었다. 그런데 25일 발행본은 저작자와 발행자를 따로 나누어 '권전환(權田煥)'이라 왜로성이름으로 고친 이름과 발행자 임화를 나누었다. 그리고 권환의 해적이를 붙였다. 부왜 단체 '대화숙' 소속뿐 아니라, '김해박간농장원'과 '경성제국대학부속도서관 사서'까지 적었다. 그리고 15일 발행본에서 잘못 적힌 본문을 바로잡은 '정오표'를 더했다. 표지는 둘 다 이주홍이 그렸다.

9) 광복 이전 권환이 냈던 두 권의 시집이 임화가 꾸렸던 출판사에서 나온 점이 의미심장하다. 1934년 카프 검거에서 빠지기 앞부터 임화는 이른바 조선총독부 고등과와 내밀 관계를 맺고 있었던 것으로 보인다. 1940년대 초기로 들어서면서 그 점은 더욱 강화되었을 것이다. 당대 출판업이 가능한 두 가지 전제는 사상적으로 부왜 노선이나 그에 이바지하리라는 체제의 확신과 아울러 출판을 위한 종이 배급이라는 조선총독부의 시혜가 필수적이었다. 그런 자장 안에서 임화는 일정하게 왜로 제국주의에 복무했다. 그런 점에서 한 권 시집의 2회 출판이라는 희귀한 경우에 임화의 회유와 그에 따른 권환의 갈등이 도사린 것으로 볼 수 있다.

1944년 7월 이전 어느 시기부터 병환이 악화하여 권환의 표현대로 "글과 절연한" 심각한 "요양 생활에" 들어가게 된 것이다.

따라서 ①과 ②를 빌려 볼 때, 권환은 1944년 어름부터 병고가 깊어 책을 읽을 수 없을 정도의 상태로 광복을 맞았다. 그러다 1946년 조선문학가동맹의 제1차 문학가대회에 사회를 맡을 시기 잠시 문학사회에 얼굴을 내밀었다 다시 요양 생활에 들어갔다. 그러다 1948년 4월부터 1950년 6월 이전 어느 시기에 마산으로 내려왔다. 마산결핵요양소에서 1년 남짓 입원 생활을 거쳐, 대동병원과 봉성각의원에서 치료를 받았다.10) 병세가 호전되기 시작한 것이다. 신문과 잡지라도 보게 된 시기가 그 무렵이었다. 그러다 1951년 8월부터는 단행본을 읽을 정도로 나아졌다. 1952년 봄 학기부터는 마산중학교 강사 생활에 나섰다. 따라서 권환의 병상평론은 1948년 귀향 이후부터 틈틈이 이루어진 독서에서부터 가깝게는 바깥출입이 가능할 뿐 아니라,11) 강사 생활을 할 수 있을

---

10) 권환의 마산살이를 가장 꼼꼼하게 다룬 한정호는 권환이 1931년 무렵 결핵을 앓기 시작해 병마에 시달렸다고 보았다. 광복 뒤 그는 조선문학가동맹 조직 활동에 이름을 올리고 있지만, 실제적으로는 병마가 깊어 1946년 서울대병원에 입원하기도 했다. 그때 박헌영이 병문안을 왔다 한다. 아마도 조선문학가동맹의 '제1차조선작가대회' 행사를 마친 직후였을 때다. 1946년 8월 6일에 썼던 「병상독음: 일하고 있는 여러 동무들께」의 기록은 그의 병상 가료를 구체적으로 알게 한다. 그리고 1948년 마산으로 내려온 뒤 바로 마산결핵요양소 입원 가료를 시작했을 것이다. 이어서 마산 교통병요양원(그 뒤 마산철도병원)을 오가며 치료를 받았다. 한정호, 「권환의 행보와 마산살이」, 『지역문학의 이랑과 고랑』, 도서출판 경진, 2011, 219쪽.

11) 권환이 책을 빌려 보기 위해 진해로 권오신을 방문했다는 구술 시기와 일치한다. 그는 권환을 마산중학교 독어 강사로 주선했을 집안 아저씨 권영운(당시 마산여자중학교 교장)의 둘째 아들이다. 그에 따르면 진해여고 교사로 일할 때인 1951~1952년 무렵 어느 날, 권환은 구상하는 일이 자꾸 막혀서 이를 해결할 책을 읽어 봐야 한다며 진해까지 왔다 한다. 권오신은 공과 계열 과목을 맡고 있어 권환이 원하는 문학 관련 책을 지니고 있지 못해 도움을 주지 못했다.

정도의 몸이었던 1951년 8월 어름부터 이루어진 독서 체험이 바탕이 된 독후문인 셈이다.

둘째, 병상 평론을 쓰게 된 동기다. 이것은 근인(近因)과 원인(遠因) 그리고 내인(內因)과 외인(外因)으로 나누어 볼 수 있다. 먼저 근인이다. 권환은 ①에서 "글을 읽고 씀으로써 일생을 보내던 자가" "글을 끊는다는 것은" "단식하는 이상의 고통"이라 말한다. "글의 갈증과 허기"를 견디기 어려웠다. 오래 "글과 절연하고 있다" 병세가 호전함에 따라 그는 "손에 들어오는 대로 이것저것 섭렵"하였다. ②에서는 빈궁과 병고 속에서도 읽고 싶은 책을 손에 넣을 때면 "가장 큰 낙과 기쁨을" 얻었다. 독서는 자신에게 "유일한 생활이며 의식 다음엔 가장 중요한" 생활이라 했다. 그리하여 우리 고전 작품을 중심으로 동서양의 고전, "내외국 잡지와 신문 투고란"까지 "초독(初讀) 재독(再讀)"을 하였다. 그리하여 "체계나 질서를" 갖추지는 않았지만 그 결과를 간추려 적은 것이 「잡감」이며 「수상록」이라 말한다. 병상 평론을 쓰게 된 권환 안쪽의 내인이 분명해진 셈이다. 글 읽고 쓰는 이의 운명적인 "갈증과 허기"가 그것이다. 이런 정황 아래서 그를 격려·독려할 뿐 아니라, 발표 지면까지 마련해 준 이주홍의 힘이 외인으로 작용했을 것이다.12)

셋째, 병상 평론을 쓰게 한 원인(遠因)이다. 권환의 평론은 전문

2시간 남짓 이야기하다 그냥 마산으로 돌아갔다. 한정호, 앞서 든 책, 221쪽.
12) 이주홍은 동래중학교와 부산수산대학교에서 국어문학을 가르칠 때, 교재를 손수 만들어 썼다. 그때 만든 『이조문학 개관』(유인본, 1949)이나 『국문학발생서설 1』(유인본, 미상)과 같은 교과용 책을 권환에게 보냈을 것이 틀림없다. 무엇보다 문학 안밖으로 어려운 처지에 놓여 있었던 권환에게 사상적으로 걸림 없을 국문학 쪽으로 관심을 갖도록 독서열과 탐구열을 자극했을 것이다. 그리고 쓴 글을 발표할 수 있도록 자리를 마련해 주는 일에도 이주홍은 앞장섰다.

학자나 둘레 문화인이 자신이 지닌 지식을 일반을 상대로 쓴 총설 형식이나 가볍게 풀어 쓴 수필과 같은 꼴이다. 이런 본보기는 나라잃은시대에도 적지 않았다. 광복기에는 그들을 묶은 낱책이 수필집이나 수상이라는 이름을 붙여 여럿 나왔다.[13] 본격 현장 비평이나 연구라 할 수 없어 '잡감'·'수상록'이라 이름을 붙여 권환이 병중 평론을 내놓도록 이끈 내인이었음 직한 본보기다. 원인 가운데서 외인으로는 당대 상황을 들 수 있다. 권환이 병상 평론 대상 독서를 할 시기는 아무 책이나 볼 수 있을 때가 아니었다. 사회주의·계급주의 계열의 책은 불온서로 폐기 처분을 당하던 때다. 다양한 독서 자체가 막히고 이념 표출 또한 억눌렸다. 글을 읽고 쓰고자 했을 그에게 열려 있는 유일한 가능성은 당대 비평 현장을 벗어나 지나간 우리 고전문학이나 세계 고전으로 물러서는 길이었다. 게다가 광복기부터 전쟁기에 이르는 시기는 우리 고전문학에 대한 읽을거리나 참고 도서 출판이 봇물 터지듯 활발했다. 손쉽게 그런 분위기에 다가설 수 있었던 때다. 그리고 그런 독서 사이사이 시창작을 멈추지 않았다. 이주홍이 1편만 챙겨 발표했지만, 적지 않은 습작 가운데서 대표적인 것을 골라 온 경우였음이 분명하다.

이제까지 권환의 절명작 가운데 두 편의 병상 평론을 중심으

---

13) 권덕규, 『을지문덕』, 정음사, 1948. 이재욱, 『독서와 문화』, 조선계몽문화사, 1947. 방종현 외, 『조선문화총설』, 일성당서점, 1947. 홍기문, 『조선문화총화』, 정음사, 1946. 이 가운데는 경성제국대학교 도서관 일을 보았던 권환에게 직접적인 본보기가 되었을 것도 있다. 같은 도서관 업무를 보면서 글을 발표하고, 그것을 광복 뒤 낱책으로 냈던 이재욱의 경우가 그것이다. 동시대에는 1920년대 후반부터 가까운 벗으로서 계급문학 활동을 함께했던 벗 손풍산이 1952년 『경남공보』 3호와 4집에 전쟁기 어려운 시정을 다룬 「노변잡감」이라 하여 '잡감'을 붙인 수필을 발표한 적이 있다.

로, 그것을 쓴 내력과 쓰게 한 동인을 짚어 보았다. 권환은 1944 년 무렵부터 구체적인 요양과 가료가 필요할 만큼 병세가 깊어졌다. 1948년 무렵 귀향해 요양 생활을 거듭하면서 기운을 차리기 시작했다. 그때부터 뜻한 책을 찾아 읽는 생활을 시작할 수 있었다. 병세 호전이 근인 가운데서도 내인이었던 셈이다. 그리고 그일에 부산 이주홍의 격려·독려가 가까운 외인으로 작용했을 것이다. 또한 원인 가운데 내인으로는 전문가의 대중을 향한 가벼운 수상이나 비평 글에 대한 권환의 사전 독서 학습이 작용했을 것이다. 거기다 구체적인 현실 이념을 내세울 수 없었던 시대 환경이 외인으로 보인다. 열렬 계급주의자며 현장 비평가인 그가 지나간 우리 고전문학이나 동서양 고전으로 눈길을 돌려 그것에 대한 독서와 그 체험을 남긴 특별한 활동은 근인·원인, 내인·외인이 복합적으로 이룩한 결과라 할 수 있다. 이제 다음 장에서 그들의 속살을 살펴볼 일이 남았다.

3. 병상 평론과 현실주의 원칙

권환은 신문 서평·단평을 아울러 채 30편을 넘지 않은 평론을 남겼다. 그런데 이번 병상 평론은 길이에서부터 여느 것보다 길다. 게다가 우리 고전과 동서양 고전에 두루 걸치는 이채가 뚜렷하다. 이들 둘의 속살을 살피는 길에는 두 가지가 있다. 첫째, 둘을 하나로 녹여 특정 갈래나 작품 경향, 또는 주제와 같은 일반 잣대를 중심으로 갈라서 살피는 방법이다. 권환의 관점을 뚜렷하게 하는 데는 좋은 길이다. 다른 하나는 두 편의 속살을 차례대로 짚고, 맨 뒤에 그들의 특성을 귀납해 보는 방법이다. 이 글은 새로운 작품의 발굴·소개에 초점을 둔다. 따라서 두 번째 방법에 따라 속살에 다가서기로 한다.

1) 「병중독서잡감」

「잡감」은 9장으로 이루어졌다.[14] 중심 속살은 "우리 고전문학"에 대한 독서 경험과 이해를 바탕으로 얻은 '긍지'를 드러낸 데 있다.[15] 「잡감」을 쓰게 된 내력을 밝힌 1장 '단서의 고통'에 이어 2장 '고전의 운문과 산문'부터 본격 독후 평문이다. 2장에서는 우리 문학사에 대한 권환의 기본 인식이 드러난다. 첫째, 운문과 산문을 견주어 볼 때 운문이 월등하다는 운문 우월론이다. "운문의 상상 외의 우수함과 산문의 너무도 치졸"함이 그것이다. 그러한 전제 아래 '우수'한 본보기로 향가·고려노래 가운데서는 「위망매영재가(爲亡妹營齊歌)」[16] 곧 「제망매가」와 「정석가」를 들었다. 그들은 무거운 주제를 소박하고 절절한 표현에 잘 녹였다.

---

14) 1. 단서(斷書)의 고통 2. 고전의 운문과 산문 3. 한문학의 운명 4. 직업적 공인(功人)과 비직업적 시인 5. 문학 주제로서의 연애 6. 시의 형식적 구속과 용어 등 7. 두보의 시 8. 시조문학 9. 「파우스트」와 「부활」

15) "우리에게도 고전이 있고 우리 조상도 유산을 남겨, 이른바 "'하꼬방' 같은 유산 집이라도 집은 집이며 또 내 집"이라는 생각이 그것이다.

16) 「위망매영제가」라는 이름은 김사엽이 썼다. 이명선의 경우 『조선문학사』에서는 「위망매영제가」로, 『조선고전문학독본』에서는 「제망매가」로 섞어 썼다. 권환의 독서력을 짐작하게 한다. 김사엽, 『조선문학사』, 정음사, 1948, 49~50쪽. 이명선, 『조선고전문학독본』, 선문사출판부, 1947, 15~18쪽. 『조선문학사』, 조선문학사, 1948, 59~60쪽. 다른 이는 모두 「제망매가」를 썼다. 양주동, 『조선고가연구』, 박문출판사, 1946. 『조선시가사강』, 박문출판사, 1946. 조윤제, 『조선문학사』, 동방문화사 1949.『교육 국문학사』, 동방문화사, 1952. 우리어문학회, 『국문학사』, 수로사, 1948. 손낙범, 「향가」, 『국문학개론』(우리어문학회 엮음), 일성당서점, 1949, 134쪽. 고정옥, 『국어국문학요강』, 대학출판사, 1949. 지헌영, 『향가여요신석』, 정음사, 1947.

송강 노계 등의 가사와 윤고산 황진 등의 시조 기외 유명 무명작의 단편적인 시조 기편(幾篇)[예 정몽주의 「단심가」 성삼문의 「이몸이 죽어 무엇이 될고 하니」 김인후의 「청산도 절로절로」 무명씨 작의 「나비야 청산 가자」] 등은 동시대의 서구의 우수한 고전 작품에 비하여도 예술인 조곰도 손색이 없으며 현대에 있어서도 그 예술적 광채는 조곰도 쇠하지 않았다.

조선조 시가 가운데서 우수한 본보기로 든 자리다. 고산·노계의 가사에다 시조 작가 몇 사람을 들었다. 이들은 "전원시인의 생활 정서와 자연을 사랑하는 심정을 여실하게 아름답게 표현한 것"이다. "서양의 고전이나 현대 시가 중에도 비견할 작품이 드물 것"이라 본 보기다. 또한 고전 시가 가운데서 '남녀상열지사' 곧 "상연(想戀)의 시"에 "우수한 작품"이 많다고 말한다.17) 우리 "고전의 사랑의 시가"는 서양문학의 연애시나, '신시(新詩)'의 적지 않은 "사랑의 노래"에 견주어도 더 우수하다. 다시 말해 권환은 우리 시가가 지닌 우수성을 전통적으로 소박하나 절절한 표현, 여실한 생활 감각, 거기다 사랑노래의 우수성에서 찾고 있는 셈이다.

둘째, 산문의 열등함을 짚고 있다. 먼저 "양적으로도 풍부하지 못하"고 질적으로 "「춘향전」「구운몽」 이외에는" "치졸한 구상과 원시적인 표현"이 두드러질 따름이다.18) 우리 고전 소설 희곡은

---

17) 본보기로 고려의 「가시리」·「청산별곡」, 황진이의 「동지달 기나긴 밤에」와 작자 미상의 「사랑이 긔 엇더터냐」·「사랑을 사자 하니」를 들었다. "사랑이 긔 엇더터냐 둥구더냐 모나더냐/기더냐 저르더냐 밤고나마 자일너냐/하 그리 긴 줄은 모르되 긋간 데를 모래라" "사랑을 사자 하니 사랑 팔리 뉘 잇스며/이별을 파자 하니 이별 사리 뉘 잇시리/사랑 이별을 팔고 사리 업스니 장사랑 장이별인가 하노라".

"고전을 연구하기 위한 문학사적 가치는 있을지언정 그 자체의 예술적 문학적 가치는 태무"라 혹평에 이른다. 그렇듯 "빈약 참담하게" 된 까닭은 우리 조상의 소설과 우리글에 대한 "지극한 무이해와 이중의 압박"에 있었다. 이런 가운데 명문 출신으로 소설을, 더구나 우리글로 쓴 허균·김만중이 선각적이고 진보적이라 평가한다. 우리 문학은 우리글로 써야 한다는 관점을 분명히 했다. 아울러 「허생전」 같은 '걸작'을 쓴 진보적인 실학자·문호 박지원 같은 이가 그것을 하나도 우리 글로 쓰지 않은 사실이 매우 유감스럽다고 말한다.19)

그런데 이렇듯 "한문의 압박으로 서얼적인 푸대접을 받아 온 시대"에도 우리 시문학이 "부절(不絶)히 창작되어 왔으며" 또 "우수한 작품들이 나온 이유는" 어디에 있는 것일까. 권환은 그것을 형이 짧아 이두 같은 것으로 적기도 쉽고 문자 없이 음영 창작하기에도 가능할 뿐 아니라 구비로 유전되기에도 편리한 까닭, "형이 짧아 제작이 간이하므로 부지중" "생활에 결부"될 수 있었던 특성에서 찾고 있다.20) 운문이 한문소설에 견주어 짧은 형식에다

---

18) 동시대 서양문학에 견주어 볼 때, "임제의 「화사」 허균의 「홍길동전」"을 "셀반테스의 「동기호-데」 섹스피어의 「하물렛트」"에 견주고, "「숙향전」 「장화홍련전」"을 "괴-테와 실러 등"의 작품에 견주면 차이가 너무 크다고 보았다.

19) 권환은 한문학 가운데서도 박지원의 현실성은 높이 평가한다. 연암 작품에 대한 접근은 어렵지 않았을 것으로 보인다. 당대 옮긴글은 아래와 같다. 박지원, 이윤재 옮김, 『도강록(渡江錄)』, 대성출판사, 1946. 이석구 옮김, 『양반전』, 조선금융조합연합회, 1947. 『허생전』의 경우는 채만식의 패러디 소설까지 있었다. 채만식, 『허생전』, 조선금융조합연합회, 1947. 연암에 대한 권환의 이해는 거의 모두 2차 문헌을 빌린 경우겠다.

20) "현대 시인은 대개 시를 쓰기 위해 쓰지마는 그때 시인들은 대개 어떤 친우와 작별하려 할 때에나 술 마시며 유쾌히 노는 자리, 아름다운 자연의 경색(景色)을 대할 때라든가, 생활에 중대한 변화가 생길 때에 곧 짓고 읊은 것이니 비교적 간단하였다. 시가 생활의 한 여기로 취급 받는 뜻도 있지만, 그들의 시가(詩

음영할 수 있을 뿐 아니라, 생활에 결부될 수 있었던 까닭이라 본 점은 마땅하다고 보기 힘들다. 구비 서사도 있는 까닭이다. 게다가 한문으로 쓰인 탓에 산문 소설의 가치를 낮추어 본다는 점도 무리가 보인다.

3장 '한문학의 운명'에서는 한문학에 대한 부정적인 생각을 뚜렷이 했다. 오랜 세월 한문자는 "유일한 의사 표현의 도구"며 한문학이 "유일한 문학"이었다. 그래서 조상들은 한문학을 참된 국문학으로 인식하여, 한문학은 "장애 없이 독보적으로 발달해" 왔다. 우리 문자가 발명되고 우리 문학이 이루어졌음에도 한문학은 "주체적인 적형적(嫡兄的)인 본업적(本業的)인 지위에 군림"해 있었고 "우리글로 쓰인 우리 문학은 종속적인 서얼적인 여기적인 압박과 푸대접을 받아 '진(眞)'과 '언(諺)'의 나눔이 엄연하였다". "주객전도의 우습고도 부정당(不正當)한" 차별이었다. 그러나 세상이 바뀌어 "주객과 주종"21)이 바뀌었다. 이제 우리 한문학은 "문학사에서 한 방계적 서자적 문학"일 따름이다. 그것들을 짓기 위하여 "허실(虛實)한 노력, 정력, 시간이 너무도 애석"할 따름이다.22)

歌)는 생활의 일면과 결부되어 있으므로써 한문학의 압박을 받아오면서도 잘 발전하여 왔다. 가장 단형인 시조가 가장 발달된 것도 이 때문이다."

21) 이때까지 주인과 상전의 자리를 차지하고 있던 한문학의 시(詩) 부(賦) 율(律)들이 문학사에서 "방계적 서자적인 존재로서 말석"으로 내려섰다. 대신 "푸대접을 받아 초라하고 허잘것없는 존재"였던 "'언문(諺文)' 소설 나부랭이가" 도리어 문학사의 윗자리를 차지해 "주인과 상전 노릇을" 하게 되었다. 게다가 같은 한문학 가운데서도 "학대와 천시를 받아 오던 설화 패관소설 야담 수필 잡지(雜誌)"들이 존대를 받고 있다.

22) 한문에 대한 권환의 냉혹한 태도는 한문학을 우리 문학의 일부분으로 긍정하면서 "한문이건 국문이건 간에 그것이 동일한 계통으로 발달해 온 이상 형식적인 표기문학의 여하에만 구애될 것 없이 한문, 국문의 작품을 한 문학적 사상으로 취급하자"는 벗 이주홍의 생각과도 맞선다. 이주홍, 『국문학발생서설 1』, 유인본, 미상, 29~30쪽. 아울러 광복기에 널리 읽혔던 좌파 국문학자 모임인

4장은 '직업적 공인(功人)과 비직업적 시인'이다. 문학에 있어 "직업적 작가의 작품보다, 비직업적 작가의 작품 중에서 오히려 우수하고 생명이 긴 것"을 흔히 볼 수 있다. "특히 시조문학이 그러하다"고 말한다. 본보기로 비직업적 작가의 좋은 작품으로 정몽주·성삼문·김종서·이순신·김상헌의 시조를 들고, 그들은 "윤고산, 박노계의" 작품보다 더 "우수하며 일반대중에게 더 많이 애독 회자되고 있다"고 보았다. 그 까닭은 "전자의 작품은 실천적 생활의 열정에서 지어진 것이고 후자의 작품은 시조를 짓기 위해 지어진 것인 때문은 아닐까 한다"고 말한다.[23] 이러한 권환의 생각은 근대 이전의 예술가와 근대 이후 분업한 뒤에 나타난 작가의 대립을 염두에 둔 것으로 보인다. 그런데 비직업적 작가로 이순신·정몽주 들과 직업적 작가로 윤선도·박인로를 맞세운 것은 마땅치 않다. 그들은 전통 사회의 문인으로 한가지인 까닭이다. 게다가 전자가 더 "일반대중에게 애독 회자되고 있다"는 단언도 설득력이 크지 않다. 다만 직업적 공인과 비직업적 시인의 대립 인식은 작가가 자신의 현실, 역사적 환경과 얼마나 투철하게 맞물려 드는 작품을 남겼는가 그렇지 않았는가라는 점과 얽힌 생각으로 보인다. 물론 사회적 현실이라는 문학 외적 문맥에 더 충실한 작품을 윗길에 놓은 권환의 태도가 잘 드러난 바다.

5장은 '문학 주제로서의 연애'다. 권환은 이때까지 문학은 고전과 현대를 막론하고 "남녀 간의 연애에 대한 주제가 가장 많다"

우리어문학회 구성원의 한문문학에 대한 생각과 맞세워 보아도 더 비판적이다. 정학모, 「한문학과 국문학」, 『국문학개론』, 일성당서점, 1949, 75~111쪽.
23) 시대가 후대인 윤고산·박노계의 작품이 "수식적인 세련된 기술"은 우수한 것이나, "일반에게 공명과 감동을 줄 만한 예술적 내용은 전자의 작품이" "더 우월한 때문"이라 보았다. 그것은 "제갈량의 「출사표」가 한유 유종원 등의 제 작보다 후세에 더 애독 회자되고 있는 이유"와 같다.

고 전제한다. 그런데 중국문학 경우는 유교 이념의 침투에 따라 그것이 오랫동안 "의식적으로 기피"되었다.[24] 그러다 송원(宋元) 이후 소설 희곡에서 "양성(兩性) 간 애욕 생활이 많이 묘사"되었다.[25] 우리 문학의 발전 과정도 "중국문학의 영향을 받아 대동소이하였다." 유교 세력이 강성하기 전인 고려조까지는 연애 주제가 비교적 자유롭게 노래되었다. 그러다 조선에 와서 유교 이념이 강력하게 침투하자 연애 주제의 문학은 "남녀상열지사(男女相悅之辭)니 음사(淫辭) 외담(猥談)이니 하여 기피되었다." 있다 해도 중국의 그것과 마찬가지로 대개 "군주를 연인으로 가상하여 노래한 것이다." 조선조 가인에게는 "지존(至尊)과 지애(至愛)가 서로 통한 듯"하다. "연애를 주제로 한 노래는 실제에 있어선" "열렬한 유교적인 충군(忠君) 애주(愛主)의 시가"다.

  그런데 "소설 희곡 등은 송원(宋元) 연문학(軟文學)의 영향을 받아 연애 장면을 상당히 대담 솔직하게 묘사하였다. 그 대표 작품이 「구운몽」 「춘향전」"이다.[26] 그런 모습은 "대중적인 우리글로 된 문학에서만 볼 수 있었지 그나마 순한문으로 된 문학"에서는 볼 수 없다. 그러다가 갑오억변 이후, "근대적인 신문학이 수입된 이후 이 땅의 문학도" "비약적 변화를 하였는데 데-마에 있어서도 연애적 요소가 극히 자유롭게 활발하게 취급되었다." 그렇다

---

24) 『시경』에는 연애 노래가 상당히 많은 편수를 점령하고 있다. 그러나 이후 많은 시인들의 작품에는 그러한 노래를 볼 수 없다고 본다.
25) "「서상기」 「금병매」 등은 중국 고전 중 연문학(軟文學)의 대표적 작품이다." 권환의 소설사에 대한 이해는 김태준뿐 아니라 주왕산이 많은 도움을 주었을 것으로 보인다. '연문학'이라는 일컬음은 주왕산에서 쓰였다. 김태준, 『조선소설사』, 학예사, 1939. 주왕산, 『조선고대소설사』, 정음사, 1950, 146쪽.
26) 그러나 "궁극 목적에 있어선 전자는 불교적 인생관인 인생무상을 표현한 것이고 후자는 유교적인 여자의 봉건적 정조 관념을 고조(高調)한 것"이라 본다.

면 "애련의 제재가" 자본주의 시대의 문학에 많은 것은 무슨 까닭일까. "애련이란 일반 대중이 공통적으로 흥미를 가진 데-마이며 또 작가가 대중심리에 영합하기 위한" 까닭이라 그는 보았다. 권환은 1장에 이어 연애 주제에 대해 유별난 관심을 거듭 보여준다.27)

6장 '시의 형식적 구속과 용어 등'에서는 시의 형식이 갖는 뜻,

---

27) 광복기와 전쟁기를 거치면서 나온 문학 개론류가 몇 종 있다. 그들 속에서도 문학의 주제로서 연애를 다룬 자리는 없다. 김기림, 『문학개론』, 문우인서관, 1946. 백철, 『문학개론』, 동방문화사, 1947. 홍효민, 『문학개론』, 일성당서점, 1949. 김동리, 『문학개론』, 정음사, 1952. 문예연구회 엮음, 『신문학강화』, 청춘사, 1953. 따라서 문학 전문서보다 오히려 대중적으로는 사랑/성 담론이 폭발적으로 출판된 사실을 눈여겨볼 필요가 있다. 30종을 넘는다. 권환이 문학의 주제로서 연애·사랑에 대한 한결같은 관심을 지니게 된 데에는 이러한 일반사회 환경에서 영향 받은 바가 없다 못할 일이다. 광복기와 전쟁기에 나온 대표적인 성/사랑 담론서를 일반서와 옮긴 책으로 나누어 들면 다음과 같다. 조선생활개선협회 엮음, 『신랑신부의 위생독본』, 건국사, 1946. 이만규, 『가정독본』, 영창서관, 1946. 『현대여성해부』, 유길서점, 1946. 이용승, 『결혼과 성문제』, 선문사, 1947. 이용승, 『결혼교서: 건전한 성지식을 위하여』, 선문사, 1952. 김치항, 『성교육독본』, 문예서림, 1947. 김일수 엮음, 『결혼독본』, 경찰교양협조회, 1949. 강영서, 『인생과 결혼』, 평범사, 1951. 신현옥, 『연애와 결혼 청춘학원』, 홍문사, 1952. 박광현, 『결혼보전』, 절야당서점, 1952. 김치항, 『성교육독본』, 문창당, 1953. 김광주 엮음, 『행복한 부부』, 선문사, 1953. 『결혼교본』, 삼성사, 1953. 김자경, 『결혼의 유래』, 경천애인사, 1953. 山川菊榮·堺利彦, 『사회주의 부인관 급 남녀관계의 진화』, 맑·레출판사, 1946. 아우그스트 베-벨(김삼불 옮김), 『부인론』(상)·(하), 민중서관, 1946. W. B. 월프(강정하 옮김), 『부부애정독본』, 여명각, 1947. 톨스토이(양우섭 옮김), 『성욕론』, 선문사, 1947. 스탕달(이진원 옮김), 『연애론』, 건설출판사, 1948. 스탕달(임람 옮김), 『연애론』, 문창당, 1952. 싱클레어(김광학 옮김), 『신연애론』, 여명각, 1948. 에스 야 보리손(신윤선 옮김), 『신부인론』, 신학사, 1948. 알버트 모델(조규동 옮김), 『성과 문학』, 선문사, 1950. 애부라함 스톤·한나 스톤(승정균 옮김), 『결혼교본』, 육생사, 1950. 윌리너 그린(이석현 옮김), 『연애의 여성미』, 대중문화사, 1953. L. 티자아드, 『만족한 결혼』, 학우사, 1953. 낱책으로 나온 것 말고 전문 비평가의 사랑 담론을 볼 수 있는 것에는 「사랑과 윤리」, 「결혼과 행복」, 「여성문제에 대하여」와 같은 주제를 얹은 김영건이 대표적이다. 김영건, 『문화와 평론』, 서울출판사, 1948.

그리고 시어 선택의 문제에 대한 생각을 밝혔다. 먼저 그는 "봉건 시대적 시"인 한시나 시조의 "가혹한 구속과 제한"은 작자에게 "본의 아닌 글자를" 쓰게 하거나 "본 의도와는" 관계없는 말을 쓰게 한다는 점을 짚는다. 더구나 한시 경우는 "같은 한문을 써도 중국 사람들과는 발음이 전연" 다르다. 그럼에도 "동일하게 운(韻)의 구속을 받는다는 것은 실로 우스운 일이"라며 꼬집는다. 거기에 견주어 현대시는 "자유적이며 개방적이다. 자수 구수 운 등에 털끝만 한 제한 구속도 없다." 시어 선택에 있어서 그는 "유행하는 시의 유행용어"를 시인이 따르는 모습을 비판했다.28) 그것을 "많이 쓴다고 걸작시가 되는 것도 아니고 아니 쓴다고 졸작시가 되는 것"은 아니다. 다만 "이 시적 유행어만 주어 모아 놓으면 곧 시가 되는 줄로 오인하는 이가 많은 듯"한 현실이 문제다.29) 겉보기만 그럴듯할 뿐 '빈약하고' 보잘것없는 경우가 태반이다. 시의 형식적 구속과 한시에 대한 부정적인 인식, 거기다 자유로운 시어 선택의 중요성까지 밝혔다.

7장은 '두보의 시'에 대한 생각을 담은 자리다. 그는 "한시는 그 형식이 지극히 봉건적이며 비자유적이어서 현대의 우리로서는 쓰기를 배울 필요는" 없다고 전제한다. 다만 "읽어 보면 짧고 압축된 형식 안에" "깊고 많은 의미"와 나름의 "독특한 묘미"가 있음을 긍정한다. 그래서 "병상에 누어 한시 그중에도 당시를" 읽었다. 그런데 한시 또한 우리 시조와 마찬가지로 특수한 동기

---

28) "우리 시단의 초기에는 '……도다', '……하누나'가 유행하였고 최근에는 '항시', '상기', '……하는 것', '……기에', '……거니', '……이니', '……인 양', '숱한' 들이 그런 경우"라 했다.

29) "예전 한시 짓는 소위 '율객(律客)'이 명작 시구 몇 개를 암송하여 그것만으로 그럴 듯한 한시를 척척 짓는 것과 같다." 그들은 겨우 남에게 보일 만한 정도의 시를 짓기까지는 "속용 용이하다." 그러나 더 진보하기는 어렵다.

에 의한 것 말고는 "대개 그 주제가 은일(隱逸) 예찬 회고감상(懷古感傷) 자연풍경 취흥영상(醉興詠觴) 등에" 지나지 않고 "사회적 현실 생활은 하나도 표현되지 않았다". '시성(詩聖)' 이백의 시가 가장 심했다. 그런 가운데 "두보의 시만은 예외"로 "사회적 현실 생활을 심각하게 표현"하였다.30) 그러면서 두보의 "대표적인 전쟁시"「병거행(兵車行)」31)을 원문대로 옮겨 놓고 "허식과 과장 없이 너무도 솔직하게 '리알리스틱'하게 읊은 시"라고 평했다.32) 중국 한시 이해에 있어서도 문학의 사회성과 현실성을 높게 치는 그의 눈길에 달라짐이 없다.

8장 '시조문학'에서 권환은 첫 단락을 『고금가곡』을 소개하는 말로 열었다.

장단형 시조 294 수와 장가, 가사 등 11 편을 포함 수록한 『고금가곡』은 가곡집 중 본서의 특색으로 다음과 같이 분류 편찬하였다. 즉 인륜 권계(勸戒) 송축 정조(貞操) 연군(戀君) 개세(慨世) 우풍(寓風) 회

---

30) "전쟁으로 비저진 민중의 참담한 정황 자신의 폐병과 빈궁과 싸우는 생활 피난 중의 비참한 정경 처자와 형제를 생각하는 심정 등을 모두 현실적으로 '리알리스틱'하게 노래하였다."

31) 이미 『두시언해』에서도 빠뜨리지 않았던 이 작품이 근대 출판 형식으로 나온 우리의 한시집·한시 번역집에서 원문대로 실린 기회는 없었다. 김안서 옮김, 『망우초』, 한성도서주식회사, 1943. 『야광주(夜光珠)』, 조선출판사, 1944. 이병기·박종화 옮김, 『지나명시선』(제1집), 한성도서주식회사, 1944. 양주동·김억 옮김, 『지나명시선』(제2집), 한성도서주식회사, 1945. 유석빈 옮김, 『시경』(주남·소남), 서울출판사, 1946. 양주동 옮김, 『시경초』(을유문고), 을유문화사, 1948. 김상훈 옮김, 『역대중국시선』, 정음사, 1948. 다만 신영철에서는 두시언해를 소개하면서 이 작품을 원문과 언해를 다 옮겼다. 신영철, 『표준국문해석법』, 삼시자, 258~263쪽. 따라서 권환은 「병거행」을 비롯한 두보의 시를 일본판으로 읽었거나 고서적을 빌려 보았을 것이다.

32) 아울러 두보 시의 결점도 짚었다. 이백이나 백낙천과 다르게 주석 없이는 이해하기 어려운 '난삽'함을 지녔다는 아쉬움이 그것이다.

고 탄로(歎老) 절서(節序) 심방(尋訪) 은일(隱逸) 한적(閑適) 청음(淸飮) 취흥(醉興) 감물(感物) 염정(艶情) 규원(閨怨) 이별 별한(別恨) 이상과 같이 20 항으로 분류되어 있으나 우리 고전 시가를 실제로 (…줄임…) 내용은 대략 고대 한시와 비슷하게 은일예찬(隱逸禮讚) 회고감상(懷古感傷) 백조풍경(白照風景) 취흥영상(醉興詠觴) 등의 너덧 가지에 지내지 아니한다. 가위 천편일률적이라 대동한 주제로 또 짓고 또 짓고 하여 수다의 작품이 있다.

이러한 머리글로 볼 때, 권환은 『고금가곡』을 1차 문헌으로 보았음 직하다.[33] 구체적인 수치와 장별 편성을 밝히는 방식이 그 점을 일깨워 준다. 그는 시조가 "한일(閑逸)의 세계"에 '천편일률'로 머문 까닭을 셋으로 들고 있다. 첫째 중국 한시의 영향, 둘째 대개 유교인이면서 머리에는 "불선사상(佛仙思想)이 많이 침투되어 있는" 작자의 성향, 셋째 "대개 양반계급으로 사관(仕官) 생활을 하다가 산수 간에 은퇴하여 음풍영월을 하며 한일한 생활하는 자가 아니면 혹은 평민계급으로 금주(琴酒)로 일생을 보내는 풍류객인"인 작가의 됨됨이가 그것이다. "요컨대 시조는 봉건 시의 유한계급 문학"이다. 그런 가운데서도 "시조를 순전히 한일문학(閑逸文學)이라고만 할 수 없는" 까닭은 "정치적 투쟁적 작품이 약간 있는" 까닭이다.[34] 그들은 양으로도 많지 않고 "기술적으로

33) 이명선에서는 『고금가곡』에 대해 "자작시조 14수와 장단형의 노래 280수"라 적었다. 이명선, 『수험용 자습용 국문해석법연구』, 선문사, 1949, 45쪽. 이렇게 구체적인 수치를 적은 일은 권환이 『고금가곡』을 손수 보았으리라는 심증을 갖게 한다. 게다가 '본서'라는 표현이 그 점을 더한다. 그런데 권환이 영면한 1954년 이전에 『고금가곡』이 공간된 경우는 없어 보인다. 1957년 동국대학교 국어국문학회에서 '국어국문학자료 총서 제2권'으로 유인본 형태를 갖추어 낸 게 처음이다. 따라서 『고금가곡』과 권환의 연이 궁금하다.

도 특히 우수한 것도 아니며" 작자들은 전문적 시인도 아니다. 그럼에도 "독자에게 더 깊은 감명을 주며" "예술적 생명이 길다." 왜냐하면 "다른 많은 한일적 작품은 퇴영적인 소극적 생활에서 나온 작품임에 반하여", 그들은 "진취적이고 열정적인 적극적 생활에서 나온 작품"이기 때문이다. '음풍영월'하는 '한일문학'과 '정치적 투쟁적 작품'으로 나누면서 현실지향적인 뒤에다 높은 값을 매기는 입장이 시조를 빌려 다시 뚜렷하게 드러난 셈이다.35)

9장 '「파우스트」와 「부활」'은 마지막 자리다. 괴테의 「파우스트」와 톨스토이의 「부활」을 읽고, 그 둘이 서로 상호텍스트성을 지니고 있음을 밝힌다. 「부활」이 "「파우스트」에서 '힌트'를 얻어 지은 것 같다"는 생각이 그것이다. 그 터무니로 다섯 가지를 말했다. 첫째, 두 작품 모두 "부활제를 계기로 한" 작품이다. 다만 「파우스트」는 "부활제로 막을 열고" 「부활」은 "부활제로 막을 닫"는 차이가 있다. 둘째, 두 작품의 "여주인공이 모두 간음 당하고 영아를 죽였다." 셋째, "그 죄를 짓고 고형(苦刑)을 받고 있는 애인을 구출하려 하나 그것을 거절하였다." 넷째, 두 작품 모두 "선악의 투쟁의 기록"이다. 다섯째, 두 작품 모두 "원죄를 지고 있는 인간이

---

34) 그 본보기로 "정포은 등의 여말 충신 성삼문 등의 사육신 이 충무공 등의 임란 시 충장(忠將) 김상헌 등의 병란 시 척화(斥和) 의사(義士)들의 제 작품과 또 슬실(漆室) 이덕일의 상붕당가(傷朋黨歌) 등"을 들었다. 앞에서 산문에 견주어 우리 운문이 우수하다고 본 1장의 생각이 시조를 빌려 더욱 구체화하고 있다.

35) 권환이 볼 수 있었을 시조의 1차 문헌은 여럿이 가능하다. 근대 초기부터 1953년까지 나온 시조 1차 문헌이나 해설서는 모두 22종에 이른다. 그 가운데서 권환이 쉽게 참조했을 것으로 보이는 1차 문헌과 주해서는 아래와 같다. 최남선 엮음, 『시조유취』, 한성도서주식회사, 1928. 이병기 교주, 『역대 시조선』, 박문서관, 1930. 신명균 엮음, 『시조집』, 삼문사서점, 1943. 함화진 엮음, 『증보 가곡원류』, 종로인문사, 1943. 김천택, 『청구영언』, 통문관, 1946. 신영철, 『고시조신석』, 연학사, 1946. 홍웅선·박노춘 엮음, 『고시가주해』, 삼중당서점, 1949. 김삼불 교주, 『해동가요』, 정음사, 1950. 방종현, 『고시조정해』, 일성당, 1953.

기독으로부터 구원 받는다는 기독정신에 귀일한" 작품이다. 그런데 이러한 다섯 가지 유사성이 '힌트'의 터무니라는 생각은 무리가 있다. 특히 선악의 투쟁과 기독정신에 귀일하는 점은 서구 문학일반의 모습일 수 있는 까닭이다. 다만 두 작품을 두고 결론적으로 말한 바는 설득력이 있다. 흔히 「파우스트」는 "고답적 문학으로", 「부활」은 "대중적 작품으로 오인하고" 있지만, 실상 「파우스트」가 "고답적인 것도 아니며" 「부활」이 "대중적도 아닌" "서로 통하는 작품이"라 본 점이 그것이다. 서구문학의 대표 작품으로 알려진 둘에 대한 간명하면서도 요체 있는 독법이다.

2) 「병상독서수상록」

「수상록」은 8장으로 이루어졌다. 1장 '독서변'을 시작으로 8장 '단편적 잡감'까지가 그것이다.[36] 제목에서부터 먼저 쓴 「잡감」과 달리 우리 문학을 중심으로 삼지 않고 세계문학 '고전'까지 아우르겠다는 뜻을 담았다. 게다가 '독서변'에서는 글의 방향을 미리 알려 주는 지표를 보였다.

　　내가 최근 읽은 것이 괴-테, 트르게네프, 유-고, 체홉프, 고-고리, 지-드의 장편, 조선사회사, 고대민족사, 문예사조사, 서양사, 일본시집 우리 신인들의 최근 시집 몇 권 우리 고전문학 작품 등의 초독(初

---

36) 1. 독서변(讀書辯) 2. 고시대(古時代)의 예술 취급 3. 시조문학의 은일사상(隱逸思想) 4. 우리나라 근대사회의 특수성 5. 예술잡론(藝術雜論) 6. 문학의 제조류(諸潮流) 7. 문학가의 지위 〈결락〉 8. 단편적 잡감 1) 고적(古籍)의 진실성 정도 2) 문학애호의 한계성 3) 산문학(散文學)의 발생 기초 4) 노동과 음악 5) 잡감의 잡감

讀) 재독(再讀)이며 기외 내외국 잡지와 또 문예작품이면 신문의 학생 투고란까지 입수된 것은 빼지 않고 읽었다.

대상 독서물의 대강을 짐작하게 만드는 자리다. 범위가 외국 문학과 역사·민족사에다, 잡지·신문까지 걸쳤음을 일러 준다. 그런데 "괴테, 트르게네프, 유-고, 체홉프, 고-고리, 지-드의 장편"은 전쟁기까지 우리말 번역이 이루어지지 않았다. 일역본으로 읽었을 확률이 높다. '조선사회사' 쪽은 광복기 몇몇 사회경제사학자에 의한 출판이 이루어졌다.[37] 독서가 그들까지 미쳤던 셈이다. '고대민족사'에는 손진태[38]를 포함했을 것이다. '문예사조사'로는 광복기 낱책[39]이 나온 적이 있다. 그러나 권환은 그보다 예술사회학 계열의 여러 옮긴책이나 일어판을 참고했을 것이다. 이제 한 장씩 속살을 짚어 보기로 한다.

2장 '고시대(古時代)의 예술 취급'은 '삼국시대'에서 조선조까지 우리 문학의 향유 방식 전반에 걸친 생각을 펼쳐 놓은 자리다. 어느 시대나 예술은 그 사회의 "상층계급에 봉사하는 예술이고 그들 자신의 예술로서 지은 것은" 드물다. "우리 민족의 고전예술" 또한 거기서 벗어나지 않는다. 그런데 "문학과 기타 예술과의 취급방법이 다른 점"이 있다. 다른 예술은 상층계급의 것이면서 하층계급 예술가로 하여금 제작케 하여 그들은 다만 이용하였을 뿐이다. 곧 전근대 예술의 향유 방식에서 나타나는 예술 생산자와

---

37) 전석담, 『조선경제사』, 박문출판사, 1949. 『조선사교정』, 을유문화사, 1948. 이청원, 『조선역사독본』, 미상, 1946. 전석담·이기수·김한주, 『현대조선사회경제사』, 신학사, 1948. 이북만, 『이조사회경제사연구』, 대성출판사, 1949. 조선과학자동맹 엮음, 『이조사회경제사』, 노농사, 1946.
38) 손진태, 『조선민족사개론』, 을유문화사, 1949.
39) 김대균, 『근대문예사조』, 정음사, 1948.

소비자 사이의 계급적 불일치 현상이다. 그런데 문학만은 상층계급이 "향유 이용만 할 뿐 아니라" 제작까지도 자신이 맡았다. 이런 모습은 조선 시대로 내려오면서 더 엄격하게 적용되었다. 숙종 이후 양반층의 쇠퇴 몰락과 평민 중간층 "위항 출신의 우수한 학자 시인"의 배출로 '평민문학'이 대두, 발전했지만[40] 그들도 "결국 양반 계급문학의 일부"며 "양반계급에 봉사하는 문학"이었다.

이어서 그는 한글문학으로 생각을 옮긴다. 먼저 운문에서 앞선 향가문학은 "당시의 한문학보다는" '대중적이었지마는' "표기도 상당한 한문의 능력이 필요하였"다. 속살을 보더라도 "상층계급에 봉사하는 작품, 혹은 불교적인 노래뿐이고" 하층계급의 "생활감정을 표현한" 작품은 없다. "향가문학은 당시 중류층 이상의 문학"[41]이다. 고려시대에는 귀족계급의 한문학이 더욱 발달하여

---

40) 그들 "서리(書吏) 중인(中人) 등 평민이란 사회적 지위로나 경제적으로나 당시의 한 중간계급, 지금으로 말하면 일종의 소시민층일 뿐 아니라 때로는 상민계급을 착취 학대하는 결코 참다운 하층계급은 아니었다". 그들 문학도 "그들을 억압하는 그 사회에 대한 불평불만을 토로한 작품을 찾기" 어렵고, "그들의 특수적인 생활감정을 표현한 것도 극히" 드물다. 그저 양반계급의 문학을 좇아가는 데 급급한 흔적만 보일 따름이다. 위항문학에 대한 이러한 지식으로 보아 권환은 첫 한문학 연구서인 김태준은 읽지 않은 것 같다. 위항문학을 다룬 책으로는 구자균과 최해종이 있다. 그런데 최해종의 것은 한문으로 쓰인 교과용 도서여서 권환이 보았을 확률은 낮다. 구자균의 것에서 촉발된 것이라 봄이 틀림없다. 김태준, 『조선한문학사』, 조선어문학회, 1931. 구자균, 『조선평민문학사』, 고려문화사, 1948. 최해종, 『근역한문학사』, 대구사범대학, 1949, 262~266쪽.

41) "작자 중에 사비(寺婢), 촌녀(村女)가 있지마는 그것을 그들이 직접 향가식으로 지어낸 것이 아니고 그들이 입으로만 부른 노래를 향가식 표기 능력 있는 자가 표기해 준 것이 틀림없다." 이러한 권환의 생각은 아래와 같은 조윤제류의 통념에 대한 날카로운 비판이다. "작자는 승려가 대부분이지마는 그 외에 화랑도 있고 촌녀 사비도 있어 적으나마 각층 각층을 망라하여 있는 것은 향가가 일부 특수계급의 문학이 아니고 국민의 문학인 것을 말하는 것일 줄 믿으나, 조선의 문학이 늘 국민에 토대를 두어 발달하여 왔다는 것을 여기에도 이미 보이는

그들은 향가식 표기도 필요 없었다. 필연적으로 "구비전송(口碑傳頌)의 우리말 가요"는 하층계급 작품이 많아졌다. 거기다 완전한 한문학도 완전한 국문학도 아닌 "기형적인 별곡체가"는 물론, 시조 또한 "상층계급에서 발생하여 한참 동안까지 그들만이 제작 향유"했다. 숙종 이후 평민계급에서 나타난 우수한 작가[42] "역시 평민 한문학자들과 마찬가지로 신분으로나 경제적으로나 참다운 하층계급이 아니고 중간계급 출신이다." 가사도 조선 초 "양반계급에서 발생하여 한동안까지 그들만이 제작하였다가 역시 숙종 시대 이후부터는 평민계급의 작품 무명씨의 작품이 많이 나왔다."

한편 산문학(散文學)은 어떠했을까? 고대 설화문학부터 조선의 소설문학까지 한문으로 쓰인 것은 거의 다 상층계급의 것이다. 그뒤 우리글로 쓰인 「홍길동전」, 「구운몽」 같은 걸작을 양반계급에서 지어냈다. 그러나 "소설은 음란하여 풍기를 문란케 하고 허구한 사실이 정사(正史)를 혼란케 한다"는 까닭으로 유학자는 이를 질시 천대했다. 양반계급에서는 차차 짓기를 꺼리며 간혹 짓더라도 서명을 하지 않았다. 대신 무명서민층에서 많이 짓게 되었다. 어느 계급의 작품이라 해도 작품 속살에서는 "당시 지배층의 사상인 충, 효, 열의 유교적 이념과 권선징악의 교훈적 태도가 작품마다 침투 발로" 되어 있다. 모두 "그때 사회에 적응한 작품들"이었다.[43]

듯하다." 조윤제, 『국문학사』, 동방문화사, 1949, 32쪽.『교육 국문학사』, 동국문화사, 1952, 14~15쪽. 향가를 화랑의 노래라 보는 이명선의 생각과도 나뉜다. 이명선, 『조선문학사』, 조선문학사, 1948, 70~71쪽.
42) 김천택·김수장·박효관·안민영·김성기·주의식을 꼽고 있다.
43) 따라서 "사대계급(事大階級) 작가가 「홍길동전」과 같은 서얼 압박에 반대하고 지방의 토호거벌(土豪巨閥)과 탐관오리를 질시하여 빈민계급을 옹호하는 사상의 당시로서는 실로 사회 혁명적인 작품을 쓴 것은 경탄할 가치가 있다. 그리고

그렇다면 "귀족사회 봉건사회 시대"의 상층계급과 하층계급 사이에서 나타나는 향유의 계급적 불일치가 문학에서 일어나지 않았던 까닭은 어디에 있을까? 그 답을 권환은 세 가지로 마무리했다. 첫째 문학은 존귀한 머리를 주로 하여 짓는데 손·입·눈 들을 주로 하여 짓는 다른 예술은 노동으로 생각한 까닭, 둘째 문학은 자기 자신을 위하여 자유롭게 쓸 수 있지만 다른 예술은 남을 위해 남에게 봉사하기 위해 만들어 구속 받고 자유롭지 못한 것인 줄 안 까닭, 셋째 문학은 향유자를 교화(敎化) 지도할 정서교육의 능력을 가졌으나 다른 예술은 다만 오락·위안용으로만 안 까닭이라는 게 그의 생각이다. 옳고 그름을 떠나서 권환의 생각은 우리 문학사의 전개와 향유 방식에 나타나는 계급적·계층적 이해 위에서 파악하고자 한 탁견이다. 광복기 당대 국문학계의 주류로 자리 잡고 있었던 조윤제의 국문학사와 같이 민족·국민을 내세운 추상적인 갈래 인식과는 다른 발생론적 토대를 분명히 한 셈이다.

3장 '시조문학의 은일(隱逸)사상'에서는 앞선 「잡감」에서 말한 '한일(閑逸)'과 맞물리는 표현으로 '은일'을 쓰고 있다. 권환은 시조의 특성인 '은일'을 두고 생각을 두 가지로 간추렸다. 첫째, 시조사에서 본 흐름이다. 시조 발생 초기에는 "대개 정치적 사상적인 작품"이었으나 조선조로 내려가면서 극소수를 제쳐 두고 "은일사상이 주조류(主潮流)가" 되었다고 본다. 둘째, 시조에서 '은일사상'이 주조가 된 원인 찾기다. 그것을 권환은 셋으로 나누었다.

유가 양반계급인 박연암이 부유(腐儒)의 비루한 이중인격과 양반계급의 몰락을 폭로 풍자한 걸작 「호질」문 「양반전」 등을 쓴 것은 불란서 발작크가 귀족계급이면서도 귀족계급의 몰락을 여실히 묘사한 그러한 우수한 사실주의적인 관찰력을 가진 작가임과 같다 할 수 있다".

먼저 "유, 불교의 적극적인 것보다 소극적인 사상과 노장의 허무적 사상"을 "취미로 예찬하며 노래한" 인습이다. 또한 시조 형식이 "간이 단촉하여 한인(閑人)의 음영(吟詠)"에 적합하며 "주로 양반계급의 불우은일자(不遇隱逸者), 사대부들"이 귀향하여 전원 속에서 "한아(閑雅)한 소요를 위하여" "음영한 것이 대부분"인 까닭이다. 그들은 실상 "하층계급의 노력과 실납(實納)에만 의존하여 사는 자"에 지나지 않는다.44) 다른 한 가지는 형식이 너무도 단촉해 "복잡한 정치적, 현실적인 사상 감정을 표현하기에는 부적당하고 간단, 안이한 감정을 즉흥적으로 음미하기에만 적의"45)한 까닭이다. "시조는 이러한 소극적 문학임으로 임진왜란 시에" 산문학과 달리 "당시의 현실적 감정을 노래한 것"이 드물었다.46) 조선조 유한 계층의 소극적인 은일문학으로서 시조의 계급적·경제적 특성을 뚜렷하게 짚을 뿐 아니라, 적극적인 현실주의자로서 권환의 자리가 분명히 드러나는 시조 인식이다.

---

44) "실제로 말하면 그러한 시조의 작자가 모두 반드시 은사(隱士)인 것도 아니며 진정으로 속세 영화를 염기(厭忌)하고 은일을 즐거워한 것도" 아니다. 그들은 가끔 영달의 꿈을 꾸고 군주의 '부르심'을 고대하는 이가 적지 않았다. 그들이 군주를 연모하고 군주를 턱없이 앙송(仰頌)하는 시를 쓴 것은 그 '부르심'을 "은연히 바래는 아유(阿諛)의 발로"이다.

45) 이러한 시조가 지닌 "형식의 단촉과 내용의 소극적이고 일률적인 것이 일본의 화가(和歌), 배구(俳句)와 한시의 사율(四律), 절구(絶句)와 비슷하다"고 그는 말한다.

46) "대체로 임진, 병자 양란은 실로 우리 민족으로서 미증유의 수난과 시련이었음에도" "우리 시조작가들은 그러한 현실에 대하여" "비분한 감정의 발로가 그다지도 빈약하였을까"라 탄식한다. 이순신의 일 수 이항복의 삼 수 등 수 편뿐이다. 노계 박인로는 직접 전쟁에 참가한 무사시인(武士詩人)으로 가사엔 전란, 전후의 현실을 노래한 것이 「선상탄」, 「태평가」의 이 편이 있지마는 시조엔 그 수다한 작품 중에 일 수를 볼 수 없다. 모두 소극적이며 은일적인 작품뿐이다. 윤선도만 하더라도 "만일 현실에 대한 정열이 더 많았다면" "더 위대한 작품을 남겼을 것이며 더 위대한 시인이 되었을 것"임을 탄식하듯 말했다.

4장은 '우리나라 근대사회의 특수성'이다. 이 장은 우리 근대의 됨됨이뿐 아니라, 그의 예술관의 밑자리를 분명하게 보여 준다. 권환은 먼저 우리 근대는 서구에서 가져온 근대라는 이식론을 그대로 받아들인다. 근대의 기형성은 "그것이 봉건사회 내부에서 자주적으로 발전한 것이 아니고 외부의 압력과 침입에 의하여 피동적으로 발전한 데 있는 것은 누구나 다 아는 바"라 적었다. 그렇게 될 수밖에 없었던 터무니를 "고대사회로부터 가지고 내려온" 동양적 자본주의 발전 단계의 특수성에서 찾았던 '아시아적 정체성(停滯性)' 이론을 그대로 받아들인다. 자본주의 발달에 바탕을 둔 세계사 발전법칙이 아시아에서는 특수한 형태로 드러난다는 생각이 그것이다.

우리나라 자본주의 발생의 특수성, 기형성의 원인은 미숙한 봉건사회의 조임(早姙)에 있는 것이 아니고 이미 노쇠(老衰)했음에도 불구하고 아세아적 정체성(停滯性)으로 자본주의가 자주적으로 발달하지 못하고 있는 동안에 외래 자본주의의 침입으로 피동적으로 발달된 데 있는 것이다. 근대사상이 실학이란 이름으로 우리나라에 처음 들어오기는 18세기 중경(中頃), 즉 외부에서의 침입으로 피동적으로 근대화하기 된 때로부터 약 일 세기 반 전이니 그때는 더 말할 것도 없었다.

실학이라는 근대사상이 우리에게 들어왔으나 그것을 꽃피우지 못할 만큼 조선조의 정체성이 심했다는 점을 아쉬워하고 있다. 정치적, 사회적으로 자본주의가 뿌리내리기에 너무 완고한 정체성에 빠져 있었다. 그리하여 우리의 근대, 곧 "정치적으로 민주주의 경제적으로는 자본주의 학문적으로는 과학적 사상"은

"점진적으로 계급적으로 발달해" 온 서양과 달리 "자주적이건 피동적이건 극히 단시일 내에 인공 속성적으로 발달"할 수밖에 없었다. 말하자면 "서양서는 발전적이고 동양서는 비약적이었다." 우리의 사회경제사학계의 성과에 동의하면서 근대 이행의 파행성을 적확하게 짚고자 했지만 내재적 발전론이나 복수적 인식에는 이르지 못한 셈이다.

다만 문학사나 갈래사에서 한문학, 한글문학이라 할 것 없이 임란과 호란의 두 혼란과 숙종 이후의 양반 계급 몰락 그리고 평민계급, 평민문학의 대두를 중요한 변화의 매듭으로 잡고 있는 점에서 한결같다. 그러한 조선 후기 민중 의식의 상승을 보다 적극적으로 받아들이는 쪽으로는 나아가지 못했다. 구비문학이나 민중 예능에까지 생각이 미치지 못한 까닭이다. 그것은 권환의 한계라기보다 1950년대 초기 당대까지 우리 국문학계가 이룬 높이이기도 하다. 예술과 문학의 사회경제적 토대나 민중성, 한글문학을 강조하면서도 국문학 범위 모두에 걸친 이해가 없었을 뿐 아니라 문헌으로 어렵게 얻을 수 있었던 소수 자료에 의한 독서로 말미암은 탓이다.

5장 '예술잡론(藝術雜論)'에서는 두 가지 논의를 폈다. 첫째 예술에 있어서 사상(내용)과 기교(형식)의 관계, 둘째 예술의 특수성과 보편성의 관계가 그것이다. 먼저 사상과 기교의 관계를 권환은 요리에다 견주었다. 아무리 영양가 있는 재료를 사용하였더라도 조리가 졸렬하여 구미에 맞지 아니하면 좋은 음식이라 할 수 없다. 마찬가지로 아무리 미각에 맞도록 조리하여도 아무런 영양가 없는 것이라면 그 음식물은 일시적 기호물은 되지만 상시 먹을 정상적인 음식물은 되지 못한다. "내용과 구성은 풍부하고 웅건하나 형식-기교가 조잡"하거나, "형식-기술은 능숙하고 세련되어 있으나 내용이 빈약"한 것이 다 문제다. 권환이 보기로 현대 작가 시인의 많은 작품이 둘 가운데 어느 하나에 걸리는 것이 많다.

둘째, 예술은 "특수성과 보편성을 구비하여야 한다." "전자만 중시한 경향은 흔히 예술지상주의자에 많고 후자만 중시한 경향은 통속작가에 만이 볼 수 있다." "두 가지 중에 한 가지만 중시하고 다른 한 가지는 망각한 예술품은 양극단의 경향이지마는 예술과 독자를 다 같이 무시한" 안일한 예술인 점은 같다. 왜냐하면 "하나는 예술을 위한 선택과 탁마의 노력이 필요 없으며 다른 하나는 현실에 대한 객관적인 관찰과 이해의 노력이 필요 없는 때문이다." 그렇다면 특수성과 보편성을 아울러 가진 예술은 어떤 것인가. 그것은 "말할 것도 없이 전형적 현실의 진실한 묘사"라 못을 박는다. 전형적 현실이란 아무렇게 보이는 잡연(雜然)한 현실도 아니고, 작자 개인 이외에는 아무도 보이지 않는 신비한 현실도 아니다. "특수적인 동시에 보편적인 현실"이다. 형식/내용의 통합론과 특수성/보편성을 살린 전형적 현실의 묘사라는 가치를 가장 뛰어난 문학으로 내세우면서 현실주의자로서 입장을 다시 한 번 힘주어 말하고 있는 셈이다.

6장 '문학의 제조류(諸潮流)'는 문예사조에 대한 생각을 드러낸 자리다. 그는 우리 근대와 마찬가지로 근대문학의 발생과 사조는 서구에 의한 것이라는 이식문학론을 따랐다. 그러면서 여러 사조의 성쇠 속에서 "낭만주의와 사실주의만은 커다란 두 주조류(主潮流)로 가장 생명이 길었다"고 본다. 그 가운데서 사실주의는 사회정세의 변동에 따라 몇 차례 기복은 있었지만 지금까지도 한 조류로 흐르고 있으며, 앞으로 문학은 "사실문학(寫實文學)이라고 예측"한다. 사실주의는 문학을 구성하는 근본 요소며 주체적인 조류다.47) 그리하여 "예술은 반다시 현실의 거짓 없는 표현"이어야 한다. 또 거기에는 반드시 현실의 기초 위에 발화한 "인간의 이상이 부여"되어야 한다. 그런데 우리나라의 경우, 사실주의도 낭만주의도 참된 것이 되지 못했다.48) 앞으로는 두 조류가 "정열적 희망적 건설적인 낭만주의와 현실을 진실하게 묘사하는 진정한 사실주의로 발전할 것"이 틀림없다. 그러한 문학이야말로 "명일의 문학 민족이 요구하는 문학일 것"49)이다. 건강한 현실주의자로서 권환의 입장이 문예사조의 이해에서 더 분명히 드러났다.

---

47) "낭만주의는 시민계급의 신흥과 더부러 발생한 감정적 주관적 이상주의적인 사조이고 사실주의는 시민계급사회의 성숙, 과학의 장족적 발달과 더부러 발생한 과학적 객관적 현실주의적인 사조이다." 광복기 당대 이러한 사조적 비판을 더하고 있는 글로는 루나찰스키(편집부 옮김)의 『문학과 혁명』(조선문학사, 1947)이 있다. 권환이 손수 볼 수 있었을 문학개론류 가운데서 문예사조를 다루고 있는 책은 김동리에 머문다. 그러나 용어가 달라 그것을 읽지는 않은 것으로 보인다. 김동리, 『문학개론』, 정음사, 1952. 한글로 쓴 문예사조사는 김대균의 것이 있어 참조는 가능했으리라. 김대균, 앞에서 든 책. 그렇지 않다면 일문으로 된 문예사조사일 수도 있다.

48) 우리나라 사실주의는 "소박한 자연주의로서 흘러내려 오던 중 1920년경에 낭만주의 문학이 황금시대를 이루었다가 쇠퇴한 후 1924~5년경엔 자연주의가 특히 소설 문단에서 전성시대"를 이루었다. 그때의 낭만주의란 "사조의 정열적 진취적 이상주의적인 건강적 요소는 버리고 염세적 절망적 공상적인 병적 요소"만 가진 조류였다. 말하자면 "낙오 도피한 식민지 소시민층의 자포자기적 규호(叫號)와 오열"이었다. 그러다 "현실을 다소라도 이해해 보고 접촉해 보려는 소시민층의 일군[자연주의자]이" "그들 낭만주의자를 대신하여 일어나기"는 했으나, 그들은 눈앞에 보이는 "쪼각쪼각의 현실을 전체적인 현실 유동하는 현실과 절연시켜" 보았다. 그래서 "진실한 현실을 묘사"하지 못했다. 이 두 조류가 그렇게밖에 발전 못한 원인은 "당시 사회적 환경과 그들 작가 시인들의 의식의 한계"에 있었다.

49) 이러한 권환의 생각은 예술사회학자 프리체가 말한바, 예술에 있어서 이상주의 양식과 사실주의 양식에 맞물린다. 다만 프리체는 그것을 세계에 대한 두 가지 근본적 예술 태도로 보았다. 종교적 태도에 상징주의 이상주의 양식, 비종교적 태도에 사실주의 양식이 합치한다고 보았다. 프리체(김용호 옮김), 『예술사회학』, 대성출판사, 1948, 110쪽.

7장 '문학가의 지위'는 '결락(缺落)'되어 실리지 않았다. 그럼에도 이 부분은 1장에서 다루었던 '고시대의 예술 취급'과 맞물린 자리라 짐작된다. 사회적 발생론 입장에서 문학가의 계급 소속과 변화를 다룰 자리였음 직하다. 이어 8장, '단편적 잡감(雜感)'에서는 짧은 글을 5개 묶은 자리다. 먼저 1항 '고적(古籍)의 진실성 정도'는 중국과 우리 '고사(古史)'에 드러나는 '숫자'의 '과장'됨을 꼬집었다.[50] 그럼에도 그러한 "동양적 과장"을 역사가들은 그대로 "신용하고 그대로 인용"하는 잘못을 저지른다. 또한 "중국과 일본 역사에서 동양적 자존적 사필(史筆)로" 역사 기록을 왜곡시켜 놓기 일쑤다. 그대로 믿을 수 없는 '허조문구(虛造文句)'가 적지 않다.[51] 옛 문헌이나 역사의 기록을 그대로 따르지 말고 역사 기술 주체의 입장에서 사리를 따질 필요가 있음을 마땅하게 짚었다.

2항 '문학애호의 한계성'은 독자사회학적 발언이다. "임란 병자 양란 이후로 이 땅에는 많은 군담소설이 번역"되었다. 그 가운데 「설인귀전」 42회 가운데서 36회, 39회 부분과 같은 곳에서는 "인귀의 지용(智勇)을 과장 영웅화하고 개소문을 허구적으로 모욕"했다. 그럼에도 그것을 "일부러 번역하고 또 애독한 우리 선인들의 심리를" "이해하기 곤란하다"고 말한다. "군담의 흥미"를 위해 "내 민족의 명장을 모욕한 것도 생각" 못한 셈이다. "고대 중국

---

50) 출병 수라든가 "경주 인구가 백여 만이라든가" "궁녀가 삼천 명 혹은 순사자(殉死者)가 천여 인이라 하는 등 숫자"가 그것이다. 이 모두 "백발 삼천 척 같은 동양적 과장"이다.

51) "어느 나라에서 무엇을 공납(貢納)하였다는 허조문구를" 그대로 믿는 이가 있다. 그 가운데는 공납도 있지마는 "예의적 상호교환이나 무역으로서 물물교환"이 있다. 게다가 고대 중국 저술 『위지』「동이전」에 기록된 "고대 조선인의 풍속 습속 등 사회생활을 그냥 그대로 신용하는" 것 또한 위험하다. 불편한 교통과 과학이 미발달한 시대에 "외국인의 생활을 구체적으로 상세하게 또 정확하게 알 수" 없었을 것인 까닭이다.

인들의 과도한 자존심과 과장성을" 비난하기보다 "개소문보다 설인귀를 더 사랑하고 더 찬모(讚慕)"한지도 모를, "선인들의 과도한 자비심(自卑心)과 사대근성(事大根性)"을 한탄하지 않을 수 없다 했다. 권환 스스로 딱지본『설인귀전』을 손수 읽은 소감일 것이다.

3항 '산문학(散文學)의 발생 기초'는 동서양 문학의 갈래별 발달 순서에 대한 인식을 담은 자리다. 그것은 둘로 나뉜다. 첫째, 17세기 무렵 근대 시민계급의 특유한 문학으로 시작한 서양 산문학과 달리 동양에서는 일찍부터 "산문학이 운문학과 같이 발생하였다." 둘째, 서양에서도 "산문학은 자연주의 문학"을 통해 발달하였다 하는데, "낭만주의 시대 이전부터 이미 산문학이 발달"하였다. "서구서도 산문학이 반다시 자연주의 작가들 손에서 발달"한 것은 아니다. 이 자리에서 권환은 동양에서는 서양과 달리 운문/산문이라는 갈래 이원론에 따라 산문 갈래가 일찍부터 발달했음과 아울러 서구의 경우, 근대 산문의 기원을 올려 잡아야 한다는 점을 밝혔다. 짤막하나마 동서양 서사문학의 전개에 대한 거시 견해를 내비친 셈이다.

4항은 '노동과 음악'의 관계를 밝힌 자리다. 그는 두 가지를 말했다. 우리 겨레는 예부터 "집단적인 노동에는 대개 노래를 같이 하며 일을" 했다.[52] 근대 노동에서는 그러한 광경을 볼 수 없다. "자본주와 감독의 감시와 억압 밑에서" 하는 까닭이다. 따라서 "근대적 사업장에도" 자유로운 분위기 속에서 노래 부르며 일할 수 있다면 노동자는 물론 "경영자 국가사회가 다 이익이 될 것이

---

52) 그 목적은 대개 두 가지에 있다. 하나는 "노동자 자신의 흥취(興趣)와 기분을 도우기 위함이요 다른 한 가지는 군중의 보조를 마추기 위함이다". 그래서 노동 고(勞動苦)를 잊고 노동 능률을 올리는 것이다.

다." 다른 하나는 "우리 조상들은 사람의 마음이란 것이 머리속에 있는 줄 모르고" 가슴에 있거나 오장육부 가운데 어느 한 곳에 있다고 생각했다.53) 그렇게 생각한 까닭이 무엇이었을까라 자문한 뒤 글을 맺었다. 마음이 머리에 있다는 생각은 무리다. 하지만 굳이 우리 몸과 마음의 관계를 말한 것은 근대 노동장에서도 즐겁게 일할 수 있는 환경이 필요하다는 점을 강조하기 위한 일이었을 것이다. 노동요와 같은 전통 속에서 건강한 예술의 모습을 찾으려 했던 권환의 공리적 기능론이 잘 드러난다.

마지막 5항 '잡감의 잡감'에서는 서양사를 읽은 뒷글 형식을 취했다. 오늘날 세계는 병을 고치기 위한 치료법은 발명하지 못하면서 "한꺼번에 수십만의 생명을 몰살시킬 수 있는 원자탄, 수소탄"을 경쟁적으로 연구하고 있다. 늘 "사람 죽이는 무기과학이 사람 살리는 후생과학보다 앞서 발달"한다. 순자의 성악설이 맞는 것일까? 게다가 "화약과 대포를 발명한 이는 14세기 초 독일인 '슈봐르츠'란 승려였다. '아이로닉'한 사실 아닌가. 또 이 땅의 백성은 오늘날에도 "도로가 일즉 발달"되지 않아, "빈농 아닌 중류 농민"조차 "비료를 등에 지고 운반한다." 일찍부터 수차나 마차를 많이 이용한 서양과 다른 점이다. 그런데 도로의 미발달이 산이 많고 들이 적은 물리적 조건 탓으로는 보이지 않는다. 중국과 같이 들이 많은 지역에도 도로가 일찍 발달하지 못한 점이 터무니다. 역사 전개에 나타나는 모순과 역설, 문화의 개별성과 같은 점을 가볍게 떠올린 자리다.

---

53) 염통이나 위, 쓸개, 또는 허파가 그것이다. 몇 가지 표현을 들어 그 점을 밝히고 있다. 가슴이 답답하다, 비위가 틀린다, 담이 크다, 허파(부아)가 난다와 같은 것이다.

이상으로 권환의 병상 평론 두 편의 속살을 간추려 왔다. 「잡감」은 국문학을 중심으로 하되 동양과 서양 문학을 끌어들인 입장이라면, 「수상록」은 동서양 고전을 중심으로 하되 문학예술 일반과 역사에까지 걸친 차이가 있다. 권환은 그들을 「잡감」은 9장에, 「수상록」은 8장에 나누어 실었다. 맨 앞 1장에는 글을 쓰게 된 '독서' 내력을 먼저 올리고, 2장부터 본문을 펼친 점에서 형식은 둘이 같다. 글의 속살이 방대하나 일찍부터 배우고 따랐던 생각이나 논리가 광복기 이후 임종 직전까지 병상에서 겪었던 독서 체험을 빌려 굳어지고 새로워진 셈이다. 그들을 큰 틀에서 묶어 보면 다음과 같다. 첫째 예술문학 일반론, 둘째 국문학사론, 셋째 우리의 근대와 근대문학론, 마지막으로 넷째 병상 평론으로 미루어 짐작할 수 있는 독서력이 그것이다.

첫째, 예술문학 일반에 걸리는 생각이다. 이는 다시 둘로 볼 수 있다. 첫 번째 예술문학의 기원과 기능, 두 번째 예술문학의 내용/형식과 보편성/특수성 문제가 그것이다. 예술문학의 기원에 관련해 권환은 근본적으로 작가의 사회경제적 토대에서 비롯한다고 보는 발생론을 따른다. 「잡감」 4장 '직업적 공인과 비직업적 시인'에서 자신의 사회적, 계급적 조건에 충실한 작가가 좋은 작품을 쓸 수 있다는 생각이 그와 궤를 같이한다. 그리고 「수상록」 2장 '고시대의 예술 취급'에서 고전 예술에 나타나는 생산자와 소비자 사이 불일치 현상을 눈여겨본 점도 그와 맞물려 있다. 이런 발생론적 기원설은 예술문학의 공리적 기능, 사회변혁적 기능을 강조하게 된다. 따라서 같은 작가라 하더라도 현실에 매몰되지 않고 자신의 계급적 이해를 뛰어넘는 이가 좋은 작가다. 김만중·허균·박지원을 특별히 주목한 까닭이다. 「수상록」 8장 '단편적 잡감'의 5항 '노동과 음악'에서 노동요의 기능성을 주목한 부분도 예술의 공리적 기능론을 따른 경우다. 나아가 권환은 문학의 형식/내용 통합론과 보편성/특수성을 상승적으로 결합한 현실주의 문학을 지목한다. 「수상록」 5장 '예술잡론'에서 건강한 낭만주의의 이상을 포기하지 않은, 전형적 현실의 진실한 묘사에 성공한 현실주의 문학이라는 이상이 그로부터 가능하다고 본다. 6장 '시의 형식적 구속과 용어'에서 기교나 격식을 우위에 두는 시조·한시를 낮추어 보는 입장도 그와 맞물려 있다. 나라잃은시대 계급주의 문학의 이론과 조직을 이끈 이로서 시대적 전환기에서도 나름의 믿음을 끝까지 지키고 있는 모습을 볼 수 있다.

둘째, 국문학사와 관련한 생각이다. 이들은 다시 셋으로 나뉜다. 첫 번째 사론, 두 번째 갈래론, 세 번째 주제론이 그것이다. 먼저, 국문학사에 대한 기본 인식은 둘이다. 먼저 산문에 견준 운문 우월론이다. 「잡감」 2장 '고전의 운문과 산문'이나 「수상록」 2장 '고시대의 예술취급'에서 드러나고 있는 바가 그 점이다. 향가나 고려노래, 조선조의 뛰어난 시조, 특히 사랑시조에서 권환은 운문의 우월성을 본다. 거기에 견주어 산문은 치졸한 구성과 원시적 표현으로 이루어졌다. 한문 산문은 더하다. 한글소설 또한 양반 사회를 향해 서 있는 당대 사회에 적응한 작품일 따름이다. 다음으로 한문학에 견준 한글문학 우월론이다. 권환은 한문학이 우리문학이 아니라는 엄격한 입장을 지킨다. 「잡감」 1장 '고전의 운문과 산문', 2장 '한문학의 운명' 그리고 「잡감」 6장 '두보의 시'에서 한결같이 드러낸 생각이 그것이다. 위항문학과 같은 평민 한문학에 대한 부정적인 인식도 새롭고 굳건하다. 권환은 한글문학의 승리와 발전을 분명히 한 셈이다.

두 번째, 갈래론이다. 국문학 갈래 가운데서 권환이 집중 관심을 드러낸 곳은 시조다. 가사는 언급이 적다. 「잡감」 2장 '고전의 운문과 산문'에서 운문 우월론을 펴는 중요 터무니 가운데 하나가 좋은 시조에서 비롯했다. 게다가 「수상록」 3장 '시조문학의 은일사상', 「잡감」 8장 '시조문학'과 같이 두 차례나 따로 장을 나누어 다룰 정도다. 시조에 대한 권환의 기본 인식은 발생 초기에 나타나는 정치·현실 시조의 긍정적인 측면이 조선조 유교 사회로 내려가면서 봉건시대의 한일문학, 은일문학으로 떨어졌다는 생각에 있다. 그러므로 시조는 마침내 짧은 형식에다 즉흥적일 수 있는 강점에도 사회적 현실이나 계급적 토대와 무관하게 퇴행적이고 소극적인 갈래로 떨어졌다. 그런 가운데서 좋은 시조는 고려 말기와 조선 임진·병란 시기의 역사 현실을 직시한 시조에다 유무명 작가의 사랑시가 보증한다고 본다. 우리 시조에 대한 호오를 날카롭게 드러낸 셈이다.

세 번째, 주제론이다. 우리 문학 가운데서 권환이 한결같이 관심을 지닌 주제는 사랑이다. 그리고 거기서 우리 문학의 우수성을 읽어 낸다. 「잡감」 5장 '문학 주제로서의 연애'와 「수상록」 3장 '시조문학', 「잡감」 2장 '산문과 운문'에서 그 점을 거듭했다. 동서양의 적지 않은 사랑 문학 가운데서도 간절한 주제를 절절하게 담아낸 우리의 사랑시야말로 어디에 내놓아도 손색없다는 자부심이 굳다. 근대시보다도 우수하다. 이러한 권환의 입장은 우리의 사랑 문학이 많고 우수한 탓도 있을 것이다. 거기다 우리 문학에 다가설 수 있는 손쉬운 주제, 무거운 역사성·현실성 맞은쪽에서 생활 감정을 흔하게 드러내는 방식이 사랑이라고 여겼던 결과일 것이다.

셋째, 우리의 근대와 근대문학에 걸리는 생각이다. 이는 다시 셋으로 나뉜다. 첫 번째, 근대 인식에서 권환은 동양적 정체성론을 받아들인다. 그래서 우리 근대는 이식 근대며 근대문학 또한 이식문학이라는 점에 동의한다. 「수상록」 4장 '우리나라 근대사회의 특수성'에서 다룬 부분이 이것이다. 계급론자로서 사회경제 사학계의 성과를 바탕으로 근대와 근대문학 인식을 거듭하고 있다. 두 번째, 근대 문예사조에 대한 생각은 「수상록」 6장 '문학의 제조류'에서 드러난 바다. 건강한 낭만주의를 포함하는 참된 현실주의가 권환의 잣대다. 우리 문학, 서양 문학 할 것 없이 한결같은 눈길이다. 1930년대 앞뒤 시기 계급주의 문학 투쟁 일선에 서 있었던 모습에서 달라짐이 없는 셈이다. 세 번째, 앞날의 문학은 무엇보다 전형적인 현실에 대한 참된 묘사를 보여 주는 현실주의 문학이다. 민족문학이 나아갈 길이 거기에 있다고 못을 박는다. 오랜 현실주의의 원칙을 포기하지 않았다.

넷째, 권환이 읽었을 책의 경향이다. 그들의 밑그림은 가능할 것이다. 광복 뒤부터 1953년 이전에 이루어진, 또는 권환이 손수 읽을 수 있었을 법한 자료가 그들이다. 그렇게 살필 때, 권환의 독서 대상은 크게 네 층위에 걸쳤을 것임을 알 수 있다. 첫 번째, 고전문학 관련 연구서나 역사를 비롯한 일반서다.[54] 두 번째, 고

---

54) 앞의 각주에서 한 차례 이상씩 다루어진 것도 있지만 이 자리에서 그들의 전모를 보이기 위해 다시 올린 경우도 있다. 먼저 연구서다. 고전 문학 연구서와 당대 유포되었던 번역서가 있다. 양주동, 『조선고가연구』, 박문서관, 1946. 조윤제, 『조선시가사강』, 박문출판사, 1946. 『조선시가의 연구』, 을유문화사, 1948. 『국문학사』, 동방문화사, 1949. 『교육 국문학사』, 동국문화사, 1949. 김사엽, 『조선문학사』, 정음사, 1948. 이희승, 『조선문학연구초』, 을유문화사, 1946. 안자산, 『조선문학사』, 한일서점, 1923. 이명선, 『조선문학사』, 조선문학사, 1948. 우리어문학회, 『국문학사』, 수로사, 1948. 권상로, 『조선문학사』, 일반프린트사, 1947. 우리어문학회, 『국문학개론』, 일성당서점, 1949. 고정옥, 『국어국문학요강』, 대학출판사, 1949. 이주홍, 『이조문학개관』, 유인본, 1949. 『국문학발생서설 1』, 유인본, 미상. 김태준, 『조선소설사』, 학예사, 1939. 주왕산, 『조선고대소설사』, 정음사, 1950. 김태준, 『조선한문학사』, 조선어문학회, 1931. 최해종, 『근역한문학사』, 대구사범대학, 1949. 구자균, 『조선평민문학사』, 고려문화사, 1948. 문학

전문학 자료집이나 작품 주석서다.55) 세 번째, 중·고·대학과 같은 각급 학교용의 손쉬운 참고 자료서다.56) 네 번째, 실질적인 작품 원전이다. 한글소설 가운데서 옛소설,57) 서양 유명 작가의 일본판 번역서와 같은 것이 그들이다. 그리하여 네 번째 작품 원전이 맨 아래 자리에 놓이고, 첫 번째 관련 연구서가 맨 위에 놓이는 네 켜의 접촉 공간 사이를 권환은 힘겹게 오르내리며 자료를 찾고 읽었을 것이다. 그리하여 그의 독서력은 영역으로 볼 때 시가, 소설, 한문학에다 동서양 문학, 예술사회학, 경제사·동서양사에까지 드넓게 걸쳤음을 짐작할 수 있다.

개론과 문예사조사에는 아래와 같은 것이 있다. 김기림,『문학개론』, 문우인서관, 1946. 백철,『문학개론』, 동방문화사, 1947. 홍효민,『문학개론』, 일성당서점, 1949. 김동리,『문학개론』, 정음사, 1952. 문예연구회 엮음,『신문학강화』, 청춘사, 1953. 김대균 엮음,『근대문예사조』, 정음사, 1948. 예술사회학적인 자리에 선 번역서로는 아래와 같은 것을 들 수 있다. 콤 아카데미(문학부 옮김),『문학의 본질』, 신학사, 1947. 루나찰스키(편집부 옮김),『조선문학사』, 1947. 비노그라도브(나선영·김영석 옮김),『문학입문』, 신학사, 1948. 누시노브·쎄이트린(백효원 옮김),『문학원론』, 문경사, 1948. 프리체(김용호 옮김),『예술사회학』, 대성출판사, 1948. 장원유인(김영석·김만선·나한 옮김),『예술론』, 개척사, 1948. 프리체(송완순 옮김),『구주문학발달사』, 개척사, 1949.

55) 아래와 같은 것을 들 수 있다. 이희승 엮음,『정정 역대조선문학정화』(권상), 박문출판사, 1947. 박장희 엮음,『국문학선』, 대동사, 1946. 방종현·김형규『문학독본』, 동성사, 1946. 조섭제 엮음,『대학국문학 고전문학수(古典文學粹)』, 자유문학사, 1950. 이명선 엮음,『조선고전문학독본』, 선문사출판부, 1947. 조윤제 엮음,『고대문감(古代文鑑)』, 동국문화사, 1953.

56) 중·고·대학과 같은 각급 학교 참고 자료서는 아래와 같은 것이 있다. 신영철,『고문신석』, 동방문화사, 1949. 이명선,『수업용 자습용 국문해석법연구』, 선문사, 1949. 신기철,『표준국문해석법』, 삼지사, 1950. 동국문화사편집부 엮음,『수업용 자습용 국문해석법연구』, 동국문화사, 1952. 곽종원·윤계현,『완벽 국문문제해석』, 계몽사, 1953. 김사엽,『실력 국문해석법』, 대양출판사, 1953.

57) 김태준 엮음,『춘향전』, 학예사, 1939. 김사엽 교주해설,『춘향전』, 대양출판사, 1952.『춘향전』, 삼문사서점, 1943. 문세영 옮김,『국어대역(國語對譯) 연정(演訂) 춘향가』, 영창서관, 1942.

그런데 광복기와 전쟁 전후기였음을 놓고 볼 때, 권환이 예술 문학의 유물론적, 계급주의적 토대를 한결같이 녹이고 있는 점이 놀랍다. 향가나 위항문학에 대한 비민중성 지적이나, 조윤제·양주동과 같은 주류 국문학계뿐 아니라 이명선·구자균과 같은 좌파 문학사가의 업적까지 차별화한 생각이 빛난다. 따라서 권환의 병상 평론 두 편은 이주홍이 본바 "고전문학의 이해와 천착에 있어서" "아무도 손대어 보지 않았던 깊이가 있는 것"은 아니라 하더라도 "귀중한 연구"임에는 틀림없다. 그가 영면한 뒤인 1950년대 전후, 북한의 주류 국문학계에서 무엇보다 권환이 병상 평론에서 주장했던 실학, 고전문학의 현실성·사회성에 대한 관심과 연구가 봇물 터지듯 이루어졌다.58) 남한학계가 눈뜨기 훨씬 앞선 일이었다. 권환의 병상 평론이 지니고 있는 우리 고전문학에 대한 선도적인 이해를 더욱 보증하는 다른 한 증거가 아닌가.

4. 절명시 「선창 뒷골목」과 현실주의의 승리

권환은 광복기인 1946년에 시집 『동결』을 냈다. 앞서 냈던 1943년의 『자화상』, 1944년의 『윤리』에서 가려 뽑고, 거기에 빠진 작품을 소수 더했다. 출판은 조벽암의 건설출판사에서 맡았

---

58) 북한 학계에서 권환이 고평한 박지원에 대한 연구서가 나오기 시작한 때는 전후기다. 김하명, 「연암 박지원」, 『조선 봉건 말기의 선진 학자들』, 국립출판사, 1954, 76~110쪽. 최익한·홍기문 옮김, 『연암 작품 선집』, 조선작가동맹출판사, 1954. 김하명, 『연암 박지원』, 국립출판사, 1955. 윤세평, 『우리 나라의 애국적 학자 박연암 선생』, 민주청년사, 1955. 윤세평 외, 『박연암 연구』, 작가동맹출판사, 1955. 『박연암 연구 론문집』(연암 박지원 탄생 220 주년 기념), 국립출판사, 1957.

다. 광복기에 몇몇 시인이 지난 시기 낸 작품집에 대한 복간을 서둘렀는데, 권환도 그런 본보기를 보인 셈이다. 그런데 그들 세 권 시집에는 적지 않은 작품이 빠졌다. 뒤늦게 전집을 마련하는 뜻깊은 일을 이루었으나59) 사정은 마찬가지였다. 이제 이 자리를 빌려 병상 평론 두 편과 나란히 권환의 절명시 「선창 뒷골목」을 소개한다. 그런데 이 작품은 단순히 권환의 미발굴 작품 수를 더 하는 일에서 훨씬 더 나아가는 무게와 뜻을 지닌다. 이 자리에서 그 점을 짚어 볼 것이다.

갈빗 샤쓰 입은 동무들아
쇠투구 눌너쓴 동무들아 독일적 곡조의 나팔음을 놉히 불러라
그리고 못조리 태워 버려라 무에든지
독일적이 아닌 글
쎄루만 혼이 업는 책은
엥겔스 고-리키의 것이야 말할 것도 업고
네마르크 씽클레아의 것도 성해방을 짓그리는 히루슈-에르드의
것도
모조리 살어 버리라
　　　　　　　　　—「책을 살으면서-힛틀러의 부르는 노래」 가운데서60)

1930대 초기 권환의 실천적, 조직적 문학 활동기 막바지에 썼 던 시다. 권환은 현상적 말할이로 '힛틀러'를 내세웠다. 그의 인격 과 목소리로 현상적 들을이인 "갈빗 샤쓰 입은 동무들", 곧 나치

---

59) 황선열이 전집 『아름다운 평등』(전망, 2002)을, 이동순·황선열이 『깜박 잊어버린 그 이름: 권환 시전집』(솔, 1998)을 한 차례 묶었다.
60) 『조선일보』, 1933. 8. 16.

당원에게 명령·권고를 아끼지 않는다. "모조리 태워 버려라 무에든지", "모조리 살어 버리"라는 드높은 목소리가 그것이다. 이 작품을 빌려 권환 초기 시의 몇 특성을 짚어 볼 수 있다. 첫째 이념적, 사회적 자아다. 시인은 이 작품에서 개인의 내면 묘사나 정감 표출 대신, 공적 인물인 '힛틀러'의 탈을 쓰고 그의 목소리로 그의 생각을 전달하려 한다. 나치 전체주의의 승리가 그것이다. 이 작품에서는 그러한 공적 말할이의 목소리를 반어 기법을 빌려 거꾸로 드러내고 있을 따름이다. 둘째, 들을이 지향성이다. 들을이를 향한 영탄과 권고, 명령형 목소리는 이 작품의 분위기를 공공적인 것으로 끌어올리는 중요 장치로 작용한다. 자신을 향한 내성의 목소리보다 사회, 이념 현실과 묶여 있는 눈길이 그것이다. 셋째, 선명한 반제국주의 노선이다. 그것은 "엥겔스 고-리키의 것"이나 "네마르크 씽클레아의 것" 또는 "성해방을 짓그리는 히루슈-에르드의 것"으로 표현된다. 히틀러가 실현하고자 했던 나치즘 전체주의에 대한 해방의 목청이 그것이다. 카프 소장파 중심 가운데 한 사람으로서 반봉건 반제국의 걸음걸이로 나아가고자 하는 모습을 이 작품은 여실히 보여 준다. 권환 초기시는 이렇듯 이념을 이념으로 내뱉고 전달하려는 진술의 힘이 강한 웅변이요, 선동적인 직설이었다. 1920년대 후반부터 1930년대 초기 우리 카프 시가 떠맡고자 했던 현장의 목소리를 그의 초기시는 고스란히 담고 있었다.

그런데 이 시를 발표한 다음해, 1934년 그는 신건설사폭거로 말미암은 피검으로 투옥 당한다. 그리고 집행유예로 말미암은 출감. 1935년 카프 해체와 전향기 속에서 그의 시는 내면으로 침잠한다. 더는 내놓고 이념 전선에 서 있음을 공시할 수 없었을 그가 할 수 있는 일은 몸과 목소리를 낮추고 자기 마음자리를

따져 드는 길이었다. 외적 긴장을 개인의 내면으로 응축시킨 목
소리였다.

　바다 같은 속으로
　박쥐처럼 살어지다

　기차(汽車)는 향수(鄕愁)를 실고

　납(鉛) 같은 눈이 소리없이
　외로운 역(驛)을 덮다

　무덤같이 고요한 대합실(待合室)
　뺀치 우에 혼자 앉아
　조을고 있는 늙은 할머니

　웨 그리도 내 어머니와 같은지?
　귤껍질 같은 두 볼이

　젊은 역부(驛夫)의 외투(外套) 자락에서
　툭툭 떨어지는 흰 눈

　한 숭이 두 숭이 식은 난로(煖爐) 우에
　그림을 그리고 살어진다

―「한역(寒驛)」61)

---

61) 『자화상』, 조선출판사, 1943, 42~43쪽.

겨울 추운 역두 풍경에 대한 잔잔한 묘사와 비유가 선명하게 녹아 든 작품이다. 앞에서 본 「책을 살으면서 ─ 힛틀러의 부르는 노래」와는 딴판이다. 무엇보다 현상적 말할이는 '나'로 나타난다. 그는 실제 시인 권환과 일치하는 인격이다. 1인칭 발화자인 시인의 자기감정 표출이 중심에 있다. 게다가 들을이는 바깥에 있는 특정 개인이나 공공 집단이 아니다. "웨 그리도 내 어머니와 같은지?"라는 물음형에서 잘 드러나듯이 이 작품의 들을이는 내포청자인 시인 자신이다. 시인인 권환이 자신에게 독백하는 내성적 모습을 갖추었다. 목소리도 조근조근하다. 공적 자아의 현실을 향한 공공적, 이념적 발화와는 뚜렷하게 나뉘는 내면세계를 펼쳐 보인다. 1930년대 후반부터 광복에 이르기까지 사상 통제, 생활 통제의 질곡 속에서 아픈 몸을 가누면서 어렵사리 헤쳐 나가고 있었던 권환의 모습을 아낌없이 담고 있는 대표작 가운데 한 편이 「한역」이다.

그런데 표현가치라는 쪽에서 볼 때 이 작품의 눈은 이름으로 내세운 '한역' 풍경에 있지 않다. 그런 풍경 속에서 만나는 내 가족 또는 그들을 떠올리는 쓸쓸한 내면이다. 현실 경험 묘사에 기운 현실주의 시라 말할 수 없는 작품이다. 그 점은 주도적으로 쓰이고 있는 직유의 쓰임[62]에서 확인할 수 있다. 직유란 원관념과 보조관념 사이의 이원론적 유사성을 전제로 삼은 표현 방식이다. 따라서 사물이나 세계와 시인 사이 거리감을 기본 정조로 삼

---

62) 이 작품을 비유 표현이라는 틀에서 따지면 아래와 같이 모두 6개의 직유가 핵심 거멀못으로 작용하고 있음을 볼 수 있다. '바다' 같은 어둠, '박쥐처럼' 사라지는 '기차', '납' 같은 '눈', '무덤'같이 고요한 '대합실', "내 어머니와 같은" '할머니', '귤껍질' 같은 '볼'이 그들이다. 그 위에 노골적인 꾸밈말 '외로운', '소리없이', '고요한', '혼자', '늙은'이 느낌을 드러낸다.

는다. 「한역」에서는 시인과 현실이 하나로 옹근 표현 가치를 얻고 있지 못하다. 소시민의 쓸쓸한 자기 정감 토로에 머물 따름이다. 한 시절 온몸으로 현실 투쟁, 이념 투쟁에 몸 바쳤던 투사의 목소리와 사뭇 다르다. 그런데 권환의 절명시 「선창 뒷골목」에서는 다시 목소리가 달라진다.

이켠엔 머리 하아얀 할머니 팥죽 항아리
앞에 낡은 십 원짜리 지화 닷 장을 세고 또 세고

저켠엔 다박머리 종일 재깔거리는
애꾸눈이 계집아이와 썩은 고구마 바구니

그 옆엔 일 전짜리 빠나나빵 굽는
다 해진 군복에 연신 된기침을 쿨룩거리는 수염털보 영감

고급차 찌프 추럭이 지날 때마다
시껌은 진흙물이 사정없이 뛰어 오른다.

생선 비린내 풍기는 선창 뒷골목에
날이 벌써 저물어

고양이처럼 웅그리고 콧물을 흘리는 할머니 등 위에
눈 섞인 구진 빗방울 떨어진다.

—「선창 뒷골목」

이 시의 특징은 일상적 현실 묘사와 서술에 치중한 일원론적

체험을 보여 준다는 데 있다. 그런 점에서 현실주의자로서 권환의 모습이 오롯하다. 밑그림은 "선창 뒷골목"으로 쓴 마산 어시장 쪽이다. 때는 전쟁기나 전쟁 직후, 시인이 나들이가 가능했을 시기의 겨울 해질녘. 말할이는 숨겨진 일인칭 나다. 그는 실제시인 권환과 같은 인물이다. 시인은 거기서 만난 몇몇 장사꾼을 응시한다. '할머니'와 '계집아이' 그리고 "수염털보 영감"이 그들이다. 하나같이 곤궁하여 혼자 삶을 짐 지기 어려운 처지에 놓인 이들이다. '할머니'는 팥죽을 쑤어 판다. '계집아이'는 전쟁의 상흔인지 어린 나이에 애꾸눈이에다 고구마 팔이로 나앉았다. 게다가 '빠나나빵'을 굽는 "수염털보 영감"은 연신 '된기침'을 해 댄다. 그들의 현실은 해질녘처럼 암울하고 처연하다. 궂은 비까지 내리니 더하다. 시인은 그러한 선창 뒷골목의 한 풍경을 여섯 토막 열두 줄, 길지 않은 시를 빌려 읽는이 앞에 담담하나 꼼꼼하게 그려 보여 준다.

앞의 세 토막은 세 사람에 대한 묘사적 서술을 한 토막에 한 사람씩 늘어놓은 자리다. 그들은 '이켠'과 '저켠' 그리고 "그 옆에"라는 장소 표지를 빌려 나뉜 채 장사를 벌이고 있다. 말할이 나는 '이켠', 곧 "머리 하아얀 할머니"와 같은 쪽에 서서 그들을 바라본다. '할머니'는 오지 않는 손님을 기다리며 '지화'를 세고 또 센다. 해가 꼬박 지기 앞까지 팥죽을 다 팔 수 있을 것 같지 않다. 둘째 토막은 '저켠'에서 '고구마'를 팔며 앉은 "애꾸눈이 계집아이"에 대한 묘사적 서술이다. 어려움 속에서도 '다박머리'로 '종일'을 '재깔'거릴 듯이 밝다. 철없어 보이는 그런 모습이 말할이를 더 슬프게 한다. 어쩌다 눈을 다쳐 '애꾸눈이'가 되었을까. 전쟁의 파편이 소녀의 삶에 너무 깊은 상처를 팠다. 앞으로 이어질 삶은 어떨까. '계집아이' "앞에 놓인" "썩은 고구마 바구니"

속 고구마처럼 자꾸 밀려날 수밖에 없을 것이다. 셋째 토막에서는 소녀 '옆에'서 "빠나나빵 굽는" "수염털보 영감"으로 눈길을 옮긴다. 그는 "다 해진 군복에 연신 된기침을 쿨룩"거린다. 전장에 나간 아들 소식도 듣지 못한 지 오래일 것이다. 아니면 아들이 전사한 뒤 남은 식솔을 나이 든 몸으로 책임져야 하는 처지인지 모른다. '된기침'으로 보아 노점도 오래 할 수 있을 것 같지 않다. 할머니도 계집아이도 영감도 전쟁의 포연 두텁게 내린 항구의 '뒷골목'에서조차 살아가기 힘든 이들이다.

하나같이 가장자리로 밀려 앉은 그들의 삶은 앞으로도 비에 젖어 질척거리는 듯 더욱 어려울 것이다. 그런 가운데를 세상은 한껏 자랑스럽게 짓치고 지나간다. 넷째 토막이 그 점을 보여 준다. 세 사람이 놓인 길의 정황을 서술하고 있는 자리다. 길거리로 나앉은 그네의 삶과 너무나 다르게 "고급차 찌프 추럭"은 힘차게 지나친다. "시컴은 진흙물"을 장난처럼 '사정없이' 튀긴다. 팥죽 파는 할머니도 고구마 파는 계집아이도 빠나나빵 구워 파는 수염털보 영감도 진흙물을 그냥 맞을 수밖에 없다. 앞으로 다가올 하루하루가 그들에게는 진흙탕처럼 '사정없이' 닥쳐올 어려움과 난처함뿐일 것이다.

다섯 째 토막은 시의 전반적인 장소 정황을 마련하는 자리다. 진눈깨비가 내려 질척일 뿐 아니라 "생선 비린내" 심하게 풍기는 "선창 뒷골목"에는 벌써 날이 저문다. 말할이는 날 저무는 시각 뒷골목 '이컨'에 서서 조용히 둘레를 지켜본다.

여섯째 토막은 마무리 자리다. 시인은 다시 '이컨' 말할이 곁에서 팥죽을 팔고 있는 할머니에게로 눈길을 거둔다. 그리고 할머니에 대한 꼼꼼한 묘사로 시를 맺는다. 할머니는 "콧물을 흘리"며 전을 거둘 준비를 할까 말까 망설인다. 저문 해에 기온도 쑥 내려서기 시작했다. 할머니의 웅크린 모습이 고양이 같다. 그것도 늙은 고양이. 이 작품에서 그려지고 있는 세 사람 가운데서 할머니가 나머지 둘을 온축할 만큼 중심인물임을 여섯째 토막은 말해 주는 셈이다.

전체적으로 여섯 토막은 앞의 세 토막과 나머지 한 토막씩, 모두 네 토막 기승전결의 전통적인 짜임새를 지녔다. 그를 빌려 시인은 겨울 해질녘 진눈깨비 내리는 마산의 "선창 뒷골목"에 서서 길을 사이에 두고 '이켠'에서 '저켠'으로 눈길을 나아갔다 다시 '이켠'으로 거두어들이면서 어렵사리 삶을 이어가고 있는 전쟁기 후방민의 모습을 마음에 그려 담았다. 그들의 삶은 "눈 섞인 구진 빗방울"처럼 하루하루 고통과 가난 그리고 아픔으로 젖을 것이다. 말할이 또한 그들과 다를 바 없이 허파꽈리를 녹이며 사는 가난한 시인 아닌가. 권환은 전쟁기 마산항 뒷골목에서 그 슬프고 처연한 풍경을 조용히 읊조렸다. 표현적 재치라고는 마지막 토막에 있는 직유, '고양이' 하나에서만 드러난다. 나머지는 소박하다 할 만큼 평면적인 묘사와 서술이다.

그런데 이렇듯 일상 현실을 속속들이 되살려 내는 힘은 권환의 시에서 볼 수 있었던 자질이 아니었다. 앞에서 든 「책을 살으면서 ─힛틀러의 부르는 노래」에서 살핀 바와 같이 격렬 계급주의자로서 반제 항쟁 전선에 나선 직정적인 목소리와는 판이하다. 뿐만 아니라 「한역」에서 본 바와 같이 개인 내면의 시도 아니다.

사실주의는 문학을 구성하는 근본 요소라 본다. 그리하여 '예술은 반다시 현실의 거짓 없는 표현이어야 하며

(…줄임…)

정열적 희망적 건설적인 낭만주의와 현실을 진실하게 묘사하는

진정한 사실주의로 발전할 것은 틀림없다. 그러한 문학이야말로 명일(明日)의 문학 민족이 요구하는 문학일 것이다.

(…줄임…)

그러면 특수성과 보편성을 다 같이 가진 예술은 어떤 것인가, 그것은 말할 것도 없이 전형적 현실의 진실한 묘사이다.

「수상록」6장 '문학의 제조류'에서 명확하게 밝힌 권환 문학관의 요체를 다시 한 번 옮겼다. 사실주의, 곧 현실주의 원칙 아래서 특수성과 보편성을 지닌 "전형적 현실의 진실한 묘사"가 그것이다. 한 겨레 안쪽에서 저질러진 이념 상잔의 참화가 휩쓸고 있는 1950년대 전쟁기 자리에서 권환이 다시 한 번 굳세게 확인하는 것은 놀랍게도 현실주의 원칙이었다. 그리고 그의 절명시 「선창 뒷골목」이야말로 그 원칙을 오롯이 작품으로 웅변하고 있는 것이 아닌가. 그 점은 다 같이 현실을 그리면서도 직유 기법으로 현실과 거리를 둔 채 시인의 내면 표출에 초점이 있었던 「한역」에 견주어 보면 더욱 뚜렷해진다. 물론 「선창 뒷골목」 또한 몇 가지 꾸밈말을 쓰고 있다. '썩은', '해진', '쿨룩거리는', '시껌은', '사정없이', '구진'과 같은 것이다. 그러나 그들은 감정적인 측면이 앞으로 도드라지지 않는, 묘사적 자질에 녹아 든 표현일 따름이다. 비유 표현도 직유로 칠해졌던 「한역」과는 사뭇 다르다. 맨 뒤 여섯 째 토막, "고양이처럼 웅그리고 콧물을 흘리는 할머니" 한 곳에만 쓰이고 있을 따름이다. 이 자리를 더 높은 통합적 비유로서 "고양이 할머니"라는 은유로 압축했다고 하자. 그렇다면 이 작품이 담고 있는 현실성이 아연 가라앉아 버릴 것이다. 소박하나 아주 적확한 비유적 기교가 마지막 토막의 고양이 직유다.

권환의 「선창 뒷골목」은 국가 동원, 국체 수호를 위한 정훈문학이나 그와 무관한 서정시들이 주류를 이루고 있을 시대, 현실주의 이념 문학을 내세우기 어려웠을 문학사회 환경63) 아래서 자신이 평생 믿고 따랐던 현실주의의 길, 전형적 현실의 참된 묘사에 이른 것이다. 같은 '할머니'라 하더라도 「한역」에서는 여느 할머니의 모습에서 자신의 어머니를 떠올리며 회한에 젖는 모습이었다.64) 그러나 「선창 뒷골목」의 할머니는 시인과 함께, 시인보다 먼저, 그리고 시인이 죽은 뒤에도 이 땅에서 살아갈 그의 아내며, 그의 어머니며, 우리 모두의 할머니가 아닌가. 전쟁기 암담한 현실 속에서 그려 낸 마산 지역 「선창 뒷골목」의 모습은 전쟁기를 뛰어넘는 진실성과 보편성을 얻고 있는 셈이다. 마지막 숨을 거둘 때까지 권환의 내면에 사그라지지 않은 '참된 현실주의'를 향한 "정열적 희망적 건설적인 낭만주의"적 노력의 결과라 하지 않을 수 없다.

다시 말해 권환은 참된 현실주의의 강령을 끝까지 포기하지 않고, 처음이자 마지막으로 시 「선창 뒷골목」으로 실천하고 있는 셈이다. 처음이라는 점은 권환의 적지 않은 시 가운데서 가장 현실주의 시로서 성공한 작품이 「선창 뒷골목」이라는 뜻이다. 마지

---

63) 1948년 이후 귀향 시기부터 임종 때까지 권환을 둘러싼 지역의 문학사회 동향 또한 사뭇 격렬 우파 일색이었다. 마산에서는 격렬 반공주의자 조향이 앞서고, 릴케에 빠졌던 미학주의자 김춘수와 같은 젊은이가 『로만파』에다 『낙타』로 조직을 바꾸어 가면서 지역문학 앞쪽에 서 있었다. 거기에 서울 조선청년문학가협회 구성원 곧, 김동리·서정주·박목월과 같은 이들이 거들었다. 젊은 정진업은 부산에서 정론시를 쓰다 '빨갱이'로 몰려 신문사에서 쫓겨나고, 청년 김태홍은 아직 문단 전면에 나서지 않았을 때다. 피란살이나 병구완을 위해 내려와 있었던 이원섭, 구상 들과도 만날 일이 없었다.

64) 광복기 재수록 시집 『동결』을 낼 때, 권환은 「한역」을 뺐다. 소시민적 개인성 때문이었을 것이다. 마지막 시 「선창 뒷골목」의 의의를 짚는 디딤돌이 될 일이다.

막이라는 점은 시인으로서 자신의 생애 맨 마지막에 쓴 작품이라는 뜻이다. 따라서 시인으로서 앞서 쓴 작품에 견준다면 「선창 뒷골목」은 가장 비권환적인 작품이다. 가장 비권환적인 작품이 가장 권환적인 것이 되는 놀라운 드라마가 시 「선창 뒷골목」에 도사리고 있다. 「선창 뒷골목」의 궁극이 여기에 있다. 현실주의자면서도 불꽃처럼 타오르고 싶었지만 이를 수 없었던 이상주의자 권환이 마지막에 이른 높은 자리가 그곳이다. 안타깝고 원통한 쉰두 살 젊은 나이로 명목한 권환의 마지막 시, 「선창 뒷골목」이야말로 권환 문학의 절정일 뿐 아니라, 근대 경남 지역시, 한국 근대 현실주의 시 백 년의 가장 높은 자리에 놓일 작품이라 하지 않을 수 없다.

5. 마무리

권환은 섬나라 경도제국대학을 졸업한, 나라잃은시대 으뜸 수준 지식인이었다. 그럼에도 그는 걸맞은 직업사회에 몸을 실어 한 몸 안일을 좇지 않았다. 계급주의 노선에 서서 항왜 반제 투쟁에 몸을 던졌다. 카프 소장파 대표 이론가이자 실천가로서 1920년대 후반과 1930년대 초반의 격렬 투쟁 앞자리에 서 있었다. 그러다 1년에 걸친 피검을 겪고 피폐해진 몸과 마음으로 피식민지 말기의 어두운 골짜기를 건너섰다. 을유광복 뒤 잠시 문학사회에 나섰다 다시 물러앉았다. 그리하여 짙은 가난과 깊은 지병을 껴안고 임종했던 1954년 7월까지 그의 만년에 대해서 알려진 바는 많지 않다. 이 글은 그의 임종 앞뒤로 발표된 최후 작품 세 편을 새로 찾아 소개하는 목표 아래 이루어졌다. 이제 짧게 논의를 줄인다.

첫째, 권환은 절명작 세 편을 경상남도 기관지 『경남공보』·『경남공론』에 발표했다. 평론 「병중독서잡감: 우리 고전문학을 중심으로」는 생시인 1952년에 2회, 「병상독서수상록: 고전을 주로」는 영면한 뒤인 1954년 12월부터 1955년 4월에 걸쳐 3회, 그리고 시 「선창 뒷골목」은 6월에 실었다. 이들은 1948년 고향 마산으로 귀향해 요양 생활을 거듭하며 읽게 된 책의 독후문 형식의 두 평론과 이와 비슷한 시기에 쓴 시다. 각별히 병상 평론에는 병세 호전, 벗 이주홍의 격려·독려가 근인으로 작용했다. 또한 광복기 당대 전문가의 일반을 향한 가벼운 글쓰기에 대한 사전 학습, 거기다 구체적인 이념 소속이나 현실을 내세울 수 없었던 시대 환경과 같은 외인이 작용했을 것이다. 따라서 열렬 계급주의자며 현장 비평가였던 그가 삶의 신산이 극도에 이른 시기에 본격문학과 떨어져 우리 국문학과 동서양 고전, 일반서에 눈을 돌려 그들에 대한 독서와 그 체험을 남기는 특별한 경우를 이루었다.

둘째, 「병중독서잡감」은 우리 국문학을 중심으로 삼되 동양과 서양 문학을 끌어들인 글이고, 「병중독서수상록」은 동서양 고전을 중심으로 하되 문학예술 일반과 역사에까지 걸친 글이다. 둘다 1장에서는 쓰게 된 독서 내력을 먼저 올리고, 2장부터 본문을 펼친 점에서 같다. 글의 속살은 크게 셋으로 나뉜다. 첫 번째, 예술문학 일반에 대해서는 발생론적 기원설과 공리적 기능론을 따르고 있음을 볼 수 있다. 그리하여 내용/형식, 보편성/특수성을 통합하는 참된 현실주의 문학에 대한 믿음을 보여 준다. 두 번째, 국문학사론에서는 산문에 견주어 운문 우월론, 한문학에 대한 한글문학의 승리와 발전을 분명히 했다. 갈래론에서는 봉건시대의 은일문학으로서 시조에 대한 집중적인 이해와 비판이 돋보였다.

주제론에서는 사랑 문학의 우수성을 한결같이 믿었다. 그리고 세 번째, 근대문학론에서는 동양적 정체론에 바탕을 둔 이식 근대론과 이식문학론을 바탕으로, 바람직한 문예사조는 건강한 낭만주의를 포기하지 않는 현실주의 원칙임을 재확인했다. 따라서 만년까지 사회주의자·현실주의자로서 믿음을 버리지 않았던 한결같음뿐 아니라, 그런 눈길로 당대 주류 국문학계와 경계를 분명히 한 고전 읽기의 선도적인 이해가 돋보인다.

셋째, 권환의 절명시 「선창 뒷골목」은 열두 줄 여섯 토막을 갖춘 작품이다. 그들은 다시 '선창 뒷골목'의 인물 묘사, 장소 정황, 시공간 배경 제시, 다시 중심인물 묘사로 이어진 네 묶음으로 간추릴 수 있다. 그를 빌려 권환은 마산항 선창 뒷골목에 대한 응시와 관찰의 눈길을 담담하나 꼼꼼하게 보여 준다. 그런데 이 작품은 초기시에서 보는 바와 같은 이념적 자아의 직정적인 목소리나 1930년대 후반 이후 전향기에 나타나는 내면 성찰의 목소리에서 벗어나 알맞은 거리에서 현실을 속속들이 그려 담는 놀라운 솜씨를 보여 준다. 두 편의 병상 평론에서 확인할 수 있었던 바와 같이 전쟁기와 전후기를 거치는 동안에도 사그라지지 않았던 현실주의자로서 권환의 원칙이 작품으로 오롯하게 구현된 삶의 처음이자 마지막 모습인 셈이다. 비록 원통한 쉰두 살 나이로 명목했지만 권환의 마지막 시, 「선창 뒷골목」이야말로 권환 문학의 절정일 뿐 아니라, 우리 근대 현실주의 시의 백미라 할 수 있다.

마산 지역 근대문학에서 볼 때, 권환은 국권회복기 국채보상의 열에 몸을 내던졌던 1910년대 동양자 김광제 지사의 뒤를 이어 1920년대부터 지역문학의 의기와 열기를 온몸으로 감당하고자 했던 문인이다. 그의 삶과 죽음은 문학의 현실주의, 공공적 이상주의에 대한 믿음을 지닌 적지 않은 마산 지역문학인에게 꾸준한 사표가 되어 왔다. 이 글에서 발굴, 보고한 세 편의 절명작과 그로부터 알게 된 둘레 환경으로 말미암아 그동안 알려지지 않았던 권환 만년의 삶과 문학에 더 가까이 다가설 수 있게 되었다. 벗에다 이념적 중심마저 북으로 다 옮겨가 버린 황량한 전쟁기 전후 남한 사회에서 병고와 가난 속에 눌러앉아 잊혀진 속에서도 자신의 믿음을 고스란히 실천해 가는 모습은 참으로 비장하다. 권환 문학의 마지막 불꽃이자, 그의 삶에서 가장 환하고 밝은 불꽃이기도 한 절명작을 이음매로 삼아 그에 대한 관심과 사랑까지 불붙기 바란다.

권환민족문학관의 건립과 운영

1. 들머리

경남·부산 지역은 한국 근대문학사 속에서 지닌 무게가 남다르다. 그것을 확인이라도 하듯 이 지역에 세워진 문학관은 수에서부터 다른 곳에 견주어 월등하다. 2007년 4월 현재 나라 안에서 확인할 수 있는 36개소[1] 가운데서 경남·부산에 있는 문학관도 여럿이다. 부산 추리문학관(1992년 개관)을 처음으로 삼아 진해 경남문학관(2001), 부산 이주홍문학관(2002), 마산 마산문학관(2005), 그리고 부산 요산문학관(2006)이 그 속에 든다. 게다가 앞으로 사천 박재삼문학관을 비롯하여 문학관이 들어설 소지역은 몇 군데 더 늘어날 전망이다.

---

[1] 이 가운데서 한국문학관협회에 등록되어 있는 곳은 서른 곳 정도다. 그 하나하나는 해당 기관의 누리집(www.munhakwan.com)에서 도움을 받거나, 『전국 문학관 찾아가기: 문향을 따라가다』(한국문학관협회, 2007)를 참고 바란다.

경남·부산에 흩어져 있는 이러한 문학관은 지역 근대문학 유산을 갈무리하고, 그것과 함께했던 우리의 집합 기억을 재구성·재생산하는 중요한 장소로 자리를 굳혀 가고 있다. 그러나 속을 들여다보면 문학관으로서 맡은 바 기능을 다하고 있는 곳을 찾기란 쉽지 않다. 그런대로 운영 초기에다 마산시에서 손수 꾸리고 있는 이점을 지닌 마산문학관 한 곳만 소극적이나마 이름에 걸맞은 활동을 보일 따름이다. 단순한 소장품 보존 전시나 다른 기관에서 죄 할 수 있을 문학 행사를 되풀이하는 데서 나아가 지역의 앞날에 대한 믿음까지 심어 줄 수 있는 장소로서 문학관을 올려 세우려는 의지를 엿보기는 힘들다.

이러한 문제는 문학관 설치 초기 단계에서부터 막연한 목표의식을 가지고 출발하여 구조적인 준비 부족을 벗어나지 못하거나, 문을 연 뒤에도 운영 주체가 지닌 역량 부족에 그 까닭이 크다. 극단을 좇아서 말한다면 앞으로 유산을 보존하는 일만으로도 곧 상품 생산이 되는 적극적인 문화 시대가 올 것이다. 유무형의 지역 문화유산과 그것을 가치 생산의 한 주도동기로 삼으려는 노력이 많아지리라는 뜻이다. 앞날을 제대로 준비하면서 지역 판촉까지 겨냥할 수 있는 바탕을 마련한다면 문화 구심점으로서 문학관의 역할은 더욱 무거워질 전망이다.

이 글은 이런 가운데서 경남·부산 권역인 마산 지역에 새롭게 설치를 가시화하고 있는 권환민족문학관의 설립[2]과 운영에 대

---

2) 올해로 4회째 권환문학축전을 이끌고 있는 경남지역문학회에서는 내부 발전 계획으로 일찍부터 권환민족문학관 설치를 기획하고, 공론의 기회를 기다리고 있었다. 이즈음에 들어 그 일이 보다 가시권 안으로 들어서고 있다. 이 글은 지역문학 연구 가운데서도 그러한 지역사회의 요구에 맞물린 문학 행정 관련 논의다.

한 공론을 이끌어 내기 위해 마련한 제언이다. 목표에 다가서기 위해 첫째 권환민족문학관 설립의 당위성, 둘째 권환민족문학관 설립에 따른 공간 설치 계획, 셋째 운영 방향이라는 세 매듭으로 묶어 논의를 이끌고자 한다. 꼼꼼한 세부에 다가서지 못하는 한계가 있음에도 이 글로 말미암아 마산을 중심으로 우리 근대 민족문학의 발굴과 보존, 연구와 전승의 핵심 장소로서 권환민족문학관 설치를 위한 공론이 실질을 얻기 바란다.

2. 건립의 당위성

문학관은 문학을 이음매로 삼은 박물관[3]이다. 개인 문학관이든 지역 문학관이든 그렇지 않으면 주제 문학관이든, 모든 문학관은 문학에 관한 유무형의 자산과 기억을 갈무리한다. 그리고 그것을 문화유산으로 뒤 세대에게 이어 주는 몫을 떠맡는다. 이러한 문학관은 오늘날 우리 사회에서 중요한 문화 촉매 공간으로서 지닌 바 몫이 더욱 커지고 있다. 이미 도시관광이나 문화관광의 주요 유인요소로 자라난 곳도 있다.[4]

그런데 문학관은 그것을 세우는 주체나 지역 공동체의 문화역량과 맞물리지 않을 수 없다. 그런 점에서 건립에 따르는 사회

---

3) 국제박물관회의에서는 박물관을 "자연, 문화 환경의 값어치가 있는 물질 증거를 여러 방법으로 수집, 보존, 연구, 개발하여 전시라는 행위를 빌려 사회 발전에 이바지하도록 공개함으로써 연구와 교육, 과학에 이바지하는 비영리적이고 항구적인 시설" 가운데 하나로 정의하고 있다. 국제박물관회의(ICOM)의 정관 2장(이난영, 『신판 박물관학 입문』, 삼화출판사, 1983, 11쪽에서 되따옴).
4) 대표적인 곳이 강원도의 이효석문학관이나 김유정문학촌일 것이다. 문학관은 아니지만 하동의 최참판댁 또한 문학 관광의 주요 목표지가 되고 있다.

적 동의를 확인하고, 세워졌다 하더라도 역할에 맞는 공공적 정합성을 거듭 키워 나가야 한다. 특정 개인이나 문중의 자발적인 씨족 기념물과는 문제가 다른 셈이다. 각별히 우리 경우 가까운 시기 민족 분단과 왜곡된 정치 현실에 따른 사회적 소통의 파행은 문학사회 안쪽만 보더라도 재검증이 필요한 사안을 한둘 아니게 저질러 놓았다.

따라서 권환민족문학관 설립에 나타날 여러 문제는 앞으로 한국 문학관의 건립과 운영에 미래지향적인 한 본보기로 남을지 모른다. 그 점은 이제껏 지역이나 국가 안쪽에서 권환 문학에 대한 이해가 소극적이었고, 실체 파악과 사회 공론화 경험이 대중적이지 않았다는 사실로부터 말미암는다. 권환민족문학관의 설치와 바람직한 운영은 마산 지역에 묶인 문제가 아니다. 널리 새롭고도 진취적인 지역문화 촉매 시설 가운데 한 모범으로 자랄 수 있을 가능성이 그만큼 오롯하다고 할 수 있다.

1) 권환과 민족문학의 전개

권환은 1903년 경남 마산시 진전면 오서리에서 태어나 1954년 마산 완월동에서 영면했다. 쉰두 해 짧은 삶을 살다 간 분이다. 그는 1924년부터 문학 활동을 시작하여 경인전쟁의 포연이 채 가시지도 않은 어수선한 시기에 마산 우거에서 빈한한 삶을 마무리했다.[5] 그런데 권환은 이제까지 우리 문학사에서 그 이룬 바,

---

5) 권환의 삶에 대해서는 2004년 관련 단체에서 세운 유택 표지석 명문에 잘 간추려져 있다. 글쓴이가 쓴 그것을 참고 삼아 이 자리에 올린다.

"보광산 자락 이곳에는 한국 계급문학의 중심에서 겨레사랑을 올곧게 실천한 시인 권환(본명 권경완)이 반려 조성남 여사와 함께 잠들어 있다. 시인은 1903년

끼친 바에 견주어 논의가 제자리에 오르지 못한 이 가운데 한 사람이다. 근대 문학사를 명성의 사회학이라는 쪽에서 살필 때 과대평가된 이와 과소평가된 이로 크게 나눌 수 있다면 권환이야 말로 여러 점에서 과소평가되어 온 대표 문인이다. 이제 그 점을 세 쪽에서 짚고자 한다.

첫째, 권환은 1920년대 중반부터 1950년대 경인년 전쟁기까지 민족의 피지배와 분단에 이르는 시기, 그것을 자신의 온몸에 아로새기며 살다 간 문학인이다. 그는 한국 민족문학 좌파 노선의 처음부터 끝까지 앞자리에 서 있었다. 어린이문학과 평론, 시, 소설, 희곡에다 조직 활동에 이르는 다채로운 창작 역정은 그가 겪

여기서 내려다보이는 경남 마산시 진전면 오서리에서 태어났다. 마을 경행학교에서 배운 뒤 1919년 서울로 올라가 중동학교·휘문고보를 마쳤다. 1924년 왜국 산형고교를 거쳐 1926년 경도제국대학 독문과에 입학하였다.

시인은 1924년 『조선문단』 12월호에 「아즈메의 사(死)」를 실으면서 작품 활동을 시작하였다. 그 뒤 『신소년』·『별나라』·『조선지광』을 비롯한 여러 매체에 시·소설·어린이문학·평론·희곡에 걸쳐 다채로운 문학 활동을 펼쳤다. 일찌감치 겨레문학의 방향에 대해 고심했던 시인은 경도제대를 졸업한 1929년부터 카프 동경지부에 들어가 본격적으로 조직 활동을 벌였다.

같은 해 귀국하여 중외일보 기자로 몸을 담고, 카프 중앙위원 기술부 책임을 맡아 계급문학 2차 방향전환을 앞에서 이끌었다. 소장파의 핵심 맹원으로 창작과 이론, 조직 활동에 열성을 다했다. 시인은 1934년 신건설사폭거로 말미암은 카프 2차 검거 때 왜로에게 붙잡혀 고초를 겪었다. 1935년 카프 해체 뒤 지병인 결핵 탓으로 옥에서 나와 요양 생활에 들어섰다.

시인은 을유광복을 맞이하여 조선문학가동맹 제2대 서기장으로 다시 열정적인 문학 활동을 시작하였다. 그러나 병고가 더욱 깊어져 1948년부터 고향 마산에 머물며 오랜 병마와 싸웠다. 온 나라가 비에 젖은 1954년 7월 30일 시인은 완월동에서 가난과 병마에 꺾이고 말았다. 낸 시집으로 『카프시인집』(1931)·『자화상』(1943)·『윤리』(1944)·『동결(凍結)』(1946)이 있다.

나라잃은시대의 깜깜한 어둠 속에서 몸과 마음을 다해 겨레문학의 불꽃을 피워 내고 스스로 그 불꽃으로 깨끗하게 돌아간 사람이 권환이다. 시인을 기리는 제1회 권환문학축전을 맞이하여 삼가 이 자리에 유택 표지석을 세운다.

2004년 5월 22일. 경남지역문학회·권환문학축전위원회."

었을 좌절과 고통의 무게를 암시한다. 그는 자신이 믿는 문학의 대의를 위해 일신의 고달픔과 고통을 삼키며 희생했던 이다.6) 이러한 면모는 카프에 몸담았던 여느 문학인과 뚜렷이 나뉘는 연속성과 진정성을 지닌다. 그럼에도 민족문학인으로서 권환은 부분적으로 다루어졌거나, 상대적으로 평가가 적극적이었다고 말하기 어렵다.7)

---

6) 그의 마지막 수필인 「병상독서수상록」에서 그가 겪은 삶 자락을 엿볼 수 있다. "나는 요양 생활에 들어간 후부터 인생의 낙이란 전연 모르고 지내왔다. 부귀, 공명, 강령 등등 모든 낙이 나에겐 하나도 없을 뿐 아니라 그와 반대인 병, 빈(貧), 고독, 우배(憂盃), 고통이 있을 뿐이다. 청춘시절에만 가질 수 있는 행복과 쾌락은 더구나 있을 수 없다. 한 잔 술 한 모금 담배의 일시적 낙은 원래부터 나에게 없다. 근 십 년간 찰나 동안이라도 낙과 기쁨은 느껴 본 적이 없으며 단 한번이라도 간담(肝膽) 속에 우러나온 유쾌한 웃음을 웃어 본 일이 없다. 그러나 나에게도 담담한 특수적 낙이 있을 때가 있다. 그것은 읽고 싶은 책을 읽을 때이다. 낮이나 밤이나 읽고 싶은 책을 읽을 그 동안에는 모든 우수와 고통을 잊어버린다. 그러나 읽고 싶은 책을 마음대로 사 볼 수 있는 가정 형편도 아니다. 돌아다닐 건강도 아니다." 박태일, 「권환의 절명 수필을 읽으며」, 『국제신문』, 국제신문사, 2006. 4. 23. 나라잃은시기 후기에 나타난 그의 부왜적인 작품 몇 편도 이런 자리에서 살펴져야 한다. 경남·부산 지역문학에서 볼 때 자유주의자면서 현실 추수주의자였던 유치환이나 이원수와 다른 권환의 진정성을 엿볼 수 있는 자리다. 왜로 제국주의의 폭압적인 사상 탄압에 따른 전향과 이른바 대화숙 참여라는 그의 굴절된 삶의 타율성이 바로 드러난다.

7) 1930년을 앞뒤로 한 시기 카프 소장파의 주요 활동 인물로 묶어 다룬 논의들이 대표적인 것이다. 연구사를 검토할 자리가 아니지만, 이제까지 이루어진 논의들을 들면 아래와 같다. 박승극, 「최근의 창작평: 권환의 시편들」, 『조선일보』, 조선일보사, 1933. 10. 4. 김팔봉, 「시집 권환 저 『자화상』」, 『매일신보』, 매일신보사, 1943. 9. 11~12. 윤곤강, 「『자화상』의 인상」, 『조광』, 조선일보사, 1943. 박승극, 「『자화상』을 읽고서」, 『동양지광』 12월호, 동양지광사, 1943. 조동민, 「소박한 서정과 향수의 세계: 권환론」, 『현대시』 7월호, 한국문연, 1987. 박건명, 「권환론」, 『건국어문학』 13·14합집, 건국대 국어국문학연구회, 1989. 역사문제연구소 문학사연구모임, 『카프문학운동연구』, 역사비평사, 1989. 박덕은, 「권환의 작품세계」, 『금호문화』, 금호문화재단, 1990. 김재홍, 「볼세비키 프로시인, 권환」, 『카프시인비평』, 서울대학교출판부, 1990. 오성호, 「권환 시의 변모와 그 의미」, 『1930년대 민족문학의 인식』, 한길사, 1990. 권은경, 「권환 시

둘째, 권환은 근대 경남·부산 지역문학의 형성과 전개에 활발한 주체며 견인자 역할이 남달랐다. 각별히 매체 활동에 재능이 많았던 향파 이주홍과 앞서고 뒤서면서 그는 계기 계기마다 지역문학인의 성장과 발전에 깃대 역할을 마다하지 않았다. 그에 힘입어 경남·부산 지역 문학인들—손풍산·김병호·이구월·신고송·양우정·엄흥섭·남대우를 비롯한 문인들이 자리 잡을 수 있는 터가 넓어졌다. 그의 직·간접 지원 활동은 광복기로 나아가면서 김상훈·박산운과 같은 지역 청년 시인의 활발한 활동까지 예고하는 것이었다.

연구」, 경남대학교 석사논문, 1990. 정재찬, 「시와 정치의 긴장관계: 시인 권환론」, 『한국 현대리얼리즘 시인론』, 태학사, 1990. 목진숙, 「권환 연구」, 창원대학교 석사논문, 1990. 채수영, 「시의 전경과 후경의 조화: 권환론」, 『해금시인의 정신지리』, 느티나무, 1991. 김호정, 「권환 시의 변모양상 연구」, 부산대학교 석사논문, 1993. 김종호, 「권환 시의 변모양상 연구」, 상지대학교 석사논문, 1994. 김용직, 「이념 우선주의: 권환론」, 『한국현대시사 1』, 한국문연, 1996. 곽은희, 「권환 시 연구」, 영남대학교 석사논문, 1997. 황선열, 「현실, 그 갈등과 성찰의 공간: 권환의 시세계」, 『오늘의 문예비평』 여름호, 세종출판사, 1998. 황선열, 「순결한 민족시인, 권환」, 『신생』 겨울호, 전망, 1999. 최예열, 「카프 서사시의 일고찰: 임화·박세영·권환을 중심으로」, 『대전어문학』 16집, 대전대학교 국어국문학과, 1999. 이창훈, 「일제강점기 권환 시 연구」, 울산대학교 석사논문, 1999. 조봉제, 「가난과 병고로 생애를 마치다: 시인 권환의 경우」, 『문학세계』 3·4월호, 문학세계사, 1999. 김성윤, 「동결된 자화상」, 『시와생명』 겨울호, 시와생명사, 2000. 허정, 「권환 시의 변모와 그 연속성」, 『목화와 콩』, 전망, 2001. 민병기, 「아지·프로시의 선구자 권환」, 『마산문학』 25호, 마산문인협회, 2001. 김성윤, 「권환과 카프문학: 권환의 시세계를 중심으로」, 『목화와 콩』, 전망, 2001. 황선열, 「프로극의 한 유형: 권환의 희곡」, 『경남작가』 2003년 상반기. 김윤식, 「혁명시인 에른스트 톨러와 카프시인 권환」, 『시와비평』 10호, 경남지역문학회, 2005. 김종호, 「권환의 농민소설의 성과와 한계」, 『한국문예비평연구』 18집, 한국문예비평학회, 2005. 황선열, 「권환문학 연구의 현황과 과제」, 『민족문화논총』 33집, 부산대학교 민족문화연구소, 2006. 한정호, 「권환의 문학행보와 마산살이」, 『지역문학연구』 가을호, 경남·부산지역문학회, 2005. 이순욱, 「권환의 삶과 문학 활동」, 『어문학』 95호, 한국어문학회, 2006.

셋째, 마산 지역에서 볼 때 그는 대표적인 현실주의자로서 상징적 높이가 우뚝하다. 마산문학은 이은상으로 대표되는 언어주의와 권환을 거쳐 정진업으로 나아가는 현실주의라는 두 축이 서로 길항하면서 문학의 부름커를 키워 왔다. 권환은 대종교를 당당히 자신의 종교로 공언하면서 청소년기를 보낸 뒤 그러한 의기를 민족 현실을 향한 눈길로 굳히고 한번도 흩뜨리지 않았던 이다. 그리고 그 전통을 뒤 세대에게 고스란히 이어 준 문학인이다. 권환을 꼭대기로 앞과 뒤로 이어진 정신사의 발굴과 연구야말로 지역 가치의 너른 터를 마련하는 중요한 계기가 될 것이다.

살펴본 바와 같이 권환은 소극적인 뜻의 시인, 평론가에 머물지 않는다. 거기서 한 발 나아가 바른 삶의 길을 위해 자신을 희생한 우리 근대 민족문학사의 대표 문인이다. 그를 빌려 경남·부산 지역문학뿐 아니라 마산 지역문학이 한국 문학의 핵심 장소 가운데 한 곳임을 확인할 수 있다. 그에 대한 사회적 현양은 이런 점에서 민족문학이라는 축을 중심으로 국가문학과 지역문학, 그리고 지식인의 삶이라는 세 부름커를 끌어안은 중요한 창조적 상상력의 텃밭이라 할 만하다. 그에 대한 추모가 개인 문제가 아니라 지역과 국가를 넘어 겨레 영역으로 올라서는 까닭이 여기에 있다.

2) 권환 문학의 미래

권환 문학은 '환'이라는 이름 그대로 마산 지역에서부터 새로운 불꽃이 될 전망이다. 그가 잊혀지고 묻혔던 세월만큼 더 속도를 붙여 번져 나가야 할 불길인 셈이다. 그 점은 세 쪽에서 짚어볼 수 있다. 첫째, 한국 근대 민족문학사 좌파 노선 문학의 새로운 발굴과 보존, 연구, 재구성을 위한 이음매다. 이 일은 한국 문학을 바라보는 드넓은 눈길을 우리에게 열어 줄 것이다. 광복기 혼란과 분단 고착으로 이어진 오랜 세월 동안 묻혀 버린 근대문학의 한 뿌리가 제자리를 찾는 드라마가 그를 빌려 가능할 것이다. 그런 점에서 권환 문학은 이제 출발점에 선 청년 문학이다. 또 다른, 적지 않은 '권환'을 찾아내기 위한 드넓은 장소가 권환이다.

둘째, 경남·부산 지역문학지에 깃들어 있는 잘못된 명성의 인습을 재조정하면서 지역문학 전통을 마땅하게 세워 나갈 디딤돌이 권환이다. 권환 문학에 대한 관심을 빌려, 적어도 경남·부산 지역문학은 두텁고도 무거운 문학적 진실을 새로 찾을 수 있을 것이다. 그것은 가장자리 문학인에 대한 사랑일 수도 있고, 지역사회의 문학 권력과 명성 체계에 대한 혁신일 수도 있다. 넘치는 자리는 들어내고, 모자라는 자리는 채워 주어야 할 어려운 과제가 국가문학뿐 아니라 지역 문학사회 안에 고스란히 남아 있다. 권환 문학으로 말미암아 그 일이 가능할 참이다.

셋째, 마산을 중심으로 한 지역 정신지의 한 고리가 권환을 빌려 복원될 수 있다. 그것은 근대 밀양·의령의 광복 의열 정신, 통영 통제영 문화를 엮는 민족적 고심과 변혁에 대한 꿈을 재구성하는 지름길이 권환이 어릴 적 뛰어놀았던 경행재의 민족교육에 있는 까닭이다. 권환이 태반을 묻은 곳이자 정신의 원점인 마산 오서리 경행재(경행학교)는 새로운 지역성 발굴과 가치 정향을 알리는 심지다. 그리고 그 불꽃 안에 권환이 우뚝하게 서 있다.

권환은 국가적이면서 지역적인 대표 문학인이다. 무엇보다 사람답게 살려고 한 성실한 지식인이었다. 실패와 좌절, 낙담과 절망을 오랜 세월 되겪으면서 그가 지키고자 했을 삶의 진정성을 찾고 넓혀 나가려는 노력이 깊게 이루어져야 한다. 권환민족문학관은 그 모든 일의 구심점이 될 전망이다. 권환은 아직 자신의 문학을 우리 앞에 제대로 펼쳐 놓지 못했다. 그의 문학을 짊어지고 새롭게 나아가는 어려운 일의 들머리에 권환문학축전이 있고 권환민족문학관이 놓인다. 권환은 어느새 마산의 가슴에, 겨레의 하늘에 또박또박 자신의 문학사를 새로 쓰기 시작했다.

3. 문학관의 설치와 마산의 지역 이미지

1) 됨됨이와 기능

권환민족문학관은 권환 한 사람을 위한 개인 전시공간이 아니다. 권환을 이음매로 삼아 민족문학과 지역문학, 그리고 마산문학을 하나로 자아올리는 두레박과 같은 역할을 맡을 곳이다. 따라서 그 일컬음은 권환민족문학관이 가장 바람직할 것으로 보인다. 권환문학관과 한국민족문학관으로 나아가는 쪽도 있다. 그러나 앞선 이름은 권환 문학의 적극적인 값어치를 담아내지 못할 약점이 있다. 뒤선 이름은 전국 규모 문학관에 마땅한 것이다.[8] 권환민족문학관은 권환의 개별성과 민족적 범위를 아우를 수 있는 강점을 지닌 일컬음이다.

권환민족문학관의 목표는 이러한 일컬음에 걸맞은 것이어야 한다. 지역문학 유산의 복원을 꾀하는 박물관 고유의 기능에서 더 나아가 "지역문화의 중심, 열린 문화공간"으로 나아가는 '복합

---

8) 문학관에는 종합 문학관, 전국 규모의 문학박물관, 지역(도립·시립·군립) 문학관, 개인 문학관, 그리고 소규모 주제 문학관 들과 같이 여러 유형이 있을 수 있다.

문화공간'9)이 그것이다. 둘레 환경이나 자연과 공생하는 박물관, 실내 개념에서 실외 개념으로 넓혀진 야외 문학관 형태를 힘껏 살릴 수 있는 곳이 오서리 일대다. 권환민족문학관은 생태공원, 정원문학관일 뿐 아니라 소규모 지역문화관까지 겨냥할 일이다. 오늘날 마산은 전반적으로 경제 활력을 잃고 있다. 마산으로서는 실질적인 경제 유인과 주요 문화 촉매 기관 가운데 하나로 권환민족문학관 건립을 바라보아야 한다는 뜻이다.

따라서 권환민족문학관은 아래 세 가지 됨됨이를 고려해야 한다. 첫째, 한국 민족문학사에 대한 국가적 학습장 역할이다. 한국 근대 민족문학의 핵심 동력 가운데 하나인 권환 문학을 발굴·연구·현양하는 일에서부터 시작하여 19세기 중반부터 20세기 중반까지 거의 100년에 걸치는 한국 민족문학의 전통과 관련한 사료의 수집과 전시·보존·연구로 나아가는 적극적인 자세가 그것이다. 오늘날 한국 근대 민족문학사의 큰 줄기를 갈무리할 수 있는 공간은 아무 데도 없다. 그 작품집과 매체, 문학유산을 한 맥으로 간추리고 정보를 제공하는 일까지 맡을 작으나 효율적인 정보지식 생산 장소가 권환민족문학관이다.

둘째, 마산의 바람직한 지역가치뿐 아니라 경남·부산의 지역성 창발과 지역학 발전을 위한 중심 기구 역할이다. 지역 후발 문학관으로서 오늘날 경남·부산의 어느 문학관도 해 내지 못하고 있는 역할을 권환민족문학관이 맡는다는 뜻이다. 권환 문학을 이음매로 삼은 경남·부산 지역문학 사료의 발굴과 보존, 연구는 지역 공동체의 문학 기억을 재구성하고 재생산하는 획기적인 전

---

9) 김종우·윤학로도 우리 문학관들은 프랑스식의, 지역주민을 위한 '복합문화공간'으로 나아가야 할 것이라 제언하고 있다. 「김유정문학촌과 이효석문학관의 운영현황과 전망」, 『비교문학』 41집, 한국비교문학회, 2007, 376쪽.

기를 마련할 수 있을 것이다. 그런 점에서 권환민족문학관에 거는 기대는 출발부터 마산 지역을 뛰어넘는다.

셋째, 교외학습의 구심점이다. 권환민족문학관이 들어설 오서리 일대는 바다와 산, 그리고 들과 같은 심미자본이 잘 어우러진 곳이다. 게다가 둘레 갯가 지역과 내륙으로 손쉬운 접근이 가능하다. 따라서 아직도 개발 열풍이 덜 휩쓸고 있는 이곳은 자연환경과 인문환경을 잘 묶어 각급 학교나 시민 학습의 자리로 가꾸어 나가기 마땅한 지역이다. 지역민의 총체 문화향유 시설로서 그와 맞물린 마산 지역학습, 지역성 창출의 기능을 도맡을 수 있다.

문학관의 1차 기능[10]은 자료 수집과 정리 보존이다. 그리고 그에 대한 연구가 잇따른다. 이때 수집할 것에는 직접 자료뿐 아니라 간접 자료도 있다. 문학관에서 1차 자료는 당연히 문학사의 증거가 되는 작품과 매체, 유품들이다. 간접 자료로는 작가의 영상물이나 구술 비디오 같은 것도 있다. 문학관의 2차 기능은 활용 기능이다. 그것은 교육·보급 활동과 이용자 조직 활동 그리고 다른 유사기관과 연계한 실외 기능을 포함한다. 권환민족문학관은 1차 기능과 2차 기능 모두에 충실한 지역 핵심 문학관으로 자라기 위한 여러 조건을 갖추게 될 것이다.

권환민족문학관은 국가적 의의에다 경남·부산 지역의 지역성, 마산의 장소성까지 지니고 있다. 범위는 소지역에서 대지역으로 나아가며 열린 문화복합공간을 지향한다. 권환민족문학관은 민족교육과 경남·부산 중지역의 바람직한 지역성 창발의 학술기관, 마산 소지역 교외학습의 열린 중심으로 자리 잡을 것이다. 이런 전제 위에서 설치에 대한 고심과 논의는 더욱 구체적으로

---

10) 加藤有次의 분류에 따른다. 加藤有次, 『博物館學序論』, 응산각출판, 1987, 77쪽.

깊어져야 한다. 공간 배치와 시설 또한 이 점을 극대화하기 위한 길로 마련할 일이다.

2) 공간 배치와 시설 계획

권환민족문학관 자리는 권환 시인이 어릴 적 꿈을 가꾼 경행재 둘레가 가장 바람직하다. 경행재와 곁의 장터, 그리고 문학관을 한 구역으로 묶는 방안이다. 만약 그것이 뜻 같지 않다면 오서리 일대 어느 곳을 자리로 잡더라도 무리는 없어 보인다. 오서리는 관람객이 걸음걸이로 이동이 가능한 작은 보행 도시촌이다. 편의 시설을 집단화하기도 좋다. 게다가 가까이 바다와 숲을 품고 있다. 어느 곳에 세우든지 중요한 점은 둘레 풍광과 자연 환경을 잘 고려하면서 넓은 시계를 얻는 일이다.

공간 계획은 일반 문학관 틀거리를 따르되 3층 배치가 바람직스럽다. 권환민족문학관의 역할에 맞는 사료 발굴과 갈무리를 위한 수장·연구 공간에 무게를 주기 위한 길이다. 상설 전시에 머무는 문학관이라는 소극적인 공간 계획과 달라지는 셈이다. 세부는 두고서 거시적으로 전체 공간은 살필 때 모두 네 매듭으로 나누어 볼 수 있다.

첫째, 전시공간이다. 이곳은 상설 전시와 특별 전시를 할 수 있도록 충분한 넓이를 지녀야 한다. 한 개인을 뛰어넘는 민족문학사의 줄거리를 잡아갈 수 있도록 공간을 기획할 필요가 있다. 대체로 1층은 상설 전시실을 중심으로 관리공간이 들어설 자리다. 2층과 복도 쪽은 특별 전시실이 중심이다. 전시공간 계획에서 유의할 점은 조도와 습도, 온도를 한결같이 최적화할 수 있는 시설을 갖춘다는 점이다. 특히 문학문화재는 둘레 환경에 민감한 문헌 자료라는 특성을 지닌다. 전시물에 손상을 적게 입힐 수 있는 보존과학적 고려가 필수적이다.

둘째, 조사·연구 공간이다. 문헌의 기증·구입·대여·보존·연구에 필요한 기획과 관리를 하는 공간이다. 이곳에서 가장 중요한 자리는 도서실이다. 보존과학적 처리를 거친 3층 귀중본 서고와 자료실로 이원화된 공간이 그것이다. 문헌 자료에서부터 영상물과 구술물, 문서류까지 포함한 많은 국가·지역 사료를 발 빠르게 발굴, 갈무리하고 그것을 디지털 유산으로 남기는 전자 유물관 역할을 할 수 있는 적극적인 기획이 필요하다. 전자인식 시스템으로 관리하는 민족문학 전문도서관, 사이버 문헌관 역할이 권환 민족문학관의 핵심일 수 있다.

셋째, 교육·보급 활동을 위한 공간이다. 관람객 학습 홍보용 세미나실과 강당, 정보 열람을 위한 디지털 정보실은 필수적이다. 그리고 시민 학습을 위한 간이 열람실이나 지역 청소년을 위한 사이버열람실 또한 마찬가지다. 나아가 문학관 활동을 다져나가는 일에 주요한 이음매가 될 권환기념사업회나 경남지역문학회와 같은 기관의 업무공간 또한 빠뜨리지 말아야 한다. 그리고 뜰에 노천 극장 시설을 마련하고, 권환 흉상과 시비를 더해 소규모 문학공원 꼴로 나아갈 일이다.

넷째, 상업적 휴게 시설을 포함하는 서비스와 공공 공간이다. 시판화 체험 공간, 기념품 판매대, 권환 문학과 오서리 일대를 묶어 탐경할 수 있는 옥상의 열린 조망 시설은 마땅한 휴게 공간이 될 것이다. 주요 관람층이 될 아이들을 위한 오락과 학습·독서 공간, 컴퓨터와 인터넷 서비스 환경 구축, 장애인 배려 시설이 필요하다. 가벼운 식음료, 주차에 대한 고려 또한 빠질 수 없다. 문학관 둘레에서 마땅한 휴게 공간을 얻기 힘들다면 경행재에서 보광산 권환 유택으로 이어지는 길과 산자락을 적극 휴게와 문학 체험 공간으로 끌어들이는 길도 있다.

크게 네 가지로 나누어 권환민족문학관에서 필수적인 공간 영역을 짚어 본 셈이다. 이러한 기획 위에서 관람객과 이용자를 위한 동선 처리와 공간 줄거리를 개발해야 한다. 그것을 제대로 가져가기 위한 미시적 고려는 매우 다양할 것이다. 유물 보존에 알맞은 환경 보전, 재해 안전 장치, 도난과 분실에 대한 고려, 소화 시설, 조명기구에 의한 손상 방지책, 취급자나 관람객에 의한 피해를 줄이기 위한 보존 장치를 마련하는 일이 그들이다. 전시실 환경—밀폐 유리장 안의 빛에 의한 열 증가와 훼손, 특히 책과 문서에 민감한 자외선과 습기 처리11)—이 각별하게 다루어져야 함은 물론이다.

3) 행정 조직과 관리

문학관을 움직이는 직원은 문학관의 목표와 기능에 따라 달라진다. 본디 모든 문학관은 관람 대상으로서 소장품과 학예사 그리고 건물이라는 세 가지 요소를 틀거리로 삼는다. 이들이 엮어내는 양질의 문화 행위가 문학관의 중핵이다. 권환민족문학관 또한 권환을 이음매로 한 한국 민족문학 박물관이 되기 위한 기능적인 조직과 인적 배치가 필요하다. 먼저 문제 삼아야 할 점은 문학관 운영 주체다. 이에는 무엇보다 문학관이 비영리 시설이지

---

11) 데이비드 딘(전승보 옮김), 『미술관 전시, 이론에서 실천까지』, 학고재, 2000, 105~124쪽. 최광남 엮음, 『문화재의 과학적 보존』, 대원사, 1994. 전시 환경에 대한 미시적인 고려 사항에 대한 구체적인 본보기를 들고 있어 두루 도움을 받을 수 있다.

만, 공공적 편익이 어느 곳보다 다채롭게 개발될 수 있는 장소라는 데에 눈길을 둘 필요가 있다.

따라서 가장 좋은 길은 마산시의 전문 시립문학관으로 나아가는 쪽이다. 마산시가 예산과 행정 지원을 맡고, 그에 따른 인적 배치를 해야 한다. 현재 마산문학관의 조직이나 운영 방식과 궤가 같다. 관장은 당연직으로 마산시장이 된다. 그리고 그 아래 문학학예사를 두어 관련 기획과 운영을 위한 자율성을 지니게 한다. 여기에 행정 사무 관리자와 문학관 보안 안전 요원이 뒤를 따른다. 그런데 마산시가 운영 주체가 되는 이러한 방법은 관의 소극성과 비전문성 탓에 권환 문학을 고리로 삼은 한국의 민족문학관 운영으로 나아가는 데에는 한계가 있을 수 있다.

이러한 방식이 어렵다면 지원과 운영을 이원화하는 길이 있다. 마산시는 예산·행정 지원과 시설 보수를 맡고, 실제 운영은 권환 기념사업회나 권환문학축전을 이끌고 있는 경남지역문학회가 맡는 방향이다. 이미 경주의 동리목월문학관에서 볼 수 있는 바다. 완전한 사설 기구 위탁이나 시설공단과 같은 공익기관에서 맡는 방법보다 훨씬 전문성과 유연성을 살릴 수 있는 길이다. 그러나 이 경우 마산시가 지원 재정에 대하여 적극적이고도 유연한 자리에 서지 않는다면 문학관 운영은 용두사미가 될 위험이 있다.

현재로써는 첫째와 둘째, 어느 방법이나 권환민족문학관을 주제 문학관으로 나아가게 하기 위한 최소 방안으로 보인다. 시설공단에서 맡는 길은 문학의 특수성과 운영의 효율성을 떨어뜨릴 위험이 있다. 그런데 어디로 운영주체가 결정되든 권환민족문학관 건립이 가시화하면 바삐 이루어져야 할 일은 문학학예사를 두는 일이다. 기본 공간 배치와 시설 기획, 사료 수집, 중장기 계획을 세워 설치 초기단계에서부터 전문성을 살린 문학관으로 틀을 잡아 나가기 위한 전제 조건이다. 이 점은 이미 마산문학관을 세울 때 문학학예사를 둔 보기가 있어 설치에는 어려움이 없을 것이다.

전문 문학학예사는 학예 연구직, 교육 기획직이다. 문학관 운영에 따른 중장기 계획 수립, 정책 개발을 하는 문학 행정 요원이다. 일의 됨됨이로 볼 때 수집·조사·연구·출판에 중점을 두는 연구직과 전시, 홍보와 교육까지 맡는 교육직으로 나누어 최소 두 명을 두는 길이 바람직스럽다. 전문 학예사 배치는 권환민족문학관 설치와 앞날을 위해 무엇보다 중요한 전제 조건이다. 단기·장기에 걸쳐 문학관 운영의 승패는 자질과 역량을 두루 갖춘 학예사 제도의 적극적 운용에 있을지 모른다. 오늘날 신설을 서두르고 있는 다른 지역 문학관에서도 마산문학관을 본으로 삼아 문학학예사 제도를 기정사실화하고 있다. 그의 역량에 따라서는 지역 교육 현장과 시민사회를 엮어 내는 연결망까지 가능할 전망이다.

문학관의 관리와 안전을 위한 행정 직원 배치도 필수적이다. 그리고 이러한 경상 조직 밑에 진전면사무소, 지역 문학동호회와 주민 공동체를 중심으로 자원봉사자나 지원 단체가 놓인다. 문학관이 해당 지역 문화 향유의 구심점일 수 있음을 주민 스스로 확인하고 역량을 키워 나갈 수 있는 바탕이다.

4. 운영과 문학 행정

문학관 행정은 앞으로 더욱 다변화할 것이다. 발 빠른 준비가 필요하다. 바탕이 되는 문학유산 수집, 보존에서부터 공공 부문 사업까지 범위가 넓혀질 것이다. 물론 이 일에는 공공 지원이나 기업 문예후원 활동, 또는 이용자의 여가 행태까지 맞물려 쉽게 결정할 수 없는 어려움이 있다. 그럼에도 지역 문학관이 문학문화재를 빌려 지역가치를 재생산하며 지역 이미지를 키워 나가는 데에 효율적인 도구가 되리라는 사실에는 달라짐이 없다. 권환민족문학관의 운영과 기획 방향을 여기서는 모두 세 가지 영역으로 나누어 살피고자 한다. 이를 빌려 권환민족문학관의 미래 전망까지 자연스럽게 내다볼 수 있을 것이다.

1) 문화 기획

권환민족문학관의 중심 문화 행정은 무엇보다 권환 문학을 축으로 삼은 한국 근대 민족문학 유산의 발굴과 보존, 전시와 연구, 홍보가 첫째다. 민족문학 안쪽의 자산뿐 아니라 반민족 문학에 대한 발굴·연구 작업으로 이어질 활동은 문학계뿐 아니라, 일반 시민사회에도 신선한 의제가 될 것이다. 이에 따라 문학관의 상설 전시/특별 기획 전시가 여러 방법으로 이루어질 수 있다. 권환민족문학관 설립에 가장 특징적인 역할과 사회적 정합성을 보증해 줄 일거리다.

전시 행정은 문학관 안쪽에 머물지 않고, 열린 전시 개념으로 나아가야 한다. 문학관 소통뿐 아니라 문학관 바깥 소통에도 관심을 가져야 한다는 뜻이다. 문학 문헌은 비교적 옮기는 일이 손쉽다. 경남·부산 지역만 하더라도 이동 전시가 가능한 장소가 여러 군데다. 문학관이나 박물관이 아니더라도 지역 순회 전시나 학교, 병원, 쇼핑센터와 같은 것을 활용한 이동 전시 프로그램이 가능하다. 온/오프라인을 빌린 동태적인 기획, 홍보와 출판 작업 또한 필수 동력이 될 참이다. 수집, 보존하고 있는 문학 문헌을 화석으로 만들지 않고 열린 문화소통 자리로 내놓기 위한 다채로운 노력이 적극 필요하다.

권환민족문학관의 주요 문화 기획 가운데 다른 하나는 질 높은 교육 프로그램이다. 오늘날 문학관이 지닌 역할 가운데 무게가 더해 가고 있는 쪽이 이 자리다. 그것에는 공공 강좌에서부터 학교, 학생, 학보모, 가족 강좌와 같은 것을 모두 고려해야 한다.12) 전시 세미나, 작가와 대화, 그리고 스스로 창작 체험까지 맛볼 수 있을 개방 교육 강좌 개발은 필수적이다. 어떻게 알차게 지역 문화 확산에 이음매 역할을 다할 것인가를 고심해야 한다.

문화 기획에는 시기 배분도 문제가 된다. 보기를 들어 특별 전시 기획은 이용객이 줄어드는 겨울은 피하는 것이 좋다. 여름을 앞뒤로 특별 전시 기획을 하고, 겨울에는 교육 강좌에 초점을 두는 방안이 그것이다. 김종우·윤학로에 따르면 프랑스의 경우, 한 해 가운데서 4월부터 10월까지 이른바 시즌 중에만 개관하고 비시즌에는 문을 닫거나 예약을 통한 단체관람객을 받아들이는 방식으로 운영하는 문학관이 대다수라고 한다.13)

2) 경제 기획

권환민족문학관은 다른 문학관과 마찬가지로 비영리로 꾸려가는 공익 기관이다. 그러나 오늘날 문학관은 지역 산업 가운데 하나로 나아가는 추세다. 경제 분야와 적극 맞물려야 한다는 뜻이다. 이 점은 단순히 재정 이익을 보기 위한 데 머물기보다는

---

12) 김형숙, 『미술관과 소통』, 예경, 2001, 150쪽.
13) 김종우·윤학로, 앞서 든 글, 401쪽.

지역 문화와 지역 경제 활성화를 위한 추진력을 문학 경영에서 얻을 수 있다는 믿음을 반영한다. 전시 행정에만 머물지 않고, 시장 전략까지 고려하는 쪽으로 나아가야 할 것이다.

따라서 서둘러 관심을 두어야 할 자리는 한국 근대문학의 모체가 되는 여러 매체에 대한 관리와 그것의 상품화 기획이다. 보기를 들어 근대 양장본 문학 사료의 복원·보수·디지털화하는 보존 과학을 교육하고 그것을 실습하는 연수 아카데미로 문학관의 자생력을 갖추는 길이 그 하나다. 이런 기획은 권환민족문학관이 여느 문학박물관과 달리 많은 한국 민족문학 관련 사료를 갈무리할 것이라는 점을 염두에 둔 중기 발전 방안이다. 그리고 이를 위해 가까운 지역 대학이나 관련 기관과 협조 체제를 갖출 필요가 있다.[14)]

이러한 보기 말고도 문학관의 원활한 운용 재원을 얻기 위한 경제 활동이 있을 수 있다. 자치행정부의 재정 부담을 줄이면서 문학관 기능을 살려 나가기 위해서는 민간 후원이 필수적이다. 이 일을 위해 마산 지역 기업 문예후원 활동을 활용하고 단체나 문중, 개인 후원자, 자원봉사자를 늘려 나가는 길을 찾아야 한다. 지역 자치행정부에서는 문학관 운영을 위해 공공 문화 재정의 일정액을 내어놓는 조례를 마련할 필요도 있다.

지역 출판, 언론과도 역할 분담이 필요하다. 문학 출판사나 언론 행사장으로 문학관을 열고 공동 사업을 마련할 수 있다. 재고 문학도서 판매전이나 도서교환 행사는 걸음마에 지나지 않는다.

---

14) 또한 충분한 기획 준비만 따라 준다면 전시 홍보물이나 세미나 연구물의 상업 출판이 가능할 전망이다. 그리고 온·오프라인 자료실의 운용 또한 경제 관점에서 다가설 필요가 있다. 문학관에서 운영하는 문학관광에다 식음료 제공, 회의실 대여, 그리고 입장료를 받는 특별 전시회와 같은 일도 고려 대상이다.

지역 언론과 함께하는 문학관광도 어렵지 않은 일이다. 권환민족문학관이 지역 정체성과 지역 이미지 제고를 위해 마련할 사업과 기획 강좌의 승패는 문학관 안쪽의 문제라기보다 마산, 나아가 경남·부산 지역 모두에 걸린 일이다. 열린 행정과 적극적인 지원이 뒤따라야 한다.

3) 관광 기획

관광 기획에서 볼 때 권환민족문학관은 그 자리부터 좋은 조건을 갖추고 있다. 마산은 앞으로 역할이 매우 다채롭게 커져 갈 남해안관광권과 맞닿은 통로 지역이다. 오서리 둘레의 문화재화와 심미자본 또한 개발 가능성이 크다. 게다가 권역 안에 근대 초기 영화인인 강호[15])의 고향 봉곡리까지 있다. 이런 점은 권환민족문학관의 관광 기획이 여러 방향으로 이루어질 수 있을 것임을 암시한다. 경남 바다 지역 문화·생태관광의 한 중심축 가운데 권환민족문학관을 놓기 위한 방안 모색을 지금부터 꾀해야 한다. 이를 위해 단기적으로는 권환문학축전의 확대와 조정이 절실

---

15) 강호는 본디 이름이 강윤희다. 1908년 마산시 진전면 봉곡리 525번지에서 태어나 권환과 같이 경행학교를 거쳐 일본 경도예술대학을 졸업했다. 1927년 카프에 가입했고, 1931년 경남·부산 지역 어린이문학인들이 중심이 되어 낸 동요집 『불별』에 삽화를 그렸다. 1932년 월간잡지 『우리동무』의 편집을 맡았다. 『우리동무』 사건으로 왜로 경찰에 체포되어 3년, 1938년 조선일보사에서 일할 때 다시 체포되어 5년, 모두 8년 동안 옥살이를 했다. 을유광복 뒤 남조선연극동맹의 서기장으로 활동하다 1946년 박헌영의 문화노선을 반대하는 성명서를 발표하고 월북했던 미술가, 영화 제작자, 감독, 시나리오 작가, 연극 연출가다. 강호와 권환을 묶는 문학단지는 아래 글에서 제시했다. 박태일·한정호, 「경남 지역 근대 문학문화재 지표조사」, 『경남의 교육과 문화 연구』, 경남대학교 경남지역문제연구원, 2004, 247쪽.

하다. 권환을 기리는 공식 행사로서 유일한 권환문학축전은 올해로 4회를 맞이한다. 행사 초기다. 현재까지 어려운 재정과 소극적인 기획 탓에 본격 전국 문학 축전으로 자리 잡지 못하고 있다. 재정 지원부터 현실화시켜 질 높은 행사로 뿌리내릴 수 있도록 끌어야 하겠다. 물론 권환민족문학관이 마련되면 훨씬 조직적인 상시 기획이 이루어질 수 있다. 그리하여 권환문학축전과 권환민족문학관이 상승작용을 일으킬 내용을 지금부터 꼼꼼하게 짚어가며 실천에 옮길 일이다.

중장기적으로 오서리와 그 일대를 권환민족문학관 중심으로 구획, 재개발하는 일이 놓여 있다. 시공간 배치와 공간 변화를 새롭게 하여 도시관광, 문화관광의 흡인요소를 단지화하는 길이다. 먼저 권환과 관련된 오서리의 문화재화 복원과 설치가 필요하다. 현재로써는 근대 경남 지역의 대표적인 민족 사학의 하나였던 경행재 시설 보수, 권환 생가 복원, 흉상과 시비 건립, 유택 가는 길과 보광산을 따른 시비공원과 같은 문학체험 공간 설치, 강호 문학비 설치와 같은 관광요소를 함께 구상해야 한다.

이를 바탕으로 양촌 온천 단지의 확대 재정비, 해안 지대의 생태공원화 사업, 보광산과 적석산으로 이어지는 자전거 주제 도로 개발이나 중거리 산악 마라톤 달림길 개발도 어렵지만은 않을 것이다. 게다가 한국항구박물관, 한국주류박물관 또는 세계인권박물관과 같이 마산시의 지역성과 맞물린 전문 박물관 기획도 아울러 이어질 수 있다. 권환민족문학관을 중심으로 새롭게 집중화한 이러한 도시관광, 문화관광의 흡인요소는 고스란히 마산의 지역 이미지로 거듭날 것이다. 게다가 관광요소의 집중은 비성수기 때에도 마산 지역 방문 기회를 늘리는 효과가 있다. 문학애호가만 찾는 권환민족문학관이 아닌 시민사회로 널리 열린, 지역가

치 생산의 중심 공간이 이로부터 이루어질 전망이다.16)

5. 마무리

이 글은 마산 지역사회를 중심으로 권환민족문학관 설치에 대한 공론을 이끌어 내기 위해 마련했다. 논의가 당위론에 치우칠 수밖에 없었다. 그렇지만 더 나아가기 위한 물꼬는 틔운 셈이다. 논의를 줄여 마무리한다.

권환은 나라잃은시기와 분단기에 걸쳐 한국 근대 좌파 민족문학을 처음부터 끝까지 이끈 문학인이다. 게다가 그는 경남·부산 지역문학의 형성과 전개에 핵심 견인자였다. 마산 지역문학에서도 현실주의 문학 전통을 이끈 장본인이다. 그러나 권환 문학을

---

16) 권환민족문학관과는 사정이 다르지만 김유정문학촌과 이효석문학관을 살핀 뒤 문학관 운영 모델을 제시하고 있는 유일한 글이 김종우·윤학로다. 거기서 논의한 마무리를 덧붙인다. 그것이 권환민족문학관이 떠맡아 나가야 할 문제와 바로 이어지는 까닭에 본보기로 삼을 만하다. 첫째, 문학관이 문학연구 기능과 문학 대중화 역할을 충실히 수행하기 위해 전문 인력을 확보해야 한다. 지역자치단체의 재정 지원과 민간단체의 전적인 위탁 운영을 권하고 있다. 둘째, 안정적인 운영예산의 확보를 위하여 단순히 경상운영비와 인건비를 지자체에서 부담하는 선에서 더 적극적으로 나아가, 지자체에서 연간 일정액을 문화사업비로 책정하는 제도적 방안과 관람료 수입의 일부를 문학관 자체예산으로 돌려 문화사업비로 환원하는 제도적 방안 강구를 권하고 있다. 셋째, 경제적 효율성을 노리는 운영을 위한 다양한 방안을 강구하기 위해, 개관을 프랑스와 같이 성수기인 4월부터 10월까지 하거나 비철에는 단체예약 관람객만 받는 것과 같이 하여 운영비 절감을 권하고 있다. 넷째, 문학관 고유의 기능이 잘 발휘될 수 있도록 시설물을 보완하거나 신설해야 한다고 지적한다. 이에는 문학창작 풍토 조성을 위한 문학관에 숙박시설 설치와 같은 방안을 비롯해 문화적 감동을 전달할 수 있는 공간 창출의 필요성을 제시하고 있다. 김종우·윤학로, 앞에서 든 글, 401~402쪽.

기리고 그를 이음매로 삼은 문학관 설치는 걸음마 단계다. 그의 문학이 세상에 뒤늦게 알려지게 된 일과 마찬가지로 그 일 또한 늦어진 셈이다. 권환 문학을 디딤돌로 19세기 후반부터 20세기 중반까지 100년에 가까운 한국 근대 민족문학사의 핵심 사료의 발굴과 보존, 전시 연구, 홍보 기관으로서 권환민족문학관은 마산의 특화한 지역성 창출의 한 바탕이 될 것임에 틀림없다.

권환민족문학관은 권환을 이음매로 삼아 민족문학과 지역문학, 그리고 마산문학을 하나로 자아올리는 두레박이다. 거시적인 쪽에서 설치 공간은 넷으로 나누어 볼 수 있다. 가장 중요한 곳이 1층과 2층에 걸치는 전시공간이다. 다음으로 문헌 수집과 연구, 관리를 하는 보관·연구 공간이다. 3층 귀중본 서고를 비롯한 도서실이 그것이다. 또한 적극 교육·보급 활동 공간을 확보하고, 휴게 장소를 포함한 서비스 공간도 배려가 깊어야 한다. 운영 주체는 마산시가 되는 전문 시립문학관으로 가거나, 마산시는 재정을 모두 맡고 관련 민간 기구는 운영을 맡는 이원화 방안이 있다. 어느 경우든 건립 준비단계에서부터 전문 문학학예사 배치는 필수다.

권환민족문학관의 운영 기획은 문화·경제·관광의 세 영역으로 나누어 짚을 수 있다. 문화 기획의 중심은 한국 근대 민족/반민족 문학 유산의 발굴과 보존, 전시와 연구다. 또한 질 높은 교육 강좌 개발과 운용이 잇따른다. 권환민족문학관은 비영리 기관인 까닭에 사회적 편익이라는 쪽에서 재정 지원은 지역 자치행정부가 맡아야 한다. 그러나 지역 경제 활성화를 이끌고 자생력을 갖추기 위해 각별한 상품화 기획이 필요하다. 관광 기획에서 볼 때 단기로는 권환문학축전의 확대가 절실하다. 중장기적으로는 오서리의 권환 관련 문학문화재를 복원, 설치하고 둘레의 문화재,

심미자본과 같은 관광 흡인요소를 권환민족문학관을 중심으로 집중시키는 일이 필요하다.

권환민족문학관은 마산 지역으로나 국가적으로나 앞으로 뜻 있는 담론을 생산하는 독특한 주제 문학관으로 성장, 발전할 것이다. 수집, 전시하는 1차 기능뿐 아니라 연구, 교육, 전파하는 2차 기능을 극대화해야 할 일이다. 이를 위해서 권환민족문학관의 운영과 행정에 본질 문제일 수 있을 관리의 전문성과 유연성, 공공 또는 민간 재정 확보,[17] 방대한 사료 수집과 관리를 위한 논의가 지금부터 지역사회 안에서 깊이 있게 이루어져야 한다. 왜냐하면 권환민족문학관이 겨냥해야 할 곳은 단순한 보존 전시 공간이 아니라 지역문화 담론 생산자, 문화 기업인 때문이다.

---

17) 이런 문제들에 대한 세부 논의는 아래 글에서 도움 받을 수 있다. 이자벨 드 케르빌레이, 「문화 기구를 관리하기 위해 예견되는 구조들의 종합적 접근(프랑스의 경우)」, 『박물관과 미술관의 새로운 경영』, 궁리, 2001, 433쪽.

제4부

김용호 시의 세계 체험과 그 틀

1. 들머리

　시는 세계에 대한 앎을 드러내는 말하기 관습 가운데 하나다. 상상 체험에 기대건 실제 지각 체험에 기대건 시인은 시라는 독특한 관습을 빌려 세계를 받아들임과 아울러 그것을 드러낸다. 우리가 듣거나 읽는 것은 가진 바 생각과 느낌을 더 나아가게 하거나 깊이를 더하게 해 주는, 세계에 대해 시인이 지닌 그다운 앎이다. 그런데 거기에는 일정하게 세계를 이해하는 굳어진 앎의 틀(schema)¹)이 있음을 눈여겨볼 필요가 있다. 오랫동안 시를 짓

---

　1) 인지심리학에서는 인지도식이라 부른다. 이것은 도식적 상황이나 맥락을 드러내는 구조도식, 곧 **뼈대**(frame)나 **뼈대** 속에서 일어나는 조직된 사건과 일을 뜻하는 행위도식, 곧 본(scripts)과 나누기도 한다. 이 글에서는 보다 넓게 이 둘을 포함하는 '전형적 반응'이라는 뜻으로 가져와서 틀이라 부르기로 한다. T. A. Dijk, *MACROSTRUCTURES*, Lawrence Erlvaum Associates, 1980, pp. 223 ~224.

는 과정에서 시인은 크게 그 틀을 달리하면서 자기다움을 얻어나가거나, 그와 달리 될 수 있는 대로 자기 본디 틀을 되풀이하는 가운데 자기다움을 오로지하려는 두 쪽 자세를 보인다. 앞쪽 자세를 보이는 이를 두고 적극 자기다움을 열어 나가는 시인이라 부를 수 있다면 뒤쪽 자세를 보이는 이를 두고 우리는 시의 값매김과는 관계없이 닫힌 시인이라 할 수 있겠다. 이 글에서 문제 삼을 김용호는 다양하고 많은 작품 활동에도 꼼꼼히 짚어 볼 때 뒤쪽 유형에 드는 시인으로 여겨진다.

그는 1912년 마산에서 나서 1930년대 중반부터 시를 발표하기 시작했다. 1973년 예순한 살 나이로 세상을 버릴 때까지 창작시집 6권[2]과 400편 남짓 되는 시를 남겼을 뿐 아니라, 많은 책을 짓거나 엮기도 했다.[3] 그러나 이렇듯 활발했던 일에 대한 연구는 미미한 편이라 말해야 옳을 정도다. 왜냐하면 이제까지 그의 시에 대한 글이 여럿 쓰였음에도[4] 본격 연구라 내세울 만한 글이

---

2) 이 글 끝에 붙여 둔 저작 죽보기에서 보는 바와 같이 앞선 6권 말고도 그의 사후 유시집으로 나온 『혼선』, 그리고 1983년 제자의 손에 의해 나온 전집이 있다. 김용호, 『김용호시전집』, 대광출판사, 1983. 그런데 미정리 시, 유고를 모아 383편을 싣고 있는 전집에는 많은 작품이 빠졌다. 특히나 역사, 사회에 대해 그가 지녔던 생각을 들나게 엿볼 수 있는 광복기 작품이 제대로 갈무리되지 않은 점은 아쉽다.

3) 전집 해적이에 조사해 둔 것이 모자람이 있어 깁고 더해서 이 글 끝에 붙여 두었다.

4) 세세한 글까지 모아서 들어 보면 다음과 같다. 김동석, 「『해마다 피는 꽃』 서평」, 『태양신문』, 태양신문사, 1948. 7. 13. 윤곤강, 「『향연』을 읽고」, 『시와 진실』, 정음사, 1948, 155~156쪽. 장만영, 「김용호의 안과 밖」, 『문학춘추』 3월호, 문학춘추사, 1964. 정태용, 「김용호론」, 『현대문학』 12월호, 현대문학사, 1970. 김남석, 「우주관에 개발한 역사의식의 결실」, 『시정신론』, 현대문학사, 1972. 송하섭, 「서민의식의 확대와 심화」, 『국문학론집』 5·6합집, 단국대학교 국어국문학과, 1972. 이원수·정비석·안장현·김종문, 「김용호 추도: 그의 인간과 문학」, 『현대문학』 7월호, 현대문학사, 1973. 김해성, 「김용호론」, 『한국현대시인론』, 금강

드물기 때문이다. 따라서 그 성과에 있어서도 논의할 몫을 많이 남겨 두고 있다.

그런 가운데서도 그가 쓴 시의 변모를 문제 삼은 글에서는 그 것이 크게 세 시기로 나뉜다는 생각이 널리 받아들여지는 것 같 다. 마디는 연구자에 따라 조금씩 다르다. 이성교는 초기를 1935 년 무렵부터 1948년 둘째 시집까지로, 중기를 『푸른별』이 나왔던 1952년 무렵부터 1955년까지로, 그리고 말기를 『날개』를 냈던 1956년부터 세상을 버렸던 때까지로 잡고 있다.5) 이에 견주어 문덕수는 3기로 보는 점에서 이성교와 생각이 같다. 다만 마디를 달리해서 1기를 1935년 무렵부터 광복 앞까지로, 2기를 광복 뒤 부터 경인전쟁 뒤 『푸른별』까지로 잡고, 3기는 이성교가 잡았던 말기와 생각을 같이한다.

이 글에서는 이렇게 잡아 놓은 시 흐름과 마디들이 마땅한가 그렇지 않은가를 따지고자 할 뜻은 없다. 오히려 전제를 달리한

출판사, 1973. 이성교, 「김용호 연구」, 『연구논문집』 7집, 성신여대 인문과학연 구소, 1974. 김해성, 「현실과 귀향의 표정」, 『한국현대시인과의 대화』, 정음사, 1977. 김상백, 「역사적 현실과 시적 자아」, 『단국대논문집』 12집, 단국대학교, 1978. 김윤완, 「김용호 연구」, 단국대학교 석사논문, 1982. 서준섭, 「한국현대시 에 있어서 장시의 문제」, 『심상』 10권 5호, 심상사, 1983. 김홍기, 「한국현대서 사시연구」, 『한국현대시탐구 1』, 민족문화사, 1983. 신상철, 「한국의 현대 애정 시 연구」, 『현대시와 '님'의 연구』, 시문학사, 1983. 송하섭, 「말기 김용호 시세계」, 『단국문학』 2집, 단국대학교 국어국문학과, 1983. 송하섭, 「학산 김용호론」, 『김 용호시전집』, 대광문화사, 1983. 김수복, 「서정과 현실, 그리고 죽음」, 『김용호 시전집』, 대광문화사, 1983. 문덕수, 「김용호시 연구」, 『한국문학연구』, 최정석 박사화갑기념논문집간행위원회, 1984. 김용성, 「김용호」, 『한국현대문학사탐방』, 현암사, 1984. 민병욱, 『한국 서사시의 비평적 성찰』, 지평, 1987. 조동일, 『한국 문학통사』 5, 지식산업사, 1988. 김용직, 『해방기 한국시문학사』, 민음사, 1989.
5) 초기는 "허무와 절망에 찬 애수적인 시"로, 중기는 "회고와 순수주의 시"로, 말기는 "현실 응시의 생활시와 서민의식의 추구"로 특징을 잡고 있다. 이성교, 앞에서 든 글.

다. 그의 시는 오랫동안 다양한 작품을 빌려 뚜렷한 선형 변모를 거듭한 것처럼 보인다. 그러나 더 꼼꼼히 살펴볼 때, 앞선 이들의 생각과 달리 김용호는 일찍부터 마련한 몇 가지 틀을 되풀이해 온 것으로 보는 것이 보다 마땅하리라는 데 눈길을 두고자 한다. 따라서 송하섭이 아래와 같이 말한 점을 새겨볼 필요가 있다.

> 자신은 시의 세계가 방황하고 있다고 느꼈지만 그것은 자신의 인생의 발전에 따르는 시의 내용의 방황을 말하는 것이고 오히려 시를 해 나가는 방법은 출발이나 현재에나 큰 변화가 없이 여일(如一)했다는 것이 옳지 않을까 본다.6)

이어서 그는 '여일'한 흐름을 '서민의식'으로 잡고 그것이 "좌절과 퇴폐의 세계에 젖어 있다가 차츰 후기시로 오면서 완숙해 가는 인생의 표현으로 진전되어 가고"7) 있다고 보았다. 그런데 '여일'했다 하더라도 '서민의식' 하나로 그가 남긴 많은 시를 묶어서 풀이하기에는 모자람이 많다. 앞서 이성교가 이 '서민의식'을 말기에 두드러지게 찾으려 했던 경향으로만 잡은 까닭도 거기에 있는 셈이다. 이와 견주어 문덕수가 비록 그의 "시적 발전"을 3기로 나누고는 있지만 그 과정을 "자아의 좌절과 극복, 축소와 확대라는 순환 과정"8)으로 보아 '자아'를 김용호 시를 풀어 보이는 디딤돌로 삼고 있는 점에 생각을 모아 볼 필요가 있다. 왜냐하면 그가 남긴 시에 두드러지고도 잦게 드러난 현상적 말할이(phenomenological speaker) 일인칭 '나'가 나타나기 때문이다. 일인

---

6) 송하섭, 앞에서 든 글, 189쪽.
7) 송하섭, 앞에서 든 글, 200쪽.
8) 문덕수, 앞에서 든 글, 318쪽.

칭 '나'의 쓰임이 두드러진다는 것은 그만큼 체험 주체로서 자의식이 컸다는 사실을 뜻한다. 그가 남긴 여러 경향의 시를 마땅하게 읽기 위해서는 이 점에 눈을 돌려 주체인 '나'를 중심으로 그가 어떻게 세계와 서로 얽혀 자기다운 앎을 드러내고 있는가를 밝혀 보는 일이 뜻있으리라 생각한다.9) 이 일을 빌려 그의 시를 묶을 큰 틀을 찾을 수 있을 것이다.

이런 까닭에 이 글은 김용호가 쓴 시들이 지니고 있는 세계 체험의 틀을 밝히는 일을 목표로 삼는다. 그리고 목표에 이르기 위해 체험 주체인 '나'10)가 맺고 있는 세계 구성의 양상을 '나-남 관계', '나-나 관계', '나-것 관계', 그리고 '나-터 관계' 네 범주로 나누어 살피기로 한다. 사람은 이러한 네 범주에 걸친 생각과 행위를 빌려 사회나 집단뿐 아니라 그 스스로나 물리적 세계, 또는 개체나 역사 상황에 대한 앎을 이룬다.11) 김용호는 오랜 시쓰기 속에서 이 가운데 어느 한쪽 체험에 얽매이지 않음으로써 자기다움이 다소 모자라 보이는 듯한 다양함을 드러냈다. 비슷한 시기에 전혀 다른 목소리인 『남해찬가』와 『푸른별』 두 시집을 아울러 내놓은 점이 좋은 본보기다. 이렇게 사뭇 다른 경향을 지닌 시들이 한 시기에 아울러 놓이는 것은 스스로 시를 "자기 마음의 호소요 인생 체험의 외침"12)이라 폭넓게 내세웠던 점을 살피면 오히

---

9) 따라서 김윤완이 김용호 시의 주제를 크게 훑으면서 '자아탐구'를 한 덩어리로 내세워 놓고, 그것을 빌려 "현실의 여러 상황을 자기 인생의 문제로 승화시켰다"고 본 생각은 마땅함을 얻었다. 김윤완, 앞에서 든 글, 47쪽.

10) 마음을 건축모델에 따라 겹짜임으로 되어 있는가 아닌가, 되어 있다면 몇 겹으로 짜여 있는가 하는 심리학 쪽 논란과는 관계없이 이 글에서 쓰이는 '나'는 '자아(self)'와 '자기(ego)'를 두루 섞은 뜻으로 쓴다.

11) 킨치(이동원 옮김), 『사회심리학』, 삼일당, 1982, 55~66쪽.

12) 김용호, 『시원산책』, 정연사, 1964, 227쪽.

려 그다움에 걸맞은 일임을 알겠다.

그리고 그 "인생 체험"을 드러내는 큰 틀은 적어도 광복기까지 시에서 이미 자리 잡혔던 것으로 여겨진다. 시집으로 보면『향연』과『해마다 피는 꽃』언저리다. 그 뒤에 내놓은 시들은 이 틀을 되풀이하면서 지을 무렵 자기 바깥 사정이나 지은 의도에 따라 따로 시집을 엮기도 하고 섞어 내놓으면서 여러 줄거리를 보인다. 따라서 이 글에서 다룰 작품 범위는 두 시집에 실린 시와 거기에 빠져 있는 비슷한 시기의 시로 묶는다. 글쓴이가 볼 수 있었던 작품은 두 시집과 전집에 실린 60편에다 거기서 빠진 10여 편을 더한 70편 남짓이다.13)

2. 사랑시 짜임과 내남 사이 거리

사람은 더불어 남과 무리를 이루고 산다. 더불어 사는 데에는 할 바 일이 있고, 그 일에 얽힌 사건이나 행위가 뒤따른다. 따라서 내가 겪는 바 체험의 구성요소로서 남이란 단순히 나를 비추어 보는 거울에서 한 발 더 나아간 뜻을 지닌다 할 만하다. 김용호 시에서도 남과 이루는 일에 대한 관심은 결코 가볍지 않다. 그러나 체험 폭이 넓지 못할 뿐 아니라 다양한 관심을 기울이기보다는 몇몇 특정한 사람, 그마저도 그리운 이 또는 사랑했던 이성이나 벗에 머물러 그들에게 말 건네는 방식을 취한다. 그의 시에서 나-남 관계 체험은 뚜렷하게 사랑시 꼴을 보여 준다.

---

13) 이 글에 따온시는 「향연」의 경우『김용호시전집』에, 「해마다 피는 꽃」은 시집에 실린 대로, 그리고 두 곳에 실리지 않은 작품은 발표된 데에 따랐다.

길들은 바위 위에 쪼그리고 앉아
바다를 정답게 바라봅니다.

물결이 모래를 어루만지며
밀려오고 밀려가고

산듯한 바람이 즐거움을 싣고
속삭이며 불어오고

그리운 사람아!

손곱내 나는 그 섬등에서
그대 나를 부르는 듯 부르는 듯

나는 오늘도
산호처럼 **빠알간** 사랑을
그대 가슴에 수놓는다.

― 「연가」

  내세운 제목 그대로 위 시는 사랑하는 '그대'에게로 향하는 그리운 마음을 들낸 작품이다. 그 일은 마지막 토막에서 '사랑을' "가슴에 수놓는" 그리 새롭지 못한 행위 표현으로 모인다. 하지만 거기까지 이르는 짜임만은 맵시를 갖추려 애썼다. 월 층위에서 볼 때 첫 토막 '길들'이 '바다'를 바라보는 모습과 둘째 토막 '물결'이 '모래' 위로 오가는 모습, 그리고 셋째 토막 '바람'이 바닷가로 불어오는 모습은 뒤이은 세 토막에서 드러난 말할이 '내'가

"그리운 사람"을 부르는 행위, '그대'가 '나'를 부르는 듯하다고 짚어 보는 소망 행위, 그리고 마지막 토막 '내'가 '사랑'을 수놓는 행위와 낱낱으로 맞물리도록 이끌었다. 따라서 이 시는 앞머리 세 토막과 뒷머리 세 토막이 바탕과 그림의 세로 관계로 포개져 있을 뿐 아니라 자연 현상에 '나'와 '그대' 사이 정겹고 즐거운 사랑의 정황이 가로 관계로도 비겨서 묶이는 짜임새를 지녔다.

그런데 여기서 눈여겨볼 점은 특정 들을이 '그대'와 함께 이루는 사랑에 초점을 두기보다 '그대'에게로 향하는 내 사랑을 홀로 확인하고 다지는 말할이 '나'의 태도다. 이런 태도는 그가 보여 주는 사랑시가 거의 내 말건넴이 없는 누군가에게 보내는 틀을 거듭하고 있는 점과 관계있다.[14] 뒤에 옮겨놓은 시 둘은 그러한 모습을 잘 보여 준다.

언제 왔다
언제 갔느냐
너는
소복소복 쌓인
네 순정의 눈길 위로
내 사랑의 썰매가
남모르게 달리기 전에

(…줄임…)

---

14) 사랑시는 편지글투시와 함께 그 자리에 있건 없건 들을이를 직접 내놓고 노래 하는 대표 본보기다.

그 밤은 우리들의 십자로더냐
옥아!
그리운 옥아!

(⋯줄임⋯)

어푸러진 너 나의 삶이
마디마디 슬픔을 안고
삽사리처럼 뒤궁굴러

주고받은 말이 없고
다시 온단 말이 없이
묵묵히 헤어진 지 이미 다섯 해

(⋯줄임⋯)

네 가슴속 깊이 감추고 간 '그 말'을 파기에
먼—ㄴ 숲에서 내 사념은 잠을 못 잔다 외로운 이 밤

—「별리」 가운데서

'없다' 하고
나를 버리고 그가 떠난 후

나는 사랑을 쪼아 먹는 슬픈 탁목조가 되어
시인의 면류관을 쓰다

내 즐겨 읊은
사랑의 노래여!

—「버릇」 가운데서

'옥이'라는 드러난 들을이를 내세우고 있지만 작품 안쪽 들을
이는 오히려 자기 자신이다. '나'와 '너', 곧 '옥이' 사이 메울 수
없는 거리를 "이 밤"과 "다섯 해 전 그날 밤"으로 맞세우면서 '너'
없는 슬픔과 외로움을 혼잣말로 뇌고 있는 셈이다. '옥이'는 그냥
'순정'스럽게 내 말이 닿지 않는 곳에 있고, 오늘 이 자리 "어푸러
진 너 나의 삶"에 놓인 문제는 오로지 "잠을 못 자는" '나' 스스로
에게 있다. 다시 말해 내 앞에 놓인 문제는 사랑하는 이를 잃어버
림으로 해서 오는 외로움과 고통스런 낙담이 한 버릇처럼 되어
버린 현실이다. 뒤선 시는 그녀가 "나를 버리고 떠난 후" "슬픈
탁목조"가 되어 쓸쓸한 "사랑의 노래를" 되풀이할 수밖에 없음이
내 버릇임을 말하고 있어 그 점을 잘 드러낸다.

김용호 시는 이렇게 옛날에 헤어져 '이미 여기 없는' 이에 대한
사랑을 되뇌고 그것을 빌미로 '여기 이렇게' 슬픔과 비탄에 잠겨
있는 자신의 모습을 그리는 데 골몰한다. 그러한 모습은 이어서
"가랑잎 되어 날리는 마음"(「추억」)을 지닌 채 "산기슭 물레방아
되어 잊을 줄 모르는"(「가을」) 틀을 되풀이한다. 그의 사랑 체험은
뚜렷하게 지나간 사랑 탓에 내가 겪는 슬픔과 한결같은 감정 고
립15) 상태를 드러낸다. 말하자면 자기를 애써 누르면서 여러 길
로 남과 얽혀 겪는 사건이나 체험을 넓게 받아들이기보다 사랑하

---

15) 와이쓰는 긴밀한 접촉이 끊어진 탓에 나타나는 고독의 형태를 "감정 고립"으로
잡고, "사회 고립"에서 오는 것과 따로 나누었다. 그리고 이 둘은 서로 얽혀
있다고 본다. 와이쓰(김진홍 옮김), 『고독의 사회학』, 전예원, 1983, 45~46쪽.

는 이를 잃고 실의에 빠진 혼잣말에 머물고 있는 셈이다.

그러면서 그 틀은 늘 바람직스러운 옛날과 바람직스럽지 못한 오늘 사이 맞섬을 되풀이한다. 그 둘 사이를 이어 줄 수 있는 구체적인 행위 대체는 엿볼 수 없다. 나와 그대 사이 거리는 평행을 그린다. 이 점은 벗 김대봉의 죽음을 기리고 있는 「오늘은」 같은 시에서도 한결같다. 잃어버렸던 사랑을 되찾거나 감정 고립에서 벗어나 새로운 자기다움을 이루고자 하는 통합 노력 또한 엿보이지 않는다. 따라서 이러한 감정 고립과 넋을 잃은 듯한 태도는 나아가 마땅한 사회관계를 잃어버린 탓에 오는 사회 고립 상태로 이어진다. 이 점이 김용호 시에 더불어 사는 이들에 대한 차분한 관찰과 관심을 앗게 했다고 볼 수 있다. 그의 사랑시가 비가의 풍모로까지 나아간 일은 어쩌면 당연한 일이다.16)

그렇다고 해서 사랑한 대상으로서 이미 여기 없는 '그대'가 실제 체험 영역 속에 드는 이인가, 아니면 상상 질서 속에서 추체험한 이인가 하는, 곧 그의 사랑시가 사적 사랑시 영역에 드는가 아닌가 하는 물음은 여기서 뜻이 없다. 오히려 사랑을 잃어버린 탓에 겪는 홀로 됨이라는 인식을 빌려 그가 드러내고자 한, 남과 나 사이에 놓여 있는 메꿀 수 없는 거리를 문제 삼아야 할 일이다. 이럴 경우 그의 사랑시가 구체 행위와 사건 체험을 보여 주거나 아직 이루지 못한 사랑을 이루려는 노력에 초점을 두기보다 사랑의 상실을 자의식하는 나의 자기 지각과 감정 고립에 더 초점을 두고 있다는 사실은 중요하다. 사랑이 주는 거리 감각에 기대 꼴지을 수 없는 세계에 대한 자기다운 앎을 이루고, 스스로 바깥

---

16) elegy는 때로 love poem 가운데 하나로 다루어지기도 한다. Bergman & Epstein, *The Heath Guide to Poetry*, Heath and Company, 1983, p. 55.

세계와 거리를 띄우면서 세계를 자기답게 확정해 보려 했던 뜻을 지니는 까닭이다. 왜냐하면 앎에 이르기 위해서는 먼저 거리를 띄워야 할 일이며, 특히나 사랑이란 젊은 때 나 아닌 세계에 대한 관심의 단초로서 지닌 바 구실을 맡는, 고양된 행위일 수 있기 때문이다.

이렇듯 그의 시에 나타나는 한 틀로서 나─남의 맞섬이 사랑이란 각본으로 모아짐은 자연스럽다. 이러한 맞섬은 그 뒤 혁명투사를 기리는 시를 짓는다거나(「어느 혁명투사의 노래」) 역적 완용을 문제 삼아(「이완용에게」) 폭넓은 시간 감각으로써 역사 속에서 남과 나 사이에 걸쳐 있는 메꿀 수 없는 거리를 드러내는 쪽으로 나아간다. 또는 송하섭이 밝힌 바 '서민의식'에 바탕을 두고 더불어 사는 남이 겪는, 이치에 닿지 않는 일과 사태에 대한 공감으로 이어진다. 그런 마음을 빈정거림이나 시침떼기 기법으로 드러냄으로써 낱낱의 사람이 사회 집단 속에서 겪는 거리를 인식해 가는 쪽으로 발전하게 된 것이다. 이 길은 나─남 관계 인식의 틀을 맞섬으로 받아들인 한 사람이 어른스러워지는 길 가운데 하나라 아니할 수 없다.

3. 뜻 잃은 자기개념과 행/불행 사이 맞섬

사람은 자기 자신을 인지하며, 자기에 대한 개념을 갖는다. 게다가 자신과 대화하고 자신에게 행동한다. 이렇게 자기를 지님으로써 사람은 다른 짐승과 달리 특별한 종류의 행위자로 바뀐다. 세계와 맺고 있는 관계도 달라진다. 그 행동은 독특한 성격을 부여받는다.[17] 그런데 사람이 자기에 대해 아는 방식은 적어도 두

가지가 있다. 처음 하나는 남이 내게 갖는 평가에 초점을 둔 것이다. 자기 행위에 대해 남이 좇는 행위를 지각해 내거나 자기 행위와 남의 행위를 견주는 방식이다. 다른 하나는 자기 스스로를 대상으로 삼아 들여다보는 방식이다. 이때 '보는 나'로서 참조자아는 사회작용 속에서 이루어지고 일깨워진다는 점에서 처음 방식과 이어진다. 따라서 자기 체험은 앞서 보았던 나-남 관계 체험과 서로 밀접한 관련을 맺는다. 서로 기워 주는 두 방식에 의해 얻어진 나에 대한 앎, 곧 자기개념은 적어도 그 자신의 행동을 이끌어 내는 구실을 한다는 점에서 무엇보다 중요하다.

처음 방식에서 볼 때 김용호 시에 나타나는 자기개념은 앞서 보았던 대로 사랑의 실패에 빌미를 둔다. '그대'는 가 버렸으나 한결같이 남아 그 사랑을 되뇌며 낙담하고 있는 스스로의 모습은 "굶주리고 헐벗은 내 청춘" 또는 "토막토막 잘라진 청춘"(「무제」)과 같은 표현으로 되풀이하면서 그러한 모습을 스스로 '운명'이라 받아들일 수밖에 없음을 말한다.

손바닥을
거울인 양 들여다 보고
쓰디-쓴 인생의
소태물을 마신다

파리한 내 얼굴에
새겨진 네 얼굴

---

17) 블루머(박영신 옮김), 『사회과학의 상징적 교섭론』, 까치, 1982, 114쪽.

동·

서·

남·

북·

오가도

닿을 곳 없어

이제 나는

운명의 연못에 사는

한 마리 금붕어가 되었다

—「운명」

순정은

곰팡이가 피어

아담 이전의 이야기가 되고

정열은

안개 속에 숨어

찾을 길도 없는 오늘

(…줄임…)

애정은

허영의 한대(寒帶)에서

소름처 올라붙고

내 삶은 다람쥐가 되어

재조를 넘는
오늘

황홀한 꽃수레에 실은 내 청춘의 꿈은
어디로 독수리가 물고 갔단 말인가

지나간 그날이 괴롭거늘
닥쳐온 오늘이 쓰리거늘
닥쳐올 앞날이 어둡거늘

성문 닫친 내 생명은
벌써 허무를 불러
무덤 위에 할미꽃이 피었다.

—「환영(幻影)」가운데서

　"인생의/소태물을" 마신 채 내가 서 있는 이 자리, 너 없는 자리
는 "가도/닿을 곳" 없는 "운명의 연못"이다. '나는' 그 '연못'을 맴
도는 "한 마리 금붕어"일 따름이다. '너'로 말미암아 실의에 찬
'나'의 모습을 '운명'으로 받아들이는 이러한 마음은 더 나아가
그를 둘러싼 삶을 두루뭉술 규정짓는 빌미가 된다. 뒤에 따 놓은
시는 그 점을 잘 보여 준다. 사랑의 실의는 "청춘의 꿈"이 사라진
것과 같은 값을 지니는 일이다. 마침내 나는 그 흔적 위에서 '허
무를' 부르는 '할미꽃'으로 흔들린다. 내 젊은 '생명' 안에서 갖가
지 꿈을 이루는 '순정', '정열', '동경'이 모두 사라진 이제 "지나간
그날"은 물론 "닥쳐온 오늘", 나아가 "닥쳐올 앞날"까지 어둡다는
오히려 부풀린 듯한 자기 평가로 나아간다. 따라서 "운명의 연못"

을 맴도는 "한 마리 금붕어"와 마찬가지로 "성문 닫친" '생명'으로서 나는 "고깔 쓴 피에로"(「앨범」)나 헛되이 "다람쥐가 되어/재조를" 넘을 뿐이다.

　그의 시에 나타나는 자기개념은 이렇듯 실의에 찬 막막한 청춘이다. 부재와 실의로 가득한 막막한 공간에 던져진 나는 마침내 "시간을 잃어버린 채"(「잃어버린 시간」) 자기 확인만을 되풀이한다. 그러한 자의식을 일으킨 뚜렷한 까닭은 사랑의 실연이라는 뜻으로 짐작될 뿐 속속들이 그 암담한 체험의 빌미는 드러나지 않는다. 그것을 벗어나려는 노력 또한 마찬가지다. 다만 그러한 현실 속 고통스런 자기규정으로부터 벗어나 어느 정도 감각의 평형을 얻어낼 수 있었던 것은 옛날로 열린 향수가 마음 밑자리에 자리하고 있는 탓이다.

　　　언덕 옆을 끼고 달아나 철로를 따라
　　　고향의 모습이 눈썹 위에 삼삼그린다 그리움과 미움

　　　맥없이 하늘이 어둠을 부르면
　　　내 마음 한 구석에도 철늦은 비가 나린다 오늘

　　　짝밤을 나누면서 옛이야기에 뜬눈을 새운
　　　고향의 모종방 삿자리 밑은 따뜻도 하였다
　　　그이 몰래 책 밑에 넣어 준 은행잎
　　　황혼의 처마 끝에 추억을 물들인다 한 닢 두 닢

　　　머얼리 성선전차(省線電車)의 기적이 비명처럼 들릴 때

홈 파는 가슴 속의 회의 절망

자취도구가 할 일 없이 이틀째 쉬는 방 한 구석
동면할 수 있는 동물이 부러운 요지음

—「한상보(寒想譜)」

바다
저 편에 산이 있고

산 우에
구름이 외롭다

구름 우에
내 향수는 조을고

향수는 나를
잔디밭 우에 재운다

—「향수」

"회의 절망"으로 뒤섞인 불안한 마음속에서 고향은 적어도 안온할 수 있는 공간이다. 앞선 시는 그가 겪었던 섬나라 유학 체험이라는 구체감각을 담았다. 옛 고향의 나를 스스로 들여다보고 되새김으로써 그는 비로소 슬픔과 고통으로부터 벗어나 안온함을 얻는다. 뒤에 세운 「향수」는 짧은 네 토막에 '바다'→'산'→'구름'으로 멀리 비껴 나아갔다 다시 지각 주체인 '나'의 신체공간이 놓여 있는 '잔디밭' 위로 둥그렇게 옮겨 오는 독특한 눈길을 보여 준다. 그러면서 고향 그리는 마음이 시인의 자의식 속에 터 잡힌 든든한 실체임을 낮은 목소리로 확인하는 시다.

이렇게 볼 때 김용호 시에서 자신을 꼼꼼하게 살펴 헤아리는 모습이나 암담한 자기규정으로부터 벗어날 믿음을 힘차게 찾아가는 모습은 보기 힘들다. 다만 상실과 실의에 찬 자기와 그것을 떠받친 채 현실 속에 안온하게 자리할 수 있도록 해 주는 '향수' 하는 자아로 자신의 자의식은 그 둘을 맞세우고만 있다. '보는 나'와 '보이는 나' 사이, 옛날에 기대 수준을 걸고 있는 참조자아와 오늘 이 자리 나 사이 맞섬만을 뚜렷하게 부각한다. 이러한 편향된 맞섬을 빌려 그는 보다 참되게 자신을 들여다보아야 하는 두려움으로부터 짐짓 벗어날 수 있었다. 암담한 오늘 나를 지나간 세계에 대한 마음으로 싸안음으로써 더 이상 스스로 놓인 바 암담한 현실로부터 고통당하지 않을 수 있었던 셈이다. 따라서 이러한 틀은 뒷날 현실 속에서 자신의 못남과 모자람을 발견해 내고 자기풍자에 빠지는 단계로 쉽게 이어질 수 있도록 했다.

4. 대상 체험의 두 방향

사람은 것, 곧 대상 세계와 만나며 살아가고 사람의 활동은 대상을 빌려서 이루어진다. 대상과 만난다는 말은 그것과 거리를 띄운다는 뜻이다. 활동이 대상을 빌려 이루어진다는 말은 대상이란 홀로 존재하는 실체라기보다 사람이 스스로 만든 것으로, 대상이 지닌 그다운 본질은 그것을 향한 사람의 지향과 행동에 달려 있다는 뜻이다.[18] 다시 말해 대상이 지닌 그다운 본질은 그것을 대상으로 삼고 있는 사람이 대상에 대해 지니고 있는 뜻에 의해 결정된다. 이럴 때 대상은 사회 교섭에서 일어나는 헤아릴 수 없는 뜻매김 과정에 따라 만들어지고 달라져 가는 사회 안쪽 산물이다. 그러므로 사람은 저 홀로 짜인 실체에 둘러싸여 있는 게 아니다. 뜻있는 대상들과 함께 살아가는 세계 안쪽 존재다. 특히나 많은 시가 대상에게 숨을 불어넣거나 느낌을 옮겨 감정이입 상태를 보여 주는 모습은 이렇듯 대상이 지각주체와 넘나드는 관계에 있다는 점에서 당연한 일이다.

그런데 주체가 대상을 체험하는 방식은 크게 둘로 나누어 볼 수 있다. 동화와 조절이 그것이다. 동화는 세계 대상을 주체 안으로 끌어들여 인지일치를 이루는 방식이다. 조절이란 세계 대상이나 새로운 자극에 자기를 투사해 적응해 가는 과정을 뜻한다. 이러한 주체 중심의 능동적 동화와 대상 중심의 수동적 조절 두 방식이 이루어 내는 상호작용에 기대어 지각주체는 그다운 체험의 틀을 이루어 나간다.[19] 이러한 작용은 손이나 눈으로 잡을 수 있는 지각 대상뿐 아니라 머릿속으로 잡을 수밖에 없는 관념 대상 이 세 차원 모든 과정에서 아울러 이루어진다. 김용호 시에서 손잡음 대상 지각은 눈잡음 대상이나 머릿속잡음 대상에 견주어 본보기가 많지 않다.

비우슴을 아는
네발 난 동물이로다

---

18) 블루머, 앞에서 든 책, 123~124쪽.
19) 이 생각은 삐아제의 인지이론에서 나온 것이다. 이것을 주체와 대상 사이 심리적 거리 문제로 넓히면 주체를 중심으로 하여 우월시점과 열등시점으로 바꾸어 놓을 수도 있다.

누구의 상처를 되받아
군데군데 멍이 들었느냐
찢긴 인간의 비극이
네 등어리를 걸타

이젠 버티다 버티다 못해
한쪽 다리가 절름거리는구나

그래도 나는
네가 부럽다

가는 곳마다
자국이 저려

두 발마자 없는 앉은뱅이가
나는 되고 싶구나

—「책상」

두 손가락에 끼이여
삶과 주검의 허무를 아리켰다

두 입술에
물려
사랑과 미움의 갈등을 배웠다.

머-ㅇ이

들창 밖을 내다보는 버릇이

너 함께 이루워진 날

내 삶은

색동저고리를 벗고

하이얀 소복을 입었다

—「담배」

앞선 시는 손잡음 대상인 책상에 숨을 불어 넣어 '너'로 불러 맞
세워 놓은 뒤 '나'와 '너' 사이 같고 다른 점을 말한다. "군데군데
멍이" 들고 "한쪽 다리가 절름거리는" 책상이 드러내고 있는 수난
스러운 모습이 자신과 같다. 오히려 자신은 책상이 보여 주고 있는
상태보다 더욱 불행하다. 차라리 '너'가 더 부럽다고 뇌면서 "두
발마자 없는 앉은뱅이가" 되고 싶다는 자기 낮춤을 보인다. "대상
을 의인화하고 거기서 체념적이고 현실에 좌절하는 이미지를 끌어
냈다."[20] 이러한 짜임은 「돌」과 같은 작품에서 되풀이한다.

그런데 이러한 시들은 모두 말할이의 감정이입이 심하다. 대상
이 지닌 바 참신한 인식으로 가닿기보다는 그것을 바라보는 말할
이 쪽 생각과 느낌에 두드러지게 대상을 동화시키는 주체 중심의
작품이다. '보는 나'와 '보이는 대상' 사이 비유에 기대는 이러한
짜임은 말할이가 지닌 자기 연민이나 자기 낮춤을 드러내는 데로
치우치게 이바지한다. 이에 견주어 이어서 보인 「담배」는 나와
손잡음 대상 사이 대위가 어느 정도 균형을 이루었다. 마지막 토
막에서는 그런 대로 참신한 비유에 이른 많지 않은 본보기다.

---

20) 송하섭, 앞에서 든 글, 192쪽.

들뜬 계집을 본받아
너는 군데군데 패물을 지녔다

가슴 한복판에 화살이 꽂힌 것을 보면
무척 네 사랑도 아팠던가 보다

뭇 것이 귀찮게 조잘거리고 지나가도
거북처럼 목아지를 들어민 채 꼼짝 않는다

하도 꼴 보기가 싫어 눈시울이 저리면
비웃음의 물총을 이따금 쏘아도 본다

팽이 돌 듯 뱅뱅 도는 네 마음은
뾰죽한 송곳을 가지지 않아도 좋다.

―「로타리」

손잡음 대상에 견주어 눈잡음 대상을 글감으로 빌려 온 시는
보기가 보다 많다. 앞세운 시는 '로타리'라는 물리적 세계와 나
사이 거리를 먼저 "들뜬 계집애"의 짓거리에 빗대어 가깝게 끌어
당겼다. 그런 뒤 로타리가 지닌 갖가지 꼴과 행태를 이어서 늘어
놓는다. 그 위에 로타리 바깥 환경과 그것을 귀찮아하고 '꼴 보기
싫어'하는 그녀 마음을 맞세워 말할이가 지닌 부정적 눈길을 은
근히 드러냈다. 재치만 돋보일 뿐 대상에 빗대어 자기 마음을 옮
겨 놓는 이런 유형의 시는 다른 곳에서도 볼 수 있다. 산에 견줄
수 있는 뜻을 네 토막에 네 가지로 늘어놓고 그것이 지닌 오만함
을 묶어 읽고 있는 「산」 같은 작품이 그것이다. 이들 시에서는

어느 정도 대상이 주체보다 우위에 서 있어 앞서 손잡음 대상을 지각 주체인 '나'의 삶에 끌어당겨 스스로 자기를 낮추는 마음에 동화시켰던 태도와 대비된다. 그러나 보기는 많지 않다. 다음에 보이는 「가을 하늘」에서는 한결같이 말할이 쪽 생각과 느낌에 눈잡음 대상을 끌어당기고 있어 주체가 우위에 선다.

어디든
부디처
보구 싶구나

산산이
깨여져
보구 싶구나

서슬 퍼어런
분노를 안고
하늘 위

별 하나
떨어지는데

어디로
가야 할
몸부림이기에

가을 하늘은

자꾸만 자꾸만
얕으저 가느냐

―「가을 하늘」21)

"가을 하늘"을 "서슬 퍼어런/분노를 안고" "어디로/가야 할/몸
부림"으로 봄으로써 주체가 지닌 삶에 대한 답답한 마음을 강하
게 들내고자 했다. 이러한 답답함은 바로 광복공간에서 솟구쳐
올랐던 노여운 심정을 그대로 암시한다. 이렇게 드높아진 느낌은
손잡음이나 눈잡음 대상세계 지각에 견주어 머릿속 관념 대상을
노래하고 있는 시에 두드러지게 드러난다.

이상은
아름다운 꽃다발을
가스득 실은
쌍두마차였읍니다

현실은
갈갈이 찢어진
두 날개의
장송(葬頌)의 만가였읍니다

아하!
내 청춘은
이 두 바위틈에 난

---

21) 『새한민보』, 새한민보사, 1947년 11월(1권 15호).

고민의 싹이었읍니다

─「싹」 가운데서

외로움이 앞으로 나를 끄은다
쓰라림이 뒤에서 나를 당긴다

……옆에서 밀려오는 고독의 밀물

터벅터벅─

발자죽은 환상의 초ㅅ불 위에 서먹거리고
머리카락은 젖내 나는 향수에 날려

(…줄임…)

내 발ㅅ걸음은 목맨 듯 무거웁다

뒤로 물러간 정열은
한갓 청춘을 태워 버린 절망이였고

앞으로 다가오는 체념은
한갓 인생의 서글픔을 알려줄 뿐

뒤도 앞도
앞도 뒤도

보이지 않는구나 지금의 내겐

오오직 뜨거운 앙가슴의 쓰라림이

나를 울린다
나를 울린다

—「밤거리에서」 가운데서

앞선 시는 다소 유치한 비교에 터를 두고 있다. 그럼에도 시인에게 있어 머릿속 대상 '이상'과 '현실'이 겉돌고 있는 느낌은 "쌍두마차/"장송의 만가"를 맞세움으로써 뚜렷하게 드러난다. 그 가운데 '청춘'을 그 둘 사이에 난 "고민의 싹"이라 표현해 스스로 서 있는 모습을 매겨 보고자 했다. 그렇다고 그 '이상'과 '현실'이 무엇인지 속속들이 드러내지 못하고 관념 진술에 머문다. 뒤에 보인 시도 마찬가지다. 희망은 "풀향기 풍기는 잔디밭"(「초조」)이었으나 그것은 지금 "뒤로 물러간 정열"에 지나지 않는다. 따라서 앞으로 다가오는 "체념은/한갖 인생의 서글픔을 알려줄 뿐" 그는 "뒤도 앞도/앞도 뒤도" 없이 쓰라릴 뿐이라 낙담한다.

'고독', '향수', '절망', '체념' 들을 잇달아 엮어 자신을 사로잡고 있는 머릿속 대상 모두를 제시해 놓은 듯한 이 시에서 낙담하고 있는 태도는 그가 지닌 세계 감각에 두루 미친다. 따라서 "앞도 뒤도" 없이 쓰라린 그에게 삶은 "텅 빈 벌집"(「시계」)일 따름이다. 태도 변화를 이루려는 노력은 처음부터 빠졌다. 다만 그러한 느낌 속에서 스스로를 지탱해 주는 것이 있다면 "내만의 영원한 길"(「향수」)인 향수에 젖는 일이다.

김용호 시에서 향수가 자기 지각에서 자기 긍정을 얻어내는 구실을 한다는 사실은 이미 살폈다. 그와 달리 향수 자체를 대상으로 삼는다 하더라도 사정은 달라지지 않는다. 자기 긍정 가치를 일깨우는 바탕이 되는 머릿속 대상이라는 점에서 한결같다. 그 향수와 비슷한 위치에 '조선'이라는 또 다른 관념 대상이 놓여 있다.

배앵 뱅 돌다 돌아오면
여위어도 그리운 너

없는 게 슬픔이 아니었고
들볶이는 게 딱 질색이었다

하고픈 말이 많아도
두 눈만 꺼음벅 마음속으로 주고받고

또 다시 밖에 나서도 갈 곳 없어 주춤거리던 발길

나는 이제 버리자
지팡이를 짚던 버릇을

오목조목 산기슭에나
드문드문 시냇가에나

푸그은이 자리 잡는 마음속에
뭉게뭉게 피어나는 즐거움

내 사랑의 조국

너 이름은 조선이었다

—「조선」

조선이라는 관념 대상을 '너'로 불러 말할이 '나'와 맞세우면서 심리적 거리를 좁히고 있는 버릇은 다른 시들과 같다. "배앵 뱅 돌다 돌아오면" 비록 "여위어도 그리운 너"는 내 안에 터 잡은 "영원한 길"이다. 향수와 같은 수준에서 내 '사랑'의 대상임을 왜로 지배 아래서 겪었던 사건을 암시해 가며 말한다. 그럼에도 '조선'과 '나' 사이에 놓인 현실은 하나같이 그의 시에서 문제가 되지 않는다. 말하자면 나와 대상 사이 얽혀 하나의 움직이는 힘으로 '조선'이라는 실체를 파악하지 못한다는 뜻이다. 이 점은 손잡음 대상이건 눈잡음 대상이건 대상과 만나는 자리마다 되풀이하는 버릇이다. 따라서 묶어서 보아야 할 필요가 있겠다.

김용호 시에서 나-대상과 만남은 두드러지게 비유에 기댄다. 비유란 같은 점을 견주건 다른 점을 견주건 지각 대상과 지각 주체 사이 이원적 거리를 바탕으로 삼는다. 그 위에서 둘 사이 얽힘을 읽어 내는 인식 방식이다. 그런 가운데서도 그가 즐겨 쓰고 있는 의인법 경우에는 특히 '보는 나'를 중심으로 '보이는 대상'과 미분리 상태에 있음을 여실히 보여 주는 말씨다. 그 점은 맞세워 둔 대상세계를 그가 심정으로나 감각으로밖에 인식할 수 없었음을 일깨워 준다.[22] 나와 세계 사이, 그의 표현대로 '이상'과 '현실'

---

22) 의미론 쪽에서 볼 때 의인법에 기대는 버릇은 세계를 속속들이 담아내지 못하고 논리의 오류에 빠지는 인식 버릇 가운데 하나다. 자칫 관념까지도 실체로 만들어 버리는 까닭이다. Phibrick, *Understanding ENGLISH: An Introduction to Semantics*, The Macmilan Company, 1942, p. 74.

사이를 이어 줄 현실을 담아낼 만한 인식의 깊이를 그는 갖추지 못했다. 이 점은 왜로 피식민 체제 아래 알게 모르게 억압구조로 작용했을 것이 뻔한 자기 검열이나 사회 검열과는 무관하게 김용호 스스로 지닌 마음의 넓이에 관계하는 일이다. 그가 퍽 애를 썼던 작품으로 보이는 긴 이야기시 「낙동강」마저도 현실감각을 어느 정도 갖추고 있으면서도 "내 사랑의 강아/낙동강아!"를 되풀이했다. 절제 없는 느낌의 과다 상태에다 줄거리 맥락을 기댈 수밖에 없었다. 그 점도 여기에 까닭이 있는 셈이다.23)

따라서 그의 시에서는 현실과 이상, 옛날과 오늘, 또는 앞날 사이 대위법적 정열만 내세울 뿐 그사이에 놓인 자신의 삶이나 행위 양태에 대한 뚜렷한 살핌과 헤아림은 보이지 않는다. 오히려 겉도는 관념 진술에 한결같다. 그로 말미암아 나–것 관계 지각은 뚜렷하게 자신이 지닌 느낌이나 생각 어느 한쪽으로 엇물리게 흐른다. 그의 시는 적어도 세계 안쪽 대상에 차분히 자신을 조절해 나가기보다 자기 자신의 드높아진 마음 상태에 사물을 동화시키는 쪽이다. 따라서 현실 기반이 없는 관념 대상을 실체화시켜 자기를 거기에 얽매어 둔다. 폭넓은 울림을 주지 못하고 설익고 격 낮은 명상시적 에피그램을 헤프게 날릴 수밖에 없었던 까닭이다. 그리고 그것을 꿰뚫는 틀도 현실과 이상, 나와 대상, 또는 옛날/오늘/내일 사이에 놓인 불연속성과 그 가운데 '어찌할 수 없이 이렇게 있음'이라는 체념적 자기 평가 인식에 머무를 수밖에 없었다.

---

23) 그가 내놓은 긴 이야기시 「낙동강」을 문제 삼은 글은 주 5)에 든 서준섭·민병욱·김홍기와 같은 몇 편이 있다. 그런데 그 값매김에 있어서는 크게 돋보이는 우리의 서사시 작품 가운데 하나라 보는 생각에 한결같다. 글쓴이는 이들과 생각을 달리하지만 그 터무니를 밝히는 일은 다음으로 미룬다.

그런데 두 겹 또는 세 겹으로 나와 대상 사이 맞섬을 이어 주는 현실이나 역사에 대한 인식은 적어도 광복기 시에서 더 자주 나타난다. 달라진 바깥 상황 변화에 힘입은 탓이겠다. 나아가 그러한 모습은 오히려 관념 대상이나 이념을 자아와는 거꾸로 살찌운 결과다. 따라서 현실이 움직임 자체로 체험되지는 않는다. 이 점은 현실, 역사에 대해 일찍부터 지녔던 관심이 상황 변화에 따라 한 쪽 방향으로만 나아갔던 탓이라 봄이 마땅할 것이다. 그리고 그런 모습은 고정 대상이 아니라 나와 나를 이루는 바깥 요소들이 서로 어우러져 이루는 동적 상황으로서 나-터 관계 체험을 살핌으로써 어느 정도 밝혀질 수 있을 것이다.

5. 개체와 집단의 생활공간

사람은 자신과 세계가 관계 맺는 독특한 터 안쪽에 정위한다. 그 속에서 나-것의 대상 체험과 나-나, 나-남의 사회심리적 경험으로 얽힌 모든 시간에 걸쳐 영향을 받는다. 따라서 터는 심리적 환경, 곧 생활공간이다. 이 터 안에서 일어나는 지향 행위나 의식을 살펴보는 일은 마침내 세계 안쪽 존재로서 사람이 자기 바깥 상황을 어떻게 받아들이고 있는가를 보여 준다는 점에서 중요하다. 여기에서는 그 터를 크게 개체 정위 상황과 집단 정위 상황으로 나누어 살피려 한다. 왜냐하면 김용호 시에서는 앞에서 살핀 바와 같이 속속들이 사건 경험이 드러나지 않는 대신 개체든 집단 역사 상황이든 어느 한쪽 정위 상황 아래 놓인 자신의 입장 표명이나 태도를 드러내는 시가 많은 양을 차지하기 때문이다.

먼저 개체 상황에 놓인 자신을 그리는 시를 보자. 이들은 크게 두 가지로 다시 나누어 살필 수 있다. 자신의 태도 표명이 부정적인 데로 나아가는 쪽과 그렇지 않고 옛날 고향공간을 되새기며 긍정 가치를 발견해 내는 쪽이 그것이다.

    등골을 하도 찔려 고개조차 못 드는 레코오드인데 일부러 나즈막하게 재조를 피운 천정은 내 담배연기만 낚궈 올린다.

    (…줄임…)

    초조하다는 말이 무엇을 의미하는지 너는 아니? 가령 밑구멍이 아무리 뜨거워도 헤헤 하고 얼빠진 꼴을 하고 비굴함에 도리어 용기를 가져 아무렇지도 않은 듯 질눌리는 재조-참 이런 것도 무척 공부를 해야 하는 재조다

    (…줄임…)

    발돋움해도 어디 보이겠다구? 동전 한 푼만 한 하늘은커녕 쥐꼬리가 숨을 구멍도 없는 땅덩인데

    (…줄임…)

    무엇하러 주춧돌마저 무너져 가는 서울 한복판에 때늦게 찻집이란 것이 생겨 날 같은 놈을 모셔 들이는 것이냐?

    (…줄임…)

아닌 게 아니라 여북해 단돈 몇 푼을 간신히 마련해 주체 못하는
시간을 내가 찻집으로 끌고 왔을 것인가?

—「찻집에서」 가운데서

위에 옮긴 시는 특별한 이야기 맥락을 지니고 있지는 않다.
"서울 한복판"이라는 참조공간 영역 속의 한 '찻집'이라는 위치
장소에서 일어나고 있는 말할이의 자의식 흐름을 다소 느슨하게
따라간다. '나'는 "쥐꼬리가 숨을 구멍도 없는 땅덩이" 안에서
"주체 못할 시간을 끌고", "주춧돌마저 무너져 가는 서울 한복
판"에 있는 '찻집'에 왔다. 이러한 '나'의 자기규정은 한마디로
'얼빠져' 비굴할 수밖에 없는 사람이다. 작품은 그에 대한 빈정
거림을 담았다. 그것은 "한 단 두 단 사 때는 나무 걱정도/애애
놈 병원 약값"(「무릎을 꿇면」)도 없는 가난을 견뎌낼 수밖에 없는
자기의 무능함에 대한 노여움에서 말미암은 것일 수 있다. 그에
게 '나' 바깥 상황은 크게 부정적인 터로 드러나는 셈이다. 그런
데 그를 둘러싼 불행한 개체 상황 밑바닥에는 그리움을 빌려 확
인해 가는 고향공간이 행복한 본디 개별 체험 공간으로 든든하
게 터 잡고 있다.

밥 한 숟갈에도
눈물이 고였다

물 한 모금에도
설움이 어렸다

눈물을 삼키고

설움을 마시고

문득
푸른 산 저 넘어
고향 하늘이 그리워

좁은 골목을 나서며
나는 휘파람을 불었다

—「상밥집」

이제 초라한 나그네 되어 돌아온 고향엔
벗들은 간곳 없고 낡은 할무니만 남아
때 아닌 젊은 상여가 물조차 마른 골짝으로 간다는 날
어째 휘날리는 낙엽만을 내가 안으야 하는 것일가

뒤숭숭한 대낮을 뻗떠 거침없이 밤이 밀려오는 조바심 속에
내가……그래도 내가 찾아가야만 하는 고향

(…줄임…)

새삼스레 다문 입가에 오목한 우슴을 날리며
때 오면 피리라 함박꽃 피리라 휘파람 젖는 강 언덕

—「꽃」 가운데서

한 상 밥을 사 먹고 밥집을 나서는 집 떠난 이의 서러운 마음을
짧은 한 편 속에 담았다. 그에게 현재 숨 쉬고 있는 도시공간 속

에서 열린 세계는 그리움으로 살아 있는 "고향 하늘"이었다. 이러한 고향 그리움이 나-나 관계나 나-남 관계 체험 속에서 열린 가능성으로 드러남은 이미 본 바다. 그런데 그 고향도 구체적 정위공간으로서는 이미 옛날 그곳이 아니다. 뒤선 시는 이 점을 잘 나타낸다. 고향은 "벗들은 간곳 없고" "흩날리는 낙엽"만을 초라하게 안을 수밖에 없는 상황이다. 오늘 이 자리 현실에서 모습을 드러낸 고향은 지난날 행복스러웠던 터가 아니다. 그럼에도 그 속에서 김용호는 "때 오면" 필 '함박꽃'의 미래를 다짐하는 유별난 자세를 보여 준다. 이러한 다짐은 마땅찮은 현실 속에서 지닐 수 있는 믿음의 바탕을 늘 고향 공간에 두고 있었던 까닭에 가능했을 일이다. 따라서 불행스런 현실 속에서 그것을 벗어날 수 있는 열린 가능성으로서 고향 공간을 맞세워 인식 체계에 중심을 잡고 있는 버릇은 한결같다. 이러한 중심잡기를 빌려 그의 개체 상황은 어느 정도 자기다움을 얻으며 위안을 받을 수 있었던 셈이다.

부우―ㅇ―

항적(航笛)이 하늘 위에서 울면
흩어진 구름도 모여 운다

……항구의 표정은 슬프다
환등(幻燈)처럼 비쳐
움직이지 않는 얼굴

갈대밭에 심은 물새의 불행이

내게도

있다

ㄲ—ㅁ벅—

별이 하나씩 선창 위에 늘어서면

등대도 그리운 듯 외짝 눈을 끔벅인다

……항구의 마음은 고웁다

물결처럼 밀려와 내 마음을 미는 얼굴

짝지여 물을 쫓는 물새의 행복이

내게도 있다.

—「항구」

　'항구'라는 참조공간 영역 안에서 바라뵈는 모든 정위 대상에
숨을 불어 넣어 '나'와 맞세우면서 '불행'한 속에서 지니는 긍정
가치로서 '행복'을 말하고 있는 시다. 앞 네 토막과 뒤 네 토막이
크게 시꼴 쪽에서 둘로 나뉜다. 그리고 나뉜 가운데 낱낱 토막들
이 서로 맞물리고 있어 독특한 짜임새를 보여 준다. 첫 토막에
보이는 소리본뜬말과 짓본뜬말의 맞세움, 둘째 토막에 이어서 보
이는 소리와 짓의 맞세움, 그리고 셋째 토막 슬픔과 웃음의 맞세
움, 마지막으로 넷째 토막에 보이는 불행과 행복의 맞세움이 그
것이다. 이를 빌려 불행한 속에서 지니는 행복이 자연스레 드러
나도록 했다. 그러한 생각은 '갈대밭'과 현실에 터 두고 있는 '나'
를 서로 동일시함으로써 형태 쪽 맞세움을 한결같은 유기적 맥락

으로 이어 주고 있다.[24]

이렇듯 부정 가치와 긍정 가치를 한자리에서 체험하는 터가 '항구'라는 사실은 항구도시 마산을 고향으로 갖고 있는 시인에게 어쩌면 당연한 일일지 모른다. 고향은 처음부터 부정 가치와 긍정 가치가 어울렸던 삶이 처음 비롯된 터면서, 각별히 그에게는 "나그네 되어" 되돌아온 끝일 수밖에 없었던 까닭이다. 눈여겨 볼 점은 본디 체험 공간으로서 고향이 그의 시에서는 이렇게 부정/긍정의 맞섬을 빌려 드러난다는 사실이다. 마땅찮은 고향일망정 그곳을 버릴 수 없는 이의 아픔이 그의 고향 그리움 속에 자리하고 있는 셈이다. 따라서 김용호 시에서 개체 상황은 좌절과 향수를 아울러 싸안은 두 겹의 고통스런 자리다.

그러한 고통스런 터를 빛나는 전망으로 열리도록 할 노력도, 그에 힘입은 밝은 앞날도 그에겐 자리하지 않은 듯이 보인다. 그 까닭은 그 자신에 있다기보다 오히려 완강한 시대 역사 상황에 더 빚진 탓이다. 더구나 그 속에서 "되잖는 글 같은 걸 쓰는 치욕"(「무릎을 꿇면」)을 삶으로 선택한 이상 어쩔 수 없는 일일지 모른다. 그 치욕감은 "들보에 매달려 비행기를" 타거나, "콧구멍으로 물을" 마시며 왜로의 '유치장'에서 "증오의 불집게"를 참으며 차라리 '돌이' 될 수밖에 없었던 자신에(「차라리 돌이 되어라」) 대한 자학과 바로 이어진다. 여기서 김용호가 놓인 보다 큰 터로서 역사 속 집단 상황이 문제로 떠오른다.

    제법 산듯하게 입맛을 다시며
    김치 깍두기 마늘 냄새를 풍겨

---

[24] 따라서 이 시의 짜임새는 앞서 보았던 「연가」와 같다.

나는 간다 거리를 지내간다

고춧가루 잎 하나 둘쯤
잇발에 붙어 있어도
무어 그렇게 부끄러워할 건 없다

흔히 때를 그냥 넘기는 날이 있어
몸무게는 백 근을 훨씬 줄어들어도
내 의욕은 까딱 않는 천근의 무게다

쩔렁거리는 두어 푼 은전과
지폐처럼 소중히 간직한 전당표와
누구에게도 빼앗기지 않을 분노를 품고
뼈 속 저리는 이 거리를 걸어간다

문득 고향이 눈썹에서 삼삼거리면
'센진'으로 태어난 팔짜에 혹이 달려

오늘도
내 노오트엔
피가 되어 읽혀지는 글이 있다

—「간다 거리에서」

　　"김치 깍두기 마늘 냄새를" 풍기는 왜로 피식민지 조선 젊은이
로서 그가 선택한 길은 "피가 되어 읽혀지는 글"쓰기다. 개체 상
황 속에서 드러났던 행/불행, 긍정/부정의 맞세움은 식민자/피식

민자라는 대립적 인식으로 드높아질 뿐이다. 따라서 집단 상황으로 볼 때 그러한 불행, 또는 피식민지 젊은이로서 굴욕을 강요당했던 식민 체제가 물러간 광복기는 그에게 바람직스럽게 뒤바뀐 장소일 수 있었다. 따라서 똑같은 글쓰기에 대한 자의식이 광복기에서는 '치욕'스런 길이 아니다. "밤에 가꾼"(「붓 한 자루 가지고 간다」) 노래를 마음껏 부르며, "앙갚음의 칼"(「절정 위에서」)을 갈 수 있는 '풍성한' '새봄'(「다시 고개 위로」)의 길이기도 했다. 식민자/피식민자의 대립이 사라지고 "골고루 왼 마을"이 "태양을 안어 싱싱한 터전"(「골고루 왼 마을에」)[25]이 될 것을 바란다. 그럼에도 광복기 현실은 앞선 시기와 별반 달라지지 않았다. 그런 바람은 관념으로나 풍성했을 따름이다.

남쪽 하늘은 멍이 들엇다

써도는 구름조차
목이 마르고
진땀이 잣수
덩어리를 타고 흐르고

어인 징조이길레
이렇게도 숨차는 살림사리냐

생인손 알는 아픔이 있어
까뀌로 휴려비는 아픔이 있어

---

25) 『청년예술』 5월호, 1948.

연달아 불어오는 슬픔을 안고
물구나무 서야 하는

멍든 남쪽 하늘에서
어찌 우리들은
마목되기를 바랄 것인가

일어섯다
차암다 차암다
우리들은 일어섯다

곳곳마다
마을 마을과 고을 고을에
아우성은 일어섯다

아아!
어인 징조이길래
이렇게도 숨차는 살림사리냐

남쪽 하늘은 피멍이 들엇다

—「남쪽 하늘은 멍들다」26)

호옴싹 둘러빠진 지중해의 밤은
아직도 비린내를 풍겨 어두워진다

---

26) 『문학비평』 7월호, 조선문학사, 1947.

낯선 군함의 배밑 창에서
생명을 노려 수없는 총알이
뭍으로 뭍으로 기어올은다

왜 쏘느냐?

조국을 사랑하는 것이 너희들의 죄다

여기 티라노쓰의 무리가 있어
모조리 인민을 몰아내고
날 선 칼로서 담을 선 나라가 있다

침략의 전통을 자랑하는 말굽소리와
살덩어리에 주린 ××××의 날카로운 잇발과
××× ××의 깃발에 흐린 하늘 아래
선교사여! 너는 누구를 위하여
례배당의 종을 울리는 것이냐

타는 입술에 한 모금씩 물을 추기고
산나물이랑 칡뿌리랑
누구도 뺏지 못할 분노로서 배를 채워
우리— 청년의 벅찬 가슴을 방패 삼고
군데군데 싸움의 진을 첫다

해방지구의 밤은
안온한 보금자리로구나

돌벼개에 두 팔에 고눠

간간이 휘파람이나 불면

산줄기를 타고 뻐더 가는 우렁찬 노래

산울림이여! 외치는가

지구를 돌아 너는 외치는가

우리 함께 슬픔을 난호이는 그들에게

아흔아홉 번 자빠저도

다시 일어설 마지막 하나를 믿어

우리― 항쟁의 뜨거운 불길이 높아가는 것을

일찌기 송이송이 예술의 꽃을 피워

지혜 가득이 찬 아포로에 나라를 지켜

뻬르샤를 뭇질런 그날의 아들이여.

우리 다시 햇불을 켜리

아테네에 승리의 햇불을 켜리

　　　　　　　　　　―「승리의 햇불을―희랍 아들이 불으는 노래」27)

　"남쪽 하늘은""슬픔을 안고""물구나무 서야"하는 '피멍' 든
세상이다. 그런 상황은 "모조리 인민을 몰아내고""날선 칼로서
담을 선 나라"라는 표현에서 어느 정도 모습을 드러낸다. 그가
홀로 그리워했던 '고향', 또는 "우리 모두 정성 드려 가꿀" '5월'의

27) 『문학』 7월호, 조선문학가동맹, 1948.

'마을'은 광복기 상황에서 우리가 되찾아야 할 '희랍'이라는 알레고리로 되풀이한다. 그러나 마땅찮은 현실은 여전히 온존하고 있었고 "고향 마을"을 되찾는 길은 암담할 뿐이다. 다만 광복기 역사 상황은 그에게 "독을 품은" 채 홀로 하는 글쓰기가 아니라 "멍든 하늘"일망정 「언론자유의 사회적 모랄」[28]을 말할 수 있는, 곧 글쓰기에 대한 글쓰기가 가능했던 시기라는 점이 다를 뿐이다. 그에게 안온한 "해방지구의 밤"은 오지 않았고, 올 수 없었던 상황이었다. 그에게 "마지막 하나" 남은 길은 다시 "앉은뱅이 한 개 돌"이 되는 일이었다.

> 이슥한 밤에 호젓이
> 벽을 향해 무릎을 꿇면
>
> 광치는 바람소리
> 족댁이는 바람소리
>
> 귀 베어 버리고
> 입 봉해 버리고
> 눈알마저
> 갈밭에 던져 보리고
> 살자
>
> 팔다리도 쓸데없는
> 앉은뱅이 한 개 돌이 되어

---

28) 『신세대』 5월호, 서울타임스사출판국, 1946.

나는 살자

—「마지막 하나」 가운데서29)

그가 광복기 좌우 문단 대립 속에서 우익 쪽으로 길 바꿀 것을 선언한 뒤 얻게 된 마음을 노래한 시로 보인다. 따라서 김용호 시가 2기로 나아가는 디딤돌이 된다는 점에서 눈여겨볼 만한 작품이다. 그에게 광복기는 피식민지 무렵과 이어진 사회 경험으로서 자리했다. 한결같은 '겨울'을 함께하는 그의 마음속에서는 마침내 앞서 보았던 고향 그리는 마음과 아울러 역사 상황의 중요한 본디 체험으로서 기미만세의거가 자리한다. 그 일은 "앉은뱅이 한 개 돌"처럼 주저앉은 그에게 지나간 역사 속에서 본 오로지 하나의 '꽃', 이제는 되돌릴 수 없는 가능성이었다. 김용호에게는 앞으로 닥쳐올 역사에 대한 헛된 믿음보다 지난날 겪었던 기미만세의거와 같이 하나 된 겨레의 가치가 중요했다. 김용호는 오래도록 역사 상황과 관련한 적지 않은 시를 썼다. 나라 일에 관련한 많은 행사시도 썼다. 그럼에도 기미만세의거를 글감으로 삼은 시를 일찍 「낙동강」에서 언뜻 비친 뒤 광복기 상황에서 쓴 「해마다 피는 꽃」을 거쳐 생애 내내 모두 6편이나 되풀이해 썼다30)는 사실에서 알 수 있는 점이다.

그에게 있어서 상황 체험은 이렇듯 지난날 고향과 기미만세의거, 그리고 광복절을 거쳐 그런 상황을 되이룰 수 없다는 비탄스런 마음 위에 놓여 있다. 그것은 고향을 빼앗긴 이로서 지닌 바 불행스런 개체 의식과 피식민지 젊은이로서 지닌 바 마음 안쪽

---

29) 『민성(民聲)』 3월호, 고려문화사, 1948.

30) 나머지 4편은 아래와 같다. 「무제」(『전집』 553쪽), 「그날 아닌 그날을 위해서」 (468쪽), 「내 몸에는 식민지 냄새가 난다」(257쪽), 「흑색의 판도 위에」(434쪽).

노여움이라는 집단의식의 두 축을 따라 그의 작품을 두드러지게 실의와 슬픔, 그리고 빈정거리는 느낌을 자아내도록 이끈 셈이다.

6. 마무리

이제까지 글쓴이는 김용호 초기시를 대상으로 그것이 보여 주는 세계 체험과 그 속을 한결같이 꿰뚫고 있는 앎의 틀을 알아보고자 했다. 이 목표에 이르기 위해 체험 주체인 말할이 나를 중심으로 시의 뼈대를 나-남, 나-나, 나-것, 나-터 네 범주로 나누어 그 일을 해왔다. 논의를 줄여 마무리로 삼는다.

김용호 시에서 나-남 관계 체험은 뚜렷하게 사랑 행위에 머문다. 그러면서 지난날 사랑했던 그녀, 또는 그이와 뜻같지 않게 헤어진 오늘 이 자리 나라는 본을 되풀이한다. 따라서 지나간 사랑 탓에 오늘 내가 겪고 있는 한결같은 슬픔과 감정 고립, 사회 고립 상태를 들낸다. 이러한 체험은 바람직스러웠던 옛날과 바람직스럽지 못한 오늘이라는 맞선 인식을 틀로 마련하며, 넓게는 현실인식의 바탕으로까지 작용하고 있음을 알았다.

게다가 이러한 사랑 체험의 실패라는 본은 자신을 자의식하는 과정에서 오늘 이 자리 막막하고 불행스러운 자기개념을 이루는 데 빌미였다. 스스로 실의에 찬 마음에 터 잡고 있음으로 해서 어느 정도 그러한 자기 지각에 긍정적인 인식을 이끌어 내는 데 이바지하도록 했다. 그럼에도 실의에 찬 자기와 향수하는 자아로 맞선 행/불행의 자기 인식의 틀은 매개 행위를 지니지 못한 채 맞섬만을 한결같이 드러냈을 따름이다.

그리고 나-것 관계 체험은 손잡음 대상이든, 눈잡음 대상이든,

머릿속잡음 대상이든 지각 대상과 자신을 맞세워 놓고 스스로 지닌 바 느낌에 대상을 동화시키는 본을 되풀이한다. 그리하여 보이는 대상과 보는 나 사이, 이상과 현실 사이, 옛날과 오늘 사이 어찌할 수 없이 이렇게 있다는 체념적인 자기 평가로 이어짐을 알았다. 또한 그것이 기대고 있는 비유적 짜임도 세계에 대한 깊이 있는 앎을 얻어 내지 못한 채 느낌이나 관념 어느 한 쪽을 치우치게 담아냈다.

나−터 관계 체험은 고향을 빼앗긴 이로서 불행스런 마음을 치욕처럼 안고 살 수밖에 없는 개체 상황 인식에서 나아가 식민자들 밑에서나 그 뒷날에도 진정한 광복을 이루지 못한 채 굴욕스럽게 살아가고 있다는 집단 상황 인식으로 이어진다. 스스로 옛 고향살이나 기미만세의거와 같이 지나간 어느 한때의 상황에 스스로를 얽어매 놓고 오늘 다시는 그런 상황을 되살지 못하리라는 비탄스러운 마음에 초점을 둔 셈이다.

따라서 네 범주에 걸친 김용호 시의 세계 체험은 옛날/오늘, 행복/불행, 이상/현실, 고향 안쪽/고향 바깥쪽으로 나뉜 긍정항과 부정항 사이 맞선 인식을 큰 틀로 삼고 있었다. 그들 사이 맞섬을 속속들이 이어 주거나 그것을 넘어서고자 하는 전망을 갖추지 못했다. 따라서 오늘 부정항으로 둘러싸인 현실 속에서 다시는 되올 수 없을 지난날에 기대 수준을 얹어 둔 채 그의 시는 한결같이 넘치는 느낌과 굳어진 생각을 되풀이하여 울림 큰 세계 체험을 담지 못한 한계를 보인다.

김용호 시는 1930년대 중반 무렵부터 활동했던 다른 좋은 시인들의 작품에 견주어 윗길에 놓인다 할 수는 없다. 그럼에도 모자라지 않은 진실함은 보였다고 생각한다. 그 까닭은 바탕에서부터 식민자/피식민자로 뚜렷하게 맞선 체험을 강요했던 나라잃은시대 피식민 상황 안에서 그러한 체험을 알게 모르게 앎의 틀로 담아냈다는 데 있는 것은 아니다. 오히려 그것을 여러 쪽으로 열어 나간 너비에 있다. 그러한 체험의 너비는 뒷날 그의 시를 거듭하는 자기 바깥 상황의 변화에 따라 현실 참여자와 참여관찰자로서 사뭇 맞선 두 시점 사이를 오가며 여러 길로 다채로운 체험을 담을 수 있게 해 준 밑바탕이 된 셈이다.

김용호 시는 이미 지나간 세계에 기대 수준을 얹고 있었음에도 시가 한낱 잘 다듬어진 말뭉치에 머물지 않고 나와 세계에 아울러 건네는 폭넓은 말건넴이라는 사실을 일깨워 준다. 오랜 시쓰기 과정에서 김용호가 되풀이 이룬 바가 그것이다. 뒷날 그의 시에서 사회나 자신을 향해 점점 크게 자리하기 시작한 사회 풍자나 자기 풍자의 겹짜임 목소리는 그 점을 잘 보여 준다. 그러나 앞에서 살핀 바 김용호 시가 크게 터 잡았던 대위법적인 앎의 틀이 뒷날 세세하고도 힘 있게 갈라져 나간 길을 따라가는 일은 이 글의 목표가 아니다. 다음 글로 미룬다.

[붙임] 김용호 저작물 죽보기

1. 시집

『향연』, 홍아사, 1941.

『해마다 피는 꽃』, 시문학사, 1948.

『푸른별』, 대문사, 1952.

『남해찬가』, 남광문화사, 1952.

『날개』, 대문사, 1956.

『의상세례』, 일조각, 1962.

『혼선』, 청자각, 1974.

『김용호시전집』, 대광문화사, 1983.

2. 엮은 시집

『한국해양시집』, 해군본부정훈감실, 1953.

『1953년 연간시집』(이설주와 함께 엮음), 문성당, 1954.

『현대시인선집』(이설주와 함께 엮음)(상)·(하), 문성당, 1954.

『한국애정명시선』, 문성당, 1954.

『항가리비가』(이영순과 함께 엮음), 한국자유문학가협회, 1956.

『사랑의 서정시』, 박영사, 1957.

『항쟁의 광장』, 신흥출판사, 1960.

『한국자연시집』(5권), 정연사, 1965.

『사랑은 별빛처럼』, 정연사, 1965.

『사랑은 추억 속에』, 정연사, 1965.

3. 옮긴책

프리체,『예술사회학』, 대성출판사, 1947.

에밀 조라,『나나』, 대지사, 1955.

하드슨,『문학원론』, 대문사, 1956.

괴테,『젊은 베르테르의 슬픔』, 보문당, 1957.

앙드레 지드,『노오벨』, 명세당, 1958.

보들레르(이영순·홍순민과 함께 옮김),『보들레르 산문시』, 박영
사, 1958.

투루게네프,『나의 첫사랑』, 창신문화사, 1958.

4. 지은책

『시문학 입문』, 남광문화사, 1949.

『학생문장독본』, 남광문화사, 1953.

『세계명작감상독본』(상), 홍지사, 1953.

『세계명작입문』, 홍지사, 1954.

『중등작문』(1)·(2)·(3), 강호문화사, 1956.

『고등 문장교본』, 창인사, 1956.

『현대문장독본』, 인간사, 1957.

『현대문학감상』, 인간사, 1957.

『명작에서 보는 여인상』, 여원사, 1959.

『세계의 시인 70인』, 여원사, 1961.

『시원산책』, 정연사, 1964.

『세계 명작의 여인상』, 정연사, 1965(1959년판의 고친 것).

5. 펴낸책

『1947년 예술년감』, 예술신문사, 1947.

민족시의 한 지평, 정진업의 공론시

1. 들머리

월초 정진업은 세상이 아예 잊고 있었던 이름은 아니다. 1983년 마산에서 영면했으니 어느새 스무 해를 더 넘었다. 세상을 떠날 무렵까지 가끔 이저곳 매체나 자리에 얼굴을 내기도 했다. 문단 사정에 밝은 장년 이상 문인 경우에는 이름이 낯설지 않을 것이다. 지역 안에서도 인연을 나눈 사람을 찾기란 그리 어렵지 않다. 그러나 그의 문학 속살에 대해서 알려진 바가 거의 없다. 문학을 업으로 삼고 있는 연구자에게도 이 점은 마찬가지다. 1939년 『문장』에 소설이 추천된 그다. 활발했던 광복기와 1950년대, 그리고 1980년대 초반까지 마흔 해를 넘는 문학·예능 활동을 벌였던 이다. 문학의 대강조차 알려지지 않은 사실은 뜻밖인 셈이다.

그러나 정진업은 건성으로 보아 넘길 문인이 아니다. 경남·부산 지역문학 차원뿐 아니라 민족시의 흐름 위에서 무겁게 살펴보아야 할 사람이다. 한 가지 다행스러운 일은 월초 스스로 자신이 발표한 작품을 그때그때 오려 묶음으로 간직하고자 했다는 점이다. 게다가 시의 경우는 비록 뜻대로 펴내지는 못했지만 자가본 시집까지 몇 차례 묶어 보곤 했다. 이저런 세파를 겪어 나오면서도 그의 작품이 죄 흩어지지 않을 수 있었던 까닭이다. 어려웠을 삶의 신산 속에서 유가족은 시인 사후까지 그것을 지켜 냈다. 그리하여 광복기에서 1960년대 초반 사이까지 이루어진 여러 문필 활동이 모습을 어느 정도 갖출 수 있게 된 일은 요행이다.

그에 못지않게 아쉬운 점 또한 지나치기 어렵다. 작품 묶음에 들어 있는 개별 작품 하나하나에 대한 출전을 시인이 꼼꼼하게 적어 두지 않았던 까닭이다. 오랜 세월에 걸쳐 이루어졌던 작품 흐름은 물론, 개별 작품에 대한 접근과 해명에 이르는 일에 적지 않은 흠을 만들어 놓은 꼴이다. 경남·부산을 중심으로 활동했던 그다. 정진업 시의 출발지며 열정적인 활동 장소였던 광복기 경남·부산 지역 잡지나 신문을 비롯해 1950년대에 걸친 매체까지 죄 갈무리할 수 없는 것이 학계의 현황이다. 나름대로 확인했음에도 적지 않은 자료를 만날 수 없다. 그것을 되찾고 출전을 바르게 고증해 낼 수 있을 가능성은 앞으로도 많지 않다.

다른 아쉬움은 정진업 관련 1차 사료에 대한 파행적인 갈무리에 있다. 유족이 간직해 왔던 유품의 정확한 규모 파악이나 실제 보고가 학계에 엄밀하게 이루어지지 못했다. 정진업 유품의 거의 모두는 오래도록 다른 곳에 넘겨져 있었다. 마산대학 이 모가 전집을 내겠다며 그것을 가져갔다 12년을 넘기고서야 유족 손으로 되돌려 놓았다. 정진업 관련 사료가 처음 어떤 상태로 있었고, 그것이 어떻게 이 모에게 건네져 갈무리되어 온 것인지 지금으로써는 전모를 알기 힘들다. 엄밀한 작가 연구를 위해 갖추어야 할 바 1차 사료 수습 방향이 처음부터 틀어져 버렸다. 오랜 세월 어렵사리 갈무리해 온 사료가 최선의 상태로 개방되지 못한 셈이다.[1)]

정진업은 여러 문필 갈래에 걸쳐 다작이었다. 소설·희곡·시·평론뿐 아니라 영화 단평과 연출 텍스트·신문 기사문·수필까지 이른다. 거기다 주류 매체보다 지역 잡지나 신문에 작품을 올린 경우가 많다. 만년에는 옥석을 가리기 힘든 행사시·기념시도 적지 않게 내놓았다. 육필 원고까지 수월찮다. 그것까지 죄 다루어 제대로 된 정진업 연구에 들어설 일이 과제다. 시 연구 경우는 사정이 나은 쪽이다. 시인 생전에 냈던 다섯 권 시집, 곧 『풍장』·『김해평야』·『정진업작품집①』·『불사의 변』·『아무리 세월이 어려워도』가 원전으로 남아 있다. 시인의 작품철까지 기워 준다. 이들을 디딤돌로 정진업 시의 실체에 한 발 한 발 다가설 일이다.

---

1) 마산대학 이 모가 전집을 내겠다는 명분으로 유품을 가져간 때가 1992년 봄이었다. 그러나 그 뒤 전집이 나오기는커녕 마침내 그와 연락마저 제대로 닿지 않는 듯한 상황에 이르렀다. 더는 참을 수 없게 된 유족이 가져간 자료 묶음을 채근해 돌려받은 때가 2004년 11월이었다. 12년을 넘기고서야 유족 손으로 되돌아온 셈이다. 세상에 자신이 이룬 바를 충분하고도 제대로 알리지 못했던 불우한 문인이 정진업이다. 그로서는 좋은 기회를 일찌감치 놓친 셈이다. 현재로써는 이저런 아쉬움이 있음에도 힘껏 작품을 찾아내고 갈무리하기 위한 노력을 기울일 수밖에 없다. 글쓴이가 되돌려 놓은 자료 묶음을 처음 살핀 때는 2005년 4월이다. 유족으로부터 공개된 지 13년이나 지나 재확인할 수 있었다.

2. 정진업 시와 공론적 감각

정진업 시의 원전 확정은 만만한 일이 아니다.[2] 따라서 작품에 대한 통시적 흐름을 꼼꼼하게 살펴보는 일은 어렵다. 지금으로써는 크게 네 매듭으로 묶어서 살필 수 있다. 광복기, 1950년대, 1960년대, 그리고 1970년대부터 1983년 임종에 이르는 시기다. 첫째, 광복기 시의 경우다. 1945년 을유광복부터 1950년 8월에 이르는 시기 작품이다. 편의를 좇아 경인전쟁 발발 뒤 정진업이 무고로 말미암아 투옥되었던 시기까지 넓혀 잡는다. 1948년 『풍장』에 실린 모든 시와 1953년 『김해평야』에 실린 것 가운데 일부가 이 시기 작품에 든다. 거기다 두 시집에 실리지 않은 것과 뒷날 다른 시집에 올린 몇 작품까지 함께 묶을 수 있다.

이들이 정진업의 초기시다. 앞으로 나아갈 시의 특징과 바탕을 적확하게 보여 준다. 개인 정진업으로서는 30대 열혈 청년 시인으로서 자기 목소리를 힘껏 펼쳐 내고자 했던 때다. 그러나 이 시기도 남북 분단이 굳어졌던 무렵에 나온 1948년 『풍장』을 거치면서부터 조심스럽게 목소리가 가라앉는 경향을 볼 수 있다. 그의 보도연맹 가입과 맞물린 무렵이었다. 좌파 민족주의자였던 시인의 선명한 걸음걸이와 세상에 대한 관심이 시대 상황에 점차 억눌려 들면서 고심하고 있는 모습이 역력하다. 그럼에도 그의 초기시에는 정진업의 민족·민주 이념이나 구체적인 현실주의가 순수하게 드러난다. 경남·부산 지역문학에서 보나 민족문학에서 보나 월초 정진업 시의 의의가 가장 빛나는 자리다.

---

2) 물론 출전 확인이 어려운 까닭이 맨 처음이다. 그리고 그 점 말고도 오랜 시일을 두고서 한 작품에 대한 재발표와 수정 발표, 또는 텍스트 변개로 말미암아 상호텍스트성이 강한 특성에서 말미암는다.

둘째, 1950년대다. 이념의 희생자로서 깊은 낙담을 겪은 뒤 세파에 맞서고자 분투했던 시기다. 『부산일보』를 중심으로 경남·부산 문학사회의 중심인물로 자라고 있었던 정진업이다. 빨갱이 문화단체 조직원이라는 누명을 쓴 채 여러 달에 걸친 고문을 겪고 길가로 나앉은 때가 12월이었다. 그 뒤 거제에서 시작하여 부산으로 다시 마산으로 떠돈 현실이 시인이 겪었을 고초의 총량을 짐작하게 한다. 그럼에도 시인의 정의감과 공분(公憤)은 사그라질 줄 몰랐다. 시집 『김해평야』에 실린 작품과 적지 않은 신문 게재 시집 미수록 의례시들은 시대와 불화하면서도 세상에 대한 긴장을 잃지 않았던 정진업의 강건한 비평정신과 결기를 잘 보여 준다.

셋째, 1960년대 시기다. 광복 초기와 마찬가지로 새삼스럽게 민주와 자유, 정의로운 사회에 대한 희망을 솟구쳐 올릴 수 있는 기회였다. 각별히 경자마산의거와 그 뒤로 이어진 세태의 격변은 시인 정진업을 다시 한 번 열혈 청년으로 만들기에 모자람이 없었다. 그럼에도 두어 차례 이어진 시집 간행 시도도 뜻을 이루지 못했다. 군부 쿠데타 이후 새롭게 재편되고 있었던 부산 문단에서 자리를 물린 채 두 번째 고향인 마산에 묶였던 그다. 의분을 삼키며 그는 가난이 안겨 주는 아픔과 현실을 조용히 맞아들일 수밖에 없었다. 1960년대 초기의 이상과 좌절을 한 몸에 안은 채 그는 점점 까다로운 장년의 지역 문인으로 밀려 앉게 되었다.

넷째, 1970년대. 이 시기 특이점은 1979년에 쓴 서사시 「안중근」에 있다. 이미 주류 문학사회와는 걸음이 멀리 나뉜 그다. 시인으로서 자신을 담금질할 문학적 바탕도 지니지 못한 처지다. 「안중근」을 빌려 새삼스럽게 순정한 문학적 뿌리를 확인하고 싶었던 정진업이다. 민족적·민주적 공분을 버리지 않았을 뿐 아니라, 자신의 시가 사소한 자의식에 시달리다 마는 허깨비 문학이 아님을 자신에게도 납득시켜야만 했다. 『정진업작품집①』에서 『불사의 변』, 그리고 『아무리 세월이 어려워도』로 이어졌던 뒤늦은 시집 간행으로는 결코 채울 수 없는 목마름이다. 시에 대한 열정과 회한이 드러나지 않게, 그러나 깊숙이 곰삭은 만년이었다.

정진업 시인은 일찍이 나라 잃은 가난한 젊은이로서, 김해를 중심으로 이루어졌던 남다른 민족 수탈과 가족 해체를 몸으로 겪은 이다. 광복기 그의 시가 오랑캐 찌꺼기 청산과 행복한 민족·민주 사회에 대한 희망과 좌절을 어느 누구보다 구체적이고도 또렷하게 노래할 수 있었던 것은 뜻밖이 아니다. 그의 시에서 한결같은 목소리는 드높은 현실 비판과 비분강개의 공분이다. 우리 근대시가 일찌감치 시 바깥으로 밀쳐놓았던 사회성 짙은 자리다. 시인은 그러한 공론적 감각을 사십 년을 넘는 오랜 세월 알게 모르게 밀고 나오면서 민족시의 외연을 넓혔다. 이제 그 점을 몇 갈래로 나누어 살피면서 정진업 시의 전모에 다가서고자 한다.

1) 언론 시인의 정론성

정진업 시의 됨됨이를 이해하기 위해 무엇보다 그 출발에서부터 마무리까지 언론계에 직간접으로 남다른 연고를 두고 있었다는 점을 눈여겨볼 필요가 있다. 그가 시를 본격적으로 내놓기 시작한 때는 광복기였다. 『경남교육』에 이어 『부산일보』에 몸을 담고 열정적이면서도, 선명하게 자신의 개성을 보여 주었던 시기다. 언론인으로 일하면서 자사를 중심으로 『대중신문』·『자유민보』와 같은 여러 지면에 시 발표를 거듭하였다. 1950년 12월 『부산일보』를 쫓겨난 뒤에도 남다른 언론 연고를 보여 준다. 이 점은 단순히 잦은 발표 기회만을 뜻하는 것이 아니다. 주요 의례시를 맡은 데서 짐작할 수 있는 바와 같은 그의 무게와 연관되는 일이다.

그만큼 정진업의 시력에서 언론 시인으로서 비중이 컸다. 그 가운데서도 『부산일보』 문화부장으로 활발하게 일한 경험은 그의 문학적 성장에 많은 힘과 좌절을 한꺼번에 안겨 주었다. 『부산일보』가 초기부터 문학적 향취를 부쩍 높인 것도 그의 이바지가 컸다. 1958년 정진업이 마산으로 주거를 옮긴 뒤에도 그의 이름은 부산 지역시단에서 가볍지 않은 대접을 받았다. 그런데 정진업 시인에게서 두드러진 점은 작품 됨됨이가 언론의 특성을 누구보다 뚜렷하게 지닌다는 사실이다. 여느 언론계 시인과 다른 특이성이다. 많은 곳에서 이상적 언론 또는 기자 정신을 결정적으로 받아들이며 그쪽으로 자신의 시적 개성을 키워 나간 결과다.3)

정진업 시는 시와 언론의 관계를 새삼스럽게 생각하게 한다. 여론이 지닐 바 공중성, 냉정한 시사적 관심과 발 빠른 증언, 사회 현실에 대한 정론 비평, 그리고 설득 소통으로서 독자 지향적인 구술성이 그것이다. 이들을 두루 싸안은 집단성·사회성 짙은 담론이 정진업 시의 요체다. 개인에 치우치지도 않고, 탈역사적 상상의 지평으로도 결코 물러서지 않는 구체적 현실주의와 공론 감각은 우리 근대시에서 쉬 찾을 수 있는 보기가 아니다. 글쓴이는 이러한 정진업 시의 됨됨이를 공론시라 일컫고자 한다.4) 월초

---

3) 광복기부터 1950년대 초반까지 정진업이 일하고 있었던 부산 지역 언론계에서 함께 몸담고 있었던 시인으로 대표적인 이가 홍원이다. 그의 우파적 궤적과 정진업의 좌파적 궤적은 사뭇 작품 됨됨이에서부터 나뉜다. 정진업이 대사회적인 눈길을 키워 나가는 쪽이었다면, 홍원은 대내적인 자의식을 즐겨 드러냈다. 언론계의 경험이 시작에 큰 무게를 갖지 않았던 셈이다.

4) 우리 근대시에서 언론의 공론성이 가장 두드러지게 드러난 시기는 1900년대 국권회복기였다. 굳이 정진업 공론시의 전사를 따지자면 거기까지 눈을 두어야

정진업은 공론 감각을 근대시사 속 여느 시인과도 다른 강도와 개성으로 한결같이 녹이며 밀고 나간 시인이다.

　　백양(白楊) 뿌럭지처럼 벋어 가는 민주주의와 거기에 구근마냥 매달리는 오손도손 아름다이 살 겨레들을 위하여 올바르게 보도하는 것

　　호소 진정과 건의 성명과 모략 사기 원갈(怨碣) 협박 치정 강간 살인 절강도 질서와 죄과와 형벌과 포상과 또……

　　(…줄임…)

　　눈 눈 수많은 눈초리가 신문을 덮는다

　　동반구 한 귀퉁이에서 문화와 자유와 평화와 정의를 위하여 우리들은 펜과 기계와 땀으로 이렇게 싸워 왔다

　　백양 뿌럭지처럼 벋어 가는 민주주의와 함께 불어 가는 P NEWS AFFAIR의 연륜이여!

　　그대 넓어지는 영토 속에 오래 영화하거라

―「신문」 가운데서5)

1949년 『부산일보』 창간 3주년 기념시로 올린 시 「신문」이다.

한다. 그런데 그 무렵의 전근대 구비시적인 공론성과 정진업의 근대 문자시적 공론성은 바탕에서부터 나뉜다.
5) 『부산일보』, 부산일보사, 1949. 9. 10.

언론이 정론과 공론을 지향한다는 믿음을 잘 드러냈다. 그에게 "벋어 가는 민주주의" 또는 "자유와 평화와 정의"와 같은 낱말은 단순히 꾸밈으로 얹은 췌사가 아니다. 누구보다 오래도록 민주와 자유, 정의라는 명제를 향한 이상을 버리지 않았던 흔적을 가득 담은 것이 그의 시다. 따라서 이름에 걸맞은 언론 시인으로서 정진업은 여느 시인과 다른 특징을 지닌다.

가장 중요한 외형은 글 쓸 기회가 남달리 많았던 데서부터 말미암는다. 그리고 그 점은 고스란히 다작으로 이어졌다. 그의 문필 활동은 신문에 올린 익명의 기사문에서부터 시·소설·수필·희곡과 같은 문학 창작을 거쳐 연극·영화를 비롯한 예술문화 평론·단평에 이른다. 그 넓은 영역에 걸친 글쓰기 과정에서 그가 남달리 많은 필명6)을 끌어다 쓴 점은 이해 가능한 일이다. 본명을 제쳐 둔 여러 필명은 한정된 인력으로 지면을 메워야 하는 대중 언론의 속성으로 말미암은 일이다. 그러나 무엇보다 그러한 여러 문필을 죄 떠맡을 만한 재능이 그에게는 있었던 까닭이다. 이 점은 아무 언론 시인이나 지니는 특징이 아니다. 정진업은 예외였다.

문제는 이로 말미암은 약점이다. 다채롭고 잦은 문필 활동의 기회는 시인 정진업에게 완결된 작품을 세상에 내놓게 하기보다는 즉각적인 글쓰기를 강요했다. 작품의 완결성에 대한 감각

---

6) 시를 발표할 때 즐겨 쓴 필명은 소연, 노을, 전노을, 진업, 마석, 도라지, 심야월과 같은 것이다. 필명 사용과 관련하여 경남·부산 지역문학에서 두드러진 사람은 스물에 가까운 필명을 골라 쓴 하동 시인 남대우다. 정진업은 그에는 미치지 못하고 필명 사용의 동기가 다르지만 남달리 많은 필명을 골라 썼다. 정진업 다음으로 필명이 많았던 이로 이주홍을 들 수 있다. 남대우가 쓴 필명에 대해서는 아래 글을 참조 바란다. 박태일, 「나라잃은시대 후기 경남·부산 지역 어린이 문학: 이원수와 남대우를 중심으로」, 『한국문학논총』 40집, 한국문학회, 2005.

이 상대적으로 덜할 수밖에 없다. 따라서 시의 경우 첫 발표작과 뒷날 시집에 재수록·재발표할 경우에 교정, 수정을 거친 경우나 손질 정도가 유달리 잦고 많다. 이러한 정진업 시 텍스트의 유동성은 낱말 하나 토씨 하나까지 마음을 쏟는 형식주의자의 눈길로 볼 때는 비판 받아 마땅하다. 그러나 그의 시는 글이 지닌 공공성·정보성에 더 무게를 둔 작품이다. 언론 기사문이 지닐 한 특성을 정진업은 자신의 시적 개성으로 고스란히 굳혀 낸 셈이다.7)

2) 공공 감각과 현실주의

정진업 시의 공론적 감각이 잘 살아나고 있는 됨됨이 가운데 하나는 현실주의 경향이다. 그는 언론인으로서 지닐 바 나날살이에 대한 예민한 눈길을 거둔 적이 드물다. 당대 주요 시사 문제는 그의 시 속으로 뛰어들 준비를 늘 하고 있는 듯싶다. 그는 전형적인 현실주의자로서 자신의 개성을 한결같이 키워 왔다. 언론 문필이 지녀야 할 증언적 가치가 그의 시에서는 뼈대 굵은 목소리

---

7) 정진업 시의 퇴고는 보통의 경우에 견주어 매우 잦고 그 정도도 무거운 쪽이다. 대체로 여러 길로 손질이 되는데 몇 가지로 묶어 볼 수 있다. 첫째, 뒤선 작품으로 갈수록 간결하게 손질하는 특징이 있다. 이 점은 기동력 있게 그때그때 즉각적인 발언을 시로 담았다가 뒷날 시간을 두고 가라앉히는 과정을 보이는 까닭이다. 둘째, 정진업 시는 신문 게재시가 양에서 많은 쪽이다. 그 경우 신문 지면의 제약 탓에 가락을 죄 살리지 못하고, 줄글시 꼴로 많이 올렸다. 그것이 뒷날 시집에 갈무리되는 과정에서는 간결한 가락글로 간추려지는 경우가 많다. 셋째, 나라잃은시대의 왜인이나 그들에 대한 추억을 다루는 글감인 경우, 그 느낌이나 반감이 더욱 높아지는 쪽으로 손질되는 경향이 있다. 이 점은 사회 현실이 세밀하게 드러나는 자리가 세월을 두고 손질을 겪는 과정에서 모를 죽이고 보다 보편적인 경험으로 몰고 가려는 듯, 직정적인 느낌이 수그러드는 쪽으로 나아가는 경우와 서로 맞서는 경향이다.

로 묻어난다. 시인 개인의 내면 정서 표출보다는 공공적 정황이 늘 문제가 된다. 따라서 그의 시에서 서정 주체는 집단적, 사회적 주체로 드러난다.

병들지만 않으면
여름은 없는 놈의 살 시절이지라우
먹는 건 둘째고
우선 벗고도 살 수 있잖는기요?

전신주를 울리던 삭풍이
집 없는 노동자나
실업 부랑자들의
땀 괴인 가슴에
이처럼 은혜로이
불어 든 적이 있는가?

주리면 그래도 우물이 있어
물 한 바가지 들이키고
더위와 삶에 지쳐
시청 앞이나
은행이나 회사 앞에
아무렇게나 쓰러져
돌을 베고
지게를 베고
이내 잠만은 평화로 떨어지는 사람들
좀 자유롭고

거리낌 없는 여름철인가?

장작 한 개피를 사지 못해
오소소 새우잠에 밤을 밝혀야 하고
끼니를 어기면
창자마저 얼어 떨려야 하는데

이 거리에 넘쳐흐르는
가난한 내 동족들은
지나간 모진 겨울을
어디서 어떻게 났던 것인가?

아– 이 땅의 악착같은
슬픈 생리들이여!

이루어질 나라는
여름처럼 무성할
우리의 공화국은
겨울 아니라
보담 더한 것이 오더라도
우리에게 먼저
여름처럼 은혜로워야 할 것이다

―「이루어질 나라는」8)

---

8) 『풍장』, 시문학사, 1948, 75~78쪽.

광복기 현실 속에서 한 전형을 이룬 사람, 곧 "이 거리에 넘쳐 흐르는/가난한 내 동족들"에 대한 시인의 공감과 공분(公憤)이 절 절하게 담겼다. 가난은 얼마나 오래도록 우리 겨레를 괴롭히는 현실인가. 정진업은 그 오랜 가난의 질곡을 벗어던진 새로운 나 라, 은혜 입은 듯한 "여름처럼 무성할/우리의 공화국"에 대한 비 원을 아끼지 않는다. 비록 지금은 "슬픔을 꽃씨처럼" 뿌리고 있지 만, 머지않을 앞날에 "겨레는 오직 영화"(「푸르른 그대로」)할 것이 라는 시인의 믿음은 우리를 위무하는 데 모자람 없을 든든한 공 감을 담았다. '우리'라는 집단 주체가 선명하다. 정진업 시의 큰 줄기인 공공적, 사회적 눈길이 잘 살아나는 시다.

사람의 체험 시간은 두 갈래로 나뉜다. 공적 시간 다발과 사적 시간 다발이 그것이다. 이 둘은 서로 얽히고 겹치면서 나날살이 체험의 시간성을 이룬다. 정진업 시의 주체는 바탕에서부터 공적 시간성 위에 있다. 따라서 생각이 넓고, 시가 공중 언론의 공공 성·객관성을 겨냥한다. 함께할 수 있을 사회적, 집단적 주제에 초점이 맞추어져 있다. 민주·정의·민족·자유과 같은 거시 담론 에 대한 입담이 줄어들지 않았던 정진업이다. 그러면서 을사늑약 이나 경술국치·기미만세의거·을유광복·경자마산의거와 같은 민 족적, 국가적 기념일이나 행사에 대한 의례시를 누구보다 많이 남겼다. 민족 단위 공적 시간이나 역사적 기억에 대한 믿음과 그 것이 마련하는 당대적 의의에 대해 늘 눈길을 거두지 않았던 시 인이다.

그런데 이러한 공공 감각은 시인의 날카로운 내면이나 느낌을 미시적으로 구체화하는 데에는 어려움이 있다. 그러한 문제를 누 구보다 현명하게 벗어나면서 오랜 세월 한결같은 현실주의자로 남을 수 있었던 이가 정진업이다. 자신이 겪었던 사적 체험을 매우 효과적으로 드러내는 데 따른 결과다. 공적 시간 다발과 사적 시간 다발이 튼튼하게 얽혀 든 시인의 현실 재구성력은 시인의 진솔한 목소리와 어울러 진폭 큰 울림을 읽는이에게 안겨 준다. 집단의 공공적 주제가 개인의 구체적 체험 속에서 되살아나는 모습이 그것이다. 이제까지 근대시가 담아내기 어려웠던 선 굵은 서정적 진실을 확보한 정진업 시의 개성이 여기서 비롯한다.

① 딸깃빛 노을 대신 굳은비 나리는 막걸리 한 사발 생각나는 저녁때 끼니를 어기고 기다리는 이 없이 호올로 정거장에 섰노라면

창문 없는 기차는 이민차(移民車)보다 더 슬퍼 보이는 허구많은 얼굴들을 실곤 어딘지 울고 가는데

절룸발이 곰배팔 앉은뱅이 캔디 구멍가게 구두닦이 부랑소년 라이터 신기루 아 모두 모두 위선 생리(生理)보다 급한 비를 피하여 이리들 모였구나

그래도 정거장은 있어 짜장 고마웁다

비싼 밑천에 비싸게 먹어 보겠다는 왜식요정이나 카바레서는 산에 오르면 포수에게 총맞을 양 갈보들이 쑥쑥 뽑아 놓은 남정네들을 끼고 피 흐르는 입술에 담배를 빨며 거리를 달리고

여 정거장 친구들! 이제 그만 나서지 비는 그래도 약과야 이제 얼어 죽을 때까지는 소문 없을 추위가 다가오는데 사오나운 눈보래가 칠 텐데

죽어 남아도 죽어 남아도 봄이 되어 제비 돌아오면 삼사월 긴긴
해 보릿고개를 풀뿌리 씹으며 또 서럽게 넘길 우리들인가?

차라리 이 해가 갈 양이면 봄이여! 오지 말고 풍성한 여름이 오라
차라리 헐벗고 굶주려도 아무렇게나 살 수 있는 은혜로운 여름이 오라.
　　　－또 한 해를 보내며

　　　　　　　　　　　　　　　　　　　　－「이 해가 갈 양이면」9)

②아무래도 같이 살 수 없는 무리들로 하여 씻은 듯한 가난에 다
팔아 웅친 집 구석구석은 훈장마당처럼 훤하여 고즈넉하구나

방매가(放賣家)
억울히 죽은 아비의 원한스런 꿈자리가 사납다 하면서 낡은 대문
에다 창호지로 이렇게 써 붙이게 한 홀어미였다

어디로 가야 하는 것이냐

식구라는 게 홀어미에 그나마 어미를 생이별한 아들놈 근이 이놈
은 고작 눈물이 많아서 탈이다

어미 젖가슴 더듬어 흐뭇하게 녹아들 마음조차 잃어버린 근이 놈
잃는 게 아니라 짜장 잊어버린 듯 그렇게 철 늦은 참외같이 시들며
자라다가도 제 또래 이웃 놈이 어머니 부르는 소리 들을라치면 불현
듯 사무치는 뜨거운 게 있어 어쩌다 한두 번 찾아드는 이 못난 아비

---

9) 1948년 신문 발표작으로 보인다.

의 가랑이 새에 얼굴 묻으며 잉잉거리는 이즈러진 어버이에의 사랑이여 안타까움이여

어딘가를 또 가야 하는 날에는 의례이 울며 따라나서는 어린놈을 지전 몇 장으로 달래어 놓고 티라도 든 것처럼 눈을 부비며 막차를 타러 정거장으로 나가야 하는 너는 참 매정스런 아비다

이렇게 모두 어찌할 길 없는 몸부림을 안고 가까워 오는 바다로 향하여 우선은 낙엽처럼 떠 흘러가자

집을 내놓고 아찔 뜨거운 사랑조차 잃고 또 모든 것을 앗기고만 있는 사람들 우리 근이나 홀어미마냥 잃은 게 아니라 짜장 잊어버린 듯 그렇게 참고 견딜 양이면 이윽고 마지막 하나를 얻는 그날 붙안고 통곡해 볼 눈물이라도 이제부터 마련해 두자는 것인데

산소에 가서 곡을 잘하는 홀어머니나 그리움에 굶기보다 더 허전해 하는 근이 놈이나 이렇게 또 어디론가 멀리 가야 하는 너는 고작 눈물이 많아서 탈이다

—「이향보(離鄕譜)」[10]

옮긴 두 편 모두 꼼꼼한 표현 장치와는 거리가 있는 직정을 뱉고 있다. ①은 송년시다. 가난을 확대 재생산할 수밖에 없는 민족 현실에 대한 시인의 공감이 진폭 크게 담겼다. ②는 사적 체험을 속속들이 담았다. 한 살바기 아들을 두고 떠난 아내와 그

---

[10] 『부산일보』, 부산일보사, 1949. 7. 10.

아들 홀로 키우시는 어머니, 그들과 함께 삶을 꾸리기 위해 '낙엽처럼' 떠돌이로 나설 수밖에 없었던 암담한 시절 모습이다. 그럼에도 이 둘은 가난한 현실이라는 전형적인 주제 하나로 모인다. "교언영색으로 시종하지는 않았던 진실과 정의의 시정신에 입각한 나머지 인생과 사회에 다소라도 참여할 수 있었다면 그것으로 후회는 없는 것"11)이라 했던 시인의 진솔한 목소리가 울린다.

우리 근대시사에서 볼 때 1950~1960년대 시에서 객관성·사회성을 찾는 방법은 억압 받는 정도가 컸다.12) 정진업의 공론시는 그만큼 예외적이다. 한결같은 '인민대중'13)의 시라는 이름은 잘못된 일컬음이 아니다. 지난 시기 제국주의 찌꺼기 청산이나 반민족 현실에 대한 고뇌와 공분을 눌러 담은 초기시에서부터 그의 시는 오래도록 가난하고 고통 받는 사람과 사회 현실에 대한 결기를 멈추지 않았다. 공공적·집단적이라는 측면에서 그의 시는 시사에서 볼 때 예외적이었다. 그것을 포기하지 않고 끌고 나갔다는 점에서 이단적이었다.14) "인생과 사회에 다소라도 참여"하고자 한다는 정진업의 현실주의 시로 더 들어서기 위해 아래 두 편을 보자.

① 한창인 청춘으로

---

11) 정진업, 「후기」, 『불사의 변』, 시문학사, 1976, 115~116쪽.
12) 이른바 후기 모더니즘이나 『현대시』 동인으로 대표되는 언어주의의 의식 조작 경향이 주류로 자리 잡았던 시기다.
13) 김정한, 「서문」, 『풍장』, 시문학사, 1948.
14) 특별히 광복기 경남·부산 시단에서 정진업의 자리는 더욱 빛난다. 계급주의 우파 쪽에 선 대표적인 시인이 이주홍·손풍산·김병호·남대우였다면, 민족주의 좌파에 드는 이는 정진업·전훈·고려송·정영태와 같은 이였다. 이러한 좌파 시인들 건너 쪽에 청년문학가협회를 중심으로 세를 발 빠르게 굳혔던 유치환·조향·김춘수와 같은 우파 시인이 자리 잡고 있었다.

하늘을 덮는
플라타너스의 잎을 이고
나는 무엇이 급하여
우비도 없이 거리에 섰나?

낭만은
젖어 가는 마차에서
결별을 짓자

비리 먹은 군마의
잉여 가치가
산송장의 최저 배당을
맡아 간다

흡사
청개구리의 발음을 닮은
허허한 창자의 곡에
잠시 눈을 감았다 뜨면
다각으로 흐르는
노오란 별의 포물선

오장을
탄흔 비슷 뚫어 놓는
이놈
세 치 닷 분의 회충아

너는 또
무엇을 달라는 게냐?

나는 결코
자선가가 아니다

하나 또
쓸갯물 함께 치밀어 올리는
타기할 데모의
대가리 위에
세 가지 썩은 막걸리라도
끼얹어야겠다

내일 밤
폭력극의
피날레를 보기까지
너를 위한다기보다는
우선 내가 마시고
살아가야 하겠다

우비도 없이
쫓기는 사람처럼
나는 어디론지
또 가야겠구나

빗발에 뚫어지는 어둠이

병든 양 짙어 오는데

—「거리에 서서」15)

② 스물두 구멍에서
　일렁이는 파장은
　한숨과 원한의 이중주 같은 것.

　정오 뉴스는
　또 연쇄 중독사를 알리고.

　사람은 불을 먹고 불은 사람을 먹는
　이율(二律) 향배(向背)의 사각방에
　우리는 갇혀 산다.
　검은 괴물이 내미는
　파아란 혓바닥이
　사신(死神)과 모의할 때도
　우리는 살아야 하겠기에

　북풍이 불어 드는
　불안한 창문을
　밝으면 열고
　저물면 닫는다.

—「연탄」16)

---

15) 1949년 첫 발표한 시다. 1953년 『김해평야』(남광문화사, 60~65쪽)에 손질한
　　상태로 재수록 작품을 올렸다.
16) 정진업, 『아무리 세월이 어려워도』, 해조문화사, 1981, 133~134쪽.

성공적인 정진업 시의 모습을 담고 있는 작품들이다. ①은 공공 감각이 잘 드러난다. 그러면서 고통과 슬픔을 유머러스하게 이겨내고자 하는 표현이 울림을 더한다. 사회의 공적 지평과 시인의 개인 정취가 잘 어울린 시다. ②는 섬세한 맛이 없다. 시어 또한 거칠다. 연탄으로 말미암은 "연쇄 중독사"니 "사신과 모의" 하느니 하는 표현은 언론문을 떠올릴 만큼 직접적이다. "한숨과 원한"의 대상으로서 뜻 아닌 죽음을 불러오던 연탄과 그로 말미암은 사람들의 원통함을 잘 담아냈다. "북풍이 불어 드는/불안한 창문을/밝으면 열고/저물면 닫는다"는 시줄에 아로새겨진 시인의 안타까운 마음은 읽는이의 몫으로 자연스럽게 되살아난다.

정진업은 부조리하고 불의한 사회 현실에 대한 공분을 생생한 사적 체험으로 녹여낸다. 민족 지평에 든든하게 닿은 사회시, 구체적인 현실주의 시가 그로부터 말미암는다. 초기시부터 한결같이 달라지지 않은 정진업 시학의 바탕이 이것이다. 뒷날까지 누구보다 많은 의례시를 썼을 뿐 아니라, 주례시라는 독특한 갈래까지 끌어내는 모습도 이 줄기와 이어져 있다. 어름어름한 소시민적 내면 토로를 참인 양 떠벌리거나, 수사적 의장으로 공교롭게 덧씌워 놓은 사이비 뼁튀기 의식을 미학적 깊이인 양 부풀린 것이 우리시의 큰 흐름이었다. 그런 쪽에서 보면 정진업은 어리석어 보인다. 그러나 그 점이 오히려 정진업 공론시의 순정한 울림을 더한다.

3) 진술의 시학과 비판 정신

정진업 시는 정통적인 형상시가 아니다. 진술시다. 시는 산문과 달리 압축과 비약, 그리고 표현 가치를 극대로 이끌기 위한 꼼꼼한 수사적 의장이 중요하다. 그리고 시는 읽는이에게 현실을 직접적으로 불러일으킬 것을 의도하는 모방적 욕구에 기대지 않는다. 거듭된 재독서를 빌려 해석공간을 키우고 그 빈틈을 채워 나가는 긴장된 울림을 겨냥하는 간접화된 담화다. 그런 까닭에 시는 할 말을 다함으로써 참에 이르고자 하는 문학이 아니다. 할 말을 막고 에두름으로써 더 많은 말과 느낌을 떠올리게 하는 역설적 갈래다. 정진업의 시는 이러한 시의 주류와 맞선다. 오히려 산문적 진술을 특장으로 삼는다. 생각과 느낌을 날것으로 뱉어 버린다.

정진업의 시적 진술은 직접적이며 즉각적이다. 시의 형식주의 문법에 들려 있는 이에게는 매우 못마땅하게 여겨지는 자질이다. 그의 시는 거칠게 직정으로 아로새겨진 산문의 연장으로 보일 지경이다. 시적 표현으로서는 큰 단점인 셈이다. 그러나 이 점을 정진업은 즐겨 따랐다. 때로는 여느 시인이 취하지 않는 철학적 사변조차 그대로 뱉어 낸다. 그런 가운데 공공적 이상과 부조리한 현실, 정당과 부당, 정의와 불의 사이의 격렬한 맞부딪침을 풀어낸다. 편벽되지 않은 공론성이 그 뒤를 든든하게 받쳐 준다. 정론직필의 이상에 가닿으려는 고뇌와 희망이 직핍하는 말씨 속에 고스란히 담겨 있는 셈이다.

① 모든 예술은
　예술가의 것이 아니라
　예술가 그 자체의 것도 아니라
　아니 그 누구의 것도 아니라
　오로지 인민의 것이요
　인민을 위하여만 있는 것이요

인민을 위하여 만들어지는 것
그러면
인민을 위한 예술의 씩씩한 행진 앞에
돌을 던지는 놈은 대체 누구뇨
　　　—「일식―공위(共委)축하예술제에, 오장환·유진오씨에게」 가운데서[17]

② 상가의 골목, 달빛에 모가지가 시린 거지들은 우뭇불에 살이 찌고 있었다.

　청사초롱 밑에 시신을 뜯어 먹는 개미떼의 기근 사태.

　막걸리는 밑 없는 가마에 물붓기로 오늘 따라 낙양의 종이 값처럼 올라가고.

　한 바가지를 얻어 마시고는 또 뒷줄에 들어붙는다.

　술이 취한 거지들은 문둥이처럼 황홀해져서 메기 아가리로 힛히 히 웃고 있었다.

　목숨은 어찌하여 왔다가 낙엽처럼 날아서 정녕 뿌리로 돌아가는 것인지 그런 것도 모르면서 술 차례를 기다리듯 제 임종은 아니 기다 리고 먼저 간 사람 덕으로 우선 술을 마시는 게 좋아 미쳐 죽을 지경 이다.
　　　　　　　　　　　　　　　　　　　　—「인생걸식」[18]

---

17) 1947년 7월 작품.

①은 초기 작품이다. 시줄 몇 속에 청년 시인 정진업의 예술관, 시관을 직설적으로 담았다. 시는 시인의 것이 아니라 인민의 것이요, 인민을 위하여 쓰여야 한다는 뜻을 분명히 했다. 이러한 직접 진술은 형상력에는 함량 미달이다. 그러나 이 시를 달라진 향유공간, 곧 조용히 혼자 읽는 문자시가 아니라 낭송되거나 연극 무대 위로 옮겨 놓고 본다면 그 효과는 전혀 달라질 수 있다. 정진업 진술의 시학은 이러한 동적이고 개방적인 측면을 감추고 있다. 구어적 말씨에다 영탄을 애써 피하지 않는 것도 감상성으로 비난만 할 까닭이 없다. 불의·부조리에 대한 비판을 효과적으로 이루면서, 읽는이를 가까이 불러 앉히기 위한 꾀일 수도 있다.

②는 ①에 견주어 현실이 속속들이 담겼다. 그렇다고 형상적 장치나 수사학에 기댄 시는 아니다. "상갓집 골목" 걸인들의 걸식 행각에 대한 직접적 진술이 뼈대를 이루었다. "술 차례를 기다리듯 제 임종은 아니 기다리고 먼저 간 사람 덕으로 우선 술을 마시는 게 좋아 미쳐 죽을 지경"이라는 역설을 빌려 삶의 비루함을 차갑게 드러냈다. 낱낱 시줄에서 보이는 서술형 종결이 떳떳하다. 이러한 진술 가치에도 이 작품은 정진업 시의 요체를 잘 담았다. 더불어 사는 사람의 삶에 대한 따뜻한 응시와 구체적인 포착이 잘 살아난다. 형상적 표현 가치가 아니라 진술적 의장에 기대는 그의 시적 방법은 언론인의 직필과 그대로 맞닿아 있다.

보고적 필치의 직접 진술이 정진업 시의 특장이다. 미학적 완결도나 세련도에서 떨어진다는 비판은 마땅하다. 그러나 공론시의 궤적으로 볼 때는 생각의 참과 거짓, 행위의 옳고 그름이 더 문제다. 정진업 시의 핵심 가운데 하나는 외부 수사가 아니라,

---

18) 『정진업작품집①』, 신조문화사, 1971, 23~24쪽.

진술하고자 하는 삶의 진실에 있다. 그의 시는 기꺼이 폭넓은 진술을 빌려 여느 시들이 갖지 못한 사람에 대한, 사회에 대한 사필귀정의 진실과 그것을 용납하지 않은 현실에 대해 "화약처럼 터지는 울분"(「불사의 변」)을 아끼지 않고자 했다. 그것은 세상으로부터 어떤 비겁한 사익도 얻지 않으려 했던 이의 솔직함에서 비롯된 것이다. 읽는이의 마음자락을 쥐는 힘이 적지 않다.

시인 스스로 "영탄과 통곡과/비분강개가/시에서 오는 것인지/시 이전의 것인지"(「향나무 숲 속에 앉아」)라 했던 자문에서 드러냈듯이 정진업 시에 나타나는 진술 가치는 말과 글이 참이면 차라리 시 형식을 뛰어넘어도 좋으리라는 믿음에서 말미암은 바가 아닌가. 시라는 좁은 테두리 속에 갇힌 언어적 가능성, 삶의 진실을 억압하기보다는 드러내고 풀어냄으로써 진실과 정의에 더 가까이 다가서겠다는 태도가 그의 난만한 진술 속에 담겨 있는 듯싶다. "나는 왼팔의 핏줄을 끊어/삶의 르포르타아지를 기록하지 않으면 안 된다/이름이 검은 리스트에/오르기 전에"(「왼팔의 핏줄을 끊어」)라는 그의 선언이 사뭇 가파르나 감동적인 까닭이 이에 있다.

죽음은 오직
한 번밖에 없는 것
죽어서 되살아오는 건
역사라는
사람의 발자취다.
시인이라는
시집의 유산이다.

가려운 곳을
긁어 다오.
피가 나도록
그밖에는 쓸모없는
손톱인 것을

—「손톱」가운데서[19]

여느 시인처럼 나름의 경제자본은커녕 문화자본이 거의 없는
정진업이다. 가까운 문단의 도움을 받아 가며 때맞춰 작품을 간
추려 세상에 내놓을 수 있는 처지가 아니었다. 그럼에도 "시인이
라는 시집의 유산"에 대한 기대를 놓지 않는다. 그 시집이 "역사
라는/사람의 발자취"를 담고 거듭 되살아날 수 있다면 기꺼운 일
이다. 그러므로 시인은 "역사라는/사람의 발자취"에 부끄럽지 않
기 위해 "피가 나도록" 삶의 언저리와 밑바닥을 긁어 대며 정의
사회, 바른 세상을 위한 '손톱'이어야 한다. 자신의 손톱도 거기에
복무할 수 있어야만 한다. 그러나 시인의 손톱은 애꿎게 자신의
"가려운 곳"만을 긁어 대는 '쓸모없는' 것으로 떨어진 바다.

정진업 시에서 직정적 진술이 감당하고자 했던 공공적 이상과
비판 정신은 충분하게 타오르지 못했다. 시인이라는 이름에 걸맞
은, 정명(正名)에 가닿고자 했던 직정적이면서도 순정했던 뜻은
정진업 시인의 개성이자 약점이다. 정론직필의 시학, 비분강개의
진술은 정진업 시의 반미학성을 증명한다. 아울러 든든한 사회성
을 웅변한다. 그것이야말로 우리시가 오래 밀쳐 두었던 신선한
가능성은 아닐 건가. 삶의 참이 중요하고 정의가 중요한 시인에

---

19) 『불사의 변』, 시문학사, 1976, 84쪽.

게 보이는 반미학의 미학이며, 드넓은 울림이다. 시인의 말마따나 "끝내 살고 보아야 할 건 목숨이고/보고 살아야 할 건 인간"(「불사의 변」)이다. 시는 그것을 위한 도구일 따름이다.

4) 경남·부산의 지역성

정진업 시인은 문단 차원에서 볼 때는 불우했다. 언론 문인으로 이름이 들났음에도 그의 활동과 역할은 주류 문학사회와 일정한 거리가 있었다. 무엇보다 정진업은 그 세대 주요 시인이 청소년 시기부터 이저곳 매체들을 드나들며 문학 수업을 하고 친교를 넓혔던 투고문단 경력이 엷다. 게다가 특별한 학연이나 지연, 조직 활동의 도움을 받지도 못했다. 문학사회 안쪽의 문화자본을 가꿀 수 있는 기회가 드물었다. 게다가 그의 뿌리는 광복기 시에 있다. 좌파 민족주의 시인으로 활발하게 활동할 무렵 그는 시단에서 신인과 다름없는 이였다. 이내 우파 중심 문단으로 발 빠르게 굳어졌던 광복기 상황 아래서 정진업의 자리는 취약할 수밖에 없었다.

문단 활동과 관련해서 언론사 재직 경험도 긍정적으로만 작용한 것은 아니다. 언론사회와 문학사회는 겹치는 부분이 있음에도 경계는 분명하다. 문화부장으로 일했던 『부산일보』의 경우, 정진업의 뜻이 많이 작용했을 것으로 짐작되는 문화면 게재 문인은 우파들이 드물었다. 이 점은 좌파 쪽에 기울어져 있었던 초기 『부산일보』 자체의 됨됨이에서 말미암은 바도 있다. 그런데 그런 점이 1950년에 이르기까지 이어진 것은 무엇보다 정진업의 입김이 작용한 까닭으로 봄이 옳겠다. 정진업과 그 무렵 부산 지역 시단 사이에 놓인 거리감을 단적으로 보여 주는 일이다. 유치환·김달

진·홍원·김춘수·조향과 같은 우파 문인의 이름은 『부산일보』에서 볼 수 없다.[20)

기존 문단 구성원과 다르게 시적 출발을 한 정진업이다. 언론인의 비분강개와 직필로 무장한 그의 공론시 감각은 예외적인 자리였다. 30대 청년 시인으로서 광복기에 시작하여 민족분단이 굳어져 가는 상황에서 점차 누그러지다가 1950년 전쟁 소용돌이 속에서 이념적 고초를 겪은 그다. 유치환·조연현·조향·정태용·김춘수와 같은 이들이 문협 정통파의 한 사람으로서 한국의 우파 문단의 주류로 떠올라 갔던 궤적과 사뭇 나뉜다. 그 점은 1950년대 주류 매체에 정진업의 활동을 보기 힘들다는 데서 역력하다.[21) 정진업

---

20) 그 대신 이주홍과 같은 좌파 문인이나 정영태·임하수·장호와 같은 청년 문인의 역할이 컸다. 거기다 정진업과 『부산일보』 동료며 시인이었던 전훈이나 고려송과 같은 이의 발표가 잦았다. 광복기 『부산일보』가 좌파에서 우파로 옮겨 나갔던 입장이었음을 고려한다 하더라도, 부산일보 필진 선정에 우파 문인이 자리를 하지 않았다는 점은 흥미로운 일이다. 그리고 그 점은 무엇보다 그 무렵 문화부장이었던 정진업의 문단에 대한 배타적 긴장이 드러난 일일 수 있다. 문제는 그 우파 문인들이야말로 대한민국 정부 수립을 앞뒤로 한 시기부터 경남·부산 지역문단뿐 아니라 한국문학을 재편성하는 데 주요 역할을 한 사람이라는 사실이다. 전훈은 본명이 전임수다. 고려송은 본명이 신예균이다. 1950년 『부산일보』 좌익단체원이라는 무고로 정진업과 함께 투옥된 이들이다. 그 무렵 신예균은 편집국장, 전임수는 편집부차장이었다. 전임수는 그 일로 옥중에서 원사했다. 이 폭거에 대해서는 이광우가 꼼꼼한 회고기를 남겼다. 이훈 엮음, 『이광우 회고와 추억』, 자가본, 2003, 93~122쪽.

21) 1950년 전쟁기 이후 경남·부산 지역문학은 서울을 비롯한 타지 문인의 피란 경험과 더불어 완연히 우파 분위기와 중앙 명망가에 끈을 댄 문인이 마당을 좌우하는 모습이었다. 거기다 함안 출신 조연현의 『현대문학』이 한껏 문화 자본력을 드러내면서 서울에서 지역문학을 관리할 때다. 유치환은 광복기 청년문학가협회를 이어 전쟁기 피란문단을 중심으로 이른바 대중적 명성을 넓혀 나가고 있었다. 정진업과 같은 비분강개하는 목소리가 제대로 다루어지기란 쉽지 않았다. 게다가 부산 시단은 조향이나 김춘수로 대표되는 형식주의자, 언어주의자들이 대학 공동체를 디딤돌로 힘을 넓혀 나가고 있었다. 모더니즘으로 대표되는 내면화 경향과 형식화 경향은 정진업의 자리를 더욱 예외적인 모습으

은 시의 출발부터 부산에서 활발한 지역시인으로 시작하였다. 그러면서 점차 부산 지역에서도 잊혀 갔다.

올바른 것이기에
어느 때나 기꺼이 죽기를
바라는 마음이여
쫓기는 사슴 되어
저 언덕 변두리에
위태로이 서서
이리도 아까운 사람의 죽음을
넘어다만 보는 너는
퍽도 겁이 많다

단말마의 소리 울대에서 멎고
피비린내 어둔 거리에 번지면
오구라드는 심장에
떠는 오금을 입술로 눌러 참고
뒷골목으로 뛰며 옮기며
숨어서 너는 시만 쓰려 드는구나

죽어 가며 꽃피는 언덕에
꽃가루 낢은 열매 맺음이어라
봄 거리거리마다

로 밀쳐냈을 것이다. 정진업은 민족 현실에 대한 공분과 직정을 멈추지 않았다. 그러니 그의 자리는 옅었다. 지역에서 지역을 뛰어넘는 문학적 역량과 상징성을 가꾸기가 어려웠다.

너 노래로써 울어 주기야

어이 잊으료마는……

저 언덕 변두리에

위태로이 서서

이리도 아까운 일꾼을

죽음의 땅에 보내고도

잠자코 있는 창백한 너는

아무래도 겁쟁이 시인이다

— 「변두리에서」[22]

　스스로 역사의 격변기마다 "겁쟁이 시인"이었음을 탄식하고 있다. 그러나 문단 주류에 비켜나 있었지만 누구보다 열정적으로 역사·현실 감각을 보여 준 그다. "뒷골목으로 뛰며 옮기며/숨어서 너는 시만 쓰려 드는구나"라 했지만, 그는 변두리가 바로 중심이 되는 열정과 문제의식을 지니고 있었다. 그런 점에서 정진업은 이름에 마땅한 지역시인이다. 그가 마산과 부산에서 터를 두고 평생을 보냈다는 지역적 연고를 뜻하는 것이 아니다. 지역에서 남다른 활동을 하였음에도 지역사회의 중요한 문학가로 자라지 못했다는 뜻에서 그렇다. 지역 안쪽의 문단 패권 속에서 그는 끝까지 중심을 긴장시킨 주변이었다는 뜻에서 순정한 지역시인이다.

　그런데 정진업 시인을 참으로 지역시인이라 일컬을 수 있는 까닭은 딴 데에 있다. 그것은 언론인다운 날카로운 현실 포착력

---

22) 『풍장』, 시문학사, 1948, 55~57쪽.

으로 담아낸 경남·부산의 지역성에 있다. 구체적이고도 깊이 있는 지역성에 대한 창발은 정진업 공론시가 이룬 주요한 이바지다. 그 가운데서 핵심이 왜로 제국주의 지배와 수탈의 찌꺼기 청산 문제다. 정진업은 어린 나이로 김해평야와 진영 들을 중심으로 이루어졌던 오랑캐 지주의 행패와 수탈을 몸으로 겪은 이다. 그의 시 곳곳에는 그 점은 숨길 수 없을 듯이 드러난다. 정진업이 경남·부산의 여느 시인과 달리 선명하고도 구체적으로 왜로 제국주의의의 수탈 현실을 문제 삼고자 한 점은 뜻밖의 일이 아닌 셈이다.

① 고장으로 돌아는 왔으나 사글세방 부엌에 연기 한번 올려보지들 못하였다

고장이 노상 아름다울 게 뭔가?
어릴 때 꿈에나 그리던 고장 말이지
괴로울 때 울며 넋두리하는 고장 말이지
이 여섯 목숨을 내가 무슨 힘으로 붙안아야 하느뇨?

목숨과 더불어 다할 수 없는
오 어린 것들의 사뭇 메밀 섬에 쥐 덤비듯 하는 이 칼로리를 대체 뭣으로 마련해야 하느냐 말이다
—「하루—기아선(饑餓線)에서 헤매는 바다를 건너온 사나이의 독백」 가운데서23)

② 어제의 영화를 반추하며

---

23) 1946년 작품.

현해(玄海)바다 저 건너
너희의 동족이 다시 일어날 것을
기다리고 있는 것이뇨?

보기 싫어라
모진 족속의 뼉다귀여
그 뼉다귀를 핥는 자들이여
어서 충성되이 본국으로
모시고 돌아가라

흙두더지는 먹을 땅이 없이 우는데
상기도 흙 파먹을 땅이 없어 우는데
너희 때문에 귀한 우리 한 줌의 흙이
한 뼘의 터전이
헛되이 썩고 있지를 않느냐?

우리 모두 산에 올라
석축을 뜯고
비석을 뽑아 팔매를 치자
우리의 한 방울 피가 될
씨앗을 뿌리기 위하여
옥토를 좀먹는 비석을 뽑아
팔매를 치자

—「비석」 가운데서[24]

---

24) 1947년 『경남교육』에 실린 작품이다.

①은 광복기 재외 귀환동포 문제를 다루었다. 그들은 근대 민족 문제의 핵심 고리 가운데 하나다. 그것은 단순히 나라 바깥으로 옮겨가 있다가 다시 조국을 찾아 돌아오는 귀향 문제로 그치는 일이 아니다. 왜로 제국주의의 침략과 수탈의 결과로 말미암은 오랜 민족 이산의 수난에서부터 귀환 이후 새로운 한국 사회 재편입 문제에 이르기까지 민족사의 수난을 증명하는 일이다. 그리고 이 일을 두드러진 장소성으로 지니고 있는 지역이 부산·마산이다. 그들의 귀환과 역내 편입 문제야말로 경남·부산 사회의 주요 지역성인 셈이다.25) ①은 경남·부산 지역 귀환동포 문제를 다룬 몇 되지 않은 작품 가운데 하나다.

②는 이와 거꾸로 왜인의 귀환을 다루었다. 경남·부산 지역이 오랜 왜로 대륙 침략의 관문이었음은 알려진 일이다. 아울러 그들이 되돌아간 마지막 장소였다. 그들 쪽에서 '재외방인'이라 불리는 해외 왜인의 귀환 문제는 그들로서 심각한 역사 기억이다. 정진업은 그것을 거꾸로 끌어왔다. 우리 땅에 남아 있는 왜인의 무덤과 그것의 파묘를 글감으로 왜로 제국주의 찌꺼기 문제를 정면으로 다루었다. 매우 특별한 작품이다.

경남·부산은 광복 이후 전쟁을 거치면서 민족의 재편성과 변모에 핵심적인 경험을 겪은 곳이다. 그리고 그 일에 대해 이 지역은 나라 안 여느 지역과 다르게 꾸준히 다룬 전통을 지녔다. 그러나 정진업의 경우와 같이 한결같이 언론 시인다운 날카로운 시각과 구체적인 눈길로 살핀 시인은 없다. 왜로 찌꺼기 청산은 광복기의 핵심적인 민족 지평이었다. 경남·부산의 개별 지역성은 이

---

25) 이 밖에 「하루」, 「장마」와 같은 작품에서도 귀환동포 문제를 아프게 다루고 있다.

문제에 관한 장소의 기억이 유별난 곳이다. 정진업은 그 점을 누구보다 깊이 있게 다루었다. 특수한 지역가치를 민족 지평 위에서 녹여낸 구체적인 눈길은 정진업 공론시의 덕목이다. 그를 참된 뜻에서 경남·부산 지역시인이라 일컬을 수 있는 까닭이다.

정진업 시는 아직까지 알려진 자리보다 알려지지 않은 데가 더 많다. 앞에서 글쓴이가 눈길을 준 곳은 마흔 해를 넘는 오랜 시작 생활을 남달리 언론 시인으로 살았다는 점이다. 그리하여 정진업 시의 출발점인 광복기부터 두드러지게 드러나고 있는 공공적 감각과 정론직필의 목소리를 공론시라는 일컬음으로 묶어보았다. 공론시가 지니는 특성을 크게 네 가지로 나누어 살펴본 셈이다. 그의 시의 정론성과 공공 감각에 바탕을 둔 구체적 현실주의, 형상의 시와 다른 진술의 시학 속에 담긴 비판정신, 그리고 참된 경남·부산 지역시인으로서 지닌 모습이 그것이다. 물론 이러한 공론적 감각이 지닌 약점 또한 분명하고도 뚜렷하다. 그러나 그 점을 짚어 내는 일은 이 글의 목표가 아니다. 다른 자리로 넘겨야 할 일이다.

3. 마무리

이제까지 월초 정진업 시의 됨됨이를 공론시라는 틀 위에서 살폈다. 다른 길도 열려 있다. 그에 따라 포폄도 바뀔 것이다. 그러나 정진업과 같이 강직한 목소리로 민족 현실과 사회 정의를 우직스럽게 다룬 시인은 많지 않다. 그럼에도 시인 정진업의 이름을 문학사 속에서 찾기는 힘들다. 떠돌이 연극인으로서 세상에 나선 뒤, 그의 문학에서 가장 빛났던 자리는 시 쪽이었다. 시로써 가꾸었고, 시로써 지키고 싶었을 삶이다. 성글게나마 정진업 시가 지닌 의의를 몇 갈래로 나누어 찾아보는 일로 글을 마무리한다.

첫째, 민족문학사에서 본 정진업 시의 뜻이다. 그가 열어 나간 공론시는 민족시의 외연을 넓히는 뜻을 지닌다. 언론의 이상인 정론직필을 시 창작의 얼개로 받아들여 그것을 자신의 특장으로 키워 낸 이가 정진업이다. 그의 시는 균형 잡힌 이념적 개방성에다 구체적인 시인의 경험 현실이 잘 녹은 사회시다. 개인과 시대를 한 울림으로 녹여낸 구체적인 현실주의가 오롯했다. 다중적 기반에 든든하게 뿌리내린 바다.26) 광복기 박산운·상민과 같은 신진시인의 교조적 편향과도 다르고, 1950년대 김수영류의 소시민적 직정과도 나뉘는 건강함이다. 우리 근대시가 일찌감치 반미학적인 것으로 밀쳐 냈던 시의 공공성·사회성이 그를 빌려 되살아난다.

둘째, 지역문학지에서 지니는 뜻이다. 정진업은 경남·부산 지역문학의 전개에 주요한 후원자요 실천가였다. 각별히 그 모습은 광복기부터 1960년대 초기까지 빛난다. 다양한 문필 활동을 빌려 지역문학 정착에 누구 못잖은 몫을 다했다. 경남·부산의 개별 지역성도 깊이 있게 일궈 낸 이다. 1960년대에 이르면 국가주의 중앙문단은 지역문학을 완연히 재편성하고 서열화하였다. 그런 속에서도 정진업은 나라잃은시기 경남·부산 지역시의 중요한 흐름 가운데 하나인 좌파 민족주의의 전통을 이어받고 다시 이어 주는 역할을 도맡았던 시인이다. 지역 문학사회에서 이단으로 보였을 정진업 시의 됨됨이야말로 오히려 그의 정통성을 고스란히 증명

---

26) 1950년대 이후 경남·부산 지역에서만 보더라도 언론계 시인으로는 최계락·김규태·이형기와 같은 이가 있다. 언론과 시 사이 경계가 분명한 활동을 펼쳤던 이들과 정진업 경우는 완연히 다르다.

한다.

셋째, 소지역 문학에서 보는 뜻이다. 고향 김해 지역문학에서 정진업은 이제껏 잊혀 왔다. 이 점은 정진업 앞에 놓이는 김대봉 또한 마찬가지다. 정진업 공론시의 전사에 김대봉의 사회시가 놓인다.[27] 그러나 김대봉에 견주어 훨씬 본격적이고도 구체적으로 김해의 지역성을 담아낸 이가 정진업이다. 오늘날까지 가야 옛 고도라는 소모적인 담론에 갇혀 있는 곳이 김해다.[28] 낙동강과 김해 들을 비롯한 김해 지역시의 장소 이미지 개발에 정진업 시는 주요하고도 소중한 디딤돌인 셈이다. 그리고 정진업의 외향성은 안장현의 매체 활동과 맥을 잇는다. 1950년대 경남·부산 지역 문학 형성에 독특한 이바지를 했던 『한글문학』을 고집스럽게 냈던 이다.

마산은 정진업에게 고향과 같은 곳이다. 지금으로써는 마산에 그의 시가 제대로 깃들 자리는 없어 보인다. 마산 지역시에 작품보다 문단이 앞서는 파행은 1960년대부터 시작하여 1980년대에는 아예 틀을 굳혔다.[29] 그 인습이 오래도록 지역시를 호사가의 친교 마당으로 바꾸어 놓았다. 정진업을 빌려 배울 바가 많지 않을 것이

---

27) 포백 김대봉은 나라잃은시대 본보기가 많지 않은 의사 시인 가운데 한 사람이다. 서양의학 전공자로서는 드물게 민중을 위한 실천 의학에 관심이 컸다. 의사의 사회적 이바지에 대해 남다른 윤리 의식을 보여 주면서 다양한 문필 활동을 펼쳤다. 그의 작품이 세상에 전모를 보인 것은 이즈음이다. 한정호, 『포백 김대봉 전집』, 세종출판사, 2005.

28) 박태일, 「김영수 시와 문학지리학」, 『한국 근대시의 공간과 장소』, 소명출판, 2001.

29) 거기다 지위의 높낮이가 문학의 높낮인 양 굳게 믿고 사는 교사 문단이 똬리를 틀었다. 노년 문단의 단세포적인 노욕도 울타리가 널찍하다. 세대론적 긴장이 마련될 리 없다. 우스꽝스러운 관료 문단, 서열 문단만 굳건하다. 청장년층도 마찬가지다. 사람이 드물뿐더러 작품은 사라졌다. 평론 한 편 없는 자칭 평론가, 이익사업을 쫓아다니는 문단 룸펜만 바쁜 시늉이다.

다. 정진업이 마흔 해를 넘는 동안 한결같이 일깨워 준 바는 시란 더불어 사는 이들을 위한 사랑의 방식이라는 점이다. 열망과 회한을 한 입으로 뱉으며 마련한 그의 사회성을 읽어 내기에 마산 지역시는 비루할 따름이다. 그런 점에서 정진업은 차라리 더 잊혀야 할 것이다. 권환을 깡그리 잊었던 일과 같은 이치다.

오랜 세월 문학과 더불어, 시 곁에서 위안을 얻었던 정진업이다. 술은 빌지언정 밥을 빌지는 않겠다는 결기 넘치는 그의 시는 주류 문학사회에서 비켜나 있었다. 숱한 고초를 거듭하면서도 의분의 시를 놓지 않았던 점은 놀랍다. 더욱 영리하게 이익을 좇아 이저리 좌고우면했더라면 더 쉬웠을 삶이다. "외국 상선이 내던진/정액 묻은/바다의 화장지처럼/먼 데"(「현대판 임꺽정」) 떠 있는 가족들을 떠안고도 "닷새마다 서는/소장의 소똥처럼/원고지가 깔려 있는/나의 방은 나의 왕국"(「가족」)이라 헛헛하게 외치는 시인의 목소리에는 오래도록 우리시가 듣지 못했던 참이 담겨 있다.

추도 미사에
술이 취해 못 가는 나는
알코올 중독자인가?
참으로 그녀의 떠남을
슬퍼해서인가?
딸 둘이
어미의 죽음보다
아비의 주중(酒中), 장취(長醉)가
더 마음 아프다 한다.

깨고 나면 두통과

사십 년의 회한

남은 삶이 이렇다면

부질없는 노릇이다.

—「미사」30)

　시인의 만년 작품이다. 아내에 대한 추모 미사의 앞뒤 정황을
빌려 드러낸 시인의 비통한 심사가 아련하다. 정진업은 삶의 굴
곡이 많았던 이다. 그것을 딛고 뱉어 놓은 공론시라는 실타래는
우리시가 오래도록 놓쳤던 뜻깊은 자리다. 끝내 살아남아 삶과
문학의 막무가내를 매섭게 확인하고 싶었을 "사십 년의 회한"이
읽는이의 옆구리를 찬다. 어느 누가, 어느 시대가 정진업 시인의
삶이 "부질없는 노릇"이 아니었음을 증명해 줄 수 있을 것인가.
결벽증도, 비분강개도 지나치면 갈데없는 어리석음일 따름인가.
정진업은 정녕 시로써 어떤 삶을 되살고 싶었던 것일까.

---

30) 『아무리 세월이 어려워도』, 해조문화사, 1981, 61~62쪽.

1960년 경자마산의거가 당대시에 들앉은 모습

1. 들머리

글 쓰는 일은 공간 활동이다. 두 가지 점에서 그렇다. 첫째, 원고지건 모니터건 그 위에 쓰고 채워 넣는 일이다. 둘째, 책이나 시디와 같은 공간 형태로 갈무리하고 유통시킨다. 그러나 글쓰기는 아울러 시간 활동이기도 하다. 그 또한 두 가지 점에서 그렇다.

첫째, 문학은 텍스트를 읽고 맛보는 향유자의 의식 시간을 빌려 살아가는 일이다. 둘째, 집단 기억이나 역사와 같은 시간 흐름 속에 참여하면서 그 안에서 선별·평가·보존된다. 각별히 이 점으로 말미암아 모든 글쓰기는 글쓴이가 의식하든 의식하지 못하든 시간 정치1) 속에 깊숙이 몸을 담그고 있는 셈이다.

---

1) 시간 정치란 시간 속에서 일어나는 선택과 배제, 확대와 축소, 포폄과 같은

글쓰기 활동 가운데서 이러한 시간 정치에 가장 민감한 갈래가 역사와 문학이다. 둘 다 시간에 오롯이 참여하면서 시간의 재구성과 생산 문제를 본질로 삼고 있는 까닭이다. 근대 학문이 나뉘는 과정에서 이 둘은 될 수 있는 대로 서로 다른 방법, 다른 영역으로 살아남을 길을 찾아 왔다. 그러나 둘 사이 경계는 흔히 생각하는 바와 같이 그렇게 뚜렷하지 않다. 둘은 텍스트 구성과 담론 실천 문제라는 점에서 같은 곳에 놓인다. 역사의 문학성과 문학의 역사성에 대한 관심이 그 자리를 계속 넓혀 주고 있다.

따라서 역사가 상상력의 결과라는 말과 마찬가지로 문학이 무기라는 도발적 언명 또한 지나친 것이 아니다. 시간 속의 권력 작용과 정치 행위에 깊이 관여하고 있는 문화 관습으로서 문학은 그것이 작가 자신을 향하건, 작가 바깥을 향하건 무기로서 도구적 됨됨이를 지니지 않을 수 없다. 효과의 크작음이나 영향의 길고 짧음은 다음 문제다. 흔히 특정 이념문학만 무기로서 문학을 내세운다고 생각하기 쉽다. 단견이다. 문학에 대한 자기류의 깨달음을 강조하기 위한 티내기일 따름이다.

    붓은 우리의 무기다
    시귀(詩句) 그것은
    한 자 한 자가 총알이다
    글줄 그것은
    포열(砲列)……

    포열과 포열이 나아가는

평가·인정 과정을 뜻한다.

오! 장엄한 시위

그것은 우리의 시다 우리의 힘이다.

—정천, 「시의 선언」 가운데서2)

　지금부터 마흔일곱 해 앞선 1960년 봄, 한 시인은 위와 같이 격렬한 뜻을 시로 담아 읊었다. 시가 "우리의 무기"다. 시의 "한 자 한 자"는 '총알'이며 시줄은 '포열'이다. "우리의 시"는 바로 그 "포열과 포열이 나아가는/장엄한 시위"다. 어느 누구의 글보다 간명하고도 적확하게 문학의 정치 작용, 시의 도구화를 노래하고 있다. 사실 1960년 3월 경자마산의거3)를 거쳐 경자시민혁명으로, 다시 해를 넘겨 5월 군부 쿠데타로 이어진 이 시기는 우리 근대시사 어느 시기보다 무기로서 시의 역할이 절정에 이른 때다. 시에 대한 사회적 영향력이나 공중적 기대도 높았다. 무엇보다 시의 시대라 할 만큼 힘과 의의가 컸다.4)

---

2) 정천 엮음, 『힘의 선언』, 해동문화사, 1960, 84~85쪽.

3) 오늘날 여러 역사용어가 쓰이고 있다. '3·15의거', '3·15마산의거', '마산의거', '3~4월마산항쟁'이 그들이다. 글쓴이는 경자년(1960)에 일어났던 마산 지역의 의로운 거사라는 뜻으로 '경자마산의거'로 쓴다. 핵심 사건이 일어났던 나달을 앞세워 용어로 삼는 일은 지극히 기계적이면서도 사건의 실상을 축소하고 소극적으로 만드는 흠을 지닌다. 게다가 모든 역사 사건의 처음과 끝이 특정 나달로 이루어지고 마무리되는 것은 아니다. 옛사람이 오랜 세월 따랐던 간지 전통에 따라 사건의 뜻을 살리는 쪽으로 역사용어를 붙이는 것이 마땅하다. 이 글에서는 '경자마산의거' 또는 '의거'로 줄여 쓴다. 그리고 의거에 뒤이었던 경자시민혁명은 '혁명'으로 줄여 쓴다.

4) 의거와 혁명 시기를 건너면서 "문학인의 입장에서"는 "4·19를 논의할 자격도 권리도" 없을 정도로 한 일이 없었다고 힐난하듯이 따진 이가 있다. "논의할 자격과 권리"가 있다 하더라도 "문학인은 이류급의 지식인, 이류급의 언론인, 그리고 민족문제에 깊이 따짐이 없이 '의거'에 뛰어든 이류급의 대학생이 하였던 역할 정도밖에는 한 게 없다고 하여도 과언은 아닐 것"이라는 말이 그것이다. 이러한 발언은 민중문학에 대한 좌표를 분명히 하고 그에 대한 이상을 너무

"사회가 국가를 포위한"5) 듯한 이 혁명과 격동의 시기, 그 한 중심에 마산이 있었고 마산 사람이 있었다. 시 또한 마산 시인을 비롯해 경남·부산 지역 시인들의 작품이 진앙이었다. 경자마산 의거와 경자시민혁명을 거치며 이루어졌던 많은 격시와 애도시, 기념시의 주요 창작 동기가 마산 지역이다. 중요 창작 주체가 경남·부산 지역시인이다. 그리고 그러한 전통이 뒷날까지 끊이지 않고 이어진 곳 또한 마산을 포함한 경남·부산이다.

이 글은 경자마산의거를 글감이나 주제로 삼은 당대 의거시6) 를 중심으로, 그 됨됨이와 높낮이를 따져 보고자 하는 일을 목표로 삼아 쓴다. 이 목표에 이르기 위해 먼저 당대 의거시의 전사(前史)로서 1960년대 의거 시기에 쓰인 의거시의 창작 환경과 됨됨

올려 잡은 뒤, 거기에 미치지 못했다는 자각과 반성을 드러내는 뜻 정도로 이해할 필요가 있다. 박태순, 「4·19의 민중과 문학」, 『사월혁명론』, 한길사, 1983, 279쪽.

5) 김일영이 쓴 표현이다. 그는 "1960년대는 한국 현대사에서 어느 때보다도 사회세력이 활성화되어 있었다는 점에서 장면정부는 사회의 시대였다. 그러나 장면정부에게는 이렇게 활성화된 사회부분을 적절하게 제어하면서 그 에너지를 발전적인 방향으로 몰고 갈 능력이 부족했다. 그런 점에서 이 시기는 '사회가 국가를 포위한 시대'였다고 표현하는 것이 보다 정확할 것 같다"라고 적고 있다. 각별히 의거와 혁명, 그리고 열망과 좌절이 아울러 일그러졌던 1960년대 초반 상황을 잘 표현한 말이다. 김일영, 「1960년대 정치지형 변화」, 『1960년대의 정치사회변동』, 백산서당, 1999, 286쪽.

6) 경자마산의거의 의거시 창작은 크게 둘로 나뉜다. 의거 무렵 작품이 처음이다. 두 번째는 1980년 이후 마산 지역과 경남·부산 연고시인들을 중심으로 쓰인 작품이다. 당대 의거시란 바로 뒤선 것을 일컫는다. 이들을 포함해 의거시의 대부분은 3·15기념사업회에서 한 차례 공을 들여 엮어 낸 바 있다. 그 책 제2부에 들어 있는 것이 대종이다. 그런데 이 책은 작품 선별에서 빠진 자리와 인명 오기가 있다. 게다가 선집의 됨됨으로 말미암아 한 시인에게서 3편을 넘지 않는다는 원칙을 지켰다. 전집 꼴로 나가지는 않았던 셈이다. 하지만 주요 작품은 거의 갈무리했다. 이 글에서 작품을 옮길 때에는 주로 거기에 따른다. 3·15의거기념사업회 엮음, 『너는 보았는가 뿌린 핏방울을』, 불휘, 2001.

이를 간략하게 살필 것이다. 이를 빌려 경남·부산 지역시가 경자 마산의거의 의거시에 끼치고 있는 절대적인 전통과 무게를 짐작할 수 있을 것이다. 그런 다음 당대 의거시를 몇 가지로 유형화하여 글의 목표에 이르고자 한다. 의거시에 나타나고 있는 문제점과 앞으로 나아갈 전망이 그런 가운데서 자연스럽게 드러나기를 바란다.

2. 경남·부산 지역과 의거시의 발생학

1) 1960년대 의거시의 발생 환경

1960년 의거 무렵에 쓰인 의거시는 오늘날에 쓰이고 있고 앞으로도 거듭 쓰일 작품의 주요 본보기다. 그 전통을 이어받고 인습을 버리면서 새로운 의거시를 마련해 나가는 책무를 뒤선 세대 시인은 진다. 그런 점에서 수용과 극복, 모방과 창조의 동력으로서 이 시기 폭발적으로 마련된 의거시가 우리 앞에 놓여 있다. 여기에서는 그러한 의거시의 발생 환경부터 짚어 보고자 한다. 당대 의거시가 지니고 있는 됨됨이를 바르게 이해하기 위한 터무니를 얻기 위한 일이다.

첫째, 유형으로는 단연 의례시가 압도적이다. 의거의 정당성을 널리 알리고 의거 참가 당사자들을 부추기는 격시와 의거의 승리를 축하하는 축시를 비롯한 기념시, 의거에 희생된 이들을 위한 진혼시·추모시를 포함한 애도시, 그리고 각급 학교 학생이나 시민을 대상으로 삼은 현상 응모나 백일장 입상시와 같은 수상시[7]가 그에 든다. 이러한 현상은 경자마산의거와 경자시민혁명을 앞뒤로 해서 이루어진 많은 의거시·혁명시의 큰 흐름이다. 거기다 의거를 거치는 과정에서 정치·사회의 부조리와 의거의 뜻이 훼손·왜곡되어 가는 상황 앞에서 터져 나온 현실 비판의 정치시가 작품 수는 많지 않으나 자리를 잡고 있다.

이에 견주어 의거의 실상이나 경과 자체를 속속들이 다룬 현장 증언시는 찾기 힘들다. 경찰의 발포와 김주열의 안타까운 죽음을 맞세워 압축시킨 사건의 정황만 거듭 드러날 뿐이다. 마찬가지로 의거와 그 가운데 놓인 시인 자신의 삶을 다룬 개인 성찰시 또한 찾기가 쉽지 않다.[8] 이렇게 보면 의거시의 유형과 됨됨이는 다양하다 할 수 없다. 게다가 의례시나 증언시, 또는 정치시 요소들은 낱낱이 떨어지지 않고 서로 뒤섞이기도 한다. 비록 한 해를 갓 넘긴 길지 않은 기간이었지만 이념에 대한 사회 검열도 엄연히 존재하고 있었다. 정치시의 가능성도 극대화할 수 없었다.

둘째, 매체에서 볼 때 언론과 출판 매체를 힘껏 활용하였다. 특별히 신문은 격시나 진혼시를 비롯한 기념시를 꾸준히 실으면서, 의거 과정과 그 뒤까지 결정적인 발표 매체로서 몫이 컸다. 이러한 언론의 역할은 크게 줄어들긴 했으나 의거가 끝난 뒤인 1960년대까지 이어졌다.[9] 그리고 기념 시선집이나 수상시 선집과 같은 꼴로 출판 매체도 기동성 있게 의거시나 혁명시의 향유

---

7) 각급 학교의 각종 문학 대회나 문화 행사 수상시도 의례시로 넣을 수 있다. 시인의 자유로운 정서 표출에 초점이 있다기보다는 기념행사 취지에 걸맞은 내용이 미리 암시되어 있어 공적 발화에 발언의 무게 중심이 놓여 있는 까닭이다. 애도시나 기념시와 한자리에 놓는다.

8) 사회가 국가를 포위했을 뿐 아니라, 개인을 지워 버릴 만큼 공공적·집단적 동일시 환상이 널리 퍼졌던, 공적 발화의 시기였던 만큼 자연스러운 일인지 모른다.

9) 이 밖에 방송 매체의 낭송시가 활용되었음 직하다. 구체적인 실증에 이르는 일은 뒷날로 미룬다.

에 이바지했다. 대중 매체를 이용한 공공적 유통과 향유 양상이다. 그리고 이들 작품을 포함해 의거 뒤에 띄엄띄엄 이루어진 시인의 개별 작품은 뒷날 개인 시집 속에 갈무리되기도 한다.

셋째, 창작 주체는 여러 쪽이다. 전문시인에서부터 시민과 학생이 참여했다. 그러나 이들은 언론 매체의 공공적 요구나 시인협회와 같은 관변단체의 기획 행사, 그리고 학교제도를 이용한 행사 안에서 발언에 대한 방향과 수위를 알게 모르게 자의식하고 있었던 주체다. 따라서 의거에 대한 나름의 감각이나 재해석보다는 이미 공론화, 대중화한 발언을 앞세우는 분위기였다. 그 무렵 의거시가 지닌 기능적 장점이자 문학적 약점으로 작용할 수 있는 일이다. 게다가 작품 창작의 지속과 빈도는 한 해 남짓 집중하는 모습을 보인다. 폭발적이라 할 만하다. 소설 쪽과 다른 시의 정감적 즉각성을 잘 보여 준다.

넷째, 내용에서는 먼저 경자마산의거의 부차성을 짚어 볼 수 있다. 경자시민혁명에 딸린 사건으로서 혁명 발발의 도화선이자 진원지로서 역할이 강조되면서 독립성을 찾아보기가 어렵다. 경자마산의거와 경자시민혁명 사이 간섭현상이다. 게다가 의거가 압축적인 일회적 사건으로 요약되고 있어 의거의 흐름을 새겨보기가 힘들다. 현장 증언시의 모자람을 앞에서도 짚은 바 있지만, 의거에 대한 전체적인 조망의 욕구가 시 창작에서는 이루어지지 않았다.

따라서 전체적인 조망이 없는 상태에서 의거나 혁명의 의의에 대한 고형화한 의식 표출이 주류를 이룬다 해서 지나친 말이 아니다. 독재타도·자유·민주라는 몇몇 구호를 중심으로 의거의 의의를 요약하고 기리는 일로 시의 역할이 그칠 것은 아니다. 정치 선언이나 이념 선택으로서는 선명하나 문학 영역에서는 교조적이다. 모든 역사시가 사건의 구호나 의의를 나팔수처럼 되뇌고 그 뒤를 좇는 것으로 제 몫을 다했다고 말하기 어렵다. 그것이 역사 현장과 맞닥뜨린 시가 흔히 놓이기 쉬운 운명이라 하더라도, 개인과 역사가 서로 길항하는 예민한 시적 세공을 마련하지 못한 아쉬움은 고스란히 뒤선 세대의 과제로 넘겨진 셈이다.

앞에서 1960년대 당시 의거시의 발생 환경을 짧게 훑었다. 보다 꼼꼼한 실증적 점검이 필요한 자리다. 그러나 의거와 혁명을 거치고 그것이 가라앉아 가는 동안 보여 준 의거시의 분위기와 밑그림은 짚었다. 그 과정에서 무엇보다 의거시의 태생 지역으로서 마산과 경남·부산, 나아가 경남·부산 매체의 활동과 이바지가 컸음을 알았다. 비록 혁명시 속의 부분적인 과정 사건으로 줄어든 의거시였지만, 지역시로서 창조 가능성과 열기를 확인하기에는 모자람이 없다. 이런 점에서 이제까지 모습을 세상에 알리지 않았던 '혁명시집' 『힘의 선언』이 단연 눈길을 끈다.

2) 『힘의 선언』과 선언된 힘

『힘의 선언』은 경남·부산 지역 시인과 시민, 학생 15명이 쓴 15편의 의거시를 실은 시선집이다. 정천10)이란 이가 엮었다. 1960

---

10) 엮은이 정천이 누구인지는 지금으로써 알 수 없다. '천'이라는 이름이 필명임에는 틀림없다. 시선집의 됨됨이나 그 처음과 끝에 올린 엮은이의 작품, 그리고 1960년을 앞뒤로 한 경남·부산 지역 문학사회를 놓고 볼 때 세 가지 가능성이 있다. 시인 정진업과 정영태, 그리고 제3의 인물이 그들이다. 이 가운데서 가장 가능성이 높은 사람이 정영태다. 정영태는 의거 무렵 민족일보 기자를 역임했고 활발하게 활동을 할 무렵이다. 의거와 혁명의 열기가 가라앉았던 1960년대 중반부터 작품 성향이 순정한 서정 쪽으로 바뀌긴 했으나, 광복기부터 작품 활동을 시작하여 1950년대 내내 대사회적인 발언 수위가 낮지 않은 시를 발표해 온 이다. 정진업도 가능성은 높으나 이미 부산일보사 문화부장 자리에서

년 5월 30일에 해동문화사에서 펴냈다. 찍은곳은 삼화인쇄소다. 본문 86쪽에 그치는 얇은 시집이다. 저작권지에는 계엄사령부의 검열로 말미암아 엮은이보다 더 상위 주체(기관이나 기구)의 이름이 있었으나 먹으로 지워진 상태다. 본문에서도 정진업의 시「노래 속에 나오는 니이나처럼」에서 두 군데나 '군검열삭제'를 당했다. 이 시집은 무슨 까닭에선지 이제까지 알려지지 않았다. 따라서 의거시와 혁명시를 엮어 놓은 시선집11)이나 간행 시집 목록에서 예외 없이 빠졌다.

그런데 의거시를 다루는 이 자리에서 『힘의 선언』이 각별히 눈길을 끄는 까닭은 아래 세 가지다. 첫째, 지역 대표성이다. 다른 시집이나 시선집에 견주어 이 책은 고스란히 경남·부산 지역시인이 경남·부산 시인과 시민들의 작품을 엮어 경남·부산에서 찍어 펴낸 것이다. 이 시선집이 세상에 이름을 알리지 못했던 까닭도 아마 이 점과 무관하지 않을 것으로 짐작된다.12) 지역 연고를

밀려 나와 10년을 넘게 거제로 부산으로 다시 마산으로 옮겨 다니면서 생활에 쫓길 무렵이었다. 개별적인 의거시는 정진업이 많이 남긴 바 있다. 그러나 의거 당시 기동성 있게 시집을 펴낼 수 있는 조건은 정영태 쪽이 더 나았을 것으로 보인다.

11) 신경림이 엮은 『혁명시선집』과 3·15기념사업회가 엮은 『너는 보았는가 뿌린 핏방울을』 두 곳 모두에서 빠져 있다. 다만 이 시선집에 실린 작품은 의거와 혁명 무렵 신문지상에 실린 것 가운데서 간추린 바 있어 이미 알려진 시도 몇 있다.

12) 이 시선집이 널리 알려지지 않은 까닭을 현재로써는 알기 힘들다. 세 가지 점을 짐작할 수 있다. 첫째, 지역 한계. 부산에서 나와서 지역 안에서 유통되고만 시집인 것으로 여겨진다. 둘째, 군 검열을 거쳐 나온 뒤 유포하기에 앞서 어떤 까닭에서인지 다시 압수되어 폐기 당했을 가능성이다. 이념적 자장의 높이가 가장 가능성이 높은 요인이다. 셋째, 엮은이도 '후기'에서 적어 둔 바와 같이 실린 작품의 글쓴이에게 싣는 데 따른 양해를 미리 얻지 않아 생긴 시시비비 탓일 수 있다. 그런데 첫째와 셋째는 가능성이 엷다. 두 번째가 지금으로써는 가장 높다. 왜냐하면 이 시선집이 나온 그 무렵 경남·부산 지역 어느 매체,

뚜렷이 하고 있는 이 시선집이야말로 그 뒤 이루어진 당대 경남·부산 안쪽의 의거시 출판과 나란히 맞세워 볼 만한 특별한 전범이다.

둘째, 기동성이다. 경자마산의거 당시 의거시·혁명시의 앞머리에 경남·부산 지역 시인의 신문 매체를 이용한 작품 발표가 있었다. 그리고 그것은 혁명 시기 내내 나라 곳곳에서 이루어졌던 시적 폭발의 도화선 구실을 톡톡히 했다. 이러한 기동성과 폭발력은 시선집을 묶어 세상에 의거의 의의를 알리는 일로 이어진다. 의거시나 혁명시를 묶은 첫 시선집이 5월 19일 서울에서 나온 『뿌린 피는 영원히』다. 『힘의 선언』은 5월 30일, 그에 이어 두 번째로 세상에 나온 것이다. 따라서 이러한 기동성 있는 출판이야말로 경남·부산 지역 시인에게 순수한 의거시·혁명시 전통의 재창조 가능성과 아울러 무거운 지역적 책무를 일깨워 준다.

셋째, 상징성이다. 이 시선집은 잊혀 있다가 뒤늦게 발굴되는 형식을 빌려 이 글로 말미암아 알려진다. 뚜렷한 출판 사실에도 이제껏 묻혀 있던 이것이야말로 경자마산의거의 역사적 개별성과 문학적 특화 가능성을 고스란히 암시한다. 나아가 의거와 혁명에 대한 역사적 화석화에 맞서는 새로운 담론 창발과 재구성을 위한 기폭제라는 뜻을 품고 있다. 의거의 진실과 혁명의 실상은 모름지기 만족할 만하게 갈무리되었는가. 어느덧 다른 생각이나 진실 구명의 여지도 없어 보이는 닫힌 현실은 마땅한 것인가.

의거와 혁명의 세부로 들어서서 지역적 대응까지 넓게 살핀다면 오늘날 새롭게 밝히고 갈무리해야 할 일이 숱하게 널려 있다.

문헌에서도 이것에 대한 2차 기록을 찾아볼 수 없었기 때문이다. 나아가 지금 껏 나온 바 있는 한국 근대시집 죽보기 어느 곳에서도 이 시선집에 대한 기록을 찾을 수 없다.

잊힌 진실, 왜곡된 사실, 편의를 좇아 건너뛰어 버린 역사에 대한 담론 투쟁이 아직까지 높은 수준에서 이루어져야 할 일거리로 남아 있다. 문학 쪽 또한 마찬가지다. 시집 『혁명의 선언』은 바로 그 점을 우리에게 스스로 웅변하고 있다. 게다가 이 시집에 실린 시들은 오늘날 우리 앞에 널려 있는 당대 의거시를 살필 수 있는 유형적 가능성과 그 성과를 두루 담고 있다. 당대 의거시를 살피는 반성의 장소로서 안성맞춤인 셈이다.

① 여기
　못난 조국을 안고
　이빨 다그치는 원한이었기에

　모진 총구 앞에 쓰러져
　식어가는 심장
　피를 짤아
　너는
　굳은 조국의 맥박을 깨우쳤더냐

　분노는
　타는 불씨
　마침내 항쟁의 심지에 불을 달았거니

　혜성처럼
　새벽을 재촉하는 조국 하늘에
　정녕 푸르러
　빛나는 눈동자여!

육대양

이 한테 밀물하는 바다에 묻혀

눈에 탄환이 박힌 채

너는 세계를 울렸구나

—김용호, 「주열 군 영전에」 가운데서13)

② 아직도 향불 사르지 말라

우리 관머리 빛나게 꾸미지 말라

리트마스 시험지보다

오히려 확약(確約)은 구름 밖에 머물었다.

이대로 차마

눈을 덮고 훌훌히 돌아설 수야

핏발이 선 눈을 감고 떠나갈 수야

행길마다 언덕마다

우리 눈은 뜨여 있다

상기도 조국으로 창문은 열려 있다.

모든 가능성 그리고 의미를

우리는 담고 있던

저 설백한 한 장의 백지장.

---

13) 정천 엮음, 앞서 든 시집, 60~63쪽. 이 시의 지은이를 시집의 차례와 본문에서
는 김상호(金尙浩)라 적고 있다. 그 무렵 신문·잡지를 더 꼼꼼하게 살펴야 할
터이지만, 시의 높이나 됨됨이로 볼 때 시인 김용호의 작품으로 짐작된다. 따라
서 여기서는 김용호로 고쳐 적는다. 『김용호시전집』(대광출판사, 1983)에는 이
작품이 실려 있지 않다. 이 작품 말고도 『김용호시전집』에는 빠진 작품이 적지
않아 개연성이 높다.

조국이 가까우면서도
조국이 가장 먼 곳에 있을 때
민주주의가 아쉬우면서도
민주주의가 쓰레기통에 이울어져 갈 때
우리 모두
배움도 젊음도 누더기처럼 던지고
출렁이는 깃발 대열 앞에 나섰다.

아 우리 모두 이대로 떠나갈 수야
민주주의 꽃밭에 독버섯이 성하다
큰 바람 가시어도
고추 앞에 잔풍은 여직도 음산하다.

독소 뿌리던 자 서슬이 댓닢 같다
꽃망울 지레 꺾던
해충도 둥그렇게 새 하늘 덮고 섰다.
다음 뜀을 위하여
우선은 움츠리는
아 음흉스런 저 비단개구리들.

이대로 눈을 덮고 돌아설 수야
핏발이 선 눈을 감고 떠나갈 수야
관머리 곱다라니 꾸미지 말라
아직은 향불 사르지 말라
　　－합동위령제에 부쳐서
　　　　　　　－손동인, 「여한－아직은 향불 사르지 말라」14)

③ 멍들고 지쳐 조국은 마침내 병수(病獸)처럼 뻗어 있고
　 돈이요 권세요 빽이요 고혈을 짤아 살찌는 무리들
　 원수처럼 간악하여 사뭇 그침이 없어

　 손발 꽁꽁 묶어 놓고 귓구멍을 틀어막고 아가리에
　 재갈을 매겨 마지막 외눈깔마저 앗아가는 아!
　 이 잔혹한 악의 도량 앞에 우리는 참대마냥 일어섰던가

　 (…줄임…)

　 관록이 높으신 정객님들 수단이 능란해 무슨 당
　 무슨 회 무슨 모임에만 재빠르게 물고를 헐어
　 우리의 핏도랑을 제가끔 자기네 논배미로 끄을려는 것이냐

　 우리는 이대로 눈감을 수 없다
　 깃발이 선 채로 우리의 핏도랑이 어디로 흐르는가를
　 지켜야 하고

　　　　　　　　—박세운, 「우리의 눈은 감을 수 없다」 가운데서[15]

　『힘의 선언』에 실린 대표적인 유형의 시를 가려 놓았다. ①은 현장 증언시로 넣을 수 있는 것이다. 비록 김주열 열사의 죽음으로 글감을 묶어 두었지만[16] 이 작품은 현실에 대한 공분과 의거

---

14) 3·15기념사업회 엮음, 앞서 든 시집, 68~71쪽.
15) 3·15기념사업회 엮음, 앞서 든 시집, 21~23쪽.
16) 이러한 김주열의 대표성 위에 아래와 같은 역외 경북·대구 지역시인의 생각이 자연스럽게 자리 잡는다. "3월 15일/기후가 좋아/결핵요양원이 있는/병든 사람

에 대한 증언으로서 모자람이 없을 표현을 얻고 있다. 살이 붙고 부피가 자라면 경자마산의거의 실체에 한 발 더 다가설 수 있는 구체성을 얻을 것이다. 역사 현장의 재현과 사실 증언은 이러한 유형에서부터 뿌리가 든든한 셈이다. 따라서 이런 증언 의도는 자연스럽게 "총알은/눈이 멀었다.//차별 없이 쏘아도/거기에는 법이 없는//사람 백정이/사냥개를 몰아/백성을 더미로 죽여 쌓아도/빨갱이란 꼬리표 한 장이면/오히려/죄가 공으로 바뀌는 나라"(「서시」 가운데서)[17]라는 구체적인 언명으로 나아가기도 한다.

이에 견주어 ②는 의례시에 든다. 곁텍스트에서 밝히고 있는 바와 같이 의거와 혁명의 희생자 '합동위령제'에 부치는 노래로 지은 작품이다. 젊은 경남·부산 지역시인 손동인이 울분과 한탄을 억누르며 잔잔하면서도 품격 있는 애도시를 마련했다. 시인 자신의 주관적 깨달음이나 느낌보다는 집단적 자아, 공적 화자로서 그 무렵 널리 동의할 것이라고 믿어지는 애도의 표현에 충실하고자 했다. 이런 작품을 빌려 의거의 역사적 뜻과 의의는 거듭 재생산되고 강화된다. 그리고 이러한 의례시의 공적 화자는 "더럽혀진 강토의 얼룩을 씻고자/다 함께 피 뿌리고 떨어진 봉오리/4·19 꽃봉오리들이 열매 지어 주고 간/저 4월 26일의 황홀"(이주홍, 「묵은 것의 잿더미 위에 다시 태양은 쏟는다」)[18]과 같은 목소리를 되풀이하거나, 아래와 같은 역외 시인의 작품들로 이어진다.

도 살기 좋다는/마산에/총으로 다스려야만 했던 야만/4월 11일/호수로 알고 지난 적이 있는/그 호수로밖에 기억이 없는/마산 중앙부두에/최루탄이 눈에 꽂힌/젊은 학도/김주열의 시체가 떴다." 박양균, 「무명의 힘은 진실하였다—4·19를 전후한 시국을 말한다」, 3·15기념사업회 엮음, 앞서 든 시집, 59~60쪽.
17) 정천 엮음, 앞서 든 시집, 5~9쪽.
18) 정천 엮음, 앞서 든 시집, 37~39쪽.

역사여 증언하라.

총구는 누구를 위함이었던가.

눈물은 흘러서 가도 서러움은 남는 것.

부정이여 권력이여 부패여 억압이여, 까마귀야 답하라 정의에.

　　　　　　　　　　　　　　　　—이철균, 「4·19」 가운데서[19]

③은 현실을 향한 비판 정신을 보여 준다. 의거와 혁명의 뜻을 왜곡하며 그 과실을 엉뚱하게 사리사욕을 위해 따 먹는 거짓과 협잡을 향해 비판하는 목소리가 드높다. 부조리에 대한 고발, 대결 정신이 뚜렷하다. 역사에 대한 반성을 불러일으키며 현실과 미래에 실천적으로 이바지하겠다는 뜻이 중심인 정치시다. 이런 자세는 역내 시인 정진업에게서도 이미 그 줄기를 틔운 바 있다. "힛트를 노리는 유행가처럼/3·15를 생산값으로 흥정하는/대변자가 많아서 싫었지만"(정진업, 「3월에서 5월까지—3·15 육 주년 날에」)[20] 이라는 시인의 언명은 의거와 혁명의 둘레를 기웃거리는 무리로 바로 향하고 있다.

앞서 살핀 ①·②·③은 증언시나 의례시, 또는 정치시로서 그대로 의거시·혁명시의 창작 현장에서 주류 유형이다. 그리고 그 됨됨이를 대표하는 작품이라 할 만하다. 그런 점에서 『힘의 선언』이 지니고 있는 의거시의 전범으로서 정통성이 뚜렷하다. 그런데 여기서 찾기 힘든 의거시의 한 흐름이 있다. 그것이 성찰시다. 역사적 사건에 대한 자기 헤아림이 중심을 이루는 시다. 의거의 열기 뜨거웠던 그 무렵 진주 지역 젊은 시 학도가 쓴 아래와 같은

---

19) 3·15기념사업회, 앞서 든 시집, 71쪽.
20) 3·15기념사업회 엮음, 앞서 든 시집, 219쪽.

작품이 바로 『힘의 선언』의 격렬한 열정이 담아내지 못한 성찰시 자리를 메워 준다.

　데모도 끝났다.
　등교한 날 아침 동무들은 풀이 죽어 있었다.
　상학종이 울려도 동무들은 반나마 오지 않았다.
　지나간 이야긴 누구 하나 하지 않고
　어떤 동무는 자기는 그날 배를 앓아누웠었노라 했다.
　또 다른 아이는 시골에 있었다고 변명을 했다.
　선생님은 얼굴의 주름살 하나 움직이지 않고 토판에 글만 쓰시는데,
　나는 손을 들 때마다 좌우로 빙 둘러보면
　군데군데 비인 책상과 걸상,
　딴 동무들은 머언 하늘을 바라보고 있었다.
　창에 붙어 앉은 나는
　정원의 이파리와 그 이파리 위에 춤추는 바람을 보며 생각했다.
　내 바로 옆자리의 눈이 큰 누이를 가졌던 동무를,
　그리고
　저 핏빛 장미꽃 위에 나부끼는 건 필시
　자유일 거라고.

―조정남, 「핏빛 장미꽃 위에 나부끼는 것」21)

"핏빛 장미꽃"과 같은 표현에서 보는 바와 같이 어느 정도 틀에 박힌 감상성이 드러난다. 학생의 작품이라는 점에서 받아들일 만한 일이다. 의거와 혁명을 거치는 동안 보기가 드물었던 서정

---

21) 3·15기념사업회 엮음, 앞서 든 시집, 194쪽.

의 아름다움을 담은 시다. 나직하게 의거와 나 사이, 의거 당사자와 자신 사이에 가로놓인 심리적 거리를 담아내고 있다. 이런 성찰시 유형은 무엇보다 서정적 자아가 자신의 느낌과 생각에 충실하면서, 역사나 공공적 사건과 마주 선 마음의 움직임을 보여 준다. 성찰시를 빌려 비로소 한결같이 열띤 주제와 내용 과잉에서 한 발 내려서 의거시의 깊이를 들여다 볼 수 있을지 모른다.

『힘의 선언』에 실린 세 유형 세 편과 다른 의거시 한 편을 살폈다. 이 네 편의 네 모습이야말로 지금까지 쓰인 의거시의 큰 범주라 할 수 있다. 그 뒤로 적지 않게 쓰인 의거시들이 이들의 높이를 뛰어넘거나, 더욱 뜻있는 됨됨이를 새로 마련해야 마땅했을 것이라는 점에서 의거시의 순정한 원형이기도 하다. 게다가 이 작품들은 무엇보다 경남·부산에서 경남·부산 사람에 의해 이루어진 것이다. 『힘의 선언』을 빌려 선언된 힘이 바로 이 점이다. 그리고 경남·부산 지역이 떠안은 책무가 여기에 있다. 그러나 모름지기 그 뒤 쓰인 당대 의거시는 순정한 원형으로서 이들의 전통을 발전적으로 넘어서고 있는가. 그렇지 않다면 새로운 의거시의 가능성은 어느 쪽으로 열려 있는 것인가. 이런 물음에 대한 답을 찾아 나설 일이 이제 글쓴이 앞에 남았다.

3. 당대 의거시의 유형과 됨됨이

1960년 경자마산의거와 경자시민혁명이 뿜었던 의기와 열기는 역사가 산란하는 걸음걸이, 이해 당사자의 엇갈리는 처신과 굴곡을 보이면서 10년 세월을 여러 차례 건넜다. 그와 함께 의거시 또한 어느덧 역사적 상상력의 자리로 올라앉았다. 의거 체험 세대는 점점 줄어들고 미체험 세대의 추체험이 의거를 새롭게 재구성하는 동력으로 자리 잡아 나가고 있다. 의거와 그것의 문화적 변용은 뚜렷하게 상상 영역으로 놓이게 되었다. 따라서 의거 당시의 의거시와 오늘날 우리 앞에 놓인 당대 의거시 사이에는 창작 환경에서부터 지속과 변모가 뚜렷하다. 이 점은 크게 세 가지로 나누어 살필 수 있다.

첫째, 유형에서 의례시가 많이 줄어들었다. 해마다 되풀이하는 의거일에 맞춘 행사시가 가끔 마련되기도 한다. 그러나 크작은 애도와 진혼을 겨냥한 기념시의 자리는 자연스럽게 줄었다. 수상시 경우도 의거 자체를 글감으로 삼은 창작 활동은 이루어지지 않고 있다. 대신 관변단체에 일을 맡겨 되풀이하는 '3·15 백일장'과 같은 간접화한 모습으로만 남고, 의거시 자체는 2차 문제로 물러났다. 회고시나 후일담시의 가능성이 거꾸로 많아졌다. 그러나 이 또한 의거시 창작에 몰두할 체험 세대나 힘 있는 시인을 찾아야 한다는 과제를 떠안고 있다.

둘째, 매체에서 볼 때 의거 무렵 집중적인 창작 산실이 되었던 언론의 관심이 줄어들었다. 어느 정도 현장의 열기가 사라지고 의거 자체가 역사로 굳어 가는 과정에서 자연스러운 일이다. 그 자리는 '문인협회'와 같은 관변단체를 중심으로 이루어진 기획 출판 매체가 떠맡는 형식을 보여 준다. 초기 의거시의 공공성이 관변성으로 새롭게 뿌리를 내리고 있다. 따라서 해당 단체의 기획 역량과 의도된 출판 성과물이라는 형식 요건 안에서 의거시 창작 활동의 가능성이 묶일 위험이 아울러 나타난다.[22] 빈도에서

---

22) 물론 이러한 형태와 정도로나마 의거시가 창작, 향유될 수 있었던 추진력은 3·15기념사업회라는 대표기관과 문인사회 사이에 놓인 변승기라는 상수에 힘 입은 바 크다. 의거 체험 당사자이면서도 시인이라는 그의 상징성은 그 자신의

는 짧은 기간, 일회적인 작품집 간행과 맞물려 있다. 이렇듯 집중적인 기획 창작[23]에 가까운 발생 환경은 의거시의 내용과 수준에서 엇비슷한 것을 내놓게 되는 문제를 함께 지닌다.

셋째, 주체에서 볼 때 전문시인의 작품으로 묶이기 시작한다. 일부 시민 참여가 있지만 의거 무렵과는 견줄 수 없을 정도로 미미하다. 이것은 매체의 소극적 환경과도 이어진 일이다. 게다가 마산 지역 시인이나 마산과 연고를 가진 경남·부산 지역 소수 시인이라는, 인적 동원의 협소화가 아울러 일어나고 있다. 이렇듯 창작 주체가 다양성을 잃어버리는 것은 경자마산의거가 마산 지역의 역사 기억으로 고정되면서 자연스럽게 이루어진 일로 보인다. 의거가 지닌 마산 지역의 개별성이 매체와 주체에까지 영향을 미치고 있는 셈이다.

경자마산의거의 의거시는 어느덧 경남·부산 지역에서도 마산으로 창작 활동이 묶이면서 소지역 연고가 더욱 뚜렷해졌다. 사회 일반에까지 널리 의거의 의의와 현실을 되새기거나 문화 기억으로 누릴 수 있을 창작과 매체 경험이 줄어들었다. 거꾸로 간접화한 꼴이지만 의거의 대표성과 상징성은 지역사회에서 더욱 커져 가고 있다.[24] 게다가 역내 시인의 특정 시기 단기간 기획 출판 형태로 이루어진 발생 환경은 당대 의거시 됨됨이에 적지 않은 영향까지 끼쳤을 것이다. 이런 점을 두루 마음에 두면서 이제 당대 의거시의 됨됨이와 문제를 꼼꼼하게 짚을 수 있게 되었다. 물

의도나 노력과 무관하게 지역에서 의거시 창작의 기획과 출판이 가능하도록 이끄는 밑거름이었다.

23) 대표적인 시집이 『깃발 함성 그리고 자유－3·15의거 30주년기념시집』(변승기 와 여럿 지음, 도서출판 경남, 1990)이다.

24) 희생자 묘역의 '국립3·15묘지' 승격에 따른 묘역 확대와 시설 공간 건립이 대표적인 일이다.

론 이미 『힘의 선언』을 중심으로 살핀 유형이 본이 될 참이다.

1) 증언시의 가능성과 의거의 구체성

의거 무렵 역사 현장에 대한 증언 표현이나 의도가 중심에 선 시가 증언시다. 이는 의거 현장시면서 보고시라는 특성을 지닌다. 앞에서 살핀 바와 같이 증언적 값어치를 제대로 드러내고 있는 작품은 당시뿐 아니라 이즈음에도 찾기 쉽지 않다. 모방적인 소설이나 긴장된 극이 보여 주기 힘든 구체성을 지닌 시적 증언이란 그만큼 어렵다는 뜻이겠다. 그럼에도 좋은 증언시에 대한 요구와 그 가능성에 대한 욕구는 아직까지 한결같이 줄지 않았다. 오히려 오늘날에는 더 늘어나고 있는 쪽이다.

사실 역사와 시를 두고 그사이에서 증언적 값어치를 극대화하고 있는 시를 마련하는 것은 이상으로만 남은 일일지 모른다. 그리고 시와 역사를 결합시킬 수 있을 훈련 또한 우리 근대시가 흔하게 닦아 온 자리가 아니다. 일반적으로는 시 속에 역사적 요소를 허구화함으로써 이루어지는지, 허구적 요소를 이음매로 역사적 사실을 기워 넴으로써 마련되는지, 그렇지 않으면 특별한 표현 장치에 도움을 받아 이루어지는 것인지, 시와 역사 사이의 틈을 어떻게 메워 나가는가에 따라[25] 증언시의 가능성은 달라질 일이다.

게다가 역사라 하더라도 다 같은 것이 아니다. 바라보는 이의 관점과 기억에 따라 역사는 끝없이 다르게 기술된다. 당연히 "역사는 개연적인 허구"이며 "역사적 사건과 사실들 역시 그 밖의

---

[25] 호르스트 슈타인메츠에서 문학과 역사 사이와 관련한 여러 생각을 도움 받을 수 있다. 시와 역사 사이 관계도 큰 틀에서는 그와 다르지 않다. 호르스트 슈타인메츠(서정일 옮김), 『문학과 역사』, 예림기획, 2000, 32쪽.

다른 현상들과 마찬가지로 기껏해야 현실의 미립자일 뿐"이다. 따라서 "역사적 진실"이란 "창작된 허구적 진실과 똑같은 위치를" 가진다. 허구와 현실, 집단 기억인 역사와 경험된 개인 기억 사이에 더는 뚜렷한 경계가 존재하지 않는다. 물론 역사 형성과 문학적 허구의 형성 사이에 견주어야 할 여러 과정은 남아 있다. 그렇다고 "역사 자체가 창작"26)인 점이 달라질 것은 없다.

경자마산의거 또한 굳어진 묘비명이나 기념문 읊기를 거듭해야 하는 죽은 역사가 아니다. 현실적인 여러 힘과 작용에 따라 재역사화되어 가는 삶의 영역이며 복잡한 재구성 영역이다. 이런 점에서 의거에 대한 시적 증언이란 끝없는 현재적 과정일 수밖에 없다. 의거를 바라보는 시인의 눈길이나 생각에 따라 편차와 스펙트럼이 다채롭기 마련이다.27) 게다가 시대의 분위기까지 거든다. 바람직한 경자마산의거의 증언적 양상이란 그러한 것을 묶어 나가면서 스스로 거듭나는 역동적 공간, 가능성의 주제로 우리 앞에 멀찍이 놓여 있다.

아, 그러나 1960년 4월 11일

---

26) "역사 자체는 결코 하나의 독립적인 목적론으로 인식된 힘이나 작용이 아니다. 역사는 수많은 억압과 갈등으로 점철된 세속적인 삶의 영역"이다. 호르스트 슈타인메츠, 앞서 든 책, 18쪽. 53쪽.

27) 경자시민혁명 쪽의 보기를 들자면, 그 문학적 계열을 일찍이 박태순은 아래와 같이 셋으로 나누고 있다. 첫째 "4·19를 학생의거로 인식해 너무 소박하게 이해한 애국주의적 작품", 둘째 "4·19를 대체로 서구적 개념의 시민혁명으로 파악하거나 근대혁명으로 파악하여 그만 극단적인 보수주의로 빠지는" 작품, 셋째 "4·19를 민중혁명의 차원에서 이해하고 있는 문학"이 그것이다. 셋째 계열에 신동엽·김지하와 같은 이의 작품이 든다. 이러한 생각은 1980년대 민중주의 이념을 앞세운 입장이다. 경자마산의거나 그 문학 또한 관점에 따라 다른 양상을 띨 수 있다는 점을 잘 보여 준다. 박태순, 앞서 든 글, 280~291쪽.

남성동 선창 앞바다에 남원서 유학 와서 마산상고 다니던 김주열
이가 달로 뜰 줄 누가 알았으랴!
경찰서로 끌려가서 개 맞듯 맞고 모자라 불발 최루탄 눈알에 박아
돌 채워
바다에 던져진 주열이가 그렇게 달로
떠올라와 사람들 눈을 다시 뜨게 할 줄 누가 알았으랴!

　　　　　　　　　　　—김춘랑, 「다시 3·15를 맞으며」 가운데서[28]

긴 시에서 한 군데 따 놓았다. 어느 정도 현실 재현 의도가 드
러나는 자리다. '달로' 떠오른 '주열의' '눈'이라는 이미지에서 구
체성을 살리고자 했다. '최루탄'이 눈에 박힌 김주열의 주검과 달,
그 둘 사이 대비적 연결이 증언적 울림을 키웠다. 그러나 이러한
습관적인 단편 표현으로써 의거의 실상 서술이나 묘사에 이르기
는 어렵다. 다만 표현 단위에서 볼 때 의거 당시의 작품과 견주어
경자마산의거와 경자시민혁명 사이 간섭현상은 단연 줄었다. 앞
에서 당대 의거시의 담당 지역과 창작 주체가 마산과 그 둘레
경남·부산 지역 연고시인으로 묶이기 시작했다는 점은 이미 짚
은 바 있다. 작품 속에서도 뚜렷하게 경자마산의거의 독립성을
마련하고 있는 점이 이 시라 해서 예외는 아니다.

피 밴 일기장을 수색하는 불빛이 있다.
저주의 표적을 향해 던지는 돌멩이는
끝내 총알에 억눌려 사그라든다.
지프차와 소방차 헤드라이트를 비추면서

---

28) 3·15기념사업회 엮음, 앞서 든 시집, 319쪽.

달아나는 시민의 등에다 총을 쏜다.

자유를 몰이하면서 싹쓸이한다.
불빛의 난사에 붙들린 발목 분질러진다.
포위망이 좁혀진다. 결사코 포위망 뚫고 달아나는
시민을 끝까지 추격하는 플래시 불빛 아래 드러난
목마른 자유여.
일기장 맨 뒤편에 붉은 음모가 보인다.

시체실로 끌려간 주검들 호주머니에다
좌익 폭도라는 위조된 삐라를 쑤셔 넣고는
공산당 지하조직의 폭동이라 선전하는
오래고 슬픈 음모에 길든 정부의
한국적 민주주의의 독선에 찬 나팔 소리.
　　　　　　　—정동주, 「어둠 속에서 빛이 울음 울 때」 가운데서[29]

　들뜬 목소리로 의거 무렵 현장의 실제를 들여다보고자 한 시
다. 의거 안쪽에 여러 고리로 이어진 사건을 시인 나름으로 늘어
놓고 있다. 의거 참가자에 대한 발포와 도주, 그리고 용공 조작이
그것이다. 시인의 말대로 "한국적 민주주의의 독선"을 드러내는
폭거다. 그럼에도 이 시는 의거 당시의 구체적인 실상을 증언하
는 데 초점이 있지 않다. 의거의 의의를 알리기 위한 곁자리에
사건 서술이 놓였다. 더 꼼꼼한 눈길과 시적 뼈대를 마련해 의거
의 증언적 값어치를 얻어내는 일이 급하다. 이렇게 보자면 아래

---

29) 3·15기념사업회 엮음, 앞서 든 책, 383~384쪽.

와 같은 시는 한 극단에 이른 본보기라 할 수 있다.

오 선혈 선혈 선혈
누구이던가
내 형 아우의 심장에 야음을 틈타
흉탄을 비수처럼 꽂은 자는.

김영길(18세, 복부관통)
김용실(18세, 흉부관통)
김영준(20세, 복부관통)
김영호(19세, 두부관통)
김효덕(19세, 두부관통)
김종술(17세, 차륜충돌)
김삼웅(19세, 복부관통)
김주열(17세, 두부관통)
김평도(39세, 복부관통)
전의규(18세, 두부관통)
오성원(20세, 흉부관통)
강융기(17세, 두부관통)

그날
자유의 이름으로
어머니의 이름을 목 놓아 부르며
장렬히 산화해 간 마산의 얼이여
대한의 아들이여.

　　　　　　　—변승기, 「그대 이름을 다시 불러 본다」[30]

앞뒤로 붙어 있는 영탄적 구호만 줄이고 본다면 희생자의 명단과 사망 사유를 병원 진료서나 수사 보고서, 또는 하나하나 묘비명을 읽어 나가듯이 늘어놓은 자리가 압권이다. 무엇보다 의거의 참혹한 실상을 차갑게 보여 주는 증언적 값어치가 드높다. 이름 석 자와 사망 사유를 새긴 명문 말고 또 무엇으로 "장렬히 산화해 간" 그들의 안타까운 희생을 기리고 그들의 슬픔을 대신 들려 줄 수 있을 것인가. 그런데 이러한 증언적 표현은 의거의 재인식으로 나아가는 길이 너무 열려 있다는 단점을 지닌다. 그런 점에서 의거에 대한 시적 증언이란 어느 때나 의거를 향한 시인의 해석과 태도를 빌려 구체성을 얻는다.

역사에 대한 해석이나 태도를 드러내는 일은 바로 역사를 "보충, 변용하고 확장하는 부가적인 역사적 차원"[31]을 지닌다. 한결같은 찬양과 구호로 얼룩진 책 속의 역사, 이미 신화로 올라서서 더는 정서적 접근이나 이성적 해석이 불가능해 보이는 중성적 역사에 대한 새로운 가능성이 열린다. 문학은, 시는 그러한 것의 빈틈을 찾아 들어서는 일이다. 다양한 해석과 태도 표명이야말로 역사를 지금 살아 있는 삶으로서, 그리고 앞날에 대한 전망으로 되살리는 길이다. 증언시는 그러한 역사의 탈신화화, 탈중성화까지 겨냥할 수 있어야 한다. 의거에 대한 시적 증언의 역사적 생산성이 거기에 있다.

따라서 경자마산의거라는 역사에 대한 등질적 정서화나 신화적 이상화를 뛰어넘으려는 증언 가능성은 한결같이 문제로 남는다. 정전 역사와 거대 담론만 나도는 시대에 주변 문화로서 시가

---

30) 3·15의거기념사업회 엮음, 앞서 든 시집, 237쪽.
31) 호르스트 슈타인메츠, 앞서 든 책, 10쪽.

그들을 가로지르며 현실 속에서 끝없이 살아남을 길이 여기에 있다. 시는 문화의 겉치레가 아니다. 시간 속에 이루어지는 일상적인 문화 투쟁의 속살이다. 그것이 번지레한 영광을 마련해 주진 않을지 모르지만 삶의 진정성은 지켜 낼 수 있다. 그런 까닭에 당대시 속에서 새로운 증언시의 가능성으로 보이는 후일담이나 회고 형식도 소박하게 보아 넘길 일이 아니다.

> 그 밤 안날 오전 이웃 진주 남강가에선
> '한국민주주의 드디어 장송!
> 오전 9시 선거를 포기한 민주당사엔 곡성이 진동'이란
> 누더기 신문 K일보의 호외가 뿌려졌고,
>
> 현지의 복마전 J당의 하수인들은
> 이것은 바로 X당을 편드는 선거사범이라거니
> J경찰서 사찰계 형사들은 부정 선거가 아니라고,
> – 발행권을 가진 합법적 호외가 사범이냐, 그러고도
> 부정 아니면 피를
> 보고서야 알겠느냐?로 출입기자더러 응수시켰던 일,
>
> 달빛이 훤하던 그 밤 자정 넘어
> 불시 내방한 X경찰서장은 문밖에 선 양
> '오늘 밤 마산사태는 오열의 선동인즉 내일 보도를
> 관제해 달라'는 비청(秘請)이었지만
> 드디어 피를 보고야 말았음을 그 입으로 보고해 준 셈.
>
> 일찍이 식민지 왜적들의 터전 신구 마산거리,

남성동 파출소에 성난 군중들이 불 지르고
잠 못 자는 이른 봄 거린 분노로 들끓는 사람의 밀물.

—설창수, 「그날 밤의 후일담」 가운데서[32]

  말할이는 뚜렷하게 시인 자신임이 드러난다. 자신의 입장에서
의거 당일과 그 다음날, 중심지 마산에서 떨어진 진주 지역에서
겪었던 일을 되새기고 있다. 제목 그대로 "그날 밤"과 다음날 일
에 대한 '후일담'인 셈이다. 이러한 후일담의 내용이 지닌 정/부
당 문제나, 표현 방법 문제는 두고라도 이제껏 쓰인 의거시 전통
에서 이러한 형식이 지닌 뜻은 적지 않다. 의거시의 외연을 넓힐
수 있는 바람직한 변화로 보이는 까닭이다. 작품의 높낮이와 관
계없는 이 작품의 지닌 특별함이다. 그러나 이러한 후일담시나
회고시의 가능성마저 점점 줄어들고 있다. 세대교체가 크게 이루
어진 문학사회 안쪽에서 한결같은 창작을 내다보기 힘들다. 의거
체험 세대의 문학사회 편입도 끝난 듯이 보인다.

  그런데 의거 미체험 세대라 하더라도 여러 형식 모색과 새로운
역사 해석의 가능성을 고심한다면 많은 성과를 얻을 수 있을 자
리가 바로 증언시 쪽이다. 당장 설창수의 후일담 형식에서 본 바
와 같이 지역 범위만 넓히더라도 의거시의 증언적 값어치가 쑥
자라는 효과를 얻는다. 의거의 역사성을 재구성, 재생산하면서
증언시의 값어치를 키우고 그것을 지역사회 안밖으로 넓혀 나가
는 노력이 필요하다. 새삼스럽지만 시의 가능성은 당대의 이해관
계에서 벗어날 수 있다는 데 있다. 시인의 체험 영역과 창조적
감수성 안에서 경자마산의거의 진실은 넓게 열려 있다.[33]

---

32) 3·15기념사업회 엮음, 앞서 든 시집, 329~330쪽.

따라서 시인 스스로 의거에 대한 의식 과잉이나 의식 빈곤에 빠진 것은 아닌가라는 물음부터 던져 볼 일이다. 시인의 창조적 자기 정위를 위한 기본 물음인 까닭이다. "생생하고 개인적인 기억에서 인위적이고 문화적인 기억으로의 이행은 기억의 왜곡, 축소, 도구화의 위험성을 지니고 있기 때문에 다분히 문제성을 지니고 있다. 그리고 이러한 축소와 강화는 공공의 비판, 성찰, 토론을 통해서만이 해결될 수 있다"[34]고 아스만은 썼다. 시인은 무엇보다 그 일을 오로지 자신 안쪽의 비판·성찰·해석을 빌려 스스로 마련하는 이다. 그럴 수 없다면 그 과정을 고스란히 드러내는 이다. 역사에 대한 증언적 값어치는 오히려 거기서부터 새로워질지 모른다.

의거 역사에 대한 시적 증언은 어찌 보면 의거시의 핵심일 수 있다. 그럼에도 아직까지 한 번도 제대로 이루어지지 못한 자리다. 더 깊어지고 넓어져야 할 의거시의 많은 문제가 바로 의거 역사에 속속들이 뿌리내린 증언시의 터가 좁았던 까닭에서 비롯한 일일지 모른다. 국가가 관리하는 공식 기억과 기념 현양 시설로 의거가 화석화되어 있는 시대, 의거를 개인 기억과 국가 기억을 가로지르는 참된 지역의 진실, 보편적인 정서적 등가물로 살려 내기 위한 증언시의 자리는 아직까지 시인의 가파른 걸음걸이

---

33) "예술작품은 그 자체 단순한 역사기록의 진술을 넘어선다. 심미적 구성물로서의 예술작품은 역사현실에 반응하며 그 정신세계의 구조를 포함하여 현실을 판별하고 더 나아가 현실에 대한 비판을 가하거나 거부하며 무엇보다 현실을 보완할 수도 있다. 어떤 의미에서 예술작품은 현실을 변화시킨다. 말하자면 예술작품은 생활의 실용적인 측면을 강조하는 기능적인 연관관계 속에 함몰되지 않는다는 것을 의미한다." 호르스트 슈타인메츠, 앞서 든 책, 102쪽.

34) 알라이다 아스만(변학수·백설자·채연숙 옮김), 『기억의 공간』, 경북대학교출판부, 2003, 17쪽.

를 기다리고 있다.

2) 의례시의 축소와 의거의 잔영

죽은 이에 대한 추모, 송덕, 역사적 기억은 과거와 관련한 세 가지 형식이다.[35] 의례시란 해마다 거듭하는 이러한 형식에 대한 행사시, 기념시나 그에 준하는 작품을 뜻한다. 그것을 빌려 안타깝게 산화한 희생자를 애도하면서 되풀이 역사 속의 덕을 기린다. 이 경우 시는 좋은 도구다. 의거 무렵에 폭발적으로 쓰인 이러한 의례시는 오늘날 잘 쓰이고 있지 않다. 구체적인 추모나 진혼, 또는 역사적 의의에 대한 확인, 강화 작업이 이루어질 만한 기회가 많지 않다. 그것은 의거가 소극적인 지역 기념일 정도로 내려앉아 버린 자연스런 시간의 풍화작용과 같은 길이다.

게다가 세월이 흘러 역사적 과거로 돌려져 있는 의거에 대한 문학적 재의례란 현실 의례와 마찬가지로 추상적이기 쉽다. 이미 세대교체가 분명해진 상태에서 미체험 세대의 추체험이나 상식적 고정관념의 되풀이는 그 점을 더하게 한다. 당대 의례시 창작에는 커다란 한계가 있게 마련이다. 한 비평가는 일찌감치 혁명시 속에서 "뻐꾸기의 울음소리"를 시끄럽게 듣고 있었다. 혁명시의 단순 재생산에 크게 실망한 뒤였을 것이다. 그리하여 "4·19를 두고 뻐꾸기들이 '베고니아의 꽃잎처럼……' 운운하는 시구를 읊었지만 그것은 4·19와 전혀 무관하다는 사실의 발견이 우리가 토의해 보고 싶은 주제인 것"[36]이라 짜증스럽게 말한 바 있다.

---

35) 알라이다 아스만, 앞서 든 책, 21쪽.
36) 김윤식, 「4·19와 한국문학」, 『4·19 혁명론 I』, 일월서각, 1983, 345~346쪽.

아마 그가 당대 의거시들을 제대로 살폈더라면[37] 어떤 반응을 보였을까. 당대 의거시 가운데서 의례시 됨됨이를 보이는 작품에서 아직까지 "뻐꾸기 울음소리"가 들리는 것은 글쓴이가 지닌 과민 탓만은 아닐 듯싶다. 이 일이 시인에게서 말미암은 것이라면 역량 부족이 까닭이었을 것이다. 그렇지 않다면 경자마산의거의 고유한 의의를 새로운 표현과 관점으로 녹여낸 의례시 창작이 그만큼 어려운 일이라는 뜻이다. 공공적 자아의 대사회적 효용을 마음에 둔 좋은 의례시 창작이란 벌써부터 어려운 난제인 것 같이 여겨진다.

> 아! 그날의 삼월이여!
> 삼십 년 그날을 상기하여
> 창창하고 찬연한 역사 앞에
> 우리는 가슴 가슴에
> 얼을 새겨
> 민주의 정의와
> 민주의 평화와
> 독재 없는 자유 속에
> 통일을 맞이하는 그 날을 위함이로다.
>
> ─공정식, 「그날의 30년을 상기하면서」 가운데서[38]

---

37) 김윤식은 3·15기념사업회에서 엮은 시선집 『너는 보았는가 뿌린 핏방울을』의 뒤에서 발문 꼴로 당대 의거시에 대한 생각을 드러낼 기회가 있었다. 그러나 그 글은 책 발간의 의의를 높이 사고 그 일을 격려하는 뜻에 머문 것이다. 당대 의거시에 대한 문학적 분석에 이른 글은 아니다. 김윤식, 「4·19혁명에 대한 『지금 마산은』의 의의」, 3·15기념사업회 엮음, 앞서 든 시집, 437~453쪽.
38) 3·15기념사업회 엮음, 앞서 든 시집, 294쪽.

전형적인 의례시 모습을 띤다. '민주'·'정의'·'평화'·'통일'과 같이 강도 높은 추상어를 내돌리며 말할이의 목소리는 경건하기까지 하다. 그런데 "민주의 정의"는 무엇이며, "민주의 평화"는 또 무엇인지 알기 힘들다. "찬연하고 창창한 역사"로 표현하고 있는 경자마산의거를 읽는이는 모름지기 어떠한 감흥으로 되새길지 의문스럽다.[39] "그날의 삼월", "삼십 년 그날"이라는 간단한 일컬음만 지우고 나면 막연하기 짝이 없는 말만 남는다. 이렇듯 어름어름하게 엮은 내용은 의거시에만 걸리는 게 아니다. 낱말 몇 개만 손질하면 아무데나 가져다 붙일 말뭉치다.

이런 높낮이를 지닌 작품은 들쭉날쭉한 점이 있지만 의례적 됨됨이를 지닌 당대 의거시에서 드물지 않은 모습이라는 점에서 문제가 예사롭지 않다. 차라리 시로 내돌리지 않았으면 좋았을 일이라는 핀잔을 들어도 할 말이 없을 작품이 한둘 아니다. 그런대로 꾸밈새를 고심해서 마련해 놓은 듯싶은 아래와 같은 작품 또한 사정이 다르지 않다.

돌이켜 생각하면
그때 그날은
진실을 캐어내는 의미의 날이었다.
비로소 눈을 비비며
겨울의 잠을 깨는

뜨거운 숨결 모아
진녹색 푸름으로

---

39) 의고적인 '위함이로다'와 같은 말씨만 바꾼다면 분위기는 더 나빠진다.

피 묻은 갈망은

쓰러지며 일어서서

병든 땅 기를 꽂으며

누리 치는 징소리다.

질곡의 아픔을

온몸으로 항거하다

두꺼운 벽을 여는

깨끗한 선혈이여

갈매기 나래 저어 갈

새날이 보이는가.

—김복근, 「마산의 봄·4」[40]

   앞서 든 작품에 견주어 시인의 표현 역량을 힘껏 쏟아 보고자
한 뜻이 뚜렷하게 드러난다. "마산의 봄"이라 이름 붙이고 연작
꼴을 마련한 점으로 보아 의례시와는 비켜 있는 것으로 보인다.
그러나 시의 말할이는 뚜렷하게 집단적 자아다. 그리하여 그에
의한 "마산의 봄", 곧 의거에 대한 공공적인 울림을 노린다. 경자
마산의거를 되새기고 그날의 뜻을 되살리려는 공적 회상에 이르
고 있어 의례시의 됨됨이를 두루 지녔다. 앞서 든 작품이 날로
된 관념어를 내뱉고 있는 점과 달리 이 작품은 그나마 비유적
장치를 끌어와 감각적 형상화에 이르고자 한 점이 달라 보일 따
름이다. 하지만 틀만 그럴듯하게 따랐을 뿐, 비유로서 지녀야 할
바 신선함이나 감각적 구체성은 전혀 담아내지 못했다.[41] 끌어들

---

40) 3·15기념사업회 엮음, 앞서 든 시집, 308쪽.

인 시어도 하나같이 겉만 번지레할 따름이다.[42]

필연성 없는 말을 필연성 없이 내돌리고 있는 시조다. 지극히 때 묻은 표현과 시어로 거듭 끌어 나가고자 한 작품 어디에서도 의거의 개별성이 살아나지 않는다. 바닷새인 '갈매기' 한 낱말만 다른 것으로 바꾼 뒤 제목을 "대구의 봄", "평양의 봄"이라 해도 무리를 저지르는 일이 아닐 것이다. 크작은 항쟁이나 투쟁의 기억이 없는 지역이 어디 있을까. 여느 지역 여느 사건에 가져다 붙여도 될 작품인 셈이다. 시인은 "마산의 봄", 곧 의거의 역사성을 깊이 고심한 듯한 목소리를 내 보고자 했지만 읽는이가 알아챌 수 있는 것은 뻔한 의도뿐이다. 시인이 지닌 바 의거에 대한 중성적, 피상적인 앎에다 표현 역량이 썩 모자란 데서 말미암은 결과다. 앞에서 든 의례시와 다를 바 없는 "뻐꾸기 소리"를 읽는 이가 듣지 않을 수 없는 까닭이다.

위에서 살핀 두 작품은 경자마산의거에 대한 총체적인 의의 파악과 역사적 송덕에 기울어지고자 한 시다. 말할이부터 공공적, 집단적 자아로서 의례시의 모습을 뚜렷이 했다. 이와 달리 아래 시 둘은 김주열이라는 표상에 초점을 두고 의거에 대한 애도와 송축을 아끼지 않은 의례시다.

① 아직 눈을 감지
　　못했어요

---

41) "겨울의 잠", "피 묻은 갈망", "병든 땅"이 그들이다.
42) '진실', '의미', '숨결', '갈망', '질곡', '징소리', '아픔', '벽', '선혈', '나래'와 같이 이름씨만 몇 들어도 그 점은 확연하다. 다시 이름씨들이 마련하고 있는 말마디, 곧 "의미의 날", "겨울의 잠", "피 묻은 갈망", "병든 땅", "질곡의 아픔", "두꺼운 벽"으로 더 나아가거나, 월 단위까지 살핀다면 사정은 더욱 나쁘다.

왜냐구요 왜냐구요

발이 시렵거든요
머릿속이 가렵거든요
심장이 헐떡여요
아직도 조산 중이어요 최루탄을.

저 잠긴 창틀을 보아요
눈발처럼 쌓이는 슬픔의 지문을요
그를 다 닦아 놓을 때까지
흔적 없이
감쪽같이
지워 낼 때까지는

기억의 층계에
앉혀 주세요
아직
눈을 감지 못했거든요

꽁꽁
묶어 주세요
당신의 맑은 손으로

탐욕도,
이기도,
부정도 매만지지 않은

손의 순결로

나를 염해 주세요
영영 쉬고 싶어요
이제 눈을 감아 버리고
싶어요

—김미정, 「의거탑—전언」[43]

② 자유를 몹시 사랑한 소년은
　자신의 단 하나뿐인
　심장을 찢어 꽃을 빚었다

　소년이 꽃을 높이 들자
　어떤 이는 코를 막고 도망가고
　어떤 이는 총을 들고 쫓아왔다

　꽃잎에서 피냄새가 난다는
　간단한 이유로

　소년은 밟히며 걷어차이며
　꽃잎을 뿌렸다

　영원히 시들지 않는
　자유의 꽃잎을 뿌렸다

---

43) 3·15기념사업회 엮음, 앞서 든 시집, 269~270쪽.

바로 여기서

—조은길, 「꽃잎─3·15의거탑에서」44)

①은 '의거탑'을 말할이로 끌어온 독특한 작품이다. "기억의 층계에"서 "아직/눈을 감지" 못하고 있는 나, 곧 탑은 '그'로 표현하고 있는 김주열의 얼과 넋을 위무할 수 없음을 이야기한다. 왜냐하면 '탐욕'과 '이기'와 '부정'으로 얼룩진 현실 때문이다. 따라서 "아직 눈을 감지" 못한 것은 '의거탑'뿐만 아니다. 김주열과 그를 비롯해 희생된 이들 또한 마찬가지다. 말할이가 "눈발처럼 쌓이는 슬픔의 지문"을 아직까지 지우지 못하고 있는 까닭이 거기에 있다. 자신을 순결하고 "맑은 손"으로 제대로 '염해' '영영' '눈을' 감을 수 있도록 해 달라는 전언을 '의거탑'은 읽는이들에게 건넨다. 의거와 희생의 참뜻이 훼손당해 버린 순결지 못한 현실, 그리고 '아직도' '최루탄을' "조산 중"인 오늘의 억압 현실 탓이다. 그 둘을 한꺼번에 뛰어넘고자 하는 곳에 의거의 참뜻이 있음을 드러내고자 한 시인의 세련된 표현력이 엿보인다. '나'로 적힌 '의거탑'이 '그'로 적힌 김주열과 그 동료의 회한을 '당신'으로 적고 있는 현실독자에게 손수 건네는 입말투 속에 앞서 본 의례시와는 다른 진정성이 담겼다.

②는 '의거탑'의 장소성에 초점을 둔 시다. "영원히 시들지 않는/자유의 꽃잎을 뿌렸다"는 맥이 빠진 표현이다. "심장을 찢어 꽃을 빚었다"도 틀에 박힌 표현이다. 그럼에도 뒤이어 "소년이 꽃을 높이 들자/어떤 이는 코를 막고 도망가고/어떤 이는 총을 들고 쫓아왔다"라 한 데서 여느 시에서 엿볼 수 없는 의거에 대한 적확

---

44) 3·15기념사업회 엮음, 앞서 든 시집, 429쪽.

성을 얻었다. 그리하여 그 '소년'이 "밟히며 걷어차이며/꽃잎을" 뿌린 "바로 여기" 마산이야말로 '자유'의 산실임을 일깨워 준다. 단순히 의거를 향한 구호 나열이나 번지레한 말뭉치를 되풀이하는 데로 나가지 않고, '자유'를 중심으로 의거의 의의를 간명한 비유 속에 담고자 함으로써 깔끔한 기념시가 되도록 이끌었다.

①, ②와 같은 작품에서 의례시의 가능성이 새롭게 열려 있음을 암시 받는다. 첫째, 두 편에서 본 바와 같이 근본부터 장소에 굳건히 뿌리내리는 일이다. 장소는 거기에서 이루어진 삶을 증명하고 그것을 장기 기억하는 주요 터무니다. 아울러 장소 스스로 삶을 창조하기도 한다. 장소의 재장소화다. 이제까지 의거시든 의례시든 의거 장소에 대한 구체적인 감각이 모자랐다. 그것이 드러난다 하더라도 장소성을 마련하지 못하거나 소극적이었다. 이 작품 둘이 자리 잡고 있는 의거탑은 자체로서는 이미 신선한 장소가 아니다. 그러나 시인의 손길을 빌려 의거탑이 새로운 장소로 거듭나도록 이끈 데서 둘이 빛난다. 의거탑을 기웃거리며 뜻 없이 격정에 사로잡히는 예사 시들과 나뉘는 특장이다. 앞으로 의거 현장과 이어진 다채로운 장소 상상력[45]이 가능할 전망이다.

둘째, 표현 역량을 갖추기에 따라서는 소박한 "뻐꾸기 소리"를 되풀이하지 않고 형상적 값어치를 지닌 의례시를 얻는 일이 어려운 것만도 아니라는 사실이다. 무엇보다 낯익은 관념어를 늘어놓거나, 해도 그만 하지 않아도 그만일 말들을 그럴듯하게 엮어 놓아서는 의거의 뜻을 제대로 살려 낼 수 없다. 이 두 편은 그런대로 읽을 만한 작품에 드는 드문 본보기다. 의례시로 들 만한

---

45) 시와 장소 상상력에 대한 두루 풀이는 아래 글을 참조 바란다. 박태일, 「장소시의 창작과 방법」, 김수복 엮음, 『한국 문학공간과 문화콘텐츠』, 청동거울, 2005.

거의 모든 작품이 의거의 역사적 의미와 현재적 의의를 공공적으로 일깨우는 데는 힘이 모자란다. 그들보다는 차라리 아래와 같은 무명 시민의 단순하면서도 무딘 시줄이 오히려 힘이 있다.

1960년 3월 15일
리승만의 적수는 소년 김주열
그날 저녁 7시경 검찰청 앞 황혼길에서
마지막 함성은 두척산 메아리 되어
짙은 운무 속에 숨쉰다
청청한 낮에 애국열사 '김주열' 하면
그쪽에서 '김주열' 하고
대답하면……
산천초목이 김주열인 양 우쭐우쭐

―박명세, 「그날의 함성이여!」 가운데서[46]

다듬어지진 않았지만 "리승만의 적수는 소년 김주열"이나 "청청한 낮에 애국열사 '김주열' 하면/그쪽에서 '김주열' 하고/대답하면……/산천초목이 김주열인 양 우쭐우쭐"이라는 표현 속에 진실에 핍진해 들어가는 시적 감흥이 담겼다. 역사는 이미 화석화한 책갈피로 들여다본 뒤 덮어 버리고 말 대상이 아니다. 역동적인 현실로 의거를 되겪으면서 의의를 키워 나가고자 하는 애도시나 기념시 창작이 불가능한 일은 아닐 것이다. 위에 든 본보기가 그런 점을 일깨워 준다.

따라서 글 쓰는 이로서는 좀 더 깊이 있게 역사의 노예가 되지

---

46) 3·15기념사업회 엮음, 앞서 든 시집, 404쪽.

않으려는 긴장을 지녀야 하겠다. 어느 정도 살아남을 만한 의례 시도 그때서야 가능할 것이다. 서툰 앵무새처럼 교과서 속 역사를 거듭 암송하듯 자발적인 노예가 되어 버린 목소리로써는 의거가 품고 있을 핏빛 울분과 좌절, 하늘을 칠했던 진혼과 애도, 좌절과 희망의 뜻에 다가선다는 것은 사실 불가능한 일이다. 그러한 작품을 마련할 힘이 없다면 아예 역사를 건너뛰려 하거나 역사에 맞서는 길도 있다. 그 의도와 결과가 자신에게 던져 주는 솔직한 마음의 울림을 담는 것도 한 방법이다. 그리고 그러한 자리에 차라리 예리한 정치시나 섬세한 성찰시의 가능성이 놓인다.

3) 정치시와 의거의 현재성

도구로서 시의 가능성은 시인 안쪽으로 향할 수도 있고, 시인 바깥으로 향할 수도 있다. 시 속에 마련한 생각이 읽는이가 몸담고 있는 당대의 문제 현실로 눈길을 돌리게 만드는 작품이 정치시다. 오늘 이 시대를 사는 사람으로서 시인이 자기 바깥으로 역사의 현재성을 날카롭게 묻고자 하는 태도다. 역사 비판, 사회 비판의 대결 정신이 자리 잡을 수밖에 없다. 그것을 끝까지 밀면 현실 변혁 의지로 중심이 나아간다. 시와 당대 현실 사이 관련이 극대화하는 작품인 셈이다. 의거시가 단지 의거의 역사나 기억을 드러내고 비춰 주는 것에 머물지 않고 실질적인 역사의 구성요소가 될 수 있는 가능성이 이러한 정치시로부터 뚜렷하다.

경자마산의거나 경자시민혁명은 자유당의 부정선거와 민간인 발포에서 촉발하였다. 그러나 그 뒤에는 1948년 국가 분단에 뒤이어 경인전쟁과 자유당 행정부의 전횡을 거치면서 이루어진 온갖 정치·사회 모순에 대한 국민적 혐오와 저항이 도사리고 있었다. 독재 권력 아래서 정경유착, 탈세, 고리대금, 밀무역, 나아가 국유재산 부당 취득과 같은 여러 비리와 모순에 대한 사회 저층의 반발과 저항은 드넓고도 꾸준하게 자라 나온 것이다. 혁명 뒤에도 사람들의 눈길과 마음을 크게 모은 것이 부정축재자 조사와 처리였던 사실이[47] 그 점을 일깨워 준다. 정치시로서 의거시의 가능성이란 오늘날까지도 현재 진행으로 한결같은 그러한 사회적, 민족적 모순에 대한 날카로운 언명에서부터 자리를 튼다.

> 그대들 어딜 떠돌다가
> 해마다 3·15 이날만 오는가
> 그것도 기념식을 하는 2시간만
> 그대들을 위해 지어 놓은 3·15회관은
> 유흥가(극장)로 둔갑되고
> 둔갑된 그 건물 옆에
> 그대들의 혼백이 거처해야 할
> 영령 봉안소는 단단한 열쇠로 잠겨져 있고
> 그 안에는 그대들의 이름만 적힌 위패만

---

47) 당시 검찰에 따르면 부정축재자는 "과거 이승만정권의 독재적 권력과 결탁 또는 야합하여 대다수 국민의 희생 하에 위법한 수단방법으로써 거대한 이익을 취득하여 단시일 내에 거부가 된 자"다. 『조선일보』, 1960. 6. 22. 부정축재자를 비롯한 사회 부조리 척결은 혁명 뒤 군부로 이어지는 과정에서 사회의 지지와 권력의 정당성을 얻기 위해 끌어들인 군부의 민중주의적 정책, 곧 "각종 사회악 소탕"이라는 명분으로 이루어진 밀수와 외제품 사용 단속, 풍기문란 단속, 기존의 정당·사회단체 해산, 혁신정당이나 노조 지도자 용공분자로 몰아 구속하는, 이른바 군사정부의 개혁조치와 맞물려 상승적으로 사회의 관심을 끓게 만들었다. 군사 정부의 권력을 안정화시키는 이데올로기 전략으로 "사회 부조리와 부정부패 척결"을 이용한 셈이다. 이에 대해서는 공제욱이 상세하게 다루었다. 공제욱, 「부정축재자 처리와 재벌」, 이완범과 여럿 지음, 『1960년대의 정치사회변동』, 백산서당, 201~212쪽.

덩그라니 놓여져 있을 뿐

그대들의 기념적인 수많은 자료들이

그 당시만 하더라도 잘 정돈되어 있었는데

어찌하여 지금은 아무 것도 없는 텅 빈 공간이

되었는지 우리들은 알아요

그대들의 혼백이 나타날까 봐

그대들의 성난 함성이……

(하기사 죄지은 자들은 무서워지는 법이니깐)

서울에서 내려왔다면서

아무 것도 모르는 그대들의 유가족들에게

시나리오 쓴다고 빌려 가고 돌려주지 않고

논문 쓰는데 추념기사 쓰는데 참고자료가

된다며 돌려주지 않고

요 핑계 조 핑계 대면서 돌려주지 않은

그런 자들이 알고 보니 유신 때의 위정자들의

심부름꾼이라는 것을

　　—이선관, 「함성을 위하여—3·15 그날 산화한 12명을 위하여」 가운데서[48]

　시인은 지역 정관계 위정자나 토착 유력 인사들을 향해 눈총을 뚜렷이 했다. 그들이 지닌 명분과 실제 사이 어긋남에 대한 날카로운 비판을 서슴지 않았다. 민주 마산을 떠들어 대고 화려한 축사로 위령 행사를 꾸미지만 사실은 그 뒤로 이어질 질펀한 이익을 위한 형식 절차일 따름이다. 어떻게 하면 의거라는 명분을 이용해 이익을 더할 것인가로 머리를 굴리는 이들이다. 어차피 정

---

48) 3·15기념사업회 엮음, 앞서 든 책, 259~260쪽.

치나 친교는 이해타산 놀이라는 생각에서 한 치도 벗어나기 힘들 위정자들과 그 '심부름꾼'들 아닌가. 게다가 언론이나 문필업, 문화계에서 일하고 있는 이들 또한 거기서 빠질 리 없다.[49) 그들은 세상의 흐름을 알맞게 타고 앉아 낯빛을 관리하면서 의거 뒤에서 이득을 챙겼다. 저제나 이제나 둘레에 한둘뿐일 것인가.

'그대들'로 표현되고 있는 "3·15 그날 산화한 12명" 희생의 역사는 잊어버리고, 그것을 자신의 이익을 위해 머금었다 뱉는 현실의 위정자나 사회 유력 인사에 대한 시인의 비난 수위가 높고도 단호하다. '우리들'로 대표하는 뜻있는 시민과 뚜렷하게 맞서는 그들은 의거 뒤로 세월을 따라 자리와 이름을 바꾸어 가면서 기념행사장을 들락거렸다. 의거일은 그들의 행사일이며, 그들의 의전과 이해관계를 관리하는 절차로 바뀐 지 오래다. 시인은 그러한 현실을 차갑게 바라보았다. 그러면서 '우리들'로 표현하고 있는 이들조차 지역사회 안에 얼마나 있을 것인가를 심각하게 자문하고 있다. 시인이 더욱 절망하지 않을 수 없는 까닭이다.

그동안 전부들 공갈쳤지
민주주의 투사니 역사니 하며
감춰진 열등감을 교묘히
영웅심으로 위장하고
더러운 욕망, 아니지 사람을 아름답고

---

49) 의거 무렵에도 "곡학아세하는 사이비 학자와 정치 도구화하는 소위 문인, 예술인을 배격한다"(4·15 교수단 시국선언문)는 발언이 바로 그 학자 집단 안쪽에서 터져 나왔다. 그 뒤로 혁명의 흐름에 따라 "권력과 아부한 실력 없는 교수"와 "지조 없고 양심 없는 곡필 문필가"에 대한 비판이 대학사회 안에서 활발하게 일었던 일은 잘 알려진 사실이다. 고영복, 「4월혁명의 의식구조」, 『4월혁명론』, 강만길과 여럿 지음, 한길사, 1983, 113쪽.

우아하게 하는 욕망을 감추는 적절한 무기로
민주니, 자유니, 정의니 하는
거창한 명사들을 가지고 잘 놀았지
그동안들 참 잘 놀았어.
3·15의거탑을 가 보아라.
지금도 정치에 눈먼 청년이 플라스틱 조화 하나 세워 놓고
늘 탑을 가지고 놀고 있다.

　　　　　　　　─가나인, 「3·15탑과 1990년 이른 봄」 가운데서[50]

　옮긴 시 또한 앞서 든 작품과 마찬가지로 의거의 뜻을 왜곡하고 사리사욕을 취하는 이들에 대한 비난을 멈추지 않는다. 목소리 드높다. 그만큼 "민주니, 자유니, 정의니 하는/거창한 명사들을 가지고" 노는 현실에 대한 시인의 낙담은 깊다. 의거의 객체들이 의거의 주체로 둔갑해 떠들고 다니고, 의거와 무관한 이들이 뒷북을 치면서 자신의 "욕망을 감추는 적절한 무기"로 잘도 써먹고 사는 세상이다. 경자마산의거란 한낱 뒷사람을 위한 꾸미개요 이익 재분배를 위한 격식에 지나지 않는다. 시인은 직설적으로 의거의 뜻을 훼손하고 있는 세태를 겨냥하여 비난을 멈추지 않았다.
　사실 의거와 혁명을 거치고 그것이 국가적 서훈과 현양 대상이 된 지는 오래다. 그러나 그런 과정에서 여러 곡절과 부조리가 왜 없었을 것인가. 명예욕이나 사리사욕이란 어느 인간사에나 빠질 수 없을 주제다. 의거나 혁명이라 해서 예외가 아닐 것이다. 따라서 의거가 역사적 기억으로 되돌려진 뒤에도 그와 무관한 이들의 의거 등쳐 먹기가 알게 모르게 어떻게 이어지고 있는가를 시인은

───────────────

50) 3·15기념사업회 엮음, 앞서 든 책, 279쪽.

놓치지 않고자 한 셈이다. 일찍이 한 눈매 깊은 시인은 "역사는/두고두고/3·15의 그 선연한 핏자국 위에/어떤 덧칠로 남을까요"(이재금, 「3·15를 말하지 맙시다」[51])라고 노래했다. 의거시가 정치시로서 지닐 바 적극성은 바로 그 '덧칠'에 대한 날카로운 고발과 비판으로 이어져야 한다.

그런 점에서 정치시는 늘 현재적이며 실천적이다. 정치시를 빌려 의거시는 의거의 역사성 못지않게 중요하고 뜻있는 방향을 마련해 나갈 것으로 보인다. 그것이 의거시의 역사성이다. 경자마산의거라는 특정한 역사적 상황과 조건으로부터 의거시는 나왔으나, 그것이 단지 지난 역사의 소박한 회상이나 재현에 머물수는 없다. 끊임없이 독자 수용 과정을 빌려 뜻있는 문화로 살아남아야 한다. 그러기 위해서는 역사적으로 수용되고 해석될 수 있는 자리가 필수적이다. 정치시가 그 가능성을 찾아 줄 수 있을 것이다.

그러나 당대 의거시에서 정치시는 보기가 쉽지 않다. 현실에 다가서는 태도도 적극적이라 하기 힘들다. 앞서 살핀 바와 같이 의거의 정신을 더럽히고 있는 당대 지역사회 안쪽 상층 인사들의 반역사적 작태에 대한 비난 높이에서 그친다. 앞으로 더욱 준엄해지고 치열해질 필요가 있다. 따라서 정치시로서 의거시의 가능성은 세 가지로 여겨진다.

첫째, 의거의 역사와 현재성에 대한 비판적 눈길을 거듭 키워나가는 길이다. 이미 앞서 두 시인이 밟았던 걸음이다. 둘째, 마산 지역사회를 중심으로 우리 삶터 모두를 향한 시대 모순을 날카롭게 파헤치고 비판하는 일이다. 이 점은 의거의 지역 개별성과 역

---

51) 3·15기념사업회 엮음, 앞서 든 책, 366쪽.

사적 일반성을 아울러 겨냥하면서 의거시의 역사를 마련해 가는 새로운 방향 잡기가 될 전망이다. 셋째, 의거의 정신사 형성과 그를 향한 이념적 전선(前線)을 뚜렷하게 찾아가는 길이다. 의거가 좁은 지역 차원의 역사적 사건으로 눌러앉지 않고 시대 흐름과 나란히 하면서 보편 인권과 생권(生權)으로 눈길을 두는 방향이다. 물론 창작 과정에서 많은 어려움이 예상된다. 그것을 뛰어넘기 위한 고심이 깊으면 깊을수록 의거시의 시적 진실은 더욱커질 것이 틀림없다.

4) 성찰시의 반성찰

정치시는 시인 바깥 현실에 대한 비판과 문제 제기에 초점을 두는 대사회적인 시다. 성찰시는 그러한 맞섬을 자기 안쪽으로 끌어온 시에 붙일 수 있는 이름이다. 의거와 자아, 역사와 자신의 만남과 그로부터 말미암은 여러 마음의 무늬를 드러내는 데 초점이 있다. 의거 무렵이나 그 뒤에도 이러한 성찰시를 찾기가 쉽지 않았다는 점은 이미 한 차례 밝힌 바 있다. 이것은 시인이 의거나 혁명과 맞닥뜨렸을 때, 그 만남에 대한 진지한 헤아림이 없었던 까닭이다. 그래서 의거와 혁명의 열기가 가라앉은 뒷날인 1980년대 한 작가는 그 무렵 문학을 뒷북문학이라고까지 힐난할 수 있었다.

"문학은 4·19의 뒷북을 치고 있었다. 그런데 뒷북을 치는 자일수록 그 몸짓이 요란하기 마련이다. 4·19 직후로부터 몇 년간 높은 목소리로 4·19를 찬양하는 기념시와 상투적인 소설들이 홍수같이 쏟아져 나왔다"[52]는 지적이 그것이다. 작가가 지닌 무거운 이념적 지표나 당파성 못지않게 역사와 만나는 작가의 솔직하고도 예민한 정감을 드러낸 작품이 거의 없다는 점까지 짚은 말이다. 부화뇌동이란 말은 세상살이에서 끌어다 쓸 일이 잦다. 의거 시에서도 예외가 아닐 것이다. 부화뇌동하지 않고 자신과 역사의 만남을 제대로 다룬 좋은 성찰시에 대한 요구는 당대 의거시에서 크다. 왜냐하면 의거가 역사적 회고의 차원이 아니라 일상 문화 속에서 녹아 있는 우리의 현실이 되기 위해서 꼭 필요한 자리가 성찰시이기 때문이다.

　　　이날은 참말하는 날
　　　모두 제 얼굴을 한 탈을 쓰고

　　　시인은 제 얼굴에 대해 시 쓰고
　　　미술가도 제 얼굴에 대해서 그리고
　　　음악가도 제 얼굴에 대해서 노래하고
　　　무용가도 제 얼굴에 대해서 춤추고
　　　시장도 제 얼굴에 대해서 축사하고
　　　시민들도 제 얼굴에 대해서 꽹과리 치고

　　　아 - 3·15 마산문화제
　　　이날은 정말 신명나는 날

　　　× × × ×

　　　나는 3·15 마산문화제를

---

52) 박태순, 앞서 든 책, 282쪽.

30년째 참가하고 있다.

개천예술제보다 훌륭한 마산예술제

전국 어느 예술제보다 뜻깊은 예술제

—전문수, 「3·15 마산문화제」[53]

옮긴 작품은 경자마산의거가 생활 속의 문화 행사로 옮겨 앉은 현장, '3·15 마산문화제'에 대한 생각과 느낌을 담았다. 의거 현실과 간접적으로 맞닥뜨리고 있지만 시인의 '신명나는' 목소리로 보아 행사를 향해 지녔던 마음을 짐작할 수 있다. '3·15 마산문화제'라는 이름을 내건 행사다. 스스로 "30년째 참가"했다고 내세울 만큼 뜻깊은 행사다. 따라서 의거를 충분하게 지각하고 있는 시인과 의거 연관 행사 사이에 이루어졌던 오랜 만남에 대한 생각을 담을 법했다. 그런데 진술한 내용은 읽는이를 종잡을 수 없게 만든다.[54]

---

53) 3·15기념사업회 엮음, 앞서 든 시집, 380쪽.
54) 크게 세 가지 점에서 그렇다. 첫째, "3·15 마산문화제"에 참석한 그날은 "참말하는 날"이라 한다. 평소에는 늘 거짓말을 하며 살다 이날만은 "참말하는 날"이라는 뜻은 아닐 것이다. 제대로 된, 진진한 말, 솔직한 말을 한다는 뜻으로 읽도록 해 보자. 그런데 둘째, 이날은 "모두 제 얼굴을 한 탈" 쓴다고 한다. 이때 '탈'을 사회적 인격을 뜻하는 '퍼소나'로 끌어온 것은 아닌 듯하다. 왜냐하면 이날을 먼저 "참말하는 날"이라고 했으니, 그와 묶어서 생각해 보면 참석하는 이들 모두 맨 얼굴이어야 하겠기 때문이다. 얼굴에 탈을 쓴 채 참말은 할 수 없는 법이다. 아마 '탈'이란 이어진 시줄로 볼 때 사회적 직분, 곧 시인이니 미술가니 하는 역할이 구체적으로 겉으로 드러난 행색을 뜻하는 것으로 보인다. '얼굴'이라는 말은 그것에 충실한 상태를 뜻하는 표현이겠다. '탈' 쓴 '얼굴'이 그것이다. 평소에 제대로 된 사회적 직분을 다하지 않고 있다가 이날만큼은 예술가니 시인 행색을 분명히 한다는 뜻이다. 그러나 이렇게 읽어도 '탈'과 '얼굴'이라는 말을 작가는 혼돈스럽게 쓰고 있는 듯하다. 셋째, 그런데 참석한 여러 예술가나 시민이 모두 "제 얼굴을 한" 그 '탈'을 쓴 채 "제 얼굴에 대해" 행색을 다한다고 한다. "시 쓰고", '노래하고', '그리고', '춤추'는 일들이 그것이

문맥을 호의적으로 따라 읽어도 뜻하는 바는 뚜렷하다. 평소에는 시인이니 미술가니 하면서 예술가라는 이름만 걸치고 다니다가 이날만 되면 끼리끼리 모여서 제대로 된 예술가인 양 마음껏 재주를 뽐내며 '신명'나게 행세한다는 뜻이 그것이다. 경자마산 의거를 기념하기 위해 오래도록 마련한 행사다. 해를 거르지 않고 자리했다는 사실을 내세워서 자랑이 됨 직하다고 스스로 생각하고 있는 뜻깊은 행사다. '30년씩'이나 참석한 까닭에 그 행사의 무게와 의의를 '30년째' 몸소 보여 준 바에 걸맞은 진정성은 지녔을 것으로 보이는 사람의 글이다. 그런데도 참으로 그 세월의 무게가 민망스럽다. 의거에 대한 반(反)성찰이 도를 넘었다. 기념 기획 시집을 펴내는 자리여서 기회를 함께해야겠다는 소박한 뜻에서 비롯한 일이라 하더라고 게재를 물렸어야 했던 글줄이다. 이와 견주어 아래 두 작품은 의거가 삶 속에 들앉아 있는 정황을 시인 나름으로 차분하게 살펴 헤아리고 있다.

① 질곡의 세월, 삼십 년.
　해마다 봄은 오지만,

　몽골정 부근 철둑에는
　개나리 노란빛으로 타오르지만

　변승기 다리는

다. 탈을 쓰고서는 제 얼굴을 내보일 수 없는 법이다. 그러니 이 말은 자신의 직분에 맞게, 열심히 '신명나게' 행사에 참석한다는 뜻으로 읽을 수 있다. '30년' 세월이 주는 무게도, 행사에 대한 진지한 헤아림도 전혀 느낄 수 없는 서툰 말장난이다.

해마다 통증이 새로워지고

무학국민학교 담벼락은
뚫린 총탄 구멍으로
바람이 샌다.

　　　　　—추창영, 「마산의 삼월을 마산 사람은 알고 있다」 가운데서[55]

② 말린 갈치를 먹을 때면 언제나 나는
　가시 없는 쪽 살점을 떼어 먹는다
　그대가 발라낸 가시와 지느러미 쪽 살점도
　물론 나는 먹는다
　그대의 몫은
　먹을 수 없는 가시와 지느러미뿐이지만
　괜찮다고
　나에게 주는 것이 즐겁다고 말한다
　곧은 가시와 지느러미를 달고
　어디 푸른 바다 속을
　헤엄쳐 다닐 수 있는 것도 아닌데
　내게 다 먹으라고 한다
　그대는 자유롭다고 말한다
　그래서 나는 언제나 가시 없는
　그대가 떼어 낸 그대의 살점도 찍어 먹는다
　지금도 피 흘리는 그대여
　삼십 년이 삼십 년이 지나고

---

55) 3·15기념사업회 엮음, 앞서 든 시집, 391~392쪽.

피 흐르는 살점을 다 먹으라고

또 떼어 내어 줄 그대여

착한 아내 같은 그대여

부처 예수 어머니 같은 그대여

어리석고 또 어리석은 그대여

오늘 우리의 식량은

모두 다 그대의 살점이다.

　　　　　　　　　—윤봉한, 「오늘 우리의 식량은 모두 다」[56]

　①은 의거에 참가하여 희생을 겪지는 않았지만 장소 회상을 빌
려 의거의 현실과 뜻에 공감하는 이의 마음이 깊숙이 담겼다. "몽
골정 부근"이나 "뚫린 총탄 구멍" 탓에 '담벼락'에 '바람이' 새는
'무학초등학교'라는 장소 제시는 그 자체 의거의 역사를 "삼십
년" 오랜 세월 알게 모르게 자신의 것으로 각인하고 있는 시인의
구체적인 느낌을 담아낸다. 의거 현장과 기록된 역사를 아울러
볼 수 있을 자리에 놓인 마산 지역 시민의 한 사람으로서 역사에
대한 부채의식이 잔잔하다. "변승기 다리는/해마다 통증이 새로
워지고"라는 특정 고유 이름씨를 도발적으로 제시한 일 또한 시
인이 일상 속에서 의거를 늘 가깝게 지각하고 있음을 드러내는
알맞은 표지로 여겨진다. 뼈대가 굵지 않은 대신 구체적인 성찰
의 가능성을 보여 주고 있는 시다.

　이에 견주어 ②는 반어다. "말린 갈치를 먹을 때"라는 정황을
마련한 뒤 그것을 빌려 '그대'로 드러나는 의거 희생자들과 '나'
사이에 가로놓인 부끄러운 거리를 깨닫는다. 나아가 의거의 역사

---

56) 3·15기념사업회 엮음, 앞서 든 책, 354쪽.

가 제자리를 찾지 못하고 잊힌 현실에 대한 시인의 안타까운 마음까지 함께 담았다. 그것이 무엇보다 "삼십 년이 삼십 년이 지나고/피 흐르는 살점을 다 먹으라고/또 떼어 내어 줄 그대여/착한 아내 같은 그대여/부처 예수 어머니 같은 그대여/어리석고 또 어리석은 그대여"라 드높이고 있는 엉뚱한 목소리 속에 담긴 참뜻이다. "부처 예수 어머니"까지 끌어들인 엉뚱함 속에 희생자들을 까맣게 잊고 사는 시인의 자성과 부끄러움이 짙게 묻어 있다. 정황 설정이 얼마만큼 작위적인 느낌을 주는 것도 사실이다. 그럼에도 이런 반어적 긴장을 마련하지 못한 반(反)성찰, 반(半)성찰이 의거시의 실상이고 보면 귀한 보기로 넣을 만하다.

성찰시로서 의거시의 가능성은 앞으로 크게 열려 있다. 역사와 만나는 시란 묵시적이든 명시적이든 기억을 다스리며, 기억의 뜻을 새삼스럽게 묻고 재구성해 가는 한 방식이다. 의거와 사뭇 동떨어진 반(反)성찰이나 반(半)성찰에서 한 발 더 들어서서 읽는이의 마음을 뭉클하게 만드는 울림 큰 공간을 마련하는 일은 손쉽지 않을지 모른다. 그렇다고 느닷없이 "어느덧/우리는 짐승이 되었나이다./짐승이 되었나이다"(임신행, 「삶이 부끄러움에게」)[57]라며 부풀린 느낌 속으로 자신을 밀어 넣는 것으로 해결할 일도 아니다. 적어도 시인이 뱉고 있는 것처럼 '짐승이' 되어 버렸다는 헤아림이 벌말이 되지 않기 위해서는 일상인으로서가 아니라 역사와 만나는 시인으로서 자신의 붓끝을 보다 뚜렷하게 내려다볼 필요가 있다. 거듭하거니와 시인에게 글이란 무기인 까닭이다.

이제껏 당대 의거시를 네 유형으로 나누어 됨됨이를 살폈다. 의거 무렵에 쓰인 비슷한 유형의 작품에 견주어 새로운 표현 역

---

57) 3·15기념사업회 엮음, 앞서 든 책, 377쪽.

량을 보여 주거나 감동을 주는 작품은 많지 않았다. 이 점이 당대 시인의 역량 부족에서 온 일인지, 의거에 대해 시인의 역사적·문화적·정서적 학습이 덜 된 데서 온 일인지는 가늠하기 힘들다. 그렇지 않다면 당대 의거시 창작의 주요 발생 배경 가운데 하나인 기획 동원으로 말미암아 급작스럽게 이루어졌을 일회적 창작에서 말미암은 탓인지도 알 수 없다. 분명한 사실은 창조적인 문필 활동인 문학, 특히 시에서는 양이 질을 결코 넘어서지 못한다는 점이다.

당대 의거시 발생 환경은 의거 무렵에 견주어 많이 달라졌다. 어느덧 의거시는 마산 지역으로 창작 활동이 묶이고 지역 연고도 커졌다. 사회 일반에까지 널리 의거의 뜻과 역사를 되새기거나 문화 기억으로 누릴 수 있는 창작과 매체 경험도 줄었다. 의거의 대표성과 상징성이 지역사회에서 더욱 커져 가고 있는 모습과 엇갈린 일이다. 게다가 역내 지역시인의 특정한 시기, 기획 출판 형태로 이루어진 창작 환경은 당대 의거시의 됨됨이에 적지 않은 영향까지 끼쳤을 것이다. 창작 주체도 1960년대 무렵과 많이 달라졌다. 그때는 의거나 혁명의 열기와 함께하는 정서적인 지식인으로서 시인의 목소리가 뚜렷했다. 지금은 시인이 관변 조직 아래 동호인 수준의 역량을 지닌 구성원으로 바뀌어 버렸다. 사회 여론과 문화 풍토를 이끌어 나갈 전반적인 식견과 역량이 모자라는 쪽이다. 비록 감각적이고 정서적인 높이의 접근밖에 할 수 없다고 하더라도 문인의 현실 대응력은 많이 떨어진 셈이다.

그럼에도 앞으로 바람직한 의거시 창작을 위해서는 크게 두 가지 방향을 짚어 볼 수 있다. 첫째, 의거시 창작 주체의 개방과 확대 문제다. 의거가 지닌 소지역적 정통성으로 말미암아 마산과 가까운 경남·부산 지역 연고 시인으로 창작 주체가 좁혀 드는 점은 어쩔 수 없는 일이다. 그럼에도 의거시의 창작을 역내 시인의 몫이나 역량에 맡겨 놓은 모습은 바람직스럽지 않다. 더 다양한 계층의, 드넓은 곳의 많은 시인이 의거의 역사성과 정치성, 그리고 문학성에 대한 검토와 단련을 거칠 수 있어야겠다. 게다가 역내 시인을 기획 동원하는 듯한 방식과 창작 활동에 기대서 좋은 작품을 얻기란 쉽지 않을 전망이다.[58] '3·15기념사업회'와 같은 중심 단체를 앞세운 창작 환경의 꾸준한 제도화를 겨냥하는 일이 더욱 바람직할지 모른다.

둘째, 다양한 유형과 깊이 있는 의거시 창작의 필요성이다. 이를 위해서는 무엇보다 이미 줄기가 뚜렷한 증언시와 정치시, 그리고 성찰시의 가능성을 크게 키워 내는 일부터 시작할 필요가 있다. 각별히 이야기 뼈대를 확보한 꼼꼼한 현장 증언시의 확대는 의거에 대한 지역의 기억과 역사를 재구성, 재창조하여 문학적 상상력으로 구체화하는 가장 중요한 디딤돌이다. 그 과정에서 당대 의거시에서 뚜렷했던 경자마산의거의 독립성은 비로소 실체적인 부피 자람을 할 것이다.[59] 그런 위에서 보다 넓고 다채로

---

58) 당대 의거시의 가장 직접적인 창작 배경이었던 『깃발 함성 그리고 자유』는 의거 서른 돌 기념 시선집으로 소중한 문학적 경험이다. 물론 작품의 질적 수준이 따라 주지 못한 문제가 있다. 그런데 그와는 사정이 크게 다르지만 기획 출판이나 문인을 동원한 보기는 일찌감치 있었던 일이다. 직접적인 문인 조직의 동원에 의한 창작시의 대표적인 보기는 나라잃은시기인 1940년대 조선문인보국회에 의한 부왜문학 창작과 유포가 처음이다. 다음이 1950년 경인전쟁기의 종군시였다. 이승만 행정부에서 그의 개인 숭앙 조작을 위한 문인 동원, 박정희 행정부 아래 베트남 파병에 따른 문인 동원과 같은 것이 뒤따랐다. 전두환, 김대중 행정부로 나아가면서 조직 동원은 아니지만 국가 지원행사, 재정 배분과 같은 간접적인 방법들을 빌려 문인들의 창작 활동을 기획한 바 있다. 이제까지 한국 근대시사의 경험으로 보아 관변 단체에 의한 동원 기획 방식으로 좋은 작품을 얻은 경우는 드물었다.

59) 의거 당시나 그 뒤 뚜렷하게 혁명의 전조나 과정 사건으로 부분화되어 있었던

운 정치시와 성찰시의 자리를 다져 나갈 일이다. 의거가 다채롭고도 감동적인 일상 문화로, 의거시가 더욱 역사적인 문학으로 자리 잡는 즐거움을 내다볼 수 있도록 이끄는 바탕이 이것이다.

4. 마무리

1960년대를 거치면서 한국사회는 산업화·민주화라는 근대의 두 사회 구성과 문화 양상을 본격적으로 겪었다. 그 가운데서 1960년 3월 경자마산의거는 적어도 절차적 민주화의 이상을 보여 준 기폭제였다. 그러나 그 뒤 새롭게 수출주도형 경제를 앞세운 발전국가의 걸음걸이는 그것을 크게 왜곡시켜 버렸다. 그런 점에서 경자마산의거는 마산 지역의 지역성 창발을 위한 출발 자리에 그치지 않고, 우리 사회 민주화의 이상과 수준을 헤아리게 하는 한결같은 디딤돌이다.

이 글은 경자마산의거를 다룬 당대 의거시를 대상으로 됨됨이를 따져 보고자 한 글이다. 의거의 역사성뿐 아니라 의거시의 역사성까지 이룩해야 하는 두 겹의 과제를 떠안고 있는 것이 당대 의거시다. 그 과제를 어떻게 해결했는가를 살펴보기 위해 먼저 1960년 의거 당시 의거시의 발생 환경과 모습부터 살폈다. 경남·부산서, 경남·부산 지역시로 엮여 나왔다 바로 잊힌 뒤 뒤늦게 알려진 작은 의거시·혁명시 선집이 『힘의 선언』이다. 당대 의거시에 다가설 수 있을 네 가지 전범인 증언시·의례시·정치시와 성

의거는 작품 속에서도 마찬가지였다. 경자시민혁명과 경자마산의거의 간섭현상이다. 당대 의거시는 이 점에서 뚜렷하게 의거의 독자성을 찾았다.

찰시라는 유형이 일찌감치 그를 중심으로 마련된 바다.

증언시는 의거에 대한 현장시며 보고시라는 특성을 지닌다. 의거의 역사성을 재구성, 재생산하는 데 핵심적인 자리다. 그러나 뜻밖에 증언시는 본보기가 드물다. 면모가 엿보이더라도 의거의 재현이나 상상적 진실을 더하고 있는 작품과는 거리가 멀다. 그나마 의거 체험 세대의 후일담·회고가 증언시의 다채로운 나뉨을 암시할 뿐이다. 의거의 역사에 속속들이 뿌리내려 참된 지역의 진실을 줄기로 삼고, 의거를 개인과 국가를 가로지르는 정서적 등가물로 되바꾸어 내는 일은 이루어지지 못했다. 다양한 이야기 뼈대를 갖춘 생생한 증언시의 가능성은 의거 미체험 세대의 몫으로 남겨진 상태다.

의례시는 의거 과정에서 산화한 희생자에 대한 진혼과 애도, 그리고 송덕을 위한 행사시나 의거 기념시를 뜻한다. 말할이는 공공적·집단적 자아로서 대사회적 효용을 겨냥하는 목소리로 한결같다. 의거 무렵 많았던 의례시는 당대에 이르러 자연스럽게 줄어들었다. 게다가 의례시로 들 거의 모든 작품이 의거의 역사성과 의의를 공공적으로 일깨우고 강화하는 데에 표현 역량이 모자란다. 의거의 총체적인 의의를 추상적이고도 낡은 시어로 되풀이 읊거나 교과서에서나 봄 직한 틀에 박힌 생각을 되풀이한다. 새롭고 울림 큰 의례시 창작이 그만큼 어렵다는 뜻이겠다. 다만 몇 작품에서 장소 상상력에 기댄 새로운 시도가 엿보였다. 그럼에도 앞으로 더욱 무게는 줄어들 자리다.

의거의 현재성을 날카롭게 물으면서 역사 비판, 사회 비판의 대결 정신을 드러내는 작품이 정치시다. 의거시가 단지 지난 역사의 소박한 재현에 머뭇거리지 않고 끊임없이 독자 수용 과정을 빌려 실제 역사의 구성요소로 살아남을 적극적인 가능성은 정치시에 많이 달려 있다. 본보기가 많지 않은 가운데 이해타산을 위해 의거 둘레를 기웃거리며 의거의 뜻을 훼손하고 있는 지역 정관계 위정자나 토호의 거짓을 파고 따지는 작품이 보였다. 앞으로 정치시로서 의거시는 의거의 현재성에 대한 비판적 눈길을 거듭 키워 나가면서, 마산 지역사회를 넘어 보편 인권과 생권(生權) 문제로까지 눈길을 가다듬을 수 있을 것이다.

대사회적 대결 의식이 뚜렷한 정치시와 달리 성찰시는 의거와 자신, 역사와 자아의 만남, 그리고 그로부터 말미암은 섬세한 마음의 무늬를 드러내는 시다. 의거 무렵에는 찾기가 쉽지 않았던 자리다. 당대 의거시도 사정이 마찬가지다. 게다가 볼 수 있는 작품들도 반(反)성찰에 가깝거나 반(半)성찰에 머물고 있다. 시인이 의거 현실과 맞닥뜨렸을 때, 그 만남에 대한 진지한 헤아림이 없었던 까닭이다. 의거가 역사 회고의 차원이 아니라 나날살이 속에 녹아 있는 우리의 문화가 되기 위해서 꼭 필요한 자리가 성찰시다. 좋은 성찰시, 울림 큰 성찰시에 대한 요구는 앞으로 더욱 커질 전망이다. 가능성 또한 미래지향적이다.

시인은 역사에 빌붙는 이가 아니다. 역사를 새로 쓰거나 가로지르는 문화 인자다. 당대 의거시는 앞선 시대에 견주어 달라진 창작 환경임에도 좋은 작품을 내놓지 못했다. 극단을 좇아 말한다면 예술의 세계, 시의 세계에서 되풀이는 죄악이다. 그 정죄를 벗어나기 위해 시인은 힘껏 싸워야 하리라. 당대 의거시를 두루 살피면서 지겨운 "뻐꾸기 울음소리"를 거듭 듣지 않을 수 없었던 괴로움과 자책은 어느 시대나 어느 개인에게나 존재하는 이상과 현실의 거리로 보아 넘어가기로 한다. 이상을 앞세울 땐 좌절하기 쉽고, 현실을 앞세울 땐 된 사람으로서 바로 서기 힘들다. 시 또한 마찬가지다. 좋은 의거시의 이상을 향해 노력할 일이다. 그러다 좌절하는 길이 쓰나 마나한 글을 시라고 내돌리는 일보다는 더 시적이지 않을까.

경자마산의거의 의거시는 의거의 역사뿐 아니라 의거시의 역사에서도 벌써 몇 걸음 앞서 나가 있다. 우리 근대 역사만 보더라도 얼마나 많은 민간인 학살과 집단 폭거가 저질러졌던 것인가. 공권력에 의한 원통한 희생과 살륙의 기억은 알려진 것보다 알려지지 않은 쪽이 태반인 우리다. 그런 가운데 마산에서는 지역적으로나 제도적으로나 의거를 현양할 수 있는 토대를 잘 갖추어 나가고 있다. 어려운 일이었음 직하다. 그리고 그 점이 강점이며 또한 한계일 수 있다는 사실은 누구보다 일을 뒷받침하고 있는 이들이 잘 알고 있을 터다. 의거의 역사와 정신이 늘 "탑으로/탑으로 솟는/뜨거운 김이 되라"(김교한, 「탑 앞에서」)[60]는 시인의 비원은 아직도 유효하다.

---

60) 3·15기념사업회 엮음, 앞서 든 책, 299쪽.

1. 1차 문헌

『조선일보』·『국제신문』·『부산일보』·『동아일보』·『음악과시』·『불별』·『주지조선(酒之朝鮮)』·『신춘시』·『육십년대사화집』·『경남공보(慶南公報)』·『경남공론(慶南公論)』

권 환, 『자화상(自畵像)』, 조선출판사, 1943.

_____, 『윤리(倫理)』, 성문당서점, 1944.

_____, 『동결(凍結)』, 건설출판사, 1946.

권덕규, 『을지문덕』, 정음사, 1948.

김삼불 교주, 『해동가요』, 정음사, 1950.

3·15의거기념사업회 엮음, 『너는 보았는가 뿌린 핏방울을』, 불휘, 2001.

노린서(김광제 옮김), 『만국공법요략(萬國公法要略)』, 광문사, 1906(민족문화, 1987).

김광제(이호진 엮음), 『연설대해(演說大海)』, 광동서관(光東書館), 1909.

_____, 『영업지남(營業指南)』, 마산서적종람관(馬山書籍縱覽館), 1913.

_____ 엮음, 『마산문예구락부(馬山文藝俱樂部)』[제1회 시집(試集)], 마산문예구락부, 1913.

_____·조창규 엮음, 『동국풍아(東國風雅)』(상)·(하), 삼청당, 1917.

_____ 현토, 『양대기서(兩大奇書): 황석공소서(黃石公素書)·제갈량십서(諸

葛亮心書)』, 삼청당(三淸堂), 1919.

석람김광제선생유고집발간위원회(石藍金光濟先生遺稿集發刊委員會) 엮음,
　　『민족해방(民族解放)을 꿈꾸던 선각자(先覺者)』(독립지사 김광제선
　　생 유고집), 석람김광제선생유고집발간위원회, 1997.

김사엽 교주해설, 『춘향전』, 대양출판사, 1952.

김안서 옮김, 『망우초』, 한성도서주식회사, 1943.

＿＿＿ 옮김, 『야광주(夜光珠)』, 조선출판사, 1944.

김용호 엮음, 『항쟁의 광장』, 신흥출판사, 1960.

＿＿＿, 『김용호시전집』, 대광출판사, 1983.

김종윤·송재주 엮음, 『불멸의 기수』, 성문각, 1960.

김천택, 『청구영언』, 통문관, 1946.

김태준 엮음, 『춘향전』, 학예사, 1939.

문세영 옮김, 『국어대역(國語對譯) 연정(演訂) 춘향가』, 영창서관, 1942.

박장희 엮음, 『국문학선』, 대동사, 1946.

박태일 엮음, 『정진업 전집① 시』, 세종출판사, 2006.

방종현·김형규, 『문학독본』, 동성사, 1946.

변승기와 여럿, 『깃발 함성 그리고 자유』, 도서출판 경남, 1990.

신경림 엮음, 『4월혁명기념시선집』, 학민사, 1983.

신동엽 엮음, 『학생혁명시집』, 교육평론사, 1960.

신명균 엮음, 『시조집』, 삼문사서점, 1943.

신해금사(辛亥金社) 시집 일괄(1912~1916).

양주동·김억 옮김, 『지나명시선』(제2집), 한성도서주식회사, 1945.

양주동 옮김, 『시경초』, 을유문화사, 1948.

영남대학교 민족문화연구소 엮음, 『경남일보(慶南日報)』(상)·(하), 영남대학
　　교출판부, 1995~1996.

유석빈 옮김, 『시경』(주남·소남), 서울출판사, 1946.

이동순·황선열 엮음, 『깜박 잊어버린 그 이름: 권환 시전집』, 솔, 1998.

이동환 역해, 『대학·중용』, 현암사, 1975.

이명선 엮음, 『조선고전문학독본』, 선문사출판부, 1947.

이병기 교주, 『역대 시조선』, 박문서관, 1930.

이병기·박종화 옮김, 『지나명시선』(제1집), 한성도서주식회사, 1944.

이상로 엮음, 『피어린 사월의 증언』, 연학사, 1960.

이일래, 『조선동요작곡집』, 한국기독교서회, 1938.

이희승 엮음, 『역대국문학정화』(권상), 박문출판사, 1948.

정천 엮음, 『힘의 선언』, 해동문화사, 1960.

조섭제 엮음, 『대학국문학 고전문학수(古典文學粹)』, 자유문학사, 1950.

조윤제 엮음, 『고대문감(古代文鑑)』, 동국문화사, 1953.

최남선 엮음, 『시조유취』, 한성도서주식회사, 1928.

한국시인협회 엮음, 『뿌린 피는 영원히』, 춘조사, 1960.

한정호 엮음, 『정진업 전집② 창작·산문』, 세종출판사, 2006

함화진 엮음, 『증보 가곡원류』, 종로인문사, 1943.

황선열 엮음, 『아름다운 평등』, 전망, 2002.

『만성집(晚惺集)』, 자가본, 1966.

『문예휘고(文藝彙稿)』, 문예구락부, 1919.

『추억의 혁명』, 연합신문사, 1961.

『한국연예대감』, 성영문화사, 1962.

『춘향전』, 삼문사서점, 1943.

취방무골, 『경남사적명승담총(慶南史蹟名勝談叢)』, 취방무골유고간행회, 1927.

『경상남도도세개람(慶尙南道道勢槪覽)』, 경상남도, 1937.

『도세개관(道勢槪觀)』, 경상남도, 1925.

黑川洋一 注, 『두보(杜甫)』(下), 岩波書店, 1992.

2. 2차 문헌

3·15의거기념사업회 엮음, 『3·15의거사』, 휘문출판사, 2004.

강명관, 「일제초 구지식인의 문예활동과 그 친일적 성격」, 『창작과비평』 통권 62호, 창작과비평사, 1988.

강상규, 『한국사진사』, 일심사, 1978.

강상현, 「1960년대 한국 언론의 특성과 그 변화」, 『1960년대 사회변화 연구: 1963~1970』, 백산서당, 1999.

강소영, 「부산지방 개화가사 연구」, 부산대학교 석사논문, 1998.

강우식, 「4·19혁명 추도시 분석」, 『한국 분단시 연구』, 한국문화사, 2004.

경남문인협회 엮음, 『경남문학사』, 경남문인협회, 1995.

경남음악사편찬위원회 엮음, 『경남음악사』, 경남음악협회, 1996.

고영복, 「4월혁명의 의식구조」, 『4월혁명론』(강만길과 여럿 지음), 한길사, 1983.

고정옥, 『국어국문학요강』, 대학출판사, 1949.

공재욱, 「부정축재자 처리와 재벌」, 『1960년대의 정치사회변동』(이완범과 여럿 지음), 백산서당, 1999.

곽종원·윤계현, 『완벽 국문문제해석』, 계몽사, 1953.

구모룡, 「3·15와 기억투쟁」, 『서정과 현실』 4호, 작가, 2005.

구자균, 『조선평민문학사』, 고려문화사, 1948.

구중서, 「4·19혁명과 한국문학」, 『한국문학과 역사의식』, 창작과비평사, 1985.

권상로, 『조선문학사』, 일반프린트사, 1947.

김광식, 「1960년대의 남북관계와 통일정책」, 『1960년대의 대외관계와 남북문제』, 백산서당, 1999.

김광식, 「이념문제의 한국적 지형과 주요 준거이념의 갈등적 변용양상」, 『현대한국이념논쟁사연구』(김광식과 여럿 지음), 한국정신문화연구

　　원, 1999.

김기림, 『문학개론』, 문우인서관, 1946.

김대균 엮음, 『근대문예사조』, 정음사, 1948.

김대상, 『부산경남언론사연구』, 대왕문화사, 1981.

김동리, 『문학개론』, 정음사, 1952.

김동춘, 「사월혁명에 관한 기존 연구와 그 문제점」, 『한국사회변혁운동과 4월혁명①』, 한길사, 1990.

김사엽, 『조선문학사』, 정음사, 1948.

─────, 『실력 국문해석법』, 대양출판사, 1953.

김승구, 「일제 말기 권환의 문학적 모색」, 『국제어문』 45집, 국제어문학회, 2009.

김영진, 「마산미술 50년 개관」, 『마산 미술 50년사』, 한국미술협회 마산지부, 1988.

김원열, 「일제강점기 황도 유림의 사회 윤리에 대한 계보학적 연구」, 『시대와 철학』 21권 2호, 한국철학사상연구회, 2010.

김윤식, 「4·19와 한국문학」, 『4·19 혁명론 I』, 일월서각, 1983.

김은철, 「권환 시의 내적 지속성의 문제」, 『우리문학연구』 34집, 우리문학회, 2011.

─────, 「권환의 문학에 나타난 현실의 문제」, 『새국어교육』 89집, 한국국어교육학회, 2011.

김일영, 「1960년대 정치지형 변화」, 『1960년대의 정치사회변동』, 백산서당, 1999.

김종우·윤학로, 「김유정문학촌과 이효석문학관의 운영현황과 전망」, 『비교문학』 41집, 한국비교문학회, 2007.

김준태, 「5월과 혁명」, 『5월과 문학』, 남풍, 1988.

김태준, 『조선한문학사』, 조선어문학회, 1931.

_____, 『조선소설사』, 학예사, 1939.

김형숙, 『미술관과 소통』, 예경, 2001.

동국문화사편집부 엮음, 『수업용 자습용 국문해석법연구』, 동국문화사, 1952.

류미나, 「전시체제기 조선총독부의 유림정책」, 『역사와 현실』 63호, 한국역사연구회, 2007.

_____, 「조선총독부의 종교정책과 종교계의 대응: 일본의 "조선 신민화" 정책과 유림 동원의 실태」, 『일본학』 31집, 동국대학교 일본학연구소, 2007.

_____, 「19C말~20C초 일본제국주의의 유교 이용과 조선 지배」, 『동양사학』 111집, 동양사학회, 2010.

리재현, 『조선력대미술가편람』, 문학예술종합출판사, 1999.

마산개항백년사편찬위원회, 『마산개항백년사』, 마산시, 1999.

마산문창교회85년사 편찬위원회 엮음, 『마산문창교회 85년사』, 마산문창교회, 1986.

마산사진사 편찬위원회 엮음, 『마산사진사』, 사단법인 한국사진작가협회 마산지부, 1999.

박명영, 「박재호 시 연구」, 경남대학교 석사논문, 2003.

문예연구회 엮음, 『신문학강화』, 청춘사, 1953.

박식원, 『되찾자! 잃어버린 3·15』, 시원출판사, 1990.

박연실, 『김광제의 생애와 활동』, 충남대학교 석사논문, 1998.

박정선, 「파시즘과 리리시즘의 상관성 연구: 일제 말기 서정시의 경우」, 『한국시학연구』 26집, 한국시학회, 2009.

_____, 「시대의 반서정성과 서정시의 반시대성: 일제 말기 권환 서정시의 경우」, 『어문학』 108집, 한국어문학회, 2010.

박태순, 「4·19의 민중과 문학」, 『4월혁명론』(강만길과 여럿 지음), 한길사,

1983.

박태일·한정호, 「경남 지역 근대 문학문화재 지표조사」, 『경남의 교육과 문화 연구』, 경남대학교 경남지역문제연구원』, 2004.

박태일, 「민주문학을 위하여」, 『제38회 3·15의거 기념 문학의 밤 작품집』, 마산문인협회, 1988.

_____, 『경남·부산 지역문학 연구 1』, 청동거울, 2004.

_____, 「나라잃은시기 아동잡지로 본 경남·부산 지역 어린이문학」, 『한국문학논총』 37집, 한국문학회, 2004.

_____, 「장소시의 창작과 방법」, 『한국 문학공간과 문화콘텐츠』(김수복 엮음), 청동거울, 2005.

_____, 「나라잃은시대 후기 경남·부산 지역 아동문학: 이원수와 남대우를 중심으로」, 『한국문학논총』 40호, 한국문학회, 2005.

_____, 「나라잃은시대 후기 이원수의 아동문학」, 『어문논총』 47호, 한국문학언어학회, 2007.

_____, 「예술문화 개관」, 『마산시사』(5권), 마산시사편찬위원회, 2011.

_____, 「문학」, 『마산시사』(5권), 마산시사편찬위원회, 2011.

방종현 외, 『조선문화총설』, 일성당서점, 1947.

방종현, 『고시조정해』, 일성당, 1953.

백　철, 『문학개론』, 동방문화사, 1947.

변광도 엮음, 『민주혁명: 승리의 기록』, 마산일보사, 1960.

성민엽, 「4·19의 문학적 의미」, 『해방 40년: 민족지성의 회고와 전망』(김병익·김주영 엮음), 문학과지성사, 1985.

손진태, 『조선민족사개론』, 을유문화사, 1949.

신기철, 『표준국문해석법』, 삼지사, 1950.

신상필, 「근대한문학의 성격과 신해금사(辛亥吟社)」, 『한문학보(漢文學報)』 22집, 우리한문학회, 2010.

신영철, 『고시조신석』, 연학사, 1946.

_____, 『고문신석』, 동방문화사, 1949.

신용하, 『일제경제침략과 국채보상운동』, 아세아문화사, 1994.

안자산, 『조선문학사』, 한일서점, 1923.

양주동, 『조선고가연구』, 박문서관, 1946.

역사문제연구소 엮음, 『한국 근현대 지역운동사』, 여강출판사, 1993.

우리어문학회, 『국문학사』, 수로사, 1948.

_____, 『국문학개론』, 일성당서점, 1949.

이강로, 『조선문학연구』, 동방문화사, 1947.

이난영, 『신판 박물관학 입문』, 삼화출판사, 1983.

이동언, 「김광제의 생애와 국권회복운동」, 『한국독립운동사연구』 제12집,
　　　　독립기념관 한국독립운동사연구소, 1998.

이명선, 『조선문학사』, 조선문학사, 1948.

_____, 『수업용 자습용 국문해석법연구』, 선문사, 1949.

이북만, 『이조사회경제사연구』, 대성출판사, 1949.

이순욱, 「권환의 삶과 문학 활동」, 『어문학』 95집, 한국어문학회, 2007.

이승기, 『스크린야화』, 동양문화사, 1995.

이재욱, 『독서와 문화』, 조선계몽문화사, 1947.

이주홍, 『이조문학개관』, 유인본, 1949.

_____, 『국문학발생서설 1』, 유인본, 미상.

이청원, 『조선역사독본』, 미상, 1946.

이희승, 『조선문학연구초』, 을유문화사, 1946.

임규찬·최원식, 『4월혁명과 한국문학』, 창작과비평사, 2002.

장동표, 「1960 마산 '3·15의거'의 역사적 재조명」, 『서정과 현실』 상반기,
　　　　도서출판 작가, 2005.

전석담·이기수·김한주, 『현대조선사회경제사』, 신학사, 1948.

_____, 『조선사교정』, 을유문화사, 1948.

_____, 『조선경제사』, 박문출판사, 1949.

정욱재, 「1910~1920년대 경학원(經學院)의 인적 구성과 역할」, 『정신문화연구』 30집, 한국학중앙연구원, 2007.

조선과학자동맹 엮음, 『이조사회경제사』, 노농사, 1946.

조윤제, 「조선시가사강(朝鮮詩歌史綱)」, 박문출판사, 1946.

_____, 『조선시가의 연구』, 을유문화사, 1948.

_____, 『교육 국문학사』, 동국문화사, 1949.

_____, 『국문학사』, 동방문화사, 1949.

조항래, 『국채보상운동사』, 아세아문화사, 2007.

조화영 엮음, 『4월혁명투쟁사』, 국제출판사, 1960.

주왕산, 『조선고대소설사』, 정음사, 1950.

지헌모, 『마산의 힘』, 엠씨와이, 1994.

지헌영, 『향가여요신석』, 정음사, 1947.

진순애, 「1960년대 시학의 실천적 지평: 4·19혁명정신의 실천을 중심으로」, 『한국시학연구』 12집, 한국시학회, 2005.

진재교, 「근대전환기와 한시의 대응: 근대 인쇄 매체와 한시와의 상관성」, 『한국시가연구』 24집, 한국시가학회, 2008.

채광석, 「4월혁명의 문학사적 위치」, 『민족문학의 흐름』, 한마당, 1987.

최광남 엮음, 『문화재의 과학적 보존』, 대원사, 1994.

최종고, 「석람 김광제」[한국의 법률가상 (58)·(59)], 『사법행정』 통권 28권 2호·3호, 한국사법행정학회, 1978.

최해종, 『근역한문학사』, 대구사범대학, 1949.

편찬위원회 엮음, 『1956 마산문화연감』, 마산문화협회, 1956.

편찬위원회 엮음, 『1957 문화연감』, 마산문화협의회, 1957.

편찬위원회 엮음, 『마산사진예술사』, 사단법인 한국사진작가협회 마산지부,

1992.

편찬위원회 엮음, 『호남 4·19삼십년사』, 4·19혁명부상자회 광주·전라지부: 호남4·1930년사편찬위원회, 1995.

한국문학관협회 엮음, 『전국 문학관 찾아가기: 문향을 따라가다』, 한국문학관협회, 2007.

한완상과 여럿, 『4·19혁명론 I』, 일월서각, 1983.

한정호, 『지역문학의 이랑과 고랑』, 도서출판 경진, 2011.

향사편찬회 엮음, 『향토와 인물』(1집), 향사편찬회 1953.

허선도, 「조심재(曹深齋) 영사시(詠史詩)와 김중재(金重齋)의 소비(小批)」, 『한국학논총』 13집, 국민대학교 한국학연구소. 1991.

현역일선기자동인 엮음, 『사월혁명』, 창원사, 1960.

홍기문, 『조선문화총화』, 정음사, 1946.

홍웅선·박노춘 엮음, 『고시가주해』, 삼중당서점, 1949.

홍효민, 『문학개론』, 일성당서점, 1949.

황선열, 「권환문학 연구의 현황과 과제」, 『민족문화논총』 33집, 영남대학교 민족문화연구소, 2006.

황패강·윤원식, 『한국고대가요』, 새문사, 1997.

『4·19혁명론 II』(자료편), 일월서각, 1983.

『혁명재판』(실화 특별 임시증간호), 신태양사, 1960.

콤 아카데미(문학부 옮김). 『문학의 본질』, 신학사, 1947.

루나찰스키(편집부 옮김), 『예술과 혁명』, 조선문학사, 1947.

비노그라도브(나선영·김영석 옮김), 『문학입문』, 신학사, 1948.

누시노브·쎄이트린(백효원 옮김), 『문학원론』, 문경사, 1948.

프리체(김용호 옮김), 『예술사회학』, 대성출판사, 1948.

장원유인(김영석·김만선·나한 옮김), 『예술론』, 개척사, 1948.

프리체(송완순 옮김), 『구주문학발달사』, 개척사, 1949

기로디와 빌레프(김혜경 옮김), 『미술관/박물관이란 무엇인가』, 화산문화, 1996.

로우(이후석 옮김), 『도시관광』, 백산문화사, 1999.

호르스트 슈타인메츠(서정일 옮김), 『문학과 역사』, 예림기획, 2000.

애쉬워드·디트보스트(박석희 옮김), 『관광과 공간변형』, 일신사, 2000.

오츠카 카즈요시(홍종필 옮김), 『박물관학 I』, 학연문화사, 2000.

데이비드 딘(전승보 옮김), 『미술관 전시, 이론에서 실천까지』, 학고재, 2000.

세계박물관협회 엮음(하태환 옮김), 『박물관과 미술관의 새로운 경영』, 궁리, 2001.

조지 엘리스 버코(양지연 옮김), 『큐레이터를 위한 박물관학』, 김영사, 2001.

티모시 앰브로즈와 크리스핀 페인(이보아 옮김), 『박물관 경영 핸드북』, 학고재, 2001.

드리즌(이은옥·용호성 옮김), 『예술경영, 어떻게 할 것인가』, 민음사, 2001.

도미야마 이치로(임성모 옮김), 『전장의 기억』, 이산, 2002.

알라이다 아스만(변학수·백설자·채연숙 옮김), 『기억의 공간』, 경북대학교 출판부, 2003.

Phibrick, *Understanding ENGLISH: An Introduction to Semantics*, The Macmilan Company, 1942.

T. A. Dijk, *MACROSTRUCTURES*, Lawrence Erlvaum Associates, 1980.

백남운, 『조선사회경제사』, 개조사, 1937.

田中隆二, 「겸산(兼山) 홍희(洪憙)의 생애와 활동: 일제하 대일협력자의 한 사례」, 『한일관계사연구』 제5집, 한일관계사학회, 1996.

都留文科大學比較文化學科 엮음, 『記憶の比較文化論』, 栢書房, 2003.

加藤有次, 『博物館學序論』, 웅산각출판, 1987.

荻野昌弘 엮음, 『文化遺産の社會學』, 新曜社, 2002.

池上惇(강응선 옮김), 『문화경제학 입문』, 매일경제신문사, 1996.

찾아보기

[1부]

「마산 근대문학의 탄생과『마산문예구락부』」,『인문논총』28집, 경남대학교
　　　인문과학연구소, 2011.

[2부]

「마산 근대 예술문화 백 년」(「예술문화 개관」),『마산시사』(5권), 마산시사편
　　　찬위원회, 2011.
「마산 근대문학의 흐름」(「문학」),『마산시사』(5권), 마산시사편찬위원회, 2011.
「마산 근대문학 백 년을 읽는 다섯 가지 잘못」, 마산시립박물관, 2004.

[3부]

「권환의 절명작 연구」,『현대문학이론연구』57집, 현대문학이론학회, 2014.
「권환민족문학관의 건립과 운영」,『권환과 그의 벗들』(제4회 권환문학축전
　　　기념자료집), 경남지역문학회, 2007.

[4부]

「김용호 시의 세계 체험과 그 틀」,『가라문화』7집, 경남대학교 가라문화연구
　　　소, 1989.
「민족시의 한 지평, 정진업의 공론시」,『정진업 전집①시』, 세종출판사,
　　　2006.
「1960년 경자마산의거가 당대시에 들앉은 모습」,『현대문학이론연구』31집,
　　　현대문학이론학회, 2007.

지은이 **박태일**

1954년 경상남도 합천에서 나 부산대학교 국어국문학과에서 박사학위까지 마쳤다. 1980년 중앙일보 신춘문예 시부문에 「미성년의 강」이 당선하여 시단에 나섰다. 그사이 낸 시집으로 『그리운 주막』 (1984), 『가을 악견산』(1989), 『약쑥 개쑥』(1995), 『풀나라』(2002), 『달래는 몽골 말로 바다』(2013), 『옥비의 달』(2014)이 있다. 연구서로 『한국 근대시의 공간과 장소』(1999), 『한국 근대문학의 실증과 방법』(2004), 『한국 지역문학의 논리』(2004), 『경남·부산 지역문학 연구 1』(2004), 『유치환과 이원수의 부왜문학』(2014), 비평집으로 『지역문학 비평의 이상과 현실』(2014), 『시의 조건, 시인의 조건』 (2014)을 냈으며, 산문집에 『몽골에서 보낸 네 철』(2010)과 『새벽빛에 서다』(2010) 그리고 『시는 달린다』(2010)가 있다. 『가려뽑은 경남·부산의 시 1: 두류산에서 낙동강에서』(1997), 『크리스마스 시집』 (1999), 『김상훈 시 전집』(2003), 『예술문화와 지역가치』(2004), 『정진업 전집① 시』(2006), 『허민 전집』(2009), 『무궁화: 근포 조순규 시조 전집』(2013), 『소년소설육인집』(2013)을 엮기도 했다. 김달진 문학상(1991), 부산시인협회상(2002), 이주홍문학상(2004), 편운문학상(2014)을 받았고, 현재 경남대학교 국어국문학과 교수로 일하고 있다.

지역문학총서 19
마산 근대문학의 탄생
A Study on Modern Literature of Masan City

© 박태일, 2014

1판 1쇄 인쇄_2014년 09월 01일
1판 1쇄 발행_2014년 09월 10일

지은이__박태일
펴낸이__양정섭
펴낸곳__도서출판 경진
　　　　등록__제2010-000004호
　　　　블로그__http://kyungjinmunhwa.tistory.com
　　　　이메일__mykorea01@naver.com

공급처__(주)글로벌콘텐츠출판그룹
　　　　대표__홍정표
　　　　편집_김다솜 노경민 김현열　디자인_김미미　기획·마케팅_이용기　경영지원_안선영
　　　　주소_서울특별시 강동구 천중로 196 정일빌딩 401호
　　　　전화_02) 488-3280　팩스_02) 488-3281
　　　　홈페이지_http://www.gcbook.co.kr

값 25,000원
ISBN 978-89-5996-413-0 93810